KB174055

김사량, 작품과 연구 4

식민주의와 문화 총서 21

김사량, 작품과 연구 4

김재용 · 곽형덕 편

역락

머리말

올해는 김사량이 태어난 지 100주년이 되는 해이다. 편자들은 이 해에 김사량 전집을 완간하기로 하고 여태껏 열심히 달려왔다. 이번에 출간하는 4권에는 일제 강점기의 작품만을 모았다. 이로써 현재까지 알려진 김사량의 일본어 글은 모두 한국어로 번역된 셈이다. 특기할 것은 이 책에 실린 장편소설 '태백산맥'은 전주대 서은혜 교수가 오래 전에 실천문학에 번역하여 연재한 것이다. 전집의 취지에 동감하여 이 책에 싣는 것을 허락해주신 서은혜 교수님에게 감사할 따름이다. 올해 말에 발간될 5권이 나오면 김사량 문학 전체가 우리의 품에 돌아오게 된다. 독자 여러분들의 계속된 관심만이 이를 가능하게 해 줄 것이다.

2014년 6월
편자

차례

작품

제1부 **장편소설**

제2부 **단편소설**

작품

일러두기

1 작품 속에 특별히 역자의 주가 없는 설명 등은 원문 그대로다. 또한 용어 등은 현재 생경하게 느껴지더라도 당시에 사용되던 단어를 그대로 사용했지만 문장은 전체적으로 독자가 읽기 편하게 해석했다.

2 일본식 발음표기는 되도록 국립국어원의 외래어표기법을 따랐다. 현재 차별 용어로 인식되는 용어들도 당시의 분위기를 제대로 전달하기 위해 그대로 번역했다.

3 일본 인명, 지명, 작품명과 고유명사 등은 그것이 처음에 나오는 경우에 한해 괄호 속에 원래 한자를 병기함을 원칙으로 했다. 그러나 필요에 따라서 중복 표기한다. 또한 일본 인명, 지명 등은 일본식 발음으로 표기하되 독자의 편의를 위해 한국어식 표현을 섞어서 표기했다. 서명, 작품명, 잡지명, 출판사명, 단체명, 역사적 사건명 등도 위와 마찬가지다. 한글과 한자의 독음이 일치할 때는 ( ) 안에, 그렇지 않을 때는 [ ] 안에 표기했다.

제1부

장편소설

태백산맥

1.

장백산맥을 뛰어넘어 개마고원을 질주해 온 시베리아의 바람은 어느 새인가 황해의 거친 파도를 만나 가라앉아 버렸다. 새로이 일본해에서 휘몰아오는 미지근한 바람이 금강 일만이천 봉을 휘감고 치솟아 올랐다가 태백산맥에 걸터앉아 지난해의 눈을 쓸어내리며 찾아온 춘삼월, 지금부터 육십 년 전, 이 땅에 아직 여명의 빛이 비치기 전 비풍애우(悲風哀雨)의 시절이었다.

호랑이의 포효로 날이 새고 지는 태백산맥 속에서도 새조차 날아들지 않을 깊은 골짜기였다. 이곳에 마치 거짓말처럼 화전민의 오두막들이 을씨년스럽게 띄엄띄엄 자리 잡고 있었다. 연연히 백오십 리, 허리띠처럼 빛나며 한강 상류를 이루는 물줄기를 찾아 골짜기 등성이 경사면에 불을 놓아 구불구불한 산 위의 경지를 만들어낸 것이다. 땅이 거칠긴 했지만 경사가 그다지 급하지 않았고 볕이 잘 들어 언제부

터인가 오두막이 하나둘씩 늘더니 지금은 모두 합해 열여섯 집, 일흔
세 명이 살고 있었다.

하지만 마치 위협이라도 하듯이 바짝 드리운 골짜기의 어둔 그림
자, 새 둥지처럼 초라한 오두막의 모습, 또 돌멩이로 쌓아올린 경작지
의 검은 밭두렁, 이것들이 이 척박한 땅에서의 삶이 얼마나 고단한 것
인지를 말해 주고 있었다. 하필이면 이런 곳에 어떻게 부락이 생긴 것
일까? 이 산맥의 다른 마을들과 마찬가지로 옛날이나 지금이나 이름
조차 없었다. 아니, 이름이란 것이 있을 필요가 없었을 것이다. 이야
기를 진행하기 위해 작자는 이를 배나무골이라 부르고자 한다. 부락
입구에 커다란 야생 배나무 한 그루가 가지를 늘어뜨리고 있었으니
말이다. 여하간 산과 강, 숲은 태고 이래 지금까지 생명을 연장시키며
살이 쪄 왔건만 이 부락만은 언제까지나 자랄 줄을 모른다. 그것은 여
기 사는 사람들이 가렴주구의 압정에 시달리다 못해, 혹은 천재지변
에 쫓겨 온 빈민들로서 정착할 줄을 모르고 산속으로, 산속으로 계속
옮겨 다니기 때문이다.

이 태백산맥 안에 숨어 있는 이런 사람들의 부락은 몇 개나 될까?
이런 움막들이란 들어왔다 나가고 또 들어왔다 나가는 방랑하는 사람
들의 임시 거처에 지나지 않는다. 산속으로 숨어들어 와 일단 화전민
이 되어 버리고 나면 유랑과 방화모경(放火冒耕), 그것이 어쩔 수 없는
그들의 숙명이었다. 산속에 숨어 잘라낸 나무의 가지나 잎이 건조함
과 동시에 불을 질러놓으면 마침내 숲은 바람을 일으키고 화염을 뿜
고 대목들이 울부짖듯 요란스럽게 불기둥이 되어 쓰러진다. 이렇게
하여 그 잔해가 흩어져 버리면 마침내 천고에 도끼 한번 넣어본 적이
없던 밀림이 하루아침에 불탄 벌판이 되어 버리고 마는 것이다. 거기

서 논과 밭을 일구고 그것을 불탄 재로 경작하는 식의 원시적인 약탈 농법. 그렇지만 타다 남은 잔해나 나무뿌리들도 사오 년 새에 모두 태워지고, 더구나 일반적으로 불탄 재가 비료 노릇을 하는 것은 삼 년 정도에 불과하니 그들은 또다시 새로운 경작지를 만들기 위해 길을 떠나야만 한다.

애당초 농민이라는 것이 경작을 통해 자연의 은총 속에서 생계를 꾸려가는 것이라고 한다면 그들은 농민은커녕, 그야말로 하늘에 대고 활을 쏘고 땅에 칼을 꽂는 반역의 무리임이 틀림없었다. 더구나 표동나타(漂動懶惰). 경작이라고는 하지만 호미로 땅을 파서 감자나 귀리 따위를 묻어 놓고는 내버려두는 식의 조잡한 것이었다. 그런데도 가을이 깊어지면서 감자알들이 덩굴 밑을 기어 다니고 귀리 이삭은 하얗게 물결친다. 하지만 그것만으로는 양이 얼마 되지 않는 까닭에 풀뿌리를 캐 모으고 나무껍질을 벗기며 도토리 열매를 주워 생명을 연장하곤 했다. 설상가상, 이런 아귀도(餓鬼圖) 속에서 자연의 끔찍한 맹위에 떨고, 맹수들의 횡포에 떨며 살아야 했다. 특히 지난해와 올해 두 해 동안은 흉작이 이어져서 결국 가까운 산들을 다 벗겨 먹었으니 새로 불을 놓아야 할 봄이라도 오면 이 배나무골 사람들도 어딘가로 뿔뿔이 흩어져 갈 마음의 준비들을 다지고 있었다. 아무개는 북쪽으로 떠나려 짐을 꾸려 놓았다는 둥, 누구 아버지는 내를 건너 바위산으로 올라갔다는 둥, 아무개 아들은 이십 리 정도 떨어진 태고림까지 갔다가 호랑이 울음에 놀라 되돌아왔다는 둥 날마다 새로운 소문이 떠돌았다. 그러면서도 부락은 누가 보나 죽은 듯이 가라앉아 있었다.

오직 한 사람, 오늘도 어깨에 화살을 메고 손에는 활을 든 사내가 불에 타서 검게 마른 나무들이 늘어선 고개 능선을 소리 없이 걷고 있었다. 얼핏 보기에도 억세고 늠름해 보이는 쉰 살 정도의 사나이, 검붉고 무뚝뚝한 얼굴에 흰자위가 많은 눈이 깊숙한 눈구멍 속에서 빛나고 꽉 다문 입술은 튀어나와 의지가 강해 보였다. 허리춤에는 사냥한 산비둘기, 꿩 세 마리와 조그만 토끼 한 마리가 매달려 있었다. 내딛는 발자국 아래서 눈이 뽀드득뽀드득 소리를 내고 그에게 닿은 나뭇가지들이 투두둑, 하며 꺾여 떨어졌다. 반쯤 타버린 소나무 밑을 지나 화전 두렁을 걸어 낭떠러지 끝으로 나온 그는 갑자기 우뚝 멈춰서더니, 무성한 턱수염과 구레나룻을 바람에 날리며 주변을 멸시하듯 둘러보았다. 이미 점심때가 지난 듯했지만 해는 아직 높았다. 눈을 뒤집어 쓴 백련봉이 무리를 이루고 떼를 지어 전후좌우에서 파도처럼 밀려드는 듯하다. 숲은 산자락을 덮고 천 길 깊이로 웅성대고 발아래 계곡 사이를 흐르는 물은 용솟음쳐 올라 하얀 물보라를 일으켰다. 협곡의 안개 위로 몰아치는 바람이 바늘처럼 살갗을 찔러왔다. 그는 물을 건너고 숲을 넘어 뚫어지게 동쪽을 바라보는 듯하더니 갑자기 조각상처럼 굳어져 버렸다. 멀리 보이는 산에 눈보라가 치더니 하얀 연기처럼 눈기둥 하나가 피어올랐다. 그것을 바라보는 그의 눈은 뜻을 이루지 못한 분함과 측량 못할 슬픔으로 떨리고 커다란 코에서는 견딜 수 없는 고통으로 거친 숨이 뿜어 나왔다.

그 누가 알랴, 그가 바로 다름 아닌, 군대 안에서도 용맹함과 무술로 한때 그 이름을 날렸던 전 육군 중교(中校, 校에는 장교·장군이라는 의미가 있다. 따라서 육군 중장—옮긴이) 윤천일(尹天一)의 변해 버린 모습이었다. 이른바 우정국 습격을 계기로 일거에 혁신 정치의 결행을 꾀했던 급진당에 가입하였고, 그 무렵 암흑 정치를 자행하고 있던 청의 괴뢰, 사대당 일파 살해에 가담하여 미친 사자처럼 솜씨를 떨쳤던 사내인 것이다. 하지만 겨우 사흘 만에 일은 끝났고 쫓기는 몸이 되어 사선을 넘어 이 험악한 산악 지대로 도망쳐 온 이래 두 번째 맞이하는 봄이었다. 모든 것이 한바탕 꿈과 같았다.

피로 범벅된 그 역사적인 날은, 모두가 아는 갑신년 12월 4일. 그날 밤따라 날은 맑게 개고 돈화문 위에 커다란 달이 비치고 있었다. 길에는 개 한 마리의 그림자도 없고, 서울의 밤은 으스스하게 깊어 가고 있었다. 이미 우정국에는 외국 사신이나 고관 귀족들이 모여들었고 이윽고 성대한 잔치가 한창 무르익을 무렵, 갑작스레 옆집의 초가지붕이 불을 뿜기 시작한 것이다. 엄청난 불줄기가 연회장의 유리창에 비치는데 끔찍한 기세였다. 뒤이어 천지를 진동하는 폭발음이 울렸다. 그러자 연회에 참석한 사람들이 모두 다 자리에서 일어나 큰 혼란이 벌어졌다. 그때 출구 쪽의 웅덩이 속에 숨어 있다가 "이놈들, 어서 나와라, 이놈들!" 하고 씩씩거리며 불같은 눈으로 출구를 지키고 있던 것이 윤천일이었다. 건물에서 누군가 한 사람이 허둥지둥 뛰쳐나왔다. "왔구나!" 소리치며 그는 일어서서 군도를 휘둘렀다. 하지만 동지 하나가 그보다 앞서 옆에서 썩, 하니 하얀 칼날을 달빛에 번쩍이며 덤벼들었다.

"민영익, 네 죄를 알렸다!"

"악!"

하지만 급소를 비껴갔다. 민영익은 비명을 지르며 피투성이가 되어 다시 건물 안으로 도망쳐 들어갔다.

"저런, 해치워!"

이렇게 외치며 윤천일은 서둘러 그 뒤를 쫓아 건물 안으로 달려 들어갔다. 당황하여 달려 나오던 김옥균이 그와 마주치자마자 소리를 질렀다.

"바보 같으니라구!"

박영효가 그 뒤를 이어 소리를 낮추어 말했다.

"경복궁으로 돌아가게."

이런 혼란 속에 김옥균은 박영효와 함께 서둘러 왕궁으로 들어가이 일을 아뢰었다. 동시에 뒷문을 통해 국왕을 경우궁(景祐宮)으로 모시고 일본 공사관으로 사람을 보내어 왕의 친서를 보이며 보호를 요청했다. 왕궁 안에서 유혈 참사를 일으킨다는 것은 너무나 잘못된 일이라 여겨졌기 때문이었다. 결국 금호문(金虎門) 안팎을 청국 군대의 내습에 대비하여 응원 나왔던 일본 군대로 경계하고 급진당 직참(直參)인 정예 약 오십 명은 경우궁 경호 부서로 배치되었다. 이미 윤천일도 우정국에서 달려와 이 속에 섞여 있었다.

아니나 다를까, 이 변란에 놀란 보국(輔國) 민태호, 후영사(後營使) 윤태준, 좌영사(左營使) 이조연, 해방총감(海防摠監) 민영목, 판서(判書) 조영하 등 사대당에 속한 대관들이 잇따라 들어왔다. 이를 맞이한 윤천일은 동지들과 함께 때로는 중소문 밖에서, 혹은 후문 밖에서 아니면 정전 앞에서 맹활약하여 일거에 사대당들을 없애버린 것이다. 날이 밝아 12월 5일, 드디어 급진당은 혁신의 첫걸음을 내디뎌 새로운 내각을 조직하고 정령(政令)을 발표하게 되었다.

우선 지나(중국을 멸시하여 부르는 말―옮긴이)와의 주종 관계를 끊을 것, 문벌을 폐지하여 인민평등권을 제정하고 능력에 따라 관리를 뽑을 것, 조세를 고쳐 간리(奸吏)를 막고 민곤(民困)을 없앨 것, 환관(宦官)들의 권리를 폐할 것, 그야말로 회천(回天)의 사업이 하루아침에 이루어지는 듯하였으니 이로써 새 세상이 마침내 시작되었다고 생각했다.

하지만 이튿날 6일 오후, 갑자기 선인문 밖의 오조유(吳兆有) 진영에서 청병(淸兵)들의 함성과 함께 총성이 요란스레 들려왔다. 박영효는 질겁을 하고 군고(軍庫)로 들어가 일찍이 일본에서 구입해 두었던 신식총 천여 정을 운반해다가 이를 재빨리 왕궁 수비병들에게 나눠주려 했다.

하지만 아뿔싸, 총신은 이미 녹슬어 발사가 불가능한 상태였다. 할 수 없이 서둘러 이를 수리하느라 정신이 없는 터에 전령이 뛰어들어왔다. 청군이 대거 성문을 돌파하여 내습해 들어오고 있다는 것이었다. 이미 일대는 북묘(北廟) 부근에서 비원 방면으로 우회하여 측면을 치고 있는 실정이었다. 왕궁 수비를 맡고 있던 직참 정예라든가 소장 군관 학생들은 용감하게 일본 군대와 함께 방전(防戰)을 위한 산병선(散兵線)을 쳤다. 이 사이에 대왕비와 왕비, 왕세자, 세자빈은 몰래 궁문을 나와 북묘 쪽으로 피난했다. 국왕만 남아 계셨는데 유탄들이 옥체 가까이까지 날아들어 위험하기 짝이 없는 상황이었다. 윤천일은 왕의 호위병으로 뽑혀 그 옆에 대기한 채 팔짱을 끼고 이를 악물고 있었다. 이때 일본의 다케조에(竹添進一郞) 공사는 단단히 결심한 바가 있는 듯 군대 사령 무라카미(村上) 대위를 불러 엄히 명하였다.

"……특히 오늘 일에 관한 한, 귀관은 내 명령을 따라야만 하네. 일본의 호위병들 때문에 국왕을 위험에 빠뜨려서는 큰일일세. 서둘러 병사들을 모아 왕궁을 떠나게나."

말은 알아듣지 못했지만 일본군의 후퇴를 깨달은 윤천일은 이제 절망적이라는 생각으로 각오를 다졌다. 고작 오십 명 안팎의 직참만으로는 도저히 삼천 대군에 대항할 수 없었기 때문이다. 시위(侍衛) 급진당 요인들은 침을 튀겨가며 입씨름을 하고 있었다. 김옥균은 목청을 높여 다케조에 공사를 꾸짖고 있다. 무라카미 대위 역시 기세등등하여 청군과의 결전을 요청하였지만 공사의 철수 명령은 강경했다. 그러고는 더 이상 말할 틈도 없이 인사를 하고 일본 공사관으로 가 버렸다. 무라카미 대위도 더는 고집할 수 없어 병사들을 정렬시켜 공사의 퇴궐을 호위하게 되었다. 이제 이렇게 된 이상 박영효, 김옥균, 서광범 등의 독립당 영수들도 어쩔 수 없이 다케조에 공사의 뒤를 따라 일본 공사관으로 피난하는 수밖에 없었다. 청병의 함성과 총성은 점점 더 가까워지고 있었다.

"청국 군대와 싸우지 못하는 것이 원통하다. 목숨을 버리지 못하는 것이 한이야!"

윤천일은 옆에 있던 동지를 돌아보며 외쳤다.

"지금은 우선 국왕 전하를 모셔야만 하네!"

김옥균은 왕 앞에서 무릎을 꿇고 잠시 동안의 고별을 고했다. 왕은 용안 가득 슬픔을 담아 물으시길,

"그대는 어디로 가려는 건가?"

김옥균은 하염없이 눈물을 흘리며,

"일이 이리되어 신 만 번 죽어 마땅하옵니다. 바라옵기는 다시 태어나면 국가를 위하여 이 몸 바치게 되옵기를, 신은 이제 일본으로 향하여……."

하더니 통곡하고 말았다. 국왕께서도 흐르는 눈물을 닦으며 작별을 아쉬워하고 북묘를 향하여 옥보(玉步)를 옮기셨다. 그를 모시고 따라간 것은 박영효와 홍영식. 윤천일을 위시한 소장군관학생 약간 명은 결사의 각오로 호위했다. 이미 모색창연하여 패망의 기색이 짙었다. 애통하도다. 북행 도중 청국군과 사대당파 조선병의 추격을 만나 왕은

납치되었고 결국 거의 대부분이 무참히도 학살당하고 말았다. 홍영식과 윤천일은 가까스로 포위를 돌파하여 빠져나와 북악산으로 나가기 위해 산속으로 들어가 계곡을 건너려 했다. 그 참에 다시 청국군을 만나 홍영식은 사살되고 윤천일은 용감하게 단신 교전하여 세 명을 쓰러뜨리고 홀연히 암흑 속으로 사라져 버린 것이다.

혹한 속에 한쪽 다리를 절며 동쪽의 산으로, 산으로 서둘러 가던 초라한 모습의 자신을 다시 악몽처럼 떠올렸다. 넝마 같은 농군 차림으로 몸을 감싸고 어두운 얼굴은 진흙이라도 퍼먹은 듯 더럽혀지고 이마는 두건으로 덮어 숨기고 있었다. 옆구리에 낀 소나무 지팡이에는 새끼줄이 친친 감겨 있었는데 그것을 힘겹게 꽉 움켜쥐고 있었다. 그 뒤를 한참 떨어져서 고생에 찌든 듯한 쉰 살 남짓한 아낙네 하나와 떠돌이 같은 청년 둘이 따르고 있었다.

젊은이들은 짊어질 수 있는 한껏 옷가지며 이불보며 나무상자, 솥단지 등을 지고, 아낙네는 머리 위에 항아리를 이고 있었다. 청년 가운데 한쪽은 나이가 스무일고여덟, 다른 한쪽은 이제 막 스물을 한두 살 넘긴 듯이 보이는데 둘 다 혈기 왕성해 보였다. 이리하여 그들 일행 네 사람은 떨어졌다 모였다 하며 길 없는 길을 따라 자꾸만 한강 상류 산간지대 쪽으로 들어갔다. 때로는 실수로 검문소 같은 데라도 들어가게 되면 남의 눈에 띄는 이 절뚝발이 사내는, 검을 치켜들고 달려드는 포리(捕吏)들에게 둘러싸이기도 했다. 이런 모습을 보면 뒤따르던 일행은 재빨리 흩어져 모습을 감추곤 했다.

"대역부도 윤천일! 관명이다. 그 자리에 엎드려라!"

절름발이는 턱 하니 몸을 일으키고 온몸에 기합을 넣어 천천히 일동을 둘러보았다. 그와 동시에 소나무 지팡이가 높다랗게 치켜 올라갔다. 감겨 있던 새끼줄이 뱀처럼 스르르 풀려 떨어지고 그 속에서 윤기 나는 검은 총신이 드러났다.

"탐관오리 놈들!"

서릿발 같은 고함과 함께 혼신의 힘으로 총신을 휘두른 순간, 한 사람은 날듯이 쓰러지고 또 한 사람은 그 바람에 옆으로 픽, 하고 뒹굴었다. 그러자 포리들은 기겁을 하고 달아났다.

서울에서 십삼 리, H마을을 지날 무렵, 포위해 오는 포리들에게 거의 포승을 받을 뻔한 적도 있었다. 그때는 어쩌다 만난 길동무인 척했던 두 아들까지 비수를 꺼내들고 달려들어 세 사람이 함께 칼을 휘두른 끝에 가까스로 아낙을 휘감듯 이끌고 산속으로 도망쳐 들어갔다.

하지만 길가의 살얼음이 한낮의 태양에 무너지듯 녹아나는 양수강의 급류에서 결국은 삼십 년 동안이나 함께 살아온 아내를 잃고 말았다. 나루터에서 우연히 만난 듯 꾸민 윤천일 일행이 배에 올랐을 때 수상한 무리가 이들을 둘러싸듯이 따라 탔다. 강물은 소용돌이치고 바람은 거셌다. 부서지는 파도가 신음이라도 하는 듯, 어쩐지 불안하고 스산한 소리를 내지르고 있었다. 천일은 외따로 떨어져 뱃머리에 쭈그리고 앉아 마치 떠돌이 거렁뱅이처럼 행동하고 있었다. 배가 막 중류 쪽으로 흘러들려는 참에 한 사내가 같은 패들에게 눈짓을 하더니 히죽 웃었다. 바로 그 순간 소리 없이 사나이들이 그를 둘러싸고 옷소매에 감추었던 단도를 일제히 꺼내 들었다. 눈을 부릅뜨고 벌떡 일어선 천일을 보고 헤헤헤, 하며 한 사내가 비웃었다.

"윤천일, 이제 그 가면을 벗는 게 좋을걸."

"그래, 윤천일이다. 한판 붙을 참이냐!"

장남 일동이 느닷없이 노를 치켜드는 것과 함께 윤천일은 야차(夜叉)

처럼 총을 쏘아대기 시작했다. 차남인 월동 역시 한 남자와 엉겨 붙었다. 이리하여 배 안에는 폭풍이 일어나고 불꽃이 튀었다. 그런데 어쩌다 그리된 것일까? 순식간에 아낙의 몸이 소용돌이치는 물속으로 빠져버린 것이다. 이를 구하기 위해 월동은 옷을 입은 채 뛰어들었다. 천일과 일동은 둘이서 모두 여덟 명을 해치우고 여울 속을 필사적으로 찾아보았지만 그녀는 흔적도 자취도 없었다. 허우적거리던 월동만이 내밀어준 노에 매달렸을 뿐이었다.

그 후 그들 세 남자는 이 골짜기에 흘러들 때까지 산 위에서 숲 속에서, 혹은 강가에서 추운 밤들을 몇 번이나 슬픔 속에서 새웠던가. 얼마 남지 않은, 피같이 소중한 총알을 쏘아 물오리와 꿩, 혹은 토끼를 잡아 도중의 배고픔을 달래며 걸었다. 그리고 마침내 남김없이 총알을 써버렸을 때, 아득하게 높은 낭떠러지 위에서 천 길 바닥의 강으로 총을 던져 버리고 자기도 모르게 목 놓아 울고 말았다. 하얀 물보라가 일었다. 그것은 지금까지의 생활과의 결별이었고 또한 물속의 외로운 영혼이 되어 버린 사랑스런 아내에 대한 마지막 배려이기도 했다.

"내 사랑하던 이 총을 그대가 있는 곳에 바치네. 편히 쉬게나! 그리고 지나간 악몽 같은 날들이여, 저주받은 대지와 함께 안녕, 잘 가라!"

나날이 기울어가는 사직(社稷)의 운명은 이미 그와 같은 몇 명의 강개(慷慨)한 지사들의 피를 가지고는 어떻게 해 볼 도리가 없는 곳까지와 있는 것이다. 잇따라 벌어지는 국난에는 아랑곳없이 또다시 사대당의 권신들은 조정을 가득 채우고 전횡을 일삼을 것이다. 백관의 출척(黜陟)은 여전히 금화의 수뢰에 지배되고 지방 관가는 또 주구(誅求)에 열을 올리리라. 왕궁 안에서는 연회와 기도와 굿이 조석의 행사가 될 것이다. 그리고 민씨 일족 사대당은 이제 오로지 복수의 정치로써 상하 분연할 것이며, 급진당의 잔당들과 그 처자 권속을 잡아들이느라 혈안이 되어 있을 것이다. 이제 더 이상 이 나라에 구원은 없다. 절망과 반역과 자포자기, 그것들이 온전히 그의 마음을 차지하고 말았다. 이리하여 그는 오늘의 운명을 지고 산과 숲에 불을 놓아 하늘을 태울 듯한 불길 속에 저주의 폭풍, 분노의 돌팔매를 던져 넣는 화전민의 무리로 뛰어들게 되는 것이다.

윤천일은 그때 절벽 위에서 뒤를 따르는 사랑하는 두 아들을 돌아보며 손을 들어 저 멀리 지나온 쪽 고산 연봉 위에 불타는 듯한 석양을 가리켰다. 하늘도 구름도 산도 강도 핏빛으로 물들어 지상의 최후를 고하는 듯 처연하지 않은가? 자연은 그의 가슴속에 불붙는 듯한 반역의 일곱 빛깔 무지개를 새겨 놓는 것이다.

"나는 저 산 너머 서울을 바라보고 눈물을 흘리는 것이 아니야, 나는 저주받은 서울을 증오하고 원망할 따름이다. 애들아, 그 옛날 은(銀) 안장을 얹은 백마의 젊은이들이 오가고 만 호(戶), 황금 지붕으로 늘어서 꿈처럼 아름답던 그곳에 지금은 악마들이 우글거리고 더러운 벌레들이 기어 다니는구나. 더 이상 그 서울에 미련은 없다. 보아라, 이 산하는 지금 하늘의 불로 타오르고 분노의 형상을 보이고 바람은 저주의 만가를 부르고 있다. 몸부림치는 강물, 말없이 신음하는 산들, 겁을 먹고 오그라든 광명, 이것들이 우리에게 무언가 말하는 듯하지 않으냐? 모든 것이 신의 의지란다. 아니, 이것은 명령이다. 애들아, 가라. 그리고 불을 질러라! 둥근 기둥도 사자상도 황금 지붕도 남기지 말고 원래의 혼돈으로 돌려보내면 돼. 그래, 하늘은 우리에게 이제부터 이런 임무를 맡기신 거야! 너희도 더 이상 망설일 것 없다!"

하늘과 이야기를 나누는 듯한 확신에 찬 그 말에 장남 일동은 몸을 떨며 눈물을 떨구었다. 고통에 창백해진 아버지의 뺨은 반역과 승리의 흥분으로 붉게 달아오르고 눈에서는 불꽃이 튀는 듯했다.

"그렇다. 사랑하는 월동아, 너 역시."

그는 잠자코 서 있는 차남의 얼굴을 바라보고 말을 이었다.

"우리와 함께 피 같은 침을 서울을 향해 내뱉으렴. 영원히 버리는 거야. 너는 어째서 그렇게 버티고 서 있는 거지? 뭐가 못마땅한 거냐?"

"아아, 아버지."

월동은 목소리가 흔들렸다.

"임오, 계미, 갑신 이 삼 년간 계속된 재난에 아버지는 완전히 탈진하셨어요. 내일 새벽 산에서 빠져나와 구름을 뚫고 떠오르는 태양이야말로 이 나라의 생명이요, 우리의 마음이 아닙니까? 저 성읍, 이 산하를 다시 한 번 황금빛 향기로운 냄새로 채워야 합니다. 오오, 만일 아버지가 다시 서울로 숨어들어 가 나라를 위해 생사를 걸고 싸울 마음을 품으신다면 …… 저도 이 보잘것없는 생명을 다가올 빛 속에 던질 것을……."

형 일동이 소리쳤다.

"조용히 해!"

"월동아, 너는 아직 어려. 꿈을 꾸고 있구나. 폐허에서 꽃을 보고 전원에서 노래를 듣는 날은 저주받은 이 강산에 영원히 오지 않을 거야!"

무거운 눈길로 아들을 보며 중얼거리는 천일의 음성은 슬픔에 잠겨 떨고 있었다. 아아, 마음으로는 얼마나 이 늠름한 젊은이들이 희망을 품고 서울로 들어가게 하고 싶었던가? 하지만 월동도 말한 것처럼 저 임오년 이래, 떨쳐 일어난 자신은 얼마나 사선 속을 방황하며 악전고 투했던가? 그런데도 기울기 시작한 나라를 위해 무엇 하나 기여한 것이 없지 않은가? 오랜 악정이 쌓여 마침내 공미 창고를 비롯한 국고는 텅 비었고 결국 금성(禁城)의 경계, 서울의 치안을 맡고 있던 군졸의 월량(月糧)조차 지급되지 못한 지 십삼 개월, 그것이 임오년이었다.

하지만 그해 6월 9일, 한 달 치 급여가 나온다는 소리에 굶주린 호랑이처럼 떼를 지어 달려간 군졸들은 그것이 썩어 버린 쌀인 데다 모래까지 섞여 있는 것을 보고 흥분하여 그대로 폭동을 일으키고 말았다. 결국 때가 무르익은 것이다. 일거에 간신권문을 제거하고 국정을 개혁해야 한다는 무리의 선두에 나서 검을 치켜들었던 것이, 그가 시작한 이른바 직접 행동의 시초였다.

대오를 이루어 밀물처럼 운현궁으로 몰려가 환호성을 올리며 대원군의 출려(出廬)를 재촉하고 한 무리는 정부 대관들의 저택으로! 또 한 부대는 수렴 정치의 본존인 민비와 도망쳐 들어간 현관(顯官)들이 있는 왕궁으로! 왕궁으로! 그는 그때도 이로써 새로운 시대가 열렸다고 생각했다. 과연 대원군의 출려로 성안의 인심은 안정되고 왕궁에서 민비가 쫓겨났으며 면종복배(面從腹背)하던 권신들도 자취를 감추었다. 하지만 뜻밖에도 이른바 이 임오군란은 청나라 군대 삼천 명의 출동을 불러온 것이다. 더구나 그들은 이 사변의 흑막으로 대원군을 지목, 군영으로 납치했다가 끝내는 천진으로 호송하는 폭거. 그리고 난도를 진압한다는 명분으로 점포를 약탈하고 부호들의 문안으로 들어가 술과 음식을 강요했으며 양가에 난입하여 부녀자를 능욕하였다. 윤천일은 대경실색하여 눈을 부릅떴다. 도대체 어찌 이런 일이. 그로서는 우국의 격정으로 꾸몄던 이 군란이 외국 군대의 침략을 불러왔고 오히려 국가의 안태마저 궁지에 몰아넣게 될 줄이야. 게다가 난병들은 이미 고매한 이상 따위 간 데 없고 이제는 비적으로 화하여 백주에 공공연히 부호와 권문의 저택을 휩쓸고 돌아다니는 상황이었다. 그래도 외적과는 싸워야 한다고 그는 믿어 의심치 않았다. 그리하여 다시 한번 난도(亂徒)들 속에 뛰어들어 청국 군대에 저항을 시도해서 끝내 백병전으로 하기에 이르렀다. 그러는 동안 그가 살던 집은 청국 군대의 습격을 받았고, 장남 일동의 아내는 폭행 후 참살을 당했다.

그러던 그가 갑자기 총을 버렸다. 난도들과 운명을 함께할 것이 아니라 더 큰 국가 이상을 위해 살아야만 했다. 그것이야말로 참으로 강하게 사는 것이라 홀연히 깨달았던 것이다. 아니, 목숨을 걸고서라도 자신의 중대한 실책에 대해 책임을 져야 한다고 생각했던 것이다. 그날부터 그의 지하 생활이 시작되었다. 마침내 그도 역사의 운행, 세계의 진전에 눈을 뜸과 동시에 시대를 걱정하고 나라를 염려하는 소장파 급진당에 몸담아 끝내는 국가 개혁을 위해 신명을 바치기로 결심을 굳혔다.

역시 청국과의 전통적인 주종 관계를 타파하고 신흥 일본과 함께 나아갈 때 비로소 이 나라에 여명이 있는 것이라 깨달았기 때문이었다. 그것은 그의 재탄생이었다. 이 나라에는 혼자서 일어설 힘이 없다. 하지만 이번 우정국 사변에 따른 다케조에 공사의 조치를 보고, 믿었던 일본에도 단호한 결의가 없음을 깨닫자 그는 눈앞이 캄캄해지고 발밑이 무너져 내리는 듯했다.

물론 발길을 붙잡듯이 뒤에서 아버지를 부르곤 하는 월동의 목소리에 담긴 원망을 그도 알고 있었다. 새로운 시대, 새로운 광명, 새로운 지식을 찾아 타오르는 듯한 정열을 쏟아왔던 젊은이의 회한은 꼬리를 끌고 미련과 동경은 서울 쪽으로 흘러만 가는 것이 아니겠는가? 하지만 이제 와서 이 젊은이가 무엇을 할 수 있으랴. 서울에서 그를 기다리고 있는 것이라고는, 윤천일의 자식이라는 것 때문에 받아야 할 교수대뿐 아닌가?

"그래, 나는 결코 지친 것이 아니야. 너희들은 그저 잠자코 따라오면 된다. 이제부터 우리에겐 복수의 생활이 시작되는 거니까. 하늘은 우리에게 복수의 삶을 주셨을 뿐이지. 자아, 가자! 산도 숲도 모조리 태워 버려라! 이 대지에 새빨간 불꽃이 파도처럼 넘실거리고 하늘에는 검은 연기가 탁류처럼 소용돌이치도록!"

이리하여 그들은 날개를 나란히 한 새 떼처럼, 즐거운 여행을 할 수야 없었지만, 그래도 열하루째 되는 날에는 이 골짜기 속의 조그만 부락을 찾아냈고 어찌어찌 몸을 부릴 수가 있었다. 다행히도 부락에는 빈 오두막이 하나 있어서 달팽이처럼 그 속으로 기어든 것이다. 그들의 과거를 아는 자는 이 배나무골에 아무도 없었다. 윤 선생, 그것이 이 부락 사람들이 그를 존경하여 부르는 유일한 호칭이 되었다.

2.

윤천일은 저 건너 보이는 곳에서 숲을 태우느라 하얀 연기가 피어오르는 광경을 뚫어지게 바라보면서 작년 겨울, 그 절벽 위에서 지는 해의 저주스런 향연을 바라보던 자신과 지금의 자신의 심정을, 그저 평온하게 견주어 보고 있었다. 연기는 뭉게뭉게 점점 짙어지며 퍼져

가는 것이 마치 흰 구름이 솟아나는 것 같았다. 저 연기도 틀림없이 또 누군가가 이 골짜기에 기어들어 와 불을 놓았기 때문일 것이다. 그렇게 생각하자 이번에는 거의 육체적이라고도 할 수 있는 고통과 서글픔을 그는 느꼈다. 그는 고개를 떨구고 어깨로 깊은 한숨을 한 번 쉬더니 길을 되돌아와서 성큼성큼 걷기 시작했다.

"정말 엉망진창이로군."

그는 한심하다는 듯이 중얼거렸다. 그러다가 무슨 일일까? 한 이십 미터도 못 가서 얼른 몸을 돌리더니 바위 그늘에 몸을 숨겼다. 그러고는 저 아래쪽 고갯길을 응시하며 한 손으로는 천천히 화살을 꺼내는 것이다. 관목 사이로 보니 넝쿨들이 얽히고설킨 바위 사이로 뭔가 시커먼 것이 움직이고 있었다.

그러자 그는 놀란 듯이 일어서더니 서둘러 화살을 다시 집어넣고 그쪽 방향을 향해 내려가기 시작했다. 관목 아래를 지나 자갈과 풀뿌리를 가르고 바위를 뛰어넘고 나뭇가지에 매달려가며 내려가 보니 그곳에는 시커멓게 더럽혀진 홑삼베옷을 걸친 노파 하나가 쭈그리고 앉아 넝쿨 풀뿌리를 캐고 있었다. 그는 그 옆의 바위 위에 서서 산뽕나무의 마른 잎을 말아 곰방대에 채워 넣으며 물었다.

"득보(得甫) 할머니, 많이 캐셨소?"

사람 소리에 놀란 돌아본 노파는 천일임을 알아 보고 힘없이 고개를 떨구었다. 바람에 날려 산발을 한 머리카락 사이로 보이는 누렇게 뜬 얼굴은 바짝 말라 주름이 지고 입가에는 몇 겹이나 주름이 모여 있었다. 적의를 담은 듯이 눈은 푸른빛이 돌며 흔들리고, 굽힌 허리 양옆에서는 손이 덜덜 떨렸다.

"많이 캤냐고?"

거칠고 쉰 목소리였다.

"흥, 모조리 말라 번졌어. 이 골짜기엔 이제 도토리 한 알, 풀뿌리 하나도 없당께. 인자부터 가을꺼정 도대체 뭘로 풀칠을 해야 하능 겨? 대관절 자네들의 천국잉가 뭔가는 은제나 오는 겨? 작년에 이눔의 지옥 겉은 골짜기를 뜨겠다는 거를 오늘날꺼정 붙잡아두구, 이런 꼴을 당허게 허니 못 살겠구먼……."

하며 자라처럼 고개를 내밀었다.

"엉, 확실히 한 번 더 물어보장께! 느그 자슥잉가 천산가는 은제나 우덜얼 데릴러 오능 겨?"

"머지않아 틀림없이 와요. 다들 조금만 더 기다립시다, 할머니."

"형, 내가 뒈지고 나면 흙 덮어주러나 올랑가? 그 전에 늑대들이 찢어 불겄지. 글구 나면 까마구들이 떼로 와서 쪼아댈 거이구."

"그런 말씀 하시면 안 돼요. 곧 좋은 소식 가지고 돌아올 테니. 조금만 더 참아주세요 ……. 자, 오늘은 이거라도 구워 드세요."

천일은 허리춤에서 꿩 한 마리를 떼어 내더니 획, 하고 던졌다.

"득보 할아범은 집에 계세요?'

"아침부텀 멀찌거니 가 번졌어. 어디 좋은 숲이나 있으면 불이라도 놓겄다고 말여. 자네 그 꿈 겉은 소리만 믿고 있다고 입으로 밥 들어올 것두 아닝께."

중얼거리며 노파는 발밑에 떨어진 꿩의 목덜미를 움켜잡았다.

"어디 또 새로 밭을 일궈야지. 인자 곧 씨두 뿌려야 할 거이구. 어째피 저주받은 목숨들이여, 자네 자슥들도 어디 숲 속에서 호랭이헌 티 물려 죽응 겨?"

"거, 무슨."

하고 천일은 쓴웃음을 씹으며 그곳을 떠나 산기슭 쪽으로 내려왔지만 잔뜩 찡그린 얼굴은 역시 어두운 그림자를 감추지 못했다. 골짝 아래로 내려와 보니 바람도 잔잔해지고 부드러운 햇살에 바위틈이나 나뭇등걸 아래 있던 눈도 녹고 있었다. 높다란 배나무 밑을 지나 오솔길을 따라 안으로 들어가면 그 언저리부터 양쪽 고개에 올망졸망 통나무 오두막들이 숨어 있었다. 어떤 것은 바위를 등지고 나무 그늘에, 혹은 오솔길 가에, 언덕 꼭대기에, 때로는 화전 한가운데. 하지만 이 마을에서 아직 식량이 남아 있는 집이라고는 단 한 집도 없는지 그들은 남김없이 산속으로 절벽 아래로 기어 다니며 풀뿌리를 캐어 연명해가며 이제 곧 어딘가 적당한 곳으로 경작지를 찾아 떠날 참이었다. 화전민들의 풍습대로라면 이미 오래전에 그들은 이곳을 떠났어야 한다. 사실, 이날 이때까지 그들을 이곳에 붙잡아둔 것은 윤천일 자신이었다. 아니, 일단 마음먹으면 그대로 밀고 나가는 굳은 의지의 소유주인 그는 그 불굴의 뚝심과 단련된 육체, 준열한 인격에 의해 어느새 이곳의 촌장이라도 된 것처럼 부락민들의 우러름을 받았고 자신도 분투하여 가엾은 그들을 이끌어가고 있었다. 또한 그에게는 깊이 생각하는 바가 있었기 때문에 모든 부락민들을 여기 잡아놓고 구원의 손을 뻗치려 하고 있는 것이다. 하지만 오히려 그런 사실들이 이제 와서는 부락민들이 점차 등을 돌리게 하는 원인이 되고 있기도 했다.

비록 시대를 저주하고 세상을 증오하며 서울을 원망하다가 마침내는 자포자기한 반역의 무리, 화전민이 되어버린 그들이었지만 차마 눈 뜨고 보기 힘들 만큼 참담한 산사람들의 삶을 눈앞에 보면서 문득 그들의 가슴속에 하늘의 계시처럼 새로운 각성과 투쟁의 의지가 타오르기 시작한 것이다. 산과 숲에 불을 놓아 강토를 짓밟음으로서 자신의 불만과 저주를 풀어내 보았자 그것이 결코 자기들의 삶에 도움이 되지 않을 것이고, 도움이 되기는커녕 냄새나는 귀리나 썩은 감자조차 동이 나고 도토리 열매니 나무껍질, 풀뿌리까지 캐어야만 하는 처지가 아닌가. 그러다가 건강을 해쳐 중풍, 황달, 폐병으로 끝내는 나뭇가지처럼 시들고 말라 버리게 되는 것이다. 게다가 해마다 자연의 폭력으로 논밭과 집들이 휩쓸려 떠내려가고 맹수들의 습격에 떨어야 했다.

도대체 이런 것이 평지에서 쫓겨난 자들의 진정한 삶이란 말인가. 스스로 떨쳐 일어나 이러한 빈궁을 타개할 길은 없는 것일까? 이런 깊은 회의와 절망의 밑바닥에 빠져 겨울, 봄, 여름의 비참한 나날을 고통스럽게 지내왔다. 그렇기는 하지만 처음 그들 삼부자가 숲에 들어와 불을 놓았을 때, 그 광경은 얼마나 장엄했던가. 불의 붉은 혓바닥은 요정이 춤을 추듯 훨훨 가지에서 가지로, 나무에서 나무로 날아다니고 마침내 연기가 그 언저리를 온통 지옥처럼 채웠다. 그 속에서 타닥, 투둑, 하고 악마의 음악처럼 생이파리들이 타는 소리가 울려 나왔다. 그러면서 그 일대가 불바다로 변하고, 불의 노도가 미친 듯이 날뛰고, 그것이 연기의 막을 치면서 그들이 서 있던 곳까지 번져오기 시작했다. 폭음처럼 텅, 텅, 하며 생나무들이 터지는 소리도 들렸다. 그러자 여기저기에서 불에 쫓긴 노루와 늑대, 여우가 뛰쳐나와 달려갔다. 일동과 월동 형제는 그들을 따라 달렸다. 천일은 마치 전쟁터를 질주하며 개가라도 부르듯이 숲 부근을 껄껄 웃어가며, 혹은 허허허 하는 너털웃음을 터뜨리며 구르고 넘어지며 뛰어다녔다. 이것으로 자기를 짓누르고 있던 울분이 단번에 발산된 것 같았다. 하지만 나중에 불탄 곳을 돌아보니 그곳은 바위투성이의 돌짝밭인 데다가 골짜기로

나뉘어 있는 경지로서는 거의 쓸모가 없었다. 그래도 봄이 오자 곳곳
에 두렁을 만들고 집집에서 조금씩 나누어준 씨를 뿌렸고, 여름이 끝
날 무렵에는 검은 재로 뒤덮였던 경사진 바위틈 같은 곳들이 귀리나
감자의 푸른 잎으로 메워지고, 산기슭의 돌밭에는 메밀꽃이 조금씩
피어 바람이 부는 대로 흔들렸다.

　하지만 며칠 동안 심상찮은 검은 구름이 떠다니는가 싶더니 갑자기
하늘에 구름이 가득 끼고 엄청난 폭풍우가 몰려왔다. 울어대는 천둥
소리는 하늘을 가루로 만들고 번개는 빛을 뿌리며, 퍼부어대는 빗줄
기는 논밭을 휩쓸고 미친바람은 노목들을 밑동부터 쓰러뜨렸다. 이
배나무골 사람들은 오두막 속에 둘러앉아 떨고 있었다. 지붕은 벗겨
져 날아가고 빗물은 폭포처럼 벽을 부수고 밀려들었다. 천일 부자 세
사람은 다른 이들의 안부를 걱정하여 폭풍우 속으로 뛰어들어 이곳저
곳을 돌아다녔다. 그들은 비틀대다가 넘어지기도 하고 다시 일어서다
엎어지기도 했고, 또 때로는 흐르는 물속에 빠졌다가 나무둥치를 잡
고 기어 나오기도 했다.

　"어이, 괜찮아?"

　"임 서방, 별일 없소?"

　"위험하니까 동굴로 가!"

　무너진 오두막에서 기어 나온 남자, 여자들이 어린아이들을 끌어안
고 비틀대며 내려오기도 했다. 그들은 번갯불에 유령처럼 보였다. 어
디선가 요란한 빗소리를 뚫고 구원을 청하는 목소리도 들려왔다. 겁
에 질린 아이들의 울음소리도 희미하게 들린다.

　"사람 살려, 사람 살려!"

　"엄마, 엄마!"

그 순간, 하늘은 울리고 땅은 진동하며 산은 불을 뿜었다. 천일은 번쩍이는 번개 속에서 하늘이 성난 모습으로 미친 듯이 날뛰고 아, 하는 순간에 절벽을 거꾸로 차 내리는 것을 보았다. 바로 그 아래 현 초시의 오두막이 매달려 있었다. 그가 앗, 하는 비명을 지름과 동시에 반사적으로 현 초시의 집 쪽으로 달려갔지만 이미 일가족 네 사람의 오두막은 낙반(落磐)에 맞아 찌그러지면서 빙글빙글 허공을 돌다 곤두박질쳤다. 그러고 나서 바로 말끔하게 비가 개었다.

산 위에 서서 둘러보니 계류는 성난 파도를 만들어 굉음을 울리며 흐르고, 저 건너 보이는 곳으로는 안개가 바다처럼 범람하고 있었으며, 그것이 산기슭과 숲을 핥으며 점점 넓어져 가고 있었다. 까마귀 떼가 눈부신 태양의 황금빛을 받으며 그 위를 날아다녔다. 천일은 완전히 넋이 빠져 미친 듯이 발을 구르며 소리쳤다.

"꼴 좋다! 하하하, 꼴 좋아! 우리의 복수와 저주가 그대로 나타났구먼. 산에 불을 지르고 숲을 태워 우리는 물의 군세를 만들어 준 거야. 자아, 서울로 진군하자구! 진군, 진군이다! 으하하하, 하하. 우리의 분노를 싣고 저주의 나팔과 북소리의 배웅을 받고 닥치는 대로 집어삼키며 서울로! 악과 죄로 가득 찬 서울로, 최후의 심판을 위해 총진군이다! 그렇구나. 악마의 사자, 까마귀 떼야, 너희들은 지금 장송곡을 부르고 있구나……."

말하자면 이 절규 속에 그들 산사람들의 모든 울분이 숨어 있는 것이었다. 절망도 비탄도 보상을 받고 남음직한 통쾌함을 느꼈다. 하지만 끝까지 말을 이어가지 못하고 그는 무엇엔가 홀린 듯이 눈을 부릅뜨고 몸이 뻣뻣해지며 비틀거렸다. 한순간 홀연히 그 앞에 안개가 가득 차더니 그 속에서 산신령이 나타난 것이다.

"어리석은 것들, 아직도 깨닫지 못하는 거냐!"

산신령은 이렇게 꾸짖었다.

"너희들, 신령한 산을 더럽히는 자들에 대한 나의 징벌이 지금 너희 마을을 향해 다가오고 있다!"

"오오, 지고지상의 산신령이시여!"

천일은 그 자리에 엎드렸다. 이제 그는 이 천지 진동하는 흉변이야말로, 그들이 닥치는 대로 산에 불을 지르고 숲을 태워 버린 것에 대한 산신들의 분노 때문임을 알고 부들부들 몸을 떨면서 용서를 빌었다. 산신은 자신이 거하는 산과 숲을 더럽힌 그들을 결코 그냥 두지 않았던 것이다. 본보기처럼 현 초시 일가를 멸망시켰고 그 타는 듯한 분노는 홍수가 되어 이 마을 사람들의 생활을 뿌리째 짓밟으려 하고 있었다. 아아, 그렇다. 자신들은 바로 이 강을 통해 참으로 고향과 이어져 있었던 것이다. 산신은 지금까지 난폭 무지한 산사람들에게 반성과 징벌을 내리기 위해 온 나라에 물난리를 일으켰던 것이 아닌가. 그래서 해마다 수화(水禍)로 권속을 잃고 자산을 날려버린 각지의 수재민들은 남녀노소 할 것 없이 서울로 흘러들었고 드디어 왕도는 움막으로 이루어진 집단 취락으로 뒤덮이고 말았다. 게다가 홍수 뒤에는 언제나 역병이 각지에서 맹위를 떨쳤으니 행려병자들의 시체로 들이 가득 차고 길이 막힐 지경이었다. 산신은 지금까지 말없이 경고하고 있었던 것이다. 가련한 백성들이여, 너희들이야말로 스스로의 편이 되어야만 한다. 정치를 떠나고 시대를 얻지 못할지라도 여전히 의연하게 너희의 생활은 생활대로 존재하고 있는 것 아닌가, 라고. 그러고 보면 저 끔찍한 홍수는 단 한 번이라도 서울의 사치스런 자들을 수장(水葬)이라는 액운에 빠뜨린 적이 있었던가. 쫓기는 자들, 산사람들이 뿌린 죄악의 씨앗은 결국 그 고향에 있던 일족들이 거두고 있는 것이다.

이전 서울에서 군사로 있던 무렵, 홍수가 날 때마다 한강변에서 경비를 섰지만 팔짱을 끼고 그저 멍하니 있던 일이 떠올랐다. 탁류는 산을 무너뜨리고 바위를 씹으며 들을 핥고 소용돌이를 이루며 흐르고 있었다. 그 거품이 이는 중류쯤에서는 돼지가 떠내려가고 멱따는 소리를 질러댔고 지붕 위에 매달린 남자와 어린아이들이 목청껏 "사람 살려, 사람 살려!" 외치며 흘러갔다. 이러한 홍수의 비극, 지금 와서 생각해 보면 그것은 상류 쪽의 자신들, 산사람들이 불을 질러 산들을 벌거숭이로 만든 것에 기인하고 있지 않았던가. 문득 여기까지 생각이 미치자 끔찍한 공포와 참회의 정이 그를 덮었다. 시대를 잘못 만나고 운명이 등을 돌려 압정과 착취의 말발굽 아래 신음하는 창생(蒼生)이 신에게마저 버림을 받는다면 어떻게 될까.

그래서 그는 부락 남자들을 빠짐없이 모으고 골짜기 속, 소나무 숲 가운데 황토로 쌓은 단 위에 돌담을 올렸고 스스로 제주가 되어 사흘 동안 목욕재계하고 산신 앞에 정성을 다해 맹세했다. 무엇보다 먼저, 산신의 분노를 샀을 때는 그 자비에 매달리는 수밖에 없다고 생각해서였다. 이 종은 이제부터 산신님의 다스림을 받는 백성들에게 불을 금하는 명을 내리고자 합니다. 바라옵기는 우리들의 죽을죄를 용서해 주옵소서, 하고. 그렇다면 우리는 어디로 가야 할 것인지, 오오 산신이여, 안주할 땅을 계시하옵소서, 하고 애원도 했다. 그런 연고로 지금 막 멀리 보이는 산에서 한 줄기 연기를 발견했을 때 그는 곧 산신과의 맹세를 떠올렸던 것이다.

과연 산에 불을 지르지 않는다면 그들은 어디로 가야 하는 것일까? 그들이 가야 할 곳, 이 마을 사람 모두가 신의 뜻을 어기지 않고 살아갈 수 있을 만한 땅을 찾으라고, 두 아들을 정처 없는 길로 떠나보낸 것이 작년 가을도 끝날 무렵이었다. 틀림없이 이 태백산맥 어딘가에 아직 사람이 살지 않고 광활하게 넓은 고원이나, 아니면 산으로 둘러싸인 곳이 있으리라 생각했기 때문이었다. 그런데 어찌된 일인지 이미 예정보다 한 달이나 늦어졌건만 여태껏 두 아들은 돌아 올 낌새가 없었다.

천일은 지금, 초라하긴 하지만 약간의 제물을 사냥으로 마련하여 돌아오지 않는 두 아들에 관해 산신님께 여쭙기 위해 가고 있는 중이었다. 구불구불한 오솔길을 골짜기를 따라 걷자니 오래지 않아 졸참나무를 등에 지고 거의 무너져 가고 있는 성용삼(成龍三)의 오두막 옆쪽으로 나왔다. 굴뚝에서는 검은 연기가 모락모락 피어나와 나무숲 속에 녹다 남은 눈 위를 기어가듯이 옆으로 퍼지고 있었다. 그는 안에서 기괴한 주문을 외워대는 낯선 남자들의 목소리를 듣고 마침내 그 밉살스런 마교(魔教)의 무리가 몰려올 것이라고 생각했다. 그 입구를 보니 벽에는 검은색으로 그려진 다음과 같은 부적이 붙어 있었다.

이곳의 성용삼 부부는 백치인 아들 봉수와 딸 봉이를 데리고 넷이서 살고 있었다. 황해도에서 머나먼 이 산속까지 흘러들어 온 지 벌써 삼 년이 되었다. 당시에는 일종의 요서(妖書)인 『정감록』의 터무니없는 예언을 이용하여 생겨난 갖가지 사교들이 가련하고 불우한 농촌에 마수를 뻗쳐, 정부는 이제 곧 무너지고 교주가 등극하여 정사를 보게 된다, 그렇게만 되면 교도들에게도 큰 덕을 입힐 것이라며 우매한 민중들을 속이고 있었다. 더구나 이 종교가 목적을 이루는 날까지는 반드시 이 지상에 물난리와 불난리의 재앙이 나타날 것이니 그러기 전에 교주의 말대로 강원도 금강산 기슭으로 모여야만 생명과 재산을 보전

할 수가 있다며 무지한 교도들을 태백산맥으로 몰아갔다. 성용삼 역시 이 말에 속아 있는 재산을 모조리 긁어 바치고 결국 여기 들어와 오두막을 짓고는 내세의 영화를 꿈꾸고 있는 사람 중의 하나였다. 그와 비슷한 교도들이 이 배나무골에만 대여섯 집이나 있었다. 그리고 여기서 북쪽으로 칠십 리, 산 넘고 골을 건너 작은 부락에는 포교당이 있어서 해마다 가을이면 각지의 교도들에게 수확한 쌀을 치성미라며 바치게 하고, 또 교주의 시녀로 봉해질 수 있다며 젊고 아리따운 아가씨들까지 끌고 갔다. 이 끔찍한 사실을 알고부터 천일은 우매한 교도들을 각성시키려 애쓰고 있었으니 포교당 패들은 그를 싫어할 수밖에 없었다. 오늘은 그들이 성용삼의 아내를 위해 주문을 외워주겠다는 구실로 찾아온 것이었다. 그녀는 먹을 것이 없어 굶주리다 한 열흘 전쯤 절벽 아래 소나무 밑에서 언 채로 말라붙어 있던 독버섯을 모르고 따먹었다. 그 때문에 독이 퍼져 온몸이 퉁퉁 부어 꼼짝 못 하게 되었고, 왼쪽 눈에도 백태가 끼어 눈이 거의 망가진 상태였다. 그들은 문쪽 벽에 눈의 액막이를 한다는 기묘한 부적을 붙이고 혹은 이를 구워 먹이는 등 하며 주문을 외우고 있었다.

하지만 실은, 천일이 이 마을 사람들을 어딘가로 데려가려 하고 있는 것을 알고 그러기 전에 이들을 다른 산으로 옮겨 놓으려는 속셈이 있어 온 것이었다. 더구나 목숨 걸고 가기를 거부하는 봉이를, 이번에 야말로 어딘가로 데려갈 궁리도 하고 있었다. 성용삼은 너무나 고통스런 현실에 시달린 끝에 불쌍한 딸을 바치고라도 빨리 영달하고 싶다고 생각하고 있는 모양이었지만 그의 아내와 본인이 끝까지 반항을 하는 통에 아직 뜻을 이루지 못하고 있었다. 무엇보다도 당사자인 봉이는 월동과 이미 굳은 약속을 한 풋풋한 연인 사이였다.

천일은 입구 쪽으로 성큼성큼 걸어가더니 벌컥 문을 열었다. 악취와 연기가 그의 온몸을 감쌌다. 어두운 방 안쪽에 일 척(尺) 정도의 높이로 기다랗게 만들어 놓은 화덕에는 모닥불이 시뻘겋게 타오르고 있었고, 방 안에는 목이 매울 정도의 연기가 들어차 있었다. 화덕 옆에 짚을 깔고 환자가 누워 있었고 그 옆에는 하얀 옷을 차려 입은 사내 셋이서 웅얼웅얼 주문을 외우고 있다가 그의 기척에 놀라 움찔하더니 의심과 적의에 가득 찬 눈길로 힐끗 올려다보았다. 성용삼은 어쩔 줄 모르고 엉거주춤 일어나더니 허리를 굽실했다. 딸인 봉이는 오늘도 어딘가로 가고 없는 듯싶어 천일은 자기도 모르게 안도하면서 이렇게 말을 꺼냈다.

"부인은 좀 어떠신가? 별로 달라진 게 없는 거 같구먼. 이걸 좀 구워서 먹이도록 하게나. 눈에는 좋다고들 하니까……."

그는 산비둘기 한 마리를 풀어내어 화덕 안에 던져 놓았다. 그것이 불에 그슬리느라 지글지글하는 소리를 들으며 천천히 문을 닫고 다시 걷기 시작했다. 하지만 내심 짜증스러움을 견딜 수가 없어 점차 발걸음이 빨라졌다. 그는 이렇게 날마다 사냥을 나왔고 돌아가는 길에는 마을의 가가호호를 돌면서 위로도 하고 격려도 하고, 혹은 돕기도 하면서 지내고 있었지만 날이 갈수록 불안하고 초조해지는 것은 어쩔 수가 없었다. 이들 산사람들은 평지 생활에서 온갖 가렴주구와 박해에 시달렸고 끝내 더는 견딜 수가 없어 이런 험산 준령으로 쫓겨 왔건만 이번에는 자연의 복수라든가 기아의 고통으로 헐떡이는 것을 보고 있자면, 더구나 그들이 무지몽매하여 수많은 사교 집단의 짐승 같은 놈들에게까지 또다시 피를 빨리는 것을 깨달았을 때, 그는 더욱 굳은 결심을 하지 않을 수가 없었다. 이 가련한 사람들을 어딘가 안주의 땅으로 이끌어 내야만 한다고.

그래서 그는 두 아들에게 활과 창 쓰는 법을 가르치기 시작했다. 삼부자가 봉우리를 타고 달리며 절벽 끝에서 함성을 지르고 숲 속을 기어 다니고 바위 위를 뛰어다녔다. 마침내 장남인 일동의 화살은 하늘을 뚫을 만큼 늠름해지고 이제 월동까지 아버지의 뜻을 이어 한마음으로 무술을 연마하였기 때문에 그의 창은 땅을 찢을 정도로 날카로워져 그들 두 아들은 아버지의 신묘한 무술을 따라잡을 정도가 되었다. 이리하여 산이나 숲에서 잡은 사냥감들을 둘러메고 골짜기로 돌아오면 반드시 산신 앞에 그것을 공양하고 소원을 빌었다. 이미 그때 천일은 신처럼 숭고한 존재였다.

"산신이여, 짐승들은 그들의 창에 쓰러지고 나는 새는 그들 발아래 떨어지며 별들도 그들의 길을 인도하도록 이 두 형제의 가는 길을 보호하옵소서. 그리하여 이 부락 열여섯 집, 총 일흔세 명에게 안주할 땅을 주시옵소서. 그때 산신께서 찬양을 받으실 것이옵니다. 만약 산신께서 이 형제의 여행길에 행운을 주시지 않는다면 우리는 절벽에서 뛰어내리거나 혹은 굶어죽거나 그도 아니면 호랑이의 먹이가 될 뿐입니다. 산신께서는 이 간토를 다스리는 지상의 주재자, 어찌 이 가엾은 창생에게 불행을 주시리오. 바라옵기는 굽어살피시사 이 마을에 베푸신 은혜로써 산신님의 기적과 축복의 증거를 삼으옵소서. 그들이 언제 떠나야 할 것인지 좋은 날과 방향을 계시해 주옵소서!"

어느 날 이렇게 신의 뜻을 묻고 있을 때 제단 뒤의 상수리나무 숲에서 나뭇가지를 꺾고 잎을 울리며 내려오는 큰 짐승의 기척이 적막과 신비로 싸인 공기를 흔들며 다가왔다. 삼부자는 자기도 모르게 벌떡 일어섰다. 제단에 바친 사냥감과 인간의 냄새를 맡고 심상치 않은 산짐승이 어슬렁어슬렁 내려오는 것이다. 그 기척에 대한 직감은 천일에게는 어떤 번개 같은 깨달음을 주었음과 동시에 그의 몸을 도는 피에 환희와 용기가 흘러들었다. 돌아보며 두 아들을 불렀다.

"산신님께 대한 반역자가 이제 다가올 것이다. 산신께서는 그 저주받을 반역자를 보내셔서 너희들에게 과연 지금부터의 앞길에서 만날 위협과 고난을 이겨낼 만한 힘이 있는지 없는지를 시험하시려는 것이다. 자, 지금이야말로 너희들이 신 앞에서 결의를 보이고 능력을 나타낼 때이다! 반역자를 보기 좋게 쏘아 넘겨서 제단에 바치고, 그러고 나서 산신님의 신탁을 구하기로 하자! 자, 나란히 저 바위 그늘에 몸을 숨기고 창을 겨누어라!"

형제는 재빨리 창을 어깨에 대고 몸을 돌려 제단 옆에 서 있는 바위에 숨어 노리고 있었다. 그때, 천일도 두 아들의 뒤를 따라 몸을 굽히고 창을 끌어당겼다. 짐승은 나뭇가지를 목으로 부러뜨리고 발로 관목 뿌리를 짓밟고 콧김을 주변에 날려가며 다가왔다. 숨 막힐 듯한 긴장이 그들을 얼어붙게 만들었다. 이제까지 사슴이나 늑대 정도는 쏘아 쓰러뜨린 적이 있으나 지금 나타나려는 큰 짐승은 처음 겪는 무서운 경험이었다. 큰 짐승 특유의 냄새가 그들을 더욱 겁먹게 만들었다. 곰이다! 천일이 속삭였다. 차남인 월동은 얼굴색이 창백해졌고 발이 휘청거렸고 손도 떨렸다. 이를 본 천일은 분노를 담은 나지막한 목소리로 외쳤다.

"찔러!"

동시에 바위 그늘에서 뛰쳐나오면서 창을 높이 치켜든 일동은 눈앞에 바짝 다가온 큰 짐승의 위용에 기겁한 것인지 순식간에 몸이 굳어지고 창을 든 팔이 요란스레 흔들렸다. 천일은 그 순간, 큰일 났다 싶어 고함을 질렀다.

"어서!"

차남 월동은 그 소리에 힘을 얻어 비틀비틀 다가서는가 싶었지만, 그 역시 창을 움켜쥔 채 망연자실한 모습이었다. 천일은 천둥 같은 소리로, '비켜!' 하고 소리치더니 번개 같은 기세로 뛰어나와 지금이라도 일동에게 덤벼들려고 일어선 거대한 곰을 향해 혼신의 힘을 다해 창을 찔러 넣었다. 그와 동시에 하늘이 울릴 듯한 소리로 부르짖었다.

"찔렀다!"

하지만 창은 곰을 찌른 것이 아니었다. 천일은 두 사람에게 용기를 주어 그들이 목숨을 걸고 직접 움직여 주기를 바랐던 것이다. 창은 땅에 꽂힌 채 부르르 떨고 있었다. 천일은 서둘러 곰 뒤로 달려갔다. '찔렀다!' 라는 음성, 그것이 두 사람을 현실로 돌아오게 만들었다. 곰이 땅에 찔린 창을 돌아보고 이를 뽑아 던지는 순간, 달려든 일동의 창이 제대로 짐승의 뒷머리를 관통했다. 이어서 덤벼든 월동의 필사적인 창은 몸부림치는 곰의 폐부를 찌르고 흔들렸다. 머리 위로 던져준 천일의 창을 받아든 월동이 다시 목을 찔렀고 창은 부러졌다. 거대한 짐승은 대지를 진동시키며 쿵, 하고 쓰러지고 말았다. 새끼줄로 그 발을 묶어서 셋이서 장대에 매달아 제단 앞으로 떠메다 놓고 천일이 주재하여 신의 뜻을 구했다. 소나무에 부는 바람도 고요하고 주변은 쥐 죽은 듯 가라앉았는데 산안개가 흐르듯이 퍼지기 시작했다. 노을이 지고 있었다. 문득 올려다보니 어두워지는 하늘에서 별똥별이 꼬리를 끌며 동남쪽 방향으로 떨어졌다.

이를 본 천일은 환희와 감격에 겨워 눈물을 흘려가며 연거푸 절을 했다. 그리고 사랑하는 두 아들을 바라보고 동남쪽을 가리키며 힘차게 외쳤다.

"산신령께서 계시를 내리셨다! 별의 인도하심으로. 자, 동남쪽이야!
오오, 보렴! 저 하늘에 서운(瑞雲)이 깔리고 석양빛을 되받아 아름답게
빛나고 있지 않으냐. 저 하늘에 내일 새벽 구름을 뚫고 태양이 떠오를
때, 너희 두 사람은 출발하는 거야. 저쪽에 우리의 천국이 있다! 자,
오늘 밤은 온 마을과 함께 너희 두 사람의 출발을 축하하자! 잔치다!
곰 고기를 구워 잔치를 하자꾸나!"

그날 밤, 마을 사람들은 남녀노소 할 것 없이 천일의 오두막 앞에
모여 모닥불을 피워 놓고, 저 숭고하신 산신령을 높이고 이제 곧 나타
날 안주의 땅을 꿈꾸며 진심으로 두 사람의 출발을 축복해 주었다. 시
뻘건 숯불에 곰 고기가 구워지고 권커니 잣거니 막걸리 사발이 돌면
서 술이 거나해지자 노래하는 사람도 있었고, 춤을 추는 사람도 있었
다. 여자들은 여자들끼리 수수떡을 찧고 국수를 밀어 그릇을 주고받
고 있었다. 기쁨의 잔치가 밤새워 계속되었다. 너나 할 것 없이 한꺼
번에 현실의 고통과 걱정을 잊어버린 듯한 흥겨운 모습을 눈앞에 보
면서 천일은 가슴이 메는 듯한 감개를 느꼈다. 절망의 구렁텅이에서
아직도 손을 뻗쳐 행복을 찾으려는 백성들, 이 사람들에게 구원이 없
다면 누구에게 구원이 있으랴.

장남 일동은 불빛에 얼굴이 발그레 달았고, 끓어오르는 흥분 속에
서 모닥불을 둘러싼 사람들을 상대로 자신의 기쁨과 이상을 이야기했
다. 그는 일찍이 이 나라 역사의 발자취를 연구하면서 자기 나름의 고
매한 이상을 이끌어낸 젊은 학도였다. 사화당쟁(士禍黨爭)이 그칠 날 없
는 피비린내 나는 이 시대를 저주하면서 이제부터 새로 태어날 조선
의 모습을 갈망해 마지않았다. 오랫동안에 걸친 고구려와 신라, 백제

의 삼국정립에서 유래한 지방 할거 정신, 그것이 고려를 거쳐 이조에 들어서면서 이른바 남인과 북인의 대립이 되었고, 당쟁 때문에 순결한 민족성은 황폐해질 대로 황폐해졌다. 고구려의 전투적인 성격, 신라의 진취적인 기상, 백제의 보수적인 특징, 이것들이 핏줄을 통해 혼연일체가 되었을 때 비로소 조선인에게도, 그 역사에도 빛나는 장래가 찾아올 것이다. 근대 민족으로서 새로이 출발할 수 있는 자격도 주어진다. 이 이상이 마침내 현실의 모습을 띠는 것도 멀지 않다고 말할 수 있다. 묵묵히 아버지를 따라 이 산속으로 들어온 그의 가슴속에는 이러한 남모르는 희망이 숨 쉬고 있었던 것이다. 그는 점차 달아올라 손을 흔들어대며 소리쳤다.

"여기에는 이 모든 나라의 사람들이 모여 있습니다. 고구려 백성도, 신라 백성도, 백제의 백성까지, 우리 역사에 일찍이 이와 같은 일이 언제 한번 있었습니까? 나라에서 쫓겨난 사람들끼리 모여, 우리들의 이 공동생활 속에서 진실로 새로운 조선인이 태어나는 것입니다. 경탄할 즐거움이 아닙니까? 우리 형제는 목숨을 걸고 무슨 일이 있어도, 반드시 안주의 땅을 찾아낼 것입니다!"

슬쩍 옆에 섞여서 그의 열변을 들으면서 천일은, 그 위대한 이상과 넘치는 듯한 정열에 감동하여 무심결에 가슴이 뛰었다. 자신이 그저 철저한 무사(武士)라 한다면 일동은 뛰어난 경륜가이자 현명한 지도자임이 틀림없었다. 지극히 만족스런 미소로 천일의 입가가 벌어졌다.

차남인 월동은 일찌감치 모습을 감추고 없었다. 사랑하는 봉이와 어디엔가 숨어 남몰래 내년 봄까지의 이별을 아쉬워하고 있을 것이다. 이를 눈치 챈 사람들도 다들 새삼스레 큰 소리로 유쾌하게 웃어가며 두 사람의 장래 행복을 위해 축복했다. 이것이 계기가 되어 노랫소리는 더욱 높아졌고 바가지를 두드려 박자를 맞추며 다들 일어서서 춤을 추는 소란이 벌어졌다.

천일은 그날 일을 떠올리며 문득 눈시울이 뜨거워졌다.

산신을 찬양하고 경외할 줄 알며 오로지 그 자비에 매달리려 하는 마을 사람들이었다. 더구나 그들은 지상의 낙원을 꿈꾸며 얼마나 행복과 기쁨에 차 있었던가?

일동 형제가, 정성껏 만든 떡과 주먹밥을 지고 창과 활을 들고 출발할 때, 거룩한 천사라도 배웅하듯이 절벽 아래까지 따라갔던 그들이었다. 그런데 두 사람은 예정했던 날짜에서 두 달이 지나도록 돌아오지 않고 있으니, 더 이상 산신의 공덕을 높이지도 않았고 신에 대한 두려움도 잊어버린 것인지 결국 산에 불을 놓지 않겠다는 산신에 대한 맹세조차 지키지 않게 되어 버린 것이다. 얼마나 두려운 일인가? 그건 그렇고 그렇게 신의 뜻을 받아 용감하게 길을 떠났던 두 형제는 어째서 돌아오지 않는 것일까? 그들을 이 골짜기로 다시 돌려보내지 않을 만큼, 그렇게 산신께서는 이 부락 사람들이 함께 지은 죄업을 저주하고 계시는 것일까?

벌써 노을빛이 짙어지고 무성한 숲 속에는 검은 기운이 흐르고 있었다. 높다란 우듬지 이파리 끝은 금빛으로 빛나며 저녁 빛에 흔들리고 둥지로 돌아가는 작은 새들의 울음소리가 가끔씩 종이라도 울리는 듯했다. 천일은 잰걸음으로 오솔길을 걸어 숲을 빠져나오더니 산신의 제단 쪽으로 다가갔다. 제단은 솔숲으로 둘러싸인 높지막한 언덕 기슭에 돌단을 일 척(尺) 정도 쌓아올려 만들었다. 그 옆에는 수령을 알 수 없는 커다란 느티나무가 신령한 기운을 머금고 제단 위로 검은 그림자를 떨구고 있었다. 차가운 산기운이 나지막이 주변에 스며들어 한층 더 숲의 위엄이 떠돌고 있었다. 제단 앞으로 조용히 걸음을 옮겨 놓던 그가 흠칫, 놀라 멈춰 섰다. 뜻밖에도 얌전히 두 손을 모아 쥐고 엎드린 한 소녀의 그림자가 눈에 띄었기 때문이었다. 그는 첫눈에 그 것이 봉이임을 알아보았다. 천일은 소리 없이 그 뒤로 다가가 토끼니 꿩과 같은 제물을 조용히 내려놓고 자신도 공손히 머리를 숙였다. 그 것도 모르고 열심히 작은 소리로 계속되던 봉이의 기도 소리는 흘러 넘치는 눈물 속에 떨리고 있었다.

"산신령님, 하루라도 빨리 월동 씨 형제가 무사히 돌아올 수 있도 록 해주시옵소서. 부탁드립니다. 저의 몸이라도 제물이 필요하시다면 지금 당장 여기서 죽어도 좋사옵니다. 저는 목숨 같은 것은 소중하지 않습니다. 무슨 일이라도 할 터이니 월동 씨 형제가 빨리 돌아와서 이 곳 사람들을 구할 수 있도록 해주시옵소서."

천일은 이 가엾은 처녀의 기도 소리를 들으며 눈에 눈물이 가득 고 여 자기도 함께 기도를 올렸다.

"소녀는 하루고 이틀이고 여기서 돌아가지 않고 기도를 올릴 것입 니다. 어차피 소녀는 죽은 목숨이옵니다. 그 사람이 돌아와 저를 구해 주지 않는다면 저는 그 무서운 남자들에게 끌려갈 것입니다…… 아 아, 그 일만 생각하면…… 산신령님, 산신령님, 월동 씨는 어찌 된 것 일까요? 가르쳐 주옵소서. 저를 불쌍히 여기셔서 가르쳐 주옵소서. 다 시 늠름한 모습으로 돌아올 날은 언제이옵니까? 아아, 돌아와 주기만 한다면 저도 구해줄 것이온데. 산신님, 산신님, 소녀의 아버지는 이미 저를 그 사람들에게 넘겨주려 하고 있습니다. 어머니는 몸이 아파, 그 것도 지독한 병에 걸려 소녀를 지켜줄 힘이 없사옵니다. 산신령님, 어 머니도 빨리 병이 나아서……."

천일은 그녀 옆으로 다가가 조용히 그 가냘픈 어깨를 두드렸다. 그녀는 기겁을 하고 놀랐지만 그를 보자 그의 가슴에 얼굴을 묻고 와앙, 하고 울음을 터뜨렸다. 그는 봉이를 꼭 안아주면서 목이 멘 듯한 소리로 말했다.

"봉이야, 그리 슬퍼하지 말아라. 알겠니? 너의 치성이 틀림없이 산신령님께도 통했을 거야. 우리 아이들도 곧 돌아오게 해주실 것이 분명하고. 너나 나나 그때는 얼마나 기쁘겠니?"

"아저씨, 정말 돌아올까유?"

"그럼 돌아오고말고."

이렇게 고개를 끄덕이며 그는 봉이를 부축하여 일어섰다.

"그리고 어머니 병도 곧 나을 거다. 너무 걱정 말아라. 저 나쁜 놈들은 내가 막아주마 …… 자, 집으로 가자꾸나. 산신님께서는 너의 간절한 기도를 모두 다 들어주실 테니까 ……."

3.

불안과 기대의 날이 그로부터 이틀이나 또 이어졌지만 여전히 월동 형제의 소식은 없었다. 그리고 성용삼의 오두막에서는 흰옷을 걸친 사교 패들이 돌아갈 생각을 하지 않았다. 기묘한 모양의 부적을 종이에 써서 그것이 무슨 좋은 약이나 된다는 듯이 태워서 먹였지만, 또세 사내가 악마를 물리친다면서 기괴한 주문을 외우고 노래를 부르고 목검을 휘두르며 춤을 추어댔지만 안주인의 눈병은 아무런 차도가 없었다. 하지만 그들은 간사한 말로 어리석은 성용삼을 미혹케 하였다.

"이제 조금만 더 참으면 되네. 아직 신앙이 부족한 것 같구먼. 지성이 하늘에 통할 때는 먹자마자 효과가 있지만 아직 신앙이 약한 자들은 전혀 효과가 없거든."

이렇게 말하며 다시 괴상한 주문을 외우기 시작했다. 그곳에는 이 배나무골 주민의 한 사람, 그들의 가르침에 속아 넘어간 곰보 허 서방의 모습도 있었다. 성용삼과 허 서방은 구구절절 황송해하며 굽실굽실 떨리는 목소리로 그들에게 화답했다. 한 사내가 허 서방이 가져온 탁배기를 사발로 꿀꺽꿀꺽 마시고는 눈을 부릅뜨더니 병든 어머니 옆에서 바지런히 간호를 하고 있던 봉이의 얼굴을 올려다보았다.

나이는 그야말로 꽃 같은 열일곱 살, 청초한 이목구비에 서려 있는 건강한 젊음, 탐스런 검은 머릿결, 산마을 아가씨답게 거무스레한 목덜미, 서먹서먹한 태도에 보이는 솔직 담백함. 이런 것들이, 매캐한 연기로 연옥 같은 방에서 마치 황금빛을 발하는 천사처럼 그를 눈부시게 했다. 역시 가까운 산중에서 제일가는 미인이라고 사내는 탐욕스런 눈을 희번덕이며 혀를 날름거렸다.

봉이는 슬픔과 걱정으로 가득 찬 화덕 옆에 힘없이 누워 있는 수척한 어머니의 얼굴을 바라보며 뼈만 남은 손을 문질러 주고 있었다. 어머니는 때때로 경련이라도 일어난 듯이 얼굴을 찡그리고는 하소연하는 듯한 가느다란 목소리로 신음 소리를 냈다. 화덕 속의 불도 꺼져 가고 재 속에서 얼핏얼핏 성근 빛이 살아나곤 했다. 도대체 지금부터 어떻게 되는 것일까? 우리의 운명도 바로 이 타다 남은 불씨와 같다고 그녀는 생각했다. 어제도 천일 아저씨의 격려를 받고 친한 친구인 이쁜이네 집에서 하룻밤을 새운 그녀였다. 아침녘, 눈을 떠 보니, 오늘 내일 사이에 거렁뱅이 노릇을 하러 서울로 떠난다는 봉수가 문득

생각났다. 모자라는 오빠이다 보니 혹시 오늘 아침에라도 혼자서 느
닷없이 가 버린 것은 아닐까 걱정이 된 나머지, 뛰어 일어나 서둘러
돌아온 것이다. 하지만 봉수의 모습은 보이지 않았고, 길을 떠나며 지
고 갈 짚신이나 봇짐 따위가 뒷벽에 걸려 있었다. 후유, 안도의 숨을
내쉬었다. 설령 불구에 천치라 할지라도 자기를 더없이 사랑해 주는
오빠였다. 그 오빠조차 이제 곧 떠나간다. 이제부터 어찌 될 것인가?
우리의 운명은 틀림없이 이 꺼져 가는 불길처럼 될 거야, 그녀는 다시
한 번 마음속에서 중얼거렸다.

마침 그때 오두막 뒤편에서 봉수가 나무를 패가며 불러대는 언제나
의 각설이 타령이 들려왔다. 화덕에 지필 장작이라도 패고 있는 것이
리라. 그가 할 수 있는 일은 그것뿐이었다. 그래, 장작이라도 가지러
가서 한 번 더 오빠의 얼굴을 보자 싶어 봉이는 자리를 떴다. 힐끗힐
끗 그녀의 옆얼굴을 훔쳐보며 교활한 웃음을 짓고 있던 사내는, 그녀
가 나가려고 자기 앞을 지나자 묘하게 얼굴을 일그러뜨리며 마치 그
녀와 자기 사이에 천국과 지옥만큼의 거리라도 있는 듯 적잖이 낭패
한 기색으로 뒤로 물러났다. 그만큼 그녀의 아름다움에는 침범하기
어려운 데가 있었고 그 몸가짐에는 다가서기 어려운 구석이 있었다.

커다란 몸집의 봉수는 어디서 잘라왔는지 굵다란 회양목 가지를 손
도끼로, 지팡이로 다듬어가며 뒤도 돌아보지 않고 여전히 기묘한 각
설이 타령을 부르고 있었다.

그눔의 코를 버다가
호궁(胡弓)쟁이를 만나서
호궁 옆 자락에 붙여두

　　몇 푼이야 남겼지
　　품바 품바 품품바

"이렇게 추운 데서 뭘 하고 있어?"

봉이는 그 앞에 서서 입술이 뾰로통해서 말했다.

절벽에 가려진 아침 햇빛이 건너편 골짜기에 차 있던 안개를 눈부시게 비추고 있었다. 하지만 오두막 뒤편은 어두컴컴하고 아직도 차가운 바람이 불고 있었다. 봉수는 멍한 눈을 들고 힐쭉 웃었다. 그러더니 벌떡 일어서서 거렁뱅이처럼 한 손을 내밀더니 나머지 손은 병신처럼 슬쩍 구부려 박자를 맞추고 한쪽 어깨를 들썩여가며 본격적으로 노래를 시작하려 했다.

"싫어, 나 그런 노래는 질색이야!"

하지만 봉수는 신이 나서 부르기 시작했다.

　　그눔의 눈깔을 뽑아다가
　　매사냥꾼 만내서
　　매방울루 쓴대두
　　몇 푼이야 남겼지
　　어얼씨구 잘헌다

"으며, 나 각설이 잘허쟈?"

"바보같이, 그런 거 듣고 싶지 않아."

"듣기 싫다고, 으쩌서?"

봉수는 이상하다는 듯이 눈을 번득이며 올려다보았다.

"자, 그러믄 니는 저눔들헌테 끌려갈 거이냐? 내는 에잇, 저눔들이

미웅께로 저눔들 코랑 눈깔을 뽑아다가 팔아불자는 거…….. 서울이란
건, 니는 잘 몰루두 음청난 곳이래여. 커단 가게들이 죽 늘어져 있고,
그 앞을 그지 떼들이 줄줄이 걸어다니고 있다등만. 재미진 노래라도
불러가믄서 손을 벌리야지, 누가 기양 동냥을 줄 거 같으냐? 그눔이
누구냐고 물으면 그거이 산속에 흰옷 입은 나쁜 눔들이라고 하면 되
능 겨. 그려두 안 주면 너 같은 양반 놈들 말이다, 허고 춤을 뱉어줄
겨. 이히히, 어뗘? 나가 음청 똑똑허지야?”

 그러더니 한층 더 의기양양해서 몸을 흔들어가며 노래를 부르기 시
작했다.

  그눔의 귀를 비틀어다가
  떡집을 내어서
  떡이라구 팔어두
  몇 푼이야 남겼지
  품바 품바 품품바

 오빠가 이렇게까지 자기 처지를 걱정하고 있구나 싶으니, 더구나
그것이 불구 오빠인 만큼 한층 더 가엾고 서글펐다. 아버지, 어머니는
저 무서운 남자들에게 속아 외동딸을 교단에 바쳐서라도 그 덕분에
장생불사하면서 현세의 환락을 누려보려 눈이 어두워 있었다. 다시
그 생각이 나자 아직 월동도 돌아오지 않은 형편에 아무리 별 힘이
되지 못한다 해도 일가 중에 자기를 생각해 주는 오직 한 사람인 오
빠를 머나먼 서울에, 그것도 거렁뱅이 나그넷길을 떠나게 해야 한다
는 것이 더할 수 없이 슬펐다. 봉이는 쭈그리고 앉아 그 지팡이를 끌
어당겼다. 자기도 모르게 눈시울이 뜨거워지고 목소리가 떨렸다.

"있잖여, 오빠는 진짜루 서울루 갈 작정인 겨?"

"그럼, 가구말구. 지금부터 떠날 생각여. 지팽이두 다 만들었구
……. 지팽이 일루 줘. 얼릉 달랑께."

"난 싫여."

그녀는 화가 난 듯이 지팡이를 뒤로 감추었다.

"아니, 월동이가 곧 돌아올 거 아닌가벼. 니두 월동이와 같이 서울
로 나오믄 되잖여. 월동이두 서울이 좋다더구먼그려. 돌아오믄 너랑
같이 저도 오겄다구 혔었잖여."

"자, 그러믄 같이 가믄 되겄네. 오빠 혼자 먼 서울꺼정 보내는 거는
엄마 아부지도 허락 않을 겨."

"이히히, 괜찮여. 나 같응 거 있어봤자 아무 힘도 없응께 거기다 인
자 먹을 것도 없구……. 아부지는 은제나 나더러 밥버러지, 밥버러지,
허잖여. 오히려 좋아할 겨."

"아무리, 그럴라구…….

"지팽이를 달랑께. 어여 줘……. 월동이는 말여, 강물이 아조 다 녹
아서 흐르기 시작허믄 돌아온다구 혔응께, 인자 곧 돌아오겄구먼. 인
자 너두 울 거 없어. 달랑께, 어여 줘."

그렇게 말하며 몸을 굽히고 그는 누이동생에게서 지팡이를 빼앗더
니 일어섰다.

"이거는 내 장사 밑천이란 말여. 이거를 짚고 이렇게 쩔뚝거리면서,
이렇게 걷능 겨. 알겄어?"

봉수는 지팡이를 옆구리에 끼고 그 언저리를 발을 끌며 대여섯 걸
음 걸어 보였다. 그 가엾은 거지 흉내를 보자마자 봉이는 눈물이 쏟아
졌다.

"으떠? 진짜루 쩔뚝발이 걷지야? 그지야? 이렇게 절룩절룩혀 가믄서 점방 앞을 다님서 이렇게 손을 내밀고 노래를 불르능 겨."

그러더니 머리까지 흔들기 시작했다.

　　그눔의 팔을 싹둑 잘러다가
　　……

"그렁게 월동 씨가 돌아오믄 같이 가잔 말여…… 서울 가서 쪼맨헌 방을 빌리능 겨. 그려가지구 오빠랑 같이 살믄 좋잖여."

"근디 나는 얼릉 안 가믄 벌 받을 겨. 강을 타구 내려가서 내가 용왕님 헌티 몇 번이나 맹세를 혔응께. 얼음이 전부 녹아서 물이 흘르기 시작허믄 나도 서울로 일허러 가겠습니다, 허구 말여. 근디 얼음이 다 녹아 번졌는디두 안 가믄 용왕님이 화가 나서 가는 디마다 방해를 헐 것이 틀림없구먼. 긍께 너는 월동이가 돌아오믄 둘이서 오믄 되지. 나는 날마다 제일 요란한 거리를 돌아다닐 것잉께 금시 찾을 겨. 서울서 만나서 같이 살더라고 잉. 그려, 그때는 내가 너헌티 커다란 거울도 사줄 겨. 알겄제? 히히히, 용왕님이 분명히 우덜얼 서울서 만나게 해주실 겨."

그러고 보면 꽁꽁 얼어붙은 강물이 녹아 흐르기 시작하면 자기는 떠날 것이라는 게 봉수가 언제나 하는 소리였다. 정말 추위도 한풀 꺾이고 눈도 녹고 얼음판이 갈라지기 시작하면서부터 그는 날마다 강으로 내려가 무어라 열심히 중얼거리며 용왕님께 기도를 올리고 있었다. 바로 나흘 전에 그는 허겁지겁 뛰어들어 와서 이렇게 고함을 질렀다.

"얼었든 강물이 흘르기 시작혔어!"

이것이 그에게 무슨 의미인지를 아버지 성용삼이나 병든 어머니는 몰랐다. 하지만 그가 뛰어들어 왔을 때, 그 기쁨에 찬 얼굴과 하얗고 커다란 방심한 듯한 눈을 본 순간, 봉이는 남모르는 쓰라린 서글픔을 느꼈다. 어차피 헤어지게 될 이런 날이 오리라는 것을 알고는 있었다.

"오빠, 제발 부탁이여."

그녀는 애원하듯 그의 몸에 매달렸다.

"제발 가지 말아달랑께. 그 사람들이 나를 끌고 갈려구 허믄…….."

"그럴 리가 읎어."

봉수는 당치 않다는 듯이 눈을 부릅떴다.

"내가 아까 그 노래를 불르고 돌아댕기기만 허믄 저런 나쁜 놈들은 차례로다가 죽을 겨. 너헌티 손을 댈 수가 없당께."

하더니 다시 목청을 높여 열심히 노래를 부르기 시작했다.

> 그놈의 팔을 싹둑 잘러다가
> 갈퀴장수를 만나서
> 갈퀴라고 팔기만 혀도
> 몇 푼이야 남겄지
> ……

봉이는 오빠의 부질없는 이야기와 노래를 듣고 있자니 눈물이 하염없이 흘러 견딜 수가 없었다. 마침내 그녀는 치마로 얼굴을 감싸고 흐느껴 울기 시작했다. 이를 본 봉수는 문득 노랫소리를 멈추고 눈을 희번덕거렸다. 그리고는 고개를 갸웃거리며 그녀의 얼굴을 열심히 들여다보며,

"야, 너 으째 우는 겨?"

"오빠는 오늘 진짜루 갈 겨?"

그녀는 얼굴을 들지 못했다.

"그려, 지금 떠날 겨."

"그러믄 아부지랑 엄니헌티두 인사를 혀야지……."

"안 보낼 거이 뻔헌디. 나는 엄니 아부지헌티 혼구녕이 날까 무서운디."

그러면서 그는 벽에 걸려 있던 봇짐과 짚신을 내려 어깨에 둘러멨다.

"내가 서울 가서 돈을 잔뜩 벌믄 엄니 약을 사가지구 올 겨. 야, 울지를 말어라 잉. 그때는 너헌티두 달빛 겉은 은반지를 사다줄 팅께."

"우덜이 그때까지 여기 있을 성싶어? 아부지는 엄마가 걸을 수만 있게 되믄 내일이라두 당장 딴 디루 가버릴 심산인디……."

봉수는 약간 풀이 죽어 몹시도 서글픈 얼굴이 되었다. 그러더니 뒤도 안 돌아보고 고개를 떨구고는 저벅저벅 산을 내려가기 시작했다. 한마디만 중얼거렸다.

"잘 있으라."

"기다려, 기다려."

봉이는 달려가 그의 소매를 붙잡았다.

"오빠는 돈도 먹을 것도 읎이……."

"이 주머니 속에 도토리가 잔뜩 들어 있어야. 거그다가 이 지팽이허구 노래가 있잖여. 나는 이 산만 나서믄 금시라도 거렁뱅이가 될 겨."

"그러믄 이걸루다 못 보게 될지두 모롱게 엄니 아부지헌티 인사를 혀얄 것 아녀."

그녀는 안타깝게 소맷자락에 매달렸다.

"내가 긍게 어젯밤에 혼자 일어나서 마음속으루 엄니 아부지헌티 벌써 작별 인사를 혔단 말여. 나 같은 거 있어 봤자 아무 도움도 안 되고 먹을 것도 인자 없잖여⋯⋯. 내가 가불고 나믄 되레 좋을 거이다⋯⋯. 잘 있어라. 쩌어그 산 위에 해가 나왔잖여. 인자 언능 가야 혀. 내가 어지께 용왕님헌티 내일 해가 뜨믄 바로 떠나겄다구 맹세를 혔단 말이다. 놔라, 어여 놔."

"아아, 인자 이것으루 오빠두 평생 못 볼지도 모르겄구먼, 긍게 골짝 아래까지 따라갈 겨 ⋯⋯."

가엾은 오누이는 서글픔에 잠겨 말없이 고갯길을 내려갔다. 골짜기에도 햇빛이 들어 벌거벗은 나무들이 말갛게 빛났다. 상쾌한 아침, 이미 봄이었다. 요 이삼 일 사이에 봄볕이 완연하여 겨울 동안 완전히 얼어붙어 있던 강물도 얼음이 녹아 다시 느긋한 모습으로 누워 있고 소나무, 전나무, 낙엽송의 그늘에 깔려 있던 눈옷들도 걷혀 나가 햇볕이 잘 드는 풀숲 같은 데서는 살그머니 푸른 싹들이 숨을 쉬기 시작했다. 밟으면 진흙이 발에 스몄다. 이렇게 이제부터 시작되려는 봄과 함께 자연 만물이 소생의 기쁨으로 넘쳐나련만 이 산사람들의 생활은 한층 더 심한 궁핍과 고뇌가 그늘을 깊게 할 뿐이었다. 골짜기로 내려서자 안개가 완전히 걷히고 먼 곳으로는 차가운 눈을 뒤집어쓴 산들도 선명히 보이기 시작했다.

"오빠, 그렇게 이야기나 좀 더 하장께."

하며 봉이는 봉수를 칡넝쿨로 덮인 커다란 바위 옆으로 끌어당겼다. 그곳은 골짜기 어귀를 밑으로 내려다보는 양지 녘으로, 가을이면 이 바위 위에 들포도와 다래 열매가 특히 아름다웠고 봄부터 여름에 걸쳐 그 아래로는 색색가지 꽃들이 피어 있었다. 그곳에서는 골짜기 어귀 밖 푸르른 강물의 흐름도 볼 수 있었다. 그녀는 이곳에서 월동과 사랑을 속삭이고 이별을 슬퍼하였다. 이곳에서 또다시 가엾은 오빠를 배웅하려는 것이다. 만일 월동이 돌아온다고 하면 물론 함께 서울로 나가 어쩌다 다시 만날 수 있을지도 모른다. 하지만 그조차 꿈으로 끝난다면 자신은 행방도 알 수 없게 될 몸이니 이것으로 완전히 평생의 작별이 되어 버리는 것이다. 아아, 여기서 이별하는 것이 길조가 되어 월동도 마침내 돌아오고 오빠도 다시 서울에서 만날 수만 있다면 얼마나 좋을 것인가? 부드러운 마른 풀잎 위에 앉고 보니 마음도 상쾌하고 작년 가을, 월동과 이곳에서 다래 열매를 따며 아름다운 이별을 나누었던 일이 생각나 오빠와의 거듭되는 이별이 더더욱 서글퍼지는 것이었다. 봉수는 바위 위로 올라가 걸터앉더니 슬픈 누이동생을 위로하려는 듯이 혼자서 하릴없는 이야기를 시작했다.

"야, 봉이야. 나는 서울로 가서 돈을 벌면 말여, 저런 크다란 강물에 나가 낚시를 할 것이여. 그려서 크단 잉어가 걸리믄 눈물을 흘리믄서 우는가 어쩡가를 보아서 울구 있으믄 그눔을 다시 물속에 놔주는 거여. 그리구는 다음날 또 아츰 일찍부텀 고길 잡으러 가는 거여. 그르믄 어지께 그 잉어가 물 위루 나와서는 이렇게 말할 것이 틀림없어. '여봐유 아자씨, 어제는 구해줘서 증말 고마워유. 나는 용왕님의 아들이여유. 아부지가 고마운 분이라구 아저씨를 부르시니 와주셔유.' 그러믄 나는 그눔 등짝에 타고 강바닥으로 내려가는 것이여. 용왕님은 내가 왔다구 몇 날 메칠이나 잔치를 벌일 거여. 그려두 나는 무슨 일이 있어두 돌아가고 싶다구 허는 거지. 그러믄 잉어가 분명히 나헌티 이렇게 속삭일 거여. '여봐유 아자씨, 돌아갈 적에는 용왕님이 선물루 다가 뭐가 좋을지 물을 것잉게 그때는 연적(硯滴)을 달라구 혀유.' 그리구는 나는 그걸 받아갖구 돌아오능 겨. 그 연적이라는 거는 뭐든지 나오라구 하면 나오는 물건이여. 그러믄 야야, 나는 그때 커단 집이 나와라, 아부지 엄니도 나와라, 봉이랑 월동이두 나와라 헐 팅께, 아무 걱정두 헐 거이 읎어. 그거 하나만 있으믄 다 함께 모여서 사이좋게 살 수 있거등."

봉이는 흘러넘치는 눈물도 미처 닦지 못하고 물끄러미 오빠의 얼굴을 바라보았다. 정말 오빠가 믿고 있는 이 동화 같은 일이 이루어만 진다면 이 세상은 얼마나 아름다워질 것인가? 이 순진한 소녀에게도 무지개 같은 꿈이 많았다. 그녀는 깊은 한숨을 내쉬었다.

"오빠는 좋겠다."

그때 그들의 등 뒤에서 쉰 듯한 굵은 목소리로 고함을 치는 소리가 들려왔다. 깜짝 놀라 돌아다보니 자기들의 오두막집 앞에 늙은 아버지의 희뿌연 모습이 보였다.

"봉수야, 봉수야."

봉수는 서둘러 바위에서 뛰어내리더니 잔대나무 숲으로 뛰어들었다. 그리고 어깨를 씰룩이며 토끼처럼 그곳을 빠져나가 허둥지둥 골짜기 어귀 쪽을 향해 도망쳤다. 아버지가 넘어지고 자빠지며 목청껏 봉수의 이름을 부르며 달려오는 것을 보고 봉이는 그 자리에 주저앉아 큰 소리로 목 놓아 울기 시작했다. 성용삼은 앞으로 꼬꾸라질 듯하며 소나무를 붙잡았다. 그러고는 물끄러미 도망치는 봉수의 모습을 바라보고 있었다. 마침내 그의 모습은 바위 그늘 사이를 누비며 사라져 보이지 않게 되었다. 용삼은 어깨를 떨구고 풀이 죽었다.

"결국은 저눔까지 가 버렸구먼."

아아, 언제까지나 옆에 있어주기를 바랐던 오빠와도 헤어져 버렸구나 싶어 봉이는 갑자기 맥이 빠지고 온몸이 녹아내리는 듯한 극심한 고독감에 사로잡혔다. 이제부터 어떻게 하면 좋을까? 천천히 들어 올린 그녀의 얼굴은 하늘에 기도를 올리는 듯 애원하는 표정에 안타까운 눈물로 젖어 있었다. 그 눈에, 바위 위를 덮고 있는 들포도와 다래 넝쿨들이 작년의 기억을 숨긴 듯이 비쳤고 그녀는 더욱더 슬픈 추억에 잠겼다. 저 들포도와 다래넝쿨이 저절로 울타리를 치며 기어 다니고 있는 저 나지막한 곳, 그건 또 얼마나 슬픔으로 가득 찬 장소였던가.

작년 가을도 저물어갈 무렵의 어느 날, 월동과 작별을 나누며 점이라도 치듯이 따내던 다래 열매가 한겨울 혹독한 추위 속에 말라붙은 채 아직도 몇 개 남아 있었다. 그때는 열매와 그 이파리의 초록색이 눈부시게 아름다웠건만 이제 잎은 지고 넝쿨은 시커멓게 말라 있었다. 둘이 함께 풀을 밟으며 이 넝쿨 속으로 들어오던 소리조차 얼마나 서글펐던가? 두 사람 사이로 산들산들 불어가던 바람의 속삭임과 나뭇가지 사이로 날아다니던 새들의 지저귐밖에 들리지 않았다. 그녀는 설령 일시적인 이별이라고는 하지만 그것이 자칫 영원한 작별이 되어 버리는 것이나 아닐까 싶은 불안감으로 작은 새처럼 떨고 있었다. 이제 와서 생각해 보면 역시 그 예감이 현실이 되어가는 것 아닌가? 이 바위 그늘 아래, 월동과 오빠에 얽힌 그때의 남모르는 기억들이 새삼스레 그녀의 가슴속으로 스며 들어왔다.

떠올려보면 얼마나 믿음직스럽고 멋진 월동 씨였던가? 그녀는 월동의 옆에 있는 것만으로도 충분히 행복했다. 동경에 찬 아름다운 눈동자, 서늘하게 뻗은 콧대, 그리고 널따란 가슴, 또 그 부드러운 몸가짐과 청년다운 소박함, 그것을 흘끗 보기만 해도 그에 대한 커다란 신뢰감과 함께 기쁨이 가슴속에 찰랑찰랑 차오르곤 했다. 게다가 꿈꾸는 듯한 높은 이상, 열을 담은 말투, 그것은 어쩔 수 없이 그녀의 가슴을 부풀어 오르게 했다. 그날, 그 사람은 여기에 누워 있고 나는 이 바위를 등지고 이렇게 서 있었지. 그녀는 추억을 즐기듯이 눈을 감았다. 그러자 월동의 나지막이 속삭이는 듯한 목소리가 들려왔다.

"마침내 이것으로 겨울 동안은 이별이네. 하지만 그 뒤엔 우리에게 멋진 운명이 열리는 거야. 이제 곧 서울로 나가게 될 거야. 그 일을 생각하면 가슴이 두근거려 견딜 수가 없어……."

여기서 잠깐 말을 멈추었다.

"예, 저두요……. 하지만 당신은 일부러 그런 말로 나를 안심시키려는 거쥬? 나 같은 거를 정말로 서울 가믄서 데리구나 갈랑가 몰러유."

그녀는 일부러 능쳐 보였다. 그러자 월동은 놀란 듯이 벌떡 일어나 앉더니 그녀를 무서운 눈으로 쏘아보았다.

"데려가구말구. 네가 안 간다고 하면 나는 끌고라도 갈 거야."

"어유, 무서워라."

"바보!"

월동의 입이 벌어졌다.

"그러면 아버님께서 나를 꾸중하실 것이 틀림없어. 하지만 나에겐 나의 삶, 나의 인생이 있는 걸."

"있잖아요, 그런 어려운 이야그는 하질 말랑께요. 나는 당신이 하라는 대로 뭐든 헐 거여유. 왜냐면 나는 당신밖에 믿을 사람이 없는 걸유. 증말 멋진 산을 찾아서 얼릉 돌아와야 혀유. 그렇게만 된다믄 여기 사람들이 을매나 좋아덜 허겠어유? 그때는 우덜 둘이서 서울로 간다구 혀두 다들 용서해 주겠지유. 그려두 나는 참말루 당신이 어쩌믄 여그까지 안 돌아오구 그 걸음으로 서울까지 가버릴 것만 같은 걸유."

"그럴 리가 있어? 나는 널 데리러 꼭 돌아온다니까."

"증말유? 자, 어디 점을 쳐볼까유?"

하면서 그녀는 몇 안 남은 다래 열매를 '온다, 아니'하고 중얼거려가며 하나씩 따 내려갔다.

"온다, 아니, 온다, 아니, 온다……."

"그걸로 뭘 하자는 거야?"

"아뉴, 당신은 몰러두 되유. 온다, 아니, 온다……."

"나도 가르쳐줘야지."

"그러다가 '아니'라는 디서 열매가 없어져 블믄 아아, 나는 어쩐대유. 이런 점 같은 거 치는 게 아니었는디……. 아니, 온다, 아니, 온다……. 아아, 진짜루 떨어져 부렀네. '아니' 허는 디서."

그때 그녀는 정말로 얼굴이 창백하게 질렸다. 그러자 그럴 리가 없다며 월동이 일어서서 넝쿨 끝마다 눈을 반짝이며 찾아보더니 작은 열매 하나가 이파리 뒤에 숨어 있는 것을 발견하고는 얼른 손을 내밀며 뛰어올랐다. 손에 열매를 잡기는 했는데 그 바람에 엉덩방아를 찧고 말았다.

"음마."

하고 그녀가 달려와 안아 일으키려 하자 월동은 손을 내밀어 다래 열매를 내보였다.

"자, 온다!"

"아아, 다행이다. 증말이네."

바로 그때였다. 언제 숨어들어 온 것인지 불구인 오빠가 바위 위에서 그들 옆으로 갑자기 뛰어내려 그들의 간담을 서늘하게 만든 것은. 그는 기뻐서 어쩔 줄 모르겠다는 듯이 히죽히죽 웃어가며 놀란 나머지 껴안고 서 있는 연인들의 얼굴을 번갈아 바라보았다.

"다행이다. 다행이여."

봉이는 얼굴이 새빨개져서 월동에게서 떨어져 손으로 얼굴을 감쌌다.

"심술쟁이여, 심술쟁이."

"히이, 내가 전부 다 들었지롱."

자랑스럽게 웃어가며 이번에는 우뚝 서 있던 월동에게로 돌아섰다.

"월동이, 부탁이여. 나도 좀 데리가 주라. 서울로 데려가 달란 말여! 꼭이다. 나도 또 온다, 아니, 온다, 아니를 혀두 좋응께. 어, 부탁이여. 데리가 줘 잉?"

그렇다, 바로 이날부터 오빠 봉수도 서울로 떠날 결심을 굳히고 날마다 월동이 돌아오기를 기다리고 있었던 것이다. 그러다가 결국은 지쳐서 혼자서 거렁뱅이 노릇이라도 하러 나서겠다는 생각을 한 모양이었다.

그녀는 이런저런 기억들을 서글프게 떠올리며 혼자서 타박타박 그곳을 빠져나와 나지막한 구릉으로 올라갔다. 떠나가는 오빠를 한 번이라도 더 보고 싶었던 것이다.

상수리나무가 두세 그루 서 있는 언저리까지 오자 골짜기 저편을 더듬듯이 바라보며 한동안 움직이지 않았다. 산허리 험한 고갯길을 도망치듯이 뒤를 돌아봐 가며 씩씩하게 달려가는 오빠의 모습이 점점 하나의 환상처럼 작아져 가고 있었다. 그녀는 땅이 꺼지게 한숨을 내쉬었다.

"아아, 나도 어딘가로 가 버리고 싶어!"

4.

낙원을 찾았다는 소식을 가지고 돌아올 두 젊은이에게 길을 알려주기 위해 언제나 밤이면 피워올리던 화톳불은 그 후 이삼 일 이어졌다. 산마을의 초봄치고는 보기 드물게 따스하고 달빛이 휘영청 아름다운 밤이었다. 그때도 역시 추상원(秋相源)의 오두막 앞에 화톳불을 피워 놓고 배나무골 사람들은 묵묵히 웅크리고 있었다. 멀리 골짜기 외곽을 흐르고 있는 강에는 보름달이 황금다리를 건네 놓았고, 절벽과 골짜기는 밤안개를 머금고 은색으로 빛나며, 관목숲에는 달빛이 빗줄기처럼 내리고 있어 숲이 흔들릴 때마다 드넓은 하늘을 향해 빛의 합창을 하고 있었다. 어딘가에서는 올빼미가 울고 있었다.

특히 오늘 밤은 이것이 마지막 화톳불로서 어쩌면 영원한 이별을 하게 될지도 모를 가족도 있어 유난히 침울하고 서글픈 불빛이었다. 한군데 화톳불은 아낙네들이 나른하게 둘러앉아 이제부터 시작될 떠돌이 인생의 고난에 대해 띄엄띄엄 이야기를 나누었다. 생기를 잃어버린 눈빛과 목소리는 불안과 공포, 기대가 뒤섞여 하릴없이 흔들리곤 했다. 남정네들은 또 다른 모닥불을 둘러싸고 모여 앉아 봉두난발의 머리에 부황기로 부어오른 얼굴, 핏기라곤 없는 창백한 얼굴들을 하고 윤천일이 가져올 사냥감을 목이 빠져라 기다리면서 화톳불 속에서 터지는 상수리 열매를 끌어내거나 손에 들고 후후 불어대고 있었다.

"우리 겉은 것들은 짐승이여. 짐승들두 한군디 모여들 있잖여. 가야지, 가야 된당께. 새로운 먹잇감을 찾으러 말여."

배천석이 마침내 뜻을 굳혔다는 듯이 중얼거렸다.

"갈 바에야 하루라도 빠른 게 좋지. 박 선달, 느그두 안즉 별수가 없거들랑 나를 따라오더라고. 산은 별거 없지만두 이제부터 한 사흘은 계속 탈 것잉게. 으뗘? 저걸 좀 보더라구."

하지만 그가 턱 끝으로 가리키는 북쪽 하늘을 누구 한 사람도 돌아보려 하지 않았다. 그는 바로 어제, 산신단의 뒷산에서 봉우리를 따라 북쪽으로, 북쪽으로 숲을 찾으러 나섰다가 산에 불을 놓고 돌아온 참이었다. 북쪽 모퉁이로 불바다가 퍼지며 그칠 줄 모르고 시뻘겋게 타오르고 있는 것이다. 그것은 마치 하늘을 태워버릴 듯한 엄청난 광경이었다.

"몇십 리 밖이여?"

박 선달이 물었다.

"한 칠십 리 북쪽이여. 물두 있고, 거기다 돌이나 바위투성이두 아닝게. 수수 겉은 건 헐 수 있을 거여."

"배 서방, 부탁이여. 나두 따라갈 겨. 자네 옆에 있지 않으믄 내는 이런 산속에서 불안혀서 견딜 수가 없당께."

"큰일이구먼. 니는 마을에 있을 때부텀 그런 놈이었잖여."

배천석은 가엾다는 듯이 히죽 웃었다. 전라도 어느 시골에서 쫓겨나 그들 두 사람이 식솔을 거느리고 이 강원도 깊은 산속으로 흘러들어 온 것도 몇 해가 지났다.

"이놈은 또 조상님 산소에 씌어 있당께. 마을을 나올 때는 산소를 떠 매고 나설 기세였응께. 느그 조상이 그렇게나 고맙냐? 똑겉이 흙 파먹는 농사꾼이다가 너헌티 가난만 물려준 그눔의 조상님이?"

"조상님헌티 그게 먼 소리당가?"

하며 추상원 노인은 노쇠하여 일어설 기력조차 남아 있지 않은 몸을 멍석 위에 부려 놓고 웅얼웅얼하는 소리로 타일렀다.

"느그들 전라도에서는 조상을 개똥겉이 아능가 몰러두 조상을 막보는 눔헌티 좋은 일 있나 봐라. 양반이라는 것은 조상에 대해서 고따우 불손한 소리를 입에 올리는 거이 아니여."

"헤헤헤, 어이, 충청도 양반 어른, 양반 겉은 소리 허구 자빠졌네." 하면서 배두석은 지긋지긋하다는 듯이 가래를 카악, 하고 땅바닥에 뱉었다.

그때 절벽 위에 오두막을 짓고 사는 이(李) 노인이 어슬렁어슬렁 어둠 속에서 다가오더니, "어어" 소리치며 그들을 둘러보았다.

"윤가란 눔이 어쪄서 여그 없는가 알구 있능 겨? 헤, 모르능 겨? 내는 눈치챘당께. 그눔이 혼자서 가 버린 겨. 다들 실컷 지둘리게 혀놓구 이번엔 우리가 무서웠든가 혼자서 슬그머니 도망쳐 버린 겨."

모두들 눈빛이 달라져 서로 얼굴을 마주 보았다. 아낙네들까지도 침통한 표정이 되어 엉거주춤하고 고개를 길게 뺐다. 이 노인은 빙그레 웃었다.

"나가 저 강을 건너서 오늘 한 삼십 리 저쪽 산으로 들어가 어슬렁거렸지. 그때 누군가 발소리가 나길래 커다란 바위 뒤에 숨어서 보고 있었단 말이지. 아, 그란디 그눔이 마치 패잔병이나 된 것처럼 기진맥진혀서는 남동쪽으루다가 성큼성큼 가드랑께. 우리들헌티 돌로 머리통이라도 박살이 나기 전에, 도망간 것이 틀림없당께. 나는 참말로 이 배신자 눔! 허구 뒤에서 달겨들구 싶었지만두 아, 이눔이 창꺼정 들구 있더란 말이지."

"그러니까 내가 말혔잖아유."

득보 할머니가 밉살스럽다는 듯이 입술을 비틀었다.

"그눔은 어차피 그런 눔이랑께. 입으루는 하느님 겉은 소릴 나불대

믄서 지가 맨 먼첨 도망을 쳐 번지잖여. 어이구, 꼴 참 좋다. 히히히.”

“제기럴!”

“그럴 수가, 윤 선상님이……”

“뭐여, 윤 선상님? 망헐 늠의.”

득보 할머니는 눈을 부릅떴다. 아낙네들은 비탄에 빠졌다.

“아아, 우리는 인자부터 어쩌믄 좋은 겨?”

“거짓부렁이여, 거짓부렁. 할아범의 거짓부렁.”

한 소년의 목소리가 날카롭게 들렸다.

“윤 씨 아저씨는 오늘 아침 강어구에서 만났을 때 이러든디. 인자
부터 일동 월동 씨를 맞으러 쩌그까정 다녀온다구 말여. 그렇게 분명
히 아들들이랑 함께 돌아올 건디.”

“함께 돌아온다구?”

배천석은 껄껄 웃었다.

“대관절 어디서 데리구 온다는 거여? 데릴러 가서 돌아올 거라믄
즈그들 둘이서 폴세 돌아왔을 거여. 어차피 하늘님이 버리신 겨, 우리
는. 인자 우리들헌티 구원은 없다구.”

“불, 아아, 불이다.”

어둠 속에서 누군가가 중얼거렸다. 늘어앉아 있던 사람들이 자기도
모르게 불바다가 된 북쪽 하늘을 바라보았다. 그것은 정말로 하늘을
온통 태워 버리려는 듯이 활활 타오르고 있었다. 이미 그들은 허무적
인 절망감의 노예가 되어 있었다. 처음에는 끝까지 천일의 아들 형제
가 돌아오기를 구세주의 재림처럼 기다리자고, 틀림없이 기적처럼 멋
진 소식을 가지고 돌아올 것이라고 서로를 격려하는 사이였건만, 이
제는 적당히 포기해 가는 쪽으로 방향을 정해 버린 득보 할아범이나

배천석 같은 이들이 오히려 부러울 정도로 마음의 분을 삭일 수가 없었다.

"불난리구먼, 불난리."

성용삼이나 허 서방 같은 교도인 마대연은 예언자처럼 웅얼거렸다.

"우리 교당 선상님들이 인자 곧 불난리가 난다고 혔잖여. 저 하늘이 불타는 걸 좀 보랑께. 저거야말로 불난리여. 그렇게 자네들두 우리랑 같이 피난처를 찾어야 혀."

"피난처라고? 이 멍청한 눔들허구는. 대관절 우덜헌티 피난처가 어디 있다는 겨?"

배천석은 염소수염을 기른 턱을 내밀었다.

"흥, 입만 열믄 물난리, 불난리여."

"그러구 보믄 요즘은 증말루 난셀세그려."

추상원 노인이 탄식했다.

"그러구말구. 작년의 홍수를 생각혀 봐. 교당 선상님들 말루는 그거이 바루 물난리라는 겨."

마대연은 의기양양하게 말을 꺼냈다.

"그르구 불난리는 지금 여그저그서 일어나고 있잖여. 우리덜의 피난처는 이 팔도강산 중에 단 한 군데랴. 그거이 바루 금강산이라는 겨. 우리두 지금꺼정은 윤 선생 말에 속아서 거기말구 또 다른 살기 좋은 디가 있을랑가 싶어 망설이구 있었지만두 인자 포기허구 낭께 차라리 깨운하구먼 그랴. 우리는 선상님들헌티 인자 곧 금강산으로 데리구 가달라고 그럴 판이여. 오늘 밤두 쉬지 않고 열심히 주문을 외어주고 있으니께 인자 곧 위(威, 아마도 成의 오자인 듯─옮긴이) 성 선달 마누라도 나을 거이구. 그때는 다 같이들 떠나드라고 잉? 허 서방."

지금까지 정신없이 졸고 있던 곰보 허 서방은 깜짝 놀라 눈을 뜨더니 고개를 주억거렸다.

"가야지, 어디든지 가야 혀."

추상원 노인은 한층 더 외톨이가 될 것이라는 절망감 때문에 반쯤은 자포자기 상태로 중얼거렸다. 그들 부부는 늙어 쇠약해지고 일 잘하던 아들은 지난겨울 이래 모습을 감춰버린 데다가 남몰래 의지하고 있던 윤 씨조차 없어졌다고 생각하니 노인은 절망의 벽에 맞닥뜨린 것이다.

"나는 몸이 움직이는 한, 돌아다니면서 불을 놓을 것이고, 마지막이 오면 그 불 속에 뛰어들어 죽어불믄 그만이여. 자네들만은 잘 살아주드라고…… 흥, 아무래도 우리덜은 잘못 타고난 모양이여. 글구 마 서방, 자네들은 말여, 평생 동안 그눔들헌티 시달리다가 결국에는 목이 졸릴 것이여. 마누라구 딸년이구 모조리 빼앗기구 말여. 히히히, 꼴 좋겠다."

고통스런 침묵이 모두를 내리눌렀다. 달은 이미 중천까지 떠올랐지만 불타는 하늘 탓인지 붉은빛으로 흐려져서 어쩐지 불길한 느낌이 들었다. 아낙네들의 모닥불 옆에서 무심한 아이들은 말간 목소리로 조용히 노래를 부르기 시작했다.

> 달아 달아 밝은 달아
> 이태백이 놀던 달아
> 저기저기 저 달 속에
> 초가삼간 집을 짓고

부질없는 그리움에 젖은 서글픈 노랫소리는 그때 그들 모두에게 처량한 감상을 불러일으켰다. 멀리 이쁜이네 오두막 앞에서 봉이와 이쁜이의 아름다운 목소리도 그 합창에 섞여들자 지금까지 방심한 듯이 하늘을 바라보고 있던 아낙네들은 무심결에 눈물이 쏟아질 것 같았다.

저기저기 저 달 속에
초가삼간 집을 짓고
양친부모 모셔다가
천년만년 살고지고
천년만년 살고지고

"아아, 그만둬, 그만 두랑께!"

한 여자가 신경질적으로 소리치는가 싶더니 갑자기 흐느껴 울기 시작했다. 노랫소리는 뚝 끊겼다.

"인자 그런 노래 같은 건 다 꿈이여. 느그들꺼정 저주를 받은 거여. 그만들 뒤, 그만들!"

모닥불을 둘러싸고 있던 아낙네들은 그녀의 울음소리에 이끌려 다들 소리를 내며 울음을 터뜨렸다. 오랫동안 울 권리조차 빼앗긴 듯하던 그녀들은 한번 '울음보따리'가 터지자 걷잡을 수 없이 눈물이 쏟아졌고 슬픔은 깊어만 갔다. 더구나 마침내 이걸로 모두가 뿔뿔이 흩어진다고 하는 설움까지 겹쳐 울음소리는 더 커져만 갔다. 옆에 웅크리고 있던 개들마저 서글픈 소리로 울었다. 남정네들은 고개를 떨군 채 감상에 젖어 있었다. 그때 모닥불 뒤쪽에서 뚜벅뚜벅 발소리가 나더니 윤천일의 검고 커다란 그림자가 불쑥 나타나 그들 옆에 조각상처럼 우뚝 섰다. 그러고는 사냥감을 툭, 하니 던져 놓았다. 이 노인은 자기도 모르게 악! 하며 몸을 움츠렸다. 남자들과 여자들의 시선이 일제히 그에게로 모아졌다. 추상원은 미친 듯이 기뻐하며 환희의 소리를 질렀다.

"오오, 윤 선생, 역시 돌아오셨구먼."

소년은 그에게로 달려가 그를 끌어안았다. 아낙들의 절망적인 울음소리는 한층 더 높아져 꼬리를 끌며 이어졌다.

"아저씨, 형들은요?"

그것은 실망한 빛이 역력한 목소리였다.

"오늘은 아니었어."

윤천일은 소년의 헝클어진 머리를 쓰다듬으며 침통한 표정으로 중얼거렸다.

"내일 아침에 다시 나가보자."

"헤헤헤."

모닥불 옆 사람들 사이에서 배천석의 비웃음 소리가 보란 듯이 들렸다. 그 찰나, 천일은 주먹을 움켜쥐고 몸을 한 번 떨었지만 마음을 고쳐먹은 듯 허리를 굽히더니 사냥감을 두 개로 나누어 한 무더기는 남자들에게 휙, 하고 던졌다. 그리고 한 무더기를 소년에게 들려주었다. 소년은 그것을 양손에 들고 자박자박 아낙네들 쪽으로 사라졌다.

"아주머니들, 이제 그만들 우시구려."

윤천일은 목이 멘 소리로 말했다. 그러고는 기분을 바꾸어 언제나처럼 씩씩해졌다.

"자, 다들 기운을 냅시다. 오늘은 토끼가 두 마리나 올무에 걸렸습니다. 솥을 걸고 삶으면 좋겠죠. 자, 봐요. 얼마나 큰지."

추 노인은 일어나 다가가더니 그것을 양손으로 받쳐들고 몇 번이나 굽신거렸다.

"고마워, 증말. 누가 뭐래도 자네는 고마운 사람이여."

"추 어른, 한 번 더 힘을 냅시다. 달이 밝은 밤이니 그 녀석들도 밤 낮없이 서둘러 돌아오고 있을 거예요. 실망할 것 없어요."

이렇게 말하며 그는 모닥불 옆으로 끼어들었다.

"조금 더 나무를 넣는 것이 좋을 듯하군. 오늘은 이럭저럭 한 백 리 나 걸었더니 완전히 기진맥진이야."

"흥, 아무리 걸어봤자 벨수 없을걸. 돌아올라믄 벌써 돌아왔지."

배천석은 지금까지 없었던 밉살스런 어조로 아예 싸움을 걸어왔다.

"인자 더 바랄 것두 읎고, 멋대로 하라지. 자네의 엉터리 같은 소리 엔 인자 다들 질렸으니께."

모두들 불안한 표정으로 마른침을 삼키며 윤천일 쪽을 훔쳐보고 있 었다. 그의 커다란 눈동자가 번쩍번쩍 어둡게 빛나고 있었다. 그는 굵 다란 손등으로 코를 한번 쓱 훔치더니 벌떡 일어났다.

"엉터리라니 뭔 소리야? 한번 더 떠들어봐!"

"얼마든지 허지, 얼마든지……."

그러자 옆에서 노파 하나가 기듯이 다가오더니 검은 얼굴을 들었 다. 득보 할머니였다.

"대관절 우덜얼 어쩔 셈이여?"

모든 사람의 눈이, 달빛 아래 붉은 불꽃을 튀기며 자신을 향해 날카 롭게 다가오고 있는 듯싶었다. 그는 자신의 발아래서부터 대지가 무 너져 내리고 전신에서 핏기가 가시는 것을 느꼈다. 무언의 절규, 무언 의 항의, 무언의 배신, 이것들이 모든 사람의 얼굴 위에 이제는 깊이 새겨져 있질 않은가?

그들은 그에게 이렇게 말하고 있었다.

─제발 내버려둬!

─천국이 어디 있어?

또 그들은 그를 향해 외치고 있었다. 그 울부짖는 소리가 마치 불화 살처럼 몸에 박혀왔다.

─꺼져!

─우리를 놓아줘!

─더 이상 우리에게 너 같은 건 필요 없어!

윤천일은 마침내 흐느적흐느적 그 자리에 쓰러지듯이 주저앉았다.

아, 정말로 일동 형제가 씩씩하게 돌아오고 있다는 것을 알 수만 있 다면……. 하지만 지금은 그 자신조차도 두 아들의 귀향에 대해 확신 을 잃어가고 있었다. 오직 한줄기 희망에 매달려 있는 꼴이다. 오늘 같은 날은 골짜기를 누비고 산을 넘어서 남동쪽으로 오십 리 길을 왕 복해 보기도 했다. 작년 겨울에 그들이 길을 떠나면서 돌아올 때의 표 식으로 삼기 위해 잘라두었던 나무들이 일정(一町) 정도의 거리를 두고 남동쪽으로, 남동쪽으로 이어지고 있었지만 그것들은 다시 돌아오는 그들을 맞이하지 못하고 무참한 모습으로 풍설을 기다리고 있었다. 그것이 마치 그들 형제의 운명을 상징하는 것 같아 불길한 생각이 그 의 가슴을 억눌렀다. 그는 이 사람들을 언제까지나 붙잡아 둘 권리가 없다는 것을 깨달았다.

"들어주세요"

그는 무겁게 입을 열었다. 그 음성은 전에 없는 슬픔과 절망 때문에 깨어진 종소리처럼 애절했다.

"더 이상 저는 여러분을 괴롭히지 않겠습니다. 아니, 이렇게 된 바에야 저에게 그럴 권리가 없습니다. 오히려 저는 다들 지금처럼 용케 저를 믿고 남아 있었던 것에 감사합니다. 부디 저의 부덕과 죄를 용서해 주시오. 자, 이제 오늘 밤에 모닥불을 작별의 표시로 삼읍시다.”

아낙네들이 서서, 아니면 쭈그리고 앉아서 얼굴을 치마로 가린 채 소리 죽여 울기 시작했다.

“내일 떠날 준비가 되어 있는 사람은 주저 말고 떠나시오. 모레 떠날 사람은 또 그날 떠나시면 되오. 우리는 하늘님께 끝까지 버림받은 운명인 듯하구려.”

“아저씨.”

그때 젊은 처자 하나가 원망스런 목소리로 날카롭게 말했다. 안타까운 봉이의 얼굴이 달빛을 받아 한층 더 창백하게 떨리고 있었다.

“아저씨, 그렇게 포기허지 마세유!”

“아니, 나만은 저 보름달이 초승달이 되고 끝내 빛이 바래서 그림자도 사라질 때까지 여기 남아 기다릴 거야. 그리고 그날까지 돌아오지 않는다면 나는 산신단 앞에서 배를 갈라 기꺼이 여러분의 행복을 위해 희생의 제물이 되겠소이다. 아주머니들, 울지 마시구려. 그리고 여러분들, 그렇게 우두커니 서 있지들 말고 마지막 밤을 유쾌하게 지냅시다.”

그러나 이렇게 말하는 그 자신조차 뚝뚝 떨어지는 눈물을 주체할 수가 없었다. 한순간 감정이 격하여 목소리가 나오지 않았다. 그때, 하늘 높이 구름을 스쳐 지나가는 기러기의 슬픈 울음소리가 들려왔다. 그는 놀라 일어섰고 우두커니 하늘을 바라보았다. 기러기가 네댓 마리 늘어서서 북쪽을 향해 날아간다. 그것은 거기 있는 모든 이들에게 이상한 감명을 주었다. 천일은 무언가 신비스런 계시라도 받은 듯이 몸을 떨면서 하늘을 바라보고 중얼거리기 시작했다.

"기러기가 북쪽으로 돌아간다! 북으로 돌아가잖아. 오오, 일동 월동아, 너희들은 어째서 안 돌아오는 것이냐? 너희는 이 골짜기 열여섯집, 이른세 명을 낙원으로 인도하는 성스런 임무를 잊어버린 것이냐? 아니면 너희에게 무언가 알 수 없는 일이라도 생겨 늦어지는 것이냐? 그도 아니라면 이 천리 강산에 더 이상 우리를 받아들일 만한 은혜의 장소가 없었던 것이냐? ……아아, 북으로 돌아가는 기러기들아, 옛이야기처럼 화살이라도 날려다오."

이렇게 말하며 그는 마치 무언가에 홀린 것처럼 발치에 있던 활을 집어 올리더니 허리춤에서 화살을 뽑아 활줄에 걸었다. 다들 숨죽이고 하늘을 올려다보았다. 휘익, 하고 화살이 활에서 튕겨져 나갔다. 번쩍, 화살촉이 빛났다. 그리고 순식간에 하늘을 가로질러 날고 있던 기러기 떼에서 한 마리가 한쪽 날개에 화살을 맞은 듯 달빛 속에 커다란 호를 그리면서 산기슭 쪽으로 떨어져 갔다.

"오오, 기러기는 이 골짜기로 돌아왔다. 너희는 어째서 돌아오는 것을 잊었단 말이냐? ……드디어 오늘 밤이 마지막이다. 너희들이 돌아오기를 천사의 하강처럼 오매불망 기다려 온 이 사람들과 이야기를 나누는 것도……."

"틀림없이 돌아올 거여, 여보게."

아낙네 하나가 스스로를 위로하듯이 목멘 소리로 말했다.

"나는, 영감헌티도 이야기를 혔어. 형제덜이 반드시 돌아올 팅께 그때꺼정 기달려 보자구 말여."

"내두 자네랑 같이 기다릴 껴."

노인 하나도 천일의 손을 잡았다.

"긍께, 낙담 말드라고."

"오는 길에 좀 헤매능가도 몰르지."

누군가도 중얼거렸다.

"내도 자네랑 함께 기다릴 껴."

"오오, 고마우이, 고마워."

윤천일은 금세 힘이 나서 무언가 눈에 보이지 않는 적과 싸움이라도 하듯이 어깨에 힘이 들어가고 목소리가 팽팽해지며 말했다.

"그렇지, 이제 곧 돌아올 것이 틀림없어. 분명히 녀석들은 우리가 상상도 못할 근사한 소식을 가지고 기세 당당하게 이 골짜기로 뛰어올 거야. 그렇고말고, 암. 그렇고말고…….

그러나 그의 말은 옆에 있던 개들이 갑자기 짖어대는 바람에 끊기고 말았다. 그와 동시에 골짜기의 강 언덕 쪽에서 목에 걸린 듯한 울부짖음이 들려왔다. 그들은 흠칫하며 귀를 기울였다.

"어어이!"

"어어이!"

"살려줘!"

한순간, 그들은 마침내 일동 형제가 돌아왔나 하며 기적을 믿고자 하였다. 어느샌가 모두들 일어서 있었다. 어떤 사람은 타고 있던 장작을 집어 들어 휘두르고, 또 두세 명의 남자와 아낙네들은 고함을 질러댔다. 몇 사람인가는 마중을 하기 위해 산기슭 쪽으로 어두운 오솔길을 내닫기 시작했다. 봉이도 그들을 따라갔다. 그 굵다란 목소리로 보아서는 두 형제가 돌아온 것은 아닌 듯했지만 어쨌든 이것은 하나의 커다란 사건임에 틀림없었다.

너나 할 것 없이 큰 소리를 질렀다.

"누구야?"

"지금 간다!"

천일은 잠시 동안 그 자리에 못 박힌 듯이 서서 꼼짝도 하지 않았다. 얼마 동안 숨이 막힐 듯한 긴장이 이어졌다. 오직 치익치익, 하고 꼬치구이가 익어가는 소리만이 그 긴장을 드러내듯이 기분 나쁘게 들렸다. 이미 타버려서 연기가 코를 찔렀지만 누구 하나 신경 쓰지 않았다. 이윽고 마중을 나갔던 남자들과 봉이를 따라, 혹은 그들의 부축을 받으며 새로운 유랑인 한 무리가 나타났다. 무리는 달빛에 비쳐 보자니 한 대여섯 명 정도 되는 모양이었는데 그들이 다가오는 것과 동시에 이상한 곡조의 여자 노랫소리가 들려왔다. 그 노래의 뜻은 확실치 않았지만 그것은 기묘한 힘으로 모든 이들의 마음속에 스며들었다.

사람들이 맞이하여 모닥불 가로 데려온 이들은 아니나 다를까, 화전민들이 아니라 평지에서 쫓겨 산으로 들어온 사람들 같았다. 열네댓 살이나 되어 보이는 사내아이를 포함하여 도합 여섯 명, 두 가족이었는데 완전히 기진맥진해 있어서 불 가로 기어가자마자 그 자리에 쓰러지고 말았다. 날이 지면서 길을 잃어 우로를 피할 곳도 찾지 못한 채 산속을 헤매다가 이 모닥불을 발견하고 찾아온 것이리라. 아이를 업은 서른네댓 살의 미친 여자는 피곤한 줄도 모르고 모닥불 가를 빙글빙글 돌면서 여전히 노래를 불러대고 있었다. 윤천일은 그녀와 함께 온 이들을 짚자리 위에 눕히고 두세 명의 아낙네들은 토끼 삶은 물을 가져다가 입에 대어주기도 했다. 미친 여자는 쉴 새 없이 몸을 흔들어가며 이불로 꽁꽁 싸 놓은 등 뒤의 아이에게 말했다.

"아가, 안심하고 자장자장. 여긴 무서운 나쁜 놈들이 없으니까."

하고는 천일의 옆으로 다가와 툭, 하고 어깨를 치더니,

"이 아저씨가 너를 구해준 거야. 알겠어? 지금이라도 너를 안고 도망쳐 줄 거야."

그러다가 느닷없이 공포에 질린 듯 뒷걸음을 치며,

"앗, 서방님, 서방님. 제 아이를 죽이지 말아주세요. 아기가 무슨 죄를 지었나요?"

하고는 갑자기 비명을 지르며 도망치듯이 몸을 돌리더니 앞으로 꼬꾸라지고 말았다.

"아, 살려줘, 살려줘⋯⋯. 어? 이상한 것이 있네. 아가, 이 풀은 또 얼마나 예쁘냐?"

하고 중얼거리며 그녀는 주변에 흩어져 있던 새의 깃털 한 장을 들어올려 달빛에 비쳐 보았다.

"꼭 냉이처럼 생겼네⋯⋯. 우리 아이는 냉이를 좋아하거든. 자, 아가 이걸 가야금처럼 쳐보렴. 엄마가 노래를 불러줄 테니⋯⋯."

"여러분, 고맙습니다. 덕분에 모두 목숨을 건졌구먼유."

수염투성이의 사십 대 남자가 목에 걸리는 듯한 굵은 음성으로 모두를 바라보며 말을 꺼냈다. 말투로 보아서는 이 지역 어딘가의 산마을 주민이었던 듯싶었다.

"저 여자가 저러는 것을 용서해 주셔요. 불쌍허게도 머리가 이상해져 버렸어유."

"자, 이거라도 천천히들 씹어서 먹게나."

천일은 꼬치에 꿰어 구운 새고기를 하나씩 나눠주며 물었다.

"자네들은 이 도내 사람들 같군?"

"그류. 어저끄 밤에 마을을 떠나 한 백오십 리를 걸어왔습쥬."

또 한 사람, 언청이가 꼬치를 손에 들고 떨며 말했다.

"우리 마을에 화적이 있다믄서 읍에서 관적 놈들이 잔뜩 와서는 마을을 태워불구 남자들을 끌구 가부렀어유. 우리 마누라는 아그들이 죽구 집이 불타는 통에 결국은 미쳐부렀구유."

"저기, 이봐유. 아이를 내려놓구려."

아낙네 하나가 미친 여자에게 다가갔다.

"베개라요. 베개를 업구 있어유."

"대관절 화적이라는 것이?"

윤천일이 다가섰다.

"그렇다면 마을을 중심으로 민란이라도 일어난 거요?"

"내두 잘 모르것지만 뭐라든가 동학이라든가 허는 눔들이……."

하고 수염투성이 사나이가 대답했다.

"동학이라면 그 교당놈들이구려."

"그건 몰러두 그눔들이 떼를 지어서 동학이다 동학, 하믄서 온 마을을 휩쓸구 다녔슈. 닥치는 대로 약탈하고 여자들을 겁탈하구 남자들은 쳐죽이는 난리가 벌어졌으니……. 허어. 그러더니 관청으로 싸우러 간다며 읍내 쪽으로 몰려갔지유. 그게 그저께 일인디 어제는 도 관청에서 관적놈들이 쳐들어와서는 이 마을에 동학 화적들이 있다믄서 남정네들을 모조리 죽여버렸슈. 이거 봐, 그 노래는 좀 그만 불러!"

윤천일은 교당패들이 마침내 떼를 지어 가엾은 백성들을 괴롭힌 이야기를 듣자 자기도 모르게 주먹을 불끈 움켜쥐고 으음, 하고 신음했다. 가슴속에 새롭게 피가 끓어올랐다.

관청으로부터 시달릴 대로 시달리고 있는 민초들을 이제 한편에서 악독한 놈들까지 그 골수를 뽑으려 한다는 소식은 그를 한순간 파사(破邪)의 검을 휘두르던 옛 군인으로 돌아가게 했다.

"그래, 그 동학 패거리들은 수가 많은가?"

"예, 이삼십 명은 될 거유. 그것들이 단번에 확 밀고 들어왔으니……."

"흐음, 그래?"

윤천일은 가슴을 쳤다. 그러고는 놀라서 슬금슬금 도망치려던 마대연과 허 서방을 향해 일갈했다.

"움직이지 마!"

사실 때는 어지럽고 폭정에 저항하는 민란이 각지에서 발발했지만 중앙정부는 그들을 진압할 힘이 없으니 그저 사령서와 포고문을 나열하고 있을 따름이었다. 그 때문에 화적, 관적이 온 나라에 가득 차고 설상가상으로 동학의 흐름을 이어받는다는 교도들은 이 민란을 틈타 나쁜 짓을 하고 있었다.

원래 이조는 고려 말년의 불교의 폐해를 거울 삼아 유교로 국교를 삼았지만 유교의 사상은 그저 해골만 남게 되었고, 사화붕당(士禍朋黨)이 끝이 없었다. 애당초 바로 이런 때를 틈타 서민들의 종교 사상으로 발흥한 것이 동학이었다. 이 무렵부터 약 60여 년 전의 갑신년, 경주군에서 고고의 성을 올린 교조 최제우는 당시 세상이 어지럽고 미신은 성하며 관리들은 가렴주구에 여념이 없음을 탄식하면서 중년에 이르러 구세제민의 큰 희망을 품고 용담(龍潭)에서 수업을 하고 있었다. 그때 홀연히 하늘의 영이 그의 몸속에 강림하여 큰 도를 맡기신 것이다. 원근에서 이를 듣고 그 법을 받고자 하는 자가 많자, 그는 더욱 수도에 정진하여 자신의 행함을 하늘에 고하고 마음을 지키며 기를 바르게 하고 성경신(誠敬信)의 진수를 발견하여 자신이 앞서 민중을 이끌며 박해나 위난을 털끝만큼도 두려워하지 않았다. 사실 이 가르침

은 무엇보다 먼저 천주(天主)의 조화(造化)를 존중하고 천도(天道)의 상법
(常法)을 따르며 천명을 우러르고 천리에 합하여야만 한다고 말한다.
그리하여 당시 청운의 뜻을 이루지 못하여 불평 있는 자들과 고난과
학대에 처해 있던 민중들이 속속 그들의 산하로 모여들어 그 세가 점
차 무시하지 못할 만큼 되었다. 세상을 구하고 백성을 평안케 하며 간
사한 권력을 제거해야만 한다는 것이 그 정치사상이기도 했다. 하지
만 또 무뢰배들은 이 종교를 악용하여 산간이나 벽촌으로 들어가 우
매한 민중을 농락하고 너무나 무참하게 그 생활을 유린하였다.

　적어도 윤천일은 거간의 사정을 이해할 수 없었다. 그러나 민중에
대하여 관가 이외에 또 동학이라 칭하는 간악한 무리들이 횡행하기
시작했다는 사실이, 지금까지 가슴 깊이 가라앉아 숨을 되돌리지 못
했던 그의 피를 끓게 만들었다. 빼앗는 자들에게 복수하고 남은 자들
을 보호해야만 한다. 더구나 그 빼앗는 자들의 마수가 이 골짜기까지
뻗쳐온 것을 생각하면 새로운 투쟁의 의지가 가슴속에 용솟음쳐 왔다.
우뚝 버티고 선 괴이한 그 모습, 움푹 파인 볼에 깊이 새겨진 세로 주
름, 한 일 자로 꼭 다문 단호한 입술, 악과 불의를 향해 맹렬히 빛나
는 커다란 눈, 그것은 어디까지나 무서운 투쟁의 상징이었다.

　"그렇지, 모두들. 나는 이제 산신단 앞에서 죽을 수가 없게 되었네."
　그는 소리 높이 외쳤다.

　"자식놈들이 좋은 소식을 가지고 돌아오면 나는 그날 밤 이 산 위
에 열 개의 횃불을 올리겠네. 그것을 보면 돌아와 주게나! 그리고 자
식놈들을 따라서 동경해 온 그 땅으로 가주게! 나는 그때 산을 내려갈
걸세! 나는 그때부터 민초들을 짓밟고 있는 악독한 동학패들을 향해
투쟁을 선언하겠네. 이 대지로부터 놈들을 장사 지내기 위해 검을 뽑

는 것이야!"

"아아, 나도 데려가 주시구려!"

하고 하느님이라도 우러르듯이 양손을 들고 외친 것은 수염이 더부룩한 오늘 밤의 침입자였다.

"나는 어머니의 원수를 갚고 말 거야! 우리 어머니는 불 속에서 몸부림치며 이렇게 외치셨지. 애야, 이 한을 풀어다오."

"나도 같이 가겠소!"

"나도!"

"오오, 나도 가게 해주게!"

몇 명의 남자들이 미친 듯이 벌떡 일어서며 외쳤다. 소년들은 윤천일이 있는 쪽으로 달려들어 손을 흔들어대며 나도, 나도 하고 외쳤다.

"모두 잘 이야기해 주었네! 여러분, 정말 용케 결심을 해주었소! 아아, 이제 우리는 갈퀴와 낫을 들고 일어나 그것들을 피로 물들일 것이야! 고맙네, 눈물이 나오는군. 그런데 여보게들!"

하고 발을 굴러 땅을 울리며 그는 허 서방과 마대연의 옷깃을 움켜쥐고 끌어당겼다.

"보아라! 저 가엾은 아낙네를. 베개를 들쳐 업고 어린애라는, 정신을 놓아버린 불쌍한 여자를! 이 나쁜 짓을 너희 교당놈들이 했다는 것조차 저 여자는 모르고 있어. 우리 눈앞의 당장의 적은 네놈들이다! 잘 들어, 네놈들 가슴에 무덤을 파 주마! ……하하하, 하지만 나 윤은, 여기서 네놈들을 죽이지는 않는다! 우리들의 정의의 화살은 저 포악무도한 놈들을 한꺼번에 처치할 것이다! 가라. 자, 새로 대오를 정렬하여 쳐들어 오너라!"

하더니 팍, 하고 그들을 힘껏 밀어붙였다. 마대연은 뒹굴듯 뒤로 자빠

질 뻔했지만 얼른 몸을 일으키더니 어둠 속으로 달려 사라졌다. 허 서
방은 그 자리에서 마음이 변했는지 윤천일의 발을 붙잡고 매달렸다.

"나, 나도 데려가 주게. 이제야 눈을 떴다네. 나는 너무 괴롭다 보
니 놈들에게라도 매달리려 한 걸세. 이제 앞으로는 도둑놈 심보는 먹
지 않을 걸세. 어디라도 따라갈 테니 함께 가게 해주게나!"

"일어나게, 허 서방. 잘 말했네!"

감격한 그는 이 새로운 동지를 끌어당겨 가슴에 안았다. 그런데 그
때 여자들은 윤천일에게 열광하여 찬동하는 남편과 아들들을 뒤에서
붙잡으며 아직도 불복하는 남자들과 함께 그 앞으로 떼를 지어 나와
저마다 소리를 질러댔다.

─우리는 어떻게 되는 거야!

─우리를 이 산속에 버리지 마!

─끔찍한 마음을 먹지 말라구!

"어이, 다들 잘 들어!"

윤천일은 소리에 힘을 주고 손을 공중에서 흔들었다.

"자네들은 우리가 흘리는 피 덕분에 지금이라도 고향으로 돌아갈
수 있는 거야. 평지의 고향으로! 이것이야말로 그대들이 앉으나 서나
한시도 잊을 수 없던 희망이 아니었나?"

그러자 또 여기저기서 소리들이 터져 나왔다.

─저주받은 고향으로 돌아가고 싶지 않아!

─우리에겐 하루 먹을 양식도 없다구!

─금방 굶어 죽게 생겼어!

─고향이 우리를 받아 줄 것 같아?

윤천일은 그때 새삼스레 그들이 아직도 일동 형제가 돌아오기를 얼

마나 고대하고 있는지 깨달았다. 그는 다시 제정신으로 돌아왔다. 그
는 그 자리에 털썩 주저앉았다. 그리고 신음처럼 말했다.

"안 돼. 그것도 안 돼."

5.

허무한 황야에 죽음의 그림자가 잡초처럼 퍼져갈 뿐, 오늘도 또 내
일도 여전히 이 골짜기에는 생기가 돌아오지 않았다.

일시적 감정의 격앙 때문에 앞뒤 가릴 것 없이 하산을 부르짖었던
윤천일이지만, 동지들과 함께 이 배나무골을 내버려두고 떠나 버리기
에는, 그렇지 않아도 절망 속에서 고통에 몸부림치고 있는 권속들이
너무 마음에 걸렸다. 기아와 싸우기에는, 또한 떠돌이 생활의 어려움
을 견디기에는 너무나 연약한 부녀자들이었기 때문이다. 극심한 기아
를 무릅쓰고 서둘러 어딘가로 헤매고 다니며 새로운 경작지를 태워
만들어야만 하는 절박한 형편, 지난밤의 틈입자들을 자신의 움막에
재우면서도 그 서글픈 이야기가 가슴을 헤집어 밤새도록 뒤척이며 잠
을 이루지 못한 윤천일이었다. 어쨌든 골짜기의 가족들을 생각하면
마을의 동지들을 이끌고 하산하기는 어렵다는 것을 확실히 깨달았다.
마침내 스스로 검을 잡을 때가 왔다는 마음의 설레임도, 투쟁에 대한
끓는 듯한 피도, 떨려오는 팔도 모두 붙들어 매고 언제 돌아올지도 모
를 일동과 월동의 길보를 기다려야만 한다는 고통은 이루 비할 바가
없었다.

그런데 이튿날 새벽, 전날 밤의 맹세를 지키려는 젊은이들과 장년

들이 그에게로 잇달아 찾아들었다. 그 수는 총 열세 명. 그중에는 열
여섯 살의 열혈 소년 길만(吉萬)과 이제는 확실히 악몽에서 깨어난 허
서방의 씩씩한 모습도 섞여 있었다. 천일은 말할 수 없는 기쁨과 슬픔
이 교차하는 것을 느끼며 오두막 앞에 화석처럼 서 있었다. 남자들은
모두 다 미간에 결의에 찬 빛을 띄우고 웅성거리며, 너나없이 가까운
산들을 돌아다니며 용감한 동지들을 모으자고 소리쳤다. 자신들을 의
지하고 있는 가족들조차도 더 이상 생각할 여유가 없을 만큼 학대받
은 자의 피가 그들의 몸속을 분류처럼 소용돌이치는 것이리라.

그러나 오래지 않아 아버지나 남편, 혹은 아들의 무서운 출발을 알
아챈 가족들이 떼 지어 몰려왔다. 그들은 심상치 않은 낌새에 놀라 발
을 붙들고 늘어지고, 혹은 몸을 끌어안고 무서워 떨면서 울부짖었다.
남자들은 오히려 더욱더 흥분하여 그들을 떨쳐내고 혹은 발로 차내기
도 하면서 입에 거품을 물고 고함을 질러댔다.

"선생님, 으째 가만히 계시는 거유?"

"어여 우덜을, 앞장서셔유!"

눈에 스미는 선명한 새벽의 여명도 안개를 휘몰아 올리는 차가운
바람도 그들의 치솟아 오르는 흥분이나, 목숨을 건 싸움으로 달려가
는 마음을 진정시키지는 못했다. 이번에는 가엾은 노파와 아낙네들이
천일의 몸에 달라붙어 발을 구르며 애원했다. 천일은 발바닥에 뿌리
라도 내린 듯이 굳어버려, 버티어 선 채 눈썹 하나도 움직이지 않는
다. 하지만 가슴속은 찢어지는 듯 괴로웠다. 차마 소홀히 할 수 없는
현실이 주는 고통과 막다른 골목에 다다른 듯한 책임감 때문에 그는
보다 많은 사람들을 위해 출발을 해야 하는지 것인지, 아니면 이 골짜
기 사람들과 운명을 함께 해야 할 것인지 어느 쪽이든 태도를 분명히

해야만 할 간두에 서 있는 것이다. 한순간의 유예도 있을 수 없다. 하지만 그의 마음은 이미 정해져 있었다. 몰려든 장년들과 젊은이들을 언젠가 올 그날에 대비하여 훈련시켜 두자. 그들을 당장 이끌고 해산해 봤자 정작 싸움에서는 어림없는 참패를 당할 것이 불 보듯 뻔하다. 그들이 몸으로 무예를 익혀 정의를 위한 투지에 불타게 하고, 또한 신성한 화랑의 정신을 심어주자. 그러는 동안 일동과 월동 형제가 돌아오면 그 두 사람에게 이 골짜기의 가엾은 혈족들을 이끌게 하고, 나는 남자들을 데리고 싸움터로 내려가는 것이다. 하지만 그의 눈은 문득 빛을 잃고 눈물이 어렸다. 그리고 입이 굳어지고 말은 얼어붙었다. 남자들은 단박에 이를 눈치채고 질세라 앞다투어 고함을 질렀다.

"선상님은 그새 마음이 변했구먼!"

"겁을 먹은 거여!"

"그렇다면 우리끼리 가믄 돼야!"

질겁을 한 아낙네들은 이 거칠고 완고한 남자들 쪽으로 몰려들어 그들을 붙잡고 통곡을 터뜨렸다. 그때였다. 소년 길만이 비척비척 천일 앞으로 나섰다. 그러더니 심하게 입술을 떨며 거친 숨을 내쉬는 것이었다. 그의 늙은 어머니는 놀라 그의 몸을 뒤에서 끌어안았다. 그의 몸이 덜덜 떨리고 있었다.

"내, 내가 좀 전에 사람 하나를…… 하나를……."

"뭐?"

한 남자가 달려들 듯이 뛰어나왔다.

"그려, 길만이랑 내가 도망가는 교당놈을……."

길만이 울부짖었다.

"절벽에서 밀어버렸어유!"

"뭐라는 겨, 뭐여?"

길만의 노모는 필사적으로 아들에게 매달렸다. 길만은 손을 흔들고 발을 구르며 외쳤다.

"자, 여러분. 지가 앞장설 거여유!"

하지만 바로 그 순간, 그는 화살을 맞은 야수처럼 한번 뛰어오르는가 싶더니 자리에 맥없이 쓰러지고 말았다. 함께 넘어진 노모는 그 몸 위에 엎어지며 비명을 질렀다. 남자와 아낙들이 몰려들어 그의 몸을 흔들어댔다.

이것이 천일의 무언의 응답, 아니 신의 계시였다. 그들에게 떨쳐 일어설 힘은 이미 없었다. 너무나 오랫동안 굶주림과 병고에 시달려온 것이다. 그런 울적한 감정들이 단번에 폭발하여 그의 몸은 한순간 울분 속에 사그라든 듯했다. 천일이 달려가더니 차가운 물을 가져다가 머리에 들이부었다. 그의 어머니와 아낙네들은 천지가 떠나가라고 울어댔다. 남자들은 온몸을 주물러가며 온갖 방법을 다 썼다. 이리하여 한 반 시간 정도 지나자 길만은 입에서 거품을 뿜으며 가까스로 정신을 차렸다.

점심때쯤 되어 그날도 천일은 일과처럼 골짜기 안의 오두막들을 일일이 돌아보았다. 하지만 전에 없던 지독한 슬픔이 가슴속에 소용돌이쳤다. 그는 문득 멈춰 서서 팔짱을 끼고 멍한 얼굴로 망연히 하늘을 바라보고 다시 고개를 떨구고는 무어라 혼잣말을 중얼거리기도 했다. 마치 남들이 무서워하는 역병이라도 걸린 사람이 거렁뱅이 노릇을 하러 다니는 듯이 다리는 무겁고 마음은 괴로웠다. 성용삼의 집 문 안으로 고개를 들이밀었을 때, 그의 아내는 병상에서 놀라 일어나며 턱을 덜덜 떨어댔다. 화덕의 불빛에 눈이 번들번들 빛나고 있었다. 그러더니 그녀는 갑자기 푹 쓰러져 소리를 높여 통곡하기 시작했다. 천일은 여전히 말없이 그곳을 걸어 나왔다. 성용삼은 교당놈들과 함께 새벽같이 모습을 감춰버린 것이다. 그 도중에 절벽에서 길만과 마주쳐 한 사람은 낭떠러지 아래로 처박혔다. 그러고 보니 마대연의 움막도 텅 비어 있었다. 한밤중에 짐을 꾸려 날이 밝는 것과 동시에 교당 사람들을 따라간 것이리라. 그 도망치는 일행을 발견한 소년 길만의 분노가 그에게도 옮아왔다.

다시 한 번 가슴이 찢어질 듯 아팠다. 하지만 배천석 일가마저 박선달의 가족들과 함께 어딘가로 행방을 감추었다는 것을 알았을 때, 정말이지 그는 등줄기에 차가운 물이라도 들이부은 것처럼 진저리를 쳤다. 그와 동시에 발아래 대지가 둘로 갈라지고 온몸이 그 속으로 빨려드는 듯한 현기증을 느꼈다. 분명히 모든 마을이 동요하기 시작한 것이다. 아니, 마침내 뿔뿔이 흩어지기 시작한 것이다.

천일은 현실의 고통으로부터 도망치려는 듯이 바위 그늘을 누비며 쓸쓸히 골짜기 위로 오르기 시작했다. 어쩌면 무의식중에 저절로 발걸음이 일동 형제가 돌아오기를 지켜보던 절벽 위로 향해 간 것일까? 골짜기 밑바닥의 물줄기가 바로 아래로 내려다보이는 그 절벽 위. 아아, 원망스럽다. 녀석들은 어째서 빨리 돌아와 주지 않는 것일까? 오늘이야말로 저 건너 아지랑이 아롱대는 봉우리 위로 돌아오는 너희들이 늠름한 모습을 보석처럼 빛내다오. 그때는 이 아버지가 마을 사람들을 큰 소리로 불러 모으고 절벽에 성을 쌓듯이 모여든 이들은 손을 들어 맞이하리라. 바랄 수 없는 행운에의 기대로 가슴이 다시 두근대기 시작했다. 적송 수풀 속을 잰걸음으로 빠져나가 그는 골짜기 위로 불쑥 나섰다. 하지만 대여섯 걸음도 가기 전에 멈칫, 그 자리에 멈춰

서 버렸다.

앞쪽 한 열 걸음이나 떨어진 곳에서 득보 노인이 늙은 아내와 어린 손녀를 데리고 터벅터벅 걸어오고 있었다. 노인은 영락한 양반에게 어울리게 옛 자취가 남은 검은 갓끈을 질끈 동여매고 지팡이를 끌며 새하얀 수염을 휘날리고 있었다. 하지만 굽어버린 등에 짊어진 나무 상자와 멍석 따위의 짐이 너무나 무거워 보였다. 노파 역시 넝마뭉치니 키 따위를 등에 지고 머리에는 조그만 항아리를 이고 있어 발이 후들거리는 모양이었다. 그 옆에는 바가지를 두세 개 손에 든 어린 계집아이가 맨발로 아장아장 걷고 있었다. 때로 넘어질 듯하며 노파의 치맛자락을 붙잡곤 했다. 결국 일동 형제가 돌아오는 것을 기다리다 못해 그들도 골짜기를 버리고 정처 없이 먼 나그넷길을 떠나고 있는 것이다. 그들은 천일과 마주친 것이 굳이 낭패스러울 것도 없다는 듯 묵묵히 그 옆으로 다가왔다. 이 노인이야말로, 말하자면 배나무골의 화전민 가운데 가장 긴 역사를 지닌 사람이었다. 언젠가 노인에게서 세세한 신세타령을 들으면서 천일은 이 가엾은 일가를 위해서라도 어딘가 남들이 모르는 낙토가 있어야만 한다, 그들을 다시 한 번 행복하게 하기 위해서라도 그것을 반드시 찾아내야만 한다고 생각했을 정도였다. 평안도의 어느 산마을에서 그는 제법 양반 행세도 해가며 유복하게 살았었다.

아들이 열다섯 살 때 며느리를 들여 그 이듬해 지금 이 손녀를 보았다. 누구나 부러워할 만한, 무엇 하나 부족할 것 없는 행복한 생활이었다. 하지만 향교에서 배우는 사서삼경도 남들보다 훨씬 뛰어나 남모르는 자랑거리였던 외아들이 갑자기 사관(仕官)의 뜻을 버리고, 때를 만나지 못했다는 슬픔을 핑계로 주색에 빠져들었다. 이후 단정하던 성품은 거칠어지고 마치 미치광이처럼 되어 각설이패에 들어가 버렸다. 집을 버리고 처자를 돌보지 않았으며, 상투도 틀지 않고 갓을 찢어 버리고 떠났다. 부모는 처음에는 눈을 부라리고 떨리는 목소리로 그의 잘못을 꾸짖었고, 며느리는 밤낮없이 흐느껴 우는 형편이었다. 하지만 끝내 억장이 무너져 더 할 말도 없었다. 그리하여 득보는 세상 볼 면목이 없어 문을 걸어 잠그고 방 안에 자리를 펴고 드러누웠다. 그러던 어느 날 밤, 하인이 정신없이 뛰어들어 오더니 이렇게 외쳤다.

"주인어른, 큰일났어유. 서방님이 관아로 끌려갔어유!"

"뭐라고?"

놀란 득보가 몸을 일으켰다. 온몸이 굳어 사시나무 떨듯 했다. 그리고 다음 순간 미친 듯이 뛰쳐나가더니 맨발로 관아까지 달려갔다. 도중에 그는 누군가가 붙잡고 막아서는 바람에 함께 뒹굴고 말았다. 그 사람은 숨을 헐떡이며 말했다. 이웃에 사는 친구였다.

"자네 아들놈들이 관기를 빼돌렸다네! 그년한테 홀려서 관가의 주연에 뛰어들어 들쳐 업고 도망치다가 잡혔다는구먼! 서로 끌고 당기는 통에 계집은 거의 숨이 끊어지게 되었고, 포졸이 둘이나 칼에 베였다는 거여. 자네 일가헌티 화가 미칠 것이니 어여 도망을 쳐! 알겠는가. 언능 가족들을 끌구 도망치랑게!"

그들의 떠돌이 삶은 그날 밤에 시작된 것이다. 강을 건너고 숲으로 들어갔으며 산속을 방랑하면서 득보는 마침내 미치광이처럼 중얼거렸다.

"그런 잡놈은 내 아들이 아녀, 아니구말구. 내는 아들 겉은 거는 읎당께, 읎어……."

　하지만 이틀째가 되자 아내와 며느리는 목이 쉬도록 울어대면서 차라리 자기들도 함께 죽고 말겠다고 소리를 질렀다. 어느 날 밤, 숲 속에서 야숙을 하게 되었다. 한밤중에 젖먹이가 울어대는 통에 잠에 깨어보니 며느리의 모습이 온데간데없었다. 그날 이후 며느리를 다시 보지 못했다. 동쪽으로, 동쪽으로 산속을 걸어 양덕(陽德)으로 나와서 마슬령을 넘어 강원도 안으로 들어왔다. 이렇게 하여 화전민 속으로 몸을 던진 이래, 유랑에서 유랑으로 이어지는 불행한 생활이 오늘날까지 이어져 오고 있는 것이다. 길을 떠난다! 떠돌아다닌다! 이것이 그의 원수 같은 운명이 강요하는 유일한 삶의 방법이었던 것이다. 아들과 며느리가 결국 어떻게 되었는지는 알 수가 없었다. 결국은 처형당했겠지만 그들의 명복을 빌 만한 마음의 여유조차 없는 것이다. 끊임없이 무언가에 쫓기는 듯한 기분. 이번에도 길을 떠나면서 노인은 아침 일찍 일어나 꾸물꾸물 짐을 챙기기 시작했다. 굳이 떠나기로 이야기가 된 것도 아니지만 노파 역시 입을 다문 채 토방으로 나서더니 솥이니 두세 개의 그릇 따위의 살림살이를 챙기기 시작했다. 다만 어린 손녀딸만이 또 이제부터 시작될 나그넷길을 서글픈 눈길로 걱정하면서 움막 앞에 오도카니 앉아 있었다. 그러더니 꾸벅꾸벅 졸기 시작했다.

　"자아, 일어나."

　가볍게 어깨를 흔들려 눈을 뜨고 보니 이미 떠날 준비를 끝낸 할아버지, 할머니가 기다란 그림자를 끌고 옆에 서 있었다. 어린아이는 잠자코 일어서더니 그 뒤를 따라갔다. 누구 한 사람 자기들의 여행에 대해 알릴 필요도 없고, 또한 사바세계에서처럼 일일이 작별을 고할 필요도 없었다. 왜냐하면 이 산간의 화전민 생활에서는 여행이나 작별

같은 것이 전혀 새로울 게 없기 때문이었다.

"어여 와, 어여."

득보 노인은 천일의 턱밑까지 다가와서는 이빨이 빠져버린 시커먼 입을 벌리고 쉰 목소리로 내뱉듯이 말했다. 노파는 그 뒤에서 의심과 증오에 찬 표정으로 비웃듯이 입을 씰룩거렸다. 계집아이는 힘없는 걸음으로 비틀거리며 하소연하는 듯한 불안한 눈을 굴리고 있었다.

"내는 떠나는 것뿐이 헐 줄 아는 게 읎는 인간이여. 나를 섭허게 생각 말드라고."

"어디로 갈 건지는 정해지셨소?"

천일은 가까스로 신음처럼 한마디 했다. 하지만 노인은 이 말을 알아듣지 못한 모양이었다.

노파가 대신 냉소를 띠웠다.

"정해지구말구. 죽을 자리가 말여. 뒈질 자리여. 이번이야말루 틀림없이 뒈질 것잉께. 히히히."

"정말 드릴 말씀이 없소. 이놈이 얼마나 원망스럽겠소?"

"홍, 다 쓸디없는 소리여. 백만 번 원망을 허구 싶어두 차라리 내는 오늘 아주 시언허구먼그려."

"……"

"한 사십 리 떨어진 디다가 지난번에 불을 놔서 태워 놓았어. 우덜 걱정은 허덜 말드라고."

노인은 감정이 복받쳐 떨리는 음성으로 말했다.

"자네헌티는 오랫동안 신세를 졌구먼. 그저, 내는 나 스스로가 저주스럴 뿐이여. 자기를 저주허는 놈이 무서울 게 머 있것능가? 지발 우덜을 가게 내버려두게나! 자, 어여 가자구."

노인은 걷기 시작하면서 혼잣말처럼 중얼거렸다. 천일은 그 자리에 얼어붙어 그들이 나아가는 쪽으로 천천히 고개를 돌렸다.

"내두 이번이 마지막 길이 될 거이다 싶어서 자네 아들들이 돌아오기만 하느님이 강림할 듯이 기다렸잖여. 헌디 하늘님두 우덜을 끝끝내 버린 거여. 이렇게 된 마당에 떠날 밖에 더 있겄는가? 죽을 때꺼정. 허지만 자네덜은 안즉 젊고 남은 날이 많응께. 하늘님두 버리기야 허겄능가? 잘들 있게나…… 잘들……."

천일은 입을 다문 채 멀어져 가는 그들을 뚫어지게 바라보고 있었다. 작별을 고하는 말 한마디 못 하고 더구나 붙잡을 권리는 전혀 없었다. 그저 우리 속에 갇힌 맹수처럼 풀 길 없는 안타까움과 애절함에 몸도 마음도 쥐어뜯기는 듯했다.

─ 떠나는 자는 떠나게 하라.

노파는 무거운 짐보따리가 어깨를 파고들어 오는 고통을 견딜 수 없다는 듯 때때로 멈춰 서서 허리를 비틀곤 했다. 그 바람에 머리 위에 얹혔던 항아리가 흔들려 비틀거리는 것이다. 특히 바람이 거세게 몰아칠 때마다 계집아이는 날아갈 듯해서 멈춰 선 다음 몸을 앞으로 웅크리곤 했다. 득보 노인은 맨 앞에 서서 바위 그늘이나 돌짝밭 위를 헤엄이라도 치듯이 이삼십 간 나아가더니 이번에는 동쪽으로 돌아서서 화전의 경사면을 내려가기 시작했다.

거기부터 건너편 산 위까지 검은 재를 뒤집어쓴, 말 그대로 황량한 화전이 마치 썩기 시작한 짐승의 주검처럼 웅크리고 있었다. 세 사람은 그 가운데를 나란히 늘어서 묵묵히 뒤도 돌아보지 않고 내려간다. 그때 어쩌다가 노파가 돌에 걸리면서 머리에 이고 있던 항아리를 잡은 채 엎어질 뻔했다. 그 바람에 일행은 잠깐 멈췄다. 노인은 후우후

우, 하고 힘겹게 숨을 뱉어가며 이마의 땀을 손등으로 닦더니 자기 지
팡이를 노파에게 들려 주려 했다. 그러자 노파는 이를 받지 않겠다고
뻗대는 것이다. 그것이 천일에게는 견딜 수 없이 서글픈 광경으로 보
였다.

계집아이가 토끼처럼 고개를 돌리더니 천일 쪽을 올려다보았다. 그
리고는 손에 들고 있던 바가지를 한 번 흔들어 보이는 것이다. 천일의
눈시울이 뜨거워지더니 이슬이 맺혔다. 그는 도저히 참을 수가 없어
거기서 바위를 건너뛰더니 화전 가운데로 뛰어내려 성큼성큼 그들 쪽
으로 다가갔다. 노부부는 다시 걸음을 옮기기 시작했다. 천일은 뒤에
서 다가와 아이를 안아 올리며 말을 걸었다.

"득보 어른, 이 아이를 나한테 맡겨주시구려. 내 아이처럼 소중하게
잘 길러드리겠소이다."

노파는 돌아보더니 얼굴빛이 변하며 항아리를 머리에서 내려놓는
동시에 달겨들더니 아이를 뜯어내듯 하여 자기 품에 안았다. 득보 노
인은 항아리를 손에 들더니 옆구리에 끼고 아이의 손을 잡으며 중얼
거렸다.

"그 마음은 고맙구먼, 허지만 죽을 때는 내 손으로 함께 델구 가믄
그뿐이여. 우리 세 사람헌티 이보다 더한 지옥이 또 있었능가. 죽어서
라두 한번 보고 싶구먼……."

"이히히히, 자네헌티는 말여."

노파가 소리를 질렀다.

"죽어서나 신세를 좀 지구 싶구먼 그려. 늑대들이 우리 시체를 파
먹구 설랑 행여 남은 것을 보거든 부탁이니 흙이나 좀 덮어주더라
고……."

"무슨 그런 말씀을…… 그렇다면 득보 어르신, 다른 부탁 하나만 들어주시구려!"

천일은 한 걸음 다가갔다.

"어디 말해 보게나."

"다름이 아니라, 만일 이 우리들 골짜기에 하느님의 손이 뻗치시면 월동이 형제를 선두로 모두들 하느님의 인도를 따라 출발할 생각이올시다. 그때는 하늘의 뜻을 가까운 산에 있는 사람들에게 전하고 신의 자비를 찬양하고 그리고 낙원으로의 출발을 고하기 위해 이 골짜기 위에 밤새도록 열 개의 횃불을 피워 올릴 것이니 그걸 보시면 부디 득보 어르신도 가족들을 데리고 와주시구려. 아시겠소? 굳은 약속을 하십시다! 나는 그때 득보 어르신 가족이 그 같은 지상의 낙원이 다시 생겼다는 것을 확인해 주시길 바라는 것이올시다……."

"고맙네. 나도 그리 허기루 약속을 하겠네. 자아, 이제 정말 작별이 구먼."

노인은 다시 발걸음을 내디뎠다.

"잘 있게나. 자네의 바람이 이루어지기를 이 늙은이도 기원허겠네. 자, 가드라고. 갈 길이 머니께……."

천일은 마음을 모질게 먹고 그들과 헤어져 골짜기 위로 성큼성큼 올라갔다. 뒤를 돌아다 보지 않으려, 더 이상 가슴 아파하지 않으려고 이를 악물었다.

얼마 뒤에 그는 골짜기를 따라 흐르는 물이 내려다보이는 절벽 끝의 바위 옆으로 나섰다. 그날은 푸른 하늘 바닥까지 비쳐 보일 듯 티없이 맑게 갠 데다 구름 한 점 없고, 또 멀고 가까운 산에도 안개가 끼지 않아 웅대하고 손에 잡힐 듯한 조망이 한눈에 들어왔다. 골짜기

저편을 덮고 있는 상록수 숲이 마치 완만한 기복의 초원처럼 누워 있고, 그 너머로는 아직 은색 눈을 뒤집어쓴 채 어렴풋이 보이는 험준한 산봉우리들이 눈이 시릴 듯 선명하게 보였다. 서로 손을 잡은 듯이 무리 지어 절벽과 골짜기 사이를 은색 뱀처럼 구불구불 흘러가는 물줄기도 느긋하게 잠들어 있는 듯하였다. 이 자연의 위대한 서정 속에 그는 자신의 몸을 던져 모든 고뇌와 비애로부터 자유로워지고 싶었다. 자연은 이미 봄을 맞이하고 있었다. 남쪽의 양지에는 눈이 녹고 약간 검붉은 색으로 가라앉아 있던 초지에는 녹색의 새잎들이 춤추듯 돋아나고 있었다. 그리고 골짜기 바닥의 물가에는 물새들의 지저귐이 감미로운 선율로 떨리며 그야말로 봄을 느끼게 하는 풍경이었다.

하지만 천일은 역시 동북쪽 저 너머, 백설을 쓰고 있는 봉우리들 위에 눈길을 멈춘 채 움직이지 않았다. 그로서는 자기 아들들이 금방이라도 그 어느 쪽 산 위엔가 모습을 드러낼 듯한 생각이 드는 것이다. 실은 이렇게 기다리고 기다리며 하루 또 하루가 지나 두 달도 넘었다. 나름의 무예도 익히고 젊은 열정에 불타던 그들, 산신령도 그 출발을 축복하지 않았던가? 그들이 돌아오지 않는다고는 도저히 믿을 수가 없었다. 그때 어디선가 대머리독수리 한 마리가 강 위로 날아오더니 커다란 원을 그리며 주변에 있던 작은 새들을 쫓아다녔다. 그것도 심심했던지 때로는 강바닥에 비친 자기 그림자와 장난이라도 치듯이 갑자기 목을 잔뜩 움츠리고 일직선으로 떨어져 가는가 싶더니 이번에는 고개를 빼고 날아오르기도 했다. 지켜보고 있자니까 커다란 날개를 부채처럼 펄럭이며 강을 건너 남쪽 숲으로 날아갔다.

무심결에 그것을 눈으로 좇고 있던 천일은 그 대머리독수리가 날아간 쪽, 숲을 넘어 먼 산기슭에 움직이고 있는 흰 그림자 하나를 아스

라이 발견하고 멈칫했다. 숨죽이고 뚫어지게 바라보자니 그것은 분명
히 사람이었다. 하지만 그는 곧 실망했다. 그 그림자가 천천히 기어
다니고 있는 것이다. 그 근처에 살고 있는 늙은이인 모양이었다. 말라
빠진 작년의 풀뿌리라도 캐러 올라온 것인가 싶었다. 그것은 어느 한
곳에 가더니 한동안 꼼짝 않고 멈춰 있었다. 어느샌가 대머리독수리
의 모습도 사라지고 말았다.

그는 조용히 바위 위로 올라가 등을 대고 눕더니 잠시 동안 눈을
감고 깊은 한숨을 쉬었다. 살랑살랑 옷깃이라도 스치는 듯한 소리를
내며 바람이 불어왔다. 그것은 그의 더부룩한 머리카락과 장난을 치
며 작은 소리로 무어라 속삭이며, 봉두난발 사이로 스며들어 가만가
만 무언가를 하소연하는 듯도 하였다. 우울한 마음은 어렴풋이 졸기
시작한 그의 몸을 슬쩍 빠져나가 꽃잎처럼 팔랑팔랑 강 위로 날아 내
려갔다. 그리고 끝없는 강의 흐름은 그의 마음을 고향으로 싣고 가는
것이다. 한강을 거슬러 백오십 리, 경성에서도 그다지 멀지 않고 물길
을 끼고 있는 복숭아밭 사이로 보일 듯 말 듯 숨어 있는 아름답고 조
그마한 마을. 그렇다. 지금쯤은 연분홍색 꽃봉오리들이 한참 부풀어
있을 것이다. 그 봉오리들로 싸인 꽃밭에서 그리운 농부들과 어린 동
무들에 아주머니들, 그리고 아름다운 이웃 아가씨들의 얼굴 몇이 나
타났다가는 사라지고, 사라졌다가는 나타나곤 했다. 그 꽃밭에서 작은
아가씨들은 풀꽃을 따서 인형을 만들곤 했다. 그리고 서로의 풀인형
을 손에 들고 강강수월래를 하며 흥겨워했다. 석양 무렵이면 그도 역
시 마치 왕자라도 된 듯이 소의 등을 타고 버들피리를 불어가며 꽃밭
사이를 빠져나와 강둑으로 나가곤 했다. 그러고 보니 죽은 마누라가
아직 정말 앳된 아가씨였을 때 얼핏 한눈에 보고 반했던 일도 먼 전

설처럼 떠올랐다. 강둑의 커다란 상수리나무 아래서 소에게 물을 먹이며 그는 옆구리와 엉덩이를 싹싹 씻어 주었다. 어두워가는 황혼 무렵이었다. 소가 무슨 일로 강으로 쭈욱 미끄러져 들어가 버렸다. 바로 그곳에 웅덩이가 있었던지 발이 땅에 닿질 않아 소는 놀라서 허둥대기 시작했다. 깜짝 놀란 그도 옷을 입은 채로 뛰어들어 가 헤엄쳐 그 뒤를 쫓아갔다. 소가 그대로 중류 쪽으로 가 버리면 어쩌나 싶어 파랗게 질려 소 고삐를 잡을 마음의 여유조차 잃어버리고 있었다.

그런데 바로 그때, 누군가의 하얀 그림자가 문득 나타나더니 물가에 가까스로 닿아 있던 소 고삐를 잡아 끌어냈다.

"고맙소."

그는 물속에서 나오면서 이렇게 말하고는 했다. 고삐를 잡으며 "근데, 누구요?" 하고 물었다. 그 순간, 그의 눈에 들어온 밤눈에도 서늘한 눈가, 상냥한 이목구비, 수줍은 듯한 입매. 얼른 몸을 돌리더니 서둘러 어둠 속으로 도망쳐 버렸다. 그때 하얀 저고리 등에 찰랑이던 기다란 땋은 머리. 바로 건너편 섬에서 이쪽 둑으로 뽕잎을 따러 왔다가 나룻배를 기다리던 아저씨였다. 그 후 천일은 진심으로 그녀를 그리워하게 되었다. 그녀는 그의 마음의 동경이었고 안식이기도 했다. 그녀가 보이지 않을 때도 그는 때때로 뽕나무밭으로 들어가곤 했다. 그리고는 뽕잎을 따서 그 부근에 산처럼 쌓아두고는 뭔가 나쁜 일이라도 한 것처럼 달려서 도망쳐 버리는 것이다. 그러면 점심때가 지나 그녀가 와서는 산처럼 쌓인 뽕잎을 보고 작은 새처럼 눈을 휘둥그레 뜨곤 했다. 그 아름다움. 두 번째, 세 번째엔 혼자서 살짝 미소 짓고 언젠가 우연히 마주쳤을 때는 얼굴이 새빨개졌었지. 이런 즐거운 날들이 이어지다가 일 년이 지나 소망이 이루어져 새색시 차림의 그녀를

나룻배에 태우고 마을로 돌아왔을 때의 기쁨은 이루 말할 수 없는 것
이었다.

하지만 가슴이 두근거릴 듯한 즐거운 추억들은 날아가고 이번에는
가슴이 미어질 듯 서글픈 갖가지 일들이 가슴에 떠올랐다. 좀 전에 득
보 할아범 부부가 서로 지팡이를 양보해 가며 서로에게 마음을 쓰던
광경이 떠오른다. 그 동경하던 아내와 함께 산 지 삼십여 년 간, 나는
단 한 번이라도 아내를 그렇게 생각한 적이 있었던가? 서울로 올라가
군인이 되고 성문 옆에 조그만 오두막집을 마련하고부터는 날이면 날
마다 아내를 괴롭히고 슬프게 하고 놀라게만 했던 그였다. 어느 날 밤
에 아내와 단둘이서 초라한 밥상을 받고 있던 그의 젓가락을 쥔 손이
갑자기 덜덜 떨렸다. 아내는 어두침침한 등잔불 아래 그것을 눈치채
고는 문득 젓가락질을 멈추었다. 드디어 그날 밤, 그는 동지에게 숨으
러 가려는 참이었다. 그녀의 눈에서 구슬 같은 눈물 두세 방울이 밥상
위로 떨어졌다. 하지만 끝까지 그녀는 한마디 말도 없었다. 그 역시
입을 다문 채 젓가락질을 다시 시작했다.

그 아내가 그런 불운한 죽음을 당한 것이다.

거기까지 생각이 미친 그는 흥분하여 칼을 품고 마을로 숨어들었
다. 초록색 이끼가 낀 성벽, 사거리에는 무너져 내릴 듯한 종각, 빈틈
없이 들어찬 집들, 그 사이를 오가는 거지 떼, 변발을 하고 행진하는
청국 병사의 파란 군복, 그런 것들이 마치 환등기를 돌리듯이 뒤섞여
빙글빙글 돌기 시작했다. 그러자 느닷없이 눈보라가 치듯 미쳐 날뛰
는 군사들의 무리가 길마다 넘치고, 그 속에서 끔찍한 총성이 울리더
니 아비규환의 고함 소리들이 솟아올랐다. 푸른색으로 온통 칠갑을
한 듯한 청국 대군의 함성 소리, 이쪽에서 달려드는 총과 검의 숲!

비명!

송장들!

폭풍우!

천일은 괴로운 듯이 신음 소리를 내지르며 벌떡 일어났다. 그리고 조용히 팔짱을 끼고 푸른 하늘을 올려다보며 더없이 깊은 한숨을 내쉬었다. 초봄의 무심한 풍경은 그의 심정과도 닮아 서글프게 흐르는 물은 무심하여 허망했다. 그때 그의 마음의 슬픔을 위로하려는 듯이 애조 띤 아름다운 목소리가 산기슭 쪽에서 들려왔다. 그것은 흐르는 물처럼 맑게, 또 봄비처럼 쓸쓸하게 안개처럼 천진하게 골짜기 사이에 울려 퍼졌고, 완만한 경사를 타고 파도처럼 온몸으로 밀려들었다. 그것은 젊은 처자들의 노랫소리였다.

천일은 쓸쓸히 바위에서 내려와 한참 동안 노랫소리가 들리는 골짜기를 내려다보고 있더니 조용히 그쪽을 향해 뚜벅뚜벅 내려갔다.

6.

쏟아져 내리는 듯한 눈부시고 따스한 햇살을 받으며 한 줄기 차가운 계곡 물이 작은 바위 사이를 보석을 엮어놓은 듯이 흘러내려 오는 곳에 마을 아가씨 대여섯 명이 앉아 웃고 떠들고 있었다. 마지막 남은 말린 감자를 씻고 있는 보비(寶妣), 쑥이나 고사리의 어린순에 붙어 있는 흙을 씻어내고 있는 이쁜이와 칠성녀, 말라비틀어진 상수리 열매에 낀 곰팡이를 씻어내고 있는 봉이, 그리고 곱실이는 소나무 껍질을 치마 위에 펼쳐놓고 부드러운 속껍질을 벗겨내고 있었다. 이미 오래

전에 귀리나 감자, 옥수수 같은 제대로 된 식량은 바닥이 났지만, 먹을 수 있는 풀들도 조금씩 나기 시작하고 소나무 껍질에도 점점 물기가 올라 굶주림의 고통을 조금은 덜어주고 있기도 했지만, 무엇보다도 수북이 쌓이는 눈과 매서운 추위로부터 해방된 봄, 그 사실이 그녀들을 즐겁게 했다. 새소리에도 놀랐다. 들풀의 싹을 보고도 그것을 둘러싸고 신이 났다. 종달새가 날아오르는 모양에도 눈이 빛나고 봄 안개를 보는 것만으로도 문득 서글퍼졌다. 그런 아이들이 너나 할 것 없이 모두 아버지나 어머니와 함께 결국은 사방팔방으로 흩어져야만 한다. 용케도 이런 산중에 마을을 이루고 이삼 년씩 키워온 우정이었다. 이 골짜기마저도 한없이 사랑스러웠다. 차마 떠날 수가 없을 것 같다.

오늘도 기다란 검은 머리를 땋아 늘어뜨리고 참새들처럼 모여 앉아 보니 쓰라린 석별의 정이 가슴속에 차올랐다. 하지만 그마저도 젊은 아가씨들인 만큼 그저 어느샌가 떠들썩한 화사함으로 피어나는 것이다. 하지만 꿈을 좇아 동경도 많을 나이 또래라고는 하지만 이 깊은 산속으로 끌려와서 참담한 생활을 강요당하다 보니 그녀들의 추억이나 수다스러움은 언제나 까마득한 옛 기억을 더듬어 고향과 이어져 있었다. 어렸을 적에는 그나마 샛노란 저고리에 연분홍 치마 정도는 입고 빨간 댕기를 휘날리며 그네를 타던 아름다운 추억이 있었다. 설날의 즐거운 모임에서는 삐걱삐걱하며 널뛰기에 흥이 났고, 달 밝은 여름밤이면 시냇가 버드나무 그늘에서 친구들과 몸을 씻으며 장난을 치고, 귀뚜라미 울어대는 가을밤이면 등잔불 아래 앉아 옛이야기를 나누며 베갯잇에 수를 놓느라 밤이 깊은 줄도 몰랐다. 저마다 고향은 다르고 추억도 제각각이지만 꿈이 옛날로 돌아간다는 점에서는 다들 마찬가지였다. 지금은 빨간 댕기도 샛노란 저고리도 없고 거친 삼베

한 벌로 위아래를 모두 감싼 채 산짐승이나 다름없는 처지라 안쓰러움만 남았을 뿐.

하지만 그 얼굴은 비록 굶주림과 고생으로 수척하다 해도 차가운 산기운으로 씻긴 이마는 눈(雪)처럼 빛나고 눈매는 보석처럼 서늘하며 순진함과 소박함으로 가득 찬 성스러울 정도의 아름다움이 있었다. 만약 시인의 상상이 허락된다면 그녀들이야말로 천상의 별이 떨어져 만든 선녀들의 무리라고나 할까? 게다가 다시는 천상으로 돌아가기를 허락받지 못한 선녀들처럼 그리움과 탄식을 가슴에 안고 있었기에 오늘의 만남도 더할 수 없이 서글펐다. 그리움은 저 건너 꽃 피고 바람 향기로운 곳, 희망이 살고 있다는 아리랑고개, 그야말로 고향 사람 누구나 꿈에 보고, 그중에서도 탄식이 많은 그녀들의 마음이 쏠리고 행복을 그리고 있던 천국에의 문인 것이다. 하지만 계속해서 기대를 배반당한 그녀들이 이 배나무골에 살기 시작한 지 얼마 안 되어 구세주와도 같은 윤천일을 맞이하고 나서는 무언가 모르지만 포근한 느낌이 들었다. 갓난아이가 어머니의 넓은 품에 안겨 있는 듯한, 그 어머니의 커다란 날개 아래 쉬고 있는 듯한 안도감이 싹튼 것이다. 특히 그 늠름한 두 형제의 모습을 훔쳐보면서 그녀들은 얼마나 남몰래 가슴을 두근거렸던가? 이 골짜기 안이 단숨에 확 밝아진 듯한 기분. 그녀들은 이 젊은이들을 멀리서 바라보는 것만으로도 행복과 기쁨으로 가슴이 두근거리는 것이었다. 불안과 고뇌의 한가운데 지금까지 갇혀 있던 처녀들의 덧없는 그리움, 풍족한 생활에 대한 동경과는 별개의 마음의 날개가 자기도 모르는 동안에 꽃이 피듯 피어올라 가슴속에서 날개를 치기 시작한 것이다. 입 밖에는 내지 않았지만 훤한 이마와 서늘한 눈매에 입을 야무지게 다문 일동의 총명한 풍모에는 꽃다운 처녀들의 마음이 끌릴 수밖에 없으리라. 그리고 윌동의 윤기 나는 두 볼과 설핏 미소가 묻어나는 입술, 꿈꾸는 듯한 눈빛 속에서 어떤 동경으로 가득 찬 고통과 거칠기 짝이 없는 정열의 의문을 읽어내고 그녀들은 그를 진심으로 부드럽게 감싸고 사랑스레 덮혀 주고 싶다는 느낌조차 들었다.

그들 형제가 작년 가을도 깊을 무렵, 마침내 낙토를 찾아 길을 떠난다는 것을 알았을 때, 그녀들은 얼마나 그 빛나는 성공을 기원하고 또한 이번에야말로 꿈의 아리랑고개가 나타나기를 바랐던가? 일동 형제와 함께라면 그야말로 진짜 천국이 되리라는 생각이 든다. 하지만 마지막 희망인 두 사람의 사도로부터는 여전히 아무런 소식이 없고, 아직도 그 건강한 모습을 보여주지 않는 것이다. 이 실망에서 오는 슬픔을 견디려는 듯이, 나아가 그들의 나그넷길에 하느님의 은총이 있기를 그녀들은 기도하는 심정과 탄식하는 마음으로 아리랑의 노래를 부르기 시작한 것이다. 하지만 그녀들은 이곳저곳으로부터 여기로 흘러 들어온 만큼 그 고향에 따라 아리랑 곡조도 제각기 달랐다. 그렇기는 하지만 결국은 마찬가지로 오랫동안 고통스런 현실과 비참한 생활에 시달려온 사람들이니 거기에는 한결같이 현실에 짓눌려온 신음, 탄식하는 애조가 있었다. 그렇지만 아가씨들이니 봄은 즐겁고 노래는 아름답다. 노래를 부르는 동안 마음은 들뜨고 웃음소리가 흘러나왔다.

아리랑고개는 돈 받는 고개
돈 없는 놈은 못 넘어가네
아리랑 아리랑 아라리요
달 지기 전에 어서 넘어가자

"우리 동네 아리랑은 이렇게 시시헌 곡조구먼……."

아직 어린 칠성녀는 서글프게 노래를 마치더니 이렇게 말하며 고개를 움츠렸다.

"그치만 증말 슬픈 노래여. 마을 뒤에 소나무 숲으로 덮인 조그만 고개가 있는디, 거그 꼭대기에 이쁜 성황당이 떡 앉아 있었거등. 우리는 어렸을 적에 거그로 맨날 절하러 갔었는디……."

"빨리 좋은 사람이 데릴러 와주시라고, 잉?"

둥그스름한 얼굴에 눈동자가 빛나는 보비가 물에 젖어 새빨개진 차가운 손을 후후 불어가며 웃어 보였다. 다른 아가씨들도 소리를 높여 깔깔대며 웃기 시작했다. 하지만 그들과 좀떨어져 주저앉은 채 양 어깨로 탐스럽게 내려온, 지금 막 감은 머리를 손질하고 있던 봉이만은 자기도 모르게 얼굴을 붉혔다. 오늘도 여기 오기 전에 그녀는 산신단에 치성을 드리러 가서 산신령께 월동 형제를 하루라도 빨리 돌아오게 해주십사 하고 마음을 다해 기도를 드렸다. 보비는 여전히 장난스럽게 고개를 흔들어가며 노래를 부르고 있다.

> 신발도 비단도 안 갖고 싶지만
> 시집을 가려면 신랑은 있어야지
> 제비는 작은 것이 알을 낳건만
> 나이가 안 되다니 그건 어째서?

"바로 이거지, 응? 칠성녀야."

그러나 처녀들은 배를 잡고 마음껏 소리를 높여 웃어댔다. 칠성녀는 어쩔 줄 몰라 소리쳤다.

"아녀, 아녀. 나도 이렇게 기도했는디."

공손히 합장하고 눈을 감았다.

"성황님, 어째서 이 고개를 넘어서 우리 마을에는 슬픈 일, 무서운 일들만 찾아오는 거래유? 이웃집에서는 아주머니가 역병에 걸려 자리에 누운 지 벌써 한 달이 다 돼 가잖아유. 또 금순이는 불쌍하게도 결국 죽어버렸당게요. 복숭아꽃이 잔뜩 피는 집의 아저씨는 읍내서 잡혀 묶여서 끌려가구유. 성황님, 그 아저씨는 아무 잘못도 없당게요. 온 집안이 뒤집어진 거 매이로 다들 울구불구하구 있어유. 얼릉 돌아오게 해주셔유……. 거그다가 성황님."

칠성녀의 목소리는 떨리고 눈시울엔 눈물이 고이기 시작했다. 이야기 속 사건의 그림자가 감동에 찬 천진한 목소리로 되살아나서 앉아 있던 처녀들도 점점 입을 다물었다. 칠성녀는 손을 모은 채 계속했다.

"성황님은 이 고개를 넘는 사람들이 원망스럽게 부르는 아리랑 소리가 안 들리시는 거여유? 성황님이야말루 아리랑고개의 은덕 깊은 하느님이 되어주셔야 할 턴디. 다들 을매나 슬프게 이 고개를 넘어서들 갔능가 몰러유. 성황님, 인자 우리집두 곧 떠날 모양이여유. 어즈끄 밤중에 지가 눈을 떠봉께 엄니랑 아부지랑 이런 말들을 하더랑게유. 우덜두 조만간 야반도주라두 혀서 어딘가 강원도 산속으로라두 가야만 헌다. 거그서는 산에 불을 질르믄 을매든지 밭이 생긴게 거그다가 세금도 소작료도 필요가 읎다구유. 시상에 그런 디가 어디 있겄어유, 근디두 엄니는 울믄서 당신 좋을실디루…… 하믄서 한숨을 쉬는 거여유. 성황님, 부디 아부지랑 엄니가 그런 끔찍헌 생각을 하지 않도록 혀주셔유. 지가 시상에 어치케 여길 떠나가겄어유. 내가 좋아허는 성실이랑 유게미랑 곱단네랑 헤어져서 더구나 이렇게 이쁜 동네를 떠나서……. 글구 성황님, 저까정 이 마을을 떠나불믄 누가 여그 맨날 와서 진달래랑 매화, 나리꽃을 꺾어 바치겄어유. 부탁이어유. 물론 마을 사람들 중에는 무심헌 양반이라구 성황님을 좀 나쁘게 말허는 이들두 있지만서두 그런 사람들 헌티두 내가 절대 그리 생각 말라구 이를 것이구먼유. 마을 사람들은 성질들이 급혀서 은혜는 생각 못허구 슬픈 일이 있으믄 금세 변덕스럽게 불평을 허는 거여유. 그려두 다들 마음 착한 불쌍헌 사람들이잖어유. 그러니 이 마을 사람들을 지켜주셔유……. 그런디두 결국으는 저두 아부지 엄니를 따라서 동생허구 같이 저 성황당 앞을 지나 고개를 넘어서 여그까정 왔잖어유. 증말이지 슬퍼서 견딜 수가 없어유. 저는 다들 늘어서서 작별 인사를 허믄서 이렇게 기도했어유. 성황님, 저두 결국은 갑니다. 안녕히 계셔유. 다른 마을 사람들을 불쌍히 여겨주셔유. 좀 잘못허는 일이 있어두 부디 너그럽게 보아 용서해 주셔유. 그리구 저희들두 먼 나그넷길을 잘 이끌어 주시구유. 부탁드려유. 부탁드려유."

그러더니 다시 노래를 부르기 시작했다.

> 아리랑고개를 넘어서 도망쳐도
> 할아버지(1원짜리 지폐-옮긴이)한 장만은 잊지를 말어라
> 아리랑 아리랑 아라리요
> 달이 지기 전에 어서 넘자

"고거이 너그 아리랑고개구나? 잘도 보호해 주셔서 이런 지옥꺼정 왔구먼 그려. 안 그렸으믄 너는 천국에라도 날아갈 뻔혔는디 말여. 흥, 성황님은 뭔 얼어죽은 성황님이여."

곱실이가 기다란 속눈썹을 치켜뜨고 자조하듯이 깔깔대고 웃었다.

"그러는 게 아녀."

칠성녀는 검은 옷소매로 눈물을 닦아내며 말했다.

"야, 봉이야, 그지 잉? 지금부텀이라두…… 지금부텀이라두…… 성황님의 인도가 있을지두 모르능 겨. 월동 씨 형제도 오늘이라두 나타날지도 몰르는 거구. 하느님의 천산게……."

"멍청이, 너는 무슨 잠꼬대를 허는 거여?"

곱실이는 딱하다는 듯이 웃었다.

"어디 우리 동네 아리랑 한번 들어볼 텨? 우리 마을에는 아리랑고개라는, 벌거숭이 언덕이 하나 있었거등. 내가 거그 갈 때는 언제나 페, 페하고 침을 뱉어줬구먼. 너는 도대체 왜 그리 심술을 부리느냐구 말여. 아저씨들도 모조리, 오빠들두 몽땅 바루 니가 어딘가루 끌구 가지 않느냐구? 우리 동네는 이미 텅텅 비어부렀어. 다들 솥단지를 떼다가 짊어지구설랑 날마다 몇 사람씩이나 여기를 지나 어딘가루 가 버링게…… 긍께 노래두, 노래까정두 이런 식이여……."

곱실이는 가슴이 미어질 듯한 사무치는 소리로 노래를 부르기 시작했다.

　　　아주까리 동백아 열매를 맺지 마라
　　　시골 처녀 팔려간다
　　　아리랑 아리랑 아라리요
　　　아리랑고개는 눈물 고개

　　　높은 삼나무는 궁전의 기둥으로
　　　밭일하던 사내는 서울에 부역 가고

아리랑 아리랑 아라리요
아리랑고개는 하아― 한숨 고개

　노랫소리가 마지막 절까지 왔을 때 목이 터져라 비통한 그늘이 덮
였고, 그녀는 자기도 모르는 사이 슬픔의 절정에 달해 느닷없이 울음
을 터뜨렸다.

　"바보 같은 아리랑고개여! 바보! 우리 오빠도 부역으로 서울에 끌려
가고는 안 돌아온단 말여. 아부지가 서울로 찾아봉게 그때 온 남자들
이 군사들 틈에 끼어 난리를 일으켰기 땜시로 엄청나게 죽었는디 암
만 혀도 그 속에 끼어 있을 거라는 거여……. 그 소처럼 일만 허던 우
리 오빠가 있었으믄 우리 집두 이렇게 들고양이 겉이 살지는 않았을
턴디……."

　사실, 당시 정부의 재정 상태는 더없이 곤궁하여 백성들은 하루 먹
을 양식이 없을 정도의 비참한 상태였지만 왕궁 안에서는 조석으로
연락무제(宴樂巫祭)하였고, 그뿐 아니라 거듭되는 궁전의 개축과 조영
(造營)을 꾀하여 이에 따르는 주구는 점점 더 심해지는 바람에 온 나라
의 장정이라는 장정들은 모조리 끌려나가는 형편이었다. 동시에 지방
의 관가에서도 또한 똑같은 수법을 썼기 때문에 백성들은 설상가상으
로 일손을 빼앗겨 이산(離散)의 길을 강요당할 수밖에 없었다. 곱실이
가 이런 이야기를 하고 있을 때 다들 너나 할 것 없이 같은 슬픔과 분
노를 가지고 지내온 몇 년 간의 일을 되돌아보았다. 그녀들 역시 곱실
이와 똑같은 갖가지 기억들을 가지고 있었기에……

　"있잖아, 곱실아. 그런 생각을 해봤자 무슨 소용이 있어? 마음을 가
라앉혀라, 잉?"

봉이는 다른 처녀들의 마음을 위로하듯이 말했다.

"맞어, 같은 아리랑이라도 엄청 명랑헌 우리 동네 아리랑을 한번 들어 볼 텨?"

이렇게 말하는 그녀야말로 지금 사실은 누구보다 더 절망과 슬픔의 심연에 빠져 있다고 할 수 있으리라. 병들어 누워 있는 어머니를 버려두고 오빠인 봉수는 서울로 가 버렸고, 아버지는 또 아버지대로 교당 사람들과 함께 어딘가로 모습을 감춰버린 것이다. 유일하게 믿었던 월동마저 돌아오지 않는다면 그녀는 지금부터 어떻게 하면 좋을까? 하지만 그녀는 자꾸만 가라앉으려는 마음을 채찍질하며 억지로 밝게 웃어 보이는 것이다.

"어엉, 들려줘."

칠성녀가 박수를 쳐가며 흥을 돋우었다.

"그러고 봉게, 증말 봉이의 이쁜 아리랑을 가을부터 한 번도 들은 적이 없다 잉. 그쟈? 월동 씨가 가 버리고 나서는…….."

다른 아가씨들도 호호호 웃어가며 재촉을 해댔다.

"맞어, 맞어."

"자, 얼릉 불러봐."

"좋아, 내가 시작하믄 뒤는 합창이여. 알겠지? 웃지 마라 잉?"

　　아리아리랑 스리스리랑
　　아라리가 났네
　　아리랑고개를 넘어 넘어간다.
　　정든 님이 오셨건만
　　인사도 못해
　　행주치마 입에 물고

입만 방긋

　봉이가 구르는 듯 명랑한 목소리로 몸짓을 해가며 표정까지 잘 살려가며 노래를 시작하자 다른 처녀들도 함께 아름다운 소리로 합창을 시작했다. 그것은 지금까지 가라앉아 있던 무거운 공기를 깨버리고 말갛게 갠 하늘까지 마치 찬가처럼 퍼져갔다. 이 합창 소리가 골짜기에 울리면서 경사를 올라가 절벽 위의 천일의 귀에까지 닿은 것이다.

　　아리아리랑 스리스리랑
　　아라리가 났네
　　아리랑고개를 넘어간다
　　날 좀 보소 날 좀 보소
　　날 좀 보소
　　동지섣달 꽃 보듯이
　　날 좀 보소

　봉이의 서글픈 마음은, 이 미소 짓게 만드는 노래를 타고 멀리 월동에게까지 날아갔다. '나는 이 골짜기의 마지막 사람이 될지라도 죽을 때까지 그 사람이 돌아오기를 기다리자, 둘이서 굳게 맹세했던 것처럼…….' 하고 생각하자 자기도 모르게 조그만 가슴 깊은 곳에서 샘솟듯이 힘이 솟아났다. 노래 가사에도 있는 것처럼 봉우리와 산이 높아 몸이라도 다친 것일까? 강이 깊어 건너지 못하고 있는 것일까? 하지만 그 사람은 산 위를 날아다닐 만큼 민첩하고 강이라면 오리보다 헤엄을 잘 치는 걸. 아아, 도대체 어찌된 일일까?

　그런데 이 노래에 화답하면서 남몰래 가슴앓이를 하고 있는 처녀가 하나 있었다. 봉이와 사이 좋은 이쁜이였다. 그러고 보면 이쁜이는 이 골짜기의 처녀들 가운데서도 가장 얌전하고 거기다가 읽고 쓰는 것도 할 줄 알고, 천성이 온화한 성격이어서 모두들 거칠어져 있는 마음에 하나의 등불처럼 아름다운 존재였다. 무슨 일이 있어도 잘 참고 그 속에서 빛을 찾아내고자 하는, 쓸데없이 반항도 하지 않고 또 좀처럼 실망도 하지 않는 강인한 순응성. 그리고 끊임없이 이상을 추구해 마지 않는 다부짐. 그렇게 비슷한 성격 때문에 마침내 일동의 마음을 움직이게 되었다. 두 사람의 차분한 성격의 물결이 전기처럼 닿았을 때 두 사람의 가슴 속에서 불꽃이 서로를 조용히 비추었던 것이다. 용감한 월동과 아름다운 봉이가 젊은 열정으로 애정의 세계에 몰입한 것과는 달리, 길에서 어쩌다 만나거나 하면 일동이 이쁜이를 보는 눈에는 빛이 더하고 그녀 역시 얼굴에 불이라도 지핀 듯이 확, 하고 붉어지기는 했지만 두 사람 모두 말 한마디 나누는 일 없이 얼른 고개를 돌리곤 했다. 그러니 누구 한 사람 둘 사이를 눈치챌 리도 없고, 더구나 남들의 눈을 피해 사랑을 속삭이거나 장래에 관한 이야기를 하는 것은 꿈도 꾸지 않았다. 오직 이쁜이의 희망과 그리움만이 일동의 꿈과 그리움 속에 녹아들었다. 끝이 없는 존경과 기도하는 듯한 마음. 그것만이 그녀 마음의 전부였다. 때때로 일동이 마을 사람들에게 열정을 담아 이야기를 할 때의 그 명쾌한 말솜씨와 고상한 이상, 간절한 포부, 그런 것들을 들으며 그녀는 마치 취한 듯한 행복감으로 가득 찼지만 다른 한편으로는 그와 자신 사이에 끝없이 넓은 거리를 느끼며 서글퍼지기도 했다. 마침내 일동이 동생을 데리고 길을 떠난다는 이야기를 들었을 때, 그녀의 마음은 얼마나 허둥지둥, 안절부절못했는지 모른다. 떠나기 전에 단 한 번만이라도 남모르는 내 마음을 말해 주고 그

장도에 힘을 주고 축복하고 싶었다. 하지만 그녀는 그것이 다만 자기 혼자만의 덧없는 바람, 메아리 없는 그리움으로밖에 여겨지지 않아 어쩔 줄 몰랐다. 그러면서도 한편에서는 이번 장도에 대한 불안감과 그가 돌아오기 전에 자기가 아버지에게 끌려 어쩌면 이곳을 떠나야 할지도 모른다는 생각에 가슴이 미어지면서 그녀는 자신이 일동을 더 없이 사랑하고 사모한다는 것을 확실히 깨달았다. 그녀의 아버지인 허 서방도 봉이의 아버지 성용삼과 같은 교도였다.

　그녀는 일을 해도 건성이었고 때로는 바느질을 멈추고 멍하니 생각에 감기기도 하고 그러다가 허둥지둥 달려 나와 호미를 손에 들기도 했지만 또 금세 혼이 빠져 손에서 툭, 하니 호미를 떨구곤 했다.

　마침내 내일 밤에 길을 떠난다는 소리를 듣고 가슴이 두근거려 산신단 쪽을 향하여 어두컴컴한 소나무 숲을 서둘러 올라갔다. 이제부터 곰 고기를 구워 장행을 축복하는 밤잔치가 벌어진다고 떠들어대며 부락 사람들이 모조리 산신단으로 올라간 뒤였다. 한 번이라도 보고 싶으면 지금말고 언제 또 기회가 있겠는가? 그런데 그녀는 뜻밖에도 울창한 소나무 숲에서 일동과 딱 마주치고 말았다. 이쁜이는 이야말로 하느님의 인도였다고 생각했다. 일동은 마침내 곰을 잡아 놓고 물을 푸러 달려 내려오는 참이었다. 일동도 그 순간 자기도 모르게 긴장하여 멈춰 섰다. 하지만 그녀는 어리석게도 그 옆을 그냥 지나치려 했다.

　"이쁜이!"

　이렇게 부르는 소리에 걸음을 멈췄다. 하지만 목까지 새빨갛게 달아올라 돌아보지도 못했다. 일동도 말이 막혔던지 우뚝 선 채로 잠깐 동안 거친 숨만 몰아쉬고 있었다. 이윽고 그가 천천히 말했다.

"이쁜이, 우리는 드디어 내일 아침 떠나!"

"……."

그녀는 여전히 그에게 등을 돌린 채로 가까스로 조그맣게 고개를 끄덕였다. 자기도 모르게 눈물이 솟았다.

"아버지를 잘 설득해서 우리가 돌아올 때까지 기다려줘!"

"……예."

눈물 어린 목소리였다. 기뻤던 것이다.

"뭐야? 울고 있는 거야?"

하며 그가 성큼 다가왔을 때, 그녀는 그 자리에 주저앉아 옷자락으로 얼굴을 가리고 흐느꼈다. 일동은 조용히 이쁜이의 손을 잡고 자아, 일어나, 하고 말했다.

그녀는 마침내 얼굴을 발그레 물들이고 치마 고름으로 눈을 가리며 말없이 일어섰다. 물끄러미 자기 얼굴을 들여다보던 그때의 일동 씨가 얼마나 휘황한 영웅처럼, 또 저 「춘향전」 속의 아름다운 이몽룡과도 닮아 보였던가? 마침 보름달은 소나무 가지에 멈춰 있고 벌레가 요란하게 울어대고 있었다. 그는 중얼거리듯이 말했다.

"오늘 밤처럼 저렇게 둥근 달이 뜬 밤에는 나는 이런 숲 속에서 여기 있는 사람들을 생각할 거야. 그리고 네 생각도."

약간 멋쩍은 듯이 덧붙였다. '네 생각도' 하는 음성이 아직도 귓가에 들리는 듯하다. 그리고 그는 성큼성큼 걸어 내려갔고 그것으로 덧없는 만남도 끝이었다. 얼마나 행복한 순간이었던가? 역시 일동 씨도 자기를 생각하고 있었던 것이다. 하지만 그녀는 그때 일이 떠오를 때마다 자신이 부모에게 끌려 고향 마을을 떠날 때의 일이 생각났다. 그때 사촌 언니는 그녀를 끌어안고 이렇게 말하며 울었다.

"불쌍헌 것, 느그 아부지는 저 교당의 나쁜 놈들헌티 속아서 무일 푼이 되었건만 아직도 정신을 못 차리구 그놈들헌티 간다는 것이여. 너는 커서 철이 들거들랑 도망쳐서 돌아오니라, 잉. 우덜이 아무리 힘들고 괴로워두 역시 고향은 고향잉게. 꼭 돌아와야 혀."

그때 굳게 맹세했던 자기가 아직도 돌아가지 못하고 있는 것처럼 그 사람도 또 돌아오지 못하는 것이 아닐까? 그 사람만 있어 준다면 사촌 언니가 말했던 것처럼 그녀는 아무리 힘들고 괴로워도 어디라도 역시 즐거울 것을……. 아녀, 분명히 그 사람은 돌아올 거여. 왜 안 돌아오겠어……. 그리고 그녀는 얼른 자신의 불길한 생각을 떨쳐버리려는 듯이 목청을 돋우어 노래에 화답했다. 그리고 보니 봉이는 유별나게 반쯤 서서 춤추는 시늉까지 해가며 노래를 이끌고 있었다.

아리아리랑 스리스리랑
아라리가 났네
아리랑고개를 넘어간다

"호호호, 봉이야. 너는 슬픈 일이 전혀 없응게 아주 명랑하구먼. 당장으라두 교당의 큰 서방님 사모님이 될 수 있으니께."

뜬금없이 이렇게 고함을 친 것은 옛날부터 남모르게 월동에게 마음을 두고 봉이를 질투하고 있던 보비였다.

"나는 죽어도 싫여! 우째 그런 소리를 하는 거여?"

봉이는 정색을 하고 서글프게 소리를 질렀다.

"나는 죽어도 그런 남자들헌티 안 갈 거여. 차라리 늑대밥이 되는 것이 낫지. 낫구말구 …… 거그다가."

이렇게 말이 채 끝나기도 전에 멀리서 흐르는 듯한 아름다운 소리로 아리랑을 부르는 것이 들려왔기 때문에 다들 일제히 일어섰다. 마을에서도 인기가 있는, 목소리 좋은 길녀가 옆구리에 항아리를 끼고 소리 높여 아리랑을 부르며 오고 있는 것이다. 그녀는 어제 새벽, 천일에게로 달려가 용감하게 함께 가겠다는 의지를 밝히고 흥분한 나머지 그 자리에 쓰러졌던 소년, 길만의 누나였다. 다들 손뼉을 치며 와아, 하고 난리였다. 길녀는 입가에 미소를 띄우고 명랑한 소리로 노래를 불러가며 한들한들 내려온다. 그 모습을 보니 오두막으로 옮겨졌던 길만의 상태도 걱정할 정도는 아닌 모양이었다.

석양은 산을 넘고 앞길은 천리로다
게으른 말이 걱정이로다
아리랑 아리랑 아라리요
아리랑 쉬어서 노다 가세

채찍을 휘둘러도 안 나갈 것이라
고삐를 틀어쥔 자네 손이
아리랑 아리랑 아라리요
아리랑고개로 날 건네주게

"꽤나 떠들썩허니 노래들을 부르더구먼."
길녀는 친구들 옆으로 오더니 항아리를 내려놓으며 웃었다.
"길만이는 어떠?"
이쁜이가 묻자,
"어엉, 아침부터 거의 괜찮아졌어. 근디 골이 잔뜩 나가지구 말을 안 허는디 불쑥 한마디 헌다는 것이 '좋아, 내는 월동 씨만 오믄 서울로 따라갈 거여' 허드라구. 근디 윤 선생이 오늘 아침에 좁쌀죽을 갖다쳤거든. 그랬드니 윤 선생헌티는 굽실 절을 하믄서 '우리는 반드시가 보일 거여유' 하믄서 훌쩍훌쩍 울잖여. 증말이지 지멋대루랑게."

"그래두 정말 다행이구먼."

봉이가 중얼거렸다.

"길만이 덕분에 여그 사람들이 다들 안 내려간 거잖어."

"그건 그려."

길녀는 적잖게 자랑스럽다는 듯이 웃었다. 그리고는 갑자기 얼굴이 굳어지더니 소리쳤다.

"저건 뭔 소리랴?"

뜻밖에도 그때, 가까이 있던 대숲에서 부근의 정적을 깨고 커다란 새가 날개라도 치는 듯한 소리가 들렸던 것이다. 처녀들은 모두 깜짝 놀라 숨을 죽였다. 날개 치는 소리가 다시 계속되는가 싶더니 이번에는 끼익끼익, 하는 소리가 났다. 두세 처녀가 바위틈에서 살짝 소리나는 쪽을 들여다보더니,

"오매! 기러기여. 뭐에 찔렸는지 푸드득거리고 있는디."

이렇게 한 사람이 고함을 치자 다들 뛰어 일어나 엉켜 있는 담쟁이 덩굴이니 대나무 수풀을 헤치고 뛰어들어 갔다. 그러자 커다란 기러기 한 마리가 놀라 달아나려고 한두 번 낮게 날아올랐다. 그녀들은 새를 쫓아갔고 봉이가 어렵지 않게 치마를 펼쳐 씌워 버렸다. 그녀는 기러기라는 소리를 듣고 그것이 어젯밤 윤 선생님이 화살로 떨어뜨린 것이 분명하다고 생각했던 것이다. 처녀들은 한쪽 날갯죽지에 박혀 있던 화살을 뽑아내고 진심으로 불쌍하다, 불쌍하다 해가며 기러기를

쓰다듬었다. 그러고 있는 참에 아까 처녀들의 노랫소리에 끌려 절벽을 내려온 윤천일이 언제나처럼 사냥꾼 차림으로 다가왔다. 그는 밝은 웃음을 띠고 있었다. 좀처럼 그가 보이지 않는 웃는 얼굴을 보고 처녀들도 기쁘게 수줍은 미소로 그를 맞았다.

"아저씨, 기러기유. 저기 엊저녁에 아저씨가 쐈잖아유."

길녀가 말했다.

"다들 놀라구 있는디 봉이 언니가 뛰어가서 잡았어유. 화살은 뽑았구먼유."

"그랬구나!"

천일은 처녀들 앞에 버티어 섰다.

"화살을 맞고도 아직 살아 있었구나. 너희들의 아름다운 노랫소리에 기러기도 다시 살아난 것이지."

"음마, 아저씨는……."

다들 얼굴을 마주보며 요란스레 웃었다.

"한쪽 날개를 맞았구나."

이렇게 중얼거리며 그는 피투성이가 된 날개를 펼쳐 들여다보더니 뭔가 걱정스럽다는 듯이 눈을 감았다. 그 얼굴에는 처음에는 감출 수 없는 기쁜 빛이 지나가는가 싶더니 바로 뒤에는 어딘가 어두운 그늘이 드리웠다. 이렇게 생각에 잠긴 윤천일을 앞에 두고 처녀들은 언제나 불안과 기대, 엄숙한 느낌에 사로잡히곤 했다. 다들 숨을 죽이고 그의 얼굴을 골똘히 바라보았다. 그 가운데서도 봉이와 이쁜이의 눈은 불안한 빛으로 떨고 있었다. 천일은 무거운 소리로 천천히 말했다.

"돌아와, 돌아오는 거야! ……그런데 형제 중의 누군가 한 사람에게 무슨 일이 생긴 것일까? 이 기러기가 한쪽 날개를 다쳐 떨어진 것을 보면……."

"그렇다면 월동 씨가 곧장 서울로……."

봉이는 항상 있던 불안을 드러내며 하얗게 질렸다.

"설마, 그럴 리야 없지……. 내가 요즘 부쩍 미신에 빠져서. 기우야, 기우, 하하하……. 오늘이라도 느지막이 돌아올지도 모르지. 아니면 내일이라도……."

천일은 스스로의 말을 부인하며 눙쳤다.

"잘 생각해 보면 알잖아! 봉이 네가 북으로 돌아가는 이 기러기를 잡았다는 것만으로도 얼마나 길한 징조냐. 너의 오랜 기도가 이루어질 것이라는 산신님의 계시라구. 그렇지, 모두 함께 산신님께 감사와 기도를 드리러 가자꾸나."

그는 처녀 아이들을 이끌고 천천히 걷기 시작했다. 행복하게 웃어가며.

"봉이야, 기러기를 안고 있는 너의 그 모습이 어떤지 아니? 우리 고향에서는 장가를 갈 때는 말을 타고 붉은 천에 싼 나무기러기를 안고 새색시 집으로 간단다. 그 기러기도 마음 급한 월동이가 일찌감치 너한테 보내준 거야……."

처녀들은 천일의 재미있는 농지거리에 깔깔대며 웃었다. 하지만 봉이는 황홀해져서 고개를 떨군 채 문득 뜨거운 눈물을 뚝뚝 떨구었다. 그녀의 마음은 어느 틈엔가 다시 고향 마을로 돌아가, 씩씩하게 말을 타고 나무기러기를 안은 월동의 뒤를 따라 어여쁜 가마를 타고 아리랑고개를 넘어 시집가는 자신의 새색시 차림을 눈앞에 떠올려보는 것이다.

"왜 우는 거냐? 봉이야, 너무 기뻐서 그러는 거야? 좋아, 내일은 또

내가 멀리까지 마중을 나가볼게⋯⋯. 그리고 아이들이 찾아낸 낙토로 옮겨가서 가을에 넉넉하게 추수라도 할라치면 두 사람의 식을 올리기로 하자. 그렇지, 그때는 봉이뿐 아니지. 너희들 또래 나이가 찬 아가씨들에게는 다들 이 아저씨가 신랑감을 찾아줄게! 하하하."

처녀들은 다들 얼굴이 새빨개졌다.

"주책이여, 아저씨!"

7.

들짐승조차 다니기 힘들 정도로 침엽수와 활엽수가 뒤섞여 빽빽하게 뒤덮인 가운데 쓰러진 나무니 얼룩조릿대니 해묵은 담쟁이덩굴 같은 것들이 울타리를 쳐 놓은 듯이 엉켜 있었다. 부엽토 때문에 바닥은 축축하고, 하늘이 보이지 않는 숲 속은 어두웠다. 오랜 풍설로 저절로 벌레 먹어 쓰러진 고목들이 때로는 앞길을 막기도 했다. 바로 그곳에 손도끼로 길을 뚫어가며 험한 산을 서둘러 올라가는, 활과 창으로 무장한 젊은이 둘이 있었다. 점차 숲 밖으로 나옴에 따라 잡목이 섞인 적송의 가느다란 가지들이 무리 져 보였다. 꼭대기에 상당히 가까워진 것이리라. 아침 햇빛도 엷은 적색으로 마치 그물눈을 빠져나온 듯이 사선으로 비치기 시작했다. 굉장히 깊은 숲 속이었다. 눈이 녹고 있는 지면이 깔쭉깔쭉한 광선을 받아 조용히 숨을 쉬고 있는 듯이 여겨지기도 했다. 그들 형제도 가까스로 숨을 돌리고 안도의 한숨을 내쉬었다. 일단 꼭대기까지 올라가면 시원한 전망에 의지하여 대충 방향을 잡을 수 있을 것이다.

담쟁이덩굴과 얼룩조릿대와 나무뿌리들이 뒤엉켜 있는 곳을 헤치거나, 때로는 언 길에 미끄러지기도 하면서 점점 더 험해지는 바위 틈새를 누비듯이 하여 마침내 뛰듯이 정상에 섰을 때는 눈빛에 검붉어진 그들의 얼굴에는 진땀이 줄줄 흘러내리고 있었다.

하지만 바람이 숲을 흔드는 세찬 바람에 잔설이 가루처럼 날아오르고 구름은 안개와 함께 나지막이 숲 상공과 골짜기 밑으로 내려앉아 한줄기 희망을 걸었던 전망도 좋지가 않았다. 구름 사이로 산들이 첩첩하여 주위를 성벽처럼 둘러싸며 끝없이 이어지고 산록에 펼쳐진 숲의 상공에는 까마귀 떼가 까악까악 소란을 떨며 어지러이 날고 있었다. 그것 말고는 태곳적 같은 정적, 드넓은 바다 같은 막막함. 구름이 물결처럼 흐르고 때때로 굵다란 주름 같은 짙은 보라색 산맥들이 해협처럼 나타났고 거기서 바다 울음이라도 들려올 듯했다.

두 사람은 작년 가을 떠나온 배나무골이 어느 쪽인지를 찾으려는 것이다. 그 골짜기, 그 강물들은 어디에 있는 것일까?

"월동아, 이런 날씨라면 십 리 밖도 안 보일 것 같아. 속을 태워 봤자 소용이 없다구. 강줄기를 찾으려 해도……."

형인 일동조차 어쩔 수 없이 얼굴에 검은 그림자를 드리운 채 한숨을 쉬었다. 동생은 천천히 품에서 붓으로 그린 낡아빠진 도면을 꺼내 들었다. 그리고 바람을 등에 업고 쭈그려 앉더니 펄럭펄럭하는 도면의 양끝을 흙발로 밟고 그 위에 자석을 맞추어 손가락질을 해가며,

"형님, 이 산을 기억하고 계시오? 우리가 올 때 폐가 한 채를 산허리에서 발견했는데, 그 옆의 선바위조차 날카롭던 그 험한 산 말이오. 선바위 위에 소나무가 두 그루라고 표시되어 있구려. 배나무골에서 동동남 칠십 리. 봉우리가 뾰족하고 멀리 북쪽으로 강이 보인다고도

적혀 있고. 먼저 여기서 이 산을 찾아서 목표로 할 수밖에 없어요."

그래서 두 사람은 전방의 삼면을 주의 깊게 바라보기 시작했다. 여전히 시야는 안개에 막히고 구름과 날리는 눈으로 잘렸으며 그럴듯한 산은커녕 자기들이 발을 딛고 선 곳조차 알 수 없어 혼란스러웠다. 갈 때나 돌아올 때나 너무나 많이 헤매는 여로였다. 자석이라든가 대충 그린 도면은 전혀 도움이 되질 않았다.

"그렇지, 이 정도 날짜를 북서쪽으로, 북서쪽으로 돌아왔으니 이제 슬슬 그 산에 닿을 때가 된 거야. 어쨌든 이번에는 방향을 딱 북쪽으로 정하고 앞만 보고 나가자구. 결국은 동서로 흐르는 한강이니까 북쪽으로 가다 보면 언젠가는 그 물줄기를 만나겠지. 그때 상류를 향할지 아니면 하류로 갈지를 정하면 되잖아?"

"정말 그것도 한 방법이겠네요. 북으로 갑시다! 그러면 이번엔 내가 앞장설게. 자석을 보면서 망설이지 말고 북쪽으로!"

월동은 창을 짚고 일어서며 손도끼를 다시 허리춤에서 꺼내들었다. 봉우리를 타고 길 없는 길을 만들어가며 북으로, 북으로! 바위 그늘에 얼음이 얼고 때로는 거센 바람이 불어 눈앞이 눈보라로 흐려지고 발을 헛디디곤 했다. 하지만 절벽의 경사나 봉우리들은 뜻밖에 완만하여 마치 백마를 탄 듯이 나아갈 수가 있었다.

그렇다고 해도 자신들이 돌아오기를 학수고대하고 있을 배나무골 사람들을 생각하면 발이 땅에 닿지 않고 마음은 구름처럼 날아 그 골짜기로 찾아드는 것이다. 고생에 고생을 거듭하면서도 빛나는 보고를 가슴 깊이 품고 귀로에 든 그들을 아버지가 살고 있는 골짜기 사람들은 아는지 모르는지. 더구나 마지막까지 한마음으로 기다리고 있기나 할까? 그들을 이끄는 아버지는 예정보다 늦은 두 달 동안 얼마나 큰

낙담과 초조함으로 나날을 보내고 있을까? 뭔가 불길한 예감이 눈앞을 스치기도 했다.

부디 배웅할 때 보여 주었던 그 정열과 감격을 지금도 여전히 지니고 있기를. 바위 위에 서서, 나는 놀랄 만큼 복된 땅을 발견했노라고 보고하리라. 형은 기쁨으로 가슴이 뛸 것이다. 그리고 나는, 하고 월동은 생각했다. 그 환호의 물결 속에서 눈물겨운 여행 중의 이야기들, 귀로, 그리고 감격적인 겨울나기에 관하여 이야기하리라.

그런데 봉이는 아직도 배나무골에 머물며 나를 기다리고 있을까?' 언젠가, 나는 죽어도 기다릴 거여유, 당신이 돌아오거든 불쌍히 여겨서 당신 집 옆에 묻어 주세요, 하던 애절한 음성. 그것을 떠올리며 그의 가슴은 마구 종이라도 치듯이 울렸다. 아니, 아버지가 계시니까 어떻게든 그녀를 잘 보호해 주셨을 거야, 하고 안도하며 가슴을 쓸어내리려 한다. 그러자 봉이의 미소 짓는 입술이 꽃잎처럼 발아래로 떨어진다. 서늘하고 까만 눈망울이 구름 사이의 별처럼 어른거린다. 바람 사이로 구슬을 굴리는 듯한 달콤한 속삭임이 시냇물 소리처럼 귓가에 들린다. 그리고 그 기다란 검은 머리가 소나무 가지가 되어 가슴팍을 가볍게 쓰다듬기도 하는 것이다. 그는 더욱 가슴이 울렁거리고 발걸음은 또 휘청휘청 나는 듯이 빨라졌다. 아아, 이것이 봉이와 손에 손을 잡고 그리운 서울로 올라가는 길이라면……

동생에 비하면 형인 일동은 아무래도 나이 어린 동생보다는 좀 더 착실한 기쁨과 꿈으로 가슴이 벅찼다. 이제부터 드디어 아름다운 이상을 자신의 손으로 쌓아올리는 것이라고 생각하면 온몸이 떨릴 정도로 행복해져서 가슴이 방망이질을 쳤다. 아버지도 역시 점잖은 미소로 따스한 손길을 뻗쳐 내 일에 협력을 아끼지 않으리라. 또 골짜기 사람들 모두가 나를 믿고 힘을 합쳐 이상향 건설에 매진할 것이다. 높은 이상, 이름다운 목표 아래서 빛나는 생활이 꽃피기 시작할 때, 어느 누가 그 개척, 그 건설에 정열을 바치지 않겠는가. 그렇다. 이 나라 오백 년 이내에 언제 한번 한 그루 나무를 벨 때도, 괭이질 한번 하면서도 그것이 나라를 위해, 사회를 위해, 그리고 자신과 조상과 자손들을 위해 한 적이 있었던가? 이미 하늘은 우리에게 이상향을 허락해 주신 것이다. 오직 우리에게 남겨진 임무는 산사람들을 지도하고 교화하려는 강인한 의지와 실천과 건설을 향한 정열이 있을 뿐이 아닌가. 물론 적지 않은 곤란, 좌절, 장애가 있을 것이다. 하지만 그것들을 용감하게 극복하고 그 복지로 하여금 이 동방 암흑의 땅에 하나의 서광이 되도록 하자. 하나의 천뢰(天籟 : 바람 소리)를 만들자. 하나의 기적을 이루자. 그리하여 그곳으로부터 이 강토에 찬란한 빛을 비추는 것이다. 희망을 불어넣는 것이다.

그것은 산에서 숲, 숲에서 골짜기로 이어져 몇 달이나 걸리는 괴로운 여행이었다. 그리고 꿈꾸는 듯한 낙토를 첩첩한 태산지대 속에서 발견할 때까지 그야말로 필설로 다할 수 없는, 얼마나 많은 고난을 당했던가? 의지할 것이라고는, 그저 남동쪽이라고 하는 뜬구름 잡는 지도와 자석 하나. 골짜기를 누비고 산길을 걷고 숲을 헤쳐 나가며 오로지 남동쪽으로, 남동쪽으로 헤매어 갔다. 때로는 보름씩, 한 달씩이나 인가를 보지 못하는 험한 길을 걸어야만 했다. 바위 틈새나 계곡에서 고목을 태워 야숙을 하며 맹수들의 느닷없는 울부짖음에 굳어버린 몸을 떨고 옆에 두었던 창을 끌어당겼던 밤이 또 얼마나 이어졌던가. 때로는 불타버린 산기슭에서 시커먼 오두막을 발견한 일도 있었다. 하룻밤 혹은 한 끼의 인정을 청하고자 들어서 보면 그곳은 깨진 항아리 조각들만 흩어져 있고 풍우에 통나무 벽은 뚫리고 지붕은 날아가 버려 사람이라곤 살지 않는 빈 오두막. 그럴 때는 견딜 수 없는 적막함과 서러움에 몸을 떨며 그 속으로 기어 들어갔다. 날마다 등짐에서 옥수수 가루나 감자 같은 것을 한 줌씩 꺼내 구워 먹어가며 주린 배를 달랬다. 계곡의 물을 찾아 갈증을 달랬다. 산에서는 돌이 쌓이고 이끼가 낀 인가의 흔적도 있긴 했다. 절벽 아래에는 맹수들이 파헤쳐 놓은 듯한 무덤의 해골 같은 것이 뒹굴기도 했다 숲에 따라서는 커다란 나무들이 타버린 채로 한정 없이 이어져 있기도 했다. 혹은 산기슭에 깨진 바가지 조각들이 널려 있기도 하다. 하지만 인가는커녕 사람의 그림자도 없었다. 가끔 눈앞에 맹수가 나타났다가 사라지기도 하고 까마귀 떼가 숲 속에서 요란스레 소란을 피우기도 했다. 바람에 마른 잎들이 사각사각 울리고 솔방울이 툭, 하고 떨어지는 것조차 왠지 으스스했다. 친애하는 인간 종족이, 저주받은 그들의 발소리를 듣고 멀리 그림자를 감추어버린 듯한, 인간세계로부터 영원히 버림받은 듯한 절대 고독이라는 느낌이 절실하게 가슴에 와 닿았다. 등짐 속의 양식이 점차 떨어져간다는 불안감도 그들을 더욱 초라하게 만들었다.

배나무골을 떠나온 지 벌써 한 달이나 지나고 있을 무렵이었을까? 안개비가 촉촉이 내리고 있던 어느 날 새벽, 바위 동굴에 돗자리를 깔고 밤을 지새운 월동은 불끈 고개를 들더니 지금까지 몇 번이나 가슴속을 오가던 생각을 마침내 형에게 털어놓았다.

"저어, 형님, 주변을 한번 둘러보시구려. 이 근방은 우리들과 같은 화전민들이 옛날에 흘러 들어와 한때 살았던 곳 같아요. 역시 어딜 가나 벌린 입에 감 떨어지듯 낙토 같은 것이 있을 리가 없어……."

그러고 보니 과연 그 옛날 어딘가의 일족이 와서 살았던 것이리라. 산등성이 전체가 불타버려서 옛 전쟁터와 같은 황량한 광경. 잡초가 우거진 급한 경사지에는 검게 탄 나무들이 겹겹이 누워 썩어가고 있고 그것들을 이마로 받쳐 올리듯이 험한 바위들이 늘어서 있었다. 안 개비가 희뿌옇게 들어차서 마치 화약 연기가 자욱한 듯하다. 어디에 선가 딱따구리가 나무를 쪼아대는 소리가 요란하게 들려왔다. 새봄 유랑의 시기를 맞이하면서 그들과 같은 또 다른 떠돌이 무리들이 찾아들어 와 마찬가지 설움을 지니고 이 동굴에 하룻밤의 나그네 잠을 잔 것이리라. 다 떨어진 짚신들이 한두 켤레 흩어져 있는 것도 새삼 서글펐다. 하릴없이 그것을 바라보고 있자니 월동은 절절하게 나그네의 비애가 가슴속에 스며드는 듯했다. 자기들도 마치 버려진 이 신발 짝처럼 어디인지도 모르는 산속에서 조난을 당하여 썩어가게 되는 것이 아닐까?

이상을 추구하는 것도 꿈을 좇는 것도 비빌 언덕이 있어야 하는 것 아니겠는가? 서울을 도망쳐 나온 패잔병으로 바닥까지 떨어져 거기서 어떻게 하늘의 도움을 좀 받아보려 애를 써봤자 하늘을 덮은 물의 천개(天蓋), 발아래 펼쳐지는 불바다. 하늘의 도움이란 불에 타고 물에 흘러가 버릴 것이 뻔하다. 역시 가혹한 현실이라고는 하지만 중원에 몸을 두고 용감하게 대국을 뚫고 나가려는 노력이 없는 한, 이 나라에 진정한 낙토가 찾아올 리도 없다. 낙토라는 것이 지옥 끝에서 찾을 것이 아닐진대 이 나라가 곧 낙토가 되도록 해야만 하는 것이다. 이천만을 헤아린다는 이 나라의 민초, 삼백 리에 이르는 이 강산을 변화시켜 낙토 안민이 되게 만들지 않는 한, 어디에 국가의 안태가 있으랴, 초망(草莽 : 풀숲이라는 원래의 의미로부터 재야, 민간, 야인 등을 가리킴－옮긴이)

의 행복이 있으랴. 시대가 거꾸로 돌고 현실이 미쳐 날뛸수록 그 속에 뛰어들어 악전고투하는 보람도 있는 법, 자신은 어찌하여 비겁하게 어리석은 나그넷길을 떠난 것일까? 멀리 펼쳐진 대지에서는 신음하는 민족들, 풍전등화처럼 흔들리는 사직이 우리 젊은이들을 부르고 있다. 아아, 그것은 우리의 피를 욕심내고 있는 것이다. 거기서 도망쳐 하릴없이 인기척 없는 골짜기와 산을 헤매고 다니는 우리야말로 배신자, 겁쟁이가 아니고 무엇이야. 그는 그렇게 생각했다. 그리고 이 생각을 열정과 눈물로 이야기한 것이다.

하지만 형 일동은 벌레라도 씹은 듯한 얼굴로 잠자코 고개를 떨군 채 아무 말도 하지 않았다. 그에게는 그 혼자만이 외곬으로 좇고 있는 또 다른 꿈이 있다. 그는 꼼짝하는 것도 삼가고 오로지 자신의 상념 속으로 빠져들어 갔다. 전부터 그의 가슴속에 자라고 있던 희망과 결의가 마침내는 흔들리지 않게 굳어져 가는 것이다. 그것은, 옆에서 비난이라도 하는 듯한 눈초리로 바라보고 있는 동생이 절대로 기대하거나 상상할 수 있는 것이 아니었다. 모든 불안과 의구심을 그는 쫓아버리고 이제는 스스로를 믿고 견고한 의지와 결의로서 완전무결한 갑옷을 입을 수가 있었다. 그래서 그는 바로 다음 순간 동생을 안쓰럽게 바라보았지만 자신을 격려하듯이 벌떡 일어섰다.

"그만 일어나자. 지껄일 힘이 있으면 열심히 걷는 거야. 이 정도 고생으로 회의에 빠진다거나 기가 죽어서는 안 돼. 그리고 월동아, 너는 이 여행의 목적을 이룰 때까지 나를 따라와야만 해. 나의 명령, 아니 아버님의 명령에 복종해야 할 의무가 너에겐 지워져 있는 거야. 부락의 많은 사람들 앞에서 굳게 맹세하고 떠난 길 아니냐? 게다가 내게는 우리가 바라보는 낙토가 확실히 눈에 보이는 듯하단다. 정말로 그것은 어딘가에 있음이 틀림없어. 그래서 그것이 자석처럼 우리를 조금씩 끌어당기고 있다구. 손짓하며 부르고 있잖아. 가자……."

안개비는 그치지 않았다. 무겁게 드리운 구름도 나지막이 움직이고 그 위를 걸어가듯 두 사도의 그림자는 봉우리를 따라 사라져갔다. 그와 동시에 마치 하늘의 음성처럼 낭랑하게 울리는 일동의 음성만이 들리기 시작했다. 때로 나란히 걸어가는 두 사람의 모습이 q구름 위에 나타나곤 했다.

"자아, 지금이야말로 월동아. 나도 자신의 있는 그대로의 심정을 너에게만은 들려줄 수 있을 것 같아. 내가 지금 얼마나 빛나는 희망과 정열에 가득 차 있는지를 네가 알아주었으면 해. 물론 나도 너의 그 청순한 마음, 한뜻을 품으려는 심정도 잘 이해할 수가 있고 믿음직스럽게 생각해. 하지만 나는 아버지께 순종하여 서울을 떠나던 순간부터 이미 뭔가 확실하지는 않지만 막연한 대로 어떤 기원과 기대로 가슴이 가득 차 있었단다. 그래서 어쩐지 너의 젊음을 가엾게 여기는 마음이었지. 너는 일찍이 한번이라도 이 강산, 이 민초들에 대해 몸과 마음이 에이는 듯한 절망감에 빠져 본 적이 있니? 그래서 머릿속이 복잡하고 마음이 너무 앞서 나가는 거야. 나는 이미 이 한 달 동안의 여행에서 절망을 거듭하고 불안감이 높아짐에 따라 마침내는 배짱이 생기고 그 밑바닥에서부터 힘이 솟아나는 것 같아. 내가 형으로서 너에게 따라오라고 명령할 수 있을 정도의 강하고도 견고한 힘이 말이야. 서울을 떠날 때까지는 나는 어쩌면 나의 절망을 즐기고 있는 것이나 마찬가지였던 것 같아. 삼십 년 가까운 세월을 사는 동안 맛보았던 고통들이, 그리고 내가 빠져 있던 절망의 늪이 오히려 그리웠는지도 모르겠다. 어쩌면 나는 얼간이가 되어 이미 국가의 운명이니 세태에 대한 우려니 하는 것들을 감당할 수 없게 되어 버렸는지도 모르고. 왜 냐하면 나는 시대와 역사의 격한 위압 속에서 자신의 무력함을 너무 나도 절실히 깨달았기 때문이지. 그 마지막 몇 달 동안을 포연(砲煙)과 탄우(彈雨) 속에서 정신없이 필사적인 싸움을 계속하던 아버지조차도 불쌍하게 생각했던 나란다. 이것이 누구의 죄 때문인가? 약한 성격 탓 일까? 하지만 그 강철같이 강인한 아버지조차도 결국은 포기하고 서 울을 뜨지 않았니? 내가 보기에 너는 아직 젊어. 젊음의 무모함으로 이상에 대해 지나치게 마음을 쏟게 마련이지. 현실은 지금 어쩔 수 없 는 곳까지 가 버렸고 역사는 붕괴하기 시작했다. 월동아, 잘 생각해야 돼. 나 역시 어려서부터 오탁(五濁)의 웅덩이가 되어 버린 시대의 둑을 깨뜨리고 이 썩은 내가 진동하는 역사를 씻어내어 보다 좋은 나라, 좋 은 정치, 보다 나은 민초의 생활을 목적 삼아 오랫동안 동지들과도 열 심히 논의했어. 결사도 만들었다. 목숨도 걸었었지. 또 때로는 서재에 틀어박혀 울며 지새우기도 했어. 하지만 역사도 시대도 현실도 요컨 대 노력하는 우리들의 머리 위를 저 멀리 초월하여 제 갈 길을 갈 뿐 이란다. 아니, 이미 갈 데까지 가 버린 거야. 우리의 힘으로는 아무것 도 할 수가 없어. 그거야말로 당랑지부(螳螂之斧)에 불과한 거지. 잠자 코 들으렴. 조금 더 들어봐. 자, 여기서부터 내려가자……. 모든 면에 서 멸망의 물결은 눈에 띄게 시시각각 퍼져가고 있어. 이걸 알려면 정 치나 사회 현상을 보면 되지. 백성 위에 군림하는 정치에 있어서 그 진리와 이상이 땅에 떨어져 있지 않니? 그곳에는 당파 간의 추한 투 쟁과 개인적 이익의 추구가 있을 뿐이고 국가의 운명, 민초들의 행복 에 대한 고려라고는 눈곱만큼도 없단다. 인가의 고귀한 일부분을 이 루는 정신세계는 무참히 타락해 있지 않니? 오랫동안 썩어빠진 유교의 흐름이 정치 사회 속에 침윤하였고, 그것은 이 강토에 계급과 당파와 허식을 숲처럼 무성하게 키워 놓았지. 지배계급은 동인과 서인으로 갈라져 형제끼리 싸우고 지방 할거하고, 더구나 지방 차별적인 문벌정치는 중앙집권에 의한 정치의 통일성을 완전히 포기, 상실하고 있다. 그 때문에 양반계급은 정치라는 것을 오직 자기 한 사람을 위해 이용하여 인민을 쥐어짜서 자기 배를 불리고 외환에 대해서는 아무런 방책이 없으며 이익에는 악착같고 의를 취하지 않으니 이 때문에 모든 민초들은 신음과 절망 속에 빠져 있어. 여기서 발견해 낼 수 있는 것은 과연 무엇일까? 오직 온 나라와 온 민족이 예속되거나 자멸하거나 하는 수밖에 없지 않을까?"

"바로 그 때문에 나라를 생각하고 시대를 걱정하는 지사들은 모두 들고일어나야만 하는 거죠."

떨리는 월동의 목소리가 들렸다.

"어느 누가 이 기울어진 사직의 운명을, 멸망해 가는 백성의 생활을 구제해 줄까요? 우리는 용기를 내어 추한 것들, 더러운 것들을 깨부수고 거기서 새로운 국가의 생명을 만들어내야만 하는 거죠. 아니면 지금까지 아버지나 형의 투쟁이 아무것도 아니었다고 할 수 있을까요? 하나의 화살이 돼도 좋은 것 아닌가요? 형은 역사와 시대, 현실의 운행은 인간의 노력을 추월한 것이라고 했죠. 하지만 인간의 힘은 역사의 얼굴을 바꾸어 놓을 수도, 또 시대의 운행을 빠르게 만들 수도 궤도를 벗어나게 할 수도 있는 거잖아요."

"물론, 그 때문에 바로 우리가 떨쳐 일어나야 한다는 너의 항의는 옳고말고. 그리고 역사와 시대에 미치는 인간의 힘에 대한 신뢰감도 물론 얼마든지 가져주기를 바래. 그것이 없다면 인간의 노력이라는 것이 무슨 의미가 있겠니? 하지만 이 나라는 이미 그런 소수 인간의 노력만으로는 도저히 어쩔 수가 없는 곳까지 와 버렸으니 어쩌겠니. 말하자면 월동아, 백성들은 이제 기진맥진하여 이미 무언가에 매달려보려는 희망도, 일어서려는 의욕도 완전히 잃어버렸단다. 누구와 일을 도모하지? 괜스레 무뢰한들이 도당을 만들어 치안을 어지럽히고 하층의 동포들을 못 살게 구는 현실이 아니냐? 슬프게도 예부터 내려오던 이 나라의 기상을 잃어버리고 의로운 편에 서는 힘, 아름다운 인정, 향기로운 도의도 모두 손상되었지. 천하 동포로서의 감정도 엷어지고 인간으로서의 긍지도 빼앗기고 더구나 국가를 사랑하는 충성심은 사라져 버렸어. 이제 이렇게 된 이상은……."

"하지만 형님, 나는 그렇게는 생각 안 해요. 이 국가, 국민에 대해서도 전혀 실망 안 하고, 오히려 커다란 희망조차 품고 있는 걸요. 과연 이 백성은 이상도 없고 희망도 잃어버리고 도의는 땅에 떨어지고 애국심도 자취를 감추고 말았지요. 지저분하고 무기력한, 그러면서 교활하고 정말 한심한 민족이 되어 버렸어요. 하지만 이 모든 책임은 형님이 통박하는 우매하고 악랄한 정치층이 져야 마땅하지 않을까요? 요컨대 정치 사회를 농단하고 있는 양반계급, 사리사욕을 채우기 위해 당쟁으로 날이 새고 지는 부패한 유자(儒者)들, 그들이 만들어낸 동인, 서인 하는 당파성, 이것을 근저부터 박멸해야 하는 거예요. 그때 비로소 이 백성도 다시 한번 태어날 수 있는 거죠. 그것 말고 이 민족을 정신적으로나 생활에서 구해낼 길은 없어요. 또 저주받아 마땅한 이 썩어빠진 민족이라도 그들이 희망을 가질 때, 빛이 비추어질 때 비로소 아름답게 색을 바꿀 수가 있는 법이잖아요. 게다가 하찮은 벌레라도 마지막에 한번은 용틀임을 하는 법이죠! 형님은 절망의 힘이라는 것을 믿지 않는 거요?"

"말할 것도 없이 네 말이 옳아. 그만큼 너의 정열과 신념이 뜨겁게 불타고 있는 걸 보니 눈물이 나올 정도로 기쁘기도 하고. 나 역시 처음에는 그렇게 생각하고 싸웠지. 절망의 힘, 나도 그것만을 유일하게 믿었단다. 또한 지금도 여전히 목숨을 걸고 정부나 양반계급과 용감히 싸우고 있는 동지들도 있기는 하지. 그뿐인가? 신흥 일본에 유학하여 각성하고 돌아온 선각자들이 열렬히 투쟁을 지도하고 있기도 하지. 하지만 슬프게도 대중 속에 호응할 만한 힘이 전혀 없으니 어쩌겠니? 오랫동안의 억압으로 너무나 지쳐 있기 때문이야. 절망에 빠져 완전히 쇠약해져 버린 것이지. 나는 과문하지만 신흥 일본의 그 빛나는 메이지유신도 용감한 지사들과 대중 속에서 끓어넘친 힘이 결합하여 달성되었다고 들었어. 하지만 이 나라의 백성은 분노로 떨쳐 일어나고 의를 위해 죽을 마음을 손톱만큼도 가지고 있지 못해. 갑신정변 때 김옥균 선생의 초조함을 보았지? 단번에 패배하여 인천에서 일본으로 다시 도망쳐 간 지사 일행은 얼마나 되었니? 절망과 저주로 서울로 달려갔지만 결국 이 산중으로 도망 온 아버지의 모습은 어떻고? 더구나 무지한 민중은 그 정변에 대해서 피의 노력은커녕, 청병에 뇌동하여 지사 일행을 습격하여 돌을 던지지 않았니? 나는 이것을 생각하면 소리 내어 통곡이라도 하고 싶을 정도야. 하지만 이것이 사실인 걸 어쩌겠니? ……아아, 너도 울고 있는 거냐? 나도 한번은 큰 계획을 세웠던 적이 있어. 요컨대 너무 서두르다가 패배를 거듭해서는 안 된다고 생각했지. 그래서 나는 젊은 동지들과 짜고 온 강토 안의 동지들을 끌어모아 유사시에 일제히 일어나기로 했어. 그래서 나는 맨 먼저 서도(평안도)에 잠입하여 젊은 청년들에게 호소했단다. 너도 알고 있듯이 그 고장 사람들은 저 옛날 만리장성까지 정벌의 말을 진군시켰던 용감한 고구려 병사의 후예. 그 긍지만은 살아 있더구나. 그런데 어땠는지 알아? 나는 처음부터 실망할 수밖에 없었다. 놀랍게도 그들은 내가 서울에서 왔다는 것을 알고 바로 그 자리에서 안색이 변하여 적개심을 드러내더구나. 눈에 분노의 불을 켜더라구. 그들이 말하더군. 지방적인 차별까지 받아가며 이조 몇백 년 동안 박해에 박해를 받아 온 상놈인 우리들이다. 물론 우리는 감연히 떨쳐 일어서야만 한다. 하지만 서울이나 남쪽 양반인 너희들과 손을 잡을 생각은 전혀 없다. 너희들은 우리와 불구대천의 원수이다. 어떻게 이럴 수가 있단 말인가? 나는 어쩔 수 없이 관북(함경도)으로 달려갔어. 남이(南怡)장군으로 하여금 백두산의 돌은 칼을 갈아 없애고 두만강의 물은 말을 먹여 없앤다고 말하게 했던 북조선의 용감한 고려민족이지. 하지만 그들 역시 서도 사람들과 조금도 다르지 않은 소리를 했어. 바로 내가 이와 같은 여행을 하는 동안 이른바 갑신정변이 일어나 내 아내를 잃었다는 것도 너는 잘 알고 있지? 나는 이때 민중이란 얼마나 우매하고 단견이며 자신의 발밑 이익에만 눈이 어두워 있는가를 발견하고 전율했다. 위정계급의 당파성은 어느 틈엔가 백성들의 생활 감정 속에까지 뿌리 깊게 박혀 있더구나. 머리 위에 쏟아져 오는 멸망의 불빛, 발밑에서 무너져가는 파멸의 둑을 어째서 생각지 않는 것일까? 이래서야 과연 이 강토, 이 민족에게 구원이 있을까.”

거기서 일동은 문득 발을 멈추고 휙 돌아서더니 동생의 팔을 꽉 잡았다. 그때 그들은 또다시 급격한 경사면을 오르고 있던 참이었다. 마침 세찬 바람이 두 사람 위에 낙엽을 흩뿌리고 안개비는 흩날리며 숲은 고함을 지르고 있었다. 월동은 형의 무서운 얼굴에 자기도 모르게 숨을 멈추고 흠칫하며 그 얼굴을 바라보았다.

"나는 절망했어. 하지만 나는 서울을 떠날 때부터 생각했었지. 내가 설득하고 다녔던 지방에서는 참으로 우리가 찾고 있는 이 시대가 필요로 하는 사람은 발견할 수 없다. 새로운 곳에서 새로운 인물을 찾아야만 한다고. 어떠냐? 나의 심정을 너도 알겠니? 바로 그 때문에 아버지께서 서울을 떠나 이곳으로 들어올 때 나는 무언가 마음이 푸근해지는 느낌이었단다. 물론 와보고 나서는 이 산사람들에게 더 한층 실망을 느끼기는 했지만. 하지만 월동아, 나는 결코 새로운 사람을 찾을 것이 아니라 새로운 인물을 만들어내야만 한다는 것을 홀연히 깨달았단다. 새로운 사람을 만든다! 아아, 이것이야말로 얼마나 희망이 있고 고상한 일인가! 내가 지금까지 기회 있을 때마다 역설했던 것처럼 이 강원도 산속에서 조선 각지에서 굶주린 사람들이 모여든다. 그 무서운 전투력을 지닌 서도 사람, 진흙 밭에도 소를 몬다고(泥田耕牛) 일컬어질 만큼 끈질긴 관북 사람, 그런가 하면 그 진취적인 영남인, 그리고 재주가 넘치는 호남인. 이들이 같은 토지에서 마찬가지 궁핍 속에서 생사의 경계를 헤매고 있지. 나는 이 사람들을 격려하여 완전히 새로운 조선인을 만들고자 하는 거야. 지금까지의 정치가 하지 못했던, 아니 오히려 방해만 해왔던 일을 관의 힘이 미치지 않는 이 산간벽지에서 우리가 이루어보자, 응? 어때, 월동아. 이제부터 새로운 조선의 주인공을, 모두 함께 만들어보지 않을래? 아아, 바로 그 때문에 우선 이 모든 사람들이 함께 즐거이 지낼 만한 낙원이 필요한 거야. 그리고 그곳으로 옮겨가서 새로운 천국을 이룩하고 새롭게 건강한 국민을 만들어내고 싶어. 내가 항상 말하는 것처럼 고구려의 전투 정신, 신라의 진취성, 백제의 중용적 기풍, 이것이 새로운 국민을 통하여 혼연일체가 되어 나타날 때, 무엇이 무섭겠어? 월동아, 부탁이야. 모쪼록 나와 함께 기꺼이 이 여행을 계속해 주렴."

"형님, 나도 형의 심정을 이해할 수 있어요. 형의 비원이 달성되기를 진심으로 빌게요."

하며 월동은 깊이 고개를 떨구고,

"그곳을 발견할 때까지는 어디까지나 함께 갈 것을 맹세할게요."

"아아, 고마워!"

일동은 동생의 손을 잡았고 감격에 겨운 목소리로 말했다. 월동은 조그만 소리로, 하지만 단호하게 중얼거렸다.

'하지만 나에게는 또 나의 길이 있어. 나도 나름대로 괴로워할 만큼 괴로워해 봐야지. 배나무골에 돌아가면 그때야말로 나도 작별을 해야겠지……'

역시 월동에게는, 형을 통하여 실망의 늪을 엿보기는 했지만 직접 자신의 몸으로 험난한 현실에 부딪쳐 보지 않으면 견딜 수 없을 듯한 젊음이 있었다. 솟아나는 정열은 너무나 크고 또한 아무도 모르는 산속에 몸을 떨구기에는 너무 젊었다. 그것을 이해 못 할 형도 아니었다. 게다가 한번 마음을 먹으면 돌진해야만 하는 외곬인 동생의 성격도 잘 알고 있다. 일동은 눈물을 흘리며 자기도 모르게 고개를 끄덕였다. 이리하여 형제는 서로를 더 깊이 이해하고 서로를 존경하는 마음으로 강하게 결속되었다. 새로운 용기가 마음 깊은 곳에서 솟아나 상쾌한 기분으로 용감히 걷기 시작했다. 어디에도 길은 없었고 오직 어두운 태고림과 험준한 봉우리가 이어지고 때로는 허옇게 보이는 대나무 바다에 깎아지른 듯한 절벽들만 반복되었다. 오직 남동쪽만을 향하여, 넘어지면 일어서고 미끄러지면 붙잡고 고꾸라지면 기어가듯이 나아갔다. 무서운 산짐승이 앞에 나타나면 창과 도끼를 흔들어대며 커다란 소리로 서로를 격려했다. 때로는 노루 새끼를 잡기도 하고 어쩌다가 멧돼지를 활로 잡아 모닥불을 피워 구워 먹기도 했다. 골짜기로 내려가 물을 마시고 먹을 만한 열매는 남김없이 훑어 땄다. 정해진 목적지도 없고 언제 끝날지도 모르는 여행인 만큼 식량을 어디까지나 검약해야만 했던 것이다. 해가 지면 차가운 바람이 불고 밤이 되면 달이 진 하늘에서 소리도 없이 서리가 내렸다. 특히 고기를 굽거나 했을 때는 산짐승들이 밤중에 냄새를 맡고 습격할까 두려워서 할 수 있는 한 멀리까지 나아가서 산 위나 혹은 바위 그늘에서 불을 피워 놓은 채로 누웠다. 때로는 문득 인간이 그리워서, 엷은 달그림자에 하릴없이 서글펐고 지나친 피로 때문에 몸이 쑤셔 충분한 수면도 취하지 못했다. 그리고는 새벽에 일어나서는 묻었던 불씨를 모아 낙엽 등을 태우며 도대체 여기는 어딜까 하고 열심히 고개를 갸웃거렸다.

강행을 거듭하며 만추의 기색도 완연해진 어느 날 오후, 조그만 골짜기가 내려다보이는 산허리에서 그들은 문득 가까이 있는 숲의 위쪽에서 들려오는 도끼 소리를 들었다. 그들은 놀라서 서로의 얼굴을 마주보았다. 그리고 자기도 모르게 싱긋 웃고는 소리가 나는 쪽으로 뛰어 내려갔다. 도끼 소리가 만드는 단조로운 정적, 그 반가움, 그 기쁨이여. 태양이 건너편의 새파란 봉우리를 비추고 산골짜기 속에 부채꼴 모양의 그림자를 떨구고 있었다. 그 그림자 바깥쪽의 번쩍번쩍 황금색이 떠도는 숲 속에서 그들은 샛노란 빛을 비치며 움직이는 흰옷 한 점을 발견할 수가 있었다.

"어이! 여보시오!"

"여보세요!"

숲 속의 남자는 얼른 몸을 일으키더니 긴장한 태도로 벌떡 일어섰다. 그들이 얼룩조릿대를 헤치고 나뭇가지를 밀쳐가며 다가가서 보자 서른 두세 살 정도 되어 보이는 남자가 창을 든 두 사람의 이상한 모습에 눈을 휘둥그레 뜨고 바라보고 있었다. 무언가 신음하듯이 나지막한 소리로 중얼거렸지만 알아들을 수가 없다. 숲의 악마라도 만난 듯한 놀라움과 불안을 그의 눈초리와 입매가 말해 주고 있었다. 두 사람은 먼 나그넷길을 헤매는 자로 하룻밤 머물게 해 달라고 부탁했다. 그러자 남자는 천천히 움직이기 시작했다. 그리고는 그들을 거기서 서쪽으로 이십 리 정도 떨어진 자신의 오두막으로 데려갔다. 불탄 자국이 생생하게 남아 있는 산으로 둘러싸인 산기슭의 한 귀퉁이를 파고들듯이 오두막 한 채가 동그마니 서 있었다. 주변에는 냄비와 불을 피운 자리, 그저 땅을 파 놓은 듯한 우물, 그리고 빈약한 노적가리가 흩어져 있었다. 야윈 편에, 크고 둥근 눈에 어울리지 않게 곰처럼 마디 굵은 손을 지닌 이 남자는 어깨를 들썩이며 이야기를 하였고, 눈에는 불꽃이 일었으며, 자꾸만 코를 홍홍 울려대는 버릇이 있었다. 말투 또한 격렬했고 아래턱이 덜덜 떨렸다. 밤이 되어 남자는 그들에게 따뜻한 수수밥을 대접하면서 굳이 묻지 않아도 자기 이야기를 풀어내기 시작했다. 돌로 만든 등잔 위에서 송진이 지글지글 타고 있었다. 불빛은 어두웠다.

"나는 말야, 알아? 삼족을 멸했던 저 황두건 패거리여! 자네들도 충청도 사람들인지 모르지만 이래 봬도 충주, 청주를 주름잡던, 관부 놈들을 떨게 만들던 황두건의 차랑생(車狼生)이라구 하네. 흐흐흐, 관부 놈들의 생가죽을 벗기고 가재보화를 짐마차에 싣고 유유히 사라졌던 천하의 협객이여……. 그렇다고 무서워할 건 없어. 나도 조선 사람잉게. 피를 나눈 동포를 생각 안 하는 것도 아니구. 아니, 그 생각을 허기 땜시 이런 거여. 흥, 결국 우덜은 게으르고 멍청하고 얼간이 같은 국민이여. 한 푼의 가치도 없지. 이런 것들을 대상으로는 아무것도 할수가 없응게 썩어빠진 양반들부텀 해치워야 헌다능 겨, 알겄어?"

차랑생은 자신의 가슴을 두드렸다. 때때로 감정이 격하여 코를 홍홍 거려가며 밤새워 자신의 신세타령을 해댔다. 이 사내의 몸 안에 반역의 피를 물려준 그의 아버지는 원래, 청주 부사 밑의 통인이었다. 부사의 장죽 담당으로 원숭이처럼 달라붙어서 불을 붙여주고 담뱃대를 털고 그것을 청소하기도 했다. 하지만 어느 날, 부사는 관가 앞마당에 이 통인을 오랏줄로 묶고 목에는 칼을 씌워 끌어냈다. 부사가 가장 총애하는 관기와 차랑생의 아버지인 통인이 관내의 숲에서 밀회하는 장면이 발각된 때문이었다. 부사는 연적(戀敵)의 머리와 얼굴에 진흙을 처바르고 그 목에 열 마리의 새를 줄로 매달라고 명했다. 그리고 부사 자신이 어려서부터 기르며 귀여워하던 사냥용 매를 들고 나오더니 "가라, 저 새를 잡아!" 하고 고함을 쳤다. 망연자실해 있던 죄인, 통인은 놀라서 발버둥을 쳤다. 새들도 덤벼드는 매가 무서워 그의 머리 주변을 푸드덕거리며 날기 시작했다. 새들이 모조리 매에게 잡아먹혔을 때, 죄인은 눈을 하나 먹히고 이마가 쪼개져 머리에서 피가 솟고 있었다. 부사가 명했다.

"오차(五車)에 매달아라!"

연화(連禍)가 미칠까 두려워 몸을 숨기고 있던 그 아들이 칠 년 후, 이 청주 부사의 관저를 백주에 습격했을 때는, 그 이름만 들어도 삼척동자들까지 벌벌 떨던 유명한 황두건이라는 의적단의 두령 가운데 하나가 되어 있었다. 이 의적단은 충청도를 중심으로 경기, 강원에 걸쳐

관부를 습격하고 부호 권문가를 털고 다녔다. 점차 그 세력이 강대해 졌고 마침내 민란을 일으키는 데까지 발전했다. 결국 관병이 출동하 여 청주성 밖에서 격렬한 전투가 벌어졌는데 중과부적으로 거의 전멸 상태까지 갔던 것이다. 겨우 목숨만 건져 도망 나온 사람 중 하나가 바로 이 사내였다. 말을 마친 그가 커다란 이를 드러내며 히힝, 하고 웃었지만 곧 얼굴이 굳어지며 두 사람의 얼굴을 응시했다. 그리고는 소리쳤다.

"그러니 으떠? 나헌티 가담하지 않겄나? 이 산을 넘어 서쪽으로 오 십 리, 양구(楊口)읍이 있어. 신고식 삼아 셋이서 그놈들 목을 비틀어 놓더라고! 어이! 나는 이미 그 읍의 구석구석꺼정 다 조사를 해 두었 당게. 너희들이 먹은 이 쌀이 뭐가니. 잠깐 조사하러 관가를 한번 쳐 들어갔을 때 가져온 거여! 이런 세상에 사내가 헐 만한 일이라곤 이런 도적 개업뿐이여! 그따위 복잡한 생각은 말고 나헌티 가담해 줘, 응? 어떠! 마음껏 한번 해보더라구! 울분을 풀어야 할 것 아닌개벼? 나는 여기에 산적 소굴을 만들자는 거여!"

"당신 말에도 일리는 있어."

이 도적의 술회에 감동하여 일동이 천천히 입을 열었다.

"하지만 그것은 강하고 올바른 삶이 아니야. 이상을 가져야만 하네. 치고 베는 것만이 능사는 아니거든. 도대체 이 나라는 어디로 가는 건 가? 백성은 또 어떻게 되지? 우리들도 때로는 자네 같은 심정이 되기 도 했었네. 산에 불을 놓고 숲을 태워 마음의 불에 물을 뿌리려고도 했었지. 하지만 마음의 평안은 오지 않았어."

"그렇다면 너그들은 들쥐마냥 산속을 헤매고 다니는 것으로 만족헌 다는 거여?"

"기다리게! 나는 자네가 좋아졌네. 두말할 것 없이 날이 밝으면 우리를 따라오게. 함께 가세나! 자네는 거들먹거리던 어제의 죄악을 내일까지 이어가 거기서 사나이의 의지를 세우려는 것인가? 나도 확실히는 모르겠네. 하지만 자네가 말하는 야만스런 조선을 둘러싸고 밀고 들어오는 외환, 안으로는 정치적으로 경제적으로 자멸의 궁지에 직면한 상황일세. 자네는 자신의 용맹심을 쓸데없이 사악한 칼날로 더럽혀서는 안 되네. 이 나라가 현재 자네처럼 꿋꿋한 남자를 필요로 하고 있어. 나와 오늘부터 동지의 맹세를 맺지 않겠나?"

"그렇다믄 자네헌티 뭔가……."

"내가 자세히 이야기하죠."

월동이 이어받아 두 사람이 각기 지닌 포부와 이번 여행길을 떠나게 된 사정을 정열적인 말투로 설명했다. 조금이라도 시대를 꿰뚫어 보는 눈을 갖게 하려고 비분 속에서 그날 밤을 이야기로 새웠다. 이 단순한 협객은 곧장 월동과 속을 터놓는 사이가 되었고 이튿날 아침, 그도 길 떠날 준비를 하고 세 사람이 양식을 나누어지고 가기로 했다. 일동은 그 패기만은 도저히 따라갈 수 없다고 인정하면서도 이 사내와는 어쩐지 인간적으로 어울리지 못하는 무언가를 느꼈지만, 그래도 높이 각져 있는 그의 어깨를 기꺼이 두들겨 주었다. 거친 호흡과 증오로 타오르던 눈길 속에 고상한 기백이 숨 쉬고 있는 것을 소중히 여긴 것이다. 일단 함께 길을 떠나 보니 이 협객은 이쪽 산세에 밝을 뿐 아니라 두 사람을 완전히 외경하여 마치 소처럼 온순했다. 더구나 등에 진 식량이 묵직해진 것도 마음의 고통을 덜어주었다.

일행은 차랑생을 선두로 산에서 산으로, 숲에서 숲으로 길 없는 길을 뚫어가며 양구읍 동쪽 태백산맥 줄기를 타고 남동쪽으로 나아가기 시작했다. 너무나 험준한 까닭에 사람들의 그림자도 비친 적이 없던 땅으로 탐험의 발걸음을 내디디려는 것이다. 이제 와서 생각해 보면 그들 형제는 배나무골에서 북한강을 넘어 무산고봉(巫山高峰)과 대암산(大巖山)을 잇는 산간을 방황하는 동안에 이 남자를 만났고, 이번에는 함께 산마을 인제(麟蹄) 동쪽으로 나와 마침내 고산준령 속에 묻혀 버린 것이다. 이미 가을도 끝나 갈 무렵이어서 아침저녁으로 안개는 가는 비처럼 흐르고 그들의 얇은 옷을 통해 차가운 기운이 온몸에 스며들었다. 밤마다 서리는 깊어졌다. 어디를 둘러보나 검과 창 같은 봉우리들이 늘어서 있을 뿐. 가슴을 막아서는 골짜기들, 노랑 빨강으로 물든 깊은 숲이었다. 하지만 어느 날, 그들은 삼나무와 소나무 숲을 배경으로 몇 그루의 자작나무들이 하얗게 늘어서 있는 곳으로 나왔다. 거기서 그들은 저 멀리 동쪽의 산들 속에서 엷어진 안개를 통해 씻긴 듯이 아름답게 서 있는 새하얀 산을 보았다.

"저건 뭐라는 산이지?"

일동이 옆에 있던 작은 바위에 엉덩이를 걸치며 말하자 차랑생이 땀을 닦으며 말했다.

"설악산."

"아아, 저것이 그 유명한 설악산이구나. 정말 멋진 산이네."

이렇게 감탄하는 일동은, 무인지경에서 시문(詩文)에서 듣던 설악산의 원경을 접하고 그 기쁨이 남달랐던 모양이다. 다른 두 사람도 묵묵히 그 장관을 바라보고 있었다. 그것은 예로부터 특히 단풍으로 칭송받던 설악산. 그러고 보니 붉고 노란 불의 혀와 같은 원근의 잡목림도 만 필의 비단처럼 불타고 있었다. 새삼스럽게 그걸 깨닫고 일동은 놀랐다. 이미 초겨울의 쌀쌀함이 몸에 스밀 무렵, 숲에 따라서는 불타는 듯한 나뭇잎 하나하나가 흔들리며 부딪치며 금박을 뿌리듯이 떨어지고 있었다. 생각해 보면 긴 여정, 끝없는 꿈이었다. 어쩔 수 없이 일동의 가슴에는 막막함이 스며들었다.

그러나 역시 하늘은 그들을 버리지 않고 또 그 약속을 어기지도 않았다. 어느 산간에서 우연히 오대산 월정사의 노승을 만남으로써 앞길의 운명이 암흑에서 밝은 빛을 만나게 된 까닭이다. 설악산을 멀리 바라보던 날부터 오래지 않아 첫눈이 내렸고 그들은 점점 더 초조해져서 강행을 거듭했다. 아니 어쩌면 초조하다기보다는 앞길이 막막하여 어두운 기분에 빠졌고, 더구나 다가오고 있는 추위와 본격적인 눈의 습격을 두려워하고 있었다. 그래서 그들은 갑자기 방향을 정남쪽으로 바꾸고 우선 어딘가 마을을 찾아 들어가려고 쌓인 눈을 무릅쓰고 걷고 있었다. 며칠 지나지 않아 진눈깨비가 내리고 그것이 비가 되며 눈은 녹았지만 이번에는 기온이 갑자기 내려가 길은 아침저녁으로 얼어붙고 낮에는 진흙탕이 되어 몇 번이나 멈춰 서야만 했다. 그들은 더욱 더 초조해졌다. 숲은 눈이 부실 정도로 텅 비어 버렸고 상수리, 낙엽송, 느릅나무, 자작나무, 소교목 등의 이파리는 완전히 떨어지고 없었다. 그들은 그 속에서 헤매며 산을 넘고 골짜기로 들어갔는데 어느 날 한강의 한 지류를 내려다보는 절벽 끝으로 나왔다. 격류에 걸려 있는 축대 같은 강가에 작은 길이 나 있었다. 기대하지 못했던 길을 보고 기뻐하며 씩씩하게 내려가 길을 따라 서쪽으로 나오는 도중에 그들은 뜻밖에도 이쪽을 향해 터벅터벅 걸어오는 노승 하나를 만난 것이다. 그들은 얼마나 기뻤는지 모른다. 노승이 지금 지나감으로써 가까이에 절이 있다는 것을 저절로 알 수 있었다. 그러니 그들은 거기서 무서운 겨울을 날 수 있을 것이다. 또한 이 스님에게 산세와 지형을 자세히 물어볼 수도 있지 않겠는가? 애당초 이 노승과의 우연한 만남 자체가 하늘의 뜻에 의한 것이라고는 해야 할 것이다. 노승은 그다지 놀라는 기색도 없이 이렇게 말했다.

"금방이라도 무서운 겨울이 눈을 지고 와서 꼼짝도 못하게 될 거야. 따라오는 게 좋을 걸세. 우리 절에서 겨울을 나면 되겠구먼."

사흘간 동쪽으로 간 끝에 이 오대산 기슭의 대가람에 도착했고, 과연 그 후 얼마 안 되어 지독한 추위가 몰려와 산은 하얗게 뒤덮이고 숲 속은 갑자기 늙어버린 듯했다. 그리고 마치 재가 날리듯이 한들한들하던 가루눈이 커다란 체로 쳐내는 듯한 굉장한 눈보라로 바뀐 것이다. 눈이 멈추고 날이 개고 나자 은반 위에 산짐승의 발자국만이 끝없이 이어져 있었다. 이곳에서 겨울을 나는 동안, 일동 일행은 노승의 고매한 인격과 그 우국의 정성에 마음으로부터 감복하여 매사에 가르침을 구했다. 이 노승은 물처럼 부드러우며 무게가 있고 그러면서도 눈동자 안쪽에 깊은 사상을 담고 있었다. 팔만대장경은 그의 뇌 속에 있고, 대천(大千)세계의 법은 그의 장중에 쥐어져 있는 듯했다. 입을 열면 그 말에 천화(天花)가 떨어지고 명상에 잠기면 그 머리에는 후광이 비치는 듯했다. 하지만 어인 일 때문인지 사바세계에 대한 미련을 완전히 끊지 못하는 듯 때때로 눈이 번득이고 오로지 대자대비의 길에만 정진하지 못하는 무엇인가가 있는 것 같아 보였다. 실로 그는 열렬한 애국자였고 또한 위대한 경세가이기도 했다. 나라를 걱정하는 마음은 끊이지 않고 이번에도 노구를 이끌고 새로운 정세를 보고자 서울에 다녀온 것이었다. 하지만 노승은 우려의 마음이 더욱 깊어져 시대를 개탄한 나머지 때로 눈물을 비치기도 했다. 장엄한 기운이 흘러넘치는 칠불 보전 한구석, 등잔불이 하늘하늘 춤추는 그늘에서 밤이면 밤마다 비탄에 찬 술회가 이어졌다. 그리고 마침내 봄빛이 비치고 그들이 출발을 아뢰던 날 밤, 노승은 이상한 격려를 했다.

"소승은 한때 이루지 못할 꿈을 시정에 의탁하여, 유수(流水)에 낙화유정(洛花有情)했던 일도 있는 어리석은 자라네. 그 짓에도 지쳐서 제행무상을 깨닫고 출가삭발(出家削髮)하여 산으로 은둔한 신세이지. 하지만 이런 소승조차도 역시 나라를 생각하고 시절을 염려하는 마음이 이번 행각으로 더욱더 높아지는 것을 느끼니……."

이렇게 말을 꺼낸 노승은 이 이야기 저 이야기를 이어갔고 마침내 새벽이 다가오면서 말투는 더욱 열을 이어갔다.

이때 노인은 이미 한 사람의 고승이 아니라 불좌에서 내려와 한 손에는 염주를 들고 또 한 손에는 지휘봉을 들고 있는 부처님 그 자체였다.

"……알겠는가? 그대들은 산속에 묻혀 지내는 것을 부처님도 하느님도 용서하지 않으실 선택된 젊은이들일세. 그렇다면 나서서 그 열정 속에 담력을 담아 용감한 기략(機略)으로 일을 꾀하는 것이 좋네. 나라를 일으키게나. 때를 놓치지 말고 자기 것으로 만들게. 지금 국가는 위급존망의 시절이네. 이 나라를 둘러싸고 밀려오는 파도는 마침내 날뛰기 시작했다네. 이때를 어떻게 움직여 나갈 것인가, 어떻게 싸워갈 것인가에 따라 결국 이 나라의 운명이 결정될 것이니. 가게! 그대들, 가라구! 젊은 그대들이 할 일이 거기 있으니 가시게나!"

월동은 그 앞에 엎드려 엉엉 울었다. 서울을 떠난 후 처음으로 맞아보는 숭고한 채찍질이었다. 자신의 마음을 꿰뚫어보고 자신의 갈 길을 보여주고 가슴에 불을 붙여준 이 노승이야말로 진정한 스승이라 해도 좋았다. 날카로운 시사와 힘 있는 격려의 파도 속에서 그는 점점 더 자신의 돛에 바람을 담아 용맹스럽게 노를 저을 수 있는 새로운 결심이 강해져 갔다.

노승의 말에 의하면 갑신정변의 복수는 사대당 내각에 의해 곧장 실행되었고 참혹한 살육은 급진당과 그 일족에게까지 미쳤으며 청병은 점점 더 기고만장하여 포악을 일삼고 있다. 더구나 국제 투쟁의 저 기압은 서울을 눌러대어 소의(疏議)제창을 능사로 아는 정부는 갈 곳을 모르고 있었다. 다행히도 일본 정부는 급진당의 잔당들을 구하고 일본 관민이 받았던 참화를 회복하였으며 특히 청일 교전으로 전환되려는 위기를 돕기 위해 이천오백 명이라는 대병이 출동해 왔다. 하지만 그 때문에 지금 서울은 청일 양국의 대군이 서로 대치하고 있는 일촉즉발의 폭풍 전야이다. 그리고 이를 평화적으로 해결하기 위하여 양국 군대 철회에 관하여 천진에서 청일 간의 교섭도 시작되었다. 그뿐인가, 이 나라의 거문도는 마침내 영국 해군에게 점령당했다. 이와 같은 국가의 중대한 시기에 뜻있는 청년들이 산속에서 방황하며 지내도 좋단 말인가. 게다가 러시아는 영국의 거문도 점령을 승인한다면 자기네도 조선의 도서 혹은 국토의 일부를 점령하겠노라고 말하고 있다는 것이다. 그야말로 상하 인심이 흉흉하고 정부는 어찌할 바를 모르며 위아래로 쓸데없이 소란을 떨고 있을 따름이었다. 노승은 말을 이어갔다.

"이 나라를 백 년이나 평안하게 할 것인지 멸망의 심연에 빠뜨릴 것인지가 실로 이때에 달려 있다네. 그러니 때를 놓쳐서는 안 되지. 우리들의 김옥균이 지금이라도 뜻을 같이 하는 일본의 지사들을 이끌고 대거 서울로 들어올 것이라는 풍설이 분분하게 전해져 오고 있더군. 백성들 모두 그의 재기를 가뭄에 비를 기다리듯이 기대하고 있단 말일세. 가게나. 그를 맞아 함께 꾀함이 좋아. 소승도 이번에 일본의 지사들을 만나 필담을 나누고 왔지. 실로 그들은 원대한 이상, 고매한 경륜을 지니고 있더구면. 그들이 말하기를, 서양은 결국 동양 침략을 노리고 파도는 이제 해일처럼 밀려오고 있다 하네. 더구나 이 나라는 영국, 미국, 러시아의 각축장으로 변했네. 지금이라도 이 나라 정부가 일본과 서로 손을 잡고 청국을 계몽하여 대동단결 동아시아의 환난에 대처하지 않으면 모두 함께 망할 따름이네. 이럴 때에 동아시아는 일어서야만 한다고. 얼마나 원대한 이상이며 고매한 경륜인가. 그대들도 가서 이 일본 지식인과 힘을 합하는 것이 좋아. 그리고 김옥균을 맞이하여 떨쳐 일어서시게!"

"스님, 명심하고 하늘에 맹세코!"

월동은 이렇게 절규하였다. 끊임없이 코를 흥흥, 하고 울리고 있던 차랑생은 마침내 소리 내어 울었다. 지금까지 무지한 반항 속에 범해온 죄에 대한 참회의 눈물이었다. 그리고 새로이 커다란 시대의 폭풍에 눈을 뜨고 선악의 피안에서 새로운 투쟁의 삶을 가르침 받은 감격의 오열이었다. 그는 감격하여 다음 순간 월동 옆으로 다가와 앉았다.

"여보게, 나도 데려가 주게나! 아니, 내가 먼저 떠나겠네. 서울에서 자네를 기다릴게!"

"노파심에서 한 가지 더 주의해 주고 싶은 것이 있네. 학자인 일동 씨가 있으니 동학에 관해서도 잘 알고 있겠지. 동학당이야말로 지금 이 나라에서 가장 큰 힘이야. 각지에서 날마다 일어나는 민란들, 그것도 모두 관부의 포악에 반항하는 난민들을 동학이 음지에서 지도하고 있는 것이라네. 그것이 이제 곧 일대 세력이 되어 이 나라의 정치를 움직이는 때가 반드시 올 것이야. 거기에도 눈을 돌리도록 해보게. 이

것과도 잘 손잡고 힘을 합쳐 국가 개혁의 발포를 하도록 하야 하네. 알겠나? 시기도 정세도 모두 무르익었어. 하지만 그것은 죽음을 두려워하지 않는 자네들 같은 젊은이들을 필요로 하고 있지. 가게, 가서 국난을 담당하게나. 동아시아의 위급에 목숨을 바치게. 부족하지만 소승도 일단 횃불이 오르면 일문의 중들을 이끌고 다시 만나게 될 걸세. 하지만 소승, 불도의 하나로서 몇 가지 부탁할 일이 있다네. 그것인즉 내가 더없이 존앙하는 신라의 원광국사의 세속오계라네. 첫째로 임금께는 충성할 것이요, 둘째는 부모에게 효도할 것이며, 셋째는 친구를 사귀되 믿음으로 하고, 넷째 임전무퇴라, 다섯째는 살상은 골라서 할 것이라 하였지. 알겠는가? 네 번째 계율을 특히 명심하게."

그러고 나서 노승은 불좌를 향하여 공손히 합장하고 그들의 다난할 전도를 마음을 다해 축복하고 기원하는 것이었다. 일동은 숲의 위엄이 떠도는 가운데 상쾌한 흥분으로 가슴이 벅차 말없이 고개를 숙였다. 동쪽 하늘이 희뿌옇게 밝아오기 시작했고 여명을 선도하는 미풍이 약간 밝아진 장지문에 소리를 내며 부딪치고 있었다. 일동이 고개를 들고 불전을 바라보니 희미한 빛에 드러난 관세음보살이 온후한 얼굴에 빙그레 웃음을 띠고 있는 듯했다. 그때 종루에서 새벽을 알리는 범종을 치는 소리가 깊은 산기운을 흔들며 울리기 시작했다.

그와 동시에 본당에서는 목탁 소리에 섞여 아침 염불을 하는 음성도 들려왔다. 그러자 저 높이 불당 안에 늘어선 황금 7불은 제각각 약간 눈을 떴다. 그 광배는 금빛으로 흔들린다. 탄력 있는 손도 흔들린다. 일동은 마치 이 일곱 부처가 지금이라도 자신에게 신비한 계시를 내려주려는 듯싶어 감격으로 온몸을 떨며 합장 명상했다. 마침내 그는 노승의 옆으로 다가가 엎드렸다.

"스님, 소생은 어떻게 할까요?"

그것은 이 노승을 통하여 부처에게 매달리고 싶다는 비원이었다.

"풍전등화와 같은 사직의 운명도 그렇고, 빈사 말기에 있는 이곳의 산사람들은……."

거기서 자기도 모르게 말이 막혔다.

"……소생의 포부, 비원은 망상일 뿐입니까? 건강한 기상을 지닌 백성, 새로운 힘을 산속에 머물고 기르고자 하는 소생의 열정, 이것은 나라를 걱정하는 신민의 길로서……."

"아니, 잠깐."

노승은 조용히 돌아앉았다.

"소승은 전부터 자네의 포부를 들을 때마다 무척 감동하여 눈시울이 더워지곤 했지. 여기도 인간이 있다고 마음이 든든했네. 절망에 빠졌으나 원망하지 않고, 굶주림 속에서도 사악함이 없고, 박해를 만나도 미워하지 않고, 오직 걱정하고 탄식하며 인간을 사랑하고 기르고자 하는, 이야말로 고상한 생각일세. 즉 내부로부터 이루어지는 국가 백년의 대계를 목적하는 원대한 포부라는 것이지. 직접 중원으로 나가 투쟁의 말을 달리는 것이 용감하다고 한다면, 남몰래 산간 초토에 파묻혀 난민을 구하고 인도하겠다는 포부 또한 정말 속이 깊은 것이라 하겠네. 안으로부터 밖으로부터 서로 노력하면, 이렇게 하면 이 강토도 구원을 받을 것일세. 찬란한 광명도 찾아올 것이고. 위대한 자부심과 확고한 결의를 지니고 이상을 살려야만 하지. 인간을 만드시게! 그리고 유사시에 이들을 이끌고 떨쳐 일어나시게나! 자아, 나가세. 따라들 오게나."

노승은 일어서더니 천천히 장지문을 열었다. 그들은 공손히 그 뒤를 따라나섰다. 주변에 온통 가득 차 있는 아침 안개를 넘어 저 멀리 동쪽 하늘은 이미 물감이라도 부어놓은 듯이 엷은 붉은색으로 물들어 보였다. 노승은 팔각구중의 그들을 데리고 석탑 쪽으로 조용히 발걸음을 옮겼다. 마침 대관령 위쪽에서 고개를 들던 아침 햇빛을 받아 탑 꼭대기의 상륜이 찬연하게 빛을 발하기 시작했다. 싱그러운 산들바람에 흔들려 탑의 각층 옥개석에 매달린 풍경들이 댕, 댕, 댕, 소리를 내며 울리고 있었다. 노승은 그 상륜의 빛을 등에 받으며 석탑 앞에 멈춰 서더니 그들은 한번 둘러보고 나서 천천히 손을 들어 약간 서쪽으로 치우친 북쪽 하늘을 가리켰다.

"보이는가? 저 멀리 하늘을 뚫고 새하얗게 눈을 쓰고 있는 검과 창 같은 봉우리들이."

본당과 창고 사이를 통해 오대산 줄기를 이루고 있는 태백산맥 깊숙이 무리 져 서 있는 산들 사이에 드높이 솟아나와 하늘을 향해 포효하는 듯이 서 있는 백설의 연봉이 어렴풋이 보이고 있었다.

"이 태백산맥을 하늘을 달리고 있는 말이라고 한다면 저것은 앞발을 버티고 마지막으로 박차 오르려는 말의 목줄기라 할 수 있겠지. 바람에 흔들리는 말갈기처럼 보이지 않나? 산사람들은 저것이 너무나 장엄하게 깎아지른 듯이 서 있기 때문에, 두려워서 여지껏 침입하질 못하고 있다네. 아니, 옛날부터 저 산은 신령한 산이라고 전해져 멀리서 공손하게 예배하며 섬기고 있지. 여기서 한 육십 리는 될 것이야. 거기로 가는 게 좋겠네. 하늘도 자네들의 고상한 생각을 알고 계실 터이니 흔쾌히 입산을 허락해 주시겠지. 소승도 분사 창설을 생각하며 일문의 중들과 함께 한번 탐험을 했다네. 말 그대로 신산(神山)이야. 복지라구. 알겠나? 무리 지은 산들을 누르고 높다랗게 솟아 있는 연봉들이 검의 철갑을 두른 가운데 바다처럼 드넓은 숲의 분지가 끝없이 펼쳐져 있지. 더구나 이 분지는 북쪽으로 병풍처럼 산을 두르고 있고 동남쪽으로는 나지막이 태양과 바람을 맞아들인다네. 해가 뜰 때와 질 때는 특히 그림 병풍에 둘러싸인 듯이, 보라색 자락과 쪽빛 주름과 빨간색 줄기를 다채롭게 개어놓은 듯이 아름답지. 계곡의 물은 어딜 가나 흐르는데 맑고 차며, 흙은 썩은 나뭇잎들로 검고 비옥하니……."

노승은 문득 말을 자르더니 이상하다는 듯이 뒤를 돌아보았다. 일동 형제는 감격과 기쁨으로 가슴이 미어져 끌어안고 울고 있었다.

"그런데, 저 산의 이름은?"

일동이 눈물 어린 소리로 물었다.

"자네들이 붙이는 것이 이름이 되겠지. 지도자인 아버님께 붙여달라고 해도 좋고. 자아, 이것으로 작별을 하세. 그리고 소승의 마지막 정성으로 우리 절의 스님 십여 명에게 식량을 지고 수행하도록 하겠네. 저 산에 도착하거든 그것을 춘궁기 준비 삼아 어디 암굴 속에라도 묻어두게나. 그리고 마을에서 학수고대하고 있을 사람들에게 하루라도 빨리 보고를 하는 것이 좋겠지. 월동 씨와 또 한 사람은 어쩌면 서울에서 다시 만날 날이 있을지도 모르겠구먼. 부디 먼 길에 무사하기를. 나무아미타불, 나무아미타불."

그날 새벽, 월정사에서는 용감하게 길을 떠나는 일행의 기다란 행렬이 아침 햇살을 등에 받으며 마치 하나의 화살처럼 이어지고 있었다.

8.

가고 또 가고 난생처음 보는 산들뿐이었다. 하지만 이미 신선님의 은총으로 중요한 임무를 마치고 돌아오는 길이니 발걸음은 가벼웠다. 일동과 월동 형제는 몇 번이나 터진 짚신을 벗어던져 버리고 새것으로 갈아 신어 가며 밤낮없이 귀로를 서둘렀다. 지금은 그저 북쪽으로 방향을 정하여 꾸준히 나아가고 있었다. 그러다 보면 언젠가는 동서로 달리고 있는 물길을 만나게 될 것이다. 어쨌든 월동은 너무나 행복해 보이는 형의 모습에 가슴까지 와 닿는 험한 길도 마냥 기뻤다. 마침내 형의 날이 도래할 터이니 그다음에는 내 차례야. 그는 몇 번이나 자신에게 다짐하곤 했다.

하지만 한 가지 가슴속에 지워지지 않은 깊은 슬픔이 있었다. 그것은 그들이 낙원을 둘러싼 산 위에서 월정사의 스님들과 작별하고 귀로에 든 지 이틀째 되는 날 해 질 무렵에 일어난 일이었다. 이튿날 아침이면 차랑생은 월동보다 먼저 새로운 투쟁의 생애를 시작하러 서울로 떠날 참이었다. 해도 저물어가는 황혼 무렵이 되어 그들 세 사람은 산골짜기에서 돌연 요란스런 늑대 떼의 울음소리를 들었다. 그것은 우렁차게 산 공기를 흔들어 대며 어디선가 다가왔다. 이상하게 불길한 느낌이 그들을 겁먹게 했다. 고기에 굶주리고 피에 목마른 늑대의 무리가 그들을 노리고 돌진해 오고 있는 것이다. 아니나 다를까, 그들은 순식간에 엄청난 숫자의 늑대 떼에게 포위당했다. 어슴푸레한 저녁빛 속에서 마구 쏟아지는 차가운 빗줄기처럼 날뛰는 불덩이 같은 늑대의 눈이 반딧불이의 무리처럼 날아다녔다. 컹컹, 하고 짖어대는 소리는 귀를 멀게 할 것처럼 사나웠다. 이 나라의 산골짜기에 많이 서식하는 늑대들은 곧잘 삼십, 오십 마리씩 떼를 지어 산봉우리를 타고 하늘을 향해 울부짖으며 진군하곤 했다.

"위험해!"

그들은 가슴을 치는 공포 속에서 가까운 바위 위로 기어 올라갔다. 몇 안 되는 독화살과 창, 그리고 손도끼를 움켜쥐었다. 솜씨와 배짱이 야 나름대로 갖추어져 있었지만, 아무도 없는 산중에서 세 목숨을 에 워싼 늑대 떼가 마치 던져진 번데기를 놓고 다투는 커다란 물고기 떼 처럼 우글거리고 있는 것이다. 두 형제는 놀랄 만큼 정확하게 화살을 쏘아 날렸고 차랑생은 필사적으로 창을 사방팔방 휘둘러댔다. 하지만 이들을 습격한 것은 단지 늑대뿐이 아니었고 어두운 밤의 발자국 역 시 숲을 쑤석거리며 다가오고 있었다.

화살을 맞은 놈은 비명을 지르며 뒤집어졌고 창에 찔린 놈은 마치 불똥이라도 튄 듯 몸부림쳤다. 요란스런 울음소리가 밤을 덮고 산 공 기를 찢어놓을 듯한 격렬한 싸움. 그리고 한순간이었다.

"자, 틈을 만들어 볼 테니 도망쳐!"

하고 외치며 눈 깜짝할 사이에 차랑생은 창을 들고 늑대 떼 속으로 뛰어들었다.

"잠깐만!"

"기다려!"

차랑생은 이미 정신없이 창을 휘둘러대고 있었다.

안 돼! 위험해! 바위 위에서 고함을 지르며 형제는 차랑생에게 덤벼 드는 늑대들에게 닥치는 대로 활을 당겼다. 하지만 이미 화살은 동이 나고 있는데 두 마리의 늑대가 앞뒤로 뛰어 덤볐고 아뿔싸, 화살이 빗 나가고 말았다. 그 순간, 뒤에 있던 놈이 차랑생의 목덜미를 물고 늘

어지며 쓰러뜨리고는 재빨리 그를 끌어당기기 시작했다. 늑대 떼가
확, 모여들더니 웅성거리며 물결을 이루어 함께 달리기 시작했다. 형
제도 어느 틈엔가 용감하게 뛰어내려 뒤를 쫓았다. 하지만 어둠 때문
에 앞이 잘 보이지 않아 나무뿌리에 걸려 넘어졌다 다시 일어섰을 때,
그들은 떠오른 달빛을 받으며 컹컹컹 짖는 소리를 하늘에 울리면서
멀리 산봉우리를 넘어 도망치고 있는 늑대 떼를 보았다. 달빛에 의지
하며 밤새도록 일동과 월동은 늑대들의 울음소리를 따라 늑대 떼를
쫓았다. 하지만 끝내 짖는 소리도 들리지 않게 되었고 바람도 없는 산
골짜기엔 그저 달그림자만 창백했다.

　날이 샐 무렵, 형제는 어느 숲 속에서 찢어져 피가 흐르는 차랑생의
윗옷 조각을 발견하고는 그것을 정성껏 묻어주고 살이 에이는 듯한
슬픔 속에서 떠오르는 해를 맞았다. 차랑생이 자진해서 희생의 피로
제물 노릇을 해준 덕분에 그들은 구사일생으로 죽음을 면할 수가 있
었던 것이다. 그 대신 그를 구하려고 산속을 정신없이 뛰어다니는 바
람에 완전히 어디가 어딘지 방향을 잃어버렸다.

　"어쨌든 우리는 이상한 사내에게 구원을 받은 거야."
하고 때때로 일동은 서글픈 미소를 떠올리며 중얼거리곤 했다. 그리
고 잠시 지팡이 대신 짚은 창을 내려놓고 월동과 나란히 서서 지금
지나온 남쪽을 향해 정중하게 손을 모았다. 특히 월동은 한쪽 팔이 뜯
겨나간 듯이 마음이 아팠다. 여보게, 차랑생, 내가 서울로 나가면 자
네 몫까지 일을 하겠네. 그는 이렇게 굳게 다짐을 하곤 했다.

　얼마나 불행한 남자의 일생인가? 참형으로 아버지를 여의고 저주와
증오 속에서 의적으로서 반생을 피로 엮어온 이 사내가 새로이 웅대
한 갱생의 길을 걷고자 했던 것이다. 이런 남자의 죽음으로 대신 살

만큼 내 목숨이 값있는 것일까? 그의 눈물겨운 희생을 욕보여서는 안 된다, 그가 죽음으로 나타낸 기대를 배신해서는 안 된다고 월동은 스스로를 채찍질했다.

　마침내 그들은 다시 방향을 바꾸어 북으로, 북으로 걸음을 재촉했다. 바위에서 바위로 건너뛰고 나무에서 나무 사이를 빠져나와 다시 무성한 숲의 어둠 속으로 사라졌다. 완만한 경사를 가로지르고 엄청나게 우거진 상록수 숲을 나오려는 참에 그들은 나무 우듬지 위의 새가 묘하게 지저귀는 소리를 듣고 무심결에 멈추어 섰다. 어쩐지 이상한 생각이 들어 올려다보았지만 새는 보이지 않았다. 다만 치로링치로링, 하며 뭔가 암시라도 하듯이 높은 숲 쪽에서 지저귀는 소리가 났다. 여긴 도대체 어디쯤이나 되는 것일까? 보이는 것이라고는 깊은 숲과 푸른 하늘과 험한 산들뿐이었다. 형은 작은 소나무 그늘에 봇짐을 내려놓으며, "쉬자" 했다.

　"형님, 그러면 내가 우선 이 근방을 한번 살펴보고 올게."

　이렇게 말하고 월동은 숲 주변을 돌며 무엇에 홀린 듯이 낮은 쪽으로 낮은 쪽으로 서둘러갔다. 그를 앞장서며 작은 새가 파르릉파르릉 날며 지저귀고 있다. 치로링치로링, 작은 새가 이끌어가고 있어. 맞아, 저건 물새일지도 몰라, 하는 생각이 얼핏 뇌리를 스쳤다. 그렇다면 분명 어딘가에 물이 흐르고 있을 것이 틀림없다. 그는 때때로 멈춰 서서 열심히 작은 새의 모습과 소리를 좇았다. 기적을 믿으려는 마음 때문인지 나무들이 쉴 새 없이 사악사악, 소리를 냈고 먼 곳에서 물소리도 들리는 듯했다. 월동은 다시 한 번 작은 새의 소리를 듣고 그쪽으로 숨을 헐떡이며 나아갔다. 새는 휙, 하고 나뭇가지에 날아올라 그 연두색 바탕에 검은 줄이 있는 민첩한 몸을 바위 위에 내려놓고 날갯짓을 시작했다. 뭔가에 홀린 듯이 발을 놀리고 있던 동생을, 어느 틈엔가 일동도 따라와 있었다.

"자, 여기서 좀 내려가 보자!"

작은 바위 그늘에 관목들의 우듬지가 구름처럼 퍼져 있었다. 그 밑이 얼마나 깊은지는 알 수 없었다. 월동은 그 아래쪽에서 물소리가 희미하게 들린다고 생각했다. 나뭇가지를 붙잡았는가 싶더니 그는 얼른 숲 아래로 몸을 날렸다. 아래쪽에서 쿵, 하고 몸이 떨어지는 소리와 함께 관목의 가지들이 한 번 흔들렸을 뿐, 모든 것이 이전으로 돌아갔다. 그리고 작은 바위 위의 새는 노래라도 부르듯 지저귀는 소리도 드높게 날아가 버렸다.

"괜찮아, 월동아?"

몸을 굽혀가며 일동은 아래쪽에 대고 고리를 질렀다. 잠시 동안 아무런 대답이 없었다. 그저 사각사각, 사람이 움직일 때마다 스치는 나뭇가지와 이파리들 소리만 들렸다.

"있어! 물이 흐르고 있어!"

이윽고 형은 기대조차 하지 못했던 기쁜 고함 소리를 들었다.

"뭐라고, 물?"

두 사람의 놀람과 기쁨의 소리가 밝은 여운을 남기며 퍼져갔다.

재빨리 관목 숲을 돌아, 눈이 녹느라 미끌미끌한 흙은 힘주어 밟으며 형도 내려갔다. 그들이 내려선 곳에는 정말 맑은 물이 새로 돋아난 풀 사이를 졸졸 흐르고 있었다. 이 흐름을 따라 어쨌든 나아가기로 하자. 그렇게 하다 보면 틀림없이 커다란 흐름을 만날 것이다. 그러다 보면 더 큰 흐름이 나오리라. 거기서 다시 물줄기를 따라가다 보면 머지않아 본류 쪽으로 나갈 것이 분명하다. 이런 생각이 두 사람의 머릿속에 무지개처럼 떠올랐다.

"자아, 힘을 내서 가보자!"

형제는 서로를 격려해가며 물줄기를 따라 걷기 시작했다. 밟으면 물이 드는 풀밭을 서둘러 건너 나무 사이를 빠져나갔고 바위 그늘을 누비면서 급한 경사를 만나면 물줄기와 함께 달리듯이 하며 골짜기를 빠져나갔다. 골짜기 밖을 가로막고 선 듯한 산기슭에 접어들었을 때, 그들은 물줄기와 평행으로 조그만 길이 보였다가 숨었다가 하며 이어지고 있다는 사실을 깨달았다.

"저건 길 같은데!"

일동이 동생의 팔을 잡으며 소리쳤다.

"정말⋯⋯. 형님."

그것은 그들이 귀로에 접어들고 나서 처음으로 발견한 인간의 흔적이었다. 춤이라도 추듯이 그 길 위에 섰다. 나아가면서도 그 길은 점점 더 많은 사람들의 발에 밟힌 적이 있는 듯하다는 사실에 가슴이 뛰었다. 이대로라면 사람이 사는 마을도 그다지 멀지 않을 것이다. 양의 창자처럼 구불구불한 험한 고갯길을 넘을 무렵엔 해도 많이 기울어 있었다. 하지만 마침내 그들은 눈앞에 펼쳐진 산등성이에 마치 고약이라도 발라 놓은 듯 화전이 이어져 있는 것을 보았다. 그리고 그 건너편 산그늘에는 하얀 연기가 가느다랗게 보였다.

연기다!

연기야!

그들은 비할 수 없는 기쁨에 차서 창을 끌며 그 마을로 들어섰다. 이미 그때쯤에는 노을이 깊어 어슴푸레한 회색 그림자가 내려앉고 있었다. 마을이라고 해봤자 이삼십 채 정도가 모여 있을 따름이었지만 이집 저집 할 것 없이 음습한 어둠 속에 가라앉아 있었다. 처마는 기울어지고 기둥은 뒤틀려 있었지만 마을 입구에 때 이른 매화 한두 송이가 눈이 시리도록 아름다웠다. 열심히 짖어대는 개들 소리조차 반갑고 닭들이 일제히 줄지어 닭장으로 서두르는 모습조차 눈물이 날 만큼 고마웠다. 실로 그것은 산속으로 떨어져 들어간 지 거의 육 년 만에 처음 들어선 사람 사는 마을이었다.

어쩐지 차가운 바람이 불고 있는 듯한, 으스스하고 어두운 마을이긴 했다. 굳이 말하자면 죽음의 마을이었다. 이상한 두 명의 침입자를 발견하고 사람들은 겁을 먹은 듯이 울타리 속에 숨고, 혹 어떤 이들은 놀라 눈이 휘둥그레졌으며, 우물에서 돌아오던 아낙들은 허둥지둥 사립문을 닫아걸었다.

하룻밤 묵을 곳을 구하려고 마을을 돌아다니다 보니 어느 집 처마 밑에 사람들이 모여 있었다. 그 속에서 무슨 떠돌이 거지 떼의 노래 같은 각설이 타령이 들려왔다. 이따금 늘어선 아이들이 꺄악, 꺄악 웃고 놀려대고 하고 있었다. 두 사람은 무심결에 그쪽으로 다가갔다. 몸집이 커다란 사내 하나가 취하기라도 한 듯이 음정이 전혀 맞지 않게, 때로는 생뚱맞게 고함이라도 지르듯이 몸을 흔들어가며 노래를 부르고 있었다. 이제 거의 해가 져버려서 얼굴은 확실히 보이지 않았지만 하얀 이와 텅 빈 듯한 눈이 빛나고 있었다. 사내는 갑자기 부질없는 소원이라도 빌듯이 얼굴을 들어 올리기도 하고 분노에 불타는 듯 온몸을 사자처럼 떨어 대기도 했다. 가끔씩은 꽤나 우스꽝스러운 몸짓으로 스스로의 추태를 즐기기라도 하는 듯이 보였다. 그런데 철없는 아이들은 그렇다 치더라도 멀쩡한 남자들이 방심한 듯 멍하니 서서 이 남자를 바라보기만 할 뿐 누구 한 사람 나서서 적선을 하는 이가 없었다. 남자는 갑자기 노래를 멈추더니 하늘을 보며 한번 히히히 웃고 나서 큼지막한 지팡이를 손에 들고 절룩거리며 사람들을 향해 고함을 지르기 시작했다.

"알겠어? 내가 불르는 이 각설이 타령만 배워서 불를라치믄 암것도 무선 것이 없당게, 없구말구. 저주를 받은 악마들이 쩔뚝쩔뚝……."
하며 고약하게 절뚝발이 흉내를 내가며,

"도망친단 말여, 이히히, 한븐 더 해볼 겨……."
하더니 몸을 앞으로 숙이고 한쪽 팔목을 턱 꺾어 좌우로 흔들어 대기 시작했다.

>그눔의 다리를 분질러서
>곡괭이 가게를 찾아가
>곡괭이라구 팔어두
>몇 푼이야 받겠지
>얼씨구 들어간다.

"엉? 어뗘? 잘허지? 이 노래는 말여, 부적이나 같응게 임금두 늑대두 무서워서 가까이 오덜 못혀. 나랑 겉이 한븐 불러봐, 어여."

>그눔의 송곳니 뽑아다가
>노름방 주인을 만나서
>골패라구 팔어도
>몇 푼이야 받겠지
>품바품바 품품바

이렇게 노래를 불러가며 사내가 일동 형제 정면으로 다가왔을 때, 월동은 어라, 하고 어둠 속을 응시했다. 주변의 남자와 아이들은 처음 보는 두 사람의 모습을 알아채고 웅성거리며 뒷걸음질 쳤다. 노래하던 사내도 창을 든 두 사람이 갑자기 땅속에서 솟아 나오기라도 했다는 듯이 깜짝 놀라 눈을 치떴다.

"……너, 혹시 봉수 아냐?"

하는 월동의 고함 소리에 노래하던 사내의 얼굴이 흙더미처럼 무너졌다. 일동도 놀라서 다가섰다.

"뭐, 봉수?"

"히이, 느그들, 인제사 돌아오능 겨? 품바 품바 품품바로 느그들 귀신도 쫓아내 줄끄나?"

"아니, 이게 어찌된 일이야? 너 혼자 여기까지 온 거야?"

봉수와의 뜻밖의 만남으로 불길한 생각이 머리를 스쳤다. 봉수가 이런 거지 차림으로 나선 걸 보면 어쩌면, 어쩌면 배나무골 사람들은 모두 다 유랑의 길로 뿔뿔이 흩어져 버렸을지도 모른다…… 일동은 땅이 갈라져 나락으로 떨어지는 듯한 절망감에 몸이 떨려왔다. 그리고 정신없이 봉수의 몸을 잡고 흔들었다.

"산사람들은, 응? 산사람들은……?"

"이히히, 나두 몰러. 나 좀 흔들지 말어……. 흥, 내가 거기를 나온 지두 벌써 은젠디. 한 열 달이나 됐을 겨. 아녀, 으쩌면 일 년쯤 됐을랑가두 몰러. 내는 인자부터 서울루 가서 각설이 거렁뱅이가 될 판이여. 그런 산속은 내는 싫웅께. 으뗘? 느들두 갈 텨? 서울로 가겄냐닝께?"

어느 사이엔가 주변의 남자들과 아이들은 구름처럼 흩어지고 없었다. 창이니 활을 들고 나타난 정체 모를 두 남자와, 절룩거리며 한 손을 좌우로 흔들어대며 끔찍한 노래를 부르고 다니는 사내의 만남, 그것은 언제나 박해에 시달리던 이 산마을 사람들을 불길한 예감에 떨게 만들었다. 그것도 모르고 일동 형제는 봉수를 따라 그의 거처까지 갔다. 따라가면서 "너, 그 다리는 왜 그래?" 하고 월동이 물었다. 그러자 봉수는 갑자기 에헤헤헤, 하고 웃더니 지팡이를 흔들어 대며 뛰어 보였다.

"내 다리는 암시랑토 안혀. 그려두 절뚝발이 흉내를 안 내믄 제대루 된 각설이 동냥아치는 못 된께…… 이히히."

이윽고 봉수의 숙소까지 와서 수숫대 사립문을 열고 들어가자 까만 강아지 한 마리가 요란스레 짖으며 다가왔다. 기울어진 지붕에 뭉개져 버릴 듯한 오두막 속에서 어슴푸레 불빛이 새어 나올 뿐 인기척은 없었다. 그들은 그 방으로 빨려들듯 기어 들어갔다. 검게 그을린, 마치 구멍 속처럼 좁은 방인데 천장도 없었고 창문 하나 없었다. 넝마 같은 이불이 한쪽에 뭉쳐져 있고 검은 옷이 하나 벽에 걸려 있었다. 화로 위에서 타고 있던 송진이 서글픈 소리를 냈다.

"이런, 다들 어디를 간 겨?"

봉수는 이렇게 신소리를 해가며 부엌 쪽으로 가더니 얼마 안 되는 수수죽을 들고 나왔다. 그러고 보니 절을 떠난 지 처음으로 기어든 인가였고, 따스한 죽 또한 반가웠다.

두 형제는 성급한 질문을 퍼부어댔고 봉수의 흐리멍덩하고 초점이 맞지 않는 대답을 통해서이지만, 그나마 배나무골 사정을 대충 짐작할 수가 있었다. 배나무골 사정은 훨씬 전부터 그들이 상상했던 것 이상으로 절박해진 모양이었고 자신들이 단 하루도 지체할 수 없음을 알았다. 돌이라도 물어뜯고 싶을 정도의 심정으로 두 사람이 돌아오기를 학수고대하고 있는 마을 사람들 앞에 기뻐 날뛸 만한 소식을 들고 나타난다는 것은 얼마나 감격적인가? 일동은 가슴이 뛰었다. 조금만 더, 이제 며칠만 더 기다려달라고 그는 합장이라도 하고 싶은 심정이었다. 그리고 월동은 무엇보다도 봉이 가족이 아직 그 골짜기에 틀림없이 남아 있을 것이라는 사실이 기뻤다. 그녀의 어머니가 중병으로 누워 있다고 한다면 성급히 길을 떠난다는 것은 불가능할 것이다. 이제 곧 봉수를 만날 수 있다고 생각하니 심장이 터질 듯했다. 게다가 이 마을 북쪽으로 한나절만 올라가면 그야말로 대망의 본류에 닿는다고 하니 거기서 물줄기를 따라 동쪽으로 올라가면 자기들 마을로 들어가게 되는 것이다. 이미 배나무골에 돌아와 있는 것이나 마찬가지라고 할 수도 있을 것이다. 즐거운 밤이었다.

"내가 느그들이 돌아오기를 을매나 지둘렀는지 아냐? 긍께 인자부터 느들두 내랑 같이 가야, 잉? 그려, 잉."

"무슨 바보 같은 소리야. 그런 소리 말고 우리랑 같이 돌아가야지."
일동은 측은하다는 듯이 대답했다.

"그렇게 하면 이번에 내가 살기 좋은 곳으로 모두를 데리고 갈 테니까. 굉장한 곳을 발견했단 말야. 근사해……. 너는 서울이 얼마나 무서운 곳인지 모르지?"

"이히히, 내가 서울을 몰른다구? 동대문이다가 종각이다가, 까치 걸은 양반들에다가, 거그다가 짱꼴라 병정으다가, 동냥아치들꺼정 우글우글허구 있지…… 히이, 내는 서울 가믄 동냥치 대장이 될 거여. 월동아, 니, 내가 은제나 종로 거리 돌아댕기구 있을 텡게 아까막시 내가 불른 노래를 들으믄 내처 뛰어와야 헌다 잉. 봉이란 년두 데불구

올 거쟈?"

월동은 멋쩍은 듯이 일어나 밖으로 나갔다. 형 일동은 조용한 미소를 머금고 아름다운 사랑을 하고 있는 동생을 감싸고 싶은 기분이었다. 실은 지금까지 오랫동안 고난에 찬 탐험 속에 덮어두었던 지난날의 기억들이 그에게도 점점 밝은 영상으로 다가오기 시작했다. 그중에서도 담담하고 소박한 사랑의 상대였던 이쁜이의 어여쁜 모습이 어두운 바다 가운데서 떠오르듯이 떠올랐다. 그 맑은 눈동자, 발갛게 달아오른 뺨이니 웃음을 머금은 입매, 아담한 어깨, 암사슴처럼 탄력 있는 몸짓 등이 불에라도 달구어지는 듯 뜨겁게 가슴에 와 닿았다. 아니, 그런 것들은 그의 가슴에서 지워진 적이 없었다. 그저 쉴 새 없이 이어지는 갖가지 고난 때문에 한때 옆으로 밀쳐 두었던 것뿐이었다. 그것은 오늘 이때까지 그의 어렴풋한 꿈결을 자주자주 찾아와 흔들곤 했다. 더구나 이쁜이는 틀림없이 기다리고 있었을 것이다. 틀림없다고 그렇게 의심 없이 믿고 있기도 했다.

"이쁜이는?"

어색한 듯이 이렇게 조심스럽게 묻고 있던 일동이 갑자기 깜짝 놀라 얼굴을 들며 굳어졌다. 어디선가 "도적 떼다, 도적 떼야!" 하는 비통한 소리가 들여왔기 때문이다. 봉수는 무릎을 부들부들 떨면서도 올 것이 왔다는 듯이 에헤헤, 에헤헤 하고 웃기 시작했다.

"야, 도적 떼가 왔다는구먼, 어디 한번 잘해 보더라고, 잉?"

"사람 살려!"

"불이야!"

하는 고함 소리도 들렸다. 월동이 허겁지겁 뛰어들어 왔다. 일동도 퉁겨 일어나 벽에 세워 두었던 창을 집어 들었다. 바로 코앞에 불이 붙어 있었다. 이미 두 사람의 손에는 무기가 번쩍이고 있다. 화적들이 매일같이 날뛰던 당시라고는 하지만 이런 초저녁에 쳐들어온 것을 보면 상당한 세력을 이룬 놈들임이 분명했다. 말들의 울음소리도 기분 나쁘게 들려왔다. 그들은 맹호처럼 사립문을 뛰쳐나갔다. 도움을 청하는 고함 소리가 사방에서 들려왔다. 하지만 마을 사람들은 재난이 미칠 것을 두려워하여 대개는 문을 굳게 닫아걸고 방 안에 모여 앉아 부들부들 떨고만 있었다. 그리고 습격을 받은 집의 사람들은 목숨만이라도 건지려 도망쳤다. 하지만 두 형제의 팔에서는 용맹스런 피가 끓기 시작했다. 월동은 불이 난 곳 옆에서 젊은 여자를 등에 묶은 말 한 마리가 불빛에 울어대며 발을 구르고 있는 것을 보자 순식간에 말 위로 뛰어올랐다. 그리고는 재빨리 밧줄을 풀고 여자를 놓아주며 외쳤다.

"봉수! 이 여자를 숨겨!"

그러더니 말을 달려 용맹스럽게 불 속으로 돌진하여 적들에게 창을 휘두르기 시작했다. 그와 동시에 일동도 창을 들고 비명 소리가 나고 있는 오두막으로 뛰어들었다. 밖에서는 봉수가 여자를 도망가게 해놓고 미친 듯이 몸을 흔들어대며 각설이 타령으로 저주를 퍼붓고 있었다. 그 목소리도 마치 도적 떼를 향한 도전장처럼 끔찍한 울림으로 밤하늘에 퍼져나갔다. 한층 더 열이 오른 그는 불구덩이 옆을 빙글빙글 뛰어다니기도 하고 솟구쳐 오르기도 하고 야! 야! 하고 고함을 지르기도 했다. 이 소리에 힘을 얻은 마을 남자들 몇 사람이 나와 소란을 떨기 시작했다. 도적 떼의 하수인이 아닌가 싶어 무서워하던 세 사람의 틈입자들이 실은 자기 마을의 구세주가 될 줄이야 누가 상상이나 했겠는가.

두 사람의 솜씨 좋은 창에 허를 찔린 도적들이 허둥대기 시작했다. 그들은 한 스무 명씩 떼를 지어 이 마을을 쳐들어왔는데 언제나 그랬 듯이 집집마다 불을 지르고 말이나 소, 그리고 식량, 여자들까지 닥치 는 대로 끌어갈 참이었다. 마침내 불구덩이를 중심으로 화적 떼와 일 동 형제가 맞붙어 싸우고 찌르는 형국이 되었다. 도적들은 숫자를 믿 고 검을 휘둘러가며 두 사람을 에워싸려 들었지만 형제의 기세에 눌 려 슬금슬금 바깥쪽으로 밀려나기 시작했다. 마을 사람들과 봉수는 어쩔 수 없이 겁을 먹고 멀리 엉덩이를 내빼고 입으로만 응원을 했다. 도적 떼의 우두머리로 보이는 남자가 말을 타고 큰 칼을 휘둘러대고 있다. 초승달의 엷은 빛에 때로 사악, 하고 흔들리는 칼날에서 얼음처 럼 차가운 빛이 섬뜩했다. 그와 함께 날카로운 금속성의 기합이 "에 잇!" "야앗!" 하며 밤을 갈라놓았고 창 쓰는 이들로부터는 "잘 했어!" 하는 고함도 들렸다. 말이 돌연 울부짖으며 뛰어오르기도 했다. 하지 만 한순간, 적장의 발아래로 일동의 창이 떨어져 굴렀다. 그리고 그 바람에 일동이 뒤쪽으로 비틀거리며 쓰러지고 말았다.

"형, 정신 차려!"

이렇게 외치며 월동이 탄 말은 미친 듯이 적장의 말에게 돌격해 들 어갔다. 도망을 치려던 적장은 검을 든 채로 말에서 굴러떨어졌다. 그 때는 이미 형도 다시 일어나 창을 손에 들고 있었다.

"형, 놓치지 마!"

고함을 치며 월동은 말을 달려, 도망치는 적들을 향해 정신없이 창 을 찔러대기 시작했다. 적장은 형 일동이 부르는 소리에 돌아서서 큰 칼을 휘두르며 필사적으로 자세를 가다듬었다. 일동은 껄껄 웃어대며 밀어붙였다.

　도적 떼가 두 사람의 나그네에게 찔려 죽기도 하고 혹은 부상을 당하기도 하여 도망쳐 버렸다는 말을 듣고 온 마을 사람들이 환호성을 지르며 모여들기 시작했다. 그 중에는 엉엉 울어대는 사람조차 있었다. 봉수는 완전히 의기양양, 쓰러진 적들의 주검 위를 뛰어다니며 "이눔의 눈깔을 뽑아다가, 이눔의 귀때기를 뜯어다가" 하고 그 기괴한 각설이 타령을 불러 댔다. 하지만 형제는 불이 났던 곳으로 남자들을 끌고 가서 한동안 정신없이 불을 꺼야 했다.

　이윽고 다시 바깥쪽으로 나온 두 형제를 둘러싼 아낙네들은 그들을 부처님처럼 받들고 우러르며 울었다.

　"여러분!"

　일동은 사람들을 둘러보며 소리쳤다.

　"여기는 뭐라는 마을이오?"

　"호랑바위골이라고 허유."

　"이런 일이 많이 있소?"

　"야, 그거야 거의 매일이다시피 합쥬."

　"어디 좋은 곳이 있으면 같이 가겠소?"

　"물론이쥬, 지발 데불구 가줘유."

　"그려, 옆에 두구 지켜줘유."

　"알겠소이다. 우리를 따라올 사람이 있으면 준비를 하시구려. 조만간 우리가 데리러 올 테니. 호랑바위골이라. 잘 알겠소. 하늘이 은총을 베푼, 행복이 살고 있는 복지로 안내해 드리겠소이다!"

　그때, 적들의 주검을 살펴보고 있던 한 사내가 멀리서 외쳤다.

　"이놈은 그 동학당 패거리의 우두머리여! 맞어, 말을 타구 있든 놈이구먼!"

"뭐라고? 동학교도……."

소리치며 이를 앙다문 일동은 마치 그것 보라는 듯이 말없이 동생의 얼굴을 응시했다. 그리고 월동 앞으로 뚜벅뚜벅 걸어가 억제된 소리로 속삭였다.

"내가 말했었지. 동학이란 이런 놈들이라고. 꿈에도 함께 일을 할 생각은 말아. 나는 산속으로 들어갈 결심이 점점 더 굳어졌어."

9.

마교(魔敎)의 남자들은 윤천일의 심상치 않은 기세에 공포를 느끼고, 불이 나 소란스럽던 밤의 이튿날 새벽, 허겁지겁 성용삼의 오두막에서 모습을 감추었다. 그들은 그 며칠 동안 성용삼의 병든 아내에게 기도를 해준답시고 묵으면서 배나무골 안 교도들의 피를 쥐어짜 내는 듯한 대접을 받았고, 출발하기 전에는 치성미(致誠米)라 하여 종자로 남겨두었던 마지막 좁쌀이니 콩, 옥수수까지 바치게 만들었다. 허 서방은 그날 밤 악몽에서 깨어나 탈락했기 망정이지만, 마대연과 성용삼은 그 짐을 등에 지고 분교소까지 산을 넘고 골을 지나 칠십 리 험한 길을 묵묵히 걸어야만 했다.

더구나 우매한 이 두 교도는 치성미의 분량이, 마침내 이 종교의 목적이 성취되었을 때 입신출세의 기준이 되리라 굳게 믿고 있었다. 그 때문에 내일 당장 먹을 쌀을 빼앗기고도 그다지 고통스럽지 않았다. 실은 이렇게 하여 그들도 어쩔 수 없이 파산에 이른 것이다. 게다가 나름대로 모든 재산을 털어 치성을 나타냈으니 반드시 상제로부터 무언가 고마운 배려가 있을 것이 틀림없으리라 학수고대하며, 그 후로부터는 생업과 가계를 거들떠보지도 않는 것이었다. 말하자면 그 아름다운 결과가 주어지는 날이라고 하는 것은, 교주가 지금의 왕조를 타도하고 등극하여 분교소의 상사가 자신이 소재하는 도의 통치자로서 군림하는 날이다. 그렇게만 된다면 교도인 자신들도 관도(官途)로 나아가 영화를 누리게 될 것이다.

 적어도 이와 같은 종교는 안신입명(安身立命)의 터를 지상에서 구하고 그에 따라 가혹한 운명의 올가미에서 벗어나려고 허공을 더듬어대고 있던 가련한 촉수들에게 더없이 매력적으로, 너무나 쉽사리 받아들여질 수 있음이 분명했다. 부처님의 대자대비한 손에 매달려 내세의 안락을 추구하는 불교는 이미 이조 초기 이래 숭유억불 정책으로 산간벽지에서 간신히 목숨을 유지하고 있을 뿐이었고, 너무나 현실적이어서 지상에서 꿈을 이루려는 민중들의 촉수에는 도저히 닿을 수가 없었다. 물론 유교야말로 모든 이들이 의지할 유일한 길로서 특권계급에 의하여 강요되고 있기는 했다. 하지만 이것은 결국, 특권계급의 형식적인 자기 과시와 썩은 유교 패들의 당쟁만을 불러오고 민중들을 쓸데없이 구속하고 억압하는 도구가 되어 버리자, 오히려 그들이 타기하고 나아가 경원하는 것이 되었다. 따라서 오직 하나 이들 몽매한 민중의 촉수에 가닿을 수 있는 것은, 옛날부터 그들을 파고들어 온 원시적인 민간신앙이었다고 해야 할 것이다. 즉 그것은 불가사의한 영력을 지닌 것의 존재, 그리고 그것의 인생에 대한 교섭 활동을 믿는 정령신앙이다.

 인생은 필경 이러한 정령, 즉 귀신들의 지배하에 있고 그 생활은 귀신에 의하여 좌우되는 것이다. 행운이라는 것도 그들이 정하는 것이며 재난 또한 그들이 주는 것이다. 그러니 이 귀신에 의하여 복을 부르고 화를 제하고자 하여 제사와 함께 살풀이가 행해지고, 마침내 귀신과 통하여 신의를 알고 있다고 믿는 자들이 출현하게 되는 것이다. 요컨대 동학교라는 것은, 이런 민간신앙의 전통을 내용으로 삼아 부정 불의한 국가 사회에 대한 감정을 자극하고 현실 생활에 대한 불만과 반항심을 유발시켜 안신입명하는 삶에 대한 동경에 걸맞는 생성 발전을 이루고 있다. 따라서 이러한 공상적인 종교가, 그들 우매하고 고통 속에 허덕이는 민중이 달려들 만큼 환영을 받는 것은 당연한 일이다. 그리고 마침내는 이 민중의 신앙에 의한 종교성과 민중의 마음을 사로잡은 정치성에 의하여 동학은 그 산하에 수많은 무지한 교도들과 시국, 정치 사회에 대한 불평분자들을 모았고 그 기세는 점점 무시할 수 없게 커져갔다. 그리하여 정부의 탄압을 받게 되었음에도 불구하고 대대적인 정치 활동은 겁 없이 전개되었고, 다른 한편에서는 그 종교성을 이용하여 우매한 민중을 미혹하고 그 삶을 유린하던 일파가 산간과 농촌에도 마수를 뻗치게 되었다. 월정사의 노스님이 월동에게 시사한 것은 실로 이러한 동학의 정치적 힘의 고조에 대한 착안이었다. 하지만 형인 일동은 그 뻔뻔스런 민중 생활의 파괴라는 점에서 그들을 도저히 가만둘 수가 없었다. 더구나 호랑바위골에서 동학계 도적단의 악행을 목격한 지금은 더 말할 것도 없었다. 거기서부터 두 형제가 동학을 보는 눈은 완전히 갈라졌고 나아가 서로의 정치적 행로도 달라지게 된다. 이 일에 관해서는 작자는 제2부에서 동학란을 중심으로 서서히 규명해 갈 생각이다.

어쨌든 고뇌와 공포, 원한과 빈궁 속에서 허덕이고 있던 우매한 민중은 이런 신앙에서 무엇을 구하여 안심입명하려는 것이었을까? 또 이러한 원시적인 신앙을 미끼로 민중을 미혹하려는 동학파 놈들은 그들에게 무엇을 약속했던 것일까? 그것은 불가사의한 귀신을 제압함으로써 병고와 재앙을 물리치는 것이었고 영인(靈人)의 신통력으로 기적적인 생활이 전개되기를 바라는 것이었다. 그리고 대망의 새 땅이 출현하기라도 한다면, 지금까지 그들 민중에게 영원히 금단의 과실이었던 특권계급의 생활로 들어가게 되는 것이다. 그러려면 우선 관도에 들어 국면이 전개된 새 생활 속에서 영화를 누려야 한다.

그 가운데서도 성용삼은 이 우스꽝스러운 꿈속을 헤매는, 누구보다도 충실한 교도였다. 얼마 안 되는 재산은 입교하면서 모조리 들이부었고, 마침내는 살성(殺星)이 나타나 있다는 말도 안 되는 신탁을 믿고 피난처라도 되는 양 이 산골짜기로 이주하여 이번에는 파종미(播種米)까지 마지막 치성의 표현으로 등에 짊어지고 분교소로 향하는 중이었다. 하지만 그의 발걸음은 무거웠다. 분교소 상사가 원하는 봉이를 데려갈 수 없었기 때문이었다. 그는 지금까지, 그 상사가 시녀가 되는 것이 얼마나 놀라운 축복과 영달의 길인지를 딸에게 타이르고 또 타일렀다. 그 자신도 봉이와 함께 상사의 눈에 들어 뽑힌 자이니 미친 듯이 기뻐해야 할 일이거늘, 봉이는 결국 봉수가 가출한 날부터 모습을 감추고 말았다. 납치하라는 명령을 받고 왔던 분교소 사내들은 한때는 완력으로라도 데려갈 생각이었지만, 봉이의 앙칼진 반항이 윤천일의 입김이라고도 여겨져 섣불리 건드리기도 무서웠다. 그래서 그들은 오직 그 일을 성용삼의 탓으로 돌리고 치성을 다하지 못했다며 타박하고 괴롭혔다. 그것이 성용삼에게는 가슴이 에일 듯이 괴롭고 슬펐다. 그리고 상사가 자기에게 어떤 저주와 분노를 씌울 것인가를 생각하면 모골이 송연할 만큼 공포에 질렸다. 그것은 현실이 되었다. 칠십 리 험한 길을 걸어 마을의 분교소에 도착해 그 마당에 엎드렸을 때, 장막 속에서 뻗어 나오는 추상과 같은 일갈이 그를 기겁하게 만들었다.

"바보 같은 놈! 성용삼, 네놈은 천도를 거스를 작정인가? 오늘부터 네놈은 파문이야!"

성용삼은 털썩, 엎드렸다. 파문, 그것은 청천벽력과도 같이 그의 머리 위로 떨어진 죽음의 선고였다. 온몸이 덜덜 떨리고 눈에서는 피처럼 붉은 눈물이 넘쳐흘렀다.

"어르신."

그는 얼굴도 들지 못하고 구슬픈 목소리로 말했다.

"그것은, 그것은 너무……."

"용서할 수 없어!"

성용삼은 통곡을 하며 그 자리에서 몸부림을 치며 굴렀다.

"어르신, 딸년을 죽여 주셔유. 아무리 혀도 안 오겠다구만 허니."

"네놈의 정성이 모자라기 때문이야!"

배나무골에서부터 함께 온 분교소 사내가 옆에서 거들고 나섰다.

"그, 그럴 리가! 어르신."

"멍청한 놈들, 네놈들은 또 빈손으로 잘도 터벅터벅 돌아왔구먼!"

이번에는 출장을 나갔던 사내들도 엎드렸다. 그 가운데 마대연이 멈칫멈칫 말을 꺼냈다.

"저그들이 보기에는, 저기, 그 허 서방이라는 놈이 어디선가 숨긴 거 같은디유."

그는 모닥불의 밤, 미친 여자를 이끌고 한 무리가 갑자기 배나무골로 찾아들었을 때, 윤천일의 발을 잡고 매달리던, 같은 교도였던 허 서방이 너무나 미웠다.

"예에, 허 서방은 그 윤 선생인가 하는 눔헌티로 배신을 혔습니다. 거그다가 봉이는 허 서방네 딸년 이쁜이허구 둘두 없는 동무지유."

"그래 천도를 거스르는 놈은 이번에 처치하고 오는 것이 좋아. 가만둘 수 없는 놈이니……."

"예에!"

"그리고 윤천일인가 하는 놈은 전에 말하던 그놈이렷다? 흐응, 그래서 그 자식놈들은 돌아왔더냐?"

"웬걸입쇼."

성용삼과 마대연은 다시 머리를 조아렸다.

"그래서 네놈들은……."

하며 이번에는 성용삼 등을 끌고 온 사내들에게 말을 걸었다.

"그 윤천일인가 하는 놈의 과거와 신상을 조사해 왔으렷다?"

"예에, 저기."

수염이 덥수룩한 사내가 고개를 숙였다.

"부락 놈들은 아무것도 모르고 있는 것 같습니다만 우리가 보기에는 역시 그놈은 뭔가 있는 놈인 듯합니다. 뭣보다 서울말을 쓰지 않나, 무예 또한 심상치 않게 뛰어나고……. 군인 출신인가 싶기도……."

"거기다가 아무래도."

이번에는 또 한 사람 뻐드렁니가 나섰다.

"그놈이 이 분교소를 습격하겠다는 둥 불온한 말을 내뱉으며 부락 사람들을 선동하여 소란을 떨고 있으니 형세가 영 심상치가 않아……."

"얼간이 놈들, 그래서 가져올 것도 제대로 못 챙기고 도망쳐 왔다는 것이냐? 어쨌든 좋아. 흐흐흐. 나에게 다 생각이 있으니까. 그놈의 목숨도 경각에 달렸지. 내가 조사해 보니 우수강에서 포졸을 네 놈이나 베었던 세 사람의 나그네가 있었다더군. 양평에서도 뺐다는구나. 그것이 바로 그 애비와 자식들이 아닌가? 잘 들어라. 그 이름은 윤천일. 임오군란의 장본인, 갑신정변 때는 김옥균 당으로서 대관들을 모조리 처치하고 왕궁까지 침범했던 대역무도한 국적이로다. 성용삼, 네놈의 딸년 역시 그놈이 허 서방을 내세워 숨긴 모양이로구나.

성용삼은 그저 벌벌 떨고 섰을 뿐, 쉽사리 그러한 이야기를 받아들일 수가 없었다. 남몰래 윤을 선생님이라 우러러보았고 그의 은총을 얼마간 입지 않았던가? 마대연이 옆에서 끼어들었다.

"예에, 과연 그러하오니 그 윤 선생인가 허는 늠과 허 서방의⋯⋯."

"흐흐흐, 그렇다면 잘 들어라. 당장 마대연 네놈은 허라는 놈의 목을 가지고 오너라!"

"예에."

"그리고 성용삼, 네놈은 누굴 끌고 와야 할지 잘 알고 있으렸다? 좋아, 이번에 틀림없이 그년을 끌고 온다면 용서해 주마. 천도에 맹세하겠느냐? 맹세하고 지키지 않으면 네놈은 영원히 저주를 받아 해골도 온전치 못할 것이야."

"어르신, 이번에야말로 무슨 짓을 해서라도 천도에 맹세를 할 것이구먼유. 어르신께 맹세를 하겠습니다유."

"그에 관해서는 어이, 너희들이 한 번 더 다녀오너라. 너희들은 저 윤천일의 목을 가지고 성용삼 부녀를 데리고 와야 하느니라!"

부하인 사내들은 끔찍한 임무에 창백하게 질려 온몸을 떨었다.

"그런데 윤이라는 놈은 상당히⋯⋯."

"걱정할 것 없어. 내가 이미 연락해 둔 포졸들이 오늘 내일 새에 도착할 거야. 솜씨 좋고 억센 놈들이 일곱 명이나 온다구. 서울에서는 지금 김옥균이 다시 일본에서 돌아온다고 해서 그 일파 국적 떼들을 잡아들이느라 난리들이야. 김옥균을 수령으로 삼아 이를 원호하는 일본인 약 천 명이 이미 출발했고 후속으로 약 삼만 명의 일본 장사들이 정예한 무기들을 지니고 와서 단숨에 서울을 공략한다는 풍문. 하지만 그것은 헛소문임이 밝혀졌어. 그래서 더더욱 국적 잡아들이는 일에 박차가 가해졌고 먼 친척들조차 가차 없이 참살 효수되고 있어. 임오, 갑신에 걸쳐 직접적 하수인이었던 윤천일은 이 강원도 산간으로 모습을 감춘 모양이다만 그 소재는 어느 누구도 알지 못하고 있어. 나는 이미 양구 관아에 보고하여 포졸들이 오도록 했다. 그 사람들을 너희들에게 붙여줄 거야. 알겠나? 너희들은 그냥 봉이만 데리고 오면 되는 거야. 그걸 알면 윤천일이 제 발로 찾아올 것이니. 그때 잠복하고 있던 포졸들이 그놈 목에 오랏줄을 거는 거지. 그놈의 목은 내가 서울에 선물 삼아 가지고 갈 것이야! 자아, 다들 내려가라!"

성용삼은 뭐가 뭔지 전혀 알 수가 없었지만 그저 뭔가 무서운 일이 일어날 것 같다는 예감에 겁이 나서 한참 동안 몸을 일으킬 수가 없었다. 마대연은 굵다란 팔로, 꺾여버린 나뭇등걸 같은 동료의 몸을 안아 일으키면서 처진 눈꼬리가 파들파들 떨렸다.

"봐, 어르신이 을매나 신통력이 있는 분여? 이리 되믄 우리는 베개를 높이 비구 잘 수가 있능 겨. 그 수상한 윤 선생인가 뭔가두 이걸루 다가 모가지가 댕강 달아난다 생각허니 고맙지 고마워. 자아, 성 선달, 일어나. 일어나라니께. 이번에는 어르신 얼굴을 못 뵈었지만 다음번에는 우덜을 엄청 칭찬할 것이네. 긍게 자네두 제대루 하더라구 잉? 어르신헌티 약속을 혔응께 제대루 지켜야 혀."

성용삼은 가까스로 한마디 했다.

"허지만 증말루 윤 선상이 그리 나쁜 사람이여?"

그러자 마대연이 갑자기 팔을 놓아버리는 바람에 그는 다시 풀썩 몸을 떨구었다. 하지만 마대연의 살기등등한 얼굴을 발견한 순간, 그는 놀라 허둥지둥 중얼거렸다.

"그려, 그렇구말구……."

그로부터 이틀이 지난 날 오후, 사냥에서 돌아온 윤천일은 곰처럼 웅크리고 있었다. 더 이상 살아 있는 심정이 아니었고 마치 생매장이라도 당한 듯한 자신을 느꼈다. 요 이삼 일 동안 마을에 새로운 탈락자도 없었고 특별히 달라진 것도 눈에 띄지 않았지만 주민들은 이미 기적에 대한 기대감도 잃어버리고 모두가 방심 상태로 늘어져 있었다. 고약하게 대들거나 혹은 책임을 지라며 따지고 들 때보다도 그는 오히려 더 고통스러웠다. 배나무골 사람들을 구원이 없는 사지에 떨구어 버린 죄는 이미 씻을 수가 없었다. 그 죄는 만 번 죽어 마땅하다는 것을 너무나 잘 알고 있었다. 마지막 의욕과 단말마의 기백을 가지고 오늘날까지 그들을 밀고, 끌며 지내왔다. 하지만 주민들을 향하여 이 배나무골에서 자기와 생사를 같이 하자고 요구할 권리도 이제는 없었다. 지금 그들은 일어설 기력조차 잃어버리고 있었다. 이 책임을 어떻게 져야 한단 말인가? 혼자 목을 베어 죽어 버림으로써 끝날 수 있는 것일까? 이미 떠나 버린 득보 노부부와 손녀딸에 배천석 일가와 박선달 가족을 제외하고, 새로 쫓겨 들어온 두 가족을 포함하면 도합 십오 호, 예순아홉 명의 산 목숨들. 이들은 도대체 어떻게 되는 것일까? 이틀 동안 몇 번이나 죽음을 생각하고 죽을 자리를 찾아 절벽 위에

섰다가, 혹은 숲 속을 헤매다가, 아니면 바위를 물어뜯는 격류로 나섰던 그였다. 하지만 그럴 때마다 온몸을 훑고 지나가는 듯한 환청을 들었다.

'겁쟁이 녀석!'

'배신자!'

'아아, 그렇다면 나는 어떻게 해야 합니까?'

그는 합장하며 허공을 올려다보았지만 단 한마디의 계시도 들려오지 않았다. 실은 그 자신조차도 아들들이 돌아오리라고 믿을 수가 없게 되었다. 절망. 그것은 그가 서울을 떠나올 때보다도 훨씬 더해서 두세 걸음도 앞으로 나아갈 수 없는 절망감이었다. 그는 갑자기 철없는 어린아이처럼 소리를 높여 울기 시작했다. 무릎을 꿇고 앉은 채로 등판이 출렁거렸다. 믿고 있던 두 아들이 돌아오지 않는 것은 필경 산속에서 희생된 것이겠지만 꼭 그것이 서러워서만은 아니었다. 십오 호, 예순아홉 명의 목숨에 대한 책임과 그 앞날이 걱정되어서만도 아니었다. 기울어진 사직의 운명, 도탄에 빠져 허덕이는 창생의 생활을 한때는 혼자서 짊어진 심정으로 싸우고 있던 자신이, 실은 이 산속의 몇 안 되는 목숨들조차 구할 수 없는 미약한, 저주받은 존재라고 하는 사실이, 자기 주제도 모르고 있었다는 회환이 그의 가슴을 찢어 놓았다.

실컷 울고 나서 그는 마음을 정했다는 듯 활을 어깨에 건 채로 벌떡 일어섰다. 지금까지 생각하고 또 생각했던 일 즉 마을 사람들을 이끌고 새로운 토지를 찾아 나서서 두세 가족씩 심어놓고, 자기는 자유롭게 나그넷길을 떠나자는 계획을 산신님께 여쭙고 허락을 받으려는 것이었다. 천일은 검은 나뭇등걸투성이인 밭을 가로질러 왼쪽으로 엎드려 있는 오두막들을 바라보며 산신단이 있는 소나무 숲 속으로 걸음을 옮겼다.

머리 위에 하늘은 그래도 빛을 발하고, 눈이 시리게 초록으로 물들어 있는 나뭇가지에서는 작은 새들이 날아다니며 노래하고 있었다. 햇빛의 각도에 따라 골짜기는 잠시 어둑하고 안개가 낀 듯이 보였고 건너편 언덕 기슭은 붉게 빛나기 시작했다. 이미 이곳을 떠나기로 마음을 먹고 나서는 마음의 응어리도 조금 풀린 것 같긴 하지만, 돌아오지 않는 두 아들은 그렇다 치더라도 오늘 밤 그가 마을 사람들을 모아놓고 출발을 알렸을 때, 절망적인 충격으로 작은 가슴이 미어질 봉이를 생각하는 것이 무엇보다 고통스러웠다. 요 이삼일 동안은 오히려 그 아이가 자신을 위로하고 격려하는 듯이 느끼고 있는 그였다. 봉이는 변함없이 아름답고 씩씩하고 명랑했다. 나이도 어린 순박한 아가씨의 꿈이라는 것이 이렇게도 강한 것인가 싶어 그는 그녀가 얼마나 안쓰러운지 모른다. 마교의 사내들이 아버지를 끌고 자취를 감추고 나서 그녀도 병든 어머니 곁으로 돌아와 있었지만, 가끔씩 찾아와서 밥 짓기를 돕거나 하면서 "저기, 아저씨 틀림없이 돌아와요. 내가 오늘 새벽녘에 이런 꿈을 꿨거든유……." 하며 속절없는 소리를 하곤 했다.

아아, 이제 그 처녀 아이도 월동과 맺어지지 못하고 영원히 이루어질 수 없는 꿈이 되겠구나.

윤천일은 이런 슬픈 심정을 떨쳐 버리려는 듯이 설레설레 고개를 흔들었다. '많은 사람들의 커다란 슬픔이 있으니 조그만 슬픔 따위는 없는 것으로 해야지.' 이렇게 중얼거리며 조그만 웅덩이를 건너뛰려는 찰나, 아래쪽에서 심상찮은 웅성거림이 나지막이 들려왔다. 깜짝 놀라

자기도 모르게 웅덩이 옆의 관목 그늘에 몸을 숨겼다. 언덕길 아래 검게 선을 두른 듯한 좁다란 길을 낯설고 민첩해 보이는 사내가 두세 명, 거침없이 달려오는 것이 보였다. 그리고 또 다른 세 남자가 이쪽 고갯길이 끝나면서 약간 경사가 져 있는 곳에서 기듯이 올라오고 있는 것도 보였다. 그 등에는 검들이 번쩍이고 있었다. 게다가 그는 그 선두에 선 평복 차림의 마대연이 몸을 낮추어 엎드리듯 해가며 자신의 오두막을 가리키는 것을 보았다. 봉이를 끌고 가기 위해 마침내 나를 없애려는 것이구나, 순간 생각했다. 그는 실쭉 웃었다. 이미 그의 손은 화살통에서 활을 더듬고 있었다. ‘하지만 실수를 해선 안 되지, 우선 봉이를 구해내고 나서’ 라는 생각이 들자마자 그는 재빨리 웅덩이를 건너 토끼처럼 소나무 숲 속으로 몸을 감추었다. 그때 뒤쪽 나무 그늘에서 ‘앗!’ 하고 놀라는 소리가 들려 돌아보았다. 다름 아닌 봉이와 이쁜이가 공포에 질려 서로 끌어안은 채 숲 속에서 떨고 있었다.

“어떻게 된 거야? 도망쳐 나왔어?”

“아뉴, 아저씨를 찾으러 댕겼구먼유.”

이쁜이가 숨을 헐떡이며 이렇게 말하자 봉이가 겁에 질린 목소리로 말했다.

“아저씨! 언능 도망가유. 언능! 아저씨를 죽이러 왔당게유!”

“쉿! 너희들은 산신단에 가서 숨어 있어! 자, 빨리! 어서!”

지금까지 그에게서 한 번도 본 적이 없는 무서운 기세에 놀라 그들은 뒷걸음질 쳤다. 그리고 허둥지둥 숲 속으로 사라져 갔다. 그때 윤천일은 가장 연로한 추상원 노인이 언덕의 중간 턱에서 숨이 턱에 닿아 올라오며 쉰 목소리로 “선생님, 선생님!”하고 외치는 것을 보았다. 급하게 알리러 가는 것이리라. 그런데 그 뒤에서 노인을 쫓아 낯선 사내 하나가 검을 휘두르며 달려 올라오는 것이 보였다. '이런!' 하고 뛰어 일어나 그는 훌쩍 위쪽의 바위 그늘로 가 몸을 붙인 채 서둘러 화살을 뽑았다. 하지만 노인은 비틀거리다가 넘어진 것인지 확실히 보이지 않았다. 그래서 이번에는 바위 위로 오르려 했다. 그때 그는 이미 사내가 노인 위에 올라타고 있는 것을 보았다.

'우, 욱!' 하는 비명 소리가 난 것과 일어선 사내가 화살을 맞고 옆으로 쓰러진 것은 거의 동시였다. 그는 그 걸음으로 비호처럼 바위에서 뛰어내려 와 추상원 노인을 구하러 적의 포진 한가운데로, 바위와 돌멩이투성이의 눈이 녹아 미끌거리는 길을 내달렸다.

"추 노인!"

그는 정신없이 추상원의 몸 위로 구르듯이 다가가 그를 끌어안았지만 그의 화살은 너무 늦었다. '우,우,욱!' 하는 희미한 비명이 들린 듯하더니 천일의 얼굴은 노인에게서 솟아 나오는 피로 새빨갛게 물들었다. 더구나 어느 틈엔가 그는 포졸들에게 포위되어 있다는 것을 깨달았다. 절망 속에 피를 본 순간, 분노 속에서 적을 본 순간, 그는 예전의 미친 사자가 되어 있었다. 순식간에 노인 옆에 쓰러져 있던 적이 쥔 검을 뽑아 드는가 싶더니 사자는 떨쳐 일어섰다.

"국적 놈! 각오하라!"

"윤천일, 쓸데없이 반항하지 마! 관명이다!"

과연 고르고 골라 보낸 포졸들인 만큼 전혀 당황하지 않고 침착하게 검을 겨누며 조금씩 거리를 좁혀 들어왔다.

"잘 왔다! 내가 바로 윤천일이다!"

천일은 포졸들에게 사납게 둘러보며 외쳤다.

"이 산에 들어와 처음으로 내 이름을 밝히느니! 어디 네놈들 솜씨를 보자꾸나."

"하룻강아지 범 무서운 줄 모른다더니! 김옥균조차 일본에서 오랏줄을 받은 이때, 점잖게 나와 왕명을 받들어야 할 것이야."

"뭐, 김옥균 선생이?"

나라를 버리고 서울을 버린 그이기는 했으나 이 소식은 그의 온몸과 마음을 흔들어 놓을 수밖에 없었다. 열렬한 애국자였던 그가 지금은 낙오자가 되어 호랑이와 늑대가 사는 태산지대에 묻혀 있기는 하나 마음 한구석에는 나랏일과 민족의 운명을 염려하고 존앙(尊仰)하는 김옥균의 재기에 남모르는 기대를 걸고 있었다. 그런데 뜻밖에도 포졸에게서 듣는 경악할 만한 소식 때문에 무심결에 검을 든 팔이 흔들렸다.

"자아, 어때? 재기를 꾀하다가 일본의 히로시마라나 어디서 체포당한 김옥균을 넘겨받기 위해 이미 수신사들이 특파되었다. 네놈에게 사내다운 기개가 있다면 서울 형장에 김옥균과 사이좋게 나란히 서서 목을 들이미는 것이 어떠냐?"

하며 뒤에서 큰 칼을 들고 달려오는 사내를 옆으로 비켜서면서 사악, 하고 베어 버리고, 정면에서 달려드는 칼끝을 뿌리치고 도망치는 놈을 뒤쫓자 언덕 위로 진이 물러섰다. 그는 점점 다가섰다. '그렇지, 이 놈들을 낭떠러지 위에서 단번에 휩쓸어 떨어뜨려야지' 하고 생각한 것이다. 그래서 절벽 쪽으로 계속 밀어붙였다.

"자아, 멍청한 놈들! 덤벼봐!"

그는 이를 앙다물고 뱃속 깊은 데서 나오는 고함을 짜냈다.

"나는 네놈들을 모조리 베어 버리고 김옥균 선생을 구하러 서울로 갈 것이다! 잘 가르쳐주었다. 자아, 덤벼보라니까."

"윤 선생님, 내가 해치울게요."

그때, 길만이가 창을 들고 달려와 소리 없이 그 옆에 나타났다.

"위험해! 방해하지 마!"

"아뇨, 선생님, 제가, 제가……."

길만은 고함을 지르며 창을 겨누고 달려들고자 했다. 적진은 길만의 가세로 더더욱 겁을 집어먹고 흐트러지기 시작했다.

천일은 고함을 쳤다.

"길만, 뒤로 물러서!"

그와 동시에, 칼을 뽑으면서 바로 베어 버리는 재빠른 솜씨를 보였고, 몇 번인가 칼이 부딪치고 나서 필사적인 기세로 세 남자를 차례로 쓰러뜨렸다. 이미 절벽 위에 그들은 올라서 있었다. 그 천길 아래로는 한강 상류가 거칠게 흐르고 있었다. 끝까지 반격의 기회를 노리는 나머지 네 남자도 뱀처럼 빠른 그의 칼솜씨라면 순식간에 어려움 없이 해치웠을 것이다. 하지만 그 공은 기특한 소년 길만에게 양보하고 싶었던 것일까? 아니, 실은 수십 미터 떨어진 벼랑 끝에서 마대연을 포함한 세 남자가 누군가 한 사람을 떨어뜨리려고 바둥대고 있는 것을 적의 어깨 너머로 얼핏 발견했던 것이다. 남자는 필사적으로 뿌리치며 비명을 질러대고 있었다. 허 서방의 목소리였다.

"자, 길만, 뒤를 맡아라!"

천일은 옆에 있던 바위 위로 뛰어올랐다. 마교의 사내들이 허 서방을 죽이려 하고 있다는 것을 알았다. 그는 얼른 화살을 꺼내 활에 먹였다. 그 순간, 한 사내가 허 서방 뒤에서 커다란 도끼를 들어 올리는 것을 보고 천일은 재빨리 화살을 날렸다. '퓨웅!' 하며 활시위를 떠난 화살은 도끼를 집어 올린 그 손에 보기 좋게 명중했고, '앗!' 하고 소리치며 사내는 비틀대다가 절벽에서 떨어졌다. 이어서 쏜 화살 하나가 허 서방이 그 발을 붙잡고 매달렸던 마대연의 가슴팍에 꽂혔다. 그러자 마지막 남았던 사내는 허둥지둥 나무 사이를 뚫고 도망쳐 버렸다.

"아, 위험해!"

그는 바위에서 뛰어내려 마침 정면에서 칼을 맞을 뻔한 길만 옆으로 나섰다. 이미 소년의 일격으로 한 놈은 쓰러져 있었다. 하지만 이 쓰러졌던 남자가 찔린 가슴을 한 손으로 부여잡고 바위 그늘로 최후의 기회를 노리며 기어갔다. 그를 모르고 있던 길만은 창을 들고 있던 팔을 호되게 베었다.

"뒤로 물러서!"

길만을 감싸듯이 하며 물러나게 하자마자 검을 썩 하니 머리 위로 치켜들었다.

"자아, 이번에 너희 차례다!"

하지만 세 명의 포졸들은 그 순간, 미리 정한 듯이 한꺼번에 맹렬한 기세로 달려들었다. 천일은 제자리를 잡으려 몇 걸음 뒤로 물러섰다. 기회를 보아 칼을 뽑음과 동시에 사정없이 내려치는 것이 그의 검법이었다. 하지만 그 순간, 가슴에 상처를 입었던 적이 바위 그늘에서 그의 목에 오랏줄을 던졌다. 갑작스레 그것을 뒤집어썼기 때문에 '에잇!' 하고 소리치며 뒷손질로 그 사내의 몸통을 베었다. 하지만 그 역시 그 바람에 쓰러지는 남자의 손에 쥐어 있던 오랏줄에 끌려 몸이 비틀거리며 엎어졌다. 그 바람에 빈틈이 생겼다. 적 가운데 하나가 칼끝으로 그의 팔을 찔렀다. '앗!' 하며 뒤로 물러나 목에 걸린 오랏줄을 풀어내려 몸부림치며 한 손으로 정신없이 칼을 휘둘러댔다. 그렇게 두 사람을 베었지만 옆에서 어깨를 다시 찔러와 오랏줄을 목에 건 채 절벽 위로 뛰어 올라갔다. 그리고 정면에서 마지막 남자가 달려드는 것을 보고 높이 들어 올렸던 검을 내리치려 했다. 하지만 검 끝이 나뭇가지에 걸렸고 그 찰나, 적의 일격이 그의 넓적다리를 파고들었다. 깜짝 놀라 뒤로 물러서는 순간, 그의 발이 낭떠러지 허방을 짚었다. 눈앞이 빙글빙글 돌면서 수많은 시체들과 창과 검, 바위, 오두막들이 공중으로 떠올랐다.

왼손에 창을 들고 마지막 사내를 뒤쪽에서 찌른 길만이 절벽 끝으로 달려왔을 때 이미 거기엔 아무것도 없었다. 이윽고 마을 사람들이 남자 여자 할 것 없이 다들 조심조심 절벽 위로 올라왔다. 이미 그곳에 싸움은 없었고, 일곱 명의 포졸들은 다 쓰러져 있었으며, 한 사람이 숨이 넘어갈 듯 '물!' 하고 외치더니 곧 숨이 끊어졌다. 그들은 마지막 사투의 장소인 절벽 위에 나뭇가지가 무참하게 잘려나가고 그중 하나에 윤 선생의 짚신이 걸려 있는 것을 보았다.

"윤 선생님!"

"윤 선생님!"

절벽 아래 강물을 향해 목이 터져라 소리를 질렀지만 메아리만 허망하게 들려왔다. 이미 황혼이 져서 아무것도 보이지 않고, 강물은 출렁출렁 소리를 내며 무심히 흘러갈 뿐, 봉이의 외침은 한층 더 서글펐다.

"아저씨! 아저씨!"

마을 사람들은 서둘러 절벽 아래로 내려가 그의 주검이라도 찾고자 했다. 강기슭 한 편을 밤새도록 몇십 개나 되는 횃불이 줄을 지어 흘러 다녔다.

그 행렬을 내려다보며 절벽 위에서 성용삼은 목을 맸다.

10.

"엄청나게 오래도 잤네, 내가."

윤천일은 무겁고 고통스런 악몽에서 깨어나기라도 하듯이 가까스로 정신을 차리고 자기를 둘러싼 만상을 둘러보려 눈을 조금 떴다. 완전히 기진맥진이었고 엄청난 고통이 온몸을 사로잡았다. 낭떠러지 위에서 천 길 아래로 떨어져 내린 그였다. 어찌된 일인지 여울을 타고 떠내려가던 떡갈나무 등걸에 기어올라 있었다. 작년 태풍에 쓰러져 흘러가다가 얼어붙었던 것이 강이 녹아 흐르면서 다시 떠내려가기 시작한 것이리라. 온몸은 얼어 딱딱하게 굳었고, 손발은 물속에 잠긴 채이미 감각이 없어진 지 오래였다. 차갑고 푸른 물줄기가 주변에서 음악처럼 소용돌이를 이루었고, 양쪽 기슭에 늘어선 낯선 산과 골짜기들이 아침 햇살을 받아 비단 그림처럼 눈부시게 흔들렸다. 희미한 의식과 몽롱한 시력에 의지하여 그는 자기에게 무슨 일이 일어났는지를 확인하고 싶었다.

"나는 지금 어디로 흘러가고 있는 것일까?"

그는 혼자 중얼거렸다. 하지만 무의미하고 맥락 없는 기억의 편린들만 머릿속에 떠오를 뿐 짙게 내려앉은 깊은 안개는 걷히지 않았다.

"분명히 포졸들에게 완전히 포위당해서 거의 잡힌 참이었는데……."

생각이 여기에 미치자 그는 자기 목에 밧줄이 감겼던 것이 얼핏 떠올라 얼른 목을 움츠려보았다. 목에 뭐가 걸린 느낌이었다. 그는 거의 무의식중에 서둘러 그것을 풀어내려고 했다. 하지만 정작 손이 말을 듣지 않았다. 호되게 팔을 다쳤다는 것을 깨달았다. 흐릿한 그의 눈이 자기 손에 여전히 잡혀 있는 창을 발견했다. 그렇군, 나는 적에게 찔려 창을 든 채로 절벽 아래 물 위로 떨어진 거야. 물속에서 떠오른 뒤에는 죽을힘을 다해 헤엄을 치려 했음이 틀림없어. 마침 그때 떠내려온 이 나무에 밧줄이 얽히면서 손에 잡히는 대로 올라탄 것이지.

"역시 나는 불사신이야."

그는 고통스럽게 중얼거렸다.

"아니, 죽을 수가 없지."

없는 용기를 짜내어 이를 악물고 나무 위로 몸을 일으켜보려 몸부림쳤다. 그러나 발가락 하나도 움직일 수가 없다. 필사적으로 몸부림을 치면 칠수록 점점 머릿속이 아득해졌고 결국 그는 다시 툭, 하고 팔을 물속에 떨구었다.

그렇지만 그의 불굴의 정신은 역시, 어디선가 어떻게든 일어나자, 이대로 죽을 수는 없다는 비원을 안고 있었다. 수많은 목숨들을 절망의 구렁텅이에 묻어놓고 목에 밧줄을 건 채로 내가 어찌 이 물속에 주검을 맡기랴. 하지만 이미 너무 많은 피를 흘렸고 온몸을 훑어 내리는 고약한 오한은 그의 의식을 다시 몽롱한 상태로 빠뜨렸다.

그와 동시에 갖가지 기억들과 환영이 떠오르기 시작했다. 우선 그리운 고향 땅, 강변의 오두막집에서 홀로 앉아 밤새도록 자기 옆에서 물레를 돌리는 어머니의 모습이 있었다. 그는 청년이었다. 이제부터 군인이 되기 위해 아내를 데리고 서울로 가려는 전날 밤이었다. 때때로 물레질을 멈춘 어머니는 무서운 서울로 새 생활을 찾아 자기 슬하를 떠나려는 외동아들의 베갯머리로 몸을 굽히고 아무렇게나 모아 올린 변발을 어루만지며 눈물을 떨구었다. 그녀의 유일한 권리인 슬픔 속에 마음껏 잠기기라도 하시라고 그는 뒤척이지도, 눈을 깜빡이지도 않았다. 이제부터 아들 부부 위에 어떤 운명이 열리는 것일까? 전혀 짐작조차 할 수 없지만 괜스레 그녀는 두려웠다. 불안 이상의 무언가가 있었다. 아아, 결국 나는 그 옛날 어머니와 함께 살던 강변의 그리운 오두막 앞까지 흘러가는 것이구나, 그렇게 생각하자 자줏빛으로 얼어붙은 그의 입가에 희미한 미소가 떠올랐다. 더구나 가엾은 죽음을 맞았던 불쌍한 아내와 나는 같은 운명이어서 나고 이렇게 물 밑에 가라앉는 거야……. 그러나 바로 그다음에는 폭악과 능욕과 타락으로 가득 차 있어 젊은 마음에 분노의 불꽃이 타오르게 만들었던 서울에서의 갖가지 추억들이 주마등과 같이 스쳐 지나갔다. 그는 그때 처음으로 이 세상에 어떠한 부정과 불행들이 존재하는가를 확실히 눈앞에 보았던 것이다. 양반 생활의 추악함과 정치가의 부패, 밖으로부터 몰려오는 모욕……. 그러자 그의 마음이 갑작스레 경직되었다. 이렇게 나는 그 증오스런 서울 앞을 더러운 익사체가 되어 흘러가야만 하는 것일까? 그러면서도 그는 가슴 깊은 곳이 에이는 듯한 고통을 느꼈다.

그때, 그는 희미한 환청을 들었다.

"여보, 일동 아버지, 일어나요. 정신을 차리라구요."

"자넨 누군가?"

그는 고통스레 말했다.

"어머나, 나를 몰라요? 가엾게시리. 당신은 여기가 어딘 줄 알고 이렇게 흘러가고 있는 거예요? 나는 일동 엄마예요, 월동 엄마. 당신은 용왕님의 온정으로 다시 한 번 이 세상에서 깨어나는 거라구요. 자아, 정신을 차려요."

"아아, 내 아내여. 나는 이제 안 돼."

"그런 소리 말구요. 조금만 더 힘을 내요. 이제 곧 구세주가 올 거예요. 자 들어봐요."

과연 아득한 곳에서 신기한 멜로디의 노랫소리가 비몽사몽간에 들려오는 듯했다. 그는 놀라서 머리를 들고 온몸으로 들었다. 하지만 어떻게 이런 인적 없는 깊은 계곡에서 노랫소리가 들려온단 말인가? 아아, 나의 의식이 점점 꺼져가고 있는 증거겠지. 아니, 아무래도 이것은 분명히 노랫소리야. 저 장쾌한 메아리는 또 어떻고? 이번에는 노랫소리가 메아리의 꼬리를 끌며 춤추듯이 사라져간다. 역시 나는 허깨비를 보고 헛소리를 듣고 있는 거로구나…….

하지만 다시 한 번 커다랗고 아름다운 노랫소리가 더 가까운 곳에서 들려왔다. 그는 눈가에 어른거리는 아침 안개를 통해 소리가 나는 곳을 찾아보려 했다. '사람 살려!' 하고 고함을 치고 싶었지만 목이 막혀 소리가 나오지 않았다. 분명히 그것은 노랫소리, 게다가 그리운 고향의 아리랑이었다.

> 나냐 너냐 누가 더 잘났냐
> 이러쿵저러쿵할 것 없이 돈이 더 잘난 거지
> 아리랑 아리랑 아라리요
> 아리랑고개로 넘어간다

마침내 천일의 쇠약해진 시력이 나름대로 날카로운 빛을 발하며 남쪽 강변을 따라 무기를 갖춘 두 사람의 젊은이가 올라오는 것을 확실히 발견해 냈다. 아, 내 아들놈들이다. 그는 기쁘고 놀라워 손을 흔들려 했다. 필사적으로 고함을 지르고도 싶었다. 하지만 손이 말을 듣지 않는다. 꺼져 가는 소리가 가까스로 떨리며 흘러나왔다. 필사적인 노력이란 자기만의 끝없는 권리를 지니고 있는 법이다. 그것은 삶과 죽

음의 경계에서 잠들어 버리거나 하지 않고 무서운 죽음의 감옥을 깨
고 나오게 하는 것이다.

"일동아! 월동아!"

불렀지만 너무나도 작은 목소리였고 게다가 아직 좀 멀었던 모양이
다. 두 사람은 알아채지 못하고 위쪽으로 올라오면서 아직도 씩씩하
게 노래를 불러대고 있었다. 거리가 가까워지면서 점차 노랫소리도
손에 잡힐 듯 확실해졌다.

> 편지를 써주세요 또 그 귀신에게
> 볍씨까지 모조리 빼앗겼다고
> 아리랑 아리랑 아라리요
> 아리랑고개에 돈 꽃이 핀다

"일동아! 월동아!"

목소리를 짜내며 일어서려고 죽을힘을 다해 몸부림쳤다. 하지만 몸
부림을 치는 바람에 그의 겨우 돌아왔던 의식이 뻘 속으로 다시 잠겨
갔다. 그때 산골짜기 낮은 곳에서 아침 해가 쏟아지며 그의 몸을 확
황금빛으로 감쌌다.

"어라?"

일동 형제는 둘이 함께 놀라 멈춰 섰다. 그들의 네 개의 눈동자는
떠내려오던 나무 위에 집중되었다. 오늘 아침 일찍 호랑바위골을 출
발한 그들은 찾고 찾던 강기슭으로 나오자마자 기슭을 따라 산길을
걷고 숲을 지나며 줄곧 동쪽으로 나아가고 있었다. 북쪽 기슭으로 건
너갈 수 있을 만한 여울을 찾아가며⋯⋯.

"분명히 사람 소리가 났는데……."

하며 두 사람은 아까부터 맞은편 산속을 찾아보던 참이었다.

그 순간, 그들은 중류쯤을 흐르고 있던 나무 하나에 활짝 아침 해가 비추고 그 위에 한 남자가 빈사 상태로 올라타고 있는 것을 보았다. 일동은 서둘러 옷을 벗더니 차가운 물속으로 뛰어들었다. 그리고 곧 나무에까지 도달해서는 뛰어오를 듯 경악하며 소리를 질렀다.

"앗, 아버지! 아버지!"

"뭐라구? 아버지가?"

하고 외치면서 월동도 물속으로 뛰어들었다. 둘이서 나무둥치를 끌어가며 북쪽 기슭으로 끌어내 놓고, 부드러운 풀밭 위에 아버지를 옮겨 눕히고 아직 숨이 붙어 있는 것을 다행스러워하며 나뭇가지들을 꺾어다가 불을 피우고 서둘러 젖은 옷을 벗기기 시작했다.

"아버지, 정신 차리세요!"

"아버지! 아버지!"

그들은 아버지의 목에 밧줄이 얽혀 있는 것을 본 순간, 이미 무슨 일이 있었는지를 짐작할 수 있었다. 그리고 아버지의 넓적다리와 한쪽 팔에 깊은 칼자국을 발견하고는 숨길 수 없는 진상을 확신했다.

"아버지, 눈을 뜨세요!"

"아버지! 일동이, 월동이가 돌아왔어요!"

그들은 저마다 외쳐가며 자기들의 옷을 벗어 입히고 얼음처럼 차가운 부친의 몸을 주물렀다.

"맞아, 월동아, 물을 좀 끓이렴. 아버지! 아버지!"

겨우 천일은 의식을 되찾은 것인지 광채가 없는 눈을 반쯤 뜨면서 조그맣게 고개를 끄덕였다. 그들은 힘이 나서 허리띠를 풀고 옷 안의 솜을 꺼냈다. 그리고 일찍이 아버지에게서 배웠던 대로 약초 즙을 내어 상처에 응급처치를 했다. 그러고 나서 아버지의 입에 더운 물을 붓고 호랑바위골에서 얻어온 삶은 감자로 따뜻한 죽을 만들었다. 시간이 지나면서 아버지는 의식을 되찾았고 점점 생기가 도는 듯 힘 있게 눈을 떴다. 두 아들은 너무 기뻐 울음을 터뜨렸다.

"아버지, 이젠 괜찮아요!"

"아버지, 우리가 있잖아요!"

천일은 천천히 고개를 끄덕이며 안도감을 표했지만 입가가 부들부들 떨렸다.

"찾아냈느냐?"

거의 신음에 가까웠다.

"예, 틀림없이."

일동은 아버지 쪽으로 몸을 기울이며 단숨에 말했다.

"여기서 한 이백칠십 리, 길이 없고 산이 험하기는 하나 헤매지 않고 가면 한 여드레 길. 호랑이들도 무서워 가까이 오지 않는다는 검과 같은 산들에 둘러싸인 신의 영역이올시다. 땅은 비옥하고 물도 있으며 숲이 있으나 경사는 완만하고 분지도 평탄하니 정말 더할 나위 없는 곳입니다."

"그렇구나. 그렇다면…… 어서 배나무골로……."

"예."

형제는 두 자루의 창과 담요 한 장으로 들것을 만들어 아버지의 몸을 옮겨 싣고 날듯이 배나무골로 걸음을 재촉했다.

"아버지, 도대체 어찌 된 일입니까?"

월동은 뒤에서 달려가며 큰 소리로 물었다.

"포졸들이 온 것이야."

"포졸들?"

일동은 넘어지기라도 할 듯이 놀라며 돌아보았다.

"동학 패가 아니라……."

"그놈들도 같이."

"역시 그놈들 짓이군요. 아버지, 저희가 반드시 원수를 갚겠습니다!"

"아버지, 우리는 이미 어젯밤에 동학이라 칭하는 도적 떼를 상당수 해치웠습니다."

"교당의 윗놈들이라나, 우리가 자고 있던 마을에 처들어왔어요. 고상한 동학의 이념은 어디가고 뻔뻔스런 도적놈들로 변해 버린 그놈들을 이 잡듯이……."

"잘했다."

사실 그 분교소의 상사는 부하들과 교도 성용삼, 마대연과 함께 급히 달려온 포졸들을 배나무골로 보낸 뒤 자신은 남은 부하들을 끌고 직접 말을 채찍질해 가며 호랑바위골을 습격한 것이었다.

"동학의 하수인 세 놈과 포졸 일곱 놈을 길만과 함께 모조리 베어 넘겼지. 마지막 놈도 내가 절벽에서 떨어지는 순간, 길만이 보기 좋게 해치웠을 거야."

"그 길만 소년이……."

하며 월동이 놀라자

"음, 훌륭한 젊은이지. 너희들한테도 앞으로 큰 힘이 될 것이다. 하지만 나는 그리 오래 못 갈 거야."

"아버지, 마음을 단단히 잡수세요!"

일동이 외쳤다.

"물론 나는 너희들과 함께 꿈에 그리던 복지에 들어갈 때까지는 결코 못 죽는다. 못 죽고 말고. 자, 어서 서두르자. 그리고 오늘 밤 안으로 도착하면 서둘러 산 위에 횃불 열 개를 올려야 한다. 마을을 이탈한 사람들이 이미 몇 가구나 되니까. 열 개의 횃불은 너희가 훌륭하게 임무를 수행하고 돌아왔다는 표시가 될 것이야. 그 사람들이 돌아오기를 기다려서 출발을 하는 것으로 하자."

"예, 알겠습니다."

"늦어도 모레 정도까지는 반드시 새로운 토지를 향해 출발해 다오."

"하지만 아버지의 몸이……."

"그러니까 서둘러 달라는 거 아니냐. 나는 목숨이 다하기 전에 내 눈으로 보고 싶다. 하늘이 내려주신 너희들의 천국을 보고 싶어."

일동이 소리 높여 울었다.

"아버지! 아버지!"

"게다가……, 포졸들이 다시 전열을 가다듬어 쳐들어오지 말란 법도 없지. 그렇게 되면 마을 사람들이 받을 고통이 또 커질 따름이니. 마을은 지금 단 일각도 지체할 수가 없는 판이야."

"아버지! 아버지!"

일동은 마음이 아파 눈물을 펑펑 쏟을 따름이었다.

그리고 한 시간쯤 말없이 오직 형제의 거친 숨소리와 발소리만이 주변의 정적을 깨뜨렸다. 어쩌다가 절벽에 막혀 길을 따라 그곳으로 기어 올라갈 때말고는 비교적 강변길은 순탄하여 길 가는 데 어려움이 없었다. 이따금씩 탐스런 꼬리를 한 다람쥐들이 소나무 등걸로 재빨리 기어올라 가 이 보기 드문 일행을 말끄러미 내려다보기도 했다.

마침내 천일은 다시 고통스런 신음 소리를 냈다.

"애들아, 김옥균 선생이 일본에서 잡히셨다는구나……."

"예?"

월동이 눈이 휘둥그레졌다.

"이렇게 되면 나랏일은 엉망진창이 되지……."

"아니요, 아버지, 저희가 듣기로는 일본의 장사들을 이끌고 머지않아 거사를 위해 입국하신다고……."

"아니, 이미 신병 인도를 요구하러 수신사들까지 가 있다고 하더라. 그러나 월동아, 너도 나랏일은 완전히 포기하고 형을 도울 결심을 굳혀주기 바란다."

"아버지, 저는 김옥균 선생을 되찾으러 서울로……."

"바보 같은 소리, 너 같은 애송이가."

"아버지!"

"안 돼, 안 된다구!"

아버지의 꾸지람은 가차 없었다. 김옥균이 포승을 받고 당장에라도 연행되리라는 이야기가 천일에게 가한 충격은 대단했다. 사실, 한때는 김옥균이 일본의 장사들을 이끌고 서울로 내습하고, 이어서 수만의 난도들이 그 후속 부대로서 머지않아 강화도에 상륙할 거라는 풍문은 궁궐을 기겁하게 만들었다. 더구나 민비 일족을 정벌하기 위해 대원군 역시 김옥균과 힘을 합할 속셈이라 바야흐로 일대 복수의 유혈이 임박했다는 것이니, 민비와 민씨 일파는 아연 동요하기 시작했다. 하지만 이러한 재거사와 계획은 과장된 소문이었고 실은 김옥균이 움직일 수 있는 것은 오오이 겐타로, 고바야시 구스오 등 자유당 안의 간토파 총세 고작 팔십여 명의 동지 일행. 게다가 김옥균이나 오오이 등의 거사 계획은 미연에 일본 정부가 탐지하여 바다를 건너기 전에 그 일파는 나가사키, 오카야마, 시모노세키, 오사카, 도쿄 등지에서 모조리 검거되었다. 특히 갑신정변에 즈음하여 김옥균으로 하여금 선린 조선의 독립을 확립하게 하여 개화 정치로 이끌어 가려던 일본 정부도 이때만은 그 태도가 심히 선명치 못하여 강경한 모습을 보이지 못했다. 다행히 민간 지사 일동이 김옥균의 구원 운동에 암약했기 때문에 한국 수신사의 신병 인도 요구는 가까스로 배척되었고, 그를 오가사하라 섬으로 추방하기로 하였다.

하지만 천일은 김옥균이 곧 서울로 압송되어 형장의 이슬이 되는 줄로만 믿고 있었다. 그는 포졸들에게 확언했던 것처럼 김옥균을 탈환하기 위해 서울로 잠입할 수도 있었다. 하지만 그는 이미 자기가 회복되지 못하리라는 것을 확실히 알고 있었다. 포기해라, 모든 것을 포기해라. 다만 일동을 따를 뿐! 그 길밖에 이미 나라를 위해 할 만한 일이 없다고 생각하는 것이었다.

"안 돼."

그는 한 번 더 기침을 했다.

"하지만……."

"안 돼."

달도 없는 배나무골. 그날 밤이었다. 초저녁에 횃불을 흔들어가며 저마다 높은 소리로 고함을 쳐가며 나타난 부자 세 사람을 맞이하여 배나무골 사람들은 모두 기쁜 마음으로 잔치를 열고 있었다. 그림자도 안 남기고 죽어 사라졌다고 생각했던 윤 선생이 살아 돌아온 것만으로도 거의 믿을 수 없는 기적인데, 잊고 있었던 일동 형제가 아버지를 구하고 더구나 춤출 듯 기쁜 소식을 들고 갑자기 나타난 것이다.

천일의 명령으로 부락의 남자들은 그들 세 부자의 뒤를 좇아 산신단 앞에 나와 신의 공덕을 높이고 그의 은덕에 감사하여 울었으며, 일동은 여행의 경과를 낱낱이 보고했다. 산 위의 어두운 하늘에 높이 올라간 열 개의 횃불은 마치 신을 찬양하는 성화처럼 커다란 붉은 불꽃을 피워 올리며 넘실거렸다. 신단 앞에는 천일의 의식이 가물거리고 몸을 눕히고 뭐라고 계속 중얼거리고 있었다. 그 옆에서 월동과 함께 일동도 경건하게 기다리고 있었다. 하늘에는 쏟아져 내릴 듯한 별들이 총총하고 먼 숲에서는 밤꾀꼬리가 울고 있었다. 두 형제는 기다란 창을 들고 고개를 숙인 채로 옆에 피워 놓은 화톳불에 눈이 부셔 눈을 약간 내리뜨고 있었다. 일동은 울먹이는 소리로 신전에 긴 보고를 올렸다. 늘어서 있는 사람들 모두가 맑은 눈물을 두 볼에 떨구고 있었다. 마지막으로 일동은 철철 넘치게 부은 신기주(神器酒)를 높이 들어 올리고 서서

"우리 모든 사람의 구세주인 산신님이여, 우선 이 감사의 술잔을 받으시옵소서. 그리고 숲과 샘과 태양의 신들이여, 또한 절벽에서 떨어지고 혹은 지하에서 잠든, 지금은 가 버린 민족의 영령들이여, 산신님과 함께 영원히 우리를 보호하소서!"

그러더니 들고 있던 사발을 던졌다.

그리고 나서 남자들은 모두 다 윤천일의 오두막 앞에 멍석을 깔아 놓고 거기서 산속의 잔치를 벌였다. 포졸에게 베인 추 노인이나 천일의 화살에 쓰러진 마대연, 그리고 자살한 성 용삼을 제외하고는 하나도 빠짐없이 모든 남자들이, 손에 상처를 입은 길만이도 허 서방도 보비와 곱실이 아버지도, 그리고 나이 든 사람, 장년, 젊은이 또 언젠가

한밤에 도망쳐 왔던 남정네들까지 온 마을 사람들이 모여들었다. 그들은 불을 둘러싸고 앉아 옥수수를 굽거나, 쪼그리고 앉아 개고기를 뜯거나 혹은 저마다의 사투리로 오늘 밤의 기쁨을 이야기하면서 막걸리 사발을 주거니 받거니 하고 있었다. 단경기(端境期)를 견딜 정도의 식량도, 그곳에 도착하면 바로 필요한 파종용 씨앗들도 이미 마련해 두었다는 말을 듣고 큰맘 먹고 종곡들을 내어놓았고 개를 잡고 막걸리도 만들었다. 마지막 가진 것들로 더없는 즐거움에 빠져 있는 것이었다. 그 한쪽에 완전히 지쳐 누워 있는 거의 인사불성의 천일을 일동을 비롯한 몇 명의 남정네들이 걱정스런 얼굴로 지키고 있었다.

바로 옆에 길만이네 오두막이 조촐한 주방이 되어 거기서는 아낙네들이 불을 둘러싸고 무언가를 끓여 가며 떠들썩하니 수다를 떨고 있었다. 아이들도 잔치 자리와 주방 부근을 뛰어다니며 기쁨에 달떠 있었다. 산 위에서 흔들리는 열 개의 봉화는 밤이 깊을수록 점점 더 불빛이 강해지면서 탈락자들을 소리쳐 부르듯이 넘실넘실 춤을 추었다. 산기슭에 퍼져 있는 어둠의 심연에서는 배꽃이 눈이 시리도록 하얗게 흔들렸다.

사실, 새로운 광명을 대하는 기쁨은 감격의 눈물을 부른다. 무엇보다도 일동 형제가 놀랄 만한 보고를 지니고 돌아왔고, 게다가 윤 선생도 살아 있으니 이것이 꿈이 아닐까 의심스러웠다. 중한 병에 걸려 거동을 못 하던 사람들까지 하나둘씩 일어나 기듯이 모여들었다. 천일과 그 아들 형제의 얼굴을 보려는 것이었다. 목을 매고 죽은 성용삼의 병든 아내도 지팡이를 짚고 비틀거리며 찾아왔다. 남편의 죽음을 보고 불현듯 미망에서 깨어난 그녀는 이제 자기가 믿고 의지할 것은 윤씨 삼부자와 외동딸 봉이 말고는 없다는 사실을 절실히 깨달았다. 특

히 봉이와 사랑하는 사이인 월동에게 매달리는 수밖에 없었다. 그녀
는 뛰어들어 온 봉이에게서 "엄마, 월동 씨가 돌아왔당게" 하는 소리
를 듣고 월동의 귀환을 제 눈으로 확인해야 한다고 생각했다. 하지만
그녀는 남자들 틈에서 월동의 모습을 찾을 수가 없었다. 그녀를 맞이
한 것은 오직 고약한 의심에 찬 눈으로 보내는 서먹서먹한 남자들의
눈빛과 경멸하는 듯한 냉소뿐이었다. 아니, '이 여자도 오래 못 가겠
구면.' 하고 그녀의 썩은 지푸라기 같은 쇠약한 모습에 으스스해져서
입들을 다문 것인지도 모른다. 그들은 성용삼이 포졸들이니 교당 패
거리들을 마대연과 함께 이 마을에 끌어들인 장본인이라고 추측하고
있었다. 하지만 가엾은 그녀는 그야말로 기듯이 가까스로 천일 옆에
오더니 중얼중얼 무언가를 입안으로 말하며 정성껏 합장하고 절을 했
다. 그리고 월동을 볼 수가 없어 이번에는 주방 쪽으로 천천히 걸음을
옮겼다.

오두막 앞에 만들어 놓은 아궁이에는 커다란 불이 시뻘겋게 타고,
가마솥 안에서는 개장국이 부글부글 소리를 내며 끓었다. 그것을 둘
러싸고 아낙네들은 제 깜냥대로 그릇에 담아 훌짝거리며 이야기들을
나누었다.

"이런 날이 참말로 올 줄이야……."

"그러니까 하느님만 안다고 하잖여."

"추 영감님도 오늘 이 기쁨을 보셔야 하는 건디……."

"증말이여, 근디 그 영감님답게 돌아가셨잖여. 분명히 그 영감님두
땅속으서 기뻐하고 지실 터지. 바루 엊그저끄는 인자 내는 이렇게 늙
어 번져서 다른 사람들 짐 보따리여, 자네들이 일동이 형제가 오는 걸
맞이혀서 기뻐하는 것을 보고 죽으믄 그야말로 더 바랄 것이 없다고

허셨는디……."

"아이구, 저런."

한 아낙이 봉이네 병든 어머니를 보고 눈이 휘둥그레졌다.

"그런 몸을 해 가지구…… 한기 들라구."

"진짜루 봉이 엄니두 안됐구먼, 성 선달이 그렇게 눈이 멀어 버렸으니……."

"그려두 당신헌티는 월동이가 있응게 인자 커다란 배에 탄 거 맹이로 안심이여. 월동이가 거그 모녀를 얼마나 잘 돌봐 줄 껴?"

더없는 기쁨에 들뜬 아낙네들은 전에 없이 따스하게 마음을 썼다.

"월동 도련님은…… 월동 도련님은?"

병든 아낙이 가까스로 신음하듯이 물었다.

"호호, 월동 도련님? 아, 당신네 봉이허구 어디서 남들 모르게 즐겁게 만나구들 있겄지."

"걱정헐 것 읎어. 자, 어여 이 개장 국물이나 좀 마셔보더라고. 몸이 좀 더워질 텡게."

남자들이 있는 쪽에서 띄엄띄엄 노랫소리가 들리기 시작했다. 그와 동시에 부뚜막 한 켠에 배를 깔고 엎드려 히죽히죽 웃고 있던 미친 여자가 벌떡 일어나 저도 뭔가 요사스런 음성으로 노래를 불러가며 달려갔다. 오직 한 사람, 이쁜이는 부뚜막에서 멀리 떨어진 곳에 있는 나지막한 소나무 아래 주저앉아 기쁜 것인지 슬픈 것인지, 걷잡을 수 없는 느낌에 젖어 있었다. 그리던 일동 씨는 다시 돌아왔다. 전보다 더욱 용감해지고 어딘가 신성한 느낌조차 깃들어 있는 듯하다. 하지만 자기에겐 눈길 한 번 주지 않고 빈사 상태인 아버지에 대한 슬픔과 걱정에만 잠겨 있었다. 물론 말할 것도 없이 그것은 그녀 자신의 슬픔이기도 하였다. 할 수만 있다면 단 한마디라도 자기도 역시 일동 씨의 고생을 치하하고 진심으로 그의 아버지를 간호하고도 싶었다. 하지만 이미 그를 둘러싼 많은 남자들 앞에 나설 수 없는 나이였다. 그러니 그저 안절부절못하고 있는 것이다.

투박스런 남자들은 취기가 돌면서 점점 더 오늘의 행복에 들떠 한껏 마셔 버렸다. 봉화대에 불이 지펴지고 파발마의 종소리가 마을 마을을 울리고 다니면, 무리를 이루어 서로를 부축하며 통곡하면서 도망치던 그들이었다. 도대체 무슨 일이 일어난 것인가. 어디에 행복이 있는지도 모른 채 뿔뿔이 흩어져 헤매다가 아버지는 아들을 잃어버리고, 사내는 아낙을 잃어버리고, 아이는 어미를 잃어버렸다. 오랜 유랑생활 가운데 단 한 번이라도 확신에 찬 걸음을 내디딘 적이 있었던가? 이제 그들은 커다란 배를 타고 있는 기분으로 앞으로 나아갈 수가 있었다. 믿음직스런 지도자가 있고 꿈에도 동경하던 목표가 떡 하니 걸려 있는 것이다. 다만 불운한 탈락자들과 불의의 죽음을 당한 추 노인과 함께 오늘의 기쁨을 나누지 못하는 것이 서글펐다. 하지만 취한 머리로 생각해 보니 그저 모든 것이 견딜 수 없이 유쾌하고 기쁘고 행복하기만 했다. 그들은 이것이 마지막이다 싶어 불행했던 과거를 떠올리기도 하고 고향의 추억과 유랑 중의 고생을 이야기했다. 각자 재주를 자랑하며 소 울음소리를 흉내 내기도 하고 소 치는 노래를 겨루듯이 불러대기도 했다 개중에는 일어나서 괴상한 손짓 발짓을 해가며 병신춤을 추는 이도 있었고, 그걸 보고 흥이 나서 껄껄대며 웃는 사람도 있었다. 하지만 그들은 미친 여자가 달려와 너무나 안쓰러운 헛소리를 해대는 통에 갑자기 입을 다물고 잠잠해져 버렸다.

"이보오, 여러분, 우리 간난이를 돌려줘유."

미친 여자가 말했다.

"금으로 된 상자에 숨겼다는 것이 그거이 증말이여? 아니믄 보석이 박힌 왕좌에 올라앉았나? 우리 간난이는 천사여유. 어머, 울고 있네? 그렇지, 착하지 우리 아가, 울지 마. 저런, 별님이 될 거라구? 자, 만세, 만세를 혀봐."

그때 천일의 괴로운 신음 소리가 들리자 남자들은 그쪽으로 몸을 기울였다. 모두들 얼굴이 어두워졌다.

"선생님, 아프세요?"

"아, 아닐세."

겨우 한마디. 천일의 볼은 하염없는 눈물로 젖어 있었다.

"다들 즐거워 보이는구먼. 이제부터는 일동 형제를 도와주는 심정으로 잘 따르도록 하게나."

"아버지, 너무 기력을 쓰셔서는……."

일동이 아버지를 안정시키려 들었다.

"선생님, 안심하시라구유. 그저 몸조리를 잘하셔서 빨리 나으셔야지유, 예? 선생님."

"고맙네. 하지만 이제 나는……."

"선생님, 그런 말씀을……."

길만이 가슴이 에이는 듯한 소리로 훌쩍였다. 소년은 가엾게도 헝겊 조각으로 둘둘 감아둔 한쪽 손을 감싸안듯이 하고 있었다.

"마음을 강하게 가져야쥬, 선생님. 저는 허(許)여유. 선생님을 팔아먹은 마대연이랑 한패였던 허라구유. 증말루 제가 죄갚음을 혈라믄 못할 것이 없구먼유. 선생님 대신 죽어두 좋아유."

"응, 고맙네."

가까스로 웃음을 지어 보이려는 모양이었지만, 별빛에 비친 그 얼굴은 창백하게 떨리고 있었다. 다음 찰나, 천일은 눈을 부릅뜨고 마치 허공과 싸움이라도 하듯이 몸을 일으키려 몸부림치며

"그래, 나는 안 죽어. 죽을 수가 없어. 나는 자네들과 목적지에 갈 때까지 안 죽을 거야……."

더없이 고통스럽게 이를 악물고 덜덜 떨기 시작했다.

"아버지, 조용히, 조용히."

"아저씨! 정신 차리세유."

갑자기 일동 옆에서 목이 멘 여자의 날카로운 금속성이 터져 나왔다. 일동은 놀라서 그쪽으로 고개를 돌렸다. 그 순간 이쁜이의 두 눈동자와 그의 눈동자가 부딪혀 거기서 빛나는 불꽃이 날아올랐다. 그는 겨우 한마디 중얼거렸을 뿐이었다.

"이쁜이!"

11.

다음다음 날 새벽, 마침내 배나무골 사람들은 이주를 결행하기로 했다. 주변은 아직 햇빛이 들지 않았지만 조금씩 검은 하늘의 별빛들이 바래기 시작하고 차가운 산기운에 희뿌연 수증기가 춤추듯이 흘렀다. 땅은 약간 젖어 있고 길을 덮은 풀들은 이슬을 머금어 지나가는 이들의 정강이까지 흠뻑 적셔 놓곤 했다.

선두에 선 남자가 높이 들어 올린 횃불은 춤이라도 추듯이 봄날 새벽을 찬미하고 있었다. 그 뒤에는 아들 형제가 믿음직스럽게 들고 있

는 들것에 천일이 누워 있고, 허 서방과 다른 남자 하나가 든 봉이 어머니의 들것이 이어졌다. 그리고는 그 뒤에 길게 이어진 행렬이 어렴풋이 보였다. 남자들은 등에 봇짐을 지고 여자들은 머리에 짐을 이고 있었다. 갓난아이들은 업혔고 좀 자란 아이들은 부모의 소맷자락에 매달렸다. 노인들은 지팡이를 짚고 어둠을 더듬거렸다. 득보 노부부는 약속을 어기지 않고 열 개의 횃불이 멀리서 보이자마자 손녀딸을 데리고 어젯밤 늦게 가까스로 돌아왔다. 그러자 천일은 이제 한시라도 지체할 필요가 없다 싶어 밤이 새는 것과 동시에 출발을 명했던 것이다. 일동의 지시에 따라, '우선 호랑바위골로!' 남자들은 저마다 소리를 쳤고, 아가씨들은 발을 잘못 딛고도 꺄악꺄악 웃어대며 소란을 떨기도 했다.

아낙들의 등에서는 갓난아이들이 새된 소리로 울어대고 있었다. 이것은 희망에 찬 여로, 골짜기를 나서면 밤도 완전히 밝아 있으리라. 말하자면 산골짜기에 걸려 있던 화전의 모습은 그야말로 이 나라 백성의 하늘로 튀어 오른 핏자국이라 할 것이다. 하지만 이제 그들은 피를 흘리러 가는 것이 아니었다. 여명이 그들의 앞길을 상징하듯이 이 출발을 축복하고 있었다.

돌아온 득보의 가족까지 합치면 총 일흔두 명.

마침내 하늘은 말갛게 밝아 왔고, 조금 전까지 안개가 끼어 있던 계곡에는 어디선가 향기로운 냄새가 나는 시원한 바람이 불었다. 흠뻑 젖은 숲 속에서는 작은 새들이 노래하듯 지저귀면서 그들 일행을 지켜보고 있었다. 붉은빛을 머금은 이른 아침 햇빛을 받으며 계류를 따라가듯이 연연히 이어지고 있는 배나무골 주민 일행이 강 아래로 강 아래로 내려가고 있었다. 하지만 후미에 붙어 있던 득보 노인은 때때로 지팡이에 매달려 걸음을 멈추고는 혼잣말을 중얼거리곤 했다.

"그런 꿈 같은 일이 정말 있을까. 꿈 같은 일이……."

정오까지 그들은 예정된 길을 걸어갔기 때문에 시원한 바람이 부는 완만한 언덕 위에서 잠깐 쉬기로 했다. 그날 밤 안으로 호랑바위골까지 도착하기 위해 지금까지 무리를 했던 것이다.

어린아이들은 그 자리에 쓰러져 울어대며 고통을 호소했고, 아낙네들은 비틀거리며 나무를 잡고 매달렸으며, 노인들은 남자들의 도움을 받아 허리를 펴며 거친 숨을 내쉬었다. 하지만 호랑바위골로 간다는 것을 알고 누구보다 좋아 날뛴 것은 미친 여자였다. 아직 일종의 어두운 혼란이 머릿속을 흔들고 있긴 하지만 그 혼란의 바닥을 뚫고 때때로 죽은 아이 생각이 번쩍이며 떠오르는 것이었다. 호랑바위골에 살고 있을 때 도적 떼의 습격으로 아이가 죽었던 끔찍한 기억도, 죽은 아이를 안고 이 배나무골로 들어왔던 슬픈 사실도 모두 다 그녀의 머릿속에 가라앉아 버리고 지금은 그저 내 아이가 호랑바위골에 있다고만 믿기 시작했던 것이다.

"저어, 여보."

그녀는 가엾은 남편의 어깨에 매달렸다.

"우리 귀남이한테 뭘 입힐까? 정말 당신은 한심하다니까. 뭐 하나 준비한 게 없잖아? 색동저고리에 봉황 날개로 모자를 만들어야지."

그러더니 한들한들 들것 옆으로 다가갔다.

"윤 선생님, 당신도 귀남이한테 뭘 좀 만들어 줘야죠. 뭐가 좋을까? 맞어, 당신의 활과 칼을 줘요. 우리 애는 장군이 될 거예요. 우리를 지켜줄 위대한 장군이 된다니까."

"자, 아주머니, 아주머니."

보다 못한 봉이가 그녀의 팔을 끌었다.

"이 아저씨는 많이 아프시니까 이리 와유. 그렇지, 아주머니 참 얌전하시네. 나는 귀남이가 장군이 되면 쓰라고 자수 주머니를 만들어 줄게요. 자, 이쁜이 너도 뭐 좀 만들어야지⋯⋯."

"응? 응."

이쁜이는 눈물을 삼키며 고개를 끄덕였다. 그것밖에 그녀를 달랠 방도가 없었기 때문이다.

"나도 꽃버선을 수놓아 줄게."

"아아, 좋아라. 너희는 정말 착한 처녀들이야. 귀남이가 크면 내가 이렇게 말해 줄게. 얘야, 그 아가씨들을 잊으면 안 돼. 모두 여왕님으로 만들어 주렴."

"됐어요. 지금도 여왕님인걸⋯⋯."

손바닥으로 목덜미의 땀을 훔치던 허 서방은 옆에 앉아 있는 일동의 옆구리를 지르며 유쾌하기 짝이 없다는 듯이 웃어 젖혔다. 자신에 대해 언제나 무언가 불안을 품고 있는 듯한 사내는, 지금까지 그저 이 세상을 원망하는 집념만으로 살았고 한때는 감언이설에 속아 마교에 들어가기도 했었다.

하지만 홀연히 자각하여 오늘의 위대한 출발에 함께한 기쁨은 조울증이라고 할 정도였던 그를 바꿔 놓았다. 물론 그는 이 출발을 죽은 친구 성 선달과 함께 하고 싶었다. 성 선달로서는 죽음도 어쩔 수 없는 것이었으리라. 하지만 하다못해 이 축복받은 출발이 마침내 실현됐다는 사실이나마 알고 죽었으면 좋았을 텐데. 그것은 죽은 이의 딸 봉이의 축복된 출발이기도 한 만큼 이를 알면 안심하고 죽을 수도 있었으리라. 자신이 오늘, 이 둘도 없는 친구를 잃어버리고 그의 병든 아내를 들것에 실어 길을 떠나게 될 줄이야. 그가 보기에 그녀는 이 고생스런 여행길을 도저히 견딜 수 있을 성싶지가 않았다. 이 가엾은 여자를 이 여행길에서 묻어야만 하는 것일까? 살지 못한다. 그것은 누구도 의심치 않는 일이었다. 이미 몸도 제대로 가누지 못할 만큼 쇠약하여 가까스로 숨을 쉬고 있을 따름이었다. 천일에 대해서도 마찬가지 이야기를 할 수 있을 것이다. 아니, 어쩌면 다량의 출혈은 치명적인 것이니 여태껏 목숨을 유지하고 있는 것은 오직 그 무서운 의지력 덕분이라고 해야 할 것이다. 가자! 어쨌든 천일은 득보 노인 가족이 돌아왔다는 소리를 듣자마자 한마디 이렇게 명령했다. 그리고 출발 전야, 천일의 오두막에서 짐을 챙겨 주고 돌아오던 허 서방은 자신의 오두막 뒤쪽 바위 그늘에서 딸 이쁜이와 웬 남자가 소곤소곤하는 속삭임을 듣고 놀라 제자리에 우뚝 멈춰 섰다.

"난 아저씨가 불쌍혀서 못 견디겠어유. 당신들이 돌아오기를 그렇게나 지달리셨는디 겨우 만나서는 저렇게 되어 버리셨으니……."

"어쩔 수 없는 일이지. 아버지도 정말 안된 일생이셔. 목숨이 끊어지기 전에 어떻게든 그 땅까지 가고 싶다. 당신의 눈으로 보고 나서라면 더 이상 미련을 남길 것도 없다고 말씀을 하시지."

"일동 씨."

"응?"

"……그냥 그뿐이에요? 나 을매나 지달렸는디."

토라진 듯 응석을 부리는 딸아이의 목소리였다.

제법이구먼. 허 서방은 싱긋이 웃었다.

그는 아버지면서 둔하게도 아직까지 이쁜이와 일동이가 서로 사랑하는 사이라는 사실을 몰랐다. 그런 만큼 그는 비할 데 없이 놀랍고도 기뻤다. 그는 고양이가 도망치듯이 발소리를 죽이며 그 자리를 떠났다. 그때 일동의 엄숙한 목소리가 그의 발자국을 쫓듯이 들려왔다.

"그렇게 맘 졸일 것 없어. 이제 내가 믿을 것은 너뿐이잖아. 아버지는 그 땅에 닿을 때까지는 못 견디실 거고. 월동이는 또 굳이 서울로 가겠다고 하고. 그러니까 너희 아버지도 많이 도와주셔야 돼."

출발하면서 신으라고 딸이 건네주었던 하얀 버선이 눈앞을 지나가는 일동의 것과 똑같다는 것도 말할 수 없이 기뻤다. 일동을 사위로 맞는다는 것은 그를 너무나 득의양양하게 만들었다. 그것은 뒤에서 휘청거리며 따라오고 있는 그의 아내도 마찬가지였다. 머리에 잔뜩 이고 있는 넝마 보따리도 등에 진 멍석도 결코 무겁지가 않았다. 외동딸 이쁜이가 천하제일의 멋진 사위를 차지하게 된 것이다.

강변의 절벽 아래로 기다랗게 이어지던 길이 결국 강 쪽으로 튀어나와 있던 절벽에 막히는 바람에 그들 일행은 오던 길로 다시 되돌아갔고 험한 길을 내가며 절벽의 등줄기를 올라가야만 했다.

"짐승이 나올지도 몰러! 다들 모여서 조심하면서 올라가!"

맨 앞에 서 있던 남자가 주의를 주었다. 그는 미친 여자의 남편으로, 호랑바위골에서 배나무골로 와 있었던 만큼 길 안내역을 자진해서 맡고 나섰다. 때로는 졸참나무라든가 가문비나무, 다모 따위가 햇빛을 막는 숲 속 혹은 얼룩조릿대, 고사리, 담쟁이덩굴 등이 우거져 있는 덤불 속을 줄줄이 나아가다 보면 흐름을 잃어버리는 수도 있었다. 가냘픈 여자의 걸음으로는 가슴을 막아서는 듯한 험한 길이건만 봉이만은 시종 어머니가 늘어져 실린 들것 옆을 떠나려 하지 않았다. 언젠가는 헤어져야 할 모녀였다. 생각해 보면 가엾기 그지없는 기구한 운명의 어머니였다. 독초를 먹고 절체절명의 상태이건만 아들인 봉수는 그녀를 버리고 서울로 사라졌고 남편인 용삼은 속절없이 자기 목숨을 버렸다. 오직 하나 남은 핏줄인 봉이 자신 역시, 타다 남은 나무조각 같은 모습으로 들것 위에 누워 있는, 목숨이 경각에 달린 어머니를 험한 여행길에 버려두고 사랑하는 남자에게 매달려 도망치려 하고 있는 것이다. 영원한 생이별, 아니 어머니는 이 여행길을 끝내지도 못한 채 산길의 이슬처럼 스러져 버리리라. 가슴이 에일 듯한 슬픔을 누르려고 해도 자기도 모르게 눈꺼풀 아래로 굵다란 눈물방울들이 흘러나와 툭툭 뺨 위로 굴러떨어졌다. 사랑은 육친의 정보다도 강한 것일까?

그러나 봉이는 천일과 일동 형제를 맞이했던 날 밤, 이전의 모습과는 확연히 달라진 연인을 발견했다. 위대한 꿈에 매혹당하여 말하는 것이나 생각하는 것 모두 아름답기만 했던 그의 모습은 어디로 사라져 버린 것일까? 다시 그녀 앞에 나타난 월동은 무언가에 쫓기듯이 또는 무언가와 격렬한 사투라도 벌이듯이 안절부절못하고 있었다. 남 모르는 고뇌가 그의 육체를, 정신을 갉아대고 있는 것처럼 보였다. 그녀는 그런 월동을 앞에 두고 그저 온몸이 부들부들 떨리면서 숨이 막힐 것만 같았다. 갑자기 그녀는 그의 발아래 무너지듯이 주저앉아 울기 시작했다. 기뻐서만은 아니었다. 지금까지 참고 참았던, 그가 없었던 동안에 슬픔이 일시에 솟아났기 때문도 아니었다.

어쩐지 갑자기 자신과 월동 사이에 높다란 장벽이라도 놓인 것처럼, 아니 월동이 그대로 높은 장벽이 되어 버린 것처럼 여겨져 견딜 수가 없었다. 형인 일동은 이번 여행을 거치면서 너그러워지고 안정되어 그 서늘한 눈매에도 부드러운 빛이 드러나고 있건만, 어째서 이 사람은 이렇게 변한 것일까? 그녀를 내려다보는 눈은 무섭게 빛나고 숨소리를 죽인 얼굴의 살이 약간씩 떨리고 있었으며, 더구나 예기하고 있던 감미로운 속삭임은커녕, 그의 입술은 말을 한 마디 한 마디 내뱉듯이 무겁게 움직이고 있었다. 그리고 그것은 단 한마디였다.

"꼴불견이야!"

"아아, 당신은 우리 아버지를 원망하고 있군요!"

그녀는 얼굴을 발끈 들어 올리고 월동을 노려보았다. 눈물을 가득 담은 초롱초롱한 눈과 긴장된 뺨, 차갑게 얼어붙은 입술이 한순간 굳어져 당장이라도 조각조각 무너져 내릴 것만 같다. 월동은 명장의 손으로 빚은 조각상과도 같은 연인의 슬픔을 보며 견딜 수 없는 번뇌와 연민을 느꼈다. 하지만 그는 거목처럼 버티고 선 채였다.

"그것도 있기는 하지."

"하지만 월동 씨, 참아 주세요, 용서해요……. 우리 아버지를 불쌍하다고 여기고."

그녀는 다시 울음을 터뜨렸다.

"아버지는 잠깐 동안 뭐에 씌었던 거라구요. 아버지가 윤 씨 아저씨를 다치게 하다니…… 어떻게 그런."

"……."

"그런 데다가 당신은 저까지 미운 거로군요. 필요 없어진 건가요?"

"혼자 남을 어머니도 소중하지 않아?"

"아뇨, 당신은 거짓말을 하고 있어요."

"나는 거짓말은 하고 싶지 않아. 네가 어디까지나 따라오겠다면 굳이 싫다는 것도 아니고……. 다만 나는 서울로 나가 홀가분하게 혼자서 움직이고 싶어졌어. 거치적거리는 것은 싫다구."

"세상에, 월동 씨."

봉이는 너무 놀라서 눈이 휘둥그레졌다.

사실, 월동은 아버지를 구해낸 순간부터 완전히 변해 있었다. 성 선달에 대한 증오 때문도 아니고 아버지의 불행에 대한 슬픔 때문도 아니었다. 다만 김옥균을 되찾아야만 한다는, 오로지 그 마음이 그를 근본에서부터 바꾸어 놓았다. 재거사 계획이 사전에 발각되어 김옥균은 일본 정부에 의해 이미 오가사하라 섬으로 유배당했다는 사실을 알 턱이 없었다. '단신으로 서울로 달려가자. 김옥균 선생을 구해야만 한다. 쩨쩨하게 여자에 대한 사랑에 연연할 때가 아니다.' 그는 이렇게 자신의 마음에 채찍질을 하고 있었다. 하지만 자칫하면 장부의 마음도 순진한 정에 이끌려 버릴 것만 같으니 어찌할꼬?

"나도 데리고 가요, 데리고 가줘요."

그녀는 월동을 끌어안고 몸을 떨었다.

"헤어지기 싫어, 싫다구요!"

"그러면…… 그러면."

"예, 나도 갈 거예요, 가요."

하지만 돌연 어둠 속에서 새된 소리가 들려 두 사람은 놀라 떨어졌다.

"월동 씨, 길만이에요, 나도 데려가 줘요!"

"길만이구나!"

월동은 소리가 나는 쪽으로 돌아서며 비로소 제정신이 들었다는 듯이 큰 소리를 내질렀다. 그러자 성큼성큼 씩씩한 젊은이의 모습이 두 사람 앞에 나타났다. 번쩍이는 그 눈빛과 굳게 다문 입술이 덤벼들기라도 하듯이 월동의 눈동자를 붙잡았다.

"갑자기 그건 또 무슨 소리야?"

"나는 오래전부터 결심하고 있었어. 월동 씨가 돌아오기만 하면 나도 서울로 따라가리라고."

그리고 단숨에 쏟아 놓았다.

"나는 아무것도 몰라. 하지만 이렇게 넋 놓고 있을 수는 없다구. 적이 어디 있는지는 모르지만 월동 씨를 따라가면 틀림없이 서울 어딘가에서 찾아낼 수 있겠지. 나는 이것저것 할 것 없이 다 베어 버리고 싶어. 총이 있다면 닥치는 대로 쏘아 버리고 싶어. 그리고 나도 내 가슴에 총알을 쏘아 넣어 죽을 거야. 데리고 가줘. 봉이 씨와 함께 나도 데려가줘!"

월동은 감동에 벅차 눈물을 삼키며 길만의 연약한 어깨를 꽉 끌어안았다. 봉이도 길만도 소리를 높여 울었다. 이렇게 해서 그들 세 사람 사이에는 호랑바위골에 들렀다가 서울로 향한다는 굳은 약속이 이루어졌다. 가엾은 한 아가씨는 애정의 노예가 되어, 또 한 소년은 투쟁의 열정에 들끓어, 그리고 월동은 닥쳐온 결사의 계획에 들떠서 오직 한길, 서울로!

"그럼, 봉이 너도 가자."

"에…… 예."

"하지만 나도 길만이도 언제 죽을지 모르는 목숨이야. 그런 각오가 되어 있어?"

"예, 저도 할 수 있어요, 이 봉이도……."

일몰이 다가왔을 무렵, 그들 일행은 건너편 하류 쪽 산속에서 호랑바위골을 발견했고 그다지 어둡기 전에 얕은 곳을 찾아 물을 건너기로 했다. 그들은 다시 산을 내려가 강을 따라 나아갔고, 노을빛에 반짝이는 여울을 조심하며 건너가게 되었다. 강물 위로 머리를 내민 바위를 휩싸고 넘으며 강물은 대단한 기세로 흐르고 있었다. 또 그 강물 소리가 골짜기 바닥까지 반향을 일으켜, 붉은빛을 띠는 저녁 바람이 양쪽 험한 언덕에서 몸을 뻗친 칡덩굴이니 소나무 가지들을 흔들어대고 있었다. 강폭은 스무 칸이 채 안 될 듯싶었지만, 붉은 옥을 녹여 부은 듯한 아름다움이 오히려 마음을 으스스하게 만들었다. 우선 호랑바위골에서 온 미친 여자의 남편이 바지를 걷어 올리고 여울을 밟으며 조심조심 무사히 건너갔다. 하지만 강 둑에 서 있던 노인이나 부녀자들은 큰 바다를 앞에 둔 것처럼 새삼스레 앞길에 대한 불안과 회의에 빠졌다. 물론 희망에 찬 용감한 출발이기는 했지만 커다란 장애에 부딪혔을 때, 누구나 한 번은 몸도 마음도 움츠러들게 마련이다. 과연 저주받은 자신들에게 행복의 나라가 있는 것일까, 하며.

역시 그들도 고향 집에 있던 때가 어디보다 훨씬 좋았노라고 생각하는 것이다. 위험을 무릅쓰고 만난(萬難)을 극복하고 도달하는 곳이 아무리 태양이 더 빛나고 달빛이 더욱 아름답다 할지라도, 그곳의 모든 꽃과 풍요로운 과실이나 곡물도 그들 마음의 빈 곳을 채울 수는 없으리라는 생각이 들기 시작하는 것이다. 그들이 고향을 마지막으로 추억하듯이 다시 한 번 그 옛날의 고향 혹은 옛날의 초라한 마을, 조그만 초가집, 불이 출렁거리며 타던 화롯불 가로 돌아갈 수 있다면, 하고 생각하는 것도 정말 안쓰러운 일이다. 하지만 이제 이 사람들을 이렇게 끈끈하게 결합시켜 놓은 것은 신비한 희망 덕분이었고, 절망의 밑바닥을 보아 왔기 때문이며, 그와 동시에 일동 형제에 대한 거의 종교적인 신앙 때문이기도 했다.

부녀자들은 어린아이를 남자들 등에 업히고 그 팔에 매달려 위태로운 발걸음을 옮겼고, 봉이와 이쁜이는 들것의 손잡이를 잡듯이 하며 발을 헛디디지 않으려 애를 썼다. 득보 노인 부부는 남자들에게 업혀, 몸부림치던 미친 여자는 그 남편이 꼭 잡고 건너고 있었다. 월동은 들것 안에 거의 혼수상태로 누워 있는 아버지에게 소리쳤다.

"아버지, 이제 조금만 가면 호랑바위골이에요. 힘을 내세요. 지금 한강을 건너고 있다구요!"

"아아, 한강?"

천일은 감격에 겨워 신음하였다.

"너희들이 고생하는구나."

"아버지, 그런 말씀 하시지 말구요……."

일동은 거의 오열하듯이 말했다.

"자신을 가지세요. 기쁨에 춤추는 저 복토를 무슨 일이 있어도 아버지께 보여드리고 싶어요."

"이제 와서 그런 말을 해도 어쩔 수가 없어."

"아버지, 마음을 굳게 잡수세요."

"앗!"

그때 뒤쪽에서 날카로운 외침 소리가 나서 선두는 놀라서 돌아보았다. 저녁 빛이 어느샌가 짙어져 창연한 어둠이 물 위에 떠돌았다. 넝마뭉치를 옆구리에 낀 아낙 하나가 바위를 헛디디면서 그대로 물속으로 쓰러져 버렸다. 한두 번 일어서려고 발버둥을 쳤다. 희뿌연 것이 얼핏얼핏 보였다. 비명을 질러대는 여자들 사이에서 표범처럼 날쌔게 한 남자가 뛰어들더니 단번에 아낙네를 끌어내었고, 그 주변에서 일행은 왁자지껄 법석을 떨며 구름처럼 건너편으로 건너갔다. 그 여자는 물을 꽤나 마신 모양이지만 추위와 공포에 떠는 정도로 끝나 무사히 도하(渡河)는 마무리되었다. 그 뒤에는 검은 밤의 장막이 모든 것을 휘감아 안았다. 그들은 강변에 짐을 내려놓고 하룻밤을 지낼 준비를 시작했다. 호랑바위골에서 그다지 멀지 않다는 것은 알고 있었지만, 검은 벽과도 같은 어둠과 절벽처럼 보이는 숲이 가로막고 있어서 중병인들이나 부상자들을 데리고 부녀자와 노인들까지 이끌고 있는 일행으로서는 쉽사리 한 발자국도 내딛기가 힘들었다.

그저 하얀빛을 발하며 끊임없이 흐르고 있는 물소리만이 전보다 더 요란하고 씩씩하게 들리기 시작했다. 숲 속에서는 때때로 부엉이 우는 소리가 부엉부엉, 마치 일행을 신기해하는 듯 들려왔다. 아낙네들은 낡은 이불을 펼쳐 그 위에 아이들을 눕혔다. 나이 든 득보는 늙은 아내와 함께 멍석을 밑에 깔고 손녀를 안고 주저앉았다. 아이들이 가끔 칭얼대며 울 뿐, 다들 입을 다물고 있었다. 들것 위에서 혼수상태로 누워 있는 천일은 두 아들이 지켜보는 가운데 고통스런 신음을 계속하고 있었다. 미친 여자도 적지 않게 지쳐서 어딘가에 쓰러져 있는지 잠잠했다. 다만 봉이만 어머니의 들것 옆에 앉은 채, 꼼짝 않고 슬픔에 잠겨 있었다. 먼 길의 여독 탓인지 어머니는 한층 더 쇠약해졌고 꺼져 가는 숨소리를 내고 있을 뿐, 의식도 감각도 오래전에 잃어버린 듯 손가락 하나도 까딱이지 않았다. 딸이 쥐고 있는 그녀의 손은 이미 차갑다.

어머니는 이 세상에서 마지막으로 신이 허락한, 토막토막 이어지는 환각 속에서 부침을 계속하고 있었다. 처음에는 두서없는 갖가지 추상과 환영들이 엄청난 속도로 그녀 옆에서 소용돌이쳤다. 그녀는 교도들과 함께 창가를 읊어가며 미친 듯이 정전을 향해 손바닥을 비벼가며 절했다. 그런데 그 옆에 아들 봉수가 박쥐처럼 날아다니며 비웃는 듯 이상한 소리로 노래를 하고 있는 것이다. 그런가 하면 백랍처럼 하얀 얼굴의 약해 빠진 딸 봉이가 무언가를 하늘에 기원하는 것을 보았고, 그 부드럽고 서글픈 목소리도 들었다. 딸이 절을 하고 있는 천상에서는 남편인 용삼이 허리춤에서 허리띠를 뽑아내어 목에 걸려는 것이 보였다. 깜짝 놀라 하늘을 향해 하느님, 하느님, 하며 울부짖으니 새하얀 비단옷을 걸쳐 입은 천녀가 너울너울 춤추듯이 내려와 남편을 하늘로 데리고 올라가는 것이었다.

그러자 이번에는 정전 안에서 일제히 저주를 퍼붓는 듯한 악마의 음성이 요란스럽게도 솟구쳤다. 고함 소리, 웃음소리, 욕하는 소리가.

그때 한순간, 그녀는 정신이 든 모양이었다. 도대체 이게 무슨 소리일까? 이미 봉수의 모습도 봉이의 기도 소리도 천녀나 남편의 환영도 모조리 사라져 버리고 아무래도 그 소리를 들은 먼 숲 속에서 들려오는, 늑대 떼가 짖다가 울다가 으르렁거리다가 하는 소리였던 듯하다. 그녀는 그 끔찍한 소리에 잠깐 동안 정신이 들었던 것이다. 가느다란 신음 소리와 함께 몸을 약간 꿈틀했다.

"엄마, 엄마!"

귓가에 눈물 젖은 딸의 외침이 들린 것 같다. 하지만 그녀는 고통스럽게 입가를 움찔했을 뿐, 한마디도 하지 못했다. 혀가 이미 굳어져 목구멍에 들러붙어 있었다. 오래지 않아 그녀는 다시 의식불명 상태로 빠져들었다.

제각각 졸음에 겨워 있던 일행은 늑대들의 울음소리에 깨어 얼어붙었다. 밤이 깊어가면서 불기 시작한 강바람이 사각사각 나무 우듬지를 흔들어댔다. 이 바람과 흘러가는 강물의 끊임없는 연주 속에 늑대들의 울음소리가 창백한 초승달까지 가닿으려는 것처럼 들려왔다.

득보 노인은 눈을 멀뚱거리며 이도 몇 개 남아 있지 않은 입을 우물거리고 있다.

"그런 꿈같은 이야기가 있나, 정말 있나?"

일동 형제는 늑대들의 습격이 염려되어 조용히 모닥불을 피우기 시작했다. 그리고 그 옆에서 조금씩 멀어져 가는 늑대 울음소리를 들어가며 자기도 모르게 졸기 시작했다. 한밤중 일동은 이쁜이가 깨우는 바람에 눈을 떴다. 봉이가 어머니 옆에 엎드려 훌쩍이며 울고 있다. 그 옆에는 월동이 고개를 떨구고 있다가 서둘러 다가가는 형을 올려다보며 문득 한마디 했다.

"결국 가셨어."

주변 사람들이 봉이의 울음소리에 놀라 일어났고, 한 사람 두 사람 모여들었다. 이쁜이는 봉이를 달래려다가 맥없이 자기도 울기 시작하여 어깨를 떨고 있다. 조용한 소리로 월동이 불행한 죽음의 전말을 이야기했다. 이슬을 머금은 창백한 달빛이 주변을 감싸고 숲에서는 다시 부엉이 울음소리가 죽음을 위로하듯 침울하게 들려왔다.

희뿌옇게 밤이 새기를 기다려 그녀의 주검은 허 서방과 일동 형제의 손으로 숲으로 옮겨졌고 정성껏 묻혔다. 그리고 나서 일행은 다시 호랑바위골을 향하여 갈 길을 서둘렀다. 어차피 길 위에서 죽을 운명이라는 것은 누구나 예상하고 있었지만 일행은 가엾은 봉이가 슬퍼하며 우는 모습이 너무나 절절하여 모두들 묵묵히 가라앉아 있었다. 이쁜이와 보비, 길녀 등이 그녀 옆에 모여들어 어떻게든 위로를 해보려 멈칫거렸다. 일동은 아버지 또한 가엾은 그 어머니와 같은 운명이 되어, 마지막 기쁨이며 임종의 보람인 그곳까지 닿지 못한 채 아침 이슬처럼 사라져 버리지나 않을까 싶어 마음이 아팠다. 동생 월동은, 이리하여 마침내 봉이는 고아가 되었구나, 이제 어쩔 수 없이 나는 저 아이를 데리고 가야만 한다고 생각했다.

호랑바위골에 닿은 것은 한창 해가 높을 때였다. 일행은 사람 사는 마을을 보고 아연 생기를 되찾았지만, 처음에 그 마을 사람들은 어중이떠중이 밀고 들어온 떠돌이 떼를 보고 또 어디 먼 곳에서 동란이라도 일어난 것인가 싶어 눈들이 휘둥그레졌다. 그리고 무너져 가는 지붕 아래서 혹은 이미 쓰러진 집의 비틀린 기둥 옆에서 수상하다는 듯이 슬금슬금 기어 나왔다. 그러나 마을 사람들은 이내 일동 형제를 발견하고는 온통 얼굴을 펴고 웃어가며 떼를 지어 몰려들었다. 약속대로 그 용감한 형제가 그들을 데리러 오기를 이 사나흘 간 기다리고 기다렸던 것이다. 그리하여 일행은 그들의 정성 어린 환대를 받았고, 점심때가 좀 지나 다시 길을 떠나려 하자 이 마을에서도 참가자가 잇따라 몰려왔다. 마흔네 가구 가운데 이십육 호, 남녀노소를 합해서 백십칠 명, 이리하여 일동 일행은 한 사람의 죽은 이, 봉이 어머니가 빠져 일흔한 명이었던 것이 그 자리에서 총 백팔십팔 명이란 많은 수가 되었다. 소 세 마리와 망아지 두 마리가 끌려 나왔고, 곡식이 가득 실렸으며, 잔류하는 사람들에게서 작별 선물로 받은 닭들은 그 등에 매달려 요란스럽게 울어대고 있었다. 목에 줄이 매인 개들 일고여덟 마리가 선두의 남자들 손에 끌려가며 멍멍 짖었다. 그리고 천일이 누운 들것은, 일동 형제와 교대로 이 마을의 튼튼한 남자들이 들기로 했다. 천일은 닭 국물을 조금 마신 뒤라서인지 약간은 생기가 돌아온 듯했다. 수선스런 소란에 놀라 무슨 일이 일어났는지를 장남에게 물었다. 일동이 허리를 굽히고 일부 시종을 설명하자, 천일은 더없이 만족스럽게 싱긋 웃었다. 남아 있는 사람들은 언덕 위까지 따라와 작별을 슬퍼하며 일행을 배웅했다. 그리고 언덕 위에 이르자 부녀자들은 얼굴을

손으로 가리고 일제히 소리 높여 울기 시작했다. 남자들은 주먹 쥔 손
으로 코를 훔치고 엉뚱한 쪽으로 얼굴을 돌려 눈물을 감추기도 했다.

"가봐서 좋으믄 데불러 와줘 잉?"

"그럼, 가을에 올 텨."

"우리두 준비허구 있을 텡게."

일동은 이 서글픈 광경을 보며 우뚝 선 채로 자기가 지게 된 무서
운 책임에 전율했고 또한 자신의 약함에 온몸이 떨려 왔다. 그리고 약
속된 기쁨에 가슴이 벅차 온몸이 튀어 오를 듯했다. 그러는 참에 동생
인 월동과 길만이 성큼성큼 다가왔다. 동생은 얼굴이 굳어져 이렇게
외쳤다.

"형님, 여기서 우리도 헤어지자! 형의 행복과 함께 여기 있는 사람
들의 행운을 빌겠어!"

"길만이, 너도냐?"

길만은 눈물 어린 얼굴을 끄덕였다. 일동은 눈물이 흘러넘치고 목
이 잠겨 소리가 나오지 않았다.

"기, 기어이……."

"형님, 그 산 위에서의 감격과 지금 이곳의 슬픈 정경에도 굳이 눈
을 감으려 하는, 마음 끌리지 않으려는, 처음 뜻을 굽히지 않고 떠나
려 하는 이 동생의 마음도 헤아려 주구려!"

"……."

"그리고 우리를 위해서도 기도해줘!"

이미 목소리는 격한 오열이었다.

"아버님, 평안히……."

그때 옆에 있던 들것 속에서 천일이 몸을 꿈틀 움직였기 때문에 형

제는 깜짝 놀라 눈이 커졌다. 지금까지 주검처럼 보였는데 갑자기 움찔움찔 움직이기 시작한 것이었다.

그것은 기적에 가까운 일이었다. 월동은 길만과 봉이를 끌듯이 하며 정신없이 타다닥 고개를 달려 내려가기 시작했다. 언덕 위에 있던 이들은 심상치 않은 광경에 놀라 서로 무슨 일이냐는 듯이 마주 보았다. 길만의 어머니와 누나인 길녀는 비명을 질렀다.

"길만아! 길만아!"

"어딜 가능 겨? 길만아!"

그동안에 이를 악문 천일의 봉두난발한 머리가 들리는가 싶더니 몸통이 꿈틀거리며 일어섰다. 그리고 혼신의 힘을 다해 짜내는 듯한 목소리로 내뱉었다.

"배신자 놈!"

일동이 달려왔다.

"아버지, 용서해 주십시오."

하지만 천일은 어느새 들것 위에 있던 활을 들어 올리는가 싶더니 화살을 먹였다.

"아버지! 아버지!"

일동이 말릴 틈도 없이 순식간에 과녁을 정한 화살이 활에서 튀쳐 나갔다. 하지만 그와 동시에 월동은 발을 헛디뎌 나뭇가지에 매달렸다. 그 틈에 화살은 솔잎 사이를 뚫고 바위에 부딪쳐 튕겨 나왔다. 지금까지 단 한 번도 목표물을 놓친 적이 없던 천일의 화살이건만, 그는 우뚝 버티고 선 채로 굳어졌으나 마침내 서글픈 듯이 얼굴을 찡그렸다.

"아아, 이것도 신의 뜻이런가?"

그로부터 열하루째 아침, 아직 어둑한 시간이었다. 서울의 성 밖, 장대한 동대문의 누각을 짙은 안개비가 감싸고 북한산에서 불어 내려온 엄청난 바람이 윙윙 울어대고 있었다. 가끔씩 안개비는 문루의 위용이 두려워 그치는 듯싶다가 다시 그것은 뭉게뭉게 피어오르는 듯한 기세로 주변을 흠빡 싸안아 버리곤 했다. 그 문루 밖에는 푸성귀를 파는 손수레니 백성들이 몰려들어, 성문이 열리는 종이 울리기를 목을 빼고 기다리고 있었다. 장안(長安) 만호(萬戶)는 여전히 불안한, 역사적인 날의 새벽잠을 성안에서 탐하고 있다. 바람은 점점 더 거세지고 비는 억수처럼 굵어져 안개의 파도를 두드려댔다. 그 안에서 부침(浮沈)하는 듯이 보이는 문루 아래, 백성의 무리에 섞여 성문이 열리기를 기다리는 두 젊은이와 처녀 하나가 웅크리고 서 있었다.

좀처럼 갤 것 같지 않은 이 비바람은 한강을 따라 올라가면서 점차 개어, 태백산맥은 지금 깔끔하게 씻은 듯 신성한 자태로 새로운 태양을 맞이하고 있었다. 그리고 위대한 이날 아침, 태백산맥 일각의 정상에 새빨간 빛줄기가 색실을 짜 놓은 듯이 비쳐 나와 현란한 빛의 음악을 연주하고 있었다. 그곳에 배나무골과 호랑바위골의 주민 이백 명의 생령(生靈)들이 모여 태양을 예배하고 있었다. 검과 같은 준령들이 둘러싸고 있는 숲의 분지는 빛의 음악 아래 환희의 춤을 추고 있다. 혹은 숲 속에, 아니면 절벽 아래 또는 산 위에, 그리고 샘 곁에서 야숙으로 밤을 지새운 한 열흘 되는 날들, 일동의 확고한 선도에 따라 헤매는 일이야 없었다지만 바위에서 굴러 발을 삔 사람이 있는가 하면 넘어져 머리가 깨진 사람도 있었고, 한 여자는 아이를 낳았으며, 어떤 과부는 처녀 딸이 낳은 아이를 골짜기에 떨어뜨리기도 했다. 개들은 거의 다 잡아먹었고 다리가 부러진 소도 산골짜기에서 잡았다. 하지만 지금은 이른 아침, 풀들은 햇빛에 취하고 산은 기도하며 나무들은 바람에 춤을 추고 있지 않은가? 멀리 서울에서는 성문이 열리는 종소리가 종각에서 은은하게 울리고 월동 일행이 폭풍우 속에서 돌입한 바로 그 순간이었다. 이 산 위에서는 햇빛을 받은 천일이 들것 위에 황금불(黃金佛)처럼 정좌하고 앉아 천천히 입을 열어 목소리도 장엄하게 이야기를 시작했다. 주변에는 일동이나 허 서방, 이쁜이를 비롯하여 많은 사람들이 하늘의 신탁이라도 받듯이 공손하게 기다리고 있었다.

"오오, 신이여, 당신은 영봉들처럼 고귀하고 바다와 같이 자애 깊으시도다. 계림의 나라 초망(草莽)의 신(臣) 윤천일은 이 산 위에서 이백 명의 생령과 더불어 삼가 당신을 경배하나이다. 또한 우리 일행을 맞아들여 준 그 이름도 성결한 태백의 산들이여, 그대들 속에 신은 거하시고 태양은 쉼을 얻는도다. 이 가엾은 이백의 생령을, 신과 태양과 더불어 지켜 보살피소서, 축복하소서. 여기서 초망의 신 윤천일은 공손히 감사의 뜻을 표하나이다. 그리고 깊이 잠든 대지여, 일어나서 우리 말에 잠시 귀를 기울일지라! 그대는 숲으로 우리를 덮을지라도 그대를 열매 풍성한 옥토로 개척하는 것은 바로 우리들 아니런가. 이미 이 백성은 화전민이 아니니 그대를 모독할 일은 없을 것이니."

서운(瑞雲)이 깔리고 숲의 위엄은 하늘에 넘쳐 모든 신들이 내려오는 듯 보였다. 그때, 산 위의 한 모퉁이에서 득보 노인이 무언가를 중얼거려가며 찢어 날리는 하얀 종잇조각들이 무수히 훨훨 날아올랐다. 마치 그것은 끝내 꺼져 가고 있는 천일의 목숨으로 하여금 황천을 평안하게 건너가게 하려는 지전과 같았다. 득보 노인은 고향 땅을 떠나

온 이래 영혼과 육신의 고향을 그리워하며 보따리 속에 오래 지니고
다니던 자랑스러운 족보를 한 장씩 찢어내어 날리고 있는 것이다. 이
제 그는 새로운 생명, 새로운 후예를 만들어야 할 한 사람의 조상이
될 수 있다는 것을 깨달았기 때문이었다. 그 종잇조각들은 천일의 머
리 위를 훨훨 날아 하늘 높이 춤추며 올라갔다. 얼마 동안 감격에 겨
위 그것을 올려다보고 있던 천일은 마침내 조용히 손을 들어 시야에
들어온 무리 지은 산봉우리들을 가리키며 일동과 일행을 돌아보았다.

　"일동아, 그리고 그대들, 명심해 듣게나. 그대들은 참으로 축복받은
백성이로다. 자, 저쪽 남쪽으로 산들 중에 빼어나게 장엄한 봉우리를
보라. 협무(狹霧)를 아래 두르고 아침 햇빛을 봉우리에 받아 숭엄하게
서 있으니 그 이름도 걸맞게 산신봉이라 불러 우러를지라. 오로지 신
앙을 가지고 경배한다면 그것이 너희들의 행복을 지켜 주리라. 그리
고 저 동남쪽에 검을 세워 놓은 듯이 서 있는 봉우리는 오늘부터 그
이름도 늠름한 검봉이라 이를지라. 그것은 그대들이 언제나 용감하다
면 이 금성탕지(金城湯池)를 외적으로부터 지켜 줄 것이다. 또한 남서쪽
으로 은안백마(銀鞍白馬)와 같이 늘어서 있는 봉우리들은 이 복토에 무
언가를 채찍질하는 듯이 보이지 않는가? 그것은 그대들에게 자비로운
비를 내려 줄 것이니 그 이름을 갈매봉이라 하라. 그리고 나의 뼈는 이
곳에 묻히고 산신은 내 혼을 천상으로 돌아가게 하시리라. 이 봉우리
는 우리 일행의 이루지 못한 꿈이니 아리랑고개라 하면 좋을 것이다."

　말을 마친 천일은 정좌한 채로 숨을 거두었다.

제2부

단편소설

기자림*

1.

　기자림(箕子林) 입구 한 곳에서 기초시(箕初試)는 매일 가만히 앉아있었다. 옆에는 색이 바랜 양산으로 텐트를 치고, 깔아놓은 대자리 앞에 색과 삽화가 있는 역서를 펼치고서.

　울창한 천년수(千年樹)가 산을 덮은 기자림 기슭에는 교외전차가 삐걱대며 배회하고 있었다. 북방에 사는 시골 사람들은 이 전차길을 통해 칠성문(七星門)을 빠져나오고서야 성내에 들어올 수 있었다. 그들은 가끔 가던 길을 멈추고 숲 입구에서 쉬면서 기 초시에게 역상(易相)[1]을 보곤 했다. 초시는 몸이 비대해서 바위처럼 무거웠는데, 그의 둔중한 어조의 염불은 때로 주문을 묘하게 외우는 것 같은 느낌을 띠었다. 그래서 시골 사람들은 그에게 어마어마한 신탁을 받으면 두려워하면서도 만족하며 물러나는 것이었다. 그도 그것을 대단히 유쾌하게 생

---

* 「기자림(箕子林)」(『文藝首都』 1940.6.)
1) 원문 그대로. 역상(易象).

각했다. 또한 그는 기자왕(箕子王) 사천년 역사를 잇는 후예라는 사실을 더욱 자랑스러워하며 감사하게 생각했다. 실제로 자신은 기자릉(箕子陵) 숲 속에서 음양복서(陰陽卜筮)[2]의 길을 통해 선조 대대로 내려온 참뜻을 전하고 있지 않은가 하고 말이다.

이윽고 해질녘이 되면 성안에서는 양복을 입은 사내들이 곧잘 지팡이를 휘두르면서 오곤 했다. 호기심 많은 사내는 그의 역서 앞에 멈춰서서 유심히 바라봤다. 하지만 초시는 이러한 신식 사내들을 지극히 경멸하고 있었기 때문에 점괘를 보라고 절대로 추천하지 않았다.

"이봐 영감 점괘 좀 봐주지 않겠나." 하고 뜻밖에도 양복 사내가 점을 청해오기도 했다.

초시는 적과 대면한 두꺼비처럼 목을 움츠리고 가만히 입을 다물었다. 두꺼비는 적과 만나면 자신으로부터 멀어지게 하기 위해 돌멩이처럼 가만히 움직이지 않는다. 초시도 적대감을 드러낼 때는 항상 상대방을 올려다보지 않았다.

"이런 화가 잔뜩 나계신가 보오. 정말 안 봐준다 이거지."

그러자 갑자기 영감은 아뿔싸 하고 생각했다. 그리고는 간사하게 아주 조금 눈꺼풀을 올려떴다. '이러니 돈은 있고 볼일이다'

"그래 성씨가?" 한 마디 겁을 먹은 듯 신음하듯 말했다,

"선우(鮮宇)요."

그러자 그는 숙연해져서 자세를 바로하고 앉았다.

"나와 같은 종씨시군. 기자의 자손에는 세 가지 계통이 있지. 이른바 기 씨, 선우 씨, 한(韓) 씨. 나로 말할 것 같으면 정통 기 씨라고 할

---

2) 음양오행설과 점치는 일.

수 있네만."

양복 사내는 히죽 하고 웃으며 담배를 던져 버리고 껄껄 웃으며 자리를 떴다.

"역시 종 씨인가."

그제야 초시는 서서히 고개를 들어 성난 눈을 반짝이며 연장자를 대하는 종 씨의 불손한 태도에 분개했다. 그리고 퉤 하고 가래를 뱉어 버렸다. 하지만 아무런 일도 없다. 어느새 그의 긴 담뱃대는 술술 늘어나서 사내가 떨어뜨리고 간 담뱃재를 조용히 가까이 끌어당겼다.

머지않아 태양도 저물어 숲속이 점차 어두워졌기 때문에 그는 슬슬 돌아갈 차비를 하기 시작했다. 그는 정성스럽게 역서를 싸서 매달고 양산을 접어 어깨에 걸치고, 대자리를 접어 옆구리에 꼈다. 그러자 그의 뒤에서 누워있던 쉰 목소리로 고담서(古談書)를 읽고 있던 노인 세 명은 상반신을 일으켜서 그를 배웅했다. 이 세 명은 매일 이 곳에 와서 서로 섞여서 같은 이야기를 읽었다. 게다가 이 세 명은 귀가 어두워서 읽는 사람이 항상 소리를 질렀다. 한 명이 이야기를 읽는 동안 나머지 둘은 졸았고 자기 차례가 되면 일어나서 또 이어지는 부분을 읽는 식이었다. 그리고 기 초시가 이삼십 전 복채를 벌기라도 하면 그의 뒤를 졸랑졸랑 따라가서 소주를 꼭 얻어마셨다. 하지만 그 날은 불행하게도 초시가 악전 한 닢도 벌지 못했다는 것을 그들도 잘 알고 있었다.

"이제 집에 가나?" 그 중 한 명인 대머리가 말했다. "우리는 좀 있다 감세."

초시는 입을 다물고는 졸린 것처럼 절름발을 끌면서 숲에서 나왔다. 하지만 전차길 근처까지 왔을 때 그는 자신의 머리 위에 다 무너져가는 집 위에서 갑자기 소란스러운 소리가 나서 움칫했다.

"할아범. 어서 오소." 다 무너져가는 집 높은 곳에서 여느 때와 다를 바 없이 거지 부부는 식사를 하고 있었다. 한 쪽 눈이 찌부러진 무서운 인상의 남편은 어느 집이든지 싸움을 걸러 가는 성질머리를 갖고 있었다. 그래서 그의 아내인 광녀(狂女)가 늘 밥 동냥을 해왔다. 그녀는 때때로 초시에게 운세를 봤기 때문에 어떻게 해서든지 그 보답으로 무언가를 베풀려고 했다. 그녀의 그러한 행동은 언제나 초시의 자존심을 건드렸다. 그는 자신이 어엿한 집과 가족과 함께 살고 있다는 사실을 다시 떠올렸다. '있을 수 없는 일이야.' 그래서 그는 아무것도 듣지 못한 체를 하며 그대로 굵은 목을 앞으로 향하고 걸어갔다. 그러자 광녀는 머리칼에 불이 붙은 사람처럼 다시 그의 머리 위에서 소리를 질렀다.

"할아범. 할아범. 저녁밥 먹고 가라니까!"

그러자 그는 마치 금시초문이라는 듯한 태도로 어쩔 수 없다는 듯 걸음을 멈췄다. 하지만 여전히 얼굴을 돌리지 않고, 계속 앞을 향하고 있었다.

"난 말이네, 지금 식사를 마치고 돌아가는 길이네만."

그러자 헤헤헤 하며 눈이 찌부러진 사내가 느닷없이 크게 웃었다.

"이 사기꾼 놈! 거짓말! 밥을 먹고 가는 게 좋을걸. 자 보라고. 던질 테니. 보라고. 던질 테니. 자."

기 초시는 내심 크게 낭패해서, 어깨에 걸친 멜대처럼 몸을 흔들면서 뛰기 시작했다. 밥알을 던지다니 이 무슨 변고인가. 더구나 어쩐지 그는 이 위험천만한 사내를 적잖이 두려워하고 있는 것 같았다. 목덜미는 땀에 흠뻑 젖었고 절구통 같은 어깨에서는 김이 모락모락 올라왔다. 하지만 앞으로 한 두 간(間)도 앞으로 나가지 못하고, 그는 눈 깜짝할 사이에 역서 꾸러미를 떨어뜨리고 말았다. 그래서 허둥지둥 주우려고 허리를 숙이자마자 이번에는 옆구리에 끼고 있던 대자리가 툭 하고 떨어졌다. 그는 점차 확연히 당황해 하며 양 손을 내밀어 떨어진 물건 두 개를 다 들어 올리려 했다. 그러자 이번에는 어깨에 메고 있던 우산까지 거꾸로 뒤집히며 펴졌다. 결국 초시는 그 자리에서 엉덩방아를 찧고 털퍼덕 주저앉아버렸다. 눈이 찌부러진 사내는 다 무너져 가는 집 위에서 이 광경을 바라보면서 더욱더 득의양양해 지더니 헤헤헤 하고 비웃고 있었다.

기 초시의 머리 위로 썩어가는 노란색 밤밥알이 비처럼 쏟아져 내렸다.

"이봐. 던졌으니 피해 보시지."

기 초시는 완전히 날이 저물어서야 집에 도착했다.

성안으로 들어오는 칠성문 서쪽에는 야트막한 만수대(萬壽臺)라고 하는 언덕이 있다. 그 서쪽 경사면에는 초가지붕의 볼품없는 집들이 발 디딜 틈도 없이 빼곡하게 들어서 있었다. 산기슭에는 눅눅한 저습지(低濕地)가 이어져 있고 멀리 남쪽에는 개울 철도선로가 달리고 있다. 그것을 넘으면 넓은 평야의 조망이 펼쳐져 있다. 그 옛날 이 언덕 일대에는 높은 나무가 울밀하게 들어차 있어서 죄인을 효수(梟首)하는 형장으로 사용됐는데 지금은 유명한 빈민굴로 그 모습이 바뀌었다.

그는 집에 들어가기 전에는 항상 허리를 움츠리고 물끄러미 안을 들여다보는 버릇이 있었다. 누군가 손님이라도 온 기색이라도 있으면 그는 닭처럼 부엌을 향해 쏜살같이 뛰어가곤 했다. 그리고 한 구석에 쭈그리고 앉아서 언제까지고 벽에 머리를 대고 있었다. 까마귀처럼 바싹 마른 노파가 부엌에 있었다. 그녀는 이것저것 술상준비로 분주했는데, 딸 탄실이 방에서 부르면 마치 날개를 단 것처럼 뛰어갔다. 그리고 나중에 짬이 나는 틈을 타서 조금 먹다 남은 밥을 초시에게 나눠줬다. 그녀는 역시 늙은 남편에게 애정이 남아있던 것일까.

그러고 있다가 때때로 손님에게 들킨 적도 있다. 술주정뱅이들은 의기양양해져서 그의 머리를 발로 걸어찼다.

"허어. 돼지를 기우고 있나."

"맨날 오는 거지라고요." 하고, 따라 나온 탄실은 당황하면서 말했다. 그러자 술주정뱅이는 매우 놀란 것처럼 뒷걸음질을 쳤다.

"뭐라고. 거지? 내가 그럼 거지를 찬 건가. 에이구. 죄를 지었어. 죄를 지었군 그래." 하고 말하면서 잔돈을 그의 머리 위로 뿌렸다. 그런데도 초시는 쭈그리고 앉아서 숨조차 제대로 쉬지 못했다. 상대방을 올려다보지 않는 것을 보면 그는 물론 적대감을 표하고 있음이 틀림없다.

"고맙습니다라고 해야 하지 않아." 하고 노파는 그의 상투를 두 세 번 쥐어뜯었다. 그러다 손님이 나가자마자 초시의 머리나 어깨 위에 있는 잔돈을 주워서 자신의 호주머니 안에 챙겼다. 그리고 탄실이 눈치 채지 못하는 사이에 초시의 손에도 백동전을 하나 슬쩍 쥐어줬다. "조용히 그냥 받아."

하지만 바로 이어서 이 노부부는 딸의 무시무시한 주머니 검사를 당했던 것이다.

"이 늙다리 영감. 왜 또 술을 퍼마셔." 하고 그녀는 초시를 호되게 꾸짖었다. "왜 돈을 훔치고 그래. 이 욕심쟁이 노인이……."

탄실은 밀음매(密淫賣)를 하고 있었다. 그녀의 방에는 돈을 잘 융통하는 도박꾼, 밀매업자, 걸식 대장 등의 치들이 곧잘 드나들었다. 그녀는 방이 두 칸 이어진 집에서도 깊숙한 방에서 손님을 맞이했다. 노파는 부엌으로 이어진 아래쪽 방에서 기거하고 있었다. 하지만 초시는 역시 부엌 한 구석에서 여전히 대자리를 뒤집어쓰고 밤을 보냈다. 그 대신 밤중에는 대자리 속에서 손을 내밀어서 남은 술을 솜씨 좋게 훔쳐서 가끔 마실 수 있었다.

물론 기 초시는 노파나 딸이 자신을 대하는 처사를 묵과하기 힘든 일이라고 생각하고 있다. 그러므로 그는 적의를 보여주려고 혹은 자신의 굵은 목을 결코 들려고 하지 않는 것인지도 모른다. 하지만 그는 곧 절절하게 반성했다. 본래 여식(딸)이라고 하는 존재는 시집을 보낸 후에는 타인과 같기 때문에 감히 질책을 할 수 없다. 왜냐하면 타인은 자신과는 상관없는 사람이기 때문이다. 게다가 노파가 그를 학대하는 것도 필경은 딸 탄실이가 그저 걱정스러운 것으로, 그 책임 또한 그녀에게는 없었다. 이 모든 책임은 자신이 한 집안의 가장으로서 생활 능력이 없기 때문이라고 생각했다. 그러자 자신의 생각이 지나치게 소극적이라는 것을 퍼뜩 눈치 채고 변명을 했다. 그렇다. 나 또한 금전복이 없기 때문이니 이렇게 강한 질책을 받을 만한 것은 아니다. 그는 그때 마침 창문을 통해서 눈부시게 쏟아져 들어오는 달빛에 자신의 거칠고 울퉁불퉁한 손을 비치고 물끄러미 그것을 바라보고 있었다.

"암. 그렇고말고. 무엇보다 손금이 이 모양이어서는."

그는 깊이 한숨을 쉬었다. 본래 손이라고 하는 것은 푹신푹신 하고 두께가 있고 정맥은 손을 감싸고 있는 갑옷을 소용돌이치듯 휘감고 있지 않으면 안 된다. 그런데 그의 손은 그와는 반대로 울퉁불퉁 하고 뻣뻣했으며 정맥은 각각 미끄러지듯이 사방으로 도망치듯이 뻗어있었다. 이래서는 그가 재수(財數) 운수가 트이지 않는 것도 지극히 당연한 일이다. 모든 화(禍)가 그의 이러한 손에 있음은 그의 죄라고 할 수밖에 없다. 마침내 그는 완전히 만족해서 이렇게 생각했다.

"붓을 드는 손이라고 하는 것은 본래 화사(華奢)하니 학자는 청빈한 것을 감수하니까 말이지."

2.

초시가 애초에 자신을 학자로 자임하게 된 계기는 사실 그들 일가가 북방 먼 산읍에 살고 있을 무렵 근처에 사는 아이들을 모아놓고 천자문을 가르쳤기 때문이었다. 혹은 초시라고 하는 존칭이 나타내듯이 한 번은 과거에 응시해 봤었는지도 모를 일이다.

어느 해 그들이 살고 있는 마을에는 심한 기근이 돌았었다. 가뭄이 계속돼서 곡물은 타죽고 가축은 모두 쓰러졌다. 사내들은 산으로 풀뿌리를 캐러 나갔고 부인들은 뜰 안에서 기어 돌아다녔다. 젖이 말라 아이들은 시커멓게 혈색이 변해서 죽어갔다. 그 당시의 일이다. 초시는 기력이 다해 방 안에 틀어박혀 신음하면서 풀뿌리를 캐러 나간 사위가 돌아오는 것을 기다리고 있었다. 노파가 부엌 안에서 말을 걸었다.

"고기를 삶았어요."

초시는 놀라서 맥없이 비슬비슬 몸을 끌고 목소리가 나는 쪽으로 기어서 다가갔다. 하지만 그는 너무나도 놀라서 눈을 외면하고 꽈당

하고 쓰러졌다. 그 때 처음으로 노파는 자신이 탄실의 죽은 아이를 삶았다는 것을 눈치챘다. 그 후 그녀는 미쳐버렸다.

그들의 유랑 생활은 이때부터 시작됐다. 이들 가족은 건장한 체격을 한 사위 바위를 따라 화전(火田)을 일궈 심산지대(深山地帶)로 들어갔다. 산에 불을 붙여서 골짜기에 숨었다. 태풍이 불어서 몇 날 밤낮 동안 산불이 계속됐다. 새, 꿩, 토끼가 무수히 타죽었다. 그들은 그것을 주워 먹으면서 화전을 꾸불꾸불하게 만들고 그곳에 감자와 귀리를 심었다. 가을이 되면 고준(高峻)한 산들 천변(川邊)에는 보리 이삭이 바람에 일렁여 파도처럼 출렁거렸고 바위나 나무뿌리 사이를 감자와 귀리가 알뿌리로 기어들어가며 휘어졌다. 이러한 자연의 변모를 바라보며 노파는 조금씩 정신을 차리기 시작했다.

하지만 그들은 머지않아 또 산을 넘어 옮겨갔다. 화전은 경작을 삼년 이상 버티지 못하기 때문이다. 하지만 이번에는 여름도 끝나서 수확이 가까울 무렵, 대폭우가 산악지대를 급습해서 천지가 흔들렸고 삼림은 포효했다. 더구나 무서운 기세로 물 사태가 순식간에 이들이 살고 있던 낭떠러지 부근의 오두막과 산허리 화전을 휩쓸어갔다. 초시는 두 살 남짓한 손자를 꽉 부둥켜안고 이삼십 간을 물에 휩쓸려 떠내려갔다. 아이는 죽었다. 탄실은 첨지가 아이를 살리지 못한 것을 지금도 원망스럽게 생각하고 있었다. 노인은 그 때 다리를 삐어서 그 후로 다리를 끌며 걸었다.

그리고 그들은 또 유랑길을 떠났다.

그곳은 경계를 넘은 묘향(妙香) 밀림 안이었다. 수 천 년도 넘은 나무가 햇볕을 통과시키지 않게 다는 듯이 우뚝 서있었고 숲속은 낮에도 맹수들이 출몰했다. 그들은 바위 동굴을 발견해서 혈거(穴居)하면서

불을 놓고 매일같이 화전을 일으켰다. 그런데 어느 날 두 명의 양복
사내가 화전을 찾아왔다. 이 밀림은 본래 대본산(大本山) 보현사(普賢寺)
소유여서 삼십 년간의 채벌(採伐)을 할 수 있는 권리가 미무라[三村] 회
사 손에 넘어가 있었다. 산에서 연기가 높이 하늘로 치솟아 올라간 이
후 산림감독원들은 화전을 단속하려고 혈안이 돼서 찾아다녔다. 그들
이 이곳에 도착해서 보니 검게 초토화된 화전이 산 속에 꾸불꾸불 몇
정보(町步)나 계속 이어졌다. 그들은 여기저기 화전민의 주거를 찾기 시
작했다. 결국 한 사내가 초시 일가가 살고 있는 암굴 앞에 나타났다.
그 안에는 노파와 젊은 여자가 떨고 있을 뿐 남자의 모습은 보이지 않
았다. 젊은 여자가 겁을 먹고 있는 모습은 이상하리만큼 반짝였고, 치
아는 특별히 더 하얗게 빛났다. 감독관 사내는 전기에 감전된 것처럼
어안이 벙벙해서 서있다가 갑자기 바위 동굴 안××××××××××××××3)
에서는 탄실이 괴로운 듯이 비명을 질렀다. 그 때였다. 바위 위에 숨
어있던 산 사내가 도끼를 손에 쥐고 거친 곰처럼 뛰어내려왔다. 그것
은 사위인 바위였다. 이렇게 해서 산림 감독은 그의 도끼에 무참히 살
해됐다. 그로부터 며칠 지나지 않아 그들은 모두 포박돼 지방 경찰에
연행됐다. 그 후 바위만 수갑이 채워져 성 안의 검사국에 송치됐는데,
탄실은 울고 부르짖으며 바위에게서 떨어지려 하지 않았다. 그래서
초시 일가도 바위 뒤를 쫓아서 짐을 남자는 지고 여자는 머리에 올려
서, 그 먼 이십 리 길을 구걸을 하면서 이곳에 왔던 것이다. 초시가
아직도 소중하게 갖고 다니는 대자리는 그 때 산에서부터 계속 지고
다녔던 것이다. 그것이 어느새 칠년 전 일이다.

---

3) 14자 복자(伏字). 원문에는 공백으로 처리돼 있다.

처음에 그들은 만수대 아래에 작은 움집을 마련했다. 돈벌이를 해야 하는 바위가 십년 동안이나 감옥에 갇혀서 그들은 큰 타격을 입었다. 노파와 탄실은 강변을 걸으면서 그날 그날 불피울 것을 모아왔고 때로는 여울을 건너서 지나인(支那人)이 경작하는 밭에서 야채를 훔쳐 오고는 했다.

하지만 초시 혼자 돈벌이를 할 수단이 없었다. 그는 매일같이 근처에 있는 기자림 안에 가서 꾸벅꾸벅 졸았다. 한동안 그러고 있는 사이에 그는 나이든 점쟁이와 친해졌다. 점쟁이는 그가 양반인 기 씨인 것을 알고 존중해줬다. 게다가 초시가 때때로 점괘 해석을 도와줘서 한층 더 경의를 표시했다. 결국 이 늙은 점쟁이는 감격에 젖은 나머지 역서를 초시에게 전해주고 그로부터 며칠 지나지 않아 죽었다. 이렇게 해서 초시는 역서를 펼쳐보게 된 이후로는 매일 오십 전 가까이 벌 때도 있었다. 그것으로 밤이라도 사서 돌아가는 날이면 그는 매우 득의양양해서 마치 대단한 일을 한 것처럼 그것을 가족에게 나눠줬다.

그러는 와중에 탄실은 점차 낌새가 이상했다. 몸에는 예쁜 옷을 걸치고 얼굴에는 백분을 바르더니 빈민굴 움막집에 사는 여자라고는 생각할 수 없을 정도로 예뻐졌다. 초시는 그것이 이상해서 견딜 수 없었다. 노파는 초시에게 딸이 공장에 다니고 있는 것이라고 말했다. 그러나 그녀는 외출을 하면 밤에도 돌아오지 않을 때가 있었다. 언제였는지 기 초시가 해질 녘 돌아오는 길에 녹초가 돼서 취해 어느 여인숙 앞에서 쓰러져서 혼자 아우성치고 있었다. 그는 술에 만취하면 평상시와는 완전히 달라져서 우둔하게도 말수가 많아졌고 게다가 무언가 뻐기고 싶어하는 버릇이 있었다.

"나는 아무도 두렵지 않아. 어느 놈이든 덤벼봐. 이래봬도 나는 내

손으로 벌어서 마시고 있다고. 그래. 난 아무것도 두렵지 않아." 마치 자신에게 들려주려는 듯, "하나도 안 무서워. 무섭지 않다고. 정말 난 무섭지 않다고."

"시끄러워 이 늙다리야!" 하고 안에서 늠름한 장정이 한 명 나타났다. 이 남자도 술에 취해 있었다. "이 늙다리 놈아. 어서 꺼지지 못해!"

초시는 너무 놀라서 두세 번 바닥에 굴렀다. 지나가는 사람들이 이 광경을 보고 웃고 떠들어댔다. 초시는 단숨에 술이 깨서 서둘러 대자리를 옆구리에 끼고 우산과 꾸러미를 챙겨 꽁무니를 뺐다. 이 사내는 거리에 있는 자들이 즐거워하자 초시의 목덜미를 잡고 들어 올려서 커다랗고 포동포동한 주먹을 치켜 올렸다. 그 때 한 젊은 여자가 방안에서 허둥대며 뛰어나와서 사내의 팔목에 매달렸다. 초시의 딸 탄실이었다. 그날 밤 초시는 움막에 돌아와서 전에 없이 큰 소리로 격분해 하며 탄실에게 달려들었다. 그냥 넘어가기에는 사태가 심각했던 것이다.

"음. 이게 무슨 변고더냐. 옛 가르침에도 있느니. 충신은 불사이군 (不事二君)하고 열녀는 불경이부절(不更二夫節)이라."

그러자 그녀는 선수를 빼앗겨 풀이 죽기는커녕 새파랗게 질려 떨었다. 그러더니 지금까지 가슴속에 숨기고 숨겨오던 태도가 급변하더니, 노골적으로 욕설을 뱉어내서 초시는 두손두발 다 들 정도로 당황했다. 노파도 딸 편을 들면서 곡소리를 내며 땅 바닥을 쳤다.

"이게 다 누구 때문이냐. 이 절름발이 늙다리 놈아. 아이고. 아이고."

머지않아 그들은 조금 떨어진 구릉 위에 현재 살고 있는 초가집을 하나 빌려서 살게 됐다. 거기서 탄실은 손님을 맞았다. 그 후 기 초시는 딸과 늙은 부인 앞에서 감히 고개를 들지 못했다. 게다가 더 이상 밤을 사 갈 필요가 없어지자, 초시는 이 집에서 아무런 필요도 없는 존재가 됐다. 다만 한 달에 한 번 돌출된 구릉을 넘어 커다란 기와집으로 지대(地代)와 집세를 내러 갈 뿐이었다. 집주인은 흰 수염을 한 유명한 수전노(守錢奴)였다. 노파는 초시를 그곳에 보낼 때면 이런저런 지혜를 짜내서 조금이라도 값을 깎으려고 고안을 했다. 물론 초시는 매번 실패하고 돌아왔다. 그래서 초시가 그것마저 가지 않게 되자 지주가 스스로 찾아왔다. 그 이후 수전노가 나타나면 그는 노파에게 옷을 잡혀서 빠르작빠르작 하며 으음 으음 하고 신음 소리를 내면 그만이었다. 노파는 탄실의 뜻을 받아들이고 또한 지주의 독촉을 견제할 목적으로 집주인 앞에서 보란 듯이 초시를 심하게 모욕하는 것이었다.

"등신같이 굴긴. 집세는 어떻게 내라는 거냐. 이 덜떨어진 놈. 어쩌라고 요렇게 지지리도 가난하게 계속 살아야 하오. 아이고. 우리 둘 다 어서 빨리 뒈져버려야지……."

하지만 이러한 타박도 곧 하지 않아도 됐다. 그러는 동안에 흰 수염을 한 집주인이 구르듯이 매일 밤 언덕을 넘어왔기 때문에 노파는 더 이상 집세를 걱정하지 않아도 됐기 때문이다.

이렇게 해서 기 초시는 마지막 역할마저 잃어버리고 결국 필요 없는 존재가 돼버렸다.

3.

다음날은 낮부터 비가 내렸기 때문에 초시도 할 수 없이 짐을 싸서 느릿느릿 숲속으로 들어갔다. 숲은 낮게 수런거리고 있었고 푸르스름한 수증기가 한가득 자욱이 껴있었다. 그는 구질구질한 이끼나 솔잎이 쌓인 숲길을 걸으면서 시커먼 물웅덩이를 넘어 관목이 밀생(密生)해 있는 사이를 지나갔다. 그러자 야트막한 구릉이 보였고 그곳에는 오래된 전각(殿閣)이 서있었다. 그 뒤쪽으로 긴 석전이 이어져 안에는 커다란 기자릉이 있었다.

전각의 어두컴컴한 처마 아래에서 초시 주위에 있던 노인들이 대자리를 깔고 고담서(古談書)를 읽고 있었다. 눈이 찌부러진 사내와 그 부인도 한 구석에 자리를 차지하고 이를 찾고 있었다. 초시는 이번에야말로 실수로 대자리를 놓쳐서 떨어뜨리지 말아야겠다고 마음을 먹고 가슴을 뒤로 젖히고 주의 깊게 발을 끌었다. 모두가 술렁거렸다. 드러누워 있던 노인들도 서로 눈빛을 주고받았다. 광녀는 찌부러진 한 쪽 눈을 한 남편의 소매를 끌면서 말했다.

"점쟁이 할배가 왔다고요."

초시는 입을 다문채 모두의 앞을 달리듯이 절름발을 끌고, 돌로 된 수로와 가까운 반대 측 기둥 아래까지 와서 털퍼덕하고 지장보살처럼 앉았다.

이 광경을 보고 지금까지 고담서를 읽던 노인들은 수상쩍은 눈빛을 초시에게서 거두고는 에헴 하고 신음소리를 내더니 다시 대자리 위에 누웠다. 이번에는 대머리 노인이 주섬주섬 일어나더니 안경을 끼고 읽던 책을 높이 들고 두세 번 헛기침을 했다. "그러고서는 말이야." 하고 말하고 노인은 드디어 소리에 마디를 붙이고 음운을 달아서 계속 읽어나갔다.

"심청, 아버지가 말씀하시는 것을 듣더니, 그날 후로 뒤뜰을 정갈하

게 하고, 황토단(黃土壇)을 장식하고, 정화수를 바치니, 호반에 향기를
피우고, 무릎 꿇고 합장하고 기도하며 하는 말, 일월성진(日月星辰)에,
제천제불(諸天諸佛) 님, 굽어 살피소서. 하늘, 해와 달을 두시고, 사람에
게 안목을 주셨던 것처럼, 해와 달이 없으면, 무엇으로 분명할 수 있
겠나이까. 소녀의 아버지, 수자년(戌子年)에 태어나고, 어릴 때부터 눈
이 멀어 사물을 보지 못하므로, 소녀 아버지의 죄업을 이 몸으로 갚으
려고……."

　초시는 다리를 끌면서 머리를 숙이고 물끄러미 자신의 다리를 바라
봤다. 그의 양복은 완전히 너덜너덜 해서 다른 할 일없는 노인이나 걸
식과 별반 다르지 않았다. 그래도 초시는 그들을 상대도 하지 않았던
것은 물론이다. 다만 그는 생각했다. 이러한 자들은 원래부터 비천하
게 태어나서 한문자(漢文字)를 알지 못하기 때문에 언문(諺文)으로 쓴
속된 책을 읽으면서 학식이 있는 척 한다고. 그래서 그는 자신의 귀가
더럽혀진다는 듯한 시늉을 했다. 그렇지만 사실 그는 그것을 지긋이
훔쳐 들으면서 그 얼마나 심청과 같은 효녀를 갖고 싶다고 생각했는
지 몰랐다. 딸을 뱃사람에게 판 돈으로 불전에서 빌고, 눈도 뜨게 되
고 마지막에는 부귀를 자신이 원하는 만큼 얻었다고 하는 심 맹인을
그는 얼마나 부럽게 생각했는지 몰랐다.

　"할아범." 그 때 광녀는 소리를 지르면서 그가 있는 쪽으로 비틀비
틀 걸어왔다. "언제 내 운이 좋아져서 고향에 돌아가겠소. 다시 한 번
봐주소."

　초시는 겁을 먹은 듯이 찌부러진 눈 쪽을 쓰윽 봤다. 사내는 어느새
벌러덩 누워서 자고 있었기 때문에 그는 다소나마 안심했다.

　"내가 살던 곳에 물레방앗간이 있었지 않아. 그런데 물레방아가 풍

차(風車)에 졌다지. 그래서 물레방아는 물을 항상 마셔야 하는 벌을 받았다고 하잖아. 영감 살던 시골에도 이런 얘기가 있었소?”

“그럼 있지.”

“호오. 있었다고. 여러분 모두 들어보소. 나는 물레방앗간에서 자랐소. 물레방아 신이 내린 적도 있었다 안하오. 그러자 복숭아 가지로 나를 치면서 미쳤다고 안 합디까. 내가 정말 미쳤다고 생각들 하오?”

그녀는 쌀집에 구걸을 하더라도 그곳에 앉아서 쌀에서 돌멩이를 골라내거나 썩은 쌀을 골라내는 것을 도와줬다. 다른 사람 집에 구걸을 하러 가더라도 절구를 발견하면 작은 돌멩이를 넣고 쌀을 빻았다. 그리고 치마를 벌려서 작은 돌을 그러모으면서 노래를 했다. 누군가 그것을 막으려고 하면 “쌀을 빻지 않고 무엇을 먹을 생각이야.” 하고 그녀는 화를 내기 시작했다.

“모든 게 팔자[運命]지. 음양 오합이란 것은 쉽지 않아.”

“그렇지 영감. 고향에 언제쯤 돌아갈 수 있는 것이야. 어서 가르쳐줘.”

“이봐 아주머니.” 하고 책을 읽다 쉬고 있던 대머리 노인이 비웃으면서 광녀에게 소리를 질렀다. “그렇게 고향에 돌아가서 뭘 하시게. 분명히 고향에 진짜 서방이 있을 게야. 그렇지.”

“난 노래를 할테야. 물레방아 풍찻간에서 목소리를 올려 노래를 할테야. 송아지 뺨은 화해의 신이라 하던데.”

그러더니 한 소절 뽑는다.

　　　송아지 뺨을 꼬치구이 해서
　　　양끝을 입에 물고 춤을 추세

자 춤을 추고 몸을 돌리자
입에 물고 자 춤을 추자

　그녀는 주위 상관없이 물레방아를 밟는 듯한 박자에 맞춰 춤을 췄다. 노인들은 그것을 바라보며 깔깔대고 웃었다. 찌부러진 눈을 한 남편은 깜짝 놀라서 자리에서 일어났다. 그리고 달려가더니 광녀의 머리채를 근육이 튀어나온 손으로 덥석 잡아챘다. 그는 입 근육을 부들부들 떨면서 초시의 지장보살과도 같은 몸을 노려봤다. 하지만 초시는 여전히 자신의 다리를 내려다보고 있을 뿐이었다. 찌부러진 눈은 결국 퉤 하고 초시의 이마 위로 검고 커다란 가래를 뱉었다. 그러더니 광녀를 납치하듯이 홱 당겨 끌고 산속으로 달려갔다. 그녀는 버둥버둥 몸부림치며 아우성쳤다.

　"이 불한당. 당신 지금 백주대낮에 이게 무슨 짓이야. 사람들이 다 보고 있다 안하오, 이제 진저리가 나니. 그만 좀 하소."

　숲속에서도 계속해서 소란스런 소동이 벌어졌다. 비는 부슬부슬 계속해서 내렸다. 노인들은 헤헤헤 하고 서로 웃었다.

　"자 이제 이어서 읽겠구만. 심청이 그 때 나타나, 소녀는 이 마을 사람들, 아버지, 눈이 멀어 한 평생 한이 맺혔으니, 공양미 삼 백 석을 불전에 바쳐, 눈이 뜨여 하늘을 올려다 볼 수 있다고 하나, 집안이 지극히 가난해 그걸 마련할 길은 끊겼으니, 이 몸을 팔아 소원을 성취하려 하나니, 바라옵니다만 소녀의 몸을 사주시오소서. 나이 열 다섯인 고로 바란바가 성취해, 소녀를 바치게 된 바, 물길 만리도 무양하고, 인당수 거친 물결도 가라앉으니, 거래도 번창하니……."

　초시는 조용히 대자리 위에 누웠다. 사내가 뱉은 가래를 이마에서 아무렇지도 않게 훔치면서. 그리고 아주 잠깐 화난듯한 눈을 무겁게 닫았다. '이 거렁뱅이 자식. 두고 보자.' 그는 올해야말로 온갖 행복이 자신에게 날아들 것임이 틀림없다고 생각했다. 머지않아 사위 바위가 돌아온다. 그리고 성내에 기와집을 찾아서 이사를 하게 될 것이라 생각했다. 바위는 충직하고 일도 잘하는 사내다. 바위만 나오면 노파나 딸도 그를 따라 자신을 소중하게 대해줄 것이 틀림없다. 그렇고말고. 그 날이 오면 나는 젊은 첩이라도 하나 둬서 후사를 낳지 않으면 안 된다. 그렇게만 되면 저 찌부러진 눈에게도 충분히 자랑할 만하다. 내가 만약 놈에게 호되게 당하고 있으면 바위가 비호(飛虎)처럼 달려들어 놈을 쫓아낼 것이다. 아암 그렇고 말고. 바위는 비호니까. 그때 그는 자신의 올해 점괘를 떠올리고 더욱더 그러한 길조 가득한 예언을 확신했다. 가을 점괘가 말하길, 동풍이 겨울을 녹이듯 고목에 봄이 오듯 하고, 겨울 점괘가 말하길, 구름은 너른 하늘에 돌아오고, 별은 북두에서 오른다고 했다. 드디어 그는 완전히 만족한 표정으로 쿨쿨 잠에 빠져들었다.

그 사이 비는 소리도 없이 그치기 시작했다. 솔바람이 빽빽한 숲을 가지가 휠 정도로 흔들면서 지나가고 있었다. 멀리 숲 위로 명승지 을밀대(乙密臺)는 두루미가 날아 춤추듯이 떠있었다. 고담서를 높이 든 코가 빨간 노인은 슬픈 듯이 두세 번 눈을 깜박거렸다.

"심청, 아버지 앞에 무너져, 소녀는 불효 여식이요, 아버지를 속이고, 공양미 삼 백 석에, 남도(南都) 상인에게 몸을 팔아, 인당수 제수(祭需)가 됐나니. 바로 오늘 출항하오, 아버님 소녀를 봐두시어요. 심 맹인 놀라, 심청아 이게 도대체 어찌된 일이더냐, 심청아……."

노인은 점차 목소리를 떨면서 눈물을 보이며 흐느꼈다. 그러더니 팽 하고 손으로 코를 풀어 주위를 한 번 둘러보고 나서 코가 묻은 손을 옆에 있는 기둥에 닦았다. 그러더니 다시 정신을 가다듬고 이야기를 계속 읽으려 했다. 그 때 그는 능지기가 빗속에서 빨갛게 변한 피부를 드러낸채 구릉 건너편 산길을 넘어 큰 개를 데리고 오는 것을 봤다. 그는 서둘러 낡아빠진 고무신을 신고 일어서더니 여러 번 분주하게 기침을 했다. 하지만 귀가 먼 나머지 두 노인은 졸고 있었다. 그래서 그가 흔들어 일으키려 해도 여전히 잠에 빠져있었다.

"자 어서 가세."

"뭐."

"가자고 이 양반들아."

"뭐라고."

"안 들리는가? 어서 가자니까."

"왜 벌써 가나."

"능지기가 온다니까 이 사람들아."

그제서 두 노인은 깜짝 놀라 일어났다. 그리고 서둘러 준비를 마치고 대자리를 넓게 펼치더니 그 아래에 몸을 움츠려 넣었다. 그러자 대자리는 다리 여섯 개가 달려서 휘청휘청 대며 숲속으로 바람에 날리듯이 사라졌다.

이 돌 수로에 둘러싸인 능묘(陵墓)는 본래 고구려 때 만들어진 것이다. 하지만 후세의 한학이 지나치게 경직돼서 유학자가 지나(支那)를 과도하게 숭배한 나머지, 그것을 동쪽에서 왔다고 태사(太師) 기자의 묘로 봉한 것이다. 게다가 기자의 자손에는 세 계통이 있어서 현재는 이 능 관리나 참봉(參奉, 제사인) 영직(榮職)에는, 오직 이 삼계에 가운데서 가장 세력이 있는 선우 씨가 맞고 있었다. 그러므로 개를 데리고 다니는 능지기 또한 선우 씨였다. 이 능지기 선우 씨는 털복숭이로 피부가 검고 몸집이 큰 사내였다. 이 무렵 매일같이 비가 계속 내려서 능을 참배하러 온 사람이 거의 오지 않았기 때문에 그는 체중이 더 불어서 안 그래도 큰 몸집이 더 커졌다. 참배인이 오면 그는 십 전 씩 참례비를 받고 문을 열어줬다. 오늘도 또 비가 내려서 그는 몹시 화를 내며 능을 둘러보러 왔던 것인데, 기 초시가 의기양양하게 자면서 코까지 골고 있었다.

"이 개 참봉 놈아." 하고 선우 씨는 화를 버럭 냈다. 그는 초시를 개 참봉이라고 부르고는 했다. 그것은 영광스러운 기자 씨의 후예가 이곳에 오면 언제나 깊은 잠에 빠져, 개가 큰 소리로 짖지 않는 한 쉽게 자리에서 일어나지 않기 때문에 붙인 것이다. 물론 개 참봉은 아직 깊은 잠에 빠져있기 때문에 아무리 화를 내도 아무런 소용이 없다. 선우 씨는 오만하게 버티고 서서 복부에 깊은 숨을 밀어 넣었다. 그리고는 데리고 온 개를 서서히 풀어줬다. 개는 꼬리를 흔들면서 기 초시의 축 늘어진 얼굴 앞으로 가까이 다가갔다. 그러더니 두 세 번 코를 킁킁대다 혀를 내밀고 그의 이마와 납작코를 낼름낼름 핥기 시작했다. 초시의 이마에는 아직 찌부러진 눈이 뱉은 검은 가래가 조금 남아서 소용돌이처럼 말려있었다.

개 참봉은 벌떡 일어났다.

"아함."

"아함 이라고. 어서 가지 못해. 돌아가라고."

초시는 두 세 번 주저하는 듯한 눈초리로 개를 훔쳐보다가 움찔거리는 눈으로 겁먹은 듯이 선우 씨를 올려봤다. 올려다보면서 선우 씨라면 같은 종씨이기 때문에 경의를 표할 필요도 아마 없을 것이라고 생각했다.

"돌아가. 가라고."

"간다니까." 하고 초시는 기분이 나쁜듯한 목소리로 말했다. "자넨 능을 둘러보러 온 건가?"

"쓸데없는 소리하지 말고 어서 돌아가." 선우 씨는 빗자루로 전각 안을 쓸면서 초초한 듯 화를 냈다.

"아무도 참배하러 오지 않았군."

"뭐라고. 어서 꺼지지 못해." 선우 씨는 주먹을 들어올렸다. 개도 캉캉대며 짖는다.

"간다고 간다니까." 기 초시는 흠칫흠칫 하며 서둘러 대자리를 접기 시작했다. 그리고 혼잣말처럼 중얼거리면서 일어섰다. '뭔 일이 있었던 게야. 왜 저리도 기분이 나빠서 그러는지.'

그는 절름발을 끌면서 돌 수로를 지나 졸린 듯이 느릿느릿 올라갔다. 비는 완전히 그쳤다. 그는 조금 얕은 곳까지 오더니 조용히 멈춰서 물끄러미 수로 안을 들여다봤다. 커다란 구석비(龜石碑)를 앞에 둔 능묘에는 이끼가 파랗게 나서 그것이 비가 그치자 상쾌한 광선을 받아 잠을 깨듯이 녹색으로 비쳤다. 조용히 어슴푸레하게 수증기가 떨리듯이 피어올랐다. 그는 석양을 전신으로 뒤집어쓰며 천천히 두 번 정도 크게 한숨을 내쉬었다.

숲 너머 먼 하늘에는 무지개가 걸려있었다.

4.

며칠 후의 일이다. 그는 평상시보다 늦게 기자림에 도착했다. 숲 입구에는 자동차 몇 대가 늘어서 있었고, 훌륭한 옷차림을 한 많은 사람들의 긴 행렬이 숲을 오르고 있었다. 어떻게 된 일인가 하고 빠른 걸음으로 앞으로 가봤다. 행렬 선두에는 도포(옛 예복)에 자수를 놓은 관대(官帶)를 맨 늙은 참봉들이 양손에 패[笏]⁴⁾를 받들고 무거워 보이는 목이 긴 신발을 매우 위엄있게 움직였다. 그는 오늘이 능묘제(陵墓祭)구나 하고 생각했다. 그래서 그는 사력을 다해 그 무리를 앞질러 전각에 도착했다. 그곳에는 구경꾼들이 가득 모여서 석전 가운데도 참례를 와서 의식(儀式)을 기다리고 있는 노인이나 유학자들로 넘쳐났다. 털복숭이 능지기 선우 씨는 석전 입구에서 사력을 다해 곁눈으로 노려보고 있었다. 초시는 사람들을 냅다 밀치면서 막무가내로 능지기 앞에 나타나더니 갑자기 마치 잠이라도 자는 것처럼 눈을 감고 숨을 헐떡이며 장엄하게 중얼거렸다.

"이보시게 종씨(宗氏). 오늘 능묘제구먼."

"그래."

"난 전혀 몰랐지 뭔가."

"알아서 뭐하시게." 역시나 능지기는 쳐다보지도 않고 말했다.

"이 몸도 의관을 갖추고 왔질 않어. 이거 완전히 까먹어서. 오늘은 참봉들도 왔구먼. 에헴. 이 몸은 이만 실례." 하고 말하며 그는 무리들 속으로 들어가려고 고개를 들었다.

---

4) 조선 왕조 때 벼슬아치가 임금을 만날 때 조복에 갖추어 손에 쥐던 패.

"어딜 가. 안 돼." 능지기는 큰 동작을 하며 어깨로 막아섰다.

"아주 잠깐 좀 보려고 하는구먼. 내가 이래뵈도 기자 집안에서는 정통을 잇는 계파라고. 지금은 영락해서 이 모양 이 꼴이지만. 어엿한 양반 가문의 학자라고."

"안 된다면, 안 돼."

"뭐라고." 초시는 한 번 어깨를 으쓱거렸다.

"제찬(祭饌)5)이 없으니 안 될 일이야."

"뭐시라. 이 놈 날 뭐로 보는 게냐."

"늙다리 놈아. 어서 꺼지지 못해." 선우 씨는 갑자기 돌아보고 성을 냈다. "이러고 저러고 말하느니 입만 아프다. 넌 그저 거지일 뿐이야. 어서 꺼져. 꺼지지 못해. 안 그러면 개를 풀겠어."

하지만 능지기는 그 말을 꺼내자마자 그 자리에 정중히 머리를 조아리고 엎드렸다. 마침 그때 행렬 선두가 도착했기 때문이다. 초시도 능지기 옆에서 공손하게 머리를 숙였다. 그리고는 잠시 주저주저 하더니 다시 행렬 안으로 잠입하려고 숨을 꾹 참고 커다란 몸집을 움직였다. 그 순간 수염을 기른 골격이 장대한 참봉이 그를 냅다 밀쳤다. 초시는 바닥에 쓰러질 듯 하면서 상대방의 얼굴을 확인했다. 그건 바로 집주인이었다. 그는 황망히 자세를 고치고 그 자리에서 엎드렸다. 그를 밀쳐낸 참봉은 입을 찡그리더니 마치 닭이 먹이를 쪼을 것 같은 눈으로 초시를 내려다보고 유유히 어깨를 흔들며 돌 수로 쪽으로 들어갔다. 목이 긴 신발을 신은 참봉의 행렬이 지나가자 기 초시는 서서히 몸을 일으켜 선우 씨를 보더니 히쭉 하고 웃었다.

5) 임금의 말씀이나 명령의 내용을 신하가 대신 짓던 일.

"실은 내 사위라네."

"거짓말마. 지금 그 사람은 선우 참봉님이시다."

"그럼 그렇지. 그렇고말고." 초시는 몸을 좌우로 흔들었다. "분명히 선우 참봉이지. 그럼 그렇고말고."

"어서 꺼지지 못해. 어서." 선우 씨는 다리가 저린지 결국 발을 동동 구르면서 소리쳤다. "이 개똥보다 못한 영감탱이야. 혼나보고 싶어." 그러더니 기둥에 묶어뒀던 개를 데리러 뛰어갔다.

그것을 본 개[犬] 참봉은 놀라 숲속으로 도망쳤다. 하지만 그는 타박타박 걸어가며 마음속으로 굉장히 우쭐거렸다. 그는 지금까지 이 완고한 수전노 집주인이 참봉과 같은 영직(榮職)에 있는 인물이라고는 꿈에도 생각하지 못했다. 오히려 그는 탄실의 방에 드나드는 사내들을 경멸하고 있었는데 참봉을 보고 나니 이제 딸이 무시하기 힘든 손님들을 받고 있다는 것을 새삼 깨닫고 이유도 없이 기뻐했다.

초시는 숲을 나와서 내친걸음으로 단골 술집에 들렀다. 그곳은 축축한 늪지로 소달구지 장(場)과 이웃하고 있는 다 무너져 가는 오두막집이었다. 둔탁한 잿빛 공기를 마시며 우산 수리 장수와 넝마 줍는 사내, 그리고 소달구지 주인이 주모를 둘러싸고 빈대들처럼 달싹 달라붙어서 소주를 들이키고 있었다. 애꾸눈은 구석 땅바닥에서 포복하면서 한 쪽 눈을 번뜩대고 있다. 그들은 곧잘 기 초시를 놀리며 웃어댔다. 물론 초시는 그들을 상대할 시간도 아깝다고 생각하고 있기 때문에 보통 때는 구석에 앉아서 입을 다물고 있었다. 하지만 오늘과 같이 대단한 건수를 올린 날에는 한 잔 걸치고 나면 기분 좋게 만취해서 견고한 체구의 긴장이 풀렸다. 무엇보다 그는 극히 경제적인 술주정뱅이였다.

"어찌된 일들인가. 오늘은 능묘제가 아닌가." 하고 교활하고 솔직하게 물었다. "기 씨들 유령은 제사상을 맛보지도 않고 선술집에 와도 되는가."

"나는 거지가 아니라고."

"그럼 그렇지. 허나 자네가 기 씨라서 하는 말이네만, 기자(箕子)라면 유령 외엔 또 뭐가 있을꼬."

모두 소리를 내서 유쾌하게 웃어댔다. 초시는 일부러 표를 내지 않았다. 분명히 이런 상놈들은 그가 기자님의 자손이라는 것을 질투하고 있음이 틀림없다고 생각했기 때문이다.

"그러고 보니 자넨 능(陵) 참봉이 아니었나." 하고 이번엔 소달구지 주인이 끼어들었다.

"분명히 참봉이라도…개[犬]…."

기 초시는 당황했다.

"사실 내 사위가 참봉이야. 내가 참봉이라고 하는 건 아주 옛날 일이지."

"뭐시라. 네 놈 사위가."

"그렇지." 초시는 이겼다는 듯 뽐내면서 대답했다.

선술집 안은 우헤헤헤 우헤헤헤 하는 웃음소리가 들끓었다.

"그래 도대체 그 쪽 사위가 누군교." 하고 주모는 웃으면서 물었다.

"선우 참봉이라고." 하고 초시는 바로 대답했다. "아직도 몰랐소. 주모 자넨 엉터리구만."

"허허. 나 참." 주모는 놀라서 눈이 휘둥그래졌다. "그래 성안 수전노 말이제."

"그게 어쨌다고 그러나." 지금까지 입을 다물고 있던 넝마 줍기가 놀란 듯이 몸을 앞으로 내밀고 끼어들었다.

　"뭐 쓸데도 없는 소리고만. 딸이 샛서방을 하나 들인 게지." 소달구지 주인이 가볍게 받아넘겼다. 다시 모두는 껄껄껄 웃었다. 물론 초시는 물끄러미 자신의 빈 술잔을 노려볼 뿐 마음에 두지 않았다.

　"그 수전노 놈이라면 아무 쓸모도 없을걸." 넝마줍기는 신묘한 표정을 지으며 중얼거렸다.

　"내가 말이여 예전에 말린 생선 장사를 한 적이 있어. 매일 그 참봉 집앞을 지나가면서 '명태 팔아요. 명태 팝니다' 하고 말하며 돌아댕겼지. 그런데 그런 저택에 살면서도 명태 한 마리 팔아주지 않는 것은 이상하지 않나. 그래서 내가 한 번은 말린 생선을 저택 안으로 던져본 적이 있다네. 그러자 어찌 된 줄 아는가. 그 선우 참봉이라는 놈이 마침 사과밭 안을 거닐다가 날아든 말린 생선을 발견하더니 물끄러미 서서보고 있질 않겠나. 그러더니 얼굴이 빨개져서 화를 내더군. 이 명태, 도둑놈아 하고 호통을 치더란 말이지. 그게 화를 명태한테 내고 있단 말이지. 명태한테 말이야. 네 이놈 내 밥을 날치기 해가는 나쁜 놈. (명태를 찬으로 하면 밥을 쓸데없이 더 먹으니 그 수에 빠지지 않는다는 뜻) 어서 꺼지지 못하겠냐 이 명태놈 하더니 돌 수로 밖으로 던져 버렸지 뭔가. 대단한 수전노다. 그런 놈이 샛서방이 돼봤자 아무 것도 도와주지 않을게 뻔하지."

　"그래도 대단한 재력가라던데." 주모는 부러운 듯한 표정을 짓고 말했다.

　"게다가 그 참봉은 후사가 아직 없다니까 따님이 사내아이라도 하나 낳는 날에는 바로 영감님은 돈방석에 앉는 것도 시간문제지. 아암."

기 초시는 그것을 듣더니 어깨를 으쓱 들어올렸다. '역시 그렇군 그
래.' 그렇게 생각하니 요즘 왠지 탄실이 배가 이상할 정도로 부풀어
오른 것 같다는 생각이 들었다. 게다가 평소와 달리 요즘 선우 참봉의
발걸음도 더욱 빈번해졌고, 탄실이나 노파의 기분도 요즘 특별히 좋
아보였다. 확실히 이건 무언가 길조임이 틀림없다. 그는 머리에 손을
대고는 히히 하고 교활하게 웃었다.

"내 딸내미는 말이야. 평소에도 나한테 어떻게 효도를 하면 좋겠나
하는 걱정을 한다네. 사람을 가르치는 것 가운데 그 시작은 효행일세.
게다가 내가 죽고 난 후에 제사나 조상님 묘에 향을 피우는 후사를
이으려고 젊은 사내를 구했다니까."

구석에서 갑자기 애꾸눈이 히히히히 하고 엉뚱하고 괴상한 소리를
내며 웃어댔다. 모두 그 소리에 놀라서 웃지도 못했다. 걸식의 목소리
는 공허하게 울렸고 다른 쪽 눈은 빨간 피와 같은 빛을 띠며 떨리고
있었다.

"거짓부렁 하지마. 이 개똥같은 늙다리 놈. 네 놈 딸은 갈보 잖냐.
매음부가 아니냔 말이냐." 하고 몸에 불이 붙은 사람처럼 아우성을 쳐
댔다. "나는 잘 알고 있어. 너는 여기 부엌에서 밥을 빌어먹고 사는
거지놈이 아니냐. 이 개똥같은 늙다리 놈아! 거짓부렁일랑 집어치워
라!"

기 초시는 두꺼비처럼 다시 목을 움츠렸다.

"갈보라면 어떻고 매음부면 어떠냐. 안 그래 기 초시. 효도를 한다
는데." 하고 우산 수선쟁이가 교활하게 말을 받자 소달구지 주인이 낄
낄 거리며 말했다.

"이래도 선우 참봉이 사위냐."

기 초시는 남몰래 만족했다. 그러더니 자신의 튀어나온 배를 안듯이 바지를 한 번 추켜올려 세웠다.

'그렇고말고. 그렇고말고.'

그는 비틀거리며 만수대에 당도하자 쓰러지듯이 구르며 대자리와 우산, 그리고 짐 꾸러미를 던져버리고, 양손을 흔들면서 위세 좋게 고주망태가 돼서 큰소리로 외쳤다.

"이봐. 이 집은 내 꺼라고. 그 이웃도 그 근처 것도 다 내꺼다. 이놈들. 모두 뭣들 하고 있냐. 이놈들아 나는 이제 만석꾼이다."

놀라서 뛰어나온 딸과 노파는 어안이 벙벙해서 그 자리에 선 채 꼼짝도 하지 못했다. 하지만 노파는 정신을 퍼뜩 차리고 그를 끌고 가기 위해 안간힘을 썼다. 그러자 그는 더욱 비틀거리면서 양손을 흔들며 도망치며 여기저기로 굴렀다. 마침내 그는 거구를 울타리에 기대고 헉헉대며 소리를 치고 있었다. 그런데 바로 잠시 후 울타리가 빠직 하고 부서지는 소리를 내면서 갑자기 그는 뒤쪽으로 쓰러졌다. 그 바람에 초시는 울타리에 등을 대고 하늘을 쳐다보는 자세로 뒤에 있는 도랑 안으로 처박혔다. 그 바람에 도랑 안에 있던 썩은 물이 사방으로 튀는 것과 동시에 전신에 썩은 내가 훅훅 나는 진흙탕 물을 뒤집어썼다. 그는 울타리 위로 올라타서 발을 동동 구르며 미친 사람처럼 소리를 계속 질러댔다.

"이 울타리도 내 것이야. 도랑도 내 것이다. 이놈들. 어떠냐. 나는 큰 부자다. 나는 훌륭한 효녀를 갖고 있다고."

점차 골목 사람들이 모여들어서 이 대단한 구경을 손을 치며 요란하게 떠들어댔다. 그것을 보고 초시는 더욱더 원기 왕성해졌다. 노파는 도랑 안에 발을 담그고 계속해서 남편의 바위처럼 무거운 몸뚱이를 안아 일으키려 힘을 냈다. 탄실은 초시의 한 쪽 팔을 잡고 끌면서 외쳤다.

"이 노망난 늙은이. 두고 봐요! 나중에 후회 할 테니. …자 엄니, 어서 잡아요. 어서."

셋은 도랑 안에서 북새통을 이루고 소란을 연출했다. 마침내 초시의 허리가 비틀거리면서 도랑 밖으로 나오기 시작했다. 주위는 완전히 썩은 내가 진동을 할 정도였다. 모두 환성을 질렀다. 진흙은 그의 조금 위로 나온 상투에까지 튀었고, 바지는 완전히 진흙투성이고, 더러워진 상의에는 커다란 배가 퍼져서 시커멓게 그 모습을 드러냈다. 그런데 그는 눈을 휘둥그레져서 한 번 물을 뿜어내더니 갑자기 그대로 딸 쪽으로 안기고 말았다. 그리고 외설스러운 자세를 하고 승리의 포효를 하는 곰처럼 하늘을 올려다보고 빙빙 돌기 시작했다.

"어떠냐. 이게 내 소중한 딸년이다. 그래. 정말 착한 아이가 아니냐. 이놈들 모두 들거라. 내 사위는 선우 참봉이다. 나는 큰 부자라고."

넘칠 듯이 모여든 사람들은 남자나 여자 할 것 없이 왁자그르르 웃어댔다. 딸은 손을 휘저으며 괴로운 듯이 발버둥치기 시작했다. 늙은 마누라는 초시를 부엌 쪽으로 넣기 위해 아무렇게나 밀었다. 하지만 그는 꿈적도 하지 않은 채 탄실의 배를 부둥켜안고서 더욱더 기뻐서 어찌 할 줄 모르고 춤을 추며 돌아다녔다. 역시 자신이 생각한대로 탄실의 배가 크게 부풀어 있었던 것이다.

"봐라. 배가 완전히 둥글게 부풀었잖냐. 이제 곧 손자가 태어나겠어. 따뜻한 배가 가득 차있구나."

탄실은 비명을 질렀다. 그 소리에 구경꾼들은 더욱더 재미있어하며 히히히 웃어댔다. 그런데 어떻게 된 일인지 소리를 죽이고 힛힛 하며 웃음소리를 줄이더니 모두 흩어지기 시작했다.

"어찌 된 일인고." 평상복으로 갈아입은 선우 참봉이 그 때 언덕을 넘어서 나타났던 것이다. "아아. 이 늙다구리 놈아. 거추장스럽게!"

그제서야 기 초시는 제정신을 차리고 평소의 잠에 빠진 듯한 모습으로 돌아갔다. 탄실은 쓰러져 울며 자기 방으로 도망쳤다. 노파는 그 자리에서 엉덩방아를 찧고 주저앉아서 땅을 치며 통곡하기 시작했다. "이 개똥같은 노인네가 결국 정신줄을 놓았어. 뭐 하러 울타리까지 쓰러뜨리냐고. 아이고 결국에는 미쳐버린 게야."

초시는 눈을 감더니 흠칫 놀라는 기색도 없다. 완전히 예전 상태로 돌아갔다. 즉 바보 같고, 토우(土偶)와 마찬가지로 아무런 감정도 몸에 감돌지 않는 듯 했다. 그는 아무런 말도 하지 않은채 조용히 부엌으로 절름발을 끌면서 가다가 조금 머리를 숙이더니 역시 놀란 듯한 표정으로 안으로 기어들어갔다.

선우 참봉은 그것을 눈으로 배웅 하더니 흰 수염을 몇 번이고 내리 훑었다. 그러더니 갑자기 닭과 같은 눈을 하더니 노파에게 작은 소리로 속삭였다.

"배는 그래도 좀 안 드러나게 조여놓아. 응."

그는 노파가 고개를 끄덕이는 것을 보더니 완전히 안심하더니 휙 몸을 돌려 쓰러진 울타리로 다가갔다. 그리고 그것을 바로 세우려고 두 세 번 머리를 틀더니 울타리 한 쪽 끝을 잡고서 갑자기 밖에 있는 사내들을 향해 화를 냈다.

"어서들랑 오지 못하겠어. 어서 세워. 그저 보고만 있어들 되겠나. 매번 우물쭈물 대고 일들을 안 하니까 그렇게 가난 한거야. 자 어서 세워. 어서들 못하겠나."

　　세입자들은 손뼉을 치면서 마지못해 몰려왔다. 노파는 혼잣말을 중
얼거렸다.

　　"이 늙은 것이 목을 매야지."

　　물론 초시는 그 다음날 아침에도 일찍 한 구석에서 일어났다. 선우
참봉은 그때 탄실의 방에서 죽은 것처럼 몸이 굳은 채 자고 있었다.
초시는 벙어리처럼 입을 다물고 아침이지만 아직 어두운 가운데 굵은
목을 똑바로 세우고 밖으로 나갔다. 그리고 구릉을 내려오며 철도 선
로를 넘어 강 근처까지 갔다. 수풀 위에는 이슬이 함초롬히 내려있었
다. 그는 조용히 진흙투성이인 상의를 벗고 씻기 시작했다. 바지 쪽은
오히려 더 많이 더러워져 있었는데도 그는 예의를 아는 사람이었기
때문에 광야 가운데 벌거숭이가 되는 것을 기분 좋게 생각하지 않았
다. 그래서 그 바지는 그 이후로는 가죽으로 만든 것처럼 질척거렸다.
　　그 후 며칠 지나지 않은 사이에 산달이 가까워온 탄실은 참봉의 저
택에 들어가게 됐다. 노파도 참봉의 집에서 보내는 시간이 많아서 저
녁 무렵 잠시 저녁밥을 받아와서 그것을 초시에게 차려주었다. 하지
만 오히려 초시의 마음은 더욱더 넉넉해져서 상투의 밑동 부분이 푹
신푹신하게 올라올 정도로 한층 행복한 기분에 젖었다.

5.

　　숲속에는 이미 가을의 숨결이 깊어지고 있었다. 기 초시는 역시 예
전과 같이 색 바랜 우산으로 텐트를 치고 똑같은 곳에서 꾸벅꾸벅 졸

고 있었다. 때때로 강풍이 쏴아 하고 한차례 불고 가면 이름 모를 작
은 새가 높은 우듬지에서 부리를 쪼면서 두세 번 지저귀었다. 그러자
숲속은 다시 아주 조용해졌다. 그는 홀로 이런저런 생각에 젖었다.
'아내나 딸에게 부끄럼 없는 아버지로서의 길을 밟아가지 않으면 안
된다. 나는 참봉의 장인어른이 아니냐.' 그는 무언가를 해서라도 딸아
이의 마음을 사지 않으면 안 된다고 생각했다. 노파는 오직 탄실을 소
중히 한 나머지 자기 자신을 괴롭히고 있기 때문에, 딸 아이가 기뻐한
다면 아내는 상냥해질 것이다. 그렇지 하고 그는 고개를 끄덕였다. 탄
실이는 이제 곧 아이를 낳을 것임이 틀림없다. 그렇지 어서 돈을 모아
서 태어날 아이의 기저귀라도 사러가야겠다. 그는 예전에 산속에서
탄실의 아이를 죽인 것을 떠올리고는 죄를 씻기 위해서라도 더욱 그
것을 실행해야겠다고 결심했다. 그렇게 한다면 딸아이는 얼마나 감사
해 하며 자신을 맞아줄 것인가. 그의 눈앞에는 자신이 으스대면서 그
참봉 저택 안을 드나드는 광경이 확연히 떠올랐다. 딸아이가 사내아
이라도 낳는 날에는 자신도 한몫을 해낸 얼굴을 하고 젊은 여자를 얻
어서 후사를 또 낳을 수 있는 것이 아니겠나. 그는 어깨를 흔들며 히
히히 하고 웃었다.

  "뭐 좋은 일이라도 있는가." 뒤에서 고담서를 읽고 있던 앞니가 빠
진 노인이 그를 돌아보고 괴이한 듯이 물었다.

  초시는 경계하듯이 목을 움츠렸다. 그러자 이번에는 대머리가 담뱃
대 대통으로 이마를 긁으면서 앞쪽에 나타났다.

  "들자하니 초시 자네 딸애를 선우 참봉의 첩으로 보냈다고 하던데.
딸내미 덕에 늙다리가 편하게 살겠군. 기 초시 나는 자네가 부러우이.
정말 가난한 사람에게 딸내미는 재산이니까 말이야."

"그런데 말이야. 첩으로 들였는데 계집애를 낳으면 그거야 말로 큰 일이지 않나." 하고 붉은 코 노인은 아무렇게나 드러누워서 심술 맞게 중얼거렸다. "그렇게 하면 초시 딸애는 갓난아기만 등에 업고 쫓겨나 버릴 거야. 선우 참봉은 정말 지독한 놈이야. 첩을 마치 닭 들이듯이 몇이나 얻어놓고 모두 사내애를 낳지 못해서 돌려보냈다니까. 매음녀 아이가 어찌 나올지 내가 알바 아니지만 잘 될지 몰러. 그렇게 되면 영감 고생이야말로 정말 볼만 하겠는걸."

"그러고만 있지 말고 딸아이 운세라도 좀 봐 보시라고." 앞니가 빠진 노인이 화가 난듯한 말투로 말했다.

초시는 꿈적도 하지 않았다. 낙락정정(落落亭亭)한 장송(長松)이 조용히 그들의 요설(饒舌)에 귀를 기울여들고 있을 뿐. 때때로 흥겨운 듯이 바스락바스락 소리를 냈다. 그 때 어딘가 먼 숲속에서 광목을 찢는 듯한 감회가 극에 달한 듯한 노랫소리가 바람이 불어가는 대로 타고 들려왔다. 누가 노래를 하고 있는 것일까. 그러자 숲은 머리를 흔들고 무언가를 긍정하고 있는 것 같았다. 두 세 명의 시골 사람이 기자 전각 쪽에서 줄지어 내려왔다. 그들은 초시 앞에 다다르자 멈춰서더니 역서에 그려진 색칠된 그림을 흥미로운 듯이 바라봤다. 대머리는 시골 사람들의 머리를 올려보면서 점보기를 권했다.

"점 좀 봐 보시오들. 잘 맞춘다고 해서 이 근방에선 꽤 유명한 점쟁이라오."

사내들은 서로 바라보며 겸연쩍은 듯 히잇 하고 웃었다. 그 중 토끼 입술은 머뭇머뭇 하다가 얼굴이 벌겋게 달아올라서 말했다.

"우리들이야 뭐. 헤헤. 나쁘게 나올 것이 뻔해서."

기 초시는 무언가에 씌인듯 부들부들 떨면서 일어섰다. 그의 얼굴

은 흙을 집어 먹은 듯이 얼굴이 노래져서 입술을 쩍 벌렸다. 모두는
어찌된 일인지 몰라 어안이 벙벙해져서 초시를 지켜봤다. 숲의 조용
함을 깨고 노랫소리가 점차 가까이 들려왔다. 사람의 폐부(肺腑)에 파
고들어오는 울림을 갖고 슬픔에 젖어 떨면서. 그는 두세 걸음 노랫소
리가 들리는 방향으로 무의식적으로 뛰어갔다.

에헤우, 슬프도다
스물다섯 가야금 튕기던 밤(絃彈夜) 달에
갈대 한 가닥 입에 물고서
꺾인 새털을 겨드랑이에 끼고
떨어지는 것은 한 마리 기러기

초시는 등을 꿈적도 하지 않고 양손을 왜틀비틀 하며 숲속으로 절
름발을 끌며 올라갔다. 그는 발을 부들부들 떨며 때때로 발이 걸려 넘
어질 뻔했다. 그는 등이 타오르는 것 같았다. 마치 꿈속에 있는 것처
럼 정신없이 산 중턱까지 왔을 때 어느새 노랫소리가 사라졌다. 그 때
이번에는 노랫소리가 숲속 오른편에서 반향이 울려왔다. 노래를 하는
사내가 그 쪽으로 옮겨 간 것 같았다. 그는 두세 번 빙글빙글 돌았다.
그리고 다시 소리가 나는 쪽을 향해 당황해서 허둥대며 다리를 질질
끌며 향해갔다.

동행자는 상처입고
하늘로 돌아간다
달에 편승해서 구름을 만난다
은하수 근처에 가서

울어도 대답하지 않고

초시는 소리가 나는 근처까지 미끄러지고 구르기도 하면서 겨우 헤매다 당도했지만, 기력이 다해서 커다란 소나무 가지를 안고 헐떡거렸다. 어두컴컴한 나무 그늘 아래 장대한 체격의 사내가 대자로 누워서 노래를 계속하고 있었다.

"이게 누군가. 바위가 아니냐."

"…………."

"바위야. 나다 초시라고."

그 사내는 깜짝 놀라서 벌떡 일어났다. 경직된 얼굴 가운데 커다란 눈이 순간 불을 뿜었다. 어깨가 다부지게 컸고 손도 길었다. 이 사내는 틀림없이 밀림 안에서 초시와 함께 화전을 일으키던 탄실이 남편이었다. 옛날 험한 산 움막에서 살 때 그는 맑고 울림이 깊은 소리로 고향에 돌아가고 싶은 마음을 노래에 실어서 읊었다. 그리고 오늘 바위는 십 년 형기 가운데 칠 년여 간을 복역하고 출옥했다. 과거에 그에게 달라붙어 떨어지려고 하지 않던 마누라나 장모님은 도대체 어디에 있단 말인가. 그는 슬픔에 빠져 풀이 죽어서 천년림(千年林)을 방문해서 드러누워 자며, 마누라와 함께 지냈던 예전의 그리운 숲속에서의 생활을 사무치게 생각하며 이 노래를 슬피 불렀던 것이다. 사내는 어둠 속에서 한번 히죽 웃은 것 같았다. 갑자기 그는 짐승과도 같은 환성을 올리며 뛰어내려 왔다. 그러자 어찌된 인일지 초시는 무서운 상상에 빠져서 정신없이 뒤로 꽁무니를 빼고 도망치려했다. 그리고 커다란 나무에 부딪쳐서 두 세 걸음 기우뚱 하다가 꽈당 쓰러져서 양손을 흔들면서 애원하듯 바위를 제지하려는 듯 놀라서 쩔쩔맸다.

"아버님이시죠." 바위는 초시 몸을 덮쳐누르려는 듯 육박해 왔다. 그리고 치아를 드러내고 콧소리로 웃었다. 초시는 목이 마르고 숨이 차올라서 아무 말도 하지 못했다. 다만 두 세 마디 끙끙거릴 뿐이었다.

"바위. 바위야."

목을 단단히 조이는 듯한 긴장된 한 순간이었다. 바위는 드디어 완전히 흰 치아를 드러내고 환성을 지르고 그 마음을 얼굴 전면에 드러냈다. 초시는 부들부들 떨면서 두세 걸음 엉덩이를 끌며 뒷걸음질을 쳤다.

"다들 어디에 있소." 바위는 헐떡이면서 초시를 쫓아가며 외쳤다.

"…………." 초시는 마른침을 삼키면서 숨을 헐떡였다.

"그래." 바위는 상상하듯이 중얼거렸다. 눈 위 커다란 사마귀가 부걱부걱 떨렸다. "탄실도 이제 훌륭한 여자가 됐겠죠. 이제 걱정하지 마소. 네. 아버님. 걱정 없소. 감옥에서 이백 엔이나 저축해서 나왔소. 이제부터 또 열심히 살려고 합니다."

"…………."

"하하." 하고 바위는 너무나 행복하다는 듯이 웃었다. 그리고 갑자기 맹수처럼 초시를 덮치듯 그의 몸을 흔들기 시작했다.

"어디에 있소. 어디에. 아 나는 정말 얼마나 만나고 싶었는지 몰라."

초시는 녹초가 돼 쓰러져서 정신을 잃을 지경이 돼서 겨우 띄엄띄엄 중얼거렸다.

"칠성문 안에 선우 참봉 집에, 선우 참봉 집에……."

바위는 양손을 흔들고 튀어 올랐다. 그리고는 하늘 높이 한 번 깔깔 웃었다. 그 저택에 탄실이 하녀라도 됐다고 생각했던 것이다. 그는 주변을 두리번두리번 돌아보고 갑자기 숲속을 뛰어 내려가기 시작했다.

관목(灌木)의 작은 가지가 커다란 바위의 몸에 닿더니 우지끈 하고 꺾였다. 대지가 으르렁거리듯이 쿵쾅거렸다. 초시는 몸을 일으켰다. 그리고 눈을 크게 뜨더니 일순간 다시 얼굴이 경직됐다. 그는 당황한 듯 아아아아 하고 포효하면서 굴러가듯이 손을 흔들며 쓰러질 듯이 기우뚱하며 바위를 따라갔다.

"바위야. 기다려라. 바위야."

그리고 쿵 하고 넘어졌다. 바위의 흰 그림자는 순식간에 저 멀리 사라졌다. 초시는 목을 땅바닥에 착 밀착시키고 있었는데 그의 몸은 땀으로 흥건하게 젖어 있었다. 마침 그때 높은 느릅나무 위에서 까마귀가 까악까악 하며 날개를 펄럭이며 울고 있었다.

6.

조금 있다 초시는 정신없이 숲에서 빠져나왔다. 마치 꿈속과 같았다. 그는 지금까지 무언가 환영에라도 홀린 듯한 기분이 들었다. 긴 시간 동안 몽상의 힘으로 생활해 왔던 초시의 경우, 이러한 일은 몽상 속에서만 빛을 띠고, 현실에서는 형체를 갖고 나타나도 믿기 힘든 것은 아니었을까. 특히 생각지도 못한 바위가 출현하고 보니 더욱 그랬다. 그렇게나 바라마지 않던 바위의 출현은 지금 그에게는 무시무시한 일로 밖에는 생각되지 않았기 때문이다. 그는 다시 악몽을 쫓기라도 하듯 머리를 흔들었다. 그리고 결국 지금 일어난 일이 다 꿈이라고 생각했다.

다시 점괘를 보던 곳에 돌아가자 그가 우산을 펼쳐놓았던 자리에는 노인들과 방금 전에 봤던 시골 사내들이 역서를 가운데 놓고 쪼그리고 앉아있었다. 그 안에 양복을 입은 코가 큰 서양인이 한 명, 역서를 흥미롭다는 듯이 만지작거리면서 그가 돌아오는 것을 기다리고 있었다. 초시는 땀에 흠뻑 젖은채 깔아놓은 대자리 위에 조용히 앉았다.

"양귀자(洋鬼子)구먼." 빨간 코 노인이 잠시 초시를 수상쩍다는 듯이 바라보더니 차마 두고 볼 수 없다는 듯이 초시의 귀에 대고 큰 소리로 외쳤다. "역서를 사고 싶은 모양이구먼. 비싸게 붙여서 팔도록 해."

서양인은 파란 눈으로 초시가 지장과도 같은 얼굴을 흘끗 바라보더니 흡족해 하며 흰 종이에 서툴게 한자로 썼다.

"賣"

초시는 점차 처음부터 끝까지 오늘 일어난 일들이 꿈처럼 느껴졌다. 원래 그는 서양인은 야만스럽다고 경멸했었기 때문에 일부러 고개를 빳빳하게 들고 쳐다보지 않았다. 그런데 서양인이 한자를 조금이나마 쓸 줄 아는 것을 보고 깜짝 놀라서 경외감을 느꼈다. '초시 이 사람아 글자에 져서는 안 되지.' 조금 작은 소리로 자신에게 들려줬다. 그는 한 번 주변 노인과 시골 사내들을 둘러봤다. 그러자 한자를 이해하는 것은 자기 혼자뿐이라는 의식에 자못 의연한 태도로 득의양양한 표정을 지었다. 그는 모든 것을 잊어버릴 정도로 우쭐한 마음이 들었을 정도였다.

"이걸 팔라고 하는데." 그는 모두를 보며 중얼거렸다. 하지만 노인들 귀가 먼 것을 눈치해고, 한 번 더 큰 소리로 대머리에게 외쳤다. "이걸 팔라고 한다고."

노인들은 고개를 주억거렸다.

"그런 거라고 나도 생각했지."

초시는 소맷자락을 걷어 올리고 붓을 들었다. 점을 찍기를 높은 봉우리에 돌 던지듯, 일자를 긋기는 천리의 운을 거는 식의 고양된 마음으로 쓰기 시작했다.

"不賣"

그런데 글을 다 쓰고 돌아서자마자 그는 후회했다. 갑자기 그는 딸이 곧 낳을 아이에게 줄 헝겊이라도 사지 않으면 안 된다는 생각이 들었던 것이다. 불현 듯 바위 일도 환영처럼 다시 떠올랐다. 그는 갑자기 마음이 두근두근 떨리기 시작해서 광기에 일어섰다. 그러자 어째서인지 그는 점차 역서를 팔아치워야 겠다는 생각이 들었다. 그 때 서양인은 다시 썼다.

"賣"

초시는 허둥대며 붓을 다시 들었다. 그리고 이번에는 필법을 논하자면 풍랑뇌전(風浪雷電)과 같이 쓰지 시작했다.

"賣"

"二圓錢"

"諾"

그러자 서양인은 미소를 머금으며 돈을 다 내고 역서를 가방 안에 집어넣더니 어디론가 사라졌다. 초시는 지폐 두 장을 몇 번이고 들여다보더니 허리띠 사이로 깊숙하게 찔러넣었다. 그는 왠지 어깨가 가벼워지고 마음이 튀어오를 듯 마음이 넓어지는 것을 느꼈다. 그는 이미 지폐를 손에 넣었기 때문에 모든 것을 잊어버리고 이제 해야 할 일은 딸아이를 기쁘게 하는 일 뿐이라는 일념으로 가슴이 가득 찼다. 그 이외의 일은 생각할 것도 없고 생각하고 싶지도 않은 기분이었다. 너무나도 경악스러운 커다란 일을 겪은 직후라서 한 가지 희망에만 매달리고 싶은 마음이 무의식적으로 작동하고 있었던 것이리라. 그는 우산을 어깨에 메고 대자리를 옆구리에 낀 후에 역서를 싸던 보자기로 몇 번이고 땀을 닦으면서 절름발을 질질 끌면서 걷기 시작했다. 노인들은 오늘이야말로 마지막 향응을 받을 것이라고 생각하고 그의 뒤를 졸졸 따라갔다. 그들은 기 초시가 앞으로는 기자림 안에 오지 않을 것이라고 생각했던 것이다.

"어디에 가는가. 술집에 가나."

"포목(布木) 집에 가네." 초시는 고개를 앞으로 바로 한 채 말했다. "딸년이 곧 손자를 낳는다고."

"어딜 간다고."

"포목집이래."

하지만 노인들은 귀가 멀어서 제대로 듣지 못했다.

"어디라고."

"포목집이라고."

노인들은 놀라서 멈춰 섰다. 그리고 서로 얼굴을 번갈아보며 끄덕였다. 앞니가 빠진 노인은 횡설수설하며 중얼거렸다.

"미친 게 분명해."

그러자 빨간코가 말했다.

"분명히 또 여자애를 낳겠지."

드디어 초시가 이 원 가까운 돈을 다 털어서 갓난아이에게 줄 헝겊을 사서 집어넣고 참봉 댁 대문을 향해 헐떡이며 언덕을 올라가고 있을 때였다. 그는 양손을 흔들며 너무나도 상쾌하게 절름발을 끌며 가고 있었다. 이미 어둑어둑한 황혼이 깔리고 있었다. 그런데 참봉네 집 대문 석탄으로 쓰러질 듯이 가까이 다가간 순간이었다. 뜻밖에도 한 사내가 그 집에서 내던져져서 밖으로 굴러 떨어졌다. 초시는 깜짝 놀라서 뒤로 뛸 듯이 물러섰다. 그것은 바위였다. 그의 몸은 흙투성이가 되고 목덜미나 아래옷이 새빨갛게 물들어 있었다. 그는 몸을 덜덜 떨고 있었다. 초시는 눈앞이 캄캄해 지고 발밑은 비슬비슬 무너질 것 같았다. 저택의 높은 벽 안에서는 맹견이 광기에 차서 짖는 소리가 요란스레 울려 퍼졌다. 그는 갑자기 겁을 먹고 바위에게 달려가서 어깨를 흔들면서 외쳤다.

"바위. 바위. 무슨 짓을 한 건가."

하지만 바위는 괴로운 듯이 이를 악물고 신음할 뿐이었다. 그는 사랑하는 아내와 만날 일만을 생각하고 미친 사람처럼 탄실아 탄실아 하고 외치며 저택으로 달려갔던 것이다. 그런데 갑자기 맹견이 달려들어 결국에는 맞붙어 싸우게 됐다. 선우 참봉이 뜻밖의 침입자에게 놀라서 맹견을 부추겼던 것이다. 맹견은 바위의 목덜미를 공격했다. 그는 순식간에 넘어질 듯 하면서 맹견의 목 주위를 확 껴안았다. 그러자 맹견은 괴로운 듯이 맹렬하게 그를 떨쳐내기 위해 몸부림을 쳤다. 맹견과 바위는 두세 번 뒹굴렀다. 구르면서 바위는 탄실아 하고 외쳤다. 그 때 탄실은 바위가 온 것을 알고 크게 외치며 툇마루에서 정신을 잃고 아래로 쓰러졌다. 이때다 싶어 바위는 맹견을 땅바닥에 두들겨 내리치고 쓰러질 듯 하면서 대문 밖으로 도망쳤던 것이다. 그러나 맹견은 다시 그를 쫓아 달려들어 그의 발목을 덥썩 물었다. 바로 그 때 그는 대문을 밀어 열고 뒹굴러 밖으로 떨어진 것이다.

광기에 찬 개가 닭들 뒤를 쫓는 것인지 몇 십 마리가 넘는 닭들이 날아 도망치며 얼이 빠져 허둥대는 소리가 떠들썩하게 끓어올랐다. 초시는 다시 놀란 듯 몸을 젖혀서 대문에 찰싹 달라붙었다. 도대체 무슨 일이 벌어진 것인지 알고 싶었던 것이다. 그렇지만 무엇보다 맹견이 무서워서 안으로 들어가지 못하고 있었다. 그는 자신이 개를 무서워한다는 사실을 새삼 깨닫고 더욱더 조바심이 났다. 그렇게 또 몇 분이 지나갔다. 그런데 갑자기 뒤 쪽에서 소리가 들려온 것 같아 그는 깜짝 놀라 뒤돌아 봤다. 뒤에 나타난 것은 바위가 아니라 뜻밖에도 거지 애꾸눈이었다. 바위는 도대체 어디로 사라진 것인가. 정신을 차려보니 바위는 그 자리에 없었다. 그는 애꾸눈을 반짝거리면서 묘하게 쥐가 난 사람처럼 비웃으며 말했다.

"흠. 대체 왜 남의 집안을 훔쳐보는 게냐."

평소였다면 기 초시는 이번에야말로 이 심술궂은 거지에게 뽐을 좀 내보자고 하며 득의양양하게 대문을 활짝 열었을지도 모른다. 그렇지만 무엇보다 그는 방금 전에 죽은 사람처럼 쓰러져있던 바위가 행방불명이 돼서 놀란 마음으로 가득했기 때문에 그러한 자존심에 좌우될 마음의 여유가 없었다. 그는 허둥대며 석단을 내려와서 주변을 둘러봤다. 그런데 이제 완전히 어두운 밤이라서 지척도 분간하기 힘들었다. 그는 수상쩍은 기분으로 절름발을 끌며 벽을 나란히 하고 저택 뒤편으로 돌아서 가기 시작했다. 그러자 애꾸눈은 달려와서 그의 눈앞에 계속해서 얼굴을 들이밀면서 아우성을 쳤다.

"에. 이집은 영감네 사위 집이 아니었나? 에, 어째 안에 안 들어가고 계시오? 에?"

초시는 졸린 듯 고개를 앞으로 향하고 발을 끌면서 아무런 대답도 하지 않았다.

"쳇. 참봉이 무서워 그러고 있는 것이지." 애꾸눈은 더욱 집요하게 따라붙었다. "쳇. 이집 개가 무서워서 안에 못 들어가나. 에이. 이 개 참봉. 이런이런…."

그 순간 그는 무언가에 발치가 걸려서 멋지게 초시 앞으로 굴렀다. 거지는 화가 나서 일어서자마자 걸림돌로 보이는 것을 어둠 속에서 탁 걸어찼다. 그 때 무언가 무거운 것이 털썩 하고 쓰러졌다. 둘은 흠 칫해서 홱 비켜섰다. 달까닥달까닥 하고 철물이 흔들리는 소리가 두 세 번 어쩐지 으스스하게 울렸다. 잠시 그들 둘은 그 자리에서 가만히 장승처럼 우뚝 서서 겨우 움직일 결심을 했다. 초시는 공포에 떨며 어 둠속에서 손으로 더듬어서 그것을 만져봤다. 그는 앗 하고 생각하며 다시 날쌔게 물러섰다. 아카시아 풀이 바람에 부부 하고 날렸다. 그리 고 이제 개가 짖는 소리가 멈췄다. 초시는 부들부들 떨리는 손으로 성 냥을 켜서 주위를 밝게 비췄다. 거지는 그 순간 혼비백산해서 초시에 게 달라붙었다. 그곳은 바로 저택의 뒷문이었다. 그 뒷문 둘레를 바위 가 거무죽죽한 피 칠갑을 한 커다란 손으로 있는 힘을 다해 쥔 채 늘 어져 있었다.

"바위야." 숨이 막힐 듯한 소리로 외치면서 초시는 그의 손으로 달 려들었다. 그 손은 얼음처럼 차가웠다.

"바위야." 그는 울음소리를 내며 다시 한 번 외쳤다.

하지만 대답은 없었다.

그로부터 이삼일 지나 바위와 탄실 부부의 시체는 장수산(長壽山) 공 동묘지에 나란히 사이좋게 나란히 묻혔다. 탄실도 너무나 큰 충격으 로 쓰러져 정신을 잃고는 다시 숨을 내쉬지 못했던 것이다. 하지만 흰 수염을 한 수전노 선우 참봉은 그녀를 후하게 장사지내줄 마음이 전 혀 없었다. 그가 목이 쉬어라 운 것은 이번에도 후사를 낳지 못한 슬 픔 때문이었다. 어느날 그녀의 시체는 참봉 댁 머슴에게 들려 장수산

삼등공동묘지에 들려왔다. 그 관 뒤를 눈물을 흘리면서 노파가 따랐다. 그런데 우연히도 그와 동시에 바위의 비참한 모습을 한 시체도 초시의 대자리에 덮힌 채 부청(府廳) 인부들 손에 들려 초시의 호위를 받으며 같은 곳으로 들어왔다. 돌아오는 길에 초시와 노파는 오랜만에 서로 부둥켜안고 슬퍼하며 산을 내려왔다.

　그 후 숲속에서 고담 읽는 노인들 모임에는 새롭게 기 초시도 합류하게 됐다. 그는 고담 읽기로는 누구보다도 훌륭했다. 하지만 그는 예전에 비해 완전히 쇠약해졌다. 항상 갖고 있던 색 바랜 우산은 선술집의 우산 수선쟁이에게 십오 전에 팔아서 그는 이제 아무 것도 갖고 있지 않았다. 해질 녘이 돼 고담 읽기가 끝나도 그가 갈 곳은 이제 없었다. 그래서 그는 숲속에 숨어서 전각에서 당번을 하고 있는 능지기 선우 씨가 개를 데리고 돌아가는 것을 지켜보고 나서, 그 처마 밑으로 느릿느릿 절름발을 이끌고 갔다. 그곳으로 노파가 성안에서 저녁밥을 얻어서 돌아왔다. 이미 한 구석에 자리를 차지하고 있던 애꾸눈 부부가 그에게 저녁밥을 권해도 이제는 그다지 고통을 느끼지 않았다. 그리고 그들 노 부부도 이제는 예전처럼 사이가 좋아졌다.

　드디어 겨울이 되자 기자림 안에도 건조하고 찬바람이 불어왔다. 어느 날 노파는 성안에서 돌아와 초시에게 주려고 길바닥에서 밀짚모자를 하나 주워왔다. 초시는 대단히 기뻐하며 손을 부들부들 떨면서 몇 번이고 그것을 머리에 썼다. 그런데 그의 머리는 지독하게 옆으로 퍼진데다 상투를 하고 있어서 아무리도 해도 모자가 머리에 들어가지 않았다. 그래서 그는 양손을 털면서 콧물을 훌쩍이면서 다음과 같이 투덜댔다.

　"나는 학자 머리를 하고 있어서 그래."

노파가 말했다.

"이 모자는 여름용이라고요."6)

---

6) 이 소설의 결말은 소설집 『빛 속으로』(1940.12)에 실릴 때 개작된다. 즉 바위가 탄실의 첩살이를 통한 임신을 알고 기자림에 불을 지르고 타죽는 것으로 스토리 가 바뀐다.

뱀*

어느 안개가 짙게 낀 여름 아침 여섯 시 한눈에도 장대한 체격의 한 사내가 쓰키치(築地)[1] 뒷골목 공터 근처에 어슬렁거리며 나타났다. 아침안개도 마치 그를 두려워하는 듯 희끔히 옅어지기 시작했다. 그는 잿빛의 구깃구깃한 밖으로 젖히게 만든 옷깃을 한 상의와, 아래는 골덴 바지를 입고 있었다.

이 거한은 조금 전 근처 가설극장에서 나왔던 것이다. 극장에서는 밤새도록 고리키의 '밑바닥에서'[2] 무대연습이 진행되었다. 그는 지난 밤부터 찾아가서 그 연습하는 광경을 지켜보았다. 그리고 그는 무엇보다 사틴[3] 역이 좋아서 견딜 수가 없었다. 그러고 보면 그 역시 예전에 자기 동료들하고 극단을 했을 무렵, '밑바닥에서'를 상연하면 반드시 사틴 역할을 맡곤 했다.

이 거한은 저도 모르게 어깨를 으쓱거리고 제스처도 멋지게 섞어가며 사틴의 대사를 외쳐보았다.

"이인가안(인간)! 자 어때, 정말로 멋진 울림이지 않냐."

---

* 「掌篇 蛇」(朝鮮畵報, 1940.8.) 원문 일본어. 삽화는 尹春波.
1) 도쿄 스미다강 하구 부근 지구.
2) 막심 고리키 작품으로 1901년 겨울부터 1902년 봄에 걸쳐 창작됐다.
3) '밑바닥에서' 주요 등장 인물. 전신기사(電信技師) 출신의 사기도박 전과자.

　　그리고 나더니 금세 몰입하여 양팔을 쳐들고 술 취한 사람처럼 몸
을 뒤로 젖히고는 아우성치기 시작했다.

　　"이인가안! 인간은 존경하지 않으면 안 된다! 결코 동정할 대상이
아니다……."

　그러나 마침 마지막 호흡을 할 부분에서 아, 이거 안 되겠어 하며 그는 헐떡거리면서 그만둬버렸다. 역시 어제부터 굶어서 그런지 몸이 휘청거리기 시작한 것이다.

　"역시 아무래도."

하고, 그는 스스로에게 일렀다.

　"어떻게든 아침밥을 먹어야 되는데."

　공교롭게도 우리의 사틴 배우는 땡전 한 푼 없는 넝마장수[4]였다. 아니 예전에도 변함없이 넝마장수였다. 옛날에 자기들의 극단이 있었다고 해도 아무튼 이주노동자들이 모여서 만든 것이었던 만큼 오키나카시(沖仲仕)[5]만 있는 것이 아니라, 구두 수선공, 넝마장수, 청소인부, 신문배달부까지 없는 직업이 없을 정도이다. 그렇기 때문에 그가 넝마장수라 한들 별로 놀랄 일도 아니었다. 게다가 그 중에서도 그는 특히 연극에는 천부적인 재능이 있었고 또 누구보다도 가장 열심이었다. 이제는 다만 자신들의 연극도 할 수 없게 되었기 때문에 이런 기회에라도 그는 빼놓지 않고 가설극장에 나타나서 연극을 향한 간절한 향수를 달래는 것이다. 어차피 관람료도 없고 게다가 몇 번이고 다시 하는 것을 곰곰이 즐기면서 볼 수 있으니까. 때문에 그는 어제 일을 쉬어서 결국 하루 종일 아무 것도 먹지 못했다.

　그는 있는 힘껏 크게 하품을 했다. 물론 하품을 했다고 해서 없는 돈이 굴러 들어올 리는 없었다. 그러더니 그는 총총 걸음으로 공터 쪽으로 나아갔다. 어쩌면 넝마장수라는 직업상 그런 곳으로 발걸음이

---

4) 폐품을 수집하는 일.
5) 항만 노동자로 본선과 거룻배 사이에서 짐을 싣고 부리는 하역부를 말한다. 도쿄 시바우라 해안에는 많은 조선인 오키나카시가 있었다.

향했는지도 모른다. 뭔가를 주워야만 하는 직업의 습성상 말이다.

그런데 그는 갑자기 놀라서 멈춰 서버렸다. 그리고 꼼짝도 하지 않았다. 아니 꼼짝 않고 있었던 것은 한 순간이고 그는 이윽고 눈을 비비며 고개를 쑥 내밀고 뭔가를 찾는 듯하다.

"흐음"

그는 한 번 신음소리를 냈다.

이게 웬 떡이냐는 의미였다. 다른 게 아니라 공터 구석 돌 위에 커다란 뱀 한 마리가 도도하게 여름 아침이슬을 맞으며 유유히 몸을 서리고 있었던 것이다. 그것이 햇빛을 받아 요상한 빛으로 반짝반짝 빛나 보인다. 그는 그 순간 이 너무나도 포복(飽腹)하여 만족해하는 듯한 뱀에게 질투심마저 느꼈다.

"이 녀석을 잡아서 한몫 노려야지."

하고 그는 마음속으로 외쳤다. 그래도 혹시나 착각한 게 아닌가 했다. 뭐니뭐니 해도 안전이 제일이라고 옆쪽으로 가서 보고, 오른쪽에서 바라보기도 하고, 뒤쪽으로 돌아가 봐도 진짜 틀림없는 큰 뱀이다. 그것이 의연하게 사람이라도 잡아먹은 듯한 모습으로 가만히 움직이지 않고 있다. 그는 괘씸하다고는 생각했지만 무엇보다 무서웠기 때문에 가까이 가지 못하고 멀리서 엄숙하게 팔짱을 낀채 흐음 하고 또 한 번 신음을 했다.

"이거 엄청난 횡재로군."

하고 그는 중얼거렸다. 뭔가 좋은 수가 없을까 하고 궁리하던 중에 문득 장사꾼의식이 발동한 것이리라. 그래서 그는 매우 행복해져서 그 자리에 주저앉아 식욕까지 당기는 듯한 기분으로 혀를 날름날름 거리며 입술을 핥아댔다. 그런데 그 때 공터 한 귀퉁이 신축장(新築場)으로

목수들이 줄줄이 다가오는 게 보였기 때문에,

"이거 안 되겠군."

하며 그는 낭패한 듯이 일어섰다. 목수들에게 뱀을 뺏기면 큰일이라고
생각한 것이다. 그래서 그는 비틀비틀 큰길로 나가 전부터 본 적이 있
는 근처의 뱀 장사 가게를 찾아갔다. 뱀 장사는 어지간히 성실한 사람
으로 보였는데, 마치 춤추며 돌아다니는 광대들6)처럼 분주하게 온 가
게 안을 한창 털어내고 있는 중이었다. 뱀이 들어있는 유리병이 그리
스 폐허의 사람모양을 한 기둥처럼 선반 위에 가지런히 늘어서 있다.

"뱀 장수 양반."

뱀 장사는 작은 목을 구부려 거무스레한 거한을 돌아보더니 깜짝
놀란 듯 눈을 깜박거렸다. 배우는 손을 들어 공터 쪽을 가리켰다.

"저기에 큰 뱀이 있습니다만."

순간 뱀 장사는 눈을 휘둥그레 뜨더니 히죽 웃어 보였다. 이렇게 하
여 거한은 체구가 작은 뱀 장수를 뒤에 거느리고 어슬렁어슬렁 공터
쪽을 향해 갔다. 느릿하게 걷는 특별한 이유는 그렇게 쉽게 뱀이 있는
곳을 가르쳐줄 수 없다는 마음에서다.

역시나 뱀은 아무 것도 모르고 조금 전과 마찬가지로 똬리를 튼 채
매우 만족한 듯이 졸음을 만끽하고 있었다. 자 봐보시게 라는 듯이 거
한은 뱀 장수 쪽을 더욱더 우쭐대며 돌아보았다.

"헤에. 그 놈 참 크지요."

뱀 장수는 내심 빙긋 웃으며 아무런 대답도 하지 않고 재빨리 옆쪽
으로 돌아갔다. 그것도 뱀처럼 빨랐다. 순간 뱀은 졸음에서 깨난 듯이

---

6) 원문은 'ちんどん屋'. 기이한 옷차림으로 악기를 연주하며 선전이나 광고를 하러
다니는 사람들의 직업을 말한다.

오도카니 낫처럼 굽은 목을 쳐들었다. 그리고 뱀이 스르르 똬리를 풀자마자, 뱀 장수는 마치 기다리기라도 한 것처럼 뱀의 목을 뒤에서부터 꽉 움켜쥐었다.

뱀장수 키 정도 길이의 뱀이 두세 번 팔딱팔딱 튀어 오르더니 기세 좋게 몸을 꼬기 시작했다. 몸을 뒤틀더니 똬리를 틀고 머리를 쳐든다, 그것이 아침햇살을 받아 반짝반짝 흔들리는 모습은 마치 구름을 타고 하늘을 오르려고 하는 청룡과도 비슷했다. 옆에 모여 있던 목수들도 오우오우 소리를 지르며 모여든다. 거한은 그 주위를 마치 털이 덥수룩한 개가 득의양양해 하는 것처럼 빙빙 돌았다. 뱀 장수는 제 맘대로 뱀의 몸통을 자기 몸에 감으면서 급히 달리기 시작했다. 이 거구의 배우도 양팔을 저으면서 그 옆을 따라 달렸다.

"도망치려는 것은 아니겠지."

"………."

"큰 뱀이죠."

"………."

"그렇죠?"

"………."

뱀 장수는 가게 안으로 뛰어 들어가서 그것을 선반 서랍 안에 급히 집어 넣어버렸다. 우리 배우도 가게 안으로 뒤 따라 들어갔지만 별달리 할 일도 없고 해서 조금 따분해졌다. 그래서 줄줄 흘러내리는 땀만 손으로 훔쳐내면서 가게 안에 장식해 놓은 뱀이 들어가 있는 병들을 거북한 듯이 어슬렁어슬렁 돌아보았다. 뱀 장수는 언제 그랬냐는 듯이 세면기에 손을 넣고 씻기 시작한다.

"한 몫 단단히 잡겠죠,"

하고 거한은 좀 전의 뱀 이야기로 화제를 되돌릴 셈으로 이야기를 빙 돌려서 물어보았다.

"아니지. 요즘은 돈이 너무 들어서."

뱀 장수는 얼버무린다.

"역시 큰 뱀이 돈이 되겠습니다."

"그게 말이지 뱀은 크면 쓸모가 없으이."

(이 놈) 하고 거한은 화가 치밀었다.

"큰 뱀은 그저 뱀 가게의 보여주기 위한 장식밖에 안 됩니다요. 돈이 안 된다 이 말입니다. 게다가 뭐 어제 도망친 녀석을 잡은 것이니."

거한은 맥이 탁 풀려버렸다. 교활하다고 생각했지만 이미 어쩔 도리가 없다. 그래서 점점 더 겸연쩍어져서 잠시 안절부절 못하다가 골덴 바지를 두세 번 탁탁 털고는 쓱 사라지듯이 밖으로 나갔다. 그는 더욱더 휘청거리기 시작했다. 그 뒤에서 뱀 장수는 소리도 내지 않고 히죽히죽 비웃고 있었다. 혀가 뱀만큼 가늘고 길지는 않지만 충분히 마음껏 즐기고 있는듯 두세 번 뾰족한 코끝을 핥아대는 것이었다.

사틴 전문배우는 그 후 후카가와(深川)에 있는 넝마장수 십장이 사는 곳까지 가서 오랜만에 배불리 먹었다. 마침 그 날은 운 좋게도 십장의 사십 오세 생일잔치가 있었기 때문이다. 하지만 그는 배가 부르자 다시 쓰키치 가설극장까지 걸어오는 것을 게을리 하지 않았다.

'밑바닥'에서 연습은 오늘밤까지 계속된다. 그리고 그가 배부른 배를 안고 바로 그 뱀 가게 앞에 접어들었을 때였다.

어랏 하고 멈춰 서 보니, 장식장 유리 안에 아침나절 그에게 발견되어 붙잡힌 큰 뱀이 똬리를 튼 채 낫처럼 굽은 목을 쳐들고 꼼짝 않고 그를 노려보고 있는 것이었다. 그리더니 뱀은 대단히 공복을 느끼는 듯 자못 입맛이 당기는 듯이 커다란 입을 벌리고 그를 향해 두세 번 혀를 날름거렸다.

무궁일가*

1.

정각 열두시에 하타가야[1] 차고에 차를 넣고 야밤의 어둡고 적적한 비탈길을 터벅터벅 걸어 오다큐[2] 연선(沿線)에 위치한 집으로 돌아가는 최동성(崔東成)의 마음은 오늘밤 특히 암흑처럼 어둡고 무거웠다. 뒤편 하늘에는 낫 모양의 예리해 보이는 초승달이 걸려있어서 그의 그림자를 눈 앞 땅 위에 소리 없이 드리우고 있다. 그는 한 걸음 한 걸음 그것을 힘껏 밟으면서 자신의 측은함도 짓밟는 심정으로 가득 차 있었다.

온 힘을 다해 일을 해도 하루 벌어 하루 먹고 살기도 힘든데 설상가상으로 맹막염(盲膜炎)에까지 걸려서 한 달 가량 몸져 누워있는 동안

---

* 「무궁일가(無窮一家)」는 일본 잡지 『개조(改造)』(1940.9.)에 게재된 이후, 김사량의 두 번째 일본어 작품집 『고향(故鄕)』(갑조서림(甲鳥書林) 1942.4.)에 수록될 당시 부분 개작이 이뤄진다. 본 번역은 『개조』에 발표된 초판본을 저본(底本)으로 했다.
1) 하타가야(幡ヶ谷)는 도쿄도 시부야구 북부에 있는 지명이다.
2) 오다큐(小田急)는 철도회사로 도쿄도와 가나가와현에 철도를 운영한다.

근무처인 차고(車庫)도 완전히 회사제(會社制)로 바뀌어서, 지금까지 격일 출근이었던 것이 이틀 연속으로 출근하고 하루 쉬는 식이었다. 게다가 비번인 날조차도 출근할 때처럼 아침 일곱 시까지 일단 나가 출근부에 도장을 날인하고 차체를 닦아 파트너에게 넘겨주지 않으면 안 됐다. 게다가 수입마저 뚝 떨어진 형국이었다. 거듭되는 가솔린 통제 때문에 다시 쉬는 차량이 많아져 그로 인한 수입 감소를 주로 운전수들에게 부담시키고 있기 때문이었다. 이렇게 된 이상 이제 가을부터라도 어떻게 해서든지 야학 전문부에 다니리라고 꿍꿍이셈을 했던 계획도 완전히 엉망이 돼버렸다. 무엇보다 경제적으로 더욱 괴로워지는 데다 몸은 혹사를 당해 점차 피로해지고 충분히 잘 수 있는 여유마저 없어질 것이기 때문이다.

'과연 나는 평생 이 자동차로 벌어먹는 일로부터 벗어날 수 있을 것인가'

하고 동성은 오늘도 하루 종일 차를 몰고 돌아다니면서, 얼마나 그것만을 생각했는지 모른다. 현실을 타개하려면 할수록 그것이 그물코처럼 자신을 친친 얽어매려고 했다. 가족에 대한 생각으로 시선을 돌리자 그의 마음은 다시 암담함의 밑바닥으로 떨어지고 말았다. 알콜 중독자인 부친, 오륙 개월이나 밀린 집세와 사개월분의 전기세, 다 지불하지 못한 수술비 등. …정신을 바짝 차려야지 그래야해 하며 채찍질하는 심정도 아무 소용없이, 그저 눈앞이 캄캄해질 때도 있다. 태우고 가는 손님도 향해 가는 길도 의식 속에 확실히 선명하게 떠오르지 않았다.

"정말 어처구니없는 놈이로구나. 여기서 왼쪽으로 꺾으라고!"

별안간 날아든 호통에 놀라 처음으로 앗 하고 브레이크를 넣은 그였다. 그러나 그는 천천히 핸들을 꺾어 후진하면서 흘낏 앞면 거울을 훔쳐본 순간 어랏 하고 뜰 듯이 놀랐다. 멍청하게도 처음에 태울 때는 눈치채지 못했는데 파나마모자를 쓰고 있는 모습이나 반들반들하게 벗겨진 이마, 그리고 뱀 눈빛을 숨긴 작은 눈이 휙 날붙이처럼 그의 기억 속을 날카롭게 찔렀다. 그는 마치 무시무시한 적이라도 마주친 것처럼 저도 모르게 숨을 죽이고, '이 놈이 바로 윤천수(尹千壽)란 말이지.' 하고 마음속으로 부르짖었다. 실로 그 모습은 어릴 적 보았던 얼굴임이 틀림이 없었다. 그리고 마침내 예전에도 본 적이 있는 목교(木橋)에 이르렀을 때 역시 그는 자신이 단정한 것이 틀리지 않았음을 깨달았다.

학자금이 지속되지 않아서 중학교를 사 년 반 만에 그만두고 시즈오카(靜岡) 해안에 있는 부모님 곁을 떠나서 혈혈단신 도쿄로 올라간 것이 10년 전 일이었다. 사정이 어찌됐든 일하면서 학교를 계속 다니고 싶었기 때문이었다. 하지만 휘몰아치는 불황이라는 폭풍은 가차없이 열일곱 소년을 유리공장의 직공, 인쇄공, 제유회사의 심부름꾼, 신문배달부 등으로 전전하게 해서 사정없이 쫓아냈다. 한 줌의 돈과 학교에 갈 수 있는 시간이 참을 수 없을 정도로 간절했던 때, 괴로운 노동에 허덕이던 그의 지친 다리가 몇 번이고 이 다리를 건너려고 했단 말인가. 다만 이곳을 건너서 이 사내의 저택 문을 두드리기만 하면, 그가 자신의 아버지에게 지고 있는 옛 은혜 때문에라도 윤천수가 자신에게 분명히 좋은 길을 열어줄 것임이 틀림없다고 믿었다. 무엇보다 윤천수는 거대한 부를 쌓아 이 일대에 대저택을 마련하고 내지에 살고 있는 명사들에게까지 위세를 떨치고 있다. 하지만 그의 근본을 따지자면 젊은 시절 누마쓰(沼津)[3]에 있던 최동성 집안이 운영하던 함바4)에서 신세를 지고 있던 일개 토역꾼에 지나지 않았다. 비록 당시 그의 아버지는 꿈을 이루지 못하고 패잔병처럼 지냈지만, 한학인(漢學人)으로서 일찍이 각성해 있었다. 그래서 일본에서 일을 하면서 그곳의 개화문명을 받아들여 고향으로 돌아가려는 뜻을 세우고 멀리서 바다를 건너왔다. 그렇기에 함바를 하고는 있다고 해도 흔해빠진 십장[親方] 근성과는 거리가 멀었다. 최동성의 부친은 적어도 이향(異鄕) 땅에서 몸이 바스러지도록 일하고 있는 가련한 동포 몇 사람이라도 보살펴 줘야겠다는 절절한 동포애를 갖고 온몸을 바쳐 백방으로 그들을 위해 애를 쓰고 있었다. 그러나 윤천수만은 뻔뻔하게 폭력을 구사하며 비참한 동포들을 짓밟아서 자신만 잘 살려고 불덩어리처럼 타오르고 있었다. 그 당시 동성은 어린 아이였지만, 터무니없이 간악하게 행동하는 그를 보면서 얼마나 증오와 의분을 느꼈는지 몰랐다. 그가 시즈오카 해안을 떠날 무렵 부친은 만취한 발걸음으로 역 앞까지 달려와서 어떠한 어려움이 있더라도 윤천수같은 놈에게 무릎을 꿇고 도움을 청해서는 안 된다고 하며 눈물을 글썽이고 쉰 목소리로 헥헥대며 소리쳤었다. 하지만 처음부터 어찌할 수 없는 절망의 구렁텅이 속에 떨어졌을 때, 아버지가 필사적으로 외쳤던 목소리는 오히려 희미하지만 마지막 희망을 건 장소를 알려줬던 것이라는 생각이 들었다. 어쩔 수 없을 때는 윤천수에게라도 보내야 할지도 모른다는 상념에서, 혹은 아버지 자신이 그러한 생각과 격투를 하기 위해서 발버둥을 치고 있었던 것은 아니었을까. 마침 완고하고 고고(孤高)한 소년의 마음이

---

3) 누마쓰는 시즈오카 현에 속한 시이다.
4) '함바'는 일본어 '飯場'에서 온 말이다. 이 말은 현재까지도 공사장 노무자 합숙소 및 밥집을 이르는 말로 통용되고 있어서 그대로 옮긴다.

현실의 중압에 짓눌리고 있을 때 윤천수가 서생을 모집하고 있다는 광고가 신문에 났다. 그는 놀라서 눈을 번쩍 떴다. 무엇보다도 서생이라고 하는 적어도 학문과 이어진 말이 이 가련한 소년을 강하게 사로잡았다. 어찌돼도 좋다, 나만 눈을 가리고 홀로 훌륭하게 공부를 할 수 있다면, 그것으로 충분하다고 마음속에서 부르짖었다. 그리고 그는 이제 자신의 전도가 갑자기 트이기라도 한 것처럼 전신이 욱신거리는 것과 같은 흥분 가운데서 다리를 뛰어서 건너 이 길을 서둘러 갔다. 하지만 역시 그는 비참하게도 도둑고양이처럼 간단히 현관 앞에서 쫓겨나버렸다. 석조물로 위풍당당한 대문을 지키는 무섭게 생긴 현관 당번 내지인 사내가 홀로 우뚝 서 있었다. 그는 최동성의 얼굴을 한 번 보고는 조센진[朝鮮人]을 쓰려고 하는 것이 아니야 하고 문지방에조차 얼씬도 못 하게 했다. 그는 한마디도 하지 못한 채 되돌아 나왔다. 그 때 일을 생각하면 가슴 속에서 불꽃이 튀어나올 것만 같았다. 동성은 마치 불타오르는 기둥처럼 경직돼서 백미러를 분노하는 마음으로 노려봤다. 하지만, 앗 이 저택이잖아 하고 생각하기가 바쁘게 어째서인지 그는 급브레이크를 걸고 차를 세웠다. 손님은 괴이해 하며 험악한 눈초리로 힐끗 돌아보더니 예전과 하나도 달라지지 않은 대문 안으로 어깨를 치켜세우고 들어간다.

이런 생각에 이르자, 동성은 갑자기 놀란 듯 서둘러서 뒤쪽으로 날쌔게 물러섰다. 나는 언젠가는 오다큐(小田急) 노선에서 벗어나려고 한다. 철도건널목 경고 벨이 갑자기 찌르릉 하고 울리자 그제서 정신이 퍼뜩 든 것이다. 그 때 잠시 쌩 하고 바람을 불러일으키면서 그의 옆을 오다와라(小田原) 행 마지막 열차가 굉장한 울림을 전달하면서 지나쳤다. 그는 마치 얼간이처럼 잠시동안 멍하니 전차가 멀리 달려가는 밝은 빛 그림자를 바라보다 다시 고개를 숙인채 그곳을 건너더니, 왼쪽으로 방향을 틀어 바로 나오는 선로 옆 단층 연립 주택의 어두운 현관을 향해 나아갔다.

죽음과도 같은 적막 가운데 텅텅 속이 빈 듯이 삐걱대는 문짝을 열어젖히고 들어갔지만 집안은 오늘밤 이상하게도 암흑 속이었다. "누구니, 동성이냐?"라고 하는, 어머니의 졸린듯한 소리도 들리지 않았다. 이게 무슨 일일까. 묘하게 쥐죽은 듯 고요하다고 생각하면서 그는 현관을 닫고 털썩 발판 위에 앉았다. 피로함이 한꺼번에 몰려온 듯이 구두끈을 푸는 손마저 묘하게 께느른했다.

"동성아." 하고 현관 바닥 사이의 맹장지를 열고서, 숨을 죽이고 슬픈 듯한 목소리로 말하면서, 그의 옆으로 흰 옷을 입은 어머니가 나났다. "지금 오니. 몸도 약한데 이렇게 늦게까지⋯⋯그런데 말이다." 하고 조금 말하기 힘든 것처럼 말했다. "이거 또 난리가 났단다. 니 아버지가 오늘도 술이 떡이 돼서 난동을 부렸단다."

마침 집 안쪽에서 아버지의 으윽- 으윽- 신음하는 소리가 들려오자,

"시끄러워요, 당신." 하고 어머니는 엄하게 나무라듯이 돌아보고 소리쳤다. "동성이가 돌아왔어요."

아버지도 갑자기 정신을 차리고 겁을 먹었던 것이리라. 죽은 듯이 목소리를 낮추고 그 후로 신음 소리조차 내지 않았다. 그는 하나뿐인 이 건강한 아들 앞에서는 고주망태가 되고 나서조차 역시 신경을 쓰지 않을 수 없었다. 동성이 일어나서 현관 옆의 삼 조(疊) 널빤지 칸으로 들어가서는,

"그게 말이다. 동성아." 하고 어머니가 따라왔다. "그게 말이다. 니 아버지가, 나는 이제 죽을란다. 이런 말세는 싫다. 딱 질색이라고 화

를 내면서, 선로에 뛰어들어 드러눕고 몇 번이고 자리에 쓰러지지 않
겠냐. 정말 질겁을 했지 뭐니. 옆집 담뱃가게 아저씨가 도와줘서 겨우
데려왔지, 이번에는 또……." 하고 흐느끼면서, "걸려만 봐라. 뭣이든
지 다 때려 부숴주마 하고 날뛰면서, 이렇게 암흑으로……전기까지
때려 부쉈지 뭐냐."

"네 알았다니까요." 하고 동성은 질린 듯 혀가 잘 돌아가지 않는 조
선어로 중얼거렸다. 내지에서 태어나 내지에서 자랐기 때문에 오히려
조선어를 더듬거렸다. 그는 '아 또 저질렀군' 하고 원망스럽게 생각하
면서도 너무 지쳐서 아버지를 몰아세울 힘도 없을 만큼 생활에 지쳐
있었다.

"……내일 또 빨리 나가야 해요. 여섯시에 깨워주세요."

"여섯시라고? 도대체 어찌 되가는 게야."

하고, 어머니는 누우려고 하는 그의 몸을 조심스레 받쳐 눕히고, 이불
을 덮으면서, "병원에서 나온 지 얼마되지 않아 몸도 좋지 않은데"

"이제부턴 이틀 연속해서 나가지 않으면 안돼요."

"흐음 규칙이 왜 또 변했다냐. 뭐든지 규칙 규칙 소리만 하고. 돈이
라도 더 주면 또 모르겠다만……."

"그게……."

"동성아 정말 환장하것다. 오늘도 전기회사에서 와서 내일은 무슨
일이 있어도 다 떼어간다며 몸서리치게 겁을 주더구나." 그리고는 앞
니가 빠진 입을 일그러뜨리고 약간 목소리를 죽이고 원망을 늘어놓았
다. "돈이 들어와야 할 곳에서 한 푼도 안 들어오니 말이다. 강(姜) 씨
동생도 해도 너무 하지 않냐. 점심을 먹으러 와서는…… 우리가 전기
료를 체납해서 혼나고 있는 것을 자기 눈으로 보면서도 어찌 지 주머

니만 챙기고 있단 말이냐. 그걸 보더니 아버지가 부아가 치밀어서 술을 퍼마시고 와서 한바탕 소동을 피운 것이야."

그 후로 미닫이 하나를 두고 떨어져 있는 옆 다다미 방으로부터 방금 전까지 강명선(姜明善) 부부가 두런두런 나누던 말소리가 그쳤다. 그의 동생은 콘크리트 바닥으로 된 두 첩(疊) 방에서 기거하고 있다. 그녀는 이런 얘기가 나오면 언제나 "돈이 들어올 곳에서는 안 들어오고……." 하며 강 씨가 이 년이나 내지 않고 있는 집세로 이야기를 끌고 갔다.

"그만 좀 하세요. 됐다고요. 어머니 이미 늦은 시간이잖아요." 하고, 동성은 달래듯이 어머니가 말하는 도중에 말을 가로채고는 이불을 코 위까지 끌어올려 덮었다. "그만 가서 쉬세요."

어머니가 깊이 한숨을 쉬고 자기 방으로 건너가는 기색을 보이는 사이에 동성은 어리마리 격한 피로 가운데 잠이 들어버렸다. 이미 생활에 대해서라면 더 이상 고민할 수도 없을 만큼 지쳐서, 어떻게든 되겠지 하는 생각으로, 반쯤 절망적이지만 대담한 마음이 드는 것이었다. 그리고 반시간 정도 지났을까. "최 짱, 최 짱." 하며 숨을 죽이고 부르는 익숙한 콧소리가 그를 포로로 삼고 있던 수마(睡魔) 멀리부터 두 번 세 번 들려온 것 같은데, 어느새 자신의 몸을 잠시 흔들어 깨우는 자가 있었다. 그는 이 집에서는 어릴 적부터 내지어(內地語)로 최 짱(ちゃん)이라는 애칭으로 불렸다. 동성은 "아 자넨" 하고 비몽사몽간에 신음하며 눈을 떴다.

"나라고 최 짱."

옆에는 생각한대로 강명선이 언제나처럼 책상다리를 하고 다소 긴 목을 갸웃거리고 있었다. 몸집이 크고 키가 컸는데 특히나 상반신이 길어서 앉아 있어도 웬만한 어른 정도 키는 돼 보였다.

"일원 오십 전 밖에 없지만 갖고 왔네." 하고, 명선은 이불 옆에 오십 전 지폐로 보이는 것을 긴 손으로 내밀었다. 동성은 잠자코 고개를 끄덕이면서 명선의 얼굴을 올려다봤다. "한달치 전기요금이라도 마련해보자 생각해서 말이야. ……동생을 지금까지 설득해서 가까스로 이것이나마 받아냈네. 우리 부부만으로도 폐를 끼치고 있는데 동생 녀석까지 이렇게 와서…… 정말로."

"……아버지가 전기를 완전히 부숴버렸어."

하며, 동성은 하품을 참으며 말했다.

"맞아. 강 짱. 회사에서 퇴근하고 오자 큰 소동이 벌어져서 어찌할 바를 몰랐지."

그는 요즘 무슨 말을 해도 회사, 회사란 말을 달고 산다. 오래도록 분양지(分讓地)에서 토역꾼 생활을 그만두고, 원래 마음에 품고 있던 영화 회사에 나가게 된 것만으로도 기쁜 것임이 틀림없었다. 그러나 그의 동생은 그 옛날 동성이 그랬던 것처럼 학자금 때문에 중학교를 계속 다닐 수 없게 됐다. 그러자 그는 도쿄에 있는 형을 믿고 청운의 뜻을 세우고 상경했는데 형이 어찌할 도리가 없이 괴롭게 살아가는 모습을 보게 된 것이다. 그 후 그는 자기 힘으로 학자금을 벌지 않으면 안 되겠다고 생각하고 이를 악다물고는 얼마 전부터 화장장(火葬場) 밖 분양지 땅고르기 공사에 나가기 시작했다. 동성은 명선이 남의 일처럼 무신경하게 이야기 하는 것에 때때로 화가 나기도 했다. 하지만, 그의 동생이 이제 열여섯 된 어린 나이에 토역꾼으로 전락해서까지 다시 학교를 다니기 위해 고집스레 여린 품을 여미고 있는 것을 생각하니 화가 나기는커녕 눈물이 날 정도였다.

"어찌됐든 그 녀석이 그렇게 나온 게 문제였어. 전기회사에서 나와서 욕하는 것을 보면서도 초연히 식사는 식사대로 다 하고 또 일을 하러 간 모양이야. 아저씨가 그걸 보고 노발대발 화를 내며 술을 마시고 오셔서는 '이 놈 전기를 다 부숴버려서 공부를 못하게 해놓으마' 하고 미터기를 박살내버렸다네. 그걸 보고 정말 어찌할 바를 몰랐다네. 최 짱."

"미터기를." 하고, 동성은 벼락을 맞은 것처럼 놀라서 완전히 졸음이 달아난 얼굴로 눈을 크게 떴다. "정말 터무니없는 일을 하셨어. 완전히 박살났나?"

"그래. 정말이라고. 방금 전에 담뱃가게 아저씨에게 물어보니 이백엔은 물게 될 거라고 하질 않나. 나도 그 액수를 듣고 너무 놀라서 입을 닫을 수가 없었어."

"……………."

"최 짱. 아무리 고심해 봐도 좋은 수가 떠오르질 않아. 그래, 그러니까……."

그리고는 잠시 말을 머뭇거리며 발을 조용히 떨기 시작했다. "어쨌든 내가 내일 회사에서 돌아오는 길에 전기회사에 가보고 어찌해도 이야기가 통하지 않으면 역시 어디론가 각자 이사를 가는 수밖엔 없겠지. …내 마누라도 한 달 정도면 아이가 태어나기 때문에 고향에 돌려보내려고 해. 나는 또 나대로 혼자서 열심히 해보겠네. 이 이상 폐를 끼쳐서는 최 짱을 볼 낯이 없어. 어차피 나는 고생할 각오를 하고 온 거니까. 매달 이십오 엔 월급이지만 야간에 또 할 수 있는 일을 찾아봐서 어떻게든 변통해 봄세."

물론 명선이 이렇게 말하는 것은 동성네 일가를 걱정해 주려는 것임이 틀림없었다. 하지만 이토록 괴로워하면서도 사실 자기 혼자 태평하게 이야기만을 늘어놓고 있는 것을 보고 있자니 암담한 나머지 그는 '일이 이렇게 되니 네 놈 혼자 똑똑하게 도망치려 하는 게냐' 하는 마음에 쓸쓸한 기분마저 들었다. 그러나 사실을 말하자면 강명선이 이렇게 확실하게 나서서 나가겠다고 말해준 것을 그는 오히려 감사하게 생각하지 않으면 안 됐다. 어차피 이대로는 어찌할 방도가 없었다. 이렇게 서로 점차 괴롭게 살 바에는 그 고통을 분담하기 위해서라도 두 가족이 함께 이 연립주택에서 나가지 않으면 안 된다고 생각해 왔다. 사실 최 씨 집에게 강 씨네 집은 조선 속담으로 말하자면, 눈 위에 서리를 더하는[5] 무거운 짐이 될 뿐이다. 그래도 이번에는 어쩔 수 없다손 치더라도 막상 방이 작고 비용 부담이 적은 집이나마 찾으려고 하더라도, 지금처럼 주택이 품귀한 시세에, 게다가 조선인 신분으로 시키킨(敷金)[6]조차 비축해 두지 않은 경우에는 아무런 수도 없었다. "아아 이 일을 또 어찌 하면 좋단 말인가." 하며 그는 답답한 마음으로 아무런 말도 하지 못하고 공허하게 눈을 크게 뜨고 바라볼 뿐이었다.

"최 짱 내일 또 얘기하자고. 너무 마음 쓰지 말고 쉬어."
하고 말하고 명선의 커다란 몸은 옆 방 안으로 그림자처럼 사라졌다. 하지만 그것을 보고 있자니 어째서인지, 내 자신은[7] 그에게 배반을 당한 듯한 기분이 들었다. 명선이 이처럼 대담하고 탁 트인 생각을 말한 것은 지금까지 한 번도 없었기 때문일까. 혹은 이렇게 근심이 클

---

5) 설상가상(雪上加霜).
6) 보증금.
7) 원문 그대로. 이 작품은 삼인칭임에도 곳곳에 인칭상의 혼동이 있다.

때 서로 함께 고생하고 싶다, 아무리 해도 혼자서는 떠안을 수 없다는 괴로운 심정 때문이었을까. 몸 위로 천근만근 무거운 것이라도 올려진 것처럼 답답하고, 자신의 풀죽은 모습과 오늘 운전 중에 있었던 일, 그리고 집에서 벌어진 일 등이 분주하게 주마등처럼 망막 앞에 덮쳐 왔다. 하지만 그는 여러모로 앞일을 생각하고 고민 하는 사이 몸도 너무나도 고달팠기 때문일까. 어느새 그는 다시 망연(茫然)한 잠이 지배하는 황야의 세계로 헤매 들어가고 있었다.

2.

동성은 다음날 아침 여섯시 무렵 어머니가 흔들어 깨우는 바람에 일어나 콘크리트 방에서 안 쪽 방을 통과해 펌프가 있는 우물로 나갔다. 명선의 동생은 어느새 일을 하러 나간 모양인지 콘크리트 방은 깨끗하게 정리돼 있었는데, 안방 육 첩방 구석에서는 이불을 돌돌 만 아버지가 새우처럼 몸을 둥글게 말고 누워있었다. 우물가와 곁하고 있는 부엌에서는, 산달이 가까운 명선의 삐쩍 마른 아내가, 불룩해서 아래로 쏟아질 것 같은 배를 안고 뒤뚱뒤뚱 움직이고 있다. 이제 밥을 짓기 시작한 것으로 봐서는, 아침 일찍 공장으로 일하러 나간 시동생에게 오늘도 아침밥을 차려주지 않은 것 같았다. 그녀는 시동생이 나간 후에, 항상 조용히 일어났다.

연장자인 아버지는 동성이 부엌에 나타나 전기미터기 쪽을 물끄러미 올려보고 가만히 움직이지 않고 있자, 고개를 움츠리고 이불 속으로 깊이 파고들면서 으으 하고 신음했다. 미터기는 이미 알아 볼 수 없을 정도로 부서져, 그 형체가 찌그러지고 유리는 깨져서 떨어져 있었고, 계량 바늘은 어딘가로 사라지고 없었다. 이 상태로는 어찌할 도리가 없어 보였다. 노망이라도 났다고 해야 할까. 동성은 자신의 부친이 문제아처럼 매번 무언가를 저지르는 것이 원망스럽기도 했고 한편으로는 슬펐다. 그는 입을 다문채로 방으로 들어가서는 밥상 앞에 조용히 앉았다. 그리고 번민에 가득 찬 가슴을 단숨에 억누르기라도 하듯 찐 밥에 따듯한 물을 부어서 소리도 내지 않고 입에 그러넣었다. 그는 자신의 손이 희미하게 떨리는 것을 느꼈다. 한동안 괴로운 침묵이 방안을 짓누르고 있었다. 하지만 그는 주뼛주뼛 하며 걱정하고 있는 노부모를 앞에 두자, 오히려 자신의 울적한 마음이 숨막힘을 참지 못하고 있음을 느꼈다. 그는 자칫하면 자신의 마음이 천진난만하게 무너지려 하고 있음을 알았다.

"당신은 이제 일어나요."

하고 어머니가 거친 말투로 재촉했다. 하지만 그녀는 남편에게 예절을 다해야 한다고 굳게 믿고 있었기 때문에 그 말에는 사실은 바늘이 들어있지 않았다. 오히려 가엾고 딱한 젊은 아들을 동정하고 눈치를 본 것뿐이었다. 최 노인 또한 또 술에 취해 자신이 무슨 짓을 한 것인가 하고 통렬히 후회하며 마음이 안 좋았던 것일까. 그는 허둥대며 두세 번 신음 소리를 내더니 겁먹은 것처럼 이불 끝자락을 걷어 올리고 그 틈 사이로 물끄러미 아들의 뒷모습을 훔쳐보고 있었다.

"어머니. 제가 말입니다." 하고 마치 침울한 공기를 떨쳐버리듯 동성은 말문을 열었다. 묘하게 목에 걸린 금방이라도 울 것 같은 목소리였다. "오늘 아침 이상한 꿈을 꿨습니다."

"뭔 꿈을 꿨다니. 또 악몽이라도 꾼 건 아니고."

하며 무슨 일에나 걱정부터 앞서는 어머니가 침울한 표정으로 물었다. 고맙게도 타고난 몸만은 건강하고 심성이 비교적 너글너글 한데다, 언제나 녹초가 돼서 잠이 들기 때문일까 그는 신기하게도 꿈을 잘 꾸지 않았다. 하지만 어제 밤만은 꿈속에서도 무언가 구원을 구하고 싶은 듯, 꿈속 세상을 더듬거려 찾으려 하는듯한 잠자리였다. 마치 깊은 잠 바깥에 또 다른 자신이 또 한 명 있는 것처럼. 그는 매우 더듬거리는 조선어이기는 했지만 꿈이야기를 매우 밝게 수식하려고 노력하면서,

"동틀 녘에 해변에 서서 말이죠." 하고 차분하게 중얼거렸다. "기대에 부풀어 앞바다를 바라보고 있자니 자줏빛 조각구름 사이로 붉은 태양이 떠오르는 꿈이에요. 예전에 아버지가 시즈오카 해안에서 함바를 할 때 곧잘 놀러갔던 기억이 있는 곳이었는데……."

"아 동성아 그것은……." 하고, 어머니는 기쁜 듯 한결 밝아진 얼굴을 반짝이며 말했다. "예전 같으면 그런 꿈을 본 사람은 꼭 출세한다고 했지. 아무나 꿀 수 있는 꿈이 아니야. 그렇죠. 여보."

"그, 그, 그건…그, 그럼 그렇고 말고……."

하며 아버지는 이불 뒤에서 조용히 고개를 내민채로 애매한 말을 횡설수설 중얼거렸다. 사실 그는 자신의 늙은 부인과는 달리 꿈 해몽을 달리 하고 있었다. 그는 꿈속에서 피 이외에 붉은 것을 보는 것은 금물이라고 믿고 있었다. 그래서 그는 선뜻 대답을 하지 못했다.

"……서몽(瑞夢)이라고 할 수 있지. 분명히 그럴거야."

"당신은 또 그 무슨 바보 같은 소리를 하고 그래요."

하고 어머니는 아버지를 나무랐다. 하지만 그녀는 갑자기 눈물을 짓고 있었다. 기쁜 일이든 슬픈 일이든 무슨 일이라도 아들에 관해서라

면 이유 없이 눈물이 많아진다. "그건 분명히 앞으로 출세한다는 전조
가 아니냐. 열심히 해야 한다. 참말로 네가 운전을 그만두고 다른 안
전한 일을 하는 것을 보고 죽을 수만 있다면…… 그렇지 분명히 무언
가 보답이 있을거야."

　"이런, 왜 또 울고 그래."

하고 아버지는 비난하듯 투덜댔다. 그는 아들이 꾼 꿈을 어떻게 해석
하면 좋을지 그 생각만으로 머릿속이 가득했다.

　"어젯밤에도 말이다. 내가 목욕탕에서 먹을 감고 있는데 젊은 아가
씨가 욕조에서 뛰어나오더니 '조선에서 온 아주머니신가요? 타향에서
얼마나 고생이 많으세요.' 하고 말해주지 뭐냐. 근처에 살고 있는 유
학생임이 틀림없어. 그렇게 친절한 아가씨를 네 아내로 맞으면 얼마
나 좋을지. 가족은 몇 명이냐, 온돌이 없는데 추운 겨울 어르신이 얼
마나 힘드시냐, 무슨 일을 해서 생활하시냐고 물어보더구나. 차마 네
가 자동차 운전수를 하고 있다는 말이 나오지 않아서 회사에 다니고
있다고 말했단다."

하고 말하면서 그녀는 울다 웃었다.

　"그러고 보니 제가 일하는 곳도 이번에 회사로 바뀌었답니다." 하
고 동성도 쓴웃음을 지었다. "…그러니까 어엿한 회사원이라고 할 수
있답니다."

　"아무리 그런 곳이 회사라고 해도 네가 자동차를 운전하는 동안 밤
이면 마음 놓고 잘 수 없단다. 니 애비도 좀 점잖게 지내면 좋으련만.
어제도 또……."

　"전 이제 나가야겠습니다."

하고 동성은 갑자기 아버지가 딱하게 느껴져서 어머니 말이 끝나기도

전에 괘종시계를 올려다보며 일어섰다. 어머니는 따라오면서,

"동성아. 그럼 이제부터는 항상 이틀 연속으로 나가지 않으면 안 되는 거니. 푹 자지도 못했는데." 하고 마음이 아픈 듯 말했다. "만사에 조심하려무나. 늘 느긋하게 차를 몰아야 한다. 알겠니."

현관 앞에 서서 멀리까지 배웅하는 어머니의 시선을 등 뒤로 느끼면서, 동성은 다시 건널목을 건너 아침 당번을 위해 출근했다. 이른 아침 공기는 상쾌했다. 새롭게 개척한 분양지의 자갈길을 걷고 있으면 크게 비걱비걱 소리가 잠이 모자라 흐리멍덩한 그의 머릿속까지 울려오는 듯했다. 또한 그의 다리는 어느 때보다 무거웠다. 그 길을 오른 쪽으로 꺾어서 구릉 아래 오솔길을 걷고 있노라면 이미 조선인 노동자들이 한가득 나와서 구릉 슬로프에서 소나무를 쓰러뜨리거나 트럭에 흙을 나르는 것이 보였다. 흙먼지가 연막(煙幕)처럼 무리를 지어 올라가는 가운데 때때로 격려하는 소리가 들리거나, 삽이 아침 햇살을 받아 번들번들 빛났다. 동성은 그 아래쪽을 지나가는 순간 알고 지내는 너 댓 사내들과 아침 인사를 나눴다. 그 때 문득 그는 강명선의 동생이 애처로운 모습으로 모두가 있는 곳으로부터 외따로 떨어진 한 곳에서 쓸쓸히 서있는 것을 발견했다. 자못 무거운 듯이 허리를 굽히고 삽으로 땅을 파고 있었다. 짧은 바지 차림에 수건을 목에 감고 있었다. 그는 얼핏 뒤돌아보고 동성이 온 것을 눈치챘음에도 허둥대며 다시 삽으로 땅을 팠다. 그러더니 안타깝게도 약 이 삼 분 가량 움츠린 듯 꿈적도 하지 않았다. 동성은 어째서인지 눈시울이 따끔따끔 경련하는 것을 느꼈다. 누구보다 그는 이 소년의 마음을 깊이 이해하고 있다고 생각했다. 특히 오늘은 더욱 그랬다. 그가 도쿄에 살고 있는 형의 집에라도 가면 어떻게든 되겠지 하고 생각하고 상경했을 때

느꼈을 실망감을 헤아리고도 남았기 때문이다. 형 부부가 비참하게 생활하는 것을 보고 난 후 자신만큼은 결코 그렇게 되지 않겠노라고, 그렇게는 되지 않겠다고 다짐하며 학자금을 모으기 위해 아직 뼈도 단단해지기 전인 나이에 토역꾼이 되었던 것이다. 하지만 역시 자신이 이렇게 일하고 있는 비참한 모습을 누구에게도 보이고 싶지 않았던 것이리라. 동성도 얼굴을 돌리고 일부러 못 본 체를 하면서 풀숲 지름길을 가로질러서 하타가야를 향해 발걸음을 재촉했다. 그는 오히려 이 작은 소년이 느끼고 있을 기분을 소중히 생각하고 그것을 더 발전적으로 키워나가지 않으면 안 된다고 생각했다. 자기 자신은 부모님에 대한 것이나 다른 사람들 일에 지나칠 정도로 구속돼 있어서, 정작 자기 자신의 가려운 곳은 정작 긁지 못하지 않는가. 아버지나 어머니도 역시 똑같다. 남들 일을 돌봐주는 것을 좋아한다고 해야 할까. 아니면 거기에 빠졌다고 해야 할까. 의협심과 동포사랑에 과도하게 빠져서 정작 자기 자식은 중학교조차 졸업시키지 못하지 않았는가.

"고집을 꺾지 말고 살아라. 고집을 꺾지 말고 살거라──" 하고 성을 내듯 자신의 마음을 책망함과 동시에 그는 소년을 강하게 안아주고 싶은 마음으로 가득차 소리 없이 외쳤다.

"주변 신경을 쓰지 말고, 과감하게 나가라."

3.

동성이 차고에 나가자마자 최 노인은 이불 밖으로 어슬렁어슬렁 기어 나와 구석에 있는 석유상자8) 주변에 다가가서 앉았다. 그리고는 상자 안에서 붓글씨용 두루마리를 꺼내서 붓을 들고 잠시 무언가를 고심하고 있었다. 멀리까지 아들이 가는 것을 눈 배웅하고 방으로 돌아온 노파는 의아스러운 표정으로 물었다.

"뭘 하려 그래요."

"최 짱 방에 가서 붉은색 잉크나 가져와!" 하고 그는 위용을 부리며 명령했다. "흉몽을 보지 않게 부적을 쓰려고 하니까……."

"말도 안 되는 소리를. 여보 흉몽을 누가 꿨다고 그럽디까."

"어서 가져와. 아무 것도 알지도 못하는 주제에 빨리 가져오지 못해."

심상치 않게 노기등등한 모습을 보고 노파는 혼이 빠진 듯 뛰어가서 붉은 잉크통을 가져왔다. 그러자 그는 그 안에 붓을 천천히 적시기 시작했다. 알코올 중독에 빠지고 나서는 붓을 쥔 손도 떨렸지만 아들을 생각하는 마음이 다시 예전의 벽서(壁書) 습관을 끌어냈다. 그는 두루마리에 무언가를 쓰기 위해 일어서서는 동성이 기거하는 널빤지 방으로 종잇조각과 밥덩이를 들고 들어갔다. 등 뒤로 문을 잠그고는 그곳에 우두커니 서서 방안을 뚫어지게 둘러봤다. 오른편에 있는 작은 책장에는 최 짱이 모아둔 책이 한 가득 나열돼 있다. 그는 새삼스럽게 아들 녀석이 기특하다 생각하며 조용히 머리를 문질렀다. 책장 위 벽에는 동성이 태어난 이후 삼년 전 처음으로 조선에 다녀오며 사온 아름다운 도홍색(桃紅色) 꽃으로 액자를 뒤덮듯 조선 강산 모양으로 자수를 높은 액자가 걸려있다. 그는 그 앞에 서서 공손히 손을 모아 합장

---

8) 석유통 두 개를 넣어두는 나무로 된 상자로 1940년대는 가정집에 하나씩은 꼭 비치돼 있었다. 이 상자를 여러 개 쌓아서 책장으로 쓰거나, 혹은 뒤집어서 아이들의 공부 책상 등으로 쓰기도 했다.

했다. 바로 맞은편 벽에는 이름도 모르는 수염이 덥수룩이 난 서양 노인의 사진이 붙어있었다. 그는 그것을 보더니 확연한 경멸감을 표시했다. 하지만 그는 무엇보다 방안을 둘러보고 자신이 아들이 없을 때 조심조심 들어와서 가끔 붙여놓은 종잇조각이 하나도 남김없이 없어진 것을 발견했다. 그래서 그는 그 중 하나도 아들을 만족시키지 못한 것 같다는 생각에 깊은 슬픔에 빠져들었다. 그런데 고개를 돌려 문 구석 쪽을 올려다보니 거기에는 이삼일 전에 써 붙인 어느 옛 성현의 시 하나만이 벗겨지지 않은채 남아있었다. 그는 그것을 보고 정말 눈물이 나올 정도로 기뻐서 다소 몸을 뒤로 젖히고 감개무량한 기분으로 읊조렸다.

青春不習詩書禮
霜落頭邊恨奈何
(젊을 때 시경, 서경, 예기를 배우지 않고
나이를 먹고 원망한다고 무엇이 되겠는가)

잠시 동안 조용히 '아 참으로 그 정신'이 '그 정신'이 하며 마음속으로 중얼거렸다. 그러더니 겨우 그렇지 이 부적은 덧문짝에 붙여서 몽마(夢魔)의 침입을 막아야겠다고 생각하며, 그 자리에 주저앉아 덧문짝 위에 밥덩이를 발라서 착 붙였다. 거기에는 붉은색 글자로 다음과 같은 두 구가 적혀있었다.

亂夢極凶
壁書大吉
(난몽이 너무나도 흉하더라도

벽서를 하면 대길하리)

말하고자 하는 의미는 이상하리만큼 돌려서 장황하고 신중한 것으로, 즉 난몽은 극히 불길하기 때문에 내 사랑하는 아이에게는 다가오지 마라, 하지만 이렇게 내가 붉은 글자로 벽에 쓴 이상은 네 놈도 가까이 오지 못할터이니, 큰 행운이 오리라. 아 이것으로 나는 이제 안심이라고 하는 식이다. 그는 그것을 잠시 기도하는 마음으로 바라보는 사이 마침내 완전히 안심하는 마음이 들어, 그 방에서 가만히 빠져나와서는 노파에게 가까이 다가갔다.

"할멈. 사십전만."

하고 손가락을 네 개 보였다.

"어젯밤에 그 난리를 부려놓고 아직 덜 혼났지." 하고 예상대로 노파는 김을 뺐다. "오늘도 또 꼭두새벽부터 그래."

"아니 그게 아니고. 한 참봉(韓參奉, 유학자의 존칭)이 오늘 낮에 아들 유골을 갖고 돌아간다고 해서 말이여. 정차장에 배웅하러 가려고 그러지……그럼 삼십 전만이라도!"

하고 히히히 웃으면서 손가락 하나는 접어 보이고, 다른 손으로는 그녀의 치마를 끌어당겼다. 그걸 보고 예절 있는 부인으로서 그녀는 역시 수치심을 느껴서 다소 허둥대며 치마 자락을 홱 잡아 당겨 원래대로 돌려놓고 빙글 등을 돌렸다. 어제 남편의 술주정에 혼이났던 것에 대한 원망도 담겨있었다.

"이게 뭘 하는 거에요. 누가 보기라도 하면……."

하지만 다음 순간 자신이 너무하다고 느꼈던 것일까. 백동화 세 개를 꺼내서 그는 뒤편에 손을 돌려서 "여기." 하고 매우 딱딱한 표정으로 화가 난 것처럼 외쳤다.

최 노인은 기분이 좋아져서 히히히 하고 표정을 바꾸고 나가서는 내친걸음으로 공사장에서 일하고 있는 사람들의 함바를 향해 나갔다. 함바는 건널목 건너 조금 지나 오른 쪽으로 꺾은 저지대 수풀 가운데 널빤지 조각과 암페라 거적으로 둘러싼, 마치 조악한 창고처럼 몸을 웅크리고 있었다. 함바 사람들은 모두 일하러 나갔기 때문에 이상할 만큼 쥐죽은듯 고요했다.

"한 참봉 계신가?"

하고 말하며 그는 널빤지 조각문을 열고 불쑥 안을 엿보았다. 햇빛이 널빤지와 널빤지를 이은 사이로 빠져 나와 어두컴컴한 방안에 선을 그으며 다투고 다녔다. 쓰레기가 그 빛에 비춰져 노란 빛으로 빛나는 것이 보였다. 마침 구석 쪽에서 새하얀 수염을 쓰다듬고 있던 한 참봉은 최 노인이 들어오는 기색에 간신히 묵상에서 깨어나,

"오서 오시게. 최 노인."

하고 작은 소리로 신음하듯 말하고 앉음새를 고쳤다. 이렇게 둘은 또 마주 앉았다. 얼마전 이 함바에서는 동료들이 노동자 한 명의 시체를 메고 가까운 화장장으로 갔다. 이 노인이 그 부모로서 먼 조선에서 달려왔을 때, 이미 환자는 숨이 거의 끊어져가고 있어서 아버지가 병상 옆에서 하염없이 울고 있는 것조차 알지 못했다. 이 한 참봉과 최 노인은 같은 마을 출신으로 스물일곱 여덟 해 만에 이렇게 재회했다. 그래서 최 노인은 최근 오륙일 간은 매일 한 참봉을 위로하러 와서 세상을 비관하며 함께 술을 마셨다. 참봉은 마침내 오늘 유골을 갖고 돌아가려고 했다. 이미 둘 앞에는 부엌에서 가져온 삼집 전 어치의 소주와 함께 노란 빛이 도는 잘게 썬 배추절임이 놓여있었다.

"우선 나같이 세상물정 모르는 작자가 새로운 사상을 배우려고 스미토모(住友) 인부모집에 응해서 건너온 것부터가 망하려고 작정을 했던 것임이 틀림없구만 그래."

하며 최 노인은 잔을 손에 들고 절실하게 술회했다. 새로운 시세의 여명이 마을에 비춰왔을 때, 더 이상 늦어서는 안 된다며 조선인에게 신지식 신지식을 하고 외치며, 턱수염을 깎고 사방에 전파하고 다녔던 것이 엊그제 일처럼 떠올랐다. 하지만, 자신이 뛰어난 선각자라도 된 것처럼 뜻을 크게 품고 오사카로 건너오자마자 그는 어느새 최하층 노예와도 같은 생활을 할 수밖에 없는 신분이 됐다.

"모든 꿈이 부서지고 이렇게 영락해서 천하의 최가가 그저 술주정뱅이로 전락하니, 모두가 말했던 것처럼 역시 나는 그저 미치광이였던 것인지도 모르겠어."

"누구나 모두 부초(浮草)처럼 떠도는 백성이니 도탄(塗炭)의 괴로움을 피할 수 없지." 하고 한 참봉은 최 노인을 위로하기 보다는 오히려 죽은 아들이 먼저 떠올라 검은 색 수정(水晶) 안경을 벗고 눈물을 훔쳤다. 무엇보다 자식의 시체를 화장한 것이 그에게는 가슴이 아파 어찌할 수 없었다. 그 사이 술잔은 또 그의 손으로 넘어왔다. "죽어서조차 자신의 몸을 소중히 묻어주지 않는 세상이라니…… 이렇게 된 이상 최 노인도 서둘러 짐을 챙겨 고국[鄕國]으로 돌아가시게. 그래도 이 몸은 고국 하늘 아래 묻힐 수 있어서 좋은 신분이네만……."

하고 아무렇지도 않게 다소 자기 자랑을 한다. 아들의 유골을 갖고 돌아가지 않으면 안 되는 자신의 처지가 너무나도 비참한 생각이 들어서였을 것이다.

"이 몸도 물론 고향에 돌아가 죽으려고 각오를 정하고 있다네." 하며 최 노인도 좀처럼 지지 않는다. "이렇게 늙어빠져서 눈도 흐릿하고 어리석어서 겨우 어로(魚魯)를 변별할 수 있을 뿐 신거(臣巨)를 알 수 없게 됐어. 공연히 타향 하늘 아래 치욕을 당하는 것뿐이라네." 잔을 또 손에서 손으로 돌리며 그의 목소리는 묘하게 가라앉아 떨리고 있었다. 정말 이 지경에 이르자, 노후라도 고향 땅에서 보내고 싶다는 마음이 간절했지만 그것은 현재로서는 언제 실현될지 알 수 없는 일이었다. "앞으로 일 년이 지나기 전에, 지나기 전에." 하고, 그는 혼잣말처럼 중얼거렸다. "나도 분명 고향 하늘이……."

"그걸로 됐어. 그걸로 됐다네." 하고 한 참봉은 붉은 코를 더러운 수건으로 닦으면서 몇 번이고 고개를 끄덕였다. "우리 모두는 이를테면 모두 패잔병이라네. 이제와 돌아가면 뭐하나 하는 마음은 완전히 버리는 편이 좋아. 자네가 보낸 삼 십 년 타지생활은 그래도 훌륭했어. 정말로 사람이 가지 말아야 할 길로는 들어서지 않았지 않나. 그 보답으로 모두 부러워하는 아드님을 받은 것이야."

그 말을 듣고 최 노인은 다소 기분이 좋아져,

"아니 정말 그렇다네. 나처럼 아들 녀석 최 짱도 사람이 가야 할 길을 아는 녀석이라네." 하고 말하는 가운데 마침내 흥이 나서, 그의 유일한 자랑거리인 아들 이야기를 또 시작했다. "내 자식이지만 정말 감탄스럽다네, …… 그런데 한 참봉 고국에 돌아가시걸랑 결혼할 처자가 있으면 꼭 한 명 소개시켜 주시게. 도무지 노후의 즐거움이 없어."

"그럼. 그거야 말로 내가 해주고말고. 분명히 제대로 된 양반가 규수를 하나 물색하겠네. 예절을 갖추고 양친에게 효행할 수 있는." 그렇게 말하고는 갑자기 고향에 남아있는 죽은 아들의 처자가 생각나서 목이 막혔다. "…좋고말고."

"이것으로 나도 겨우 안심할 수 있겠군. 결코 자랑을 하려는 것은 아니지만 내 자식은 정말 잘 자라줬다네. 하지만 어쨌든 아직 젊기 때문에 자칫 판단을 잘못 내리면 안 된다고 생각해서 매일같이 내 앞에 무릎을 꿇리고 훈계를 하고 있다네. '최 짱아. 알아듣겠니. 무슨 일이 있어도 결코 여기에 와 있는 동포를 착취해서는 안 된다. 서로 돕지 않으면 안 돼…' 이렇게 말하면 최 짱도 이렇게 말한다네. '아버지 저는 잘 알고 있습니다. 결코 윤천수와 같은 놈이 돼서는 안 된다' 하고 말이네…."

하지만 최근 오륙일 동안 윤천수 이야기라면 무려 수 십 회 넘게 들었기 때문에 윤 참봉은 또 그 이야긴가 하며 질려버려서, 잔을 돌려 화제를 바꾸려는 듯,

"아드님이 올해 몇이신가."

"약관 스물여섯이네. 정말 이제부터라고 할 수 있으니 꼭 좋은 처자를 한 명……."

"그럼 좋고말고. 좋고말고."

"일이 성사된다면 그걸로 내 마지막 소망도 이뤄지게 되겠네. 하지만 이제와서 이야기 하네만 윤천수 그 놈만은……." 하고 최 노인은 그을린 램프처럼 검은 눈에 붉은 빛을 띠었다. 어두컴컴한 방안에서 그 눈은 흘끗흘끗 흔들렸다. 왕년에 품고 있던 정열의 열기는 그래도 윤천수에 대한 이야기를 할 때만은 어렴풋하지만 불꽃을 뿜으며 터져 나왔다. "내가 무척이나 그 녀석을 돌봐줬지만 역시 처음부터 그 놈은 이리와 같은 음흉한 마음을 갖고 있었지. 동료를 배신하고 괴롭히고 공갈협박을 하고…… 그러면서 어느새 무시무시하고 잔인한 모임까지 만들어서 그때 진재(震災)9) 당시." ……하고 그는 목소리를 삼키고 목

이 메일 뿐이었다. "몇 만이나 되는 동포가 길거리에서 헤매고 있을 때 조선에 있는 동포들이 그걸 듣고서 진심을 담아서 위문품으로 보낸 쌀이나 밤, 보리를 자신이 그 단체의 회장이라는 것을 이용해서 전부 착복해서 자신의 배를 채웠다니까. 게다가 돗자리나 대자리, 함석 등 몇 십만 판을 고가에 팔고, 돈을 받고 빌려줘서, 오늘 저렇게 부자가 된 놈이라니까. 그래. 그러니까 놈은 동포의 피를 빨아먹은 것이나 다름없어. 그래. 그렇고말고."

그는 흥분한 나머지 숨을 거칠게 쉬며 전신을 격렬하게 떨었다. 한 참봉도 거기에 마음이 움직여서,

"나도 잘 알아. 알고말고." 하며 고개를 끄덕이면서 달래듯이, "이미 지난 일이 아닌가. 잊어버려. 진정하시게. 잊어버리는 것이 가장 좋은 방법일세."

"나는 당시 누마쓰에 있었는데 동포들 문병을 위해 도쿄에 가서 그 이야기를 들었기 때문에 놈을 죽이겠노라 화를 내며 달려들었는데, 그 놈이 부하 수 십 명을 써서 나를 긴시쵸 수로10) 속에 처넣었다니까. 그로부터 결국 나는 누마쓰에서도 버티지 못하고 시즈오카 해안까지 달아났지……."

마침 그 때 괘종시계가 음침한 반향을 내며 시간을 알려서 잠시 말이 끊어졌다. 하지만 둘은 오히려 한숨 돌린 듯한 기분이 들었다. 한 참봉이 손꼽아 세보니 여덟시였다.

"이제 슬슬 나가야 겠네."

"열두시 기차인가?" 하고 이번에는 이상하게 풀이 죽은 목소리로

---

9) 1923년 2월 1일 발생한 관동대진재(關東大震災).
10) 긴시초(錦糸町)에 있는 수로. 긴시초는 도쿄 스미다구 남부에 있는 지구다.

최 노인은 신음하듯 말했다. "아직 멀었네 그려."

"아닐세. 열두시라고 해도 금방이야. 무엇보다도 안전이 제일이고 게다가 유골도 있으니까." 하고 말하면서 한 참봉은 손가락 끝으로 콧물을 팽 풀어서 바지에 문질렀다. 그리고 뒤편에서 흰 신겐 주머니(信玄袋)[11]와 유골함을 소중하게 끌어당겼다. "내가 죽기 전에 자네랑 이곳에서 다시 한 번 만나서 너무 기뻐……이제 다시 이별이구만, 떠나가는 사람은 쫓지 않는다고 하질 않나……."

"나중에 내가 정류장까지 안내하겠네. 갈아타기도 해야 하니 한 참봉 혼자서는 알기 힘들거야. 나도 좀 위험할 정도니까. 좀 있다가 젊은이라도 하나 앞세우겠네. 나는 요 이삼일 한 참봉이 돌아간다고 해서 시를 한 수 때때로 고심하며 지었네."

"호오. 정말인가." 하고 한 참봉도 기쁜 듯 고쳐 쓰고는, "내 수첩에 써주지 않겠나. 나도 집에 가면 한 수 지어서 답구를 하겠네." 하고 말하면서 품에서 너덜너덜해서 바랜 수첩을 꺼내서 연필에 침을 발랐다. 최 노인은 잔을 든 채로 눈을 감고 슬픔에 젖어 떨리는 쉰 목소리로 억양이 풍부한 목소리로 읊기 시작했다. 때때로 눈물을 닦으며 목소리가 막혀 메이기도 했다.

> 謾作東遊別有天　艱難世路蜀山川
> 暖日紅花依舊歲　旅窓白髮已哀年
> 父國歸程千里外　異邦別淚一樽前
> 臨岐慷慨何得贈　折取柳條結後綠
> (잘못해서 동쪽(일본)에 오니 완전히 다른 세상 / 세상을 살아가는 길

---

11) 잡화를 넣는 주머니. 일본 전국시대 다이묘(大名) 다케다 신겐(武田信玄, 1521~1573)의 주머니와 닮았다고 해서 붙여진 이름이라고 하는 설이 있다.

은 간난한 촉나라 길처럼 험난하도다

　따뜻한 날 붉은 꽃은 옛날 그대로 / 여행 길 백발이 돼 이미 노인이 되었네

　부국에 돌아가는 길 천리 밖 / 눈물을 흘리며 고향을 떠나기 전에 술
한 잔 하세

　갈라진 길에 들어선 슬픔은 무엇 하나 갖고 있지 않도다 / 버드나무
가지를 부러뜨려서 후일 만날 날을 기약하세)

4.

　마침 그 때 그늘도 꽤 옅어질 무렵, 아카사카산노(赤坂山王) S호텔 사
층에서였다. 꾀죄죄한 옷을 입은 강명선의 볼품없는 길쭉한 모습이
붉은 양탄자가 아름답게 깔려있는 어두컴컴한 복도를 비틀거리며 헤
매고 있었다. 웨이트리스가 때때로 멈춰 서서 수상쩍다는 듯이 뒤돌
아 봤다. 분명히 있는 것 같은데 하고 그는 혼잣말로 중얼거렸다. 보
이가 바로 안내를 해준 것도 그렇고, 그러더니 바로 방에 없다고 시치
미를 뗀 것도 그렇다. 사촌형과 오늘은 꼭 만나야 한다. 무슨 일이 있
어도 만나야 한다. 그 정도로 그는 지금 막다른 골목까지 자신이 몰리
고 있다는 것을 느꼈다. 긴 오후 시간 동안 아무것도 먹지 못하고 회
사에서부터 이 리(里) 되는 길을 걸어 왔기 때문에 극도로 피곤했기
때문일까. 그는 몸의 중심조차 잡기 힘들 정도로 어질어질 했다. 하지
만 카운터의 눈을 속이고 양해도 구하지 않은 채 인기척도 없이 괴괴
한 위층에 올라왔다고 하는 꺼림칙한 기분 때문일까, 그의 가슴은 잔
뜩 긴장해 있었지만, 머릿속은 모래바람이 마구 부는 것 같은 상태였
다.

"어디에 가시죠."

앗 하고 생각하던 사이 방금 그의 옆을 지나치던 흰색 상복을 입은 보이가 그를 멈춰 세웠다. 그는 기가 눌려서 무서워 움츠러든 듯 뒤돌아보며,

"강 씨가 투…투숙하고 있는 방이 어…어디죠." 하고 말을 더듬었다.

보이가 수상하다는 듯 우뚝 서서 흰 손으로 오른 쪽 구석방을 입을 다문채로 가리키는 것이 희미하게 보였다. 그는 드디어 가까이 왔군 하고 억지로라도 용기를 내며 다시 걸음을 옮겼다. 하지만 자신의 등 뒤로 파고드는 날카로운 시선을 의식하지 않을 수 없었다. 다행히 방문이 열린 채로 있었다. 살짝 몸을 비스듬하게 기울여 안을 들여다보니 건장한 사내들이 셔츠 차림으로 탁자 주위로 둘러앉아 껄껄 웃어대며 맥주를 마시고 있었다. 창가 쪽에 가까운 맞은편 의자에 앉아있던 턱 끝이 뾰족하게 튀어나온 덩치가 작은 사내가 흠칫 하고 그가 온 것을 눈치 채더니 몸을 젖혀 다른 사내들의 뒤로 얼굴을 숨겼다. 그는 사촌형이 틀림없다고 생각했다. 사정을 다 털어놓고 도움을 받아야겠다는 절박한 생각 이외에는 아무 것도 떠오르지 않았다. 하지만 그는 도대체 어떤 식으로 이곳에 도착했는지 자신조차 의아해 하는 사이 자신의 신체가 이곳에 있음을 확실하게 인지한 순간,

"자네. 안 돼, 안 된다고."

하며 사내들에게 쫓겨났다. 그와 동시에 방금 전에 봤던 보이가 자신의 팔을 단숨에 쥐고 조르는 것을 느꼈다. 그는 갑자기 몸 중심이 무너지고 의식조차 멀어지고 있는 것 같았다. 그리고 정신을 차려보니 호텔 현관 앞이었는데 자신이 어떻게 여기까지 끌려왔는지 조차 알

수 없었다.

하지만 그는 역시 집으로 가려하지 않고 어느새 현관에서 조금 떨어진 곳에서 사람들 눈을 꺼려하며 서있었다. 땀이 줄줄 흘러 목덜미가 흠뻑 젖었다. 오랜 토역꾼 생활 때문에 그을린 말뚝처럼 검게 탄 얼굴 가운데 두 개의 침착함을 잃은 눈만이 뒤룩뒤룩 번뜩일 뿐이었다. 차들이 끊임없이 드나들고 있었는데, 무리지어 몰려오는 여러 상념을 마치 쫓아버리기라도 하듯, 가솔린 연기를 내뿜으며 폭음 속에 사라져갔다. 도무지 수가 없었기 때문에 오늘은 사촌형이 나오는 것을 기다렸다 붙잡자고 하는 일념으로 버티고 있었다. 사촌형은 어째서 자신과 만나주지조차 않는 것인가. 내가 이년 동안 불운하게 된 원인을 만든 것은 바로 사촌형 자신이 아니냔 말이다. 생각해 보면 여기 산노 S호텔도 반드시 깊은 인연이 없는 것은 아니었다. 오히려 생각하기에 따라서는 이 호텔에서 가졌던 그 하룻밤 만찬이 자신의 전도(前途)를 망쳐놨다고 조차 할 수 있지 않을까? 아무튼 그 때 당시 그는 미술학교에 다니고 있었지만 직업이 없어 밥벌이도 못하고 있었기 때문에 아는 친구 소개로 작은 회사에서 일하고 있었다. 그 무렵 사촌형은 윤천수 밑에서 젊은 대학생 출신으로 부하처럼 그를 모시면서 조선과 연고 깊은 정치가들의 저택에 출입했다. 그가 사촌형에게 오십 엔 정도의 빚을 진 것도 바로 그 때였다. 하지만 월급 육십 엔으로는 이제 막 여학교를 졸업한 여자와 결혼까지 한터라 빚을 갚는 것은 역시 쉽지 않았다. 그러다 사촌형은 조선의 둘도 없는 전도유망한 청년이라는 평가를 받고 내지인 중에서도 유력한 정치가, Z 집안에 데릴사위로 들어가게 되면서 급전이 필요하게 되었다.

"자네 그런 회사에 매달려 있는 것이 원하던 바가 아니지 않나." 하

는 사촌형의 꼬임에,

"그건 그렇습니다." 하고 본래 갖고 있던 생각을 말했다. "저는 정말 영화를 하고 싶습니다."

"아 그런가. 그런 것이라면 간단하지 않나. 나는 P・C・L12) 중역들을 잘 알고 있어. 남도 아니고 자네가 원한다면 소개를 시켜주겠네."

"아. 정말이십니까?" 하고 명선은 눈이 휘둥그레져서 무릎을 움직여 사촌형에게 바짝 다가갔다. 자신의 그림을 그리는 재능을 단념하고 어떻게 해서든 영화 쪽으로 새롭게 나아가고 싶다는 마음이 강하던 무렵이었다. "형님. 부탁드립니다. 꼭 소개해 주십쇼."

"그래. 하지만 그러려면 우선 지금 다니는 회사를 그만둬야겠지." 하고 말하고 흘낏 곁눈질을 했다.

"그런데 그만두면 퇴직금도 꽤 받게 되나."

"그럼요. 음. 삼백 엔 정도는 받겠죠. 지난달에도 한 사람 그만뒀는데 그 정도 받았습니다."

"그거 참 잘됐군. 그 돈 중에 이백 엔 정도 나한테 융통해 주지 않겠나."

"그거야 문제없습니다." 하고 그 자리에서 선선히 수락을 했던 것이다. "어차피 저도 형님에게 오십 엔 빌린 것도 있지 않습니까. 그걸 갚지 않으면 마음이 편하지 않습니다."

"그런 건 신경 쓰지 마시게. 내가 그 정도 자네에게 못해 주겠나. 하지만 요새 내가 좀 돈이 필요한 일이 많아. 자네도 아시다시피 Z

---

12) 1929년에 마쓰타니 린(增谷麟)이 '사진화학연구소(Photo Chemical Laboratory, 약칭 P.C.L.)를 설립. 1937년 12월 5일에 도호(東宝)에 합병된 영화회사다. 선구적인 유성영화를 제작하던 것으로 유명하다. 도호의 전신으로 알려져 있다.

가의 규수를 아내로 맞게 됐어. 피로연을 아카사카 산노 S호텔에서 할 거야."

"그거 참 멋지군요."

하며 그는 S호텔을 우선 찬탄(讚嘆)하며 마침내 제대로 출세하는 사촌 형의 모습에 감격했다.

"그래서 말이네만. 다이진(大臣)을 시작으로 정계, 실업계에서 높으 신 분들이 많이 올 거야. 비용은 물론 Z 가와 윤천수 선생이 대주신 다고 하는데 나도 품에 천 엔 정도는 갖고 있어야 하지 않겠나. 만일 의 경우도 있고……."

"그야 그렇지요."

"그래서 자네와 상의하려고 하네만. 어떤가. 용감하게 회사를 그만 두면 어떻겠나. 뒤는 내가 전부 책임져 줄 테니. 사실 자네에게만 말 하는 거네만. 이번에 윤 선생님이 자본을 대서 군수회사를 만들기로 했다네. 거기 사무는 내가 전부 맡게 될 거야. 그 때 자네도 영화 쪽 일이 싫으면 그 회사로 와도 돼. 자네도 생각해 보게."

이렇게 그는 이게 무슨 갑자기 하늘에서 내려온 행운인가 하고만 생각하고 그 다음날 바로 사표를 냈다. 그런데 경솔하게도 그는 사직 서를 피고용인이 먼저 낸 경우 일한 만큼의 월급 밖에는 받을 수 없 다는 회사의 규칙을 알지 못했다. 게다가 회사에서 불같이 화를 내며 겨우 쥐어준 사십 엔은 통째로 사촌형 품속으로 들어갔다. 그 덕분에 여기 산노 S호텔 피로연 말석에 초대를 받았던 것이다. 하지만 그는 자신을 실업자로 전락시킨 사촌형을 여전히 원망조차 하지 않고, 오 히려 호텔에 초대를 받고 가서 언감생심 평소 만날 수 없는 명사들의 얼굴을 올려다보는 것만으로도 영광으로 생각할 정도였다. 사람이 너무 선량하고 의젓하다고 해야 할까. 혹은 세상물정을 모른다고 해야 할까. 그 후 P·C·L은 조직이 바뀌어서 손도 쓸 수 없게 됐고, 윤천수가 자본을 댄 회사는 세워지기는 했지만 그 후 유령회사처럼 눈깜작할 사이에 물거품처럼 사라졌다. 그 후 명선네 부부는 먹고 살 길이 끊겨버렸다.

이 무렵부터 그들 부부는 동성네 집안에 신세를 지게 됐다. 이렇게 된 것은 무엇보다도 서로 사는 곳이 가까웠기 때문이다. 또한 최가네 노파는 근처 조선인 집이라면 어디든지 가서 얼굴을 내밀고 힘든 일이라도 있으면 친엄마처럼 돌봐줬고, 고맙다는 말조차 듣지 못할 일까지 쓸데없이 참견하는 성격이다. 그렇기 때문에 강명선네 새댁이 눈물을 뚝뚝 떨어뜨리며 이야기를 하는 것을 다 듣고 나서는 완전히 흥분하고 말았던 것이다. 그녀는 내친걸음으로 바로 집에 가서 늙은 남편을 붙잡고 호소했다. 무엇보다 명선의 사촌형이 윤천수의 부하라는 사살이 최 노인 귀에 들어간 것이 또 좋지 않았다. 그것은 이 늙은 패잔병이 윤천수에게 품고 있던 슬플 정도의 대항의식마저 자극하는 것이었다. 그 결과 동성의 의분까지 합쳐져 명선 부부에게 자진해서 방을 무상으로 제공하게 되었다. 하지만 살 곳은 어찌됐다 해도 명선 부부는 당장 먹을 것조차 구하지 못해 곤란한 상황이었다. 그래서 명선은 적당한 직장을 찾을 때까지라도 호구를 해야겠다는 생각에 눈물을 삼키고 근처 분양지 땅고르기 공사에 나가게 됐다. 하지만 그 일은 하루 이틀 늘어나더니 결국 이 년여 동안 계속됐다.

그래도 마침내 최근에 원하던 바가 이뤄져 영화회사에 나가게 됐다. 하지만 이번엔 또 월급이 겨우 이십오 엔이라서 다시 궁핍한 생활에 쫓기게 됐다. 토역꾼을 하던 때가 그나마 나았던 것이다. 하지만

본래 패기 없는 성품에다 사려 깊지 않은 아내의 말참견에도 좌우당
해서, 동성 일가의 호의를 이용해 뒤에서는 눈을 감은채, 어차피 신세
를 지는 이상은 이라고 하며, 얼굴 가죽을 두껍게 하고 지내왔던 것이
다. 하지만 사변이후(事變以後)[13] 동성네 집안 수입도 점차 줄어들어갈
뿐이었다. 이렇게 방을 계속 무상으로 제공하는 것이 점차 동성 일가
의 생계에도 크게 영향을 끼치기 시작했다. 사태가 이 지경에 이르자
최씨네 노부부의 마음도 평온하지만은 못해서 사람이 은혜를 베푼 것
을 계속 이용하는 것도 정도가 있다는 생각이 점차 들어 비위가 상하
기 시작했다. 동성 또한 사람을 바보취급하고 있다는 기분이 들었다.
그렇지만 지금 방을 공짜로 세주고 있는 것에 아무리 거북함을 느끼
고 있다고 하더라도 이미 방세 문제를 넘어서고 있었다. 새로 합류한
명선의 동생은 또 그들 부부가 이 집안에 보이는 태도에 대한 복수라
도 하듯이 이기적으로 굴었다. 이런 식이어서 가족 두 명을 더 먹여
살릴 그날 그 날의 쌀이 부족한 비참한 상황 속에서 교통비조차 없어
서 회사까지 걸어서 다녀야 할 형편이었다. 게다가 아내의 산달도 거
의 닥쳐와서 앞으로 한 달 후면 아이가 태어나는 궁지에 몰리고 있었
다. 그런 가운데 지금까지 경성에 가서 무언가를 꾸미고 있던 사촌형
이 다시 상경해서 이 호텔에 묵고 있다는 소식을 들었다. 때문에 잠시
도 참지 못할 것 같은 기분으로 사촌형의 정에 기대려는 심산으로 요
사흘간 매일같이 찾아와서 오늘 방 앞에까지 찾아가게 됐던 것이다.
하지만 그는 그것을 창피하게 생각할 마음의 여유가 없었고, 또한 자
신과 만나주지 않는 가증스런 사촌형에게 화를 내고 원망하는 마음을

---

13) 중일전쟁. 1937년 발발.

품지도 않았다.

"무슨 일이 있어도 오십 엔은 받아야 해."

하며 그는 조용히 눈을 감으면서 신음했다. 그 생각만이 가슴속에 가
득했다. 오십 엔만 있으면 아이를 무사히 낳을 수 있고 또한 고향에
돌아갈 수도 있다. 고생을 각오한 이상 아내를 고향에 보내고 혼자서
이번에야말로 무슨 일이 있더라도 훌륭하고 어엿한 카메라맨이 돼야
해. 옳지. 이제부터 새로 시작 하는 거야, 하며 그런 생각에만 빠져서
당장이라도 모든 것이 원만하게 잘 될 것 같다는 생각에 가슴이 뛰었
다. 그 때 누군가 그의 어깨를 두드렸다. 아앗. 내쫓으려고 하는 보이
가 아닌가 하고 깜짝 놀라서 뒤돌아 봤다. 의외로 그곳에는 자동차를
옆에 세워두고 온 최동성이 서있었다. 그를 본 순간 후유 하고 한숨을
쉬는 듯한 또한 어째서인지 기분이 맑아지는 기분이 들었다. 하지만
왠지 또 그런 것이 쑥스러운 기분이 들어서 바싹 마른 입가를 조금
우물우물 거렸다.

"이야 최 짱이 아닌가. 손님이라도 태우고 왔나."

"응 그렇지." 동성은 묘하게 안절부절못하는 명선의 얼굴을 수상쩍
게 올려봤다. "자네는?"

"… 회사일 때문에 왔지." 하고 명선은 또 과거 입버릇처럼 나오던
회사 핑계를 댔다.

"누굴 좀 기다리고 있어."

"나는 방금 전에 신주쿠(新宿)에 있는 전기회사에 가서 사정을 좀 봐
달라고 하소연하고 왔는데 씨도 먹히지 않더군."

하고 동성은 매우 어두운 목소리로 말했다.

"아 그랬군. 내가 돌아가는 길에 들르려고 했었네만……."

"얼마나 분위기가 험악하던지. 그건 네 놈들이 전기를 훔칠 생각으로 그런 것이 아니냐! 바로 사람을 보내서 조사 할테니 배상금을 내야할 거야 하며 화를 내지 뭔가."

둘은 잠시 동안 걱정스럽다는 듯이 얼굴을 마주봤다.

"최 짱. 이렇게 된 이상 집을 비워주는 수밖엔 없겠어." 하고 침을 꿀떡 삼키면서 말했다. "그래도 일월이나 이월까지는 힘을 내서 살면 될 거야. 그 사이에 각자 방을 찾아서 나가는 게 어떤가? 벌금도 내고 배상금도 내라니 어쩌란 것인지. 게다가 밀린 몇 달치 집세도 내야 하는데 말이야. 어찌됐든 나도 마누라가 아이라도 낳으면 고향에 데려다 놓고 회사 근처에 작은 방이라도 찾아서 동생과 자취를 할 생각이야. 그런 수도 있다네. 최 짱도 우리가 나가면 부담이 꽤 줄테니 방이라도 빌리면 되지 않나……."

"뭐 그건 그렇겠지." 하면서 동성은 자신의 암담한 기분에 비해서 명선의 느긋한 태도에 조금 기분이 상했기 때문에 혈색이 변했다. "……명선 자네 집말이네만. 자네 동생이 과연 자네와 함께 같이 살까 모르겠네."

"물론이지. 그걸 말이라고 하나. 형제지간이 아닌가. 다만 내 아내와 동생이 성격이 도무지 맞질 않는다네."

"그런데 당장 자네 아내가 애라도 낳으면 제법 또 돈이 들어가지 않나."

강명선은 사실은 그 때문에 여기 와 있는 것이라고 순간 말하고 싶었지만 그것을 억누르면서,

"그야 그렇지." 하고 말했다. "그렇지만 우리 회사에서도 특별히 임시 보조금같은 것이 나올 것이 틀림없어. 대체로 좋은 회사는 전부 그

렇게 하니까.”

　이렇게 지극히 곤란한 이야기를 서로 나누고 있을 때, 사내 한 명이 자신의 차에 올라타는 것을 보고 동성은 인사도 하지 못하고 자동차로 뛰어갔다. 동성의 차가 마침내 시야에서 사라지는 것을 확인한 후에 명선은 얼마간 어리둥절한 기분으로 그 자리에 서있었다. 마음 속으로 계산을 하며 앞뒤 가리지 않고 길바닥에 서있자니 마치 뜻이 이뤄질 것 같은 구원받은 기분이 들었다. 특히 그 순간 보스턴백을 들고 나오는 보이들 뒤로 어디선가 본 기억이 있는 몸집이 큰 사내가 현관 앞에 나타난 것을 봤다. 그 순간 그는 마침내 환희에 가슴이 메어서 눈을 부릅뜨고 입을 빠금 벌렸다. 그 무리 중에는 방금 전에 자신을 호텔 방 앞에서 내쫓은 보이뿐만이 아니라 키가 작은 사촌형도 끼어 있었다. 그는 놀라 달려가서 등을 돌리고 있는 가장 왜소한 사내에게 매달리듯이 달려들더니 커다란 몸을 꾸벅 숙였다. 그 무리 사내들과 보이들이 놀라서 둘 사이를 둘러싸듯 좁혀왔다.

　“형님 접니다. 강명선입니다. 방금 전에는 정말⋯⋯.”

　“음 자넨가.” 하고 사촌형은 낭패를 본 듯이 부산스레 뒤를 돌아봤다. 하지만 강명선이 품고 있는 외곬의 기상에 완전히 기가 눌려서 주위에 몰려든 사내와 보이들을 물리치고는 옆 쪽으로 명선을 데리고 가며 비명에 가까운 소리를 질렀다.

　“사실 말이네 내가 지금 너무 바빠.”

　“아 그러십니까.” 명선은 숨도 쉬지 않고 바로 물었다. “이제 경성에라도 돌아가시나요?”

　다른 사내들은 수상한 듯이 뒤돌아보면서 바로 옆에 도착한 자동차 안으로 한 명 한 명 타더니 사라졌다. 사촌형은 당황하며 주머니에서 지갑을 꺼내더니 십 엔 지폐를 한 장 손에 쥐어주고는, "필요한 곳에 쓰시게."

하고 말하기가 무섭게 잽싸게 차에 타더니 그대로 떠나버렸다. 가솔린 연기가 망연자실하게 서있는 명선의 온몸을 뒤덮었다.

이것으로 그가 품고 있던 마지막 희망의 끈은 끊어졌다. 그는 코를 훌쩍대며 조용히 큰길로 무거운 다리를 움직였다. 절망이라 해야 할 깊은 슬픔이 그를 강타해서 한동안 정신을 차릴 수 없게 만들었다. 하지만 선천적으로 낙천적인 그는 어떻게든 일이 좋게 돌아갈 것임이 틀림없다고 생각할 뿐이었다. 그에게는 모든 것이 이처럼 잘 될 것 같았지만 사실은 삼십여년을 살아온 반생(半生) 동안 무엇 하나 제대로 된 일이 없었다. 아무리 사람들이 서른이 넘은 나이에 영화 조수 나부랭이나 하고 있다고 경멸을 하더라도 그는 이제야 자신이 한평생을 통해 할 수 있는 일을 찾아 하고 있다고 믿었었다. 그러나 이제는 그러한 직업마저도 완전히 위기에 봉착하고 말았다. 다시 토역꾼으로 전락하지 않는한 어떻게 한 달 후에 태어날 아이와 산모를 구할 수 있단 말인가.

그는 몇 번이고 사촌형이 손에 쥐어주고 떠난 십 엔 지폐를 들여다 봤다. 손은 부들부들 떨렸고 눈앞에는 안개가 끼었다. 피곤한 것인가 하고 생각해 본다. 그렇게 건장했던 자신의 몸이 하루하루 약해지고 있다는 것을 그는 요즘 의식하고 있었다. 그는 앞날이 깜깜해서 가던 길을 종종 멈춰 섰다. 어느새 거리에는 전기가 들어왔다. 오늘 밤에는 또 어떻게 해서 가시 돋친 말을 하며 달려드는 마누라를 달랠 수 있을까. 누구보다 공처가인 그였다. 사실 그는 사촌형과 만나고 온다고 하면서 아내에게 아이 낳는 것은 걱정하지 말라, 사촌형과는 이미 약속을 다 잡아놨다고 터무니없는 말을 하고 외출을 했었다. 주위는 어느새 어둑어둑 해지기 시작했다. 그는 절대절명의 절망에 빠져 온 몸을 다해 고뇌하며 몸부림을 쳤다. 동생 녀석이 이삼십 엔 정도는 분명히 저축하고 있겠지. 하지만 또 동생의 날카로운 눈초리를 보고 머뭇거리다 뒷걸음질을 칠 것 같다는 기분이 들었다. 그는 다시 목적지도 없이 걷기 시작했다. 손에 십엔 짜리 지폐 한 장을 들고서는 아내 앞에 설 용기가 없었다. 그러다 그는 깜짝 놀란 듯 멈춰 전방에 높이 서 있는 전신주를 보고 눈을 부릅떴다. 광부채용, 하루 오 엔이라고 하는 삐라가 붙어있다. 그는 꼼짝하지 않고 서서 움직이지 않고 빙빙 어지러움을 느끼면서 하루 오 엔 하루 오 엔 하고 중얼거렸다. 장소는 홋카이도[北海道] 헤비타군[蛇田郡] 여비는 도착 후 지불해줌이라고 쓰여 있었다. 그는 한순간 너무나 큰 충격을 받았던 탓인지 크고 긴 몸을 높은 전주에 기대고 잠시 동안 눈을 감고 있었다.

그리고는 끝내 움직이지 않았다.

5.

다음날은 아침부터 비가 내렸다. 동성은 비번(非番)이었지만 역시 평상시처럼 같은 시간에 한 번은 회사에 가서 얼굴을 비춰야 했다. 어젯밤 번 돈을 납금(納金)하고서 차체를 닦은 후에 집에 오니 어느새 열시를 넘었다. 어젯밤부터 전기가 들어오지 않아서 결국 촛불을 밝혀놓고 지내야 했다. 그는 당면한 이 문제 때문에 머릿속이 뒤죽박죽이었다. 대체 어떻게 하면 이 복잡한 난국을 타개할 수 있단 말인가. 집세가 밀려 집주인은 매일같이 들이닥쳐 꽥꽥 욕설을 퍼붓고 돌아갔다. 아니 또 금방 들이닥칠 것이다. 또한 전기회사가 무서워 어찌해야할 바를 몰랐다. 이웃들이 성가셔 못 견딜 지경에 이르렀다. 무슨 일이라도 있으면, 그들은 짜기라도 한 것처럼 목을 들이밀고 입을 일그러뜨렸다. 부모님은 이미 해탈을 한 듯한 허탈함과 무신경한 구석이 있었지만, 그는 도저히 견딜 수 없는 일이었다. 어찌됐든 끔찍한 일임은 틀림이 없었다. 그는 오늘 드디어 결심을 굳혔다. 맹장염(盲腸炎) 수술 자국이 완치되면 그로부터 사흘째 되는 휴일에 자동차 아래로 몸을 밀어 넣고 수리나 조립 기술까지 익히자. 그리고 어엿한 엔지니어가 된다면 부모님을 모시고 조선으로 돌아가자. 그것이 부모님을 위해서도 또한 자신을 위해서도 최선책이라고 생각했다. 역시 실속 없는 학문을 계속한다는 것이 자신에게는 얼마나 공상에 가까운 일인지를 뼈저리게 느꼈다. 하지만 비참하게도 패배자 모습이 되는 것 같은 생각에 그는 슬픔을 가눌 수 없었다. 아버지는 동쪽 나라로 일단 건너온 이상 적어도 너라도 성공을 하라는 의미에서 동성(東成)이라는 이름을 붙였다고 말했다. 동성, 동성 하고 그는 마치 실성한 사람처럼 중얼거려봤다. 그와 동시에 그는 어디에 하소연 할 곳도 없는 증오가 불끈불끈 일어나는 것을 전신으로 느꼈다. 벌거숭이 몸 그대로 자신을 넓은 고통의 바다 속에 풍덩 내던진 부모님을 미워하는 마음도 들었다. 어째서 여럿이 합세해서 나를 고통스럽게 하는 것인가! 바람이 낡은 양산(洋傘)에 달라붙어서 큰소리로 울려 퍼졌다. 비는 그의 발부터 하반신을 흠뻑 적셨다. 하지만 그는 마치 무엇에 씐 듯 눈을 반짝이며 우당탕 소리를 내며 걸어갔다.

그러나 깊은 슬픔에 싸여 집 앞에 도착하자마자 그는 깜짝 놀라 멈춰 섰다. 집 안에서는 가구가 와르르 하고 부서지는 소리와 으르렁대는 소리가 들려왔다. 안방에서 아버지와 누군가가 대 난투극을 벌이고 있는 듯 밀치락달치락 야단법석을 떨고 있었다. 그는 줄창 쏟아지는 비를 맞으며 처참한 기분을 느끼며 떨고 있었다. 술에 취한 아버지의 윽박지르는 소리가 들렸다. 그는 놀란 듯 현관문을 활짝 열고서 갑자기 뛰어 들어갔다. 하지만 그는 맹장지를 여는 것과 동시에 그 자리에 멈춰 설 수밖에 없었다.

아버지가 부서진 커다란 용기를 높이 치켜들고 서서 분노에 불타서 소년을 내려치려고 의기탱천해 있지 않은가. 소년은 몸을 앞으로 기울이고 아버지가 내려치려 치켜든 팔목을 필사적으로 막고 있었다. 그는 동성이 들어오는 것을 보고는 격렬하게 어깨를 들썩이더니 갑자기 으앙 하고 울음을 터뜨렸다. 어머니는 뒤쪽에서 아버지를 껴안고 미친 사람처럼 머리카락을 늘어뜨리고 뒤로 끌고 가면서,

"나를 때려요. 다른 집 아이를 때리시려거든 차라리 날 죽이라고요." 하며 아우성쳤다.

"동성아, 동성아. 큰 일 나기 전에 니 애비를 좀 말려라."

"아아. 너 같은 놈은. 놈은." 하고 아버지는 잡힌 몸을 풀려고 몸부림을 치면서 입에 거품을 물고 불분명한 목소리를 올려서,

"의리와 인정을 버린 놈은 돼지와 다를 게 없어! 돼지와 말이야!"

"어째서 내가 돼지예요. 돼지냐고요!" 하며 소년은 극심한 공포를 느끼면서도 아버지의 팔을 풀어주지 않으려는 듯 몸을 아래로 지탱하면서 얼굴을 들이밀고 절규했다.

"의리 인정을 지켜서 아저씨는 이렇게 훌륭하게 살고 계신가요? 저는 하나도 부럽지 않습니다. 여기야말로 돼지우리가 아니고 뭐에요.

돼지우리라고요. 돼지우리."

동성은 의연하게 선채로 몸을 부들부들 떨뿐 아무 것도 할 수 없었다. 결국 아버지가 격앙해서 공중제비를 넘으려고 하면서,

"뭐, 뭐라고!" 하면서 격렬하게 팔을 위로 올리려고 했지만 노파와 소년에게 꽉 잡힌 채 제지당해서 함께 소용돌이치듯 비틀거릴 뿐이었다. "내 비록 이렇게 지지리도 가난하게 살지만 한 번도 파렴치한 짓을 한 적이 없어. 이놈 내가 하려고만 했으면 돈을 못 벌었을 줄 아느냐. 알겠느냐. 나는 윤, 윤천수처럼 개같은 놈과는 달라. 알겠냐. 네 놈은 윤천수 눈깔이라도 빼올 정도로 지독한 놈이렸다! 제길. 나가. 썩 나가라!"

"고정하세요. 아버지." 동성은 이 때 처음으로 아버지와 소년 사이에 들어가 둘을 떼놨다. "이렇게 흥분해서." "그래. 최 짱. 나도 처음엔 이놈에게 어른스럽게 대했어. 소란을 떨려고 한 것이 아니야. 하지만 어젯밤 명선이가 돌아오지 않아서 밤새 그 아내가 울고 있지를 않냐……."

"동성아 어젯밤 명선이가 정말 집에 안 들어왔단다."
하고 아버지를 제지하기 위해 안고 있던 어머니가 지금이라도 울음을 터뜨릴 것 같은 표정으로 외쳤다. 옆방에서는 이 소리를 듣고 명선의 아내가 엎어져서 큰 소리로 우는 소리가 들렸다.

"명선네 아내가 쌀이 떨어져서 이놈에게 조금이나마 돈을 달라고 했더니. 내가 이 두 귀로 똑똑히 들었다. 그러자 이놈이 뭐라고 한 줄 아냐. 나한테 그런 돈이 어디 있소. 아침밥도 못 얻어먹는 놈에게 그런 돈이 있을 리가 없지라고 하더라. 이 나쁜 놈. 설령 형수가 못되게 굴었다고 하더라도 이렇게 힘들 때 가족 간에 인정머리 없이 그게 할

말이냐. 내가 그런 말을 듣고도 참을 줄 알았더냐. 네 놈은 형이 돌아
오지 않는 것이 걱정도 안 되느냐. 어제도 그렇지. 네 놈 하는 짓이
하도 비열해 보여서 전기를 모두 때려 부쉈단 말이다. 전기를 증오해
서 한 짓이 아니야. 똑똑히 들어라 이 윤천수랑 다를 바 없는 버르장
머리 없는 놈. 너야 말로 평생 토역꾼이나 하면서 뒈져버려라. 토역꾼
말이다!"

"그만 두세요." 하고 동성은 호되게 소리쳤다. 소년은 동성의 옆에
서 눈을 황황히 빛내며 지금까지 격렬하게 어깨를 떨며 숨을 헐떡이
고 있다가 마침내 불끈 타올라서,

"지금 뭐라고 하신 겁니까." 하고 정신없이 울고 소리치며 노인에
게 달려들었다. 그와 함께 동성의 아버지에게 뒤지지 않을 정도로 난
폭하게 굴었다. "어디 한 번 또 말해보세요. 내가 왜 토역꾼에서 벗어
나질 못합니까! 난 지금이라도 토역꾼 따위 안 하면 그만입니다. 이제
그만두고 학교로 가렵니다. 형처럼은 살지 않아요. 그건 바보짓이야.
정말 멍청하다고. 내겐 가야할 길이 있다고요!"

"그럼 그렇고말고." 하며 동성은 격렬하게 요동치는 몸을 끌어안고
외쳤다. 그것은 마치 동성 자신의 우렁찬 외침이기도 했다. "훌륭하게
출세해 보라고! 넌 윤천수와는 달라!"

그곳에는 일순간 격렬하게 서로 째려보는 손가락으로 튕기면 소리
라도 울려퍼질 것 같은 절박한 긴장감이 감돌았다. 가슴 한가득 답답
함을 안고 있던 동성의 감정이 폭발한 것이다. 아버지도 순간 그 기운
에 눌린 것처럼 멍하니 서서 어두컴컴한 가운데서 밝게 빛나고 있는
자기 아들과 소년의 네 개의 눈을 주시했다. 손에 들고 던지려던 용기
가 댕강하는 소리를 내며 떨어졌다. 입술을 두 세 차례 바르르 떨더니

갑자기 몸이 무너질 듯이 비틀거렸다.

"왜 이리 소란을 떨어요." 하고 어머니는 울음 섞인 소리로 외쳤다. "어째서 서로 화목하게 지내지 못하고 서로 으르렁 대. 동성아 너도 좀 진정을 해라."

동성도 그동안 참고 참았던 슬픔이 복받쳐 올라 자신의 눈에서 뜨거운 눈물이 뚝뚝 넘쳐 흐르는 것을 느꼈다. 그는 마치 무언가에 놀란 사람처럼 자신의 팔에 얼굴을 파묻었다. 그 때 소년은 자신의 콘크리트 방으로 갑자기 뛰어 들어가 작은 이불을 손으로 안고 흑흑 소리를 내며 울다가 비가 쏟아지고 있는 밖으로 뛰쳐나갔다. 함바에 가려는 것이 틀림없었다. 노파는 그것을 막으려고 소년 뒤를 따라가다가,

"이봐. 이 보시게."

하고 외쳤다. 그 목소리가 빗소리에 묻혀 점차 멀어져갔다. 비는 점차 본격적으로 내리기 시작해서 정오전인데도 갑자기 사위가 어두워지기 시작했다. 그리고 마치 저녁 무렵처럼 무서운 기세로 주위가 어두컴컴해졌다. 천둥이 우르르 울리더니 번개가 푸른 도깨비불을 번쩍이며 방안을 기분 나쁘게 비췄다. 동성은 잠시 실신한 것처럼 그 자리에서 어리둥절한 표정으로 서 있다가 끝내는 비틀대며 자기 방으로 갔다. 끝도 없이 눈물이 나와서 어찌할 바를 몰랐다. 젠장 어째서 이토록 눈물이 나오는가. 하지만 문을 열고 방에 들어가려던 순간 무언가가 발끝에 스윽 하고 닿은 것 같았다. 그는 깜짝 놀라 멈춰서서 그것을 바로 주웠다. 역시 예상한 대로 그것은 명선이 자신에게 보낸 편지였다. 묘하게도 순간 들썽들썽한 태도를 보였던 어제 명선의 얼굴이 획 떠올랐다. 서둘러 창가로 가서 봉투를 뜯으려고 보니 누군가가 먼저 개봉해서 본 흔적이 남아있었다. 봉투를 닫은 곳에 지독하게 찢긴 자국

이 남아있었다. 하지만 그런 것을 신경 쓸 여유가 없었다. 서둘러 내 용물을 꺼내 펼치고 숨을 고르며 편지를 읽어나갔다. 그 사이 그는 자 신의 목소리가 희미하게 떨리고 있음을 느꼈다.

"최 쨩! 신주쿠[新宿]까지 왔는데 도무지 집에 갈 용기가 나지 않아 서 그 걸음으로 우에노[上野] 역으로 달리듯 왔다네. 아내에게는 갑자 기 출장이 잡혀서 도호쿠[東北] 지방에 한 달 남짓 예정으로 출장을 간다고 간단하게 편지와 함께 엽서를 보내두려고 하네. 내게는 삶과 연관된 소중한 일이므로 회사에는 고향에 계신 아버지가 위중해 그곳 에 간다고 편지를 써뒀네. 지금부터 나는 홋카이도에 가려하네."

순간 동성은 불길한 예감을 떨쳐버린 듯해서 한숨 돌렸다. 하지만 그 후 다시 밀려오는 불안한 기분 때문에 몸을 떨었다. 옆방에서는 명 선의 처가 오열하는 소리가 높아만 갔다. 그녀가 불안한 마음에 자신 에게 온 것도 아닌 이 편지를 읽은 것은 아닌가 하는 생각이 갑자기 들었다. 그는 다시 서둘러서 편지를 이어 읽었다. 번개가 끊임없이 울 려 기분 나쁘게 번쩍번쩍 편지 종이를 비추는 통에, 그의 마음은 초조 해졌다.

"한 달 후면 아이도 태어날 것이고 또 아내와 아이를 고향으로 돌 려보낼 돈이 필요해. ……오늘 간신히 편도 여비(旅費)를 손에 넣었다 네. 그곳에 가면 여비도 받을 수 있고 일급 오 엔에 식사도 나오는 모 양이야. 한 달만 일해도 삼오십오, 백오십 엔은 모을 수 있을 것 같 아……."

정신을 차려보니 그는 편지를 손에 쥔 채 잠시 멍하게 서있었다. 명 선은 어쩌면 이리도 어수룩한 선택을 할 수 있었단 말인가. 도대체 홋 카이도 어디로 무슨 일을 하러 간단 말인가. 분명히 광산임이 틀림없다. 그러자 그는 지금까지 들어왔던 감옥방[14]이라는 것을 떠올리고 전기에 감전된 것처럼 몸이 경직됐다. 설마 그럴 리가 하며 그는 고개를 저으며 강하게 부정하려고 했다. 하지만 결코 그런 일이 없다고 하더라도, 도대체 그곳은 비가 오나 눈이 오나, 매일 사람들을 혹사시키는 일인 것일까. 게다가 점차 약해져 가는 그 몸으로, 거친 산에서 하는 일을 과연 버텨내려나. 그는 이 비극의 모든 책임이 마치 자신에게 쏟아지는 것 같은 기분마저 느꼈다. 일어서자, 일어서자 하면서도 괴로운 생활 심연(深淵)에 빠져 옴싹달싹할 수 없는 명선의 처지에서 그는 자신의 모습을 발견했던 것이다. 그리고 사실 명선이 몇 년 만에 그토록 원하던 영화회사에 들어간 것도, 그것이 비록 이상한 인연이라고 해도, 동성이 고생을 했기 때문이다. 그 누구도 멀리까지 자동차를 쓰지 않는 요즈음, 한 손님이 고후[甲府]까지 불우한 일 때문에 서둘러 가야한다고 하기에 마음 편히 태웠더니, 어쩌다보니 영화 쪽 이야기로 화제가 튀었는데 이 손님이 마침 영화회사에서 중요한 직책을 맡고 있었는데, 어쨌든 자네 친한 친구라면 채용해주겠다고 해서 명선이 취직을 하게 됐던 것이다. 하지만 그것이 오히려 독이 돼서 그를 결국 꼼짝할 수 없는 궁핍 가운데로 밀어 넣었던 것은 아니었을까.

동성은 맥없이 쓰러질 듯 창 근처에 기대서 호우가 세게 내려치는 풀숲 길을 우두커니 바라봤다. 그러자 어느 순간 그 주위에 홋카이도 깊은 산속으로 초연히 걸어 들어가는 검고 큰 강명선의 그림자가 한가득 비쳤다. 그것이 얼마나 슬프게 보였는지 몰랐다. 발돋움을 해서 일어나려고 해도 힘을 주면 줄수록 점점 더 깊은 진흙탕 속에 발이

---

14) 원문은 "監獄部屋"이다. 주로 1945년 일본의 패전이전에 홋카이도에서 노동자를 오랜 기간 동안 신체적으로 구속한 상태에서 비인간적인 노동을 시킨 것을 이른다.

빠져들 뿐이 아닌가. 그 때 쏴아 하고 놀라울 정도의 기세로 비가 격
렬해졌고 폭풍이 휘몰아쳐서 창문을 흔들어 소리가 크게 났다. 이 일
대에 비안개가 피어오르고 지금까지 보였던 강명선의 그림자가 흩어
져 사라졌다. 그러자마자 그는 순간 너무 놀라서 뛸 듯이 물러서서 양
팔 사이에 얼굴을 묻고, 미치광이처럼 발을 동동 구르며 단말마의 비
명을 내뱉고 아우성치기 시작했다.

"싫어. 안된다고."

"싫어."

"싫다고."

6.

갑자기 그날 밤부터 강명선의 아내는 격렬한 복통을 호소하기 시작
했다. 큰 정신적 타격을 받은 후인만큼 산달이 앞당겨져서 진통을 일
으키고 있는 것인지도 몰랐다. 물론 전기가 들어오지 않아서 방안은
칠흑 같은 어둠속이었다. 빗발이 약해져서 창을 치는 바람이 웅성거
릴 뿐이었다. 때때로 그녀가 내지르는 비명이 으스스하게 울려 되돌
아왔다. 아이고 아이고 하고 울부짖거나, 끙끙대는 신음소리를 내서
집안 가득 불안한 기운이 팽팽하게 감돌았다. 그녀는 평상시 과묵하
고 얌전해 보이지만 일단 이런 때가 되면 대놓고 자신이 아프다는 것
을 드러내놓고 다른 사람들을 잠시도 편안하게 해주지 않았다. 하지
만 역시 그녀 자신은 격렬한 통증 외에도 초조함과 불안함, 고민, 공
포감 때문에 새파랗게 질려있을 것임이 틀림없었다. 겉으로는 비록

안타까운 감정을 불러일으키는 남편이었지만 그녀도 내심으로는 남편
이 무척 초조해 하고 있었음을 알고 있었다. 그런데도 자신은 요 며칠
간 있는 말 없는 말 다 해가며 남편을 얼마나 매도하고 바가지를 긁
었단 말인가. 토역꾼 주제에 나를 잘도 속이고 결혼을 했다든가, 사기
꾼이라든가, 앞으로 나를 어떻게 할 작정이냐든가 하면서. 그런 말을
한 것에 대해 그녀는 후회하는 마음으로 자신을 호되게 책망했다. 남
편이 갑자기 보낸 엽서를 현관 앞에서 주워든 순간 그녀는 이미 마음
속에 집히는 구석이 있었다. 허둥대고 서둘러 읽으면서도 믿을 수 없
었다. 믿을 수 없다. 그리고 어느새 부들부들 떨리는 자신의 손은 동
성에게 온 편지 봉투를 움켜지고 있었다.

그녀는 앞으로 자신의 앞날을 생각하면 숨조차 막힐 것 같은 기분
이 들었다. 그래도 남자가 미술학교를 나왔다고 해서 가난한 꿈이지
만 작은 가슴 한가득 그것을 안고 바다를 건너온 것이었다. 남편이 이
전에 경솔한 짓을 해서 회사를 그만두고 토역꾼으로까지 전락했을 때,
그녀 또한 몸이 절단되는 것 같은 고통마저 느꼈다. 하지만 그러한 남
편조차 지금 옆을 떠나 멀리 가버렸다. 게다가 도련님도 도망을 쳐서
가족 누구 하나 옆을 지키지 않는 캄캄한 방속에서 홀로 신음하고 있
다. 낳지도 못하고 뱃속 아이와 함께 죽을지도 모르는 것이 아닌가.
아무 것도 먹지 못한 공복은 흉기에라도 베인 듯 쓰라리고 아플뿐 아
니라, 어지럼증까지 덮쳐와서 눈앞이 캄캄해지고 전신이 둥실둥실 날
아오를 것 같은 기분마저 들었다.

"새댁. 이럴 때일수록 정신을 똑바로 차려야해." 노파는 그녀 옆에
서 걱정이 가득담긴 떨리는 목소리를 짜냈다. 평소 뒤에서 앞니가 빠
진 입을 삐쭉거리며 새댁은 마음씨가 글러먹었다며 욕을 했지만,

이런 상황이 되자 인정에 약한 성격으로 변했다. "새댁 그렇게 함부로 뒹굴면 아이한테 좋지 않아."

"아주머니."

"왜 그래…."

"저 콱 죽을래요."

"말도 안 되는 소리를……."

"아이고 숨이 막혀요. 창문 좀 열어주세요."

"안 돼. 새댁. 그러다 감기라도 들면 어쩌려고 그래. 곧 아이가 태어나려는 것이 틀림없어."

"아이고. 오마니 오마니."

"참아야 해." 그리고는 방 안쪽을 향해 갑자기 소리쳤다. "동성 아버지. 혹시 모르니까 뜨거운 물을 좀 끓여요."

그러자 안쪽에서 아버지가 부스럭대며 일어나는가 싶더니, 어두워서 선반에라도 부딪쳤던 것일까. 용기기가 떨어져 깨지는 소리가 들려왔다. 옆 마루방에 꼼짝 않고 누워있던 동성도, 제정신이 아니라 때때로 손에 계속 땀이 찼다. 정말 어두운 이 야밤에 명선도 없는 곳에서 아이가 태어난단 말인가. 초산이 가장 힘들다고 다들 그러지 않는가. 이렇게 한 달이나 이른 조산을 하는데 과연 모체(母體)와 작은 생명에게 아무런 지장도 없을 것인가. 또한 아이가 태어난다고 해도 앞으로 또 어떻게 될 것인가. 하지만 그러한 것을 자세하게 생각할 여유가 없었다. 다만 그는 곧 태어날 작은 생명이 가령 어떠한 괴로운 운명을 짊어지고 태어난다 하더라도, 이토록 모체를 고통스럽게 한다는 것에 대해, 오히려 무언가 신성한 느낌마저 들 정도였다. 저 비명이야말로 새롭게 태어나려고 하는 자신의 고통에 찬 소리인지도 모른다.

아니다. 우리들 모두의 고통에 찬 소리인지도 모른다. 하지만 실제로 자신의 일가는 여러 갈래로 엉클어진 마음을 굳게 모아서, 태어나려고 하는 작은 생명을 위해 축복의 땀을 쥐고 있는 것이 아니겠는가. 평상시 같으면 아버지도 지금쯤은 고주망태가 돼서 주정을 했을 것이다. 그렇다. 무엇보다 지금부터 아버지를 달래고 또 어린 마음에 반발해서 집을 나가 함바로 간 소년도 데리고 와서, 적어도 이 집 사람들의 마음을 하나로 해 강명선의 비장한 부재(不在)를 지키고 곧 태어날 아이와 산모의 귀중한 생명을 위해서 힘을 합쳐야 한다. 집주인과도 다시 말을 해보자. 전기회사에도 이야기를 다시 잘 해보면 된다. 그러자 무언가 후유 하고 한숨을 돌린 듯 어깨가 가벼워지는 것을 느꼈다. 옆방에서는 어머니가 성냥을 켜는 소리가 들렸다. 준비해 둔 초에 불을 붙이고 있는 것이다. 조금 환해진 빛이 산모의 방에서 동성의 옆 마루방으로 넘실대며 새어나오고 있었다. 그녀는 여전히 신음소리를 내며 괴로워하고 있었다. 그래도 동성은 마침 이 방안에서 촛불과도 같은 희미하고 어렴풋한 구원의 빛이 천상을 향해 올라가고 있는 듯한 기분이 들었다.

"최 짱. 최 짱."

하고 그 때 갑자기 방 안쪽에서 부르는 소리가 들렸다. 마치 끌려가듯이 "예." 하고 묘하게 칼칼한 목소리로 대답하면서 자리에서 일어났다. 그리고 이게 무슨 일인가 하며 조용히 미닫이를 열고 부친의 방으로 들어갔다. 아버지는 석유상자 위에 촛불을 하나 세우고 그 옆에 무릎을 꿇고 붓을 들어 두루마리를 지긋하게 쳐다보고 있었다. 그는 지금이라도 아이가 태어날 것이라고 생각하고 아이의 출생 일시를 정확하게 쓰려고 하는 것이다. 하지만 아버지는 동성에게 무언가 눈치를

보는 듯 잠시 부스럭 대더니,

"지금 몇 시인고." 하고 한마디 했다.

"여덟시입니다." 하고 동성은 괘종시계에 가까이 가서 어둠 속에서 시침을 올려다보며 말했다.

"그러냐. 술시(戌時)구만." 하고 별일 없다는 듯이 끄덕이더니 경술 년(庚戌年) 음력 유월 병자일(丙子日)이라고 중얼거리며 그것을 적었다. "축시(丑時)에 갓난아기의 울음소리가 시원시원하기만 하다면. 그 보다 더 좋은 것은 없어."

그리고는 정말로 내키지 않는다는 듯이 얼버무리며,

"함바에 다녀와라." 하고 신음하듯 말했다. "가족에게 우선 알려줘 야지……."

아버지 또한 자신을 책망하는 마음이 있었던 것이리라. 동성은 자 신도 모르게 웃음을 터뜨리고 싶을 정도로 밝은 기분을 느끼면서 게 타를 신고 밖으로 나왔다. 어느새 비는 완전히 그쳐서, 선로 옆 풀숲 위에 비가 젖어서 반짝이고 있었다. 시원한 바람이 불어오기 시작했 다. 그런데 그는 철도 건널목을 건너 함바에 가던 도중에 우연히 건장 한 체구의 미륵(彌勒)이라는 사내를 발견하고 서둘러 옆으로 다가갔다. 미륵은 내지(內地)에서 가보지 않은 곳이 없을 정도로 오랜 기간 토역 꾼으로 살아온 파란만장한 삶의 역사를 갖고 있었다. 그래서 홋카이 도로 일하러간 명선에 대해 상의하고 싶었다. 하지만 어둠이 걷히는 가운데 얼굴을 마주보자 미륵은 먼저 히죽 웃으며 마늘 냄새가 진동 하는 입을 열었다.

"자네 집에 사는 꼬마 녀석은 정말 재밌는 놈이야."

"명선이 동생말인가?"

"그래 그 녀석. 아까 비가 그렇게 오는데 이불을 안고 뛰어오질 않겠어. 그래서 이 녀석 애송이 토역꾼 자식이라고 말하자. 갑자기 이놈이 난 토역꾼이 아니야 아니라고 하잖아. 너희 같은 놈들과 난 달라 다르다고 아우성을 치면서 울더라니까."

"…그랬군."

"그래서 내가 이 놈, 네가 아무리 그렇게 생각하더라도 토역꾼 일을 하고 있으면 토역꾼이 아니냐 하고 되받아쳤다네. 그러자 드디어 이 녀석이 하는 말이 아주 가관이더군. 나는 고학생(苦學生)이다. 학문을 하는 사람이라고. 토역꾼이 아니라고 하면서 미친놈처럼 달려들지 않나. 모두 웃고 아주 난리였어. 지금도 그 녀석 전기를 자기 혼자 있는 구석에 가져다가 달아놨어. 네 놈들은 전기를 달아놓고 도박판이나 벌리고 술판이나 벌리다고 하면서. 난 학문을 하고 있어, 하며 기가 막힐 정도로 노기등등하더라니까."

어느새 함바 근처까지 다가가자 볕이 드는 창문도 없는 널빤지 조각으로 둘러싸인 방안에서 사내들이 복작대며 난리를 피우고 있었다. 기뻐하는 치들, 아우성치는 치들, 깔깔대며 웃어대는 치들. 두셋은 부산히 방안에서 뛰어나가 어딘가 어둠속으로 도망쳤다. 동성은 잠시 입을 다물고 있다가 조용한 목소리로,

"사실 저 녀석 형인 명선이 홋카이도에 갔어." 하고 말했다.

"홋카이도 어디로 갔어?"

"그건 몰라. 혹시라도 감옥방에라도 들어간 것이 아닐까 해서 걱정이라고."

"그 그건 아닐 거야. 걱정 말게." 하고 미륵이 쌀쌀맞은 태도로 부정했다. "그 녀석 또한 토역꾼이야. 잘 해 낼거야. 누가 뭐래도 우리들

이 감옥방 따위에 들어갔다고 하더라도 바로 뭉쳐서 그걸 해치워 버릴 정도는 되니까. 애초에 무서워하며 들어가지 않아." 그는 이렇게 가슴을 펴고 주먹을 들어 올리며 슬픈 허세이기는 했지만 평소처럼 으스댔다.

"그렇지만 명선이는……."

"무슨 소리야. 아무 문제없다니까. 게다가 또 거기에 가 있는 우리 동료도 그것을 알면 혼자 내버려두지 않아. 나도 작년 여름 홋카이도에 있는 산속에서 일했는데 그때도 옆 감옥방에 신참이 두세 명 잡혀 있다는 이야기를 들었지. 그래서 우리 대여섯 명이 들이 닥쳐서 다시 빼왔을 정도였으니까. 그런 건 대단한거야."

"정말 그런가." 하며 동성은 자신도 모르게 처음으로 근심이 누그러지고 미소를 지었다. 물론 믿지 못할 말이라는 것은 알았지만 그래도 그 말을 들으니 마음이 진정이 되고 안심이 됐다. 아니다. 오히려 일부러라도 그렇게 생각하려고 노력했다. "나도 설마 나쁜 일이야 있겠나 싶다가도 걱정이 돼서 말이지."

그 때 옆에서 물을 쏟아버리는 소리가 쏴아 하고 들려서 돌아보자 흰 옷을 입고 가는 그림자가 움직이더니 물통을 든 함바집 노파가 나타났다. 그녀는 동성을 토역꾼들보다 훌륭한 사람이라고 생각하고 있었는데 그가 밤에 나타난 것에 조금 놀라서,

"안녕하세요. 그런데 무슨 일로 오셨어요. 이런 곳에를 다. 헤헤."

"그게 말이죠 아주머니." 하고 동성은 말을 꺼내기 어려워하며 말문을 열었다. "지금 집에서 명선이 처가 아이를 낳기 직전이랍니다."

"오호. 그 사람 부인이 아이를 낳는다고요."

"네. 하필 이런 때 남편이 멀리 힘든 곳으로 가게 돼서 그 처가 지

금 뒤집어졌습니다. 우리집에서는 모두 거품을 물고 쓰러지기 직전입니다. 무엇보다 진통이 시작돼서 난리도 아닙니다.”

“정리가 끝나거들랑 나도 빨리 도와주러 갈 테니까. 헤헤.”
하고 말하더니 노파가 자기 일을 하러 가려는 것을 잡더니,

“지금 제가 한 말을 명선이 동생에게도 대신 좀 말해주세요.” 하고 부탁했다. “……오늘 여기 오죠? 우리 아버지가 오라고 했다고 꼭 전해주세요. 제가 그랬다고 하면 또 괜히 옹고집을 부릴지도 모르니까요.”

“헤헤. 그렇지 그거야. 이렇게 경사스러운 일은 한시라도 빨리 알려야지.” 그녀는 물통을 움직여 서둘러 함바 쪽으로 돌아갔다. “내가 확실히 가서 알려줄 테니까.”

“명선이 놈 마누라는 바보같군. 토역꾼 마누라로는 낙제야.” 하고 미륵은 웃었다. “쑥 하고 낳으면 얼마나 좋아. 자네 집도 지금 비상이겠는데. 명선이도 지금 없고 말이야.”

“산모가 몸이 많이 약해져 있어. 그래도 어떻게든 잘 되겠지 싶어.”

“그렇고말고 어떻게든 될 거야. 게다가 축하할 일이 아닌가 말이야. 아이가 태어나면 모두 축하주라도 한 잔 하세. 우리도 힘껏 돕겠네.”

“고맙네. 고마우이.” 하고 동성은 자신도 모르게 눈물마저 글썽이며 무수히 머리를 숙여 감사 표시를 했다.

이렇게 해서 이 사내와 헤어지고 나서 동성은 한두 정(町) 떨어진 변두리 가게에 가서 밤이 깊어진 후에 쓸 생각으로 양초를 샀다. 그리고 집에 돌아오는 길에 그는 오랜만에 절실하게 구원을 받은 듯한 기분이 들었다. 나 혼자만이 구렁텅이 안에서 발버둥치고 있는 것이 아니다. 우리들 모두 한 사람도 빠짐없이 똑같이 괴로워하고 있다. 그리

고 그것은 우리들 각각과 이어진 고통이며, 그것을 빠져나가려고 하
는 고민과 용기, 그리고 동경, 분투 또한 모두의 것이다. 이렇게 우리
는 지금까지 살아왔으며 앞으로도 또한 끝없는 괴로움과 기쁨 가운데
서 영원히 살아갈 것임이 틀림없다. 미륵만 해도 아버지만 해도 모두
괴로워하면서도 사실은 즐거워 보이지 않는가. 그렇게 생각하자 지금
까지 자기 혼자만의 일에 구속돼 절망이라는 골창을 파고 있던 자신
의 모습을 새삼 되돌아보게 됐다. 하지만 그래도 탁 하고 바로 두 손
을 들듯, 지금 네 놈은 자신을 가엾어 하며 허구의 위안에 몸을 맡기
고 있다고 하는 자각의 소리가 들려왔다. 무엇 하나 좋은 쪽으로 향해
가는 것이 없지 않냐. 그는 놀란 듯 멈춰섰다. 하지만 그는 어두운 하
늘을 올려다보면서 조용히 머리를 흔들었다. 그러고는 아니다, 나는
어쨌든 아주 조금이라도 빛을 희구하게 됐다 하며 중얼거렸다.

　보기에도 험악해 보이는 구름이 흘러가는 하늘 가운데 편운(片雲)
사이로 군데군데 작은 별이 한 두 개 떨 듯이 빛나고 있었다. 그것이
머지않아 세 개, 네 개, 다섯 개로 늘어나 그의 머리 위로 떨어져서
이마에 아로새겨질 것 같은 기분이 들었다. 그는 잠시 동안 그것을 질
리지도 않고 지긋이 올려다봤다. 그러고 있자 무언가 발톱 끝으로부
터 전신에 걸쳐서 가득차서 넘칠 정도의 힘이 물밀 듯이 밀려오는 것
같은 밝은 기운을 느꼈다. 그렇다. 내 안에는 다시 이러한 힘이 용솟
음치고 있다. 하고 그는 눈동자를 빛내며 외쳤다. 그러고는 앙양된 기
분으로 총총히 걷기 시작했다. 그는 다시 과거 열일곱 소년으로 돌아
가, 시즈오카 해안을 뒤로 하고 도쿄로 오던 당시 계속해서 괴로워하
고 그것을 돌파하기 위해 싸워왔던 강인한 정신을 다시 갖게 된 것
같았다. 그는 홀로 몸을 떨었다.

"그래. 훌륭한 엔지니어가 돼서 내 인생을 새롭게 쌓아 올리겠다!"

그리고 매우 행복한 듯 마음이 급해지기 시작했다. 하지만 철도 건널목을 건너서 집에 가까이 다가갔을 때 그는 어랏 하고 그 자리에서 멈춰 섰다. 자신의 집 주위에 한 사내의 검은 그림자가 배회하고 있는 것이 보였다. 어두운 밤이어서 그게 누군지 확실히 보이지는 않았다. 하지만 직감적으로 그것이 명선의 동생이라는 것을 알았다. 어느새 그 그림자는 현관 앞으로 가더니 몸을 문간에 착 기대더니 움직이지 않았다. 함바집 노파에게 이야기를 듣고 역시 마음이 움직여서 여기까지 온 것이리라. 형수의 신음 소리에 귀를 쫑긋 세우고 있는 것이 틀림없다. 동성은 잠시 동안 깊은 감동에 몸을 맡겼다. 전신이 찡 하고 마비되는 것 같은 기분이 들었다.

잠시 있다 그는 정신을 차리고 이번에는 일부러 발소리까지 터벅터벅 내면서 현관 앞으로 다가갔다. 소년은 발소리에 놀라서 돌아보더니 그 순간 누군가 오는 것을 알아채고 두 세 걸음 옆걸음질을 치더니 눈을 반짝거리며 도망치려는 자세를 취했다. 동성은 꾹 숨을 참고 온힘을 다해 소년의 목덜미를 움켜잡고 성큼성큼 길가로 끌고 갔다. 두 사람은 몇 분이나 숨을 골랐다. 그 때 동성은 소년의 얼굴에 두 줄기의 눈물이 흘러내리는 것을 봤다.

"이 녀석 바보같이." 하고 자신도 모르게 목이 막혀 울면서 외쳤다. "이제 돌아와. 이 녀석아. 바보같이 굴지 말고 돌아오라고."

소년은 팔로 눈물을 닦더니 뛰어갔다. 동성은 잠시 동안 우두커니 선채로 그 검은 그림자가 멀리 사라지는 것을 바라보고 있다가. 혼잣말로 중얼거렸다.

"난 혼자가 아니야. 난 혼자가 아니야."

물오리섬*

제1절

  완만한 대동강 물결에 연해 있는 평양성 연광정(練光亭) 하류 물가에서 증기선은 하루에 한 번 썰물을 타고 하류 요포(瑤浦)에 있는 고봉사(高峰寺) 산기슭까지 내려갔다.

  랑(嫏)은 의사에게서 요양할 것을 권유받고 이왕이면 자신이 좋아하는 대동강 하류 어딘가 아름다운 구릉 혹은 정갈한 작은 섬에서 살고 싶다는 생각에, 우선 사전 조사를 하려고 이 증기선에 몸을 맡겼던 것이다. 어느새 배는 포플러 나무숲 능란한 반각도(半角島)에 연한 좁은 여울을 증기선 기관(機關)이 소리를 새기듯이 빠져나가서, 평양 옛 성 안을 뒤로 하게 됐다. 성암(猩岩)섬이나 쑥섬(蓬萊島), 반월(半月)섬 등 그림과도 같은 작은 섬을 바라보면서 평천리(平川里) 버드나무 때문에 주위가 흐려 보이는 긴 둑 앞을 삼십 분 정도 내려가자, 이번에는 돌 언

* 「ムルオリ島」(『國民文學』 1942.1.) 원문 일본어.

덕 옥석산(玉碩山)이나 우비암(牛鼻岩) 등이 경사나 낭떠러지를 이루고 듬성듬성한 소나무 숲을 점철(點綴)해 마치 북화(北畵) 산수 병풍이 서서히 펼쳐지고 있는 것 같았다. 강의 흐름에는 왼편에 가늘고 긴 두노(豆老)섬이 흘러갈 것처럼 옆으로 막아서 있고, 바가지1) 덩굴 풀로 뒤덮인 노란 지붕들이 논 가운데 군데군데 두드러져 보였다. 흰 옷을 입은 농민들이 밭에서 몸을 웅크리고 있는 모습이 보였고, 강가 푸르른 초원에는 암소와 어린소가 한가하게 풀을 뜯으면서 때때로 무언가를 떠올린 듯 꼬리를 흔들고 있다.

흐름의 풍부함, 연안의 명미(明媚)함, 섬들의 아름다움에 있어, 역시 대동강에 맞먹는 섬은 없을 것이라고 그는 새삼스레 생각하는 것이었다. 그는 증기선 갑판 위에서 몸의 무게 중심을 뒤로 두고 서서, 청량한 강바람에 셔츠 소매를 열면서, 이 작은 배로 하는 여행을 점차 행복하다고 생각했다. 특히 그에게는 어릴 적 숙모네 집을 방문했을 때 하류에 있는 벽지(碧只)섬에 내려가서 한여름마다 꿈과 같이 달콤한 생활을 했던 아득하고 아름다운 추억이 있었다. 헤엄치길 좋아하는 친구들과 함께 강에 잠수해서 소라를 잡고 버들피리를 삑삑 불면서 해질 무렵에는 등으로 석양을 받으면서 송아지 등에 올라타고 집으로 돌아왔다. 저녁이 되면 섬 계집애들은 복네네 집 사랑[舍間]에 모여 램프 아래에 새끼 토끼처럼 서로 입을 바짝 붙이고 형형색색 색실로 자수를 놓으면서 종잡을 수 없는 옛 이야기를 하며 밤이 깊어가는 줄도 몰랐다. 밤이 되면 랑은 계집애들 주변에서 꾸벅대다가 옛 이야기에 깊이 빠져드는 것 또한 그 무엇보다 좋아했다. 계집애들이 만든 자수

---

1) 표주박.

품, 예를 들어 화려한 원앙 모양을 한 베갯잇, 아이들이 쓰는 꽃 모자, 그림을 넣은 색주머니 등을, 그 아이들 어머니가 평양이나 춘읍 장이 서는 날에 가서 돈으로 바꿔왔다. 그러면 그 돈의 일부를 써서 싸구려 백분이나 거울을 사왔다. 남는 돈은 오랜 기간 저축해서 여자아이들이 시집갈 준비를 했다. 계집애들 가운데 자수에 가장 뛰어나고 손이 빠른 것은 순이였다. 그래서 이 섬에서는 그 누구보다도 시집 갈 준비가 차고 넘칠 정도로 돼 있었다. 그런데 계집아이들은 랑이 마음에 드는 모양인지 작은 천 조각에 사슴 모양 자수를 놔서 주거나, 교복 옷깃 끝에 들국화 모양을 수놓아 주거나, 또는 그가 잠시 졸고 있으면 깨워서 실 끝을 잡고 있게 하고 그걸 보며 더욱 재미있어 했다. 그건 따지고 보면 어떤 의미에서 랑이 도회에서 온 아이였기 때문에 계집애들 사이에서 인기가 있었다고 할 수 있다. 랑은 예닐곱 살 무렵 서양식으로 머리를 가르고 교복이나 양복에, 반바지를 입었고, 소학교(小學校)에 올라가서도 양복을 입었다. 그래서인지 계집애들 사이에서는 그런 그를 신기해하면서도 서로 경쟁하듯 순진하고 다정한 마음을 가졌던 것이라고 생각된다. 순이의 잔 물고기 같이 반짝이는 아름다운 눈빛, 얼굴이 길고 눈썹이 짙었던 칠성네가 언뜻 미소 짓는 입가, 시선이 부딪치면 얼굴이 바로 빨갛게 달아오르던 소분네의 둥그런 얼굴, 거기에 피부가 하얗고 살이 통통하게 찐 복네가 가끔 빈대를 잡아줄 때 느껴지던 따듯한 손의 촉감. 그러한 기억이 눈앞에 흩날리고 또한 열정 속에 전해 와서, 그는 본의 아니게 얼굴에 불이 나는 것 같은 느낌이 들어 미소를 지었다. 언제였던가. 달빛 환하고 선명하던 밤, 그날은 어찌된 일인지 칠성네가 갑자기 혀를 날름 내밀더니,

"나 같은 신부는 성안에선 아무도 안 받는데!"라고 말하고, 목을 쑥

내밀었다. 그러자 모두가 한꺼번에 꺅꺅 하고 쓰러질 듯 웃었다. 그는 그걸 보고 겸연쩍어져서 주춤주춤 하고 있었는데 누군가 갑자기 익살을 떨 듯이 그를 확 당겨 껴안으며,

"괜찮아. 내가 받아줄게!" 하고 소리치며 뺨을 비비는 여자아이가 있었다. 그것은 바로 순이였다. 랑은 순진한 마음에 묘하게 어색해하며 얼굴이 빨개져서 눈을 끔뻑댔다. 그것을 보고 계집애들은 더욱 배를 움켜쥐고 웃어댔다.

"그렇게 되면 미륵(彌勒)이가 울텐데." 하고 복네는 웃으며 받아들이는 듯한 몸짓을 하며 일어섰다.

"미륵이는 내가 대신 받아도 될까……."

그러자 순이는 얼굴이 새빨갛게 물들어서 랑을 밀쳐내자마자 복네를 자수로 때리더니 야앗 하고 성을 내며 그 뒤를 쫓아가던 광경이 이제 와서 이상할 정도로 더욱 뚜렷이 떠올랐다. 그 후로 순이의 눈부시게 아름다운 인상은 그의 작은 가슴 속에 까닭 없이 강한 인상으로 남아있었던 것일까. 사실 그도 순이를 가장 좋아했다. 그래서 미륵과 순이 사이를 복네의 입에서 듣자마자 그는 가슴이 괜스레 주저하고 있었던 것을 기억하고 있다. 그 때 역시 그의 가슴 속에서 미륵이라는 존재가 일종의 야릇한 울림을 새겼던 것임이 틀림없었다.

미륵은 랑의 숙모가 사는 부락에 살고 있는 체격이 다부지고 말수가 적은 젊은 사내로 아무렇지도 않게 두 사람 몫의 들일을 해낼 수 있다고 했다. 게다가 씨름 실력은 근처 섬에까지 이름이 널리 알려져 있을 정도였고, 씨름대회에서 받은 소 한 마리도 키우고 있었다. 랑은 그를 은근히 겁내면서도 또한 좋아했다. 씨름 장사대회 등에서는 미륵의 대단한 팬이 돼서 그가 손기술 발기술을 구사해 큰 덩치들을 뒤

집기 할 때마다 와 하고 박수를 쳤다. 그 때면 순이도 사람들 눈을 피하듯 어디선가 조신하게 서서 드러내놓고 기뻐하고 있다. 랑은 그 순간들을 계집애들의 소란함을 떠올리며 문득 생각했다. 그리고 그 후부터 미륵을 무턱대고 좋아할 수만은 없게 됐다. 특히 그로부터 며칠 후 해질녘 마을 변두리 집 앞에서 어망의 그물을 잇고 있던 두면(痘面)이 서방이 지나가던 미륵에게,

"자네도 바다에 가지 않겠나. 마을 장정들은 다 나간다고 하던데. 헤헤. 역시 순이에게 다른 놈이 달라붙을까봐 겁이 나나 보군. 그게 아니면 복네가 귀찮게 따라붙던가." 하고, 농을 쳤다. 나는 그 농을 들은 미륵이 이 서방의 등을 훔켜쥐고 들어 올려서 대여섯 번 빙글빙글 돌리는 것을 보고 유쾌하게 웃었다. 하지만 어렵(漁獵)도 지극히 능숙한 그가 어째서 바다에 나가지 않는 것인지, 또한 복네가 미륵을 짝사랑하고 있다는 것도 죄다 알게 돼버려서 적지 않게 샘이 났었다. 랑은 그러한 덧없는 일들을 떠올리면서 혼자서 엷은 쓴웃음을 지었다. 생각해 보면 어느덧 그로부터 이십년이나 지났다. 그 섬의 그리운 사람들과 어릴 적 친구들, 그리고 순이, 칠성녀, 소분네, 복네 등. 모두 어떻게 살고 있을까. 그는 열 살 때 숙모를 따라 북간도(北間島)로 이주한 이후 다시 이 섬으로 온 적이 한 번도 없었다. 그 하안(河岸, 배가 닿는 강가)에 우뚝 솟은 포플러 나무숲도 지금껏 꺾이지 않고 저녁 바람을 받고 붉은 하늘 아래에서처럼 하늘하늘 흔들거리고 있을까.

증기선은 도중에 두노섬 중단리(中端里)에 한 번 들러 손님을 내리고는 다도하(多島河)라고 부를 만한 곳으로 향해가기 시작했다. 섬들이 점점이 떠있는 풍정도 각양각색으로 곤유도(鵾遊島), 혹은 복섬(福島),

별천섬, 추자도(楸子島), 멀리 장광도(長光島), 두단섬(斗團島), 문발섬(文發島), 그리고 이름 없고 사람이 살지 않는 물새같이 아름다운 섬들. 오른쪽은 시가(詩歌)에서 예부터 자주 절경을 읊었던 만경대인데 절벽에 얹어놓은 형세여서 마치 떨어질 듯 길게 걸려있다. 물결은 넓고 때로는 좁게 몇 갈래로 나뉘어 물은 검은 색이 띨 정도로 푸르게 가라앉아있다. 몇 척이나 되는 범선은 유유히 오가고, 작은 짐배나 고기잡이배[川獵船]는 증기선이 일으키는 파도를 받고 흔들린다. 그 옛날 프랑스 함대가 한국 군대의 공격을 받고 좌초된 것도 이 부근이다. 만경대에서 똑바로 내려다보이는 곤유섬 물가에는 아마도 두노섬에서부터 헤엄쳐 건너온 아이들로 보이는 네댓 명이 해오라기처럼 게구멍을 물끄러미 들여다보더니 갑자기 손을 쑤셔 넣고 버티고 서 있기도 하고 물구나무서기를 하고는 했다.

증기선은 만경대 남단에서 다시 한 번 멈추더니 승객 서너 명을 내려주고 다시 기관을 울려대며 강 가운데로 뱃머리를 돌렸다. 증기선은 두노섬의 끄트머리, 낙덕면(落德面)도 어느새 지나치고 유채꽃 피는 추자도의 넓은 전원을 오른쪽으로 바라보면서, 바다처럼 펼쳐지는 대하 속으로 점차 활모양을 그리며 백조처럼 향해갔다. 이렇게 다시 삼십분 정도를 흘러 내려왔을까. 갑자기 오른편에는 작은 섬이 마치 상처 입은 앵무새가 발을 깃털 속에 감추고 웅크리고 있듯이, 사선으로 흰 사시나무로 서까래를 호화롭게 장식하고 온 섬을 늘어진 수양버들 나뭇가지와 포플러 숲으로 푹 둘러싸고 눈이 번쩍뜨일 정도로 선명하게 나타났다. 이 섬은 오색영롱한 물방울을 차서 흩뜨리면서 지금이라도 뛰어오를 것 같기도 했고, 또한 작은 물고기처럼 지금이라도 강바닥으로 기어들어갈 것 같은 기분을 들게 했다. 잔물결이 치는 비단 같은 물은 이 작은 섬을 마치 에메랄드로 맑게 닦아내는 것 같았다. 하지만, 어째서인지 그가 소년이었을 무렵 기억 속 이 섬은 빛을 발하고 있지 않았다.

"정말 아름다운 섬이로군요." 그는 이 작은 섬의 아름다움에 완전히 현혹된 것을 느끼면서 무심코 옆 사람에게 중얼거렸다. "이 섬은 뭐라 부르죠?"

"……물오리섬." 하고 기어 들어갈 듯한 목소리로 대답하는 사람은 키가 크고 시골 사람 분위기가 나는 중년부인이었다. 그녀는 세 살 정도 되는 눈이 크고 얼굴이 햇볕에 탄 아이를 업고 있었다. 그러더니 그녀는 주저하듯이 몸을 조금 뒤로 빼고 그를 흘끗 훔쳐봤다. 그러고 보니 어쩐지 그녀는 아까부터 무슨 사정이라도 있는 듯 랑의 얼굴을 흘끗 봤던 것도 같다. 랑은 넌지시 무언가에 끌린 것처럼 그녀의 얼굴로 물끄러미 바라봤다. 그녀는 얼굴을 확 붉히며 눈을 내리깔더니, "물오리[水鴨]가 겨울부터 이른 봄에 걸쳐서 무리를 이루고 떼지어 오는지라……."

"앗. 저기 혹시." 그는 퍼뜩 그 때 끝없이 너른 망각의 바다로부터 기억을 되살리고는 그 놀라움으로 눈이 휘둥그레졌다. "베기섬(碧只島)[2] 칠성녀가 아니십니까."

"그러는 그 쪽은 성 안 '짜리몽땅' 씨가 아니신지." 역시 그 목소리도 꺼질 듯하게 희미했지만 그녀는 '짜리몽땅'이라는 랑의 어릴 적 별명을 엉겁결에 불러버린 것이 멋쩍은 듯 얼굴이 더욱더 새빨개졌다. 그녀의 콧등에는 과거에는 없던 주근깨가 있어서 더욱 인상적이었다.

---

2) 원문에는 '碧只鳥'로 돼있는데 오자로 보인다. 이후에도 베기섬 한자 표기는 동일하게 오자가 있다.

"정말 뜻밖이에요. 거의 이십년 만에 그것도 이런 강 위에서 만나다니. 아름다운 옛 추억에 끌려서 배에 탔어요. 베기섬 모습도 꽤 달라졌겠죠?"

"지금은 나도 겸이포(兼二浦)에서 농사를 짓고 있어서 이렇게 대동강을 내려가는 것이 몇 년 만인지. 평양에서 집으로 돌아오는 길인데 이 강을 타고 다소 돌아가더라도 보고 싶어서……" 하고 말하며, 그녀는 살짝 랑을 올려다보았다. 그녀는 조금 머뭇거리며 부끄러워하면서, "예전에 같이 놀던 순이를 기억하셔요?……."

"네, 기억하지요." 하고 랑도 겸연쩍어 하면서 생긋 웃었다. "순이 씨는 요즘 어디에 사시죠?"

"저기 물오리섬에……." 칠성네는 손으로 가리켰다. "미륵 씨 하고 결혼해서 저기로 옮겨 갔지요. 아까부터 순이네 집을 찾아보고 있었는데 아무래도 보이지가 않아서. 요 근래 십 년 동안 순이랑은 만난 적이 없어요. 저기 보이시나요? 분명히 한 채밖에 없는 집인데……."

"허 이것 참 안 보입니다." 랑은 물오리섬이 점차 뒤로 지나가 버리자 발돋움을 해서 멀리 바라보면서, "역시 순이 씨랑 미륵 씨는 결혼을 하셨군요. 그런데 나무들 사이에 가려서인지 집 한 채도 보이지 않네요."

증기선은 오른쪽 추자도 중간 지점 물가에서 남녀 두세 명이 손을 흔들면서 소리치는 것을 발견하고 그 쪽으로 방향을 돌리며 서서히 접근해갔다. 그래서 물오리섬은 더욱더 멀어졌는데, 랑은 아름다운 그 섬의 뒤쪽을 가만히 응시한 채 혼잣말을 중얼거렸다.

"아 저 꿈처럼 아득한 섬에 순이네 부부가 살고 있구나. 그래. 우선 추자도로 가서 저 섬으로 작은 배를 타고 가보자."

제2절

랑은 증기선에 몸을 싣고 떠나가는 칠성네를 잠시 배웅하고 물가에 떠있는 작은 고기잡이배를 빌려 대하를 향해 홀로 노를 저어가기 시작했다. 그는 강 중앙으로 가면서 물살이 상당히 빨라지고 있는 것처럼 보이자, 다시 뱃머리를 돌려 반대 방향으로 조금 가다가 물가를 따라 이정(二町) 정도 올라갔다. 그러더니, 중류를 향해 힘차게 노를 저어 건너가기 시작했다. 배는 흔들흔들 나뭇잎처럼 활이 날아가는 듯한 속도로 아래쪽으로 떠내려가며 목표를 향해 다가갔다. 오후의 저물어가는 햇볕이 강수면 일대를 은하처럼 진주로 수놓아 요염하게 다수의 미소를 수면에 터뜨렸다. 잔물결이 덩실거리며 배에 농을 쳤다. 랑은 마침내 물오리섬 하단 근처에 배를 댈 수 있었다. 섬 가장자리를 빙글빙글 둥글게 감싼 사시나무 수풀 아래에서 해변가는 자신의 몸을 비단 같은 물에 씻기고 있었는데, 그곳에는 백사장이 펼쳐져 있었다. 그 위에 닻을 던지고 내려서서 수풀 속을 헤치고 들어가자 갈대가 키만큼 자라서 좁은 길도 없이 빼곡하게 우거져 있었다. 강물 위를 쓰다듬으며 불어오는 바람이 칼날처럼 그 칼끝을 반짝이는 파도처럼 춤추게 했다. 그 때마다 녹색 풀의 훈김이 훅훅 풍겨왔다. 그곳을 헤엄치듯 헤쳐 나가며 둘러보니 사시나무 수풀에 성처럼 둘러싸인 섬 내부는 생각한 것보다 넓어보였다. 도합 삼만 평 정도는 되는 것일까. 군데군데 포플러 나무 가로수가 늘어서 있고 이름도 모르는 관목이 밀생(密生)하고 있었다. 갈대랑 억새, 그 외 잡초가 그 일대에 무성하게 자라 있고, 또한 노란 들국화와 시초초(矢草草), 그 외의 꽃이 여기저기 꽃덤불을 이루고 무지개같이 여러 색을 발하고 있었다. 어림짐작으로 헤매 다니면서 둘러봐도 인가는 한 채도 보이지 않았다. 손바닥만한 경작지도 없는 것을 보니 아무래도 지금 이 섬은 무인도인 듯 했다. 흙바탕[土質]을 관찰하려고 가끔 마음 내키는 대로 멈춰서서 구두 끝으로 땅을 쑤셔보니 바닥은 모래투성이로 그것이 구두 끝에서 흩어져 떨어졌다. 파리가 날개를 떠는 소리조차 확실하게 들릴 것 같은 정적 속에서 그는 다소 무료함을 참지 못 하고 푸른 하늘을 올려다보면서 공허하게 휘파람을 불었다. 순이 부부는 여기에서 몇 년 동안이나 천국에 있는 듯한 즐거운 생활을 한 후, 지금은 어디론가 이주해서 살고 있는 것일까. 화려한 자연의 은혜 가운데 단 둘만의 아름다운 생활의 꽃을 피우고, 얼마간의 모래밭을 개간해서 양식을 거두며, 해변가에서는 초망이라도 던져놓고 아주 자연스럽고 또한 소박한 삶을 살았을 것이다. 이 얼마나 녹색으로 뒤덮인 섬인가. 이 얼마나 아름다운 푸른 하늘이냐. 이 얼마나 아름다운 은빛 강이냐. 하지만 순이가 이곳에 없다고 생각하자 그는 달랠 길 없는 실망감을 느낄 뿐이었다.

그 때 어디선가 작은 새 두세 마리의 은방울 같은 묘한 지저귐이 들려왔다. 그는 그 소리에 놀란 듯이 주위를 둘러보았다. 포플러 가지 끝의 잎만이 석양을 받아 금빛으로 번쩍번쩍 거렸다. 그러자 이번에는 뒤쪽 나무숲 속에서 딱따구리가 나무를 쪼는 소리가 들렸다. 그와 동시에 그의 머리 위로 아름다운 작은 새가 조금 전 그 굴러가는 듯한 맑은 소리로 지저귀면서 동북 방향 물가 쪽을 향해 날아갔다. 그는 그 지저귐 소리에 홀린 듯이 꽃밭 속을 헤치고 나가 다시 갈대숲을 빠져나가면서 그것이 물결모양으로 선을 그으면서 유성처럼 날아가는 것을 눈으로 쫓았다. 그가 겨우 물가 근처에 도착했을 때 작은 새의 그림자도 보이지 않았고 지저귐 또한 사라졌다. 허무한 마음으로 멈쳐서 주변을 살피듯 둘러보니 자기 바로 옆 나무 위에 열 한 두 살 정도의 두 소녀가 작은 광주리를 안은 채 웅크리고 있는 것이 퍼뜩 보였다. 그것은 야생 뽕나무였는데 소녀들은 보라색 작은 열매를 따러 올라간 것이었다. 소녀들은 둘 다 입가에 뽕열매 색을 귀엽게 물들인 채로 내 쪽을 소리를 죽이고 내려다보고 있었다. 랑은 놀란 얼굴로 소녀들을 올려다보면서 말했다.

"뽕 열매를 따고 있구나. 너희들 이 섬에 살고 있니?"

"아니오. 저 쪽 큰 섬에서 왔어요."

하며 까만 눈동자의 소녀가 대답했다. 앗, 그런 곳에 또 섬이 있었구나 하고 생각하면서 물었다.

"이 섬에는 아무도 살지 않니?"

"네. 예전에 집이 한 채 있었는데 홍수가 나서 떠내려 가버렸어요." 하고, 이번에는 빨간 댕기(머리의 리본)[3]를 늘어뜨린 소녀가 위험하게 다른 가지를 잡으면서 대답했다.

"뭐라고? 홍수에…… 그래 그리고 그 사람은 어떻게 됐지?"

"몰라요. 어른들이 말해 주지 않는 걸요……." 빨간 댕기 소녀는 또 이렇게 물었다. "아저씨는 어디서 왔어요?" "평양에서 왔단다. 여기가 정말 아름다운 섬이라서 한 번 살아볼 생각을 했지. 어떠니. 아저씨가 와서 살아볼까?" "아저씨 혼자서는 무섭지 않아요?" 까만 눈동자 소녀가 호기심에 눈을 끔벅끔벅 하면서 아래를 내려다보았다.

"무섭지 않단다."

"큰 홍수가 나서 집이 떠내려가도 무섭지 않다고요?" 그런데도 고

---

3) 괄호 안 설명은 원문 그대로.

개를 끄덕이는 랑의 얼굴을 보고, 빨간 댕기 소녀는 눈이 휘둥그레졌다. "그럼. 와서 살아도 괜찮죠. 그치만 아저씨 앞으로도 여기에 뽕 열매 따러 와도 될까요?"

"그럼 되고말고. 아저씨랑 사이좋게 지내자꾸나. 자 아저씨한테 하나 던져보렴."

"자 던질게요."

"여기요."

소녀들은 서로 경쟁이라도 하듯이 열매를 떨어뜨리기 시작했다. 그리고 그가 손을 쓰지 않고 몇 개씩이나 빠끔 벌린 입매로 받아내는 것을 보더니 재미있다는 듯이 떠들어댔다.

"그리고요 아저씨…… 옛날이야기도 해주실래요?" 까만 눈 소녀 말했다.

"그럼. 언제든 해주마. 매일 들으러 와줄거니? 게다가 아저씨는 여기에 포도밭을 만들지도 몰라. 그렇게 되면 얼마든지 집에 갈 때 싸주마." "와 신난다." 하고 두 소녀는 서로 마주보고 키득키득 웃었다. "매일 매일 올게요. 우리 힘으로 작은 나룻배를 저을 수 있어요. 그런데 어떤 옛날이야기 들려주실 거죠?"

"글쎄." 하고 말하면서 랑은 잠시 생각에 잠기더니 그 옛날 자신이 이 소녀들처럼 어릴 무렵, 칠성녀나 복네, 순이에게 옛날이야기를 들려달라고 졸랐던 것을 떠올렸다. "호랑이가 중이 돼서 마을에 나타난 이야기는 어떠니?"

"그건 들었어요." 하고 두 소녀는 보랏빛 입을 모아 말했다.

"그러면 돌로 된 신발을 신은 장수이야기는?" "그것도 들었어요."

"오호. 뭐든지 다 들었구나 너희들은." 하며 그는 칠성녀, 복네, 순이에게서 옛날에 들었던 이야기가 이 근처 섬들에서 얼마나 많이 반복돼 구전된 것인지 실감했다. 그리고 순이를 비롯한 다른 계집아이들에 대한 걷잡을 수 없는 추억이 더욱 되살아나 가슴이 다시 고동치는 것을 느꼈다. "……그러면 소금장수 할아버지가 논둑길에서 괭이를 주운 이야기는?"

"그것도 우리 들었지." 하고 검은 눈동자 소녀가 빨간 댕기를 향해 동의를 구했다. "들었잖아. 저기 세워놓은 큰 돛단배에서 뚱뚱보 아저씨한테 말이야."

"흐음. 어디에 돛단배가 정박해 있니?"

"아저씨 있는 곳에선 안 보여요? 저기 섬 끝에 포플러 숲이 있잖아요." 하고, 검은 눈동자가 동북쪽을 손가락으로 가리켰다. "그 사이에 돛대가 흔들리고 있는 것이 보여요. 거기에서 건너가면 우리가 사는 섬이에요."

너 댓 걸음 나가서 그 쪽을 주의 깊게 살펴보니 과연 숲 저편에 높이 솟은 돛대가 불쑥불쑥 보였다 안 보였다 했다. 어째서 저렇게 큰 배가 이런 섬에 닻을 내리고 있는 것인가. 그는 고개를 돌려 올려다보며 물었다.

"저 배는 뭘 하러 와 있는지 아니?"

"저 배 아저씨는 여기 자주 온다고요. 한 사람은 무서운 아저씨인데 어쩌면 물에 빠져 죽었을지도 몰라요." 하고 빨간 댕기는 무서운 듯이 입가를 움츠렸다.

"그 아저씨들이랑은 한 마디도 해 본적이 없어요."

"그렇구나. 그러면 이 아저씨가 한 번 가보기로 할까."

그는 이상한 기분에 사로잡혀서 돛대가 있는 방향으로 걷기 시작했다. 그 쪽으로 향해 가니 그 곳은 이 섬에서도 꽤 고지대인 것 같았는데 역시 갈대와 참억새가 밀생하고 있었다. 그것을 헤치고 나아가며 나무숲 사이를 멀리서 바라보니, 역시 커다란 돛단배가 한척 정박해 있었다. 그 위로 뚱뚱하고 머리가 벗겨진 몸집이 큰 사내가 쭈그리고 앉아있는 모습이 낚싯대라도 던져놓은 것 같았다. 저 사내가 바로 소녀들에게 소금장수 할아버지 이야기를 해준 장본인이군 하고 생각하면서 그는 조금 더 높고 풀도 그다지 무성하지 않은 곳 근처를 지나려던 참이었다. 그 때 어디선가 향기로운 꽃향기가 저녁바람에 실려 후욱 풍겨왔다. 정말 좋은 향기로군 하고 중얼거리면서 두 세 간(間)[4] 걸어가는 사이에 희한하게 발부리에 탁 걸리는 큰 돌이 있었다. 어이쿠 어째서 이런 곳에 이렇게 큰 돌이 있나하고 놀라서 보니, 역시 그것은 예전에 순이네 집이 있던 곳이 아닌가 하는 생각이 들었다. 무수히 많은 돌이 세 평 정도 넓이에 이끼가 낀 채로 파묻혀 널려 있었다. 그는 뭐라고 형용할 수 없는 없는 감상(感傷)이 자신의 몸속에 전달되는 것을 느꼈다. 그곳을 둘러싸고 있는 참억새가 바람이 부는대로 몸을 흔들면서 웅성거렸다. 그래서 그 한 구석으로부터 한결 짙은 꽃향기가 풍겨왔다. 포석(鋪石)을 밟고 그 쪽으로 다가가 보니 그것은 엄청나게 많은 양의 흰 꽃이 흐드러지게 피어있는 넝쿨장미였다. 그는 그것을 보고 눈이 휘둥그레졌다. 하지만 그 보다 더욱 그를 놀라게 한 것은 그 꽃밭 아래에서 벌러덩 누워 잠을 자고 있던 흰 옷을 입은 사내가 갑자기 벌떡 일어선 일이었다. 랑은 한 눈에 그것이 미륵이라는 것을 바로 알아채고 온 몸이 굳어버렸다. 언뜻 보기에도 예전과 다름

---

4) 간은 길이의 단위로 1.81미터에 해당한다. 이 후 미터로 환산해서 표기하겠다.

없이 붉은 구릿빛으로 그을린 피부에 콧날이 높고 골격이 장대해서
믿음직스러웠다. 그의 커다란 눈은 움푹 패여 희끄무레하게 번쩍번쩍
빛나고 있었다. 물론 미륵은 자신 앞에 지금 나타난 사내가 랑이라는
것을 알아챌 턱이 없었지만, 한번 쭉 훑어보고는 그 소녀들이 말했던
것처럼 한 마디도 하지 않고 뚱하게 다시 몸을 뒤로 젖혔다.

  랑은 조용히 담배를 꺼내서 입에 물더니 그 사내에게도 정중하게
한 대 내밀었다. 미륵은 잠자코 입을 다문채로 목례를 한 번 하더니
담배를 태연하게 움켜잡았다. 그리고 담뱃불을 돌려 붙이면서 랑은
사내에게 조심스럽게 입을 열었다. "미륵 씨 맞으시죠? 어릴 적 숙모
네 집을 방문해서 베기섬에 자주 갔었기 때문에 아직도 기억하고 있
습니다." 미륵은 그 때 불을 받아 담배에 붙이더니 커다란 손을 흔들
어 성냥개비를 던져버렸다. 그러더니 깊게 패인 눈으로 뚫어져라 랑
의 얼굴을 바라보았다. 가물가물한 기억의 안개가 걷히고 퍼뜩 랑이
누군지 생각해 낸 것처럼 잠시 얼굴을 찡그리더니 갑자기 적개심 가
득한 험상궂을 표정을 지었다.

  "뭐하러 여기에 왔소! 응. 뭐 하러 내 섬에 왔느냐고! 내 섬에는 아
무도 들이지 않겠어!" 이렇게 외치면서 미륵은 격분했지만, 금세 다시
말로 형언하기 힘든 슬픈 기색을 보이더니 풀이 죽어버렸다. 그는 고
개를 푹 숙이고 양손을 부들부들 떨었다. 혹은 순이를 집요할 정도로
사랑하는 미륵은 그가 랑이라는 것을 알아채자마자 예전에 순이가 어
린 랑을 귀여워했던 것을 떠올리고 갑자기 무시무시할 정도의 질투심
을 느꼈던 것은 아니었을까. 그러나 미륵이 그렇다고 하기에는 너무
나 실없는 이야기라고 할 수 있겠다. 그것도 아니라면 순이에게 무슨
나쁜 일이라도 있어서 이제 그녀가 자기 옆에 없다고 생각하자 맹렬

한 질투심도 그림자를 감추고 갑자기 슬픔만이 가슴을 옥죄었다고 해야 할까.

"증기선을 타고 대동강을 따라 내려왔는데 섬이 너무나도 아름다워서 추자도에서 내려서 나룻배를 저어왔습니다." 순이가 여기 살고 있다고 생각했기 때문에 오고 싶었다고는 도저히 말할 수 없었다. "아까 저쪽 뽕나무 위에 있던 소녀들에게 들었는데 이 섬에 집이 한 채 있었는데 홍수가 나서 떠내려갔다던데…거기서 사셨지요?" "…묻지 마시게." 어째서인지 미륵은 애원하는 듯한 애처로운 목소리를 짜냈다. "부탁이구만."

그 때 선박 쪽에서 전부터 낚시를 하고 있던 늙은 대머리 뱃사공이 두 척이나 되는 커다란 물고기를 안고서 허두지둥 뛰어오며, "어이 미륵. 미륵. 커다란 숭어가 잡혔어!" 하고 고래고래 소리를 내지르더니 문득 랑을 발견하고는 놀라 멈춰 섰다. 그리고 바로 둘 사이의 어색한 공기를 간파하고서는 하롱하롱 웃으며 그들에게 가까이 다가갔다. 그러더니 숭어가 팔딱팔딱 뛰면서 꼬리와 지느러미로 자기 배를 찰싹찰싹 치는 것을 꽉 내려누르고는,

"이봐. 이거 안 보여. 이게 안 보이느냐고. 헤헤. 자넨 왜 또 낯선 선생에게 화를 내나." 하고 헐떡이면서 으르렁거렸다. 그러더니 랑 쪽으로 몸을 돌리더니 정말 곤란한 사내라고 말하는 듯 선량하게 히죽 웃더니, "선생이 좀 너그러이 봐주시죠. 제 나름에는 말입니다. 이 섬에서 누구를 보더라도 투덜투덜대며 끓어오르는 성격이라서요. 복어 귀신에 홀린 놈이라서 말입니다. 헤헤헷."

"할아범. 저리 꺼지지 못해!" 하고 미륵은 퉁명스럽게 소리쳤다.

"아. 그럽죠. 그럽죠 입 다물고 있겠습니다. 앗 이런 이 녀석 또 몸

부림을 쳐대네. 그러면 냉큼 이 녀석으로 맛 나는 회라도 준비하겠습니다. 거참. 밥이 다 됐나.” 하고 말하면서 두 세 간 앞으로 서둘러 걸어갔다. 과연 그곳에는 돌 위에 놓인 냄비가 부글부글 끓고 있었다. “배들이 고프시죠. 뱃속이 텅 비고 나면 바람이 들어서 화가 나는 법이죠. 에헤헤헷. 아무래도 배가 정말 고픈 것 같군요. 지금이라도 이 놈에다가 술이라도 한 잔 곁들여서 배를 채워 드리겠나이다…” 그러더니 그는 고개를 돌려 랑에게 눈짓을 했다. “선생. 이쪽으로 오십쇼.”

노(老) 뱃사공은 숭어요리를 하면서 랑이 가까이 다가오자 다시 한 번 선량하게 헤헤 웃었다. 랑은 어쩌면 이 할아범에게서 미륵 부부에 관한 자세한 이야기를 들을 수 있을지도 모르겠다고 생각했다. 하지만 좀처럼 이야기를 꺼내지 못하고 저녁하늘의 새빨간 잔조(殘照)를 바라보면서 혼잣말처럼 중얼댔다. 강물 위를 건너 불어오는 저녁바람이 꽤 세차게 불어와 금빛으로 반짝이는 갈대나 참억새 잎 끝을 춤추게 하면서 그의 말을 날려버릴 듯 끊어놓고 갔다.

“저녁놀이 새빨갛게 물들었군……”

“네 그럼요. 바로 여기가 옛날에 부엌이 있던 자리인데…….” 하고, 노 뱃사공은 어떻게 잘못 들었던 것인지, 심한 귀머거리로 보일 정도로 엉뚱한 말을 굵고 천덕스런 목소리로 탁 뱉어내기 시작했다. “저 사람은 제멋대로 여기서 밥을 짓고 찬을 만들지 않으면 못 배긴답니다. 에헤헤헷. 몸만 큰 애라서 말이죠. 예쁜 색시하고 함께 살던 옛 일을 도저히 잊질 못하고 있습죠. 에헤헤헷. 그래서 저희들은 이 대동강을 오르내릴 때면 꼭 여기에 한 번 들러서 쉬고 갑지요…….”

“영감님은 부인이 없습니까?”

“하아. 내 자식 놈 말입죠? 제가 낳은 자식 놈은 아니지만 저는 멋대로 이 도련님을 자식이라 생각하고 있습죠. 히히히히. 그치? 미륵."
사내는 팔속에 얼굴을 묻은 채 허무한 모습으로 아무런 대답도 하지
않았다. "에헤헤헷. 그 옛날 꿈을 꾸고 있구만. 마누라가 홍수 때 집과
함께 떠내려갔으니. 지금쯤 용궁에 가 있을 거야. 옛날에는 여기에 두
칸짜리 집을 아담하게 짓고서……."

"아니야! 아니라고." 하고, 갑자기 미륵은 튕겨져 나오듯 몸을 일으
키더니 아우성쳐댔다. "네댓 채가 이어져 있는 멋들어진 집이었다고!"
그 소리가 놀랄 정도로 컸기 때문에 노 뱃사공도 이번에는 제대로 말
귀를 알아들은 것처럼,

"아암 그렇고. 그렇고말고. 세 칸 네 칸, 그렇지 다섯 칸이나 됐
지…… 더구나 이 섬에서는 왕처럼 살았으니 무엇 하나 부족한 것이
없는 살림살이였지. 자네 그 무렵 이야기라도 좀 들려주지 않겠나. 나
는 말이야. 옛날에는 어떤 이야기든 한 귀로 듣고 한 귀로 흘려버렸는
데. 이제 귀가 완전히 절벽처럼 귀머거리여서 이제부터 듣는 이야기
는 결코 잊어버리지 않을 거란 말이지. 이리로 와서 술잔이라도 돌리
면서 이 선생하고도 사이좋게 주연을 벌여보자고." 하고 권하면서, 옆
에 준비해 뒀던 커다란 술 항아리 한 되를 들어올렸다. 미륵은 무뚝뚝
하게 일어서서 다가오더니 바위처럼 다시 털썩하고 앉았다.

석양은 점차 산기슭에 기울어져 가고 강 표면에는 눈부신 새빨간
저녁놀이 가라앉으며 빛나서, 주변은 시시각각 보랏빛과 붉은색으로
물들었다. 그게 점차 심해지면서 그 주변은 점차로 어두워져 갔고 마
지막 잔광이 무지개처럼 한 번 현란하게 빛나는가 싶더니 밤의 장막
이 먹물을 칠한 것처럼 드리우기 시작했다. 그와 동시에 동쪽 하늘에
서 음력 열엿새 밤 달이 두둥실 나와서 섬 전체에 황금빛을 내려 주

면서 나뭇잎을 흔들고 풀을 춤추게 했다. 그리고 마침내 넓은 강에 황금 다리를 놓고 그들의 주연을 찾아와 세 사람 얼굴을 다소 창백하게 뭔가에 홀린 사람처럼 비추었다. 산들산들 바람은 속삭이듯 불어왔고 강을 오가는 배의 노를 젓는 소리가 때때로 쓸쓸하게 들렸다. 굳게 입을 봉하고 있던 미륵은 점차 취기가 돌자 토해낼 수밖에 없는 비통한 감정을 참지 못 하는 듯 띄엄띄엄 대강 다음과 같은 이야기를 시작했다.

제3절

"아버지는 내가 열 살 되던 가을 고깃배를 타고 황해로 나간 뒤로 돌아오지 않았지." 하고 그는 나지막하게 중얼거렸다.

"그 후로 난 바다를 진절머리 나게 싫어하게 됐다네."

뜬소문을 들자니 그의 아버지는 황해 연평도에서 술집여자와 함께 산다고 했다. 그 후 어머니는 그를 도맡아 키우며 고난에 찬 삶을 살면서 매일같이 아버지를 원망하며 세월을 견뎌냈다. 미륵은 어렸지만 어머니를 도와 가정을 지키겠노라고 다짐하고, 매일아침 일찍 어머니와 함께 일어나서 들일을 하러가서 어른에게도 지지 않을 만큼 일했다. 그러는 사이 그는 웬만한 어른을 능가할 만큼 체격이 늠름해졌고, 남보다 소작도 몇 배 할 수 있게 됐다. 그래서 아버지가 돌봐주지 않더라도 버림받은 어머니와 자식이 이렇게 훌륭하게 생활할 수 있다고 하는 고집스러운 자신이 생겼다. 그게 그가 열넷 다섯 무렵의 일이었다. 하지만 어릴 적부터 그가 간절하게 동경하는 것이 하나 있었다. 그것은 소를 한 마리 키울 수 있는 형편이 돼서 아침 일찍 물가로 소를 몰고 나가 풀을 먹이고 해질 무렵에는 다른 소년들과 마찬가지로 소등에 올라타 갈대 피리를 불며 집에 돌아오는 것이었다. 하지만 그 것을 실현하기에는 너무나 가난한 살림살이였다. 그래서 이 소년이 생각해 낸 것은 훌륭한 씨름꾼이 돼서 단오 대회에 나가 상으로 소를 타오는 것이었다. 그로부터 들일을 하는 짬짬이 섬 소년들과, 마침내 는 어른들을 상대로 샅바를 꽉 붙잡고 기술을 연마했다. 그 결과 이등 상인 송아지를 마침내 집으로 끌고 가게 된 것은 열아홉 되던 단오절 때의 일이었다. 그는 어느새 소등에 타고 다닐 수 있는 나이가 아니었 고, 또한 소의 몸도 작기는 했다. 그렇지만 얼마나 기뻤는지 몰랐다. 그는 어머니와 함께 소를 몰고 돌아오는 도중에 황혼이 저물어 가는 물가에 가서 송아지를 씻기면서 말했다.

"어머니. 좋은 소지요. 이것으로 우리도 원래대로 가족이 셋이 됐지 않아요. 아버지가 없다고 어머니 울지 마세요. 네? 내년 단오 때는 더 큰 놈을 타올게요."

그렇지만 사실은 가족은 셋이 아니고, 그 무렵부터 그의 마음속에 는 도합 네 명의 가족이 살게 되었다. 왜냐하면 열여섯 순이가 씨름 장사 대회 이후 그에게 특별한 호의를 보였기 때문이다. 아무튼 어릴 적부터 이 외고집 고독한 소년은 젊은 여자를 좋아할 수 없었다. 아버 지를 집에서, 어머니에게서, 또한 자신에게서 뺏어간 것은 그야말로 젊은 여자가 아니었던가. 그는 쉽사리 마음을 허용하지 않았다. 순이 는 해질녘이면 어린아이를 업고 마치 우연인 것처럼 그가 자주 지나 다니는 길에 나와서 서성댔다. 그러면서도 그녀는 제대로 그를 쳐다 보지도 못한 채 얼굴이 새빨갛게 물들었다. 시간이 흘러 그녀는 조금 은 낯이 익어서 흘끔 곁눈질로 그를 쳐다보게 됐다. 하지만 그는 그녀

를 거들떠보지도 않고 이랴이랴 하며 맥없이 소만 몰았다. 하지만 달
이 휘영청 밝은 밤이 이슥한 어느 날의 일이었다. 그가 집 앞에서 홀
로 쓸쓸히 않아서 하늘을 올려다보고 있을 때였다. 복네네 집에서 자
수 일을 하고 돌아오는 계집애들이 그의 집 앞을 지나가면서 녹색 천
에 빨강과 노랑으로 아름다운 꽃을 수놓은 주머니를 그의 앞에 툭 떨
어뜨렸다. 그는 그것을 주워 일어섰는데 어째서인지 계집애들을 불러
세우지 못하고 머뭇거렸다. 순이는 길고 긴 머리채를 찰랑거리면서
빠른 걸음으로 도망쳤다. 그날 밤 그는 선물을 어떻게 해야 할지, 어
떠한 방법으로 돌려줘야 할지를 놓고 고민했다. 그로부터 며칠 후 소
를 데리고 집으로 돌아가는 도중에 길가 뽕나무 잎을 따는 척 하고
있는 그녀를 만났다. 하지만, 그가 선물 이야기는 꺼내보지도 못하고
우물쭈물 모른척 하고 지나가려고 하자, 순이는 자신의 긴 머리채로
소 엉덩이를 철썩 하고 때리고 이랴 하고 외쳤다. 그 바람에 소가 놀
라서 뛰어 오르는 것을 보고 그녀는 깔깔대며 웃어댔다. 미륵은 휙 몸
을 돌리더니 화가 치밀어올라 소리쳤다.

"이 나쁜 계집애, 뭘 하는 게야!"

"소, 소가 뭐 어째서!" 하고 순이는 머리로 메뚜기가 방아를 찧는
흉내를 내기 시작했다. 미륵은 불끈해서 송아지 고삐를 졸라매며 순
이에게 다가서서 지그시 그녀를 째려봤다. 그는 순이가 마찬가지로
자신을 째려보는 맑은 눈빛에 맥이 탁 풀려서 머뭇거렸다. 그녀는 또
심술궂게 그의 흉내를 내며, "이랴 이랴가 다 뭐여!" 하고 입을 뾰족
하게 내밀더니, "돌아가! 사람들이 보면 어쩌려고 그러오….." 하고 말
하자마자 몸을 돌려서 뽕나무 아래로 내려갔다. 송아지는 이랴이랴
하는 소리에 앞으로 가기 시작했는데, 그는 역시 그 자리에 우두커니

선채로 아무 말도 하지 못하고 멍하게 있었다. 이윽고 돌아가려고 발
길을 돌리기 시작했을 때,

"그렇지. 생각났다." 하고 다시 발걸음을 멈췄다. "떨어뜨린 주머니
돌려줄게." 그러더니 자기 윗도리 주머니 안에 손을 넣고 끈을 잡아
당겼다. 끈은 소리를 내며 쭉 찢어지며 주머니를 단채로 나왔다. 그는
그것을 어디에 두면 좋을지 몰라 끈을 달아서 가슴에 묶어 뒀던 것이
다. 그것을 보고 순이는 더욱더 깔깔 자지러지게 웃으면서 뽕밭 안을
지나 멀리 달아났다.

그 후, 그녀는 그가 얼마나 소를 아끼는지 알아차린 듯 이번에는 그
의 집 앞을 지날 때 뽑아온 한 줌 부드러운 잡초를 치맛단에 숨겨서
소외양간에 가서 휙 던져놓고 도망치곤 했다. 미륵은 그것을 보고 기
뻐서 순이가 매우 고맙게 느껴지기 시작했다. 이렇게 두 사람은 점차
마음을 터놓기 시작했다. 미륵의 어머니는 뒤에서 둘의 사이를 지켜
보면서 남몰래 기뻐했다. 순이와 같은 이 마을에서도 평판이 자자할
정도로 마음씨가 상냥한 색시를 며느리로 삼을 수 있다면 그보다 좋
은 일은 없기 때문이었다. 그 사이 미륵은 순이가 곧잘 빨래를 하러
가는 물가 근처에 송아지를 데리고 자진해서 가게 되었다. 끼랴 끼끼
끼랴. 미륵의 소리를 듣고 그녀는 부산하게 빨랫감을 담은 함지박을
머리에 이고 나왔다. 그는 물가로 가는 오솔길까지 오면 일부러 송아
지의 고삐를 느슨하게 풀어놓아 사람들이 쉽게 지나가지 못하게 했다.
종종걸음으로 온 순이는 앞으로 가지 못하고 곤란해 하며 멈춰서 머
뭇머뭇 미륵에게 다가오면서,

"곤란스럽게. 이런 곳에 소를 풀어놓으면 못써요……." 하고 입을
삐쭉거리면서 사방을 둘러보았다.

"뭘 그리 화를 내. 어차피 이 녀석도 이제 네 것이니 서로 친해지면 좋지 뭐."

"빨리 고삐를 당겨요. 길을 막고 있어서 지나갈 수 없잖아." 그녀는 화난 듯이 눈을 흘겼다. 송아지는 길이 패인 곳에 목을 들이밀고 풀을 뜯어먹었는데 때때로 순이 쪽으로 고개를 들고 흔들었다. 순이는 놀라서 뒷걸음질 쳤다.

"그만두지 못해. 이 멍청한 송아지……."

"그렇게 소를 꾸짖으면 어째. 끼랴. 이 놈 소야 비켜라. 비켜 어서." 하고 말하면서 고삐를 바짝 당기며, "자, 이제 지나가도 되겠네."

순이는 그 틈으로 꽃 같은 미소를 흘리면서 송아지 뒤로 돌아서 허둥지둥 도망쳤다. 미륵은 히히히 웃었다. 그녀는 한 사 오 미터 가서 뒤돌아보며, "뒤에 있는 아카시아 아래에 부드러운 풀이 많던데." 하는 말을 던지고 다시 달려가듯 강기슭으로 내려갔다. 그 때 복네가 그늘에 숨어서 둘을 지켜보다가, 불쑥 나타나서 눈꼬리를 내리깔고 순이의 뒷모습을 노려보듯이 눈으로 쫓았다. 순이의 모습이 더 이상 보이지 않자 복네는 미륵에게 접근하면서,

"내 생각이 틀리지 않았네." 하고, 흰 치아를 드러내며 사나운 얼굴을 하고 웃었다. 복네는 이 섬에서도 바람기 많기로 소문난 처녀로 최근에는 미륵을 짝사랑 하고 있었다. 하지만 그는 등을 홱 돌려 소를 손바닥으로 때리며 끼랴 하고 외치자마자 뛰어가듯이 소에게 끌려서 도망쳤다. 복네는 그런 행동에 부아가 치밀어서 흙덩이를 움켜쥐고 그를 향해 무턱대고 던졌다. 순이가 가르쳐준 한길로 소를 데리고 가보자, 역시 그 곳에는 말한 그대로 잡초가 융단처럼 깔려있었다. 그후 그곳에 소를 풀어놓고 있으면 순이가 꼭 찾아왔다. 나무그늘에 살

짝 몸을 감추고 그녀는 음메음메 소 울음소리를 흉내 냈다. 그러면 송아지는 획 고개를 돌려서 코끝을 처들고 하늘을 올려다보면서 음메하고 대답했다. 그 소리를 듣고 풀숲에 털퍼덕 앉아있던 미륵은 벌떡 일어서서 주위를 두리번거렸다. 그 때 순이는 참외를 있는 힘껏 그에게 던지고 배꼽이 빠져라 까르륵 웃으며 그늘에서 나왔다. 그러면 그는 그것을 집어 드는 것과 동시에 도망치는 그녀를 이번에는 쫓아갔다. 그리고는 아카시아 줄기가 있는 곳까지 그녀를 몰아 부치고는 참외 꼭지를 있는 힘껏 베어 물고 그것을 그녀의 입 앞으로 내밀었다.

"먹어!"

이렇게 둘 사이는 점차로 애정이 두터워져 갔고 어느새 둘의 관계는 이 섬에서 가장 큰 화제가 됐다. 복네가 입방아를 쪄댄 것도 한몫했다. 양가에서도 조금 실랑이가 있은 후, 그렇다면 가을 수확이라도 마치고 나서 두 사람을 결혼시키자는 것까지 정해졌다.

"그런데 말이야. 그 가을이 오기 전에 우리들에게는 슬픈 일만 가득 생겨버렸어!" 하고 중얼거리며, 미륵은 신음하면서 코를 훌쩍거렸다. 다름 아닌 칠월부터 팔월에 걸쳐서 큰 가뭄이 이어져서 작물이 모두 말라버려서 섬 전체가 말라죽은 풀처럼 시들어 버렸던 것이었다. 칠월까지 작황으로 보자면 그것은 전혀 예상치 못한 일이었다. 그래서 누구 하나 소작료를 낼 수 없게 됐다. 특히 미륵네 지주는 평양 성내에서도 유명한 고리대금 업자였다. 미륵이 몇 번이고 저택에 찾아가서 사정을 설명하고 소작료 납입을 연기해 줄 것을 간곡하게 부탁했지만 전혀 받아들여지지 않았다. 그러더니 결국 미륵이 생명보다 더 소중하게 여기는 송아지를 사람을 보내서 뺏어갔다. 그 때 미륵은 소 잃은 외양간 여물통 위에 앉아서 한동안 멍하니 앉아 미동도 하지 않았다. 하지만 갑자기 미치기라도 한 사람처럼 도끼를 휘둘러서 여물통을 때려 부수고 견디기 힘든 분노와 슬픔을 참지 못해 외양간 안에서 발을 동동 구르면서 미쳐서 날뛰었다. 순이는 그것을 보고 어린아이처럼 와악 하고 울기 시작하더니 손으로 얼굴을 가리면서 사람들을 부르러 뛰어다녔다. 마을 사내들은 합세해서 그를 간신히 묶어서 마당의 커다란 포플러 나무 아래에 묶어두고, 찬물을 끼얹어서 제정신으로 돌아오게 하려 했다. 그렇지만 그는 결국 미쳐가는 야차처럼 이리 뒹굴고 저리 뒹굴었다. 어떤 노인은 이것은 미친 것이 틀림없다고 말하며 복숭아 가지를 꺾어오게 해서 그것으로 그가 기력이 다해서 쓰러질 때까지 사정없이 내리쳤다. 그의 어머니는 치마를 거꾸로 뒤집어쓰고 통곡했다. 순이는 그것을 차마 보지 못하고 뛰쳐나가 선착장까지 달려갔다. 나룻배가 올 때까지 그녀는 송아지에게 풀을 뜯어 주며 작은 가슴을 떨며 아파했다. 소는 슬픈 듯이 목을 떨구고 순이가 마지막으로 주는 고마운 정성이 담긴 풀을 우적우적 씹으면서 때때로 코를 힝힝 거렸다. 배가 오자 송아지는 다 건널 때까지 여주인이 힘없이 서서 배웅하는 물가를 바라보면서 코를 쳐들고 음매음매 울어댔다. 미륵은 그 후 얼마 안 있어서 그토록 싫어하던 황해로 돈벌이를 하러 나갔다. 그 외에는 다른 방도가 없었다.

　그러나 그의 슬픔은 이것으로 끝난 것이 아니었다. 춘삼월, 배에 돈을 싣고 이번에야말로 순이와 함께 어머니와 셋이서 다시 즐거운 섬 생활을 할 수 있게 됐다고 기뻐하며 힘을 내서 돌아왔을 때였다. 생활의 고통 때문인지, 또는 지금까지의 생각을 바꿨던 것인지, 혹은 잠깐의 실수 때문인지, 어머니는 섬으로 조개젓을 팔러온 떠돌이 사내와 함께 행방을 감춘 뒤였다. 그는 지독한 옹고집인데다 어머니를 깊이 생각하고 믿고 있었다. 그 뿐 아니라 그는 아버지로부터 버림받은 후 어머니와 함께 둘이서 누구에게도 뒤지지 않게 멋지게 살겠노라고 다짐했었다. 그렇기 때문에, 발아래 대지가 무너지고 눈앞이 아찔아찔한 기분이 들었다. 특히 그는 이번에 바다에 나갔을 때 남조선 어느 어장에서 뜻하지 않게 아버지와 만났었다. 무수히 많은 어선이 어망을 좁혀가며 서로 밀치락달치락 하며 구치 떼를 포획하려고 하던 소란한 한때였다. 그 때 서로 아슬아슬하게 배가 서로 접근하고 있는데 상대쪽 배로부터 갑자기 굵은 쉰 목소리가, "너는 베기섬 미륵이가 아니냐?" 하고 소리쳤던 것이다. 미륵은 깜짝 놀라서 목소리가 들리는 쪽으로 이삼 미터 거리를 둔채 꼼짝 않고 노려봤다. 달밤이었다. 바닷바람과 햇볕에 피부가 타서 얼굴이 시커먼 오십 줄로 보이는 사내의 굳어진 얼굴에 커다란 눈이 고기비늘처럼 빛나고 있었다. 그 때 그의 뇌리에 어릴 적 기억이 불화살처럼 스쳐지나갔다. 그는 손에 쥐고 있던 그물 한 쪽을 엉겁결에 빠뜨리고 어안이 벙벙해 있었다. 그러나 바로 그의 가슴 속에는 뭉클뭉클 증오의 화염이 타올랐다. 그는 재빨리 노대에 뛰어 올라가 뱃머리를 반대편으로 향했다. 그러더니 "돛을 올려라!" 하고 외쳤다. 같은 배에 타고 있던 선원들은 어이없어 하고 있었고, 고기잡이꾼들은 저마다 욕지거리를 토해내면서 멀어져가는 미륵의 배를 한 순간 바라봤다. 미륵은 다시 외쳤다. "돛을 올려라!" 아버지 없이도 나는 이렇게 잘 자랐다. 농사꾼으로서 뱃사람으로서도 누구에게도 지지 않을 만큼 장성했다고 하는 강렬한 반발심이 그를 부채질했던 것이다. 그런데 이제 와서 그는 유일한 마음의 지주였던 어머니에게도 버림받고, 부인할 수 없는 진짜 고아가 돼버린 것이 아닌가.

"그 후로 나는 여자라는 것을 도대체 신용할 수 없게 됐지. 이제 남자 여자 할 것 없이 악마로밖에는 보이지 않았어. 인간이라는 것이 싫어져 버렸어." 미륵은 그렇게 한탄하며 손으로 코를 풀었다. 자신을 세상에 낳아준 부모조차 자신을 버리고 도망치는데 하물며 다른 누구를 믿을 수 있단 말이냐. 하지만 순이만은 그가 집을 비운 반 년 동안 자수 일과 천 짜는 일로 일가의 생계를 도우면서 그가 돌아오기를 손꼽아 기다리고 있었다. 초봄 경작을 앞두고 미륵이 무사히 돌아왔을 때 그녀는 뛸 듯이 기뻐하며 그를 맞이했다. 또한 이 불행하고 고집불통인 애인을 마음으로 위로하고 돌봐주려 했다. 하지만 그는 순이도 믿으려 하지 않았다. 그는 말했다.

"나랑 함께 살고 싶으면 어떤 놈도 살지 않는 물오리섬에 가서 살자고."

순이는 미륵의 마음을 헤아릴 수 있었기 때문에 아이처럼 고개를 끄덕여서 그 말에 수긍했다. 그가 스물, 그녀가 열여덟 때의 일이었다. 이렇게 해서 드디어 둘은 맺어졌고 아무도 살지 않는 고독한 섬에서 두 사람만의 행복한 생활을 맞이하게 됐다. 과거 그가 소에게 보였던 열정은 이번에는 이 아름다운 작은 외딴 섬과 순이에게 고스란히 쏟아졌다. 바다에서 벌어 가지고 온 돈으로 섬을 사들였기 때문에 이 섬 전체가 완전히 미륵의 소유였고, 그녀 또한 자기 혼자만의 차지였기 때문이다. 작은 초가집을, 바로 이곳에 세우고 순이는 희고, 빨간 들장미를 찾아내서 집 주변에 심었다. 그것은 바로 꽃을 피워 탐스러운 향기를 방 안으로 전했다. 그는 매일 아침 일찍 황소에 괭이를 걸고 그 뒤에서 괭이자루를 잡았다. 그의 처는 앞에서 소고삐를 끌고 구불구불한 섬 전체를 개간하기 시작했다. 그리고 작은 새들이 노래하는 버드나무 아래에서 점심참을 먹고, 다시 밭으로 돌아오면 멀리 대보

산(大寶山) 석양이 비출 때까지 비옥한 흙내음을 맡으며 진흙과 땀범벅이 됐다. 해질 녘이 되면 시원한 바람이 불어왔고, 미륵은 투망을 갖고 나룻배를 매어 둔 강기슭가지 갔다. 순이는 또 순이 나름으로 부엌일에 매달렸다.

이따금 작은 어선이 이 섬 주위에 숭어를 잡으러 올뿐, 누구 하나 찾아오는 사람 없는 날이 이렇게 밝고 저물어 가기를 계속했다. 밤이 되면 순이는 등잔 밑에서 변함없이 자수나 그 밖의 바느질 일로 늦게까지 힘을 쏟았다. 미륵은 또 미륵대로 발[簾]을 만들거나 새끼를 꼬았다. 그러면서 가끔 쏟아져내릴 것 같은 별이 가득한 하늘을 올려보고는 정말 좋은 날씨로구나 하고 말했고, 구름이 끼면 내일은 비가 내릴지도 모르겠군 하고 중얼거렸다. 또한 바람이 깨끗하니 옥수수와 수수가 쑥쑥 자랄 것이라든가, 청개구리가 저렇게 합창을 해대니 내년에는 큰 비가 올 것 같다는 이야기를 하면서 근심스러워 하기도 했다. 외부 세계와의 교섭은 그가 전부 떠맡았다. 순이는 섬을 떠날 수 있는 기회를 전부 박탈당한 셈이었다. 그런데도 아무런 불평도 하지 않고 섬을 아름답게 지키고 가꾸는 일에만 열중했다. 그러나 어째서인지 그 무렵 매년같이 홍수가 끊이지 않았다. 첫 해는 음력 칠월 말경부터 큰비가 내렸고 이어서 강이 범람해서 어느 섬 할 것 없이 물의 공격을 받았다. 그 중에서도 비교적 수위가 낮고 게다가 면적도 작은 물오리섬은 통째로 잠겨버려 집을 남겼을 뿐 작물은 고스란히 다 망쳐버렸다. 두 사람은 그래서 좁쌀 한 톨도 건지지 못하고, 그날그날 끼니를 떼우기도 곤란하게 됐다. 바다에서 가져온 돈은 섬을 사는데 전부 다 써서 완전히 무일푼이었다.

제4절

"자 이제 가세. 이렇게 달이 높이 뜨니 밀물도 딱 좋을 때고 이런 바람이라면 단숨에 올라갈 수 있겠어. 뱃사람은 용왕님에게 이러쿵저러쿵 불평을 늘어놓으면 못써." 하고 말하면서, 노 뱃사공은 냄비와 그릇, 술병을 집어 들면서 재촉했다. "나리는 나룻배로 오셨소. 원래 있던 곳에 돌려놓고, 우리 범선을 타고 함께 성내로 돌아가시죠. 자, 다 큰 아이도 일어나시게. 일어나라고."

미륵을 따라 랑도 일어서서 이슬이 촉촉이 내린 풀숲과 갈대숲 속을 헤치고 범선에 올랐다. 둥근 달이 동쪽 하늘에 두둥실 떠올라 섬과 물위에 아름다운 빛의 악보를 연주하고 있었다. 멀리 보이는 언덕과 섬들은 수묵화처럼 달빛 속에 흐릿하게 고요히 가라앉아 있다. 때때로 멀리서 개 짖는 소리가 희미하게 들려왔다. 노 뱃사공은 돛을 올렸다. 돛은 바람을 품고 배를 섬에서 멀어지게 하더니 점점 강의 원줄기 쪽으로 나아가기 시작했다. "나룻배는 어디에 매뒀지."라고 물어서 알려주자, 배는 그 쪽을 향해 물가를 따라 미끄러져 갔다. 노 뱃사공은 걸쭉하면서도 활기 넘치는 소리로 범선을 손으로 조종하면서 홀로 노래를 부르기 시작했다. 서편 하늘에는 검은 구름이 달빛을 받아서 꽃이 핀 듯이 뭉게뭉게 움직이고 있었다. 미륵은 잠자코 눈만 번뜩이고 있다가 다시 입을 열었다.

"바로 이 근처다. 구름과 바람 없는 달밤 나는 순이와 함께 오리 [オーリ]라고 하는 낚시를 하러 왔었어." 그리고는 다시 독백과 같은 설명을 이어갔는데 그의 체구나 기질로 짐작해 보자면, 이 하류 지방에만 있는 어쩌면 독특한 것인지도 모르는 오리라고 하는 낚시를 정

말로 좋아했던 것 같았다. 그것은 손쉽게 준비한 바늘 두 개짜리 커다란 낚시를 얕은 곳에 던져두고, 그 끝에 매어둔 굵은 끈이 달린 긴 낚싯대를 손에 들고 있으며 된다. 그리고 물가에 서서 수면에 구름 그림자도 비치지 않고 물결도 일지 않을 때, 두 세 척이나 되는 큰 숭어 떼가 끈 위를 통과할 때를 노려서 낚싯대를 양손으로 번쩍 들어올려 어깨에 메고 모래밭으로 쏜살같이 달려가서 배 주위에 바늘이 꽂힌 숭어를 원시적으로 잡는 통쾌한 낚시법이다. 순이는 멀리서부터 숭어 행렬을 발견하고 조용히 뒤를 쫓아서 오리 바늘 쪽으로 몰아갔다. 송어 무리에는 반드시 맨 앞과 양 좌우, 그리고 끝 쪽에도 큰 녀석들이 붙어서, 새끼 숭어 무리를 보호하면서 진군했다. 그것들이 몸을 뒤집을 때는 흰 배가 도깨비불처럼 혹은 그을린 은색으로 반짝 거려서, 그 장엄한 모습이 이루 다 형언할 수 없을 정도였다. 때로는 네 척이나 되는 녀석이 걸려서, 그 놈이 온힘을 다해서 몸부림쳐대면 끌고 달려가는 사이에 끈이 끊어지는 경우도 있었다. 그러면 미륵은 재빨리 뛰어가 물속으로 뛰어들어, 숭어 뒤를 쫓으면서 끊어진 끈을 부여잡고 숭어와 물속에서 격투를 했다. 그런 때면 순이는 손뼉을 치고 발을 구르며 성원해 줬다. 또 비가 와서 물이 흐려지면 둘이서 곧잘 초망을 한 쪽씩 잡고 물이 고여 있는 황철나무 아래로 끌어 당겨서, 발로 나무 밑동을 흔들며 입으로 슈우슈우 하고 겁을 주면서, 망둥이나 은어 그리고 모래에 숨어있는 작은 고기 등을 넘칠 정도로 잡기도 했다. 그는 물고기들을 등에 지고, 순이의 수공예품을 가슴에 넣고 평양 성내로 팔러 나갔다. 하지만 또다시 이처럼 아름답고 즐거운 생활을 단숨에 뺏어간 것은 그 저주할 홍수의 습격이었다.

"그래. 우리가 초망을 둘러쳐놓았던 곳이 바로 이 부근이야." 하고 중얼거리며, 그는 랑이 타고 온 배를 발견하자마자 노 뱃사공을 불러 배를 세우고, 작은 배의 닻을 집어 올려 선미에 연결했다. 그리고 범선은 방향을 비스듬하게 잡아서 밀물인데도 바람을 이용해서 추자도 쪽으로 내려가기 시작했다. 배 세 척이 솔잎을 산더미같이 싣고 중류의 밀물에 실려 길다란 노가 물을 때리는 소리도 한가롭게 평양성으로 향해갔다. 야조가 두세 마리 강을 건너가면서 우고 짖었다. 이윽고 범선이 추자도 하안에 도착하자 미륵은 나룻배 닻을 모래톱에 던졌다. 나룻배는 그 기세에 뱃머리를 흔들며 물가에 덩그러니 남겨졌다. 마침내 범선은 중류로 돌아가서 곧장 평양을 향해 달리기 시작했다. 그러는 사이 그는 입을 다문 채 아무런 말도 하지 않았다. 어느새 만경대 앞을 지나면서 소나무 잎을 쌓은 배들을 따돌리고 앞으로 나갈 무렵에는 바람도 황금색 빛을 품고 돛을 있는 힘껏 밀어서 더욱더 속도를 낼 뿐이었다. 달빛은 강물 위에 떨어지고 금, 은, 보석 신발을 신고 수런대며 춤을 추고 있다. 미륵은 조용히 일어나서 배 아래 바닥에 있는 작은 방에 들어가서 술병과 명태를 들고 나왔다. 컵에 술을 남실남실 따르더니 단숨에 들이키더니, 나리도 한 잔 하며 컵을 들이밀었다. 랑은 잠자코 그것을 받아 들었다.

"자네, 오늘밤에도 또 이 늙은이를 괴롭히려 할 참인가. 너무 마시면 순이의 정령이 슬퍼할거야. 적당히 마시고 누워 자는 게 좋아……."

"입 닥치지 못해 이 영감탱이!" 미륵은 다시 컵에 술을 부으면서 성이 나서 소리쳤다. 아, 순이는 물에 빠져 죽었단 말인가.

"그려 그려. 입 다물고 있을게. 마음껏 마시고 다 말해버려. 나처럼 나이를 먹고 늙어빠지면 이제 죄다 잊어버려서 할 말도 거의 없어져 버리니까." 그리고 한 수 읊기 시작했다.

어허야져 어허야저
대동강은 백오십리
평양성은 칠십리이건만
임을 사모하는 마음은 세 촌(寸)이라네
어기여차, 어허야저
순풍에 닻을 올려라

"섬에 물이 밀려와서 작물이 다 떠내려가고 보니 우리 부부가 당장 먹을 식량이 그날부터 없어졌지. 나는 이를 악물고 생각했어. 송아지를 빼앗긴 한이 뼛속까지 사무쳐 있는 옛 지주에게 다시 빚이라도 내달라고 부탁을 할 수밖에 없다. 그것은 죽는 것보다 고통스러운 일이었지. 설령 아사하는 한이 있더라도 그 놈 앞에서 어찌 다시 머리를 조아리겠냐고. 몇 번이고 멈춰서 다리를 다그쳐 저 만경대를 넘어, 평천리(平川里) 외성 옆을 빠져나와 대동문 안에 있는 지주네 집을 찾아갔었지."

그는 눈을 감고 깊은 한숨을 내쉬었다. 눈에서 흰 것이 끊임없이 흘러나와 달빛에 구슬같이 빛나면서 떨어져 내렸다. 그는 그것을 주먹으로 한두 번 훔쳐냈다. 마침내 그의 목소리는 비통한 울림을 갖고 이상하게도 랑의 가슴속을 도려내듯 파고 들어왔다. 점차 미륵은 취기가 도는 듯 감정이 고양돼서 자신의 슬픈 기분을 결국에는 주체하지 못하는 것 같았다.

그런데 그가 옛 지주의 저택 사랑[舍廊]에 부름을 받고 들어갔을 때 일이다. 무엇보다 그가 눈을 크게 뜨고 놀란 것은 하얀 염소수염을 기른 너구리와 같은 낯짝을 한 지주 영감 옆에 앉아있는 처자였다. 그곳에는 뜻밖에도 어릴 적 베기섬에 살던 친구 복네가 앉아있었던 것이다. 그 큰 가뭄이 들었던 해, 그녀는 이 지주 집으로 식모살이라는 명목으로 불려와서 지금은 셋째 부인으로서 노인의 사랑을 한 몸에 받고 있었다. 그녀는 부끄러운 듯 쓸쓸한 미소를 살짝 지었다. 섬 밭이나 소를 뺏는 것으로는 성이 차지 않는지, 어릴적 친구들까지 뺏은 것인가 하고 생각하자, 미륵의 가슴 속은 어쩐지 얼어붙는 듯한 기분이 들었다. 하지만 또 한편으로는 태평스럽게 마을의 오랜 적이라고 할 수 있는 이 지주의 첩이 돼 비참한 신세에 빠진 자신의 앞에 나타나서 얄밉게 잘도 웃고 있다고 생각하자, 복네마저 자주스러운 마음이 들어 마음이 떨렸다. 그는 그녀가 자신에게 모욕하는 웃음을 보내고 있다고만 생각돼 놀라움과 분노에 눈을 확 치켜떴다. 하지만 아무도 몰랐다. 복네는 지금 더욱더 미륵을 열렬하게 생각하고 있었다.

　지주와의 담판은 역시 틀어져버렸다. 무일푼인 미륵에게 담보도 없이 일 년 동안 양식과 비료값을 마련해 줄 수 없다는 것이었다. 그는 이를 부득부득 갈면서 저 물오리섬 이만 오천 평이 내 소유라고 말하고, 그것을 담보로 잡히고 계약을 성립시켰다. 하지만 어째서인지 무서운 마음이 밀려와서 몸을 부들부들 떨었다. 이미 어찌할 수 없는 신세였다. 다시 봄이 찾아오기 까지, 고기잡이에 전념하자. 돈을 조금씩 모아서 빨리 섬을 되찾자. 섬만은 빼앗기지 않으마. 결코 뺏기지 않아 하고 마음속으로 아우성치며, 그 집 사랑을 허둥대며 뛰쳐나오고 있을 때였다. 복네가 뒤를 쫓아와서 그가 포도나무 울타리 밑까지 왔을 때 그의 소매를 잡아끌었다. 미륵은 지주와 그녀에 대한 증오에 불타서 소매를 뿌리쳤다.

　"그렇게 화내지 마. 내가 전혀 도움이 안 되는 것도 아닐 텐데. 실망 하지 마. 섬을 되찾을 돈은 얼마든지……."

"필요 없어. 더럽게." 그는 퉤 침을 뱉었다.

"내가 여기에 와 있어서 화를 내고 있구나. 나도 좋아서 여기 온 게 아니라고."

"바보 같아. 더러운 게! 내 소를 빼앗고 그리고 섬사람들 밭과 돈을 모두 전부 다 가져가더니, 이번에는 내 섬까지 뺏으려고 하면서. 네 놈들 둘이서 아무리 침을 흘려도 내 섬을 결코 뺏을 수 없을걸. 잘 들어. 뺏기지 않을 테니!"

"넌 소나 밭, 돈을 뺏긴 것이 그렇게 분하니? 나를 빼앗긴 것은 아무렇지도 않고? 그런 거니?" 복네는 사납게 눈을 치켜떴다. "순이는 건강하고?"

"그게 너랑 무슨 상관이야!" 미륵은 어깨를 씩씩 들먹였다.

"그렇게 무서운 얼굴 하지 마. 물어보면 어째서 안 돼? 화내는 것을 보니 지금도 깨소금이 쏟아지나 봐. 나야 뭐 너를 한 번도 연모한 적이 없으니 순이에게 안심하라고 전해줘. 저 늙은이는 저래 보여도 나한테 푸욱 빠져있으니까. 내가 이렇게 말해도 넌 아무렇지도 않니?"

"그게 뭐 어떻다고 이래?" 미륵은 큰 소리로 화를 내자마자 홱 등을 돌려 발로 걷어차듯이 대문을 나왔다. 이제부터 죽을 각오로 일을 하자는 다짐이 그의 가슴을 강하게 사로잡고 있을 뿐이었다. 내년 가을까지 먹고 사는 것은 이제 걱정이 없다. 내년에 어떻게든 하늘님이 도우셔 수확을 허락해 주시면, 섬은 완전히 다시 자기 소유가 될 것이라고 생각했다. 이 부부는 다시 각자 잘하는 일을 다시 하기 시작했다. 그런데도 한 밑천 잡으려고 다시 바다에 나갈 생각은 하지 않았다. 고집스럽고 의심이 많은 그는 역시 아내가 걱정이 됐던 것이다. 하지만, 그녀가 자수 놓은 것들을 팔러 평양에 나가는 정도는 자신이 바쁘다는 핑계로 허락하게 됐다. 숭어나 잔챙이를 잡을 때마다 그는 그것을 짊어지고 평양으로 가서 삼원, 사원이라도 생기면 빚을 갚으러 지주 집에 가고는 했다. 처음에 지주는 푼돈으로 빚을 변제하는 것을 허락하지 않았지만, 복네가 중간에 끼어들어서 허락을 받아냈던 것이다. 복네는 그가 나타나면 노골적으로 기뻐하며 기회를 봐서 창녀처럼 미륵의 마음을 끌려고 노력했다. 때때로 돈을 호주머니 안에 찔러 주려고 까지 했다. 미륵은 그것을 뿌리쳤다. 자신에게서 소를 빼앗은 지주의 첩이라는 것만으로도 도저히 그는 그녀를 용납할 수 없다.

"저 늙다리는 무서운 짐승이야. 나를 구해줄 것은 너뿐이야. 나를 어딘가로 데려다줘."

"이 년이! 너 혼자 도망쳐. 도망치라고!"

"어디로 가면 되는데? 바로 쫓아와서 잡아갈걸. 사실 너를 지금까지 한 순간도 잊은 적이 없어."

"저 짐승은 죽여 버리면 그만이야!"

"니가 도와만 주면."

"뭐라고……."

"너를 단념할 수 없어. 응. 나도 그렇게 못돼 먹은 여자는 아니야."

미륵은 어깨에 매달리는 복네를 매정하게 뿌리쳤다. 하지만 그의 우직하고 완강한 마음에도 요사스러운 복네의 미소가 점차 파고들면서, 틈이 서서히 벌어지기 시작한 것은 어찌한단 말인가. 그는 그것을 스스로 확실하게 인지하지 못했다. 그녀에 대한 남다른 증오심이 마침내 동정심으로 바뀌고, 끝내는 호의로 전환됐다. 이렇게 해서 겨울도 지나고 봄이 찾아왔고, 계절은 여름을 향해 갔다. 그렇다고 해도 그와 복네 사이는 결코 도리를 어긋나는 법이 없었다. 미륵은 순이와 변함없이 괴로운 가운데서도 즐거운 생활을 계속해 나갔다. 여름이 되자 수수, 조, 감자가 지붕 높이만큼 혹은 키만큼, 땅을 덮을 만큼 덩굴을 이뤄 밭 위에 넘쳐났다. 이번에야 말로 쉽게 볼 수 없는 풍년으로, 지금이라도 당장 나머지 비료값을 갚고 섬을 되찾을 수 있게 됐다고 둘은 서로 기뻐하며 격려했다. 이 하류 지역 모든 섬에는 기쁨의 기색이 넘쳐났다.

하지만 슬프게도 우리들은 이 시점에 그 유명한 쇼와[昭和] ×년에 일어난 그 무시무시한 대동강 범람을 떠올리지 않으면 안 된다. 음력 유월 말이 되자 대기를 짓누르는 듯한 저기압이 여기 평남(平南) 일대에 들어차서, 오륙일 동안 계속해서 폭우가 쏟아져 내렸다. 갑자기 주위 섬들은 어둡고 우울한 분위기에 휩싸였다. 섬사람들은 물가에 나가 비에 젖어가면서 점차로 물보라를 일으키며 불어나는 강을 망연히 바라보고 있었다. 이 기세가 앞으로 사흘만 지속되면, 작년과 같이 또 섬 작물이 떠내려가는 것은 불보듯 뻔한 일이었다. 강은 점차 물이 불어서 섬을 핥아대기 시작했다. 중류에 돼지우리, 집 기둥, 지붕이 떠내려가고 있었다. 미륵은 온몸이 금방이라도 다 사라질 것 같은 두려움을 느꼈다. 만약 이번에도 작물을 전부 잃고, 기일까지 돈을 갚지 못하면, 둘이 살던 이 섬을 저 고리대금업자에게 빼앗기고 살아야 한다는 생각이 전광석화처럼 뇌리를 스쳐 지가갔다. 아 섬을 뺏기고 다시 소작농으로 전락하면 이제 평생 거기서 헤어나올 방법은 없었다. 지금이라도 저 옛 지주의 집에 가서, 일단 기한을 연장해 달라고 해야 한다. 그는 순이만을 섬에 남겨두고 나룻배를 타고 두 정 삼 정 씩이나 거세게 몰아치는 탁류에 떠내려가며 겨우 건너편 해안에 닿았다. 그의 나룻배가 폭우 속을 이리저리 흔들리며 떠내려 갈 때 순이가 물

가를 따라 미친 듯이 달려와서 온 힘을 다해 빨리 돌아와 빨리 돌아
오라고 하며 외치던 모습이 그의 눈앞에 어른거렸다.

그는 사 리나 되는 길을 빗속에서 고꾸라지고 미끄러지며 달리듯이
하며 옛 지주네 집에 도착했다. 지주는 안방에서 복네가 부쳐주는 부
채바람을 쐬며 누워있었다. 그는 맨발로 골마루까지 뛰어올라갔다.

"아이고 나으리. 살려 주십쇼." 이 오만하고 누구에게도 굽실거리며
도움을 청한 적 없는 미륵은 그렇게 부르짖었다. 이미 반은 미친 그였
다. "기한이 지나도 섬을 빼앗지 않겠다고 약조해 주십쇼!"

고리대금 영감은 복네에게 다리를 꼬집히고 앞으로 튕기듯이 나아
가서 획 일어서자마자 에헴 하고 헛기침을 하더니,

"뭐가 그렇게 급하더냐. 여기가 어디라고 맨발로 올라와!"

"나으리. 약속해 주십쇼! 섬이 떠내려가 빚을 갚는 것이 늦어지더라
도……."

"섬이 떠내려간다고? 떠내려갈 섬을 담보로 돈을 빌려준 것만으로
도 감사해야 할 일인데. 돈까지 늦어진다는 게 뭔 소리인고 응? 그런 떠
내려갈 섬 따위 네 놈한테도 필요 없으렷다!" 그러더니 벌떡 일어섰다.

"나으리! 한 번만 제 청을 들어주십쇼!" 그는 방안으로 들이닥쳤다.
복네는 한마디도 거들지 못하고 눈만 번뜩이며 은근한 미소를 흘리고
있는 눈치였다. 지주 영감은 미륵이 맨발로 뛰어들어온 것을 보고는
재빨리 옆 출구로 나가 황망히 모습을 감췄다. 미륵은 방안에서 몹시
격분해서 이를 악물고 서있었다. 복네는 일어서더니 그를 격정적으로
뒤에서 안았다. 그의 손은 부들부들 떨렸고, 두터운 입술은 파르르 경
련을 일으키고 있었다. 이상하게 그 때 빗줄기가 약해지고 있었다.

"미륵아. 그 영감을 따라가도 때려 죽여도 그 짐승은 아무 것도 들

어주지 않을 거야. 돈이라면 대야 한 가득이라도, 아니 쌀자루에 한가득이라도 내가 마련해 줄게……."

"놔! 놓지 못하겠어!" 그는 아우성치며 그녀를 밀쳐 넘어뜨리고, 느닷없이 벽에 걸려있던 긴 거울을 집어 들었다. 복네는 놀라서 그의 다리를 붙들고 매달렸다.

"진정해 미륵아. 당장이라도 백량 만량이라도 필요한 만큼 내줄테니 섬은 걱정하지 마."

그녀는 그에게서 거울을 빼앗아 정면으로 돌아서 안으면서 애원했다. 하지만 그 말도, 그녀의 필사적인 노력도, 그의 타오르는 증오심, 끓어오르는 분노의 불길을 꺼뜨릴 수 없었다. 그 보다는 지금 빗줄기가 가늘어져 내리고 있다는 것만이 그에게 희미한 안도의 빛을 던져줄 뿐이었다. 아, 그만 그처라. 그쳐. 그러면 나도 이 악마에게 빌린 돈을 갚을 수가 있어서 두 번 다시 이런 곳에 오지 않아도 된다.

"게다가 미륵 씨. 틀림없이 지금부터 날이 개일 거야. 섬이 떠내려 갈 일도 없어. 저 늙다리를 죽인다고 해서 복수하는 게 되진 않아. 응 알겠어? 그러면 너도 반드시 법에 따라 처벌당할 거야. 그렇게 될 거야. 우리 둘이서 도망치자. 나를 구해줄 수 있는 것은 너 밖엔 없어. 저 늙다리는 찰거머리처럼 달라붙어서 나를 빨아먹으면서 떨어지려 하지 않아. 온 몸의 털이 다 곤두선 것 같아서 한 시도 가만히 있을 수 없어. 응. 네가 마련해둔 돈이 엄청 많아. 그걸로 니 섬을 되찾을 수 있고. 나 또한 살 수 있잖아. 알아듣겠니? 어서 도망쳐. 어서 어딘가 산속에라도 날 데려가. 비도 약해졌어. 도망치려면 지금밖엔 없어. 어서. 어서." 하고 말하며, 그녀는 그의 목을 껴안고 매달렸다.

미륵은 말을 딱 멈추고 갑자기 격렬한 슬픔에 사라잡힌 듯 안면 근육을 실룩거리며 굳어져 손에 들고 있던 삽을 툭 떨어뜨렸다. 낮은 소리로 신음했다.

"그 때 내 마음 속에 마가 끼었어."

아름다운 젊은 여자의 요염한 애원이 이 사내의 마음을 움직였다고 해야 할까. 아니 결코 그런 것은 아니었다. 그 때 그의 마음속에는 고리대금업자에 대한 복수심이 불타올랐던 것이다. 그 순간 그를 사로잡은 복수의 방법은 무엇이었던가? 그렇다! 하고 그는 자신을 향해 외쳤다. 내가 과거 소를 사랑하듯이, 그리고 바로 지금 물오리섬을 사랑하고 있듯, 이 녀석은 이 여자를 둘도 없이 사랑하고 있다. 좋아. 그렇다면 이번에야말로 내가 네 것을 빼앗을 차례다 하는 생각이 문득 번뜩였던 것이다. 뺏어라! 여자도 돈도! 그는 재빨리 복네를 와락 있는 힘껏 끌어안고는,

"좋아. 돈을 있는 대로 챙겨서 도망치자. 어서 담을 만큼 담어!"

복네는 좋아서 뛰어오르며 안방으로 뛰어 들어갔다. 그리고 지폐를 산더미처럼 자루 속에 담고 남자 옷을 두세 벌 꺼내 보자기에 싸자마자 황급히 그를 뒷문으로 끌고 밖으로 뛰어갔다. 미륵은 이미 미친 사람처럼 변해서 전후좌우 가리지 못하고 이성을 잃고 있었다. 둘은 빗속을 헤치며 역으로 정신없이 달려갔다. 그는 복네가 시키는 대로 따를 뿐이었다. 둘은 거기서 바로 떠나는 진남포(鎭南浦)행 기차에 올랐다. 그러나 기차가 출발하자마자 다시 장대같이 큰비가 내리기 시작하더니 대낮인데도 주변은 비 때문에 어두워졌다. 번개가 줄기차게 번쩍이고 천둥이 정신을 빼놓을 만큼 울려 퍼졌다.

그 빛과 울림에 미륵의 정신은 다시 돌아왔다. 그는 깜짝 놀라서 벌떡 일어섰다. 나룻배도 없는 작은 섬에 혼자 있는 순이! 물은 훨씬 불

어났을 것임이 틀림없다! 섬이 금방이라도 삼켜져 버릴 것이 틀림없다! 아 내가 도대체 무슨 짓을 저질렀단 말인가. 그는 겁에 질려 온몸이 경직되더니 갑자기 출구 쪽으로 뛰어가기 시작했다. 복네는 비명을 지르면서 그 뒤를 따라 뛰어갔다. 폭풍이 소란스럽게 대지를 때려 부술 것처럼 부는 가운데 멀리서 희미하게 보이는 대동강이 범람한 광경이 환영처럼 깜빡이며 보였다. 복네는 미륵에게 매달리려고 했다. 하지만 미륵은 눈 깜짝할 사이에 돌진하고 있는 기차 밖으로 내팽개쳐지듯 굴러 떨어졌다. 그가 의식을 다시 찾고 일어선 것은 그로부터 이삼십분이나 지난, 폭주하는 빗속의 밭 구석에서였다. 팔이 부러진 것처럼 왼쪽 손이 자유롭게 움직이지 않았고, 볼은 찢어져서 피가 흘러내리고 있었다. 비틀대며 걸어봤지만 다리도 자유롭게 움직이지 않았고 쿡쿡 찌르는 듯한 통증이 느껴졌다. 그러나 그는 악몽에서 깨어났다. 한 걸음이라도 빨리 물오리섬에 가서 순이를 구해내지 않으면 안 된다는 생각이 그의 전신을 재촉했다. 다리를 끌면서 선로 위로 올라가서 비로 부옇게 된 사방을 바라보니 무엇 하나 알아 볼 수 없었다. 하지만 의외로 만경대에 가까운 태평역(太平驛) 근처 같았다. 일 리 정도 되는 길이라고 그는 스스로에게 외쳤다. 마음은 경종을 쳐대듯 급하고, 불길한 예감이 때때로 그를 질식시킬 것 같았고 몸도 마음대로 움직이지 않았다. 하지만, 그는 빗속을 기어가듯이 한 시간 정도 후에 만경대 위에 당도했다. 탁류를 이루며 뭐든지 삼켜버릴 것처럼 도도히 함성을 올리고 휘몰아치는 대하. 그것이 비로 피어나는 안개 속에 바다처럼 펼쳐지고, 곤유도, 별찬섬과 같은 작은 섬들은 푸른 나무 덤불이 수면 위로 아른거릴 뿐 중류에는 흰 물거품이 구토물처럼 물거품을 내고, 뗏목에서 잘려나간 목재가 때때로 살아있는 것처럼

머리를 들어 올리면서 무수하게 떠내려갔다. 돼지가 떠내려가 가며
기분 나쁜 쇳소리로 비명을 질러댔다. 두노섬의 작은 지붕들은 죽음
처럼 침묵을 지키고 있다. 얼굴을 때리는 빗방울을 끊임없이 주먹으
로 훔쳐내면서 초조한 가슴을 꾸욱 눌러 참으며 물오리섬 쪽을 바라
봤다. 하지만 그곳은 멀리 있는데다 비 안개 속으로 사라져 흔적조차
찾아내기 힘들 정도였다. 아침녘에 그가 섬을 나올 무렵보다 비도 더
욱 세차게 쏟아졌고, 또한 상류 쪽이 여기보다 더 연일 폭우가 쏟아지
는 듯, 훨씬 수위를 높여만 가고 있었다. 그는 그것이 오로지 자신의
아둔함과 순이에 대한 두려운 죄업, 그것들에 대한 용왕님의 진노라
고 생각했다. 그는 자신이야말로 이 진노 가운데 몸을 던져서, 죄를
구하지 않으면 안 된다고 생각했다. 죽음을 무릅 쓰고라도 그녀를 구
해내고, 연후에 자신이야말로 죽을죄로 처단돼야 한다고 생각했다. 다
음 순간 그는 산벼랑에서 구르듯 기어내려 갔다.

　마침 근처에 작은 배가 한 척 버드나무 아래에 매여 있어서 그는
그것을 타고 끈을 잡아 끌었다. 끈이 뚝 끊기는 것과 동시에 배는 뒤
집힐 것처럼 요동치면서 떠내려갔다. 왼손이 듣지 않아서 그는 혼신
의 힘을 다해서 한쪽 손으로 뱃머리를 상류 쪽으로 돌리면서 중류를
향해 노를 젓기 시작했다. 용왕님 도와주소서. 하고 목소리를 짜내서
외쳤다. 하지만 중류를 가로질러 무사히 물오리섬 해안에 도착하려고
마음도 팔도 서둘렀지만, 물 흐름은 무서울 정도로 빨랐다. 그가 탄
배는 쭉쭉 떠내려갈 뿐이었다. 마침내 중류에 접어들었을 때는 이미
두노섬 하단 낙덕동(落德洞) 숲이 빛처럼 사라져 버린 후였다. 그는 이
를 악물고 더욱더 팔에 혼신의 힘을 다해서 노를 저으면서 일어섰다.
일어서서 노를 저으니 물을 가르는 힘은 한결 더 났지만, 때때로 급류

를 뱃바닥 정면으로 받아서 배가 뒤집힐 듯 비틀거렸다. 비는 더욱더 심하게 내려서 이젠 섬이 보일법도 한데 지척도 분간할 수 없었다.

"순이! 순이야!" 그는 목소리를 짜내 있는 힘을 다해 외쳤지만, 그 것은 소란스런 빗소리 가운데 자취도 없이 사라져버렸다. 그 때 배는 소용돌이 속에 들어간 듯 빙글빙글 회전하기 시작했다, 그는 재빨리 등을 굽히고 주저앉아서, 노를 뒤로 꾸욱 찍어 누르고 전심의 힘으로 위기를 벗어나려 했다. 여울이다. 거의 다 왔어! 하고 부르짖었다. 여 느 때처럼 물결이 빠른 여울, 물오리섬의 상단. 그곳이 홍수로 소용돌 이를 치며 콸콸 흐르고 있었다. 운 좋게 그는 거기에서 벗어날 수 있 었다. 그리고 마지막으로 필사적인 힘을 짜내서, 물오리섬으로 보이는 쪽으로 뱃머리를 향했다. 여전히 눈앞이 잘 보이지 않았다. 팔로 눈가 를 한 번 비볐다. 그의 바로 옆으로 두세 개 호박 너울과 잎, 열매를 얹은 채 지붕이 뒤를 이어 쏜살같이 떠내려가 사라졌다. 그 순간 뱃머 리가 뭔가에 스치며 부딪히는 느낌이 들어 그는 몹시 기뻐하며 손을 내밀어 그것을 만지려고 했다. 하지만, 배는 그 바람에 쑥 밀려 떠내 려가서 손에는 버드나무 가지가 두세 개 잡혔을 뿐이었다. 아아, 섬 가장자리 황철나무 가지의 끝까지 침수된 것이다. 그는 그래도 무언 가 커다란 나무라도 붙잡고 섬 위로 올라가려고 발버둥 치면서,

"순이! 순이!" 하고 외쳤다. 그러나 그와 함께 배는 어느새 섬을 빠 져나가서 다시 탁류 속으로 들어가 버렸다. "순이! 순이!"라고 외친 것도 공허하게 아무런 대답도 없었다. 비가 퍼부으며 내는 소리와 짙 은 안개, 그리고 뼈 속까지 스며드는 듯한 추위만이 대기를 가득 채우 고 그의 작은 배를 휘감았다. 이미 섬전체가 물에 집어 삼켜진 것임이 틀림없었다. 순이는 물에 빠져 떠내려 간 것이리라. 그는 그대로 털썩

배 안에서 쓰러진 채 정신을 잃고 물살에 놀아나는 나룻배 안에 몸을 맡겼다. 그는 남포 바다까지 떠내려가 거기서 증기선에 구조됐다. 두려워하며 벌벌 떨면서 섬에 돌아와 보니, 집도 돼지도 담도 떠내려갔고, 솥과 괭이 그리고 집터 밖에는 남아있지 않았다. 그 후 그는 뱃사람이 돼서 이 노 뱃사공과 같은 범선에 타서, 평양과 진남포 사이를 소금이나 물고기를 싣고 매달 몇 번이나 대동강을 오르내리고 있었다. 그리고 이 물오리섬을 지나갈 때마다, 그는 이 섬에 배를 대고 옛날을 회상하며 순이의 망령과 잠시 동안 속삭이고는 했다. 하늘은 고리대금 영감에게 미륵대신 복수를 해서, 그 홍수 이후로 물오리섬은 모래로 뒤덮여 작물 하나 열리지 않았다.

이렇게 슬픈 이야기도 대충 끝났을 무렵, 달은 중천에 맑게 떴고, 범선은 이미 쑥섬 옆을 통과했다. 섬의 아름다운 숲과 덤불 가지와 잎이 불꽃처럼 달빛을 받고 춤추고 있었다. 강에는 몇 척이나 되는 작은 고기잡이배가 등을 밝히고 닻을 내려 나뭇잎처럼 흔들거리고 있었다. 잠시 답답한 침묵이 흘렀다. 노 뱃사공도 이마가 벗겨진 머리를 번쩍번쩍 빛내면서, 쓸쓸한 듯이 콧노래를 불렀다. 랑은 순이의 슬픈 최후나 이 사내의 불쌍한 신세가 더없이 가슴 아프게 느껴졌다. 그는 지금이야말로 정말로 천애 고독한 몸이 된 것이다. 미륵은 다시 컵에 술을 따르기 시작했다. 생각에 빠진 탓인지 손이 덜덜 떨리고, 술병 아가리가 컵에 닿아 딱딱 울렸다.

"그 후로 어머님과는 한 번도 만나지 못했습니까?" 하고 랑은 부드럽게 물었다.

"아니." 하고 미륵은 사납게 그를 노려보면서 화를 냈다. 노 뱃사공은 난처한 듯이 머리를 긁적거렸다. "내가 왜 만나겠어! 어머니도 아버지나 내가 떠난 바다를 그리워해서 그런 떠돌이 사내와 도망친 것이 틀림없어. 그런데 말이야. 바다는 쓰레기들이 있는 곳이지. 인간 쓰레기 말이야. 나는 바다를 저주해! 물을 저주한다고!"

그러더니 그는 갑자기 그 큰 눈에 갑자기 불을 켜고 혼자서 감정이 복받쳐 오르는 듯 덤빌 듯이 상반신을 내밀었다. "그래. 난 너를 알고 있어! 쳇. 순이가 보고 싶어서 여기에 온 거지! 네 얼굴에 똑똑히 써 있어. 그렇지만 순이는 내 것이야. 알겠어? 내 것이라고! 지금도 나는 순이와 함께 살고 있는 셈이야. 용궁에서 순이가 늘 웃으면서 나를 부르고 있다고! 그리고 이 대동강 위에는 그녀가 발소리를 내면서 항상 나타난다니까." 그러더니 갑자기 고개를 탁 떨구었다. 랑은 잠자코 고개를 끄덕였다.

노 뱃사공은 그 때 한 쪽 범망(帆網, 용총줄)을 잡아당겨 방향을 비스듬하게 잡으면서 혼자 히쭉 웃었다.

"이보게들. 이미 성안이야."

걸식의 묘*

　　대성산(大聖山) 북쪽 자락 장수원(長水院)에 있는 큰어머님 댁에 최근
십 오륙 년 동안 한 번도 찾아뵙지 못했다. 그렇게 때문에 큰어머님의
일흔일곱 회 생신을 축하할 겸 바로 며칠 전 자전거를 타고 가봤다.
평양에서 동북쪽으로 불과 사 리 남짓한 길이었지만 맞바람이 심해서
쉬엄쉬엄 갔더니 두 시간 가까이 걸렸다. 대성산은 고구려왕이 머물
던 성터[王城址] 주춧돌이 아직까지도 꾸불꾸불 길게 산상으로 이어지
는 영봉(靈峰)이다. 게다가 이곳은 널리 민간 신앙과 관련이 깊어, 동명
왕이나 녹족(鹿足)부인을 비롯해 온갖 전설의 발상지이기도 하다.

　　꿈을 좇던 소년시절에는 나도 자주 이 산상에 옛날 기왓장을 주우
러 동무와 함께 오고는 했다. 가능하다면 이번에도 큰어머님 댁에서
좀 쉬고 나서 그곳 조카들을 데리고 산에 올라가고 싶었다. 산 중턱에
는 광법사(廣法寺)라고 하는 커다란 고찰(古刹)이 전각을 쭉 늘여놓고
있었다. 어릴 적 그 산문(山門) 안에 험상궂게 떡 버티고 있는 무서운
사천왕상에 온 몸을 떨었던 추억도 그리워졌다. 고구려 천년의 신비
와 적막함이 감도는 산 위 옛 연못 개울가에 잠시 우두커니 서서 그

＊「欠食の墓」(『文化朝鮮』, 1942.7, 원문 일본어) 삽화 岡島正元.

옛날 북쪽 천지를 말을 내달리던 용감한 옛 무사들의 환영을 보고, 찬연한 고구려 문화의 자취가 남아있는 화문(花紋) 문양의 기와 파편에도 발걸음을 멈추고 보고 싶다고 생각했다.

　대동강의 가느다란 지류에 걸려있는 임원교(林原橋) 부근이 딱 그 중간에 해당하는데 큰아버지랑 아버지 생전에 함께 길을 걸으면서 옛날에는 이 강가에 자주 노상강도가 출몰했다는 이야기를 듣곤 했다. 갑오난리(청일전쟁) 때 청나라 패잔병들이 아버지 집에 불을 질러 다 타버렸는데, 그 때 아버지가 족보와 고서를 등에 지고 이 강 건너편 시골로 몸을 피하려했다고 한다. 아버지는 노상강도에게 붙들려서 갖고 있던 것을 다 털렸는데, 자기 생각에도 너무 허둥대서 동전 한 닢 지니고 있지 않은 것을 깨닫고 깜짝 놀랐다고 한다. 이런 이야기가 새삼 생각났다. 지금은 그 다리가 있는 쪽 강기슭을 지나인(支那人)들이 훌륭한 경작지로 가꾸어 초가 움막에서 남녀 할 것 없이 모두 나와서 수수다발로 밭 주위에 담을 둘러치고 있었다. 좁쌀이나 수수를 심기 위해서 흰옷을 입은 농부들도 소를 몰며 밭을 일구고 있어서 전답은 꽤 북적거렸다. 자줏빛 구름이 길게 끼어있는 저 먼 대성산(大聖山)의 연이은 봉우리도 거의 올려다 볼 수 있을 만큼 가까이 간 곳에서였다. 나는 길옆 국수집 앞에 자전거를 세워놓고 바람을 피하면서 담배를 태우고 있었다. 그 곳에는 장작을 쌓은 한 대의 소달구지가 서 있고 소가 여물통 안의 풀을 씹으며 코로 힝힝 바람을 뿜어댔다. 차부(車夫)는 방안에 들어가 메밀국수라도 먹고 있는 듯 이야기 소리가 새어나왔다. 이윽고 흰 두건을 대충 머리에 두르고 긴 채찍을 찬 서른 너댓 가량의 사내가 국수집에서 느릿느릿 나왔다. 키가 크고 어깨가 벌어지고 기골이 장대한 몸을 짧은 두루마기로 감싼 모습은 너무나도 옛 무사의 모습과 흡사해서 늠름한 느낌이 들었다. 나는 어쩐지 어랏 하고 이상한 생각이 들었다. 사내는 달구지가 있는 곳까지 내려와 장작더미를 여기저기 반복해 눌러 가지런하게 하더니 여물통을 들어 올리면서 나를 잠깐 쳐다보더니 금세 접시만한 눈을 크게 뜨고는 히죽 웃었다. 사실은 나도 그 접시만한 눈과 나팔 같은 코를 보고 비로소 아득한 기억을 더듬어, 처음으로 저 먼 기억 속에서 그가 큰어머님 댁의 머슴 봉삼이라는 것을 떠올렸다.

"큰어머님 댁에 가시는가?"

하고 봉삼이는 예전과 다름없는 무뚝뚝한 목소리로 물었다. 어느새 이럭저럭 십 칠 팔 년 만이구만 하는 내 오랜만의 인사에도 별반 감개가 없는 듯 했다. 그는 출발 준비에 열중하여 내가 물을 때마다 귀찮다는 듯이 짧게 근황을 말해줄 따름이었다. 큰어머님 댁에서 색시를 구해줘 독립하고 나서는 소달구지 차부가 되었다고 했다. 소도 자기 것이라 했다. 그러고 보니 어쩐지 그는 전보다 한 층 자부심과 위엄을 갖추고 있는 듯이 보였다. 옛날에 그가 땔감을 주우러 산에 갈 때에는 땅꼬마였던 나를 곧잘 데리고 송림(松林) 사이를 누비면서, 진귀한 화초 이름을 가르쳐주기도 했다. 또한 으스스한 기담이나 옛날 이야기를 많이 알고 있어서 그 방면의 흥미를 길러 주었고, 또한 그의 고향인 아름다운 시골 이야기를 들려주기도 했다. 그 무렵 그도 스물이 채 안된 소년이었다. 그는 머슴으로 농노와도 같은 처지였지만 비굴하거나 주눅이 든 구석이 조금도 없는 철저하고 완고한 성격을 갖고 있었다. 그런 그를 어린 마음에도 나는 무척 좋아했다. 큰어머님은 상당히 엄하게 일을 시키면서 딱부리 봉삼이, 고아 머슴 놈이라고 상스럽게 욕설을 퍼부었다. 그러면서 그를 소나 말같이 혹독하게 부리려고 했다. 하지만, 그는 고집스럽게 이를 악물고 마음이 내키지 않으면 꿈쩍도 하지 않고, 마음이 움직이면 소나 말을 능가할 정도로 부지런히 일했다. 큰어머니도 속으로는 그를 소중히 여긴 듯 색싯감을 찾아준다는 약속을 다른 구실을 찾아서 늦추려 했다고 한다는 소리를 들은 적도 있다. 아이도 키우냐고 물었더니 그는 소고삐를 당기면서 이렇게 물었다.

"이 소새끼는 많이 낳지 못하지만 마누라는 애를 벌써 넷이나 낳았네."

그곳에서 나도 다시 자전거에 올라타고 작별을 고했는데 왠지 모르게 진심으로 유쾌한 기분이 들었다. 대성산 남쪽 산기슭을 돌아 장수원(長水院)이라고 하는 면사무소가 있는 작은 거리에서부터, 바로 산 뒤쪽으로 잠시 우회하면, 삼방산(三方山)에 둘러싸인 안쪽의 작은 부락이 큰어머니가 살고 있는 촌락이다. 거기는 그야말로 큰어머니의 촌락이라고 해도 좋을 정도로 그곳의 전답은 거의 큰어머니 일가가 소유하고 있었다. 그래서 마을에 많은 소작농을 거느리고 있었으며, 게다가 그녀의 집은 토호(土豪)의 주거지답게 궁궐같이 눈에 띄게 으리으리했다. 자전거를 끌고 느릿느릿 길을 걸으면서 나는 전에 이 마을 장난꾸러기들과 함께 개울과 논 속의 아메리카 새우를 찾아 돌아다녔던 일을 떠올렸다. 그것을 병 속에 넣어 봉삼이에게 보여주면 그는 히히히 이를 드러내고 기뻐하면서 그것들이 날뛰는 모습을 넋을 잃고 바라보고는 했다. 저택 안으로 자전거를 끌어다 놓으려하자 사방팔방에서 오리들이 목을 길게 빼고 소란을 피우고 하양 검정 빨강 등 대 여섯 마리의 개가 달려와서 짖어 댔다. 수십 마리의 닭은 머리를 꾸벅꾸벅 거리며 꼬꼬댁 소란을 피운다. 내일이 큰어머님 생신이라 근처 친척과 사촌누이들도 모였고, 마을 농사군 아낙들도 거들러와 북적거렸다. 부엌 봉당에서는 두부랑 떡을 만든다며 대 여섯 명의 아낙네들이 우왕좌왕하고 있었다. 개 두 세 마리가 뼈다귀를 차지하려고 서로 으르렁거렸고, 방안에서는 만두나 경단을 만든다고 몹시 붐비고 있었다.

새하얗고 덥수룩한 머리에 작은 키의 큰어머님은 한 쪽 구석에서 물레를 돌리고 있었는데, 나를 알아보고는 소맷자락을 붙잡고 기쁨의 눈물을 흘렸다. 하지만 그러는가 싶더니 전과 다름없는 말투로 아들에서부터 며느리 손자들까지 흉을 보기 시작했다. 열심히 일을 하지 않는다, 효성이 부족하다, 저축하는데 소홀하다, 이러한 불평들로 나중에는 돌아가신 큰아버지까지도 흉을 보았고, 결국 그것은 분가하기 전 우리 아버지한테까지 미쳤다. 아버지가 밭에 나가면, 에이 빌어먹을, 두더지처럼 땅을 파먹었다고 떠들어대는가 하면, 호미를 내던지면 그게 밭두렁을 넘어 일정이나 이 정까지 날라 갔다는 식으로 얘기를 했다. 그럼 그렇지 네 아비는 돌싸움 십장이었으니까 하고 말했다. 그러더니 결국 큰어머님은 자기가 이 집을 크게 일으켰고, 또 지금도 집을 지켜내고 있는 것이고 늘어놓았는데, 여기까지 말하는데 불과 삼십분도 걸리지 않을 정도로 조급하게 말을 쏟아냈다. 작은 키에다 허리까지 굽고 잿빛 양 입술을 오물오물하면서 검은 콩 같은 눈을 계속 깜박거린다. 사실 그녀는 놀랄 만큼 일을 했고, 게다가 매정하고 인색한 성품이었다. 소작인들도 상당히 엄하게 다루고 납미(納米, 쌀을 납부)할 때도 근이 어떻고, 가마가 어떻고 하며 다퉈대기 일쑤였다. 곳간의 열쇠는 자기 치마끈에 매달아 아무에게도 건네지 않으며 닭이나 병아리 수는 말할 것도 없이 그 알까지도 하나하나 세어서 기억할 정도였다. 그리고 비라도 내리면 곳간에 들어가 쌀이랑 조 팥 콩을 이쪽 항아리에서 저쪽으로 저쪽 항아리에서 이쪽으로 옮기고 나르고 나중에는 되로 달아보고 저울로 달아보기도 한다. 밤에는 밤대로 베틀을 돌려서 직녀(織女)가 졸지 않나 감시하고, 밤이 깊으면 남몰래 돈다발을 다시 세어 맞춰보기도 한다. 요즘 들어 더욱더 매정해졌는데, 신기하게 이 번 생신에는 어쩐 일인지 잔치준비도 묵인한 것을 보면 왠지 불길한 예감이 든다고 뒤에서 종형들이 수군거렸다. 그런 일이 전에는 없었기 때문이다. 하지만 큰어머님은 이런 말까지 했다.

"생일이면 생일이지 닭이고 고기고 가져왔으면 이 년들 재깍 재깍 돌아가면 될 것을 말이야. 왜 저렇게 구름같이 모여들어서 왁자지껄 떠들어대는 것이야. 그 속을 알 수가 없네. 호호호, 호호호."

나는 듣기에도 진절머리가 나서 고사리를 씹으면서 사랑방으로 나갔다. 거기에서 종형을 통해 요즘 시골 형편을 들을 수 있었다. 요새는 여러 가지가 지주에게 좋지 않아서 실수입이 전보다 훨씬 줄었다고 한다. 이 일대의 밭이 수리조합(水利組合)의 물을 끌어서 논이 되고 난 후에는 잡곡에서 쌀로 바뀌기는 했지만, 조합비랑 비료대금 그리고 공출이나 공판과 같은 각종 비용을 제하고 나면 오히려 옛날이 좋았다는 것이다. 여기저기서 빌린 빚은 늘고 비용도 불어나기만 해서 이런 상태라면 대가족주의를 지탱해 나갈 수 없을 것 같아서 장남부터 점차 분가도 시키려 한다고 했다. 종형은 또한 큰어머님과 싸워서라도 지금 소학교에 다니는 아이를 평양에 보내 실업학교 정도는 졸업시키고 싶다고 했다. 사실 돈 전체를 틀어 쥐고 있는 큰어머니는 손자들 교육을 그렇게 하는 것에는 전혀 동의하지 않았다. 그래서 느긋한 성품을 갖은 오십이 가까운 종형은 자녀 오 형제를 하나같이 동네 소학교에서 졸업시킬 수밖에 없었다. 소작농들은 요즘은 장려금도 나오고 곡물 값도 그렇게 싸지 않기 때문에 옛날보다 훨씬 나은 편이라고 한다. 애기가 나온 김에 봉삼이에 대해서 물어보니 지금은 대단한 신분이 되어 장남은 평양의 중학에 다니고 있다고 했다. 종형은 자네는 아직 모르겠지만, 그래 맞아 십 사 오 년 전 봉삼이 아버지가 너덜너덜한 거지행색으로 이 마을에 아들을 찾아 왔었지 하고 이야기를 꺼냈다. 그에 따르면 봉삼이 아버지는 객실에 완전히 들어앉아 버렸다고 한다. 큰어머님은 그 거지의 뻔뻔함에, 거지를 데리고 꺼져 버려라, 색시도 구해주지 않겠다고 봉삼이를 협박한 모양이다. 일이 여기에 이르자 착한 봉삼이도 질려 버렸는데, 이 거지 노인이 마침 열흘 정도 지나서 덜컥 죽어버렸다고 한다. 이런 연유로 봉삼이는 바로 종형이 주선하여 다른 마을의 양자가 되어 떠났다고 한다. 그런데 그 전에 자기 아버지 묘를 다른 곳도 많을 텐데 하필이면 큰어머니가 진작부터 장차 자기 묘자리로 쓰겠다고 공언했던 장소에 모셨기 때문에 그녀와 크게 다투었던 모양이다. 큰어머니에 대한 분풀이도 있었겠지만 그도 상당히 깊이 풍수설[相地法]을 믿었던 것 같다. 면사무소에서 지정해준 공동묘지에는 거짓으로 매장을 하고 한 밤중에 자기 혼자서 다른 곳에 몰래 묻었다고 하던가. 그것은 정말 봉삼이가 할 법한 행동이라서 나는 무심코 웃음을 터뜨리지 않을 수 없었다.

도대체 어떤 곳이냐고 물으니, 그게 또 대단히 돌이 많은 땅으로 말할 거리도 안 되는데. 마침 봉삼이가 아비 묘를 팔 때에 나온 것 같은 수많은 옛날 토기의 파편이 그 근처에 널려있었다……고 한다. 나도 그건 좀 이상해서 점심을 마치자 바로 조카 둘과 머슴을 데리고 땅을 파는 도구를 가지고 나가 보았다. 마을 뒤편에 송림으로 이뤄진 작은 언덕이 웅크리고 있었는데 거기가 공동묘지였다. 그 일대는 바람도

잠잠하고 햇살도 나른하게 누그러지는 조용한 곳으로 대성산의 급경
사는 뒤쪽으로 품격 있게 빠져나가고, 그 근처 산기슭 일대의 나무숲
은 저녁 해를 받아서 반짝반짝 빛나고 있었다. 멀리 북쪽 산골짜기에
는 근래에 만들었다는 저수지가 보석같이 푸르디푸른 밝은 빛을 낸다.
그런데 이 공동묘지 일대의 파헤쳐 놓은 곳을 자세히 살펴보니 놀랍
게도 이조백자랑 도자기 진사유(辰砂釉)2)가 순박한 가운데에도 상당히
풍미가 있는 것의 파편이 널려 있었다. 아마 전에 이 근처에 가마터가
있었던 모양으로 진흙 덩어리도 파편과 함께 땅속에서 나왔다. 하지
만 접시며 그릇도 완전한 것은 전혀 발견되지 않아서 그것으로 미루
어 보면 옛날에도 일그러진 불량품을 부숴 내버린 것이 묘를 팔 때에
나온 것 같았다.

봉삼이 아비의 묘는 이 공동묘지 언덕에서 조금 떨어진 산기슭 숲
속 안에 높게 돌로 덮여 있었다. 돌은 이끼가 껴서 파랗고 그 옆에 배
나무가 두세 그루, 그리고 주위에는 커다란 밤나무 숲이 가지를 벌리
고 있었다. 또한 종형이 말한 대로 이 묘 위에 백자 파편이 유달리 많
고 거의 완전에 가까운 그릇도 하나 발견해서 기념으로 주웠다. 돌 사
이에는 민들레가 사랑스럽게 피어 있다. 돌을 한두 개 들춰 내려하자
제일 밑의 조카가 놀란 듯이 말렸다.

"작은아버지, 너무 파헤치시면 걸식 뼈가 나와요."

"설마."라고는 했지만 주눅이 들어 나는 조카의 얼굴을 올려다봤다.

"정말이야. 할머니가 한 번 파보았더니 하얀 뼈가 나왔다며 아주
분해했어. 이런 명당(최적의 묘자리)을 봉삼이 놈한테 뺏겨버렸다면서
명당에서는 뼈가 썩지 않는다고도 했어. 그렇지, 형, 그렇게 말했지."

---

2) 주홍색 금속 광물.

"흐음."하고 나는 무심결에 소리를 냈다.

"할머니는 그래서 요즘 매일같이 풍수영감[相地家]을 데리고 이 근 처에서 다른 명당자리를 찾아 돌아다니고 있어요."

하고 위 아이가 말했다.

"작은아버지는 아까 안방에서 못 봤는지도 모르겠지만 큰 관까지 사다 놓고 몇 번이나 기름을 발랐어요."

"큰어머님도 머지않은 것 같군. 그런 걸 보면."

"그래도 명당을 찾아내고 관도 사다두면 안심해서 오래 산대요. 한 번 이 묘 가장자리를 파볼까요."

"그렇구나. 이제 그만두고 돌아가자."

그러고 보니 역시나 이 묘자리는 풍수설에는 딱 들어맞는 명당 같 았다. 성산을 뒤로 하고 왼쪽에 청룡, 오른쪽에 백호도 그 가지 봉우 리로 떠받치고, 앞에는 안성맞춤으로 작은 실개천이 흘러 일위대수(一 葦帶水)를 이뤘다. 게다가 전망은 탁 트여있다. 봉삼이가 요즘 행복하 다는 것도 어쩌면 이 구산택묘(求山擇墓)에서 유래했는지도 모른다고 생각하니 망설이는 마음이 들어 묘를 흐트러트릴 수가 없었다. 더구 나 옛날 도자기의 파편과 돌에 뒤덮인 이 초라한 무덤이 마치 대성산 의 정기를 모조리 다 모은 왕후귀인의 무덤처럼 느껴졌다. 나는 그 때 봉삼이의 옛 무사와 같이 늠름한 풍모를 다시 허공에 떠올리며 그의 일가가 구름을 얻은 용의 기세처럼 행복하게 살 수 있기를 기원하며 그 앞날을 축복했다.

때마침 대성산에서 바람이 좌하고 불어오는가 싶더니 그 정상 위를 황금빛을 받으며 비조(飛鳥) 무리가 날개를 펴고 날아가고 있었다.

제3부

서간집

김사량 서간집*

■ 쓰루가와 다쓰오 앞. (도쿄제국대학 시절 벗. 동인지 '제방' 동인)
　1936년 12월 23일

　도쿄에서는 여러모로 신세를 졌습니다. 출발 할 때 인사도 제대로
하지 못하는 무례를 범했습니다.

　오늘 아침 막 도착했습니다. 군(君)도 며칠 사이에 어딘가로 떠난다
고 알고 있습니다. 정양하게 되면, 더욱 노력하시기 바랍니다.

　어머니는 오늘 아침 저를 껴안고 통곡하셨습니다. 그리고 말했습니
다.

　"시창아 너도 손이 묶여 매달림을 당했냐." 하고요.

　어머니는 옛날 경험으로 이런 무시무시한 상념에 젖어 고뇌했던 모
양입니다.

---

* 본 서간집은 일본에서 출간된 『김사량전집 4』와 그 외 최근에 발굴된 편지를 더해
　번역한 것이다. 전집에 실린 서간집 번역에 쓰인 주석은 얼마 전 타계하신 안우
　식 선생님이 작업한 부분에, 본 번역자가 『김사량, 작품과 연구1』에 쓴 논문 「김
　사량의 동경제국대학 시절」을 참고해서 주석을 달았다. 전집 서간문 원문을 보면
　친구에게 보낸 편지의 어투가 반말체와 높임체로 혼합돼 있는데, 본 번역은 어투
　를 통일하지 않고 원문 그대로 번역한다.

동인 제형에게 안부 전해주시기 바랍니다. 관부연락선에서 수첩을 빼앗겨, 엽서 한 장 보내지 못하게 됐습니다. 왜냐하면 주소도 정확히 모르기 때문입니다.

프라우[1] 씨에게 아무쪼록 안부 전해주세요.

■ 쓰루가와 다쓰오 앞 1937년 1월 8일

새해 복 많이 받으시기 바랍니다.

군이 12월 27일 소인으로 보낸 봉한 편지를 오늘 겨우 입수했습니다. 어머니와 함께 온천을 돌아다녔는데, 여동생의 여대 입시 때문에 어제 경성으로 올라왔습니다. 평양에서 온 여동생이 군이 보낸 편지를 가져왔습니다. 제 서신 왕래는 다소 자유롭지 못 했기 때문에, 군의 화급(火急)을 요하는 하는 편지[2]도 이렇게 늦게 손에 들어왔습니다.

저는 소설을 그만두지 않습니다. 저는 더욱더 강한 의욕에 불타오를 뿐으로, 군의 격려에 감읍(感泣)하고 있습니다.

저는 하루 빨리 짐을 정리해서 우선은 도쿄로 돌아가고 싶습니다. 하루 빨리 집필합시다.

문의한 모든 것에 대해서는 적절하게 해주기 바랍니다. 다만 무리하지 않는 충실한 의욕에 불탄 작품을 쓸 수 있었으면 한다는 점에

---

1) 독일어 Frau. 아내. 처. 부인. 미스 이토. 후일 쓰루가와의 부인이 된 이토 야에코를 칭한다. 당시 두 사람은 결혼 전이므로 김사량의 농담 섞인 어휘라고 할 수 있다. 이토 야에코는 김사량이 모토후지 경찰서에 있을 당시 음식을 넣어주기도 했다고 한다.
2) 석방 후 귀향 중인 김사량에게 쓰루가와가 동인으로서 '제방'에 계속 남아있을지 어떨지를 격려의 의미를 담아서 묻고 있는 편지.

이의는 없습니다. 저는 13, 14일 경에 도쿄에 도착할 것입니다.

경성부 삼각정 61 중앙호텔 구민(具珉)3)

■ 쓰루가와 다쓰오 앞 1937년 11월 25일

도쿄에서는 여러모로 신세를 졌습니다. 아무쪼록 오쿠무라(奧村) 씨 및 여동생 분께 제가 보낼 수 있는 최상의 예를 표시해 주길 바랍니다.4) 제 여동생은 걱정해주신 덕분에 이화여전으로 전학했습니다.5) 여동생도 건강히 잘 지내며 이 일로 기뻐하고 있지요.

우메자와 군도 건강히 잘 지내는지. 신타니(新谷) 등은? 미스 이토(伊藤)씨에게 잘 말해주기 바랍니다.

요즘 평양 기후는 춥습니다. 오늘 아침 일어나니 새하얀 눈이 내리고 있더군요.

나는 여기서 한 달 남짓 머무를 생각이야. 자넨 기무라(木村)6) 선생님 세미나 분담이 정해져 있나. 하는 김에 내 것도 정해주었으면 하네. 여기서 두 달 가량 읽고 리포트라도 써둘 생각이야. 자네도 그렇게 하는 것이 좋을 거야.

무슨 소설이라도 쓰고 있는가. 나는 오늘 신쵸[新潮]를 사서 읽고 있

----

3) 김사량의 펜네임.
4) 오쿠무라는 이토 야에코의 제부.
5) 이 해 김사량은 여동생 김오덕을 데리고 도일했다. 여동생이 제국여전에 입학해서 코이시카와구에서 함께 지냈는데, 가을에 여동생이 서울에 있는 이화여전으로 전학을 가게 되면서 김사량은 다시 혼고로 거처를 옮겼다.
6) 기무라 긴지(木村謹治). 도쿄제국대학 문과 주임 교수로 당시 일본 내에서 독일문학의 권위자였다.

네. <화산회지(火山灰地)>는 수작임이 분명하네. 특히 연극으로 치면 재밌겠네만, 그다지 좋다고는 생각할 수 없네. 신센구미[新撰組]적인 구성이 시시하다고 할 수 있을지도 모르겠네. 그렇지만 4막 시작 부분은 역시 대단히 좋았어. 연극은 아무래도 여자 문제를 떠나서는 성립하기 힘든 걸까. 우메자와 군, 그리고 자네도 서신을 보내주게. 지루해 죽을 지경이야.

조선 평양부 상수리(上需里) 38-1 김시창

■ 우메자와 지로(梅澤二郎) 앞 (도쿄제국대학 시절 벗. 동인지 '제방' 동인)
   1938년 8월 24일

그 후 자당 및 다른 분들은 다들 잘 지내시는지요? 무엇보다 최대한 말씀 전 전해주길 바랍니다.

요즘 도쿄는 매우 덥겠지요. 저는 (평양) 교외 쪽(모란대 뒤의 원시림이 우거진 곳)에 와 있습니다. 느긋하게 낮잠을 즐길 수 있어서 좋습니다만, 밤에는 모기 때문에 대단히 괴롭습니다. 이 쪽 모기는 전투기처럼 날아다니며 굉장히 투지에 불타있습니다. 학교는 이제 다 끝났습니까. 매일같이 도쿄 근황을 묻고 싶었습니다만, 어째선지 붓을 드는 것이 내키지 않아서 그 상태로 지내왔습니다. 무라야마(村山)[7] 씨는 20일에 돌아갔습니다. 경성을 시작으로 평양에서도 제법 춘향을 찾아다녔습니다만, 꼭 맞는 인물이 없었던 모양이지요. 생각해 보니 춘향을 몰래

---

[7] 무라야마 토모요시(村山知義). 1938년 무라야마가 이끄는 신협극단(新協劇團)은 장혁주 각색의 <춘향전> 조선 공연을 계획했다. 그 준비를 위해 우선 조선을 방문한 무라야마가 평양을 떠났다는 것을 가리키고 있다.

물색하는 척 하고 제 아내를 후보로 소개시키고 출연료나 듬뿍 가로 챌걸 그랬나 바래봅니다. (큰 웃음)

제 아내 후보 이야기가 나온 김에 말씀드립니다만 꽤 자랑을 해둘까 합니다. 모쪼록 자당에게는 말씀하시지 않길 바랍니다. 그녀는 맞선을 보러왔을 때, 어째서인지 안경을 벗고 나와서, 저는 정말 놀라서 두 손 두 발 다 들어버렸습니다. 그렇게 처음 만난 것이 영향을 미쳤는지, 저는 위엄을 완전히 잃어버렸습니다. 그래서 지금은 작은 와이셔츠마저도 잘 어울리지 하며 감탄해 하며 물을 정도로 한심하게 됐습니다.

제국문학(帝國文學)[8]은 그 후 어떻게 됐습니까. 시마부쿠로(島袋)[9] 형에게 편지를 보낼 생각이었지만 이미 고향으로 떠나신 것으로 보여 묻지 못했습니다. 예술소극장(藝術小劇場)[10] 공연이나 그 후의 비평 등은 어떻습니까. 쓰루마루 군 부부도 건강하지요? 지금 엽서라도 써서 함께 보내려고 생각합니다.

신협의 <화산회지(火山灰地)> 공연은 보셨는지요.

되도록 도쿄에 대해 써서 촌뜨기인 제 호기심을 만족시켜주시기 바랍니다.

졸업논문에 대해서는 이미 생각 중인가요. 저는 무엇 하나 손에 잡히지 않고 닥치면 그 때 하려고, 상경 후로 미루고 있습니다. 영화 시나리오 구상은 좀 구체화 됐는지요. 꼭 훌륭한 것으로 완성해 주시기

---

8) <제방> 등 몇 개의 동인지를 통합해서 <제국문학>으로 재출발할 계획이 있었던 모양이다. 하지만 실현되지 못했다.
9) 우메자와 지로와 같은 숙소에 있어서 김사량과도 교류가 있었다. 시마부쿠로는 우메자와와 국문과 동급생이며 또한 <기항지(寄港地)>의 동인이었다.
10) 일본에서 1937년 결성된 극단.

바랍니다.

그럼 안녕히.

여러분 일동에게도 요로시쿠(四六四九).[11]

평양부 상수리 32-1 김시창

■ 쓰루마루 다쓰오 앞. 1939년 1월 13일.

친애하는 쓰루마루 군.

요즘은 어떻게 지내고 있습니까? 아내 분도 건강하실 것으로 믿습니다. 소생의 논문은 나카지마 군(<제방> 동인)이 제출해 줬습니다만,[12] 군의 논문도 문제없이 정리됐을 것이라 생각합니다. 제 신혼의 꿈, 지금껏 오류일에 지나지 않습니다.[13] 어쨌든 다른 것은 상상에 맡기겠습니다. 이런저런 일로 이게 꿈인지 생신지 잘 모르겠습니다. 매일같이 초대 모임이 끊이지 않고 있어서 두 손 두 발 다 들었습니다. 조금 감기 기운이 있습니다. 어떻습니까. 군도 좋은 작품을 많이 쓰고 있는 중이겠지요. 나도 슬슬 시작해 볼까 합니다. 추오코론[中央公論]은 안 되겠더군요. 역시 군은 신문사 혹은 출판사에 들어갈 생각입니까. 나는 앞으로 일 년은 고투해볼 작정입니다. 취직 때문에 군도 여러모로 고민하고 있겠죠. 정말 동정해 마지않습니다. 우메자와 군이 조선

11) 잘 부탁합니다.
12) 김사량의 졸업논문 테마는 <낭만주의자로서의 하인리히 하이네(Heinrich Heine als Romantiker)>로, 나카지마 요시토(中島義人)가 소유하고 있던 타이프라이터로 쳐서 제출해 줄 것을 의뢰했다고 한다.
13) 1939년 1월 6일 평양 소재 정현(亭峴) 교회당에서 김관식 교사 입회로 김사량은 최정옥과 결혼했다.

에 오는 것은 그다지 어려워 보이지 않습니다. 형님14)에게 여쭤보니 교학국(教學局)에서 알선해 주겠다고 하더군요. 그런데 우메자와 군의 주소를 잃어버려서 통지도 하지 못하고 있습니다. 게다가 도쿄를 떠나는 날 꼭 군을 찾아가서 이력서라도 받아오려고 했지만, 짐을 싸다가 그러지 못했습니다. 그런데 어제 군은 시마부쿠로 군에게 우메자키(梅崎)15) 군의 주소를 나를 위해 물어봐줬다고 했지요. 그 때 내가 우메자와 군을 아마도 우메자키 군이라고 글자를 잘 못 썼던 것이겠죠. 여러모로 미안하게 됐습니다. 우메자와 군에게 그렇게 전해주세요. 그리고 이력서를 제 주소로 두세 통 보내달라고 전해주기 바랍니다. 사실 조선은 요즘 외부 정세에 너무나도 중압되어 있어서, 정말로 재미가 없다는 점도 참고조로 써둡니다. 우선 꼬맹이들이 카키 색 국방복을 입지 않으면 중학교에도 전문학교에도 통학하지 못합니다. 그리고 구주(驅走, 구보)를 해야 할 필요가 있습니다. 왜냐하면 매일같이 신사참배를 위해 이른 아침 구보 경주를 해야 하기 때문입니다.

도쿄도 꽤 추워졌지요. 평양은 정말 두 말할 필요도 없는 정도입니다. 눈이 매일같이 내려서 녹는 것도 잊고 있습니다. 목도리가 새하얗게 됩니다. 숨이 얼어버려서랍니다. 특별히 건강에는 주의하시기 바랍니다. 아내 분이 무사히 해산16) 하시길 기원합니다.

평양부 상수리 38-1 김시창

---

14) 김사량의 형 김시명(金時明). 교토제국대학 법학부를 졸업하고. 지방관리를 거쳐 조선총독부 황해도청에서 일했다.
15) 우메자키 하루오(梅崎春生)는 김사량과 같은해 도쿄제국대학에 입학했으며, 친교가 있었다.
16) 스루마루의 장녀.

■ 우메자와 지로 앞. 1939년 3월 25일.

갑자기 출발해서 여유를 갖고 말씀을 나누지 못했습니다. 자당을 비롯해 가족 분 일동에게도 실례를 범했습니다. 군은 언제 이쪽으로 올 수 있습니까. 기다리고 있습니다.

지금 북경을 향해 급히 여행을 떠나게 돼서, 이 편지를 기차 안에서 확인하고 있습니다.

현재로서는 고향에 다시 돌아갈 예정으로, 이른바 만유(漫遊)랍니다. 그럼 안녕히. 다시 만날 날까지.

평양부 상수리 38-1 김시창

■ 쓰루마루 다쓰오 앞. 1939년 3월 28일.

북경은 정말 나이스 플레이스입니다. 그리고 여러 가지 생각을 하게 만드는 곳이지요. 말로 하지 않고서는 표현할 수 없는 것들이 많습니다. 나는 명소와 구 유적을 보는 것으로부터 멀어져서 주로 지나(支那)인들이 사는 빈민가를 돌아다니고 있습니다. 나는 그곳에서 한 가족에게서 방 하나를 빌렸습니다. 생각보다 말이 통하기 때문에 이런저런 이야기를 알아 들을 수 있습니다. 그리고 어제 무서운 것을 봤습니다.17) 여기에는 쓸 수 없습니다.

북경 성외에서

김사량

---

17) 김사량의 수필 <에나멜 구두와 포로> 등에 쓰고 있는 아편굴이 아닐까 추정된다.

■ 쓰루마루 다쓰오 앞. 1939년 4월 12일.

어찌 지내십니까. 편지라도 보내주기 바랍니다. 나는 신문사(조선일보사)에서 불러서 북경 생활을 정리하고 5일부터 그곳에서 일하고 있습니다. 군이 신문사[18]를 그만둔 것은 현명한 판단이었다고 생각합니다. 신문기자는 의사를 갖고 있는 기계입니다. 오히려 그냥 기계이고 싶습니다. 왜냐하니, 어떠한 의사를 갖고 움직일 때는 지치게 됩니다. 우메자와 군은 홋카이도에 갔습니까. 나는 가을에라도 돌아갈까 생각 중입니다. 내 졸업증서도 나왔습니까?

　경성부 태평로 조선일보 학예부
　김사량

■ 쓰루마루 다쓰오, 야에코 앞. 1939년 4월 30일.

정말 실례를 범했네. 군이 16일자로 봉한 편지가 최근 학예부에 산처럼 쌓인 원고용지를 정리하던 중 느닷없이 튀어나왔지 뭔가. 바로 답장도 내지 못했네. 정말 미안해서 어쩌지.

편지를 보니, 군도 꽤 기력을 되찾은 것 같아서 정말 기쁘네. 나도 이제부터 정말 힘을 내려 하고 있네만, 신문사라는 곳은 힘을 내려고 해도 그럴 수 없을 정도로 바쁘다네. 힘을 낼 여유가 없어.

졸업증서 일로 여러모로 걱정을 끼쳐서 미안하네. 동봉한 카드(이건 가쿠다관[角田館]에서 회송돼 지금 갖고 있네)나 신분증명서를 보내려고 하

---

18) 讀書新聞社.

니 서비스 해주시게나.

내가 지나에 간 것은 정말 만연(漫然)[19]한 상태였기 때문이야. 요전 에는 대륙개척펜부대[20]라는 것이 신문사에 인사차 와서 학예부에서 맞이했는데, 이 무리가 만연하지 않다는 것은, 나와는 달리 원고를 팔 러 가는 것이 확실하니까. 지나에 가서 특히 느낀 것은 그들의 위대함 이 오늘날 그네들의 멸망을 예약했다는 것이야. 언어만 봐도 실로 위 대하네만, 지나치게 소리를 치지 않나. 성(城)만 해도, 고궁만 해도 위 대하네만, 요컨대 너무 지나치게 크다 이 말일세. 자넨 지나 목욕탕에 가본 적이 있나. 목욕탕에 가서 특히 이러한 것을 느꼈다네. 정말 부 자들에게는 안성맞춤으로 만들어져 있지 않나. 때도 밀어주고, 마실 차도 내오고, 침대에서 잠도 잘 수 있고, 손톱까지 깎아준다네. 안마 도 해주고, 귀청소도 해주는 식이야. 그런데 고귀함을 잃은 생명이 얼 마나 많은가. 즉, 지나인의 개인주의 그 개인주의라는 것은 바로 이것 을 말하네. 왕, 부자, 모두 위대한 개인주의자임이 틀림없네. 자넨 그 유명한 지나 양차(洋車)가 범람했던 것을 알고 있겠지. 그 사람들 평균 수명은 양차를 끌기 시작한 후로 따져보면 9년 정도라고 하지 뭔가. 그건 정말 슬로모션 자살이 아닌가. 난 북경에 말 그대로 놀러왔네만, 여기에 와서 특히 조사해보고 싶어진 것이, 내 동포들의 생활 상태라 네. 여전히 비참했어. 이 점은 다음에 만나서 천천히 얘기하세. 어쨌 든 먹고 살기 힘들어진 그들이야. 그리고 상매매로 그 지방 사람들과 경쟁하는 것은 도저히 힘들다네. 게다가 금전에 여유도 없지. 그러니

---

19) 목표의식이 없이 멍한 상태.
20) 황군위문조선문단파견대. 김동인, 박영희, 임학수 등 3명이 1939년 4월 12일부 터 5월 13일까지 대략 한 달간 북지를 돌아다녔다.

까 대체로 아편 밀상(密商)을 하고 있더군. 내가 도착한 날 신문에도 천진(天津)에서 일본인과 조선인 밀조단(密造團)이 검거됐는데, 내 기분만 놓고 보자면 헌병대에서 엄하게 단속해 주길 바랬어. 북경에는 사변 후, 간판을 내고 있는 아편 흡입상(吸入商)이 많아졌다고 하네. 장제쓰 정권 때는 지나 사람들이 아편을 팔면 천교(天橋)라고 하는 교외에서 가차없이 목이 베였다고 하더군. 지금은 그런 의미에서 보자면 아편쟁이들이 새로운 정권을 구가하고 있다고도 말할 수 있을지도 몰라. 아편은 누가 뭐라 해도 금지하지 않으면 안 되네. 예전 영국이 보여준 모범을 설마 따라하려고 하는 것은 아니네만.

그런데 자네 있는 곳의 원더포겔 군은 정말 재미있는 녀석이 아닌가. 자넨 이제 그 잡지(잡지 <보행(步行)>)을 편찬한다며. 꼭 한 부 보내주시게. 보행회라고 했나. 자넨 정말 건강한 곳에 들어갔지 뭔가. 느긋하게 하시게나. 자네가 하이킹 전문이 됐다니, 조금 멋을 부린 것은 아닌가. 하지만 자네의 건강을 생각하면 축복하고 싶은 새로운 종류의 직업이 아닌가. 의지가 있는 기계를 잘 조절하시게나. 이번에 보내준 편지를 받고 자네의 사정을 잘 알 수 있어서 기뻤다네. 자네가 언젠가 그곳의 주임이 돼서 전화 따위 떼어 버리도록 하시게. 전화 때문에 자네도 꽤나 곤란한 모양이지. 나도 전화를 받기는 하지만 대체로는 대강대강 넘어간다네.

"아 그러십니까. 알겠습니다."

나는 꿈적도 하지 않아. 상대방이 묻고 있을 때도 그렇게 말해서 끊어버리니까. 그러면 상대방은 화가 잔뜩 나서 펄쩍 뛰어. 그 때도,

"아 그러십니까. 알겠습니다." 하고 일관하네. 자네도 내 모범을 따르시게나. 하나하나 구애돼선 몹쓸 일이니까. 그리고 중대한 일로 상

대방이 화를 내면 음… 이렇게 말한다네.

"아 이거 혼선이 된 것 같습니다. 잘 들리지 않습니다. 다시 한 번, 에, 뭐라고요. 그거 참 곤란하게 됐군요. 아 하나도 들리지 않습니다."

우메자와 군 일은 정말로 유감스럽게 됐네. 그렇다면 조선 어딘가로 와도 좋았을 텐데 말이야. 하지만 후지사와[藤澤] 중학교가 도쿄에서 가깝다니 그건 정말 편리하지 않나. 안성맞춤이라 할 수 있어. 시마부쿠로 군과는 서신 교환이 없어서 전혀 모르겠네만, 시청(도쿄시청)에서도 활발히 지내고 있겠지. 사와히라키(澤開) 군이나 나카키(中木) 군에게도 언젠가 소식을 보내려고 생각하고 있네.[21] 모두 건강하겠지.

게다가 자네의 귀여운 아이, 유코(庾子)는 제법 자랐겠지. 도쿄를 떠날 때, 자네 집에 놀러가지 못했던 것이 대단히 유감스러웠어. 게다가 도쿄 지사로 바로 들어갈 수 있다고 생각했는데 이렇게까지 견습 생활을 해야 하다니 괴롭네. 하루라도 빨리 도쿄로 가고 싶다는 생각으로 가득해. 여기서는 도무지 쉴 시간이 없어. 책도 쉽사리 읽지 못하고 있지. 여기 조사부에 다양한 종류의 책이 있음에도 말이야. 아내 분에게도 모쪼록 잘 전해주시게. 요즘 평양에서 새롭게 집을 짓고 있기 때문에 그것 때문에도 여러모로 서두르고 있다네. 경성 부근의 사과밭이라도 사서 (도쿄에서 돌아온다면) 도락을 즐기고 싶네. 샐러리맨은 아무래도 어깨가 결리고, 기력이 나질 않아서 곤란해. 자네도 어지간히 아부를 못 떨어서 곤혹스러운 모양일세, 나는 이렇게 하고 있다네.

"아 그러십니까. 그렇게 합지요."하고 말이야. 그래놓고 눈곱만치도

---

21) 사와히라키 스스무(澤開進)는 <제방> 동인. 나카키 켄(中木堅)은 도쿄제대 독문과 동급생.

그렇게 하지 않는다네. 그러면 또 상대방은 또 달려든다네.

"아 그랬었죠. 앞으로 주의하겠습니다."

그렇게 되면 상대방이 질식할 듯이 숟가락을 집어던진다네. 게다가, 우선 당분간 부장보다 먼저 퇴근을 하는 것이 좋네. 나는 그러한 주의를 갖고 생활하고 있어. 그것은 부장들이 훌륭한 책임자이고 나는 그저 그 밑에 고용된 것에 지나지 않으니까. 그렇게 대하면 부장들도 자기들의 위대함에 내가 경의를 표한다고 생각하고 기뻐하지. 내가 일하는 부서의 부장은 이러한 부류의 인간이야. 대체로 어떻게 돌아가는 것인지 짐작이 갈 걸세. 즉, 이것은 멍청이 포겔(전술한 원더포겔 군을 빗댐)이라고 할 수 있지.

내가 또 편지를 보내겠네. 앞으로 일 때문에 바빠질 것 같아. 일, 일…… 무엇을 위함인지는 모르겠네만, 요컨대 일이라네. 학예부에서 내 일은 "조선학의 외인부대" 방문과 "네가 만약 첫사랑이라면"라는 것을 여배우 스타나 문예가를 찾아서 쓰게 하거나, 평사원을 찾아서 "네가 만약 은행 주인이라면"이라는 제목으로, 그 은행의 내막을 까발리고(이 기획이 화근이 돼서 그 쪽 중역에게서 항의가 들어왔지 뭔가. 모욕을 당했다나. 그래서 더욱더 이 기획은 인기가 있다네). 그밖에도 이와 비슷한 오락기사도 쓰고 있다네. 무언가 재밌는 생각이 난다면 알려주시게. 이런이런, 장사치다운 부탁을 하고 말았네 그려.

그럼 안녕히.

조선 경성 조선일보 학예부
김사랑

■ 쓰루마루 다쓰오 앞. 1939년 5월 17일.[22]

　나는 결국 이곳을 그만두고 나가게 됐습니다. 그래서인데 한 가지 부탁이 있습니다. 요전에 그러한 결심을 하고 사무실(도쿄제국대학 문학부 사무실)에 대학원 진학에 대해 부탁을 하자, 기무라 교수가 면회를 하고 싶어 하니 한 번 와서 수속을 마치지 않겠냐고 합니다. 그래서 기무라 선생에게 바로 항공 우편으로 부탁을 드리자, 면회를 하자고 한 것은 연구 제목에 대해서니, 시간이 날 때 오면 된다는 답장이 왔습니다. 그래서 지금 이 편지와 함께 사무실에 항공 우편을 보내서, (지금까지 부탁을 해왔던 것입니다만) 할인권과 신분증명서를 보내달라고 해주세요. 그러니 군이 한가할 때 한 번 사무실에 출두해서, 제가 근무중인 신문사를 그만두고 오려고 하니, 어떻게 안 되겠냐고 한 번 부탁을 해주지 않겠습니까. 아시다시피 신분증명서가 없을 경우 여행권(도항증명서)을 갖고 가지 않으면 안 되고, 그러기에는 비용도 더 들뿐 아니라, 성가신 것은 물론이고 지체가 되기 때문입니다. 입학원서가 수리 가능하면 보낸다고, 어제 사무실에서 답장이 왔으니, 군이 가서 이렇게 말해주면, 문제없을 것이라 봅니다. 혹시라도 기무라 선생님과 꼭 면담을 해야 한다면, 그것 또한 참고 만나주시지 않겠습니까. 간절히 부탁합니다. 신분증명서가 오면(어떻게든 다음날 편으로) 바로 떠날 작정입니다. 게다가 사무실에 갈 때에는 내 사진이 있으면 가져가서, 신분증명서에 붙여주시지 않겠습니까. 여러모로 미안합니다. 도쿄에서 만나는 날까지.[23] 이 편지는 도나도(ドーナード) 씨를 조

---

22) 이 편지는 히라가나 부분을 가타카나로 표기한 것이 특징이다.
23) 1939년 6월 6일부 쓰루마루 부인이 남편에게 보낸 전보에 따르면 "김 상이 왔음. 끝나면 바로 돌아올 것."이라는 내용이 남아있다고 한다.

선호텔에서 신문사 일로 인터뷰하고 나서 돌아가는 길에 쓰고 있습니다.

경성 조선일보 학예부
김사량

■ 어머님께 드리는 편지[24]

사랑하옵는 어머니

역시 제 소설 「빛속으로」는 아쿠타가와상[芥川賞] 후보작으로 문예춘추에 실려 있었습니다. 그 살갗을 에는 듯한 이월의 차가운 바람이 마구 불어대던 평양 역 앞에서, 감기가 걸린 듯한 제 몸과 도착할 곳에 대해 여러모로 염려하시면서 "어서 타거라. 어서 타렴." 하며 재촉해서 탄 오전 특급 '노조미'가, 열두시 경에 신막(新幕)[25]에 잠시 정차했을 때, 제가 산 오사카아사히[大阪朝日][26]에 그 잡지 광고가 실려 있

---

24) 이 편지는 일어로 쓰여진 「母への手紙」(『문예수도(文藝首都)』 1940.3, 4월 합병호)이다. 『문예수도』 해당호를 구하지 못해서 이 작품만 예외적으로 일본에서 출판된 『김사량전집4』를 저본으로 해서 번역했다. 이 편지는 『김사량, 작품과 연구2』 수필 챕터에 수록하였으나, 4권을 내면서 서간집에 재수록한다.
25) 황해도 서흥군에 있는 읍.
26) 『오사카아사히신문』은 1879년 발행된 『아사히신문』이 1889년 오사카 본사 발행의 신문을 개칭한 것이다. 1940년 9월에 『오사카아사히』와 『도쿄아사히』가 제목을 『아사히신문』으로 통일하게 된다. 『오사카아사히』는 당시 중국대륙의 '북지(北支)' '만주(滿州)' 및 조선에서도 지역별 판을 발행했다. 『오사카아사히』 북선판(北鮮版), 남선판(南鮮版), 중선판(中鮮版), 조선남북판(朝鮮南北版) 등이 그것으로 1939년 5월부터 12월까지 발행됐다. '만주판'은 1935년부터, '북지판'은 1938년부터 발행되서 각기 조선판과 마찬가지로 1939년 12월에 마감된다. 김사량이 본 『오사카아사히』는 발행시기로 봤을 때 내지판이었을 것으로 보인다.

었습니다. 저는 역시 그 광고를 일종의 흥분과 긴장 속에 펼쳐보고, 과연 내 소설도 실려 있다고 마음속으로 외쳤습니다. 제 소설 광고 색인 아래에는, 사토 하루오(佐藤春夫)27)라고 하는 작가의 비평으로, "사소설 가운데 민족의 비통한 운명을 충분히 짜낸 작품"이라는 식의 글이, 괄호 속에 들어있었습니다.

"이것으로 된 것인가. 이것으로 된 것인가."

저는 자신에게 말했습니다. 아마 그때도 상당히 열이 있었던 것 같습니다. 문예춘추에 자신의 작품이 실렸다는 것에 새삼스럽게 마음이 흐트러진 것은 아니었습니다. 왜냐하면 거기에 실린다는 것은 야스다카 도쿠조(保高德藏)28)씨의 전보를 받고, 이미 전부터 알고 있었던 까닭입니다.

사랑하옵는 어머니, 저는 생각했던 겁니다. 정말로 제가 사토 하루오씨가 말하고 있는 것을 쓴 것인지. 무언가 저는 일개 소설을 쓴 것이 아니라, 무언가 커다란, 큼직한 야단법석 가운데서 스프링에 튕겨져서 튀어나간 것처럼 가슴이 답답해 오는 것을 느꼈습니다. 적어도

27) 사토 하루오(1892~1964)는 일본의 소설가이며 시인이다. 1909년에 서정시를 통해 데뷔한 이후, 왕성한 활약을 펼쳤다.
28) 야스다카 도쿠조(保高德藏, 1889~1971)는 오사카에서 태어났다. 1907년 경성에서 석탄수입상을 하던 아버지 도쿠마쓰(德松)의 부름으로 조선으로 가게 된다. '제1회 개조사 현상소설'에 당선되어 문단에 등장한 후, 1933년 『문예수도』(1933.1~1970.1)를 주간하며, 김사량 장혁주 등 조선인 출신 작가들과 친교를 맺는다. 그는 곧잘 "조선은 내 마음의 고향"이라고 말했다고 한다. 그의 지원으로 김사량과 장혁주가 일본문단에서 보다 쉽게 정착한 것만은 사실이다. 특히 1939년 김사량이 장혁주의 소개장을 가지고 그를 방문해 『문예수도』의 동인된 시점을 기점으로, 그는 김사량이 일본문단에서 활약할 수 있도록 물심양면으로 후원한 후견인으로서의 역할을 했다.

그 순간 그렇게 쓸데없는 걱정을 했던 것입니다. 저는 본래 자신의 작품이면서도, 「빛속으로」는 마음이 후련하지 않은 무언가가 있었습니다. 거짓말이다, 아직도 나는 거짓을 말하고 있는 것이라고, 쓸 때조차 저는 자신에게 말하고 있었던 것입니다. 나중에 그 점에 대해서 선배와 친구들에게 여러모로 지적을 받았습니다. 저는 입을 다물고 있을 수밖에 없었습니다.

사랑하옵는 어머니

저는 격렬한 기차의 요동 속에 몸을 싣고, 여러 가지 일들을 생각해 보았습니다. 그리고 조금이나마 동경에서 글을 쓸 수 있게 된다고 생각하자, 두려운 마음이 들었습니다. 제가 처음으로 이 기차에 몸을 실은 것은 열일곱 살 무렵, 추운 십이월이었습니다. 어머니 홀로 저를 작은 역까지 사람들의 이목을 피해서 전송해주었습니다. 저는 그 때 오년간 다니던 중학교의 단추는 하나도 달지 못했고, 모자도 쓸 수 없었습니다. 어머니는 제 머리에 숄을 감싸주면서 우셨습니다. 저 또한 와악 하고 울었습니다. 중학교를 나오면 바로 북경의 대학에 가서 거기서 미국으로 건너가려던 제가, 남방(南方)으로 가는 기차에 타고 있는 것입니다. 이 또한 소년적인 반발의 하나이겠는지요. 고등학교에 진학한다는 애타는 마음만이, 사람들 눈을 피하지 않으면 안 되었던 저를 대담하게도 기차에 태웠던 것입니다. 기차가 떠날 때 어머니는 제게 등을 돌렸습니다. 하지만 이번에 제가 떠날 때는 제가 고교에 들어갔을 때 보다도 기쁘다고 말씀하셨지요, 저는 그 말씀을 아무리 해도 잊을 수 없습니다. 자기 혼자 무얼 그리 흥분하고 있냐고 하는 분도 계시겠지요. 사실 그 탓도 있겠습니다만, 저는 현해탄을 건너는 삼등선(三等船) 속에서 더욱더 지독하게 열이 나서, 시모노세키에서 탄

기차 속에서는 거의 앓아누울 정도였습니다. 하지만 저는 그렇지, 지금부터는 보다 더 사실된 것을 쓰지 않으면 안 된다 하고 몇 번이고 스스로에게 말했습니다.

사랑하옵는 어머니

삼월 육일 밤이 아쿠타가와상 수여식으로, 저도 문예춘추사 초대로, 야스다카 도쿠조씨와 함께 레인보우 그릴이라는 곳에 갔습니다. 그 때의 일을 말씀드리겠습니다. 연회장은 상당히 훌륭한 곳으로, 선고(選考) 위원을 비롯해서 여러 문학자들이 보였습니다. 드디어 시간이 돼서 만찬 테이블에 이열로 마주보고 앉게 되었습니다. 저는 다만 수상자인 사무가와 고타로(寒川光太郞)[29]씨에게 마음에서 우러나는 축하인사를 보내려고 온 것뿐이므로 한 구석에 얌전히 앉아있는데, 구메 마사오(久米正雄)씨라고 하는 분이 저를 중앙에 있는 사무가와씨 옆자리로 막무가내로 가라고 하는 것이었습니다. 저는 하는 수 없이 야스다카씨의 옆자리를 떠나서 사무가와 씨 옆으로 갔습니다. 역시 상상했던 것처럼 사무가와 씨는 제가 마침 조선으로 돌아가기 전날에 어느 선배 집에서 만났던 사람임이 틀림없었습니다.

"의외로군요." 하며 우리들은 마주보며 웃었습니다. 이 분은 선배이기도 하고, 문학적 수양에서 봐도 물론 저보다 훨씬 위이며, 제가 가는 소설의 길과는 대조적인만큼, 여러모로 배울 점이 많으며, 굉장히 겸손한 사람이었습니다. 씨의 앞 쪽에 기쿠지 간(菊池寬)이라는 분이 앉아있습니다. 소설가이며 또한 문예춘추사의 사장입니다. 두 분 다 키가 작고 살이 쪄서, 실례인 것을 알면서도 조금 명콤비라고 생각했

---

29) 사무가와 고타로(1908~1977)는 홋카이도 출신인 소설가로, 1940년 『밀렵자(密獵者)』로 아쿠타가와상을 받는다. 사할린에 관한 작품이 많다.

습니다. 하지만 처음에는 아무리 생각해도 제 자리가 거북해서 어쩔
바를 몰랐습니다.

저는 어지간히도 무언가 공개된 곳에서 상을 받게끔 생겨먹지 않았
던 것이겠지요. 소학교를 졸업할 때를 언뜻 떠올렸습니다. 졸업식 예
행연습 때 우등상을 받는 연습을 시켰지만, 결국 당일에는 받지 못했
었지요. 아무래도 그 때 일을 떠올려보면 이 자리가 우스워서 어찌할
바를 모르겠습니다. 게다가 사무가와 씨 옆자리에는 사할린에서 온
그의 아버지가 앉아계셨습니다. 저는 그 때 어머니 당신을 떠올리며,
그리고 고등학교를 졸업할 때도 또 작년 대학을 졸업할 때도 졸업식
에조차 가지 않았던 것을 떠올렸습니다. 저하고 비스듬한 방향에 있
는 야스다카 씨가 미소를 띄우더군요. 저도 무심코 어린아이처럼 웃
어버렸습니다.

그런데, 어느 틈에 기쿠지 간 씨의 스피치가 시작됐습니다. 씨는 상
당히 유머러스한 어조로, 저한테 상을 주려던 의견을 자신이 강하게
반대해서 무산이 됐지만, 이렇게 두 사람이 나란히 앉아있는 것을 보
고 있자니 역시 무언가 주고 싶은 마음이 일어난다고 저를 격려하면
서 마무리를 했습니다. 그건 제게 결코 나쁜 기분이 드는 말이 아니었
으며, 또한 소학교 졸업식 일을 떠올리게 했습니다. 그리고 디저트 코
스에 들어가서, 조선의 초인형(草人形)[30] 과 같은 느낌이 드는 구메 마
사오씨가 일어나서, 사무가와 씨의 작품을 칭찬하고 또한 제 소설에
대해 여러모로 칭찬을 하고, 지난번「코시야마인 기(コシヤマイン記)」

---

30) '초인'은 '제웅'이라 하며 짚으로 만든 사람 모양의 물건이다. 음력 정월 열나흘
　　날 저녁에 제웅직성이 든 사람의 옷을 입히고 푼돈도 넣고 이름과 생년을 적어
　　서 길가에 버림으로써 액막이를 하거나, 무당이 앓는 사람을 위하여 산영장을
　　지내는 데 쓴다.

와 「성외(城外)」 때는 두 사람이 수상했던 만큼, 이번에도 공동으로 수상했어야 한다고 말할 때, 더욱 더 겸연쩍어서 어찌할 바를 몰랐습니다.[31]

그 후 그 사회자 지명으로 야스다카 도쿠조씨가 일어서서 저에 대해 좋은 말로 소개를 하고, 어머니 당신이 굉장히 기뻐하셨다는 것을 전해주셨습니다. 다만 이 날 사회자인 나가이씨(永井氏)[32]의 이야기를 듣고 알았는데, 야스다카씨는 이번에 저 때문에 큰일을 겪었다고 합니다. 문예춘추사가 요청해서, 제 「빛속으로」가 게재된 문예수도를 열부 정도 보내기 위해서 자동차에 탈 때, 잘못해서 문에 머리를 부딪쳐서 선혈이 뚝뚝 떨어지는 상태로 오사카빌딩(문예춘추 소재지 – 역자주)까지 올라갔다고 하는 것입니다. 자신이 덜렁대서라고 몇 번이고 말씀하셨지만, 뭐라 해야 할지 모르는 기분이 들었지요.

어쨌든 저는 그 날 상당히 행복한 기분이었습니다. 누구나 아쿠타가와상을 받게 되면, 자신은 놀라서 당황했다고 말하는 모양인데, 저는 의외로 제게 준다고 해도 당황하지 않겠다며 다소 기대를 하고 있었기 때문에, 다소 유감이었습니다만, 여러 분들이 말씀하셨듯이 역시 어쩌면 딱 걸맞은 행운인지도 모르겠다는 기분이 들었습니다. 나중에 일어선 이시카와 다츠쵸(石川達三)라고 하는 젊은 작가도 그런 의미의 말을 하면서 상당히 격려해 주었습니다. 그래서 조선을 떠날 때와 같은 혼자만의 흥분은 추호도 없이 사라지고, 대단히 상쾌한 기분으로, 앞으로 되도록 좋은 작업을 하겠노라고 가슴 속으로 소곤거렸습니다.

---

31) 「코시야마인 기」는 쓰루타 도모야(鶴田知也)의 소설이며, 「성외」는 오다 다케오(小田 嶽夫)의 소설이다. 이 두 작품은 제3회 아쿠타가와상을 공동 수상하였다.
32) '나가이'는 나가이 류오(永井 龍男, 1904~1990)이다. 나가이 류오는 소설가, 수필가, 편집자로 활약했다.

그래서 지금은 상을 받지 않은 주제에 자리에서 너무 생글생글 댄 것은 아닌가하고 생각해 보는 것입니다. 내지라고 하는 곳은 선(禪)을 믿는 사람이 많아서, 지나치게 기뻐함과 노여운 빛을 겉으로 드러내면 사람이 아직 덜 됐다는 험담을 듣게 된답니다.

봄 방학에는 경성에 가 있는 누이동생도 돌아오겠지요. 이 내지어 편지는 번역해 달라고 해서 읽으세요. 부디 평안하시길.[33]

■ 쓰루가와 다쓰오 앞. 1940년 10월 21일.

요즘 산 속 온천장에 와있다네. 아이 낳는 것에 좋다는 온천이라고 소문이 나서 젊은 부인들도 많은 곳이야. 게다가 산의 신들이 참으로 소주 한 잔으로 쉽게 아이를 내려준다고 하더군. 오늘 아침 다섯 시에도 아이를 잘 받지만 자신은 전혀 아이를 낳지 않는 산파의 산신제가 있었네. 덧붙여 이곳 산의 신을 소개하겠네. 위 그림(이 엽서 위 여백에는 호랑이에 올라탄 노동[老翁]의 그림이 펜으로 그려져 있다)처럼 산의 신들은 산을 타고 돌아다니면서 이 주변을 다스리고 있지. 이 호랑이가 과거 발에 화살을 맞아서 상처를 입은 적이 있었네. 그 상처가 이곳 천연 온천에서 쾌유했던 모양이야. 호랑이 앞다리에 발굽이 생기지 않게 주의하길.

이곳은 이제 추울 정도라네. 이젠 태양이 비추는 곳을 찾아 걸으면서 산을 즐기는 정도지. 자네 근황은 어떤가. 싸늘한 가을 기후에 분명히 걸작을 짓고 있을 것 같군. 지금 나도 일로 바쁘네만, 사실 좀처

---

33) 원문은 'さよなら'이다. 직역하면 어감이 맞지 않아서 위와 같이 해석한다.

럼 진척이 안 돼.

나는 내년 정월에라도 도쿄로 돌아갈까 생각 중이야. 당분간은 그
쪽에서 차분하게 지내고 싶네. 곧 평양으로 돌아가네. 한 달 남짓 있
다 다시 여기로 오려고 생각하네.

아내 분께 안부 전해주시게. 유코에게도 내 마음---을.

조선 평안남도 양덕온천

대탕지 송림각

김사량

■ 평양에서[34]

그 후 별고 없으신지요. 소생(小生)은 산에 가서 비를 만나 지독하게
고생을 했습니다만, 무사히 평양에 돌아갈 수 있었습니다.[35] 수확물은
여러 자료와 함께 감기입니다. 그런데 돌아가 보니 티푸스를 앓고 있
던 누님이 유산 후 산욕열(産褥熱)로 와병하더니, 지금은 폐렴이 함께
겹쳐서 생사의 갈림길에서 헤매고 있어서, 여기 연합기독병원 입원실
에서 간병을 하고 있어서 낮과 밤이 따로 없습니다. 노모(老母)의 근심
이 심해서 때때로 의식조차 잃는 상태이기 때문에 설상가상으로 걱정
입니다. 누님의 병은 도저히 가망이 없다고 담당의사가 말했습니다만,

---

34) 이 에세이는 일어로 쓰여진 「平壤より」(『문예수도(文藝首都)』 1940.11)를 번역한
   것이다. 이 원고를 보면 평양에서 김사량이 야스다카 도쿠조에게 보낸 편지를
   야스다카가 게재한 것을 짐작할 수 있다. 원고에는 그래서 임의로 '중략'이나
   '후약' 등 편지를 줄이고 있음도 알 수 있다. 이 편지는『김사량, 작품과 연구2』
   수필 챕터에 수록하였으나, 4권을 내면서 서간집에 재수록한다.
35) 이 경험은 후일 김사량의 수필 <화전지대를 간다>와 이어진다.

최선을 다해볼 요량으로 최상의 치료를 계속하고 있습니다. 그래서 이번 달 십오일 경에는 늦어도 출발하려고 했던 계획도 무산돼, 누님의 병이 진행되는 추이를 보고 상경하려 생각합니다. 집사람 혼자서 집을 지키고 있습니다만 아내 또한 몸 상태가 좋지 않은 모양으로, 이런 상황을 절절하게 슬퍼하고 있습니다. 요즘 평양 하늘은 실로 쾌청하고 이미 단풍마저 들기 시작했습니다. 독서에도 좋고 또한 붓을 들기에도 정말 좋은 시기입니다. 무언가 쓰고 싶다, 쓰지 않으면 안 된다는 충동을 느끼면서도, 사십도 이상 열을 내고 있는 환자를 옆에 두고서는 마음이 가라앉지 않습니다. 사흘 밤이나 철야를 해서 붓을 들을 기운조차 없습니다. ……중략…… 동인(同人) 제씨(諸氏)에게는 이번 모임에도 참석할 수 없게 돼 무척 서운해 하고 있다고 전해주시기 바랍니다. 또한 어제 구월호를 감사히 받았습니다. 후지구치36)군의 「노골의 좌(老骨の座)」는 출판이 된 모양이군요. 이 곳 서점에는 아직 보이지 않습니다만. 어쨌든 축하할 일이라고 생각합니다. 소생도 원고를 정리할 요량으로 잡지는 가지고 왔습니다만 다시 읽어 볼 겨를도 없이, 그대로 팽개쳐 두고 있습니다. 어떻게 해서든 살려내야겠다는 마음 밖에는 현재 없습니다. 제 바로 위의 누님으로, 지금 병원에는 형님을 비롯해서 일가족, 친척 모두가 모여 있습니다. 소생은 이 편지를 이십이일 아침 네 시에 입원실 베란다에서 창밖으로 엷어져가는 아침 안개 뒤로 보이는 아카시아 잎이 흔들리는 것을 바라보면서, 어둑어둑한 전광(電光)아래에서 쓰고 있습니다. 제법 긴 시간동안 격조하였지만 부디 양해해 주시기 바랍니다. 소생의 상경은 빨라도 다음 달 상순

---

36) 후지구치는 후지구치 도기치(藤口透吉, 1909~1970)를 말한다.

경이겠지요. ……후략……

■ 김사량이 룽잉쭝(龍瑛宗)에게 보낸 서간[37]

　오늘 아침 편지 잘 받았습니다. 감사합니다. 서로 까마득히 먼 장소에 태어났으면서도, 다른 나라의 말로 글을 썼기 때문에 귀형과 이렇게 새로운 친구가 될 수 있었던 것이 무엇보다도 기쁩니다. 저는 소학생 중학생 때부터 대만을 좋아해서 소년적인 열정으로 대만을 주목해왔습니다. 지금도 대만에 가보고 싶은 마음이 큽니다. 귀형도 말하셨듯이 남방의 꿈 많은 대만은 우리들에게 있어서는 그리스일지도 모릅니다. 거기에 가는 것은 로마로 떠나는 여행이 될지도 모릅니다. 그런 것을 생각하기도 합니다. 그리고 또한 무엇보다도 귀형처럼 민족 감정에 잠겨 생활에 익숙해지려는 욕망도 있습니다. 올 여름쯤에는 사할린에 갔다 올지도 모릅니다. 그 쪽에 가 있는 동포들의 생활을 보고 싶습니다. 대만에도 상당히 많은 조선인들이 가있다고 들었습니다. 언젠가는 꼭 한번쯤 갈 생각입니다. 귀형도 휴가를 내 조선에 와 보십시오. 그렇지만 자랑할 수 있는 것은 지금의 조선이 아닙니다. 귀형의 혜안으로 모든 것을 보아주십시오. 저희 나라도 예술의 나라입니다.

　혹 귀형은 대만 출신의 시인 오곤황(吳坤煌)을 알고 계십니까? 뜻밖에 어느 ○○ 안에서 만났는데 이목구비가 뚜렷한 사람으로 참 인상

---

37) 이 편지는 김사량이 룽잉쭝(龍瑛宗)에게 보낸 것을 번역한 것이다. 이 편지는 오무라 마스오 선생님의 도움을 받아 일본어로 활자화를 했고, 이를 토대로 번역했다. 이 편지는 大村益夫·布袋敏博編 『近代朝鮮文學日本語作品集(19081945)セレクション 6』(綠蔭書房, 2008, 167~175쪽)을 보고 번역했음을 밝혀둔다. '○'는 판독 불가.

이 깊었습니다. 작년 북경에 갔다가 천진(天津)으로 돌아갈 때 천진 역의 플랫 홈에서 우연히 만났습니다. 그리고 지금 이렇게 쓰고 있는 중에도 생각을 하고 있습니다만 소설을 쓰고 계신 분으로 생각됩니다만 장문환(張文環)이라고 하는 분은 이제는 소설을 쓰지 않으시는지요. 어딘가에서 읽은 듯합니다. 귀형도 문학을 하는 과정에서 여러 가지로 어려움이 많을 것이라 생각합니다. 전통이라고 하는 것 말입니다. 이것은 어떻게도 할 수 없는 일이더군요. 자신의 피에 흐르고 있는 전통적인 정신이라고 하는 것은 어떻게 할 수 없는 것이겠지요. 그렇게 말하면 결국 소중한 것입니다. 그것을 의식적으로 거부 해서는 안 되겠지요. 그것을 충실하게 살려가면서 자신의 문학을 새롭게 세워야만 하겠죠. 저도 통절히 느끼는 바입니다. 역시 귀형은 대만인의 문학을 하고 있고 앞으로도 또한 해나가야만 합니다. 그리고 저는 조선인 문학을 하고 있고 또 해 나가야만 합니다. 너무나 당연한 일인 것 같지만 중요한 일입니다. 귀형의 <초저녁 달>을 읽고 저는 대단히 친근감을 느꼈습니다. 역시 귀형이 있는 곳도 제가 있는 곳도 현실적으로는 변하지 않은 것 같아서 소름이 끼쳤습니다. 물론 이 작품은 현실폭로가 아니고 극히 당연한 것처럼 쓰려고 한 작품입니다. 그러나 저는 그 속에서 귀형의 떨고 있는 손을 본 것 같습니다. 제 독단이나 감상일지도 모르겠습니다. 용서해 주십시오.

귀형은 저 모순(茅盾)이라는 작가를 어떻게 생각하십니까. 그렇게 뛰어난 작가는 아닙니다만 확실히 좋은 작가인 것 같습니다. 노신(魯迅)은 제가 좋아하는 작가입니다. 그는 훌륭했어요. 귀형이야말로 대만의 노신이라 생각하고 자신을 쌓아 올려 가십시오. 아니 그런 식으로 말하면 실례일지도 모르겠습니다. 단지 노신과 같은 범문학적인 일을

해 주십사 하는 정도의 의미입니다. 저도 가능한 한 초조해 하지 말고
좋은 작품을 건실하게 써 나갈 작정입니다. 나중에라도 시간적인 여
유가 있으면 또 편지를 씁시다. 귀형도 일을 척척 진행시켜 주십시오.
서로 격려하고 도웁시다. 「빛 속으로」에 대한 귀형의 비평은 최고라
고 생각합니다. 저도 언젠가 그 작품을 개정할 수 있을 때가 오기를
마음속으로 기다리고 있습니다. 좋아하는 작품은 아닙니다. 역시 내지
인 취향입니다. 저도 확실히 알고 있습니다. 그것을 너무나도 잘 알고
있기 때문에 두렵습니다.

(1941년) 2월 8일 김사량
먼 곳의 벗
룽잉쭝 씨 机下
대만에서는 보통 편지에 씨라고 쓰는지요. 조선에서는 그렇습니다.
조선풍으로 쓰게 해주시기 바랍니다.

■ 쓰루마루 다쓰오 앞. 1941년 8월 3일.

친애하는 쓰루마루 군.
이삼일 전에 조선 국내 여행에서 막 돌아왔네. 내일이 여동생 결혼
식이라서 (사정상 연기됐네), 여러모로 부산하지만, 자네 편지를 받고
몇 번이고 서서 되풀이해서 읽었어. 이 편지를 한구석에서 잉크와 펜
을 얻어 써 보내네.
사실 산 속에서 여러 소문을 듣고, 자네나 우메자와 군에 대해 생각
했어. 돌아와 보니 우메자와 군의 자당으로부터 편지가 와있지 뭔

가.38)

　인간은 모두 각오라는 것이 필요할 것이야. 특히 저 먼 나라에 있으며, 자네와는 민족(어폐(語弊)가 없기를)이 다르지만 그러한 것을 최근 깊이 느끼고 있지. 우리들의 문학 또한 비상한 각오를 우리들에게 요구하고 있지 않는가. 서로 정신 차리고 허둥대지 말고, 태연하게 나아가세. 8월 2일 구루메[久留米]39)로 입대한다고 들었네. 거기서 어느 정도 있는 것인지는 아직 모르나? 나는 이번 달 중순 혹은 하순에는 가볼 수 있을 것 같네. 다만, 기차 사정이 좋지 않은 모양이야. 정말 불편하다고 들었네. --- 어쨌든 내가 떠날 때 자네의 사랑스러운 아내에게 물어보고 구루메에 자네가 있다면 방문해 볼 생각이야. 꼭 들르겠네. 어쩐지 이렇게 쓰면서도 자네가 마치 자네가 아닌 것 같은 기분이 들어. 우정이라고 해야 할까, 문학의 고귀함이라고 해야 할까, 확실히 서로 연결된 우리는 두 사람이 아닌 것 같은 기분 말이지. 자네가 보낸 편지 가운데 "차분하려고 하지만 역시 어딘가 그렇지 못해."라고 쓰고 있는데, 나 또한 아무래도 요즘 그런 기분이네. 때마침 자네 편지를 읽고 당황한 느낌이야. 아직 나 따위는 자네 정도로 절실함이 없을 것이네만.

　지금이라도 날아가서 자네와 만나고 싶다네. 도쿄에 가면 자네 집에서 신세를 지게 해주게. 그리고 병원40)에서 그대로 급료도 나오는 것 같고, 게다가 무엇보다 자네 아내가 착실하니, 지나치게 뒷날에 대한 걱정은 하지 말고 떠나시게나. 마음으로나마 나도 자네 가족의 한

---

38) 우메자와 지로가 6월말에 군대에 소집된 것을 알리는 엽서.
39) 후쿠오카현 구루메시.
40) 이 무렵 쓰루마루 다쓰오는 도쿄제국대학 부속 의학도서관에서 근무하고 있었다.

명으로 있을 심산으로 자네에 대해 생각하고 싶어. 조선에서도 일이 중대하다네. 도쿄에 가지 말라고 어머니를 비롯해 난리일 정도야.

그리고 자네는 비교적 순조롭게 자랐으니, 싸움에 나가 최선을 다해 일하는 가운데 분명히 여러 가지 것을--나 따위가 도저히 할 수 없는--배워서 돌아오리라 보네. 자네야 말로 이번에 돌아오게 되면, 혹은 전쟁터에 있더라도, 정말로 훌륭한 문학을 할 수 있을 것이야. 그것으로 기쁘지 아니한가. 냉정한 자네는, 히노 (아시혜)에게도 우에다 (히로시)에게도 없는 훌륭한 지적인 전쟁문학을 쓸 수 있을 것이라 믿네. 그것으로도 신에게서 축복받은 삶의 행복한 기회로 삼지 않겠는가.

앞으로 세계가 어떻게 될지, 지구가 어떻게 될지, 우주가 어떻게 될지 도저히 알 수 없을 것 같다네. 그래도 자네 문학이, 우리들의 문학만이, 더욱 위대한 시련의 꽃을 피울 수 있지 않겠나. 물론 생각에 따라서, 어딘가 지나치게 낙천적인 이야기로 들릴 것도 같네. 하지만 그 태평함 가운데서도 고귀함, 고고함, 높게 고양된 기분을 갖을 수 있지 않는가.

하지만 모쪼록 몸조심 하시게나. 소중한 몸이니까.

자네 아내도 여러모로 감개무량하겠지. 서로 깊이 위로해 주고, 격려해 주길 바라네. 유코에게도 유미(쓰루마루의 둘째 딸)에게도 생글거리는 행복을 꿈꾸는 키스를 보내주게나. 다음 말은 웃으면서 듣게나. 내가 조금 관상을 볼 줄 아네만, 자네 귀는 놀라울 정도의 생명력의 징표라네. 무운 장구할 것임이 틀림없어!

그리고 마쓰우라 쓰요코 씨의 일은 대단히 좋은 일로, 감사히 생각하네.[41] 내가 도쿄에 도착하면 혹은 여기에 있더라도 지금이라도 그 일에 대해서라면 잘 될 수 있도록 진력할 생각이야. 혹은 또한 문예수도 쪽이 아니더라도, 모던일본이라면 어떻게든 되리라 보네. ○ 씨에게 부탁하면. 어쨌든 내가 지금 도쿄에 있다면 모두와 만날 텐데 말이지.

언젠가 구루메에서 만나기로 하세. 구루메에서는 편지를 보낼 수 없게 돼 있나? 현재로서는 전혀, 언제, 어디로 갈지 모르겠지. 향토색이 농후한 위문주머니도 보낼 테니, 어디에 가든지 엽서 보내시게. 안녕히. 안녕히. 안녕히. 모두에게도 안부 전해주게.

평양부 상수리 38-1
김시창

■ 쓰루마루 야에코 앞. 1941년 9월 23일.

금일 항공 우편 잘 받았습니다. 사오일 안에 도쿄에 갈 생각으로, 도중에 구루메에 들를 작정이었습니다만, 이미 쓰루마루 군이 그곳에 없다고 하니, 쓸쓸함을 참을 수 없습니다.

쓰루마루 군과 만날 것을 믿고 오랜만의 규슈 여행을 계획하고, 하카타에 있는 친구에도 연락을 해두었지요. 쓰루마루 군이 없는 규슈는 쓸쓸하겠지만, 이번에는 역시 여기저기 약속을 해두었으니, 하카타, 사가를 거쳐 벳푸에서 고베를 건너 상경할 생각입니다. 그 때 가능하다면 사세보에 들를 생각입니다만, 폐를 끼치는 것이 아닌지요. 사가에는 오야마 선생님(大山茂昭, 사가고등학교 시절 독문과 교사)을 찾아

---

41) 마쓰우라 쓰요코(松浦津代子). 쓰루마루 부인의 친구로 김사량이나 우메자와도 교류가 있었다. 우메자와가 결혼을 결의한 적이 있어서 그것에 대해 찬성하고 있다.

갈 요량입니다. 근간 사가에 갔을 때, 키지(貴地)[42]에 가지 못하면 전보나 엽서를 보낼 테니, 그곳까지 배웅을 부탁해도 될 지요. 이런저런 이야기를 듣고 싶습니다. 만사가 부부를 위해 모쪼록 좋은 쪽으로 풀려가기를 절실하게 기원하고 있습니다. 되도록 낙담하지 마시고, 건강한 마음으로 쓰루마루 군의 개선을 기다려 주세요. 쓰루마루 군에게도 뒤이어 편지를 보낼 생각입니다. 조금만 일찍 모란강 주소[43]를 알고 있었더라면, 그 쪽으로 찾아갈 수 있었을지도 모릅니다만.

사가에서는 그다지 큰 볼일은 없고, 사촌동생의 입학을 조금 부탁해 보는 정도의 용건입니다. 하카타에서는 규슈문학을 하는 친구들과 만날 생각입니다.

조만간 도쿄에 다니러 가신다고요. 여러모로 사려한 후라고 생각합니다만, 소생도 도쿄에서 서로 격려가 될 수 있겠지요. 마쓰우라 여사도 도쿄에 그대로 남아계신다고요. 분명히 두 분의 아름다운 우정으로 쓸쓸히 빈집을 지키는 것에 대해 위안을 받을 수 있겠지요. 쓰루마루 군도 분명히 건강히 일하고 있을 겁니다. 잘 되면 그 쪽에서는 싸움도 없을 것 같으니,[44] --- 소생은 되도록 그렇게 되기를 기대하고 있습니다. 그럼, 뵙고 더 많은 이야기를 드리고 싶습니다.

추신.
유코, 유미 두 따님의 건강을 바라며.

평양부 상수리 38-1 김시창

---
42) 그 때 쓰루마루의 부인은 시댁인 나가사키현 사세보시에 있었다.
43) 쓰루마루 다쓰오의 소속 부대 주둔지.
44) 소련 국경에는 아직 개전이 되지 않았다.

■ 사가고교 타나베 게이지(田辺慶治) 앞. 1941년 11월 8일.[45]

　규슈 여행에서 선생님을 뵙게 돼 정말 기뻤습니다. 그 후 별고 없으신지요? 소생은 이번에 가마쿠라의 골짜기에 살게 됐습니다. 정말 초록이 아름다워 햇볕도 숨어 들어오는 정도의 곳입니다. 게다가 시마키 겐사쿠와 코바야시 히데오가 맞은편 좌우 두 이웃집에 있어서 그다지 쓸쓸하지 않으며, 일의전심(一意專心)으로 집필을 하는 중입니다. 골짜기 사이로 문학의 바람이 불어옵니다. 졸저『고향(故鄕)』은 내열(內閱) 관계상 좀 더 늦어질 듯합니다만 바로 출판되니 그 때 보내드리겠습니다. 취청(吹聽)해 주시기 바랍니다.

　이시이(石井) 선생님과 영어를 가리치는 선생님들께도 부디 안부 전해주시기 바랍니다.

　　가마쿠라 오우기가야쓰[46] 407번지 고메신테 김사량

■ 김달수 앞. 1941년 11월 15일.

　보내 주신 편지가 방금 회송돼 와서 감사히 받았습니다. 서로 어머니 같은 향리(鄕里)를 공유하며, 게다가 같은 문학의 길로 나아가는 이력을 함께 하니 기쁘기 그지없습니다. 언젠가 짬이 나면, 요코스카(橫

---

45) 수취인은 김사량이 졸업한 사가고등학교 선생님. 엽서의 주소도 사가시 사가고등학교로 돼 있다. 이 엽서는 호세대학의 다카야나기 도시오 교수가 발견한 것이다. 이 엽서는 이회성이 쓴 「재일조선인문학의 시원(在日朝鮮人文學の祖型)」(『世界の文學』112号, 2001.9.4.)에 실린 사진 자료를 보고 번역했다.

46) 鎌倉市扇ヶ谷407番地「米新亭」.

須賀)의 '기괴'한 모습을 보러 가고 싶습니다. 향리 사람들과 만날 수 있을까요. 게다가 군항이라고 하던데 함부로 가도 될 지요. 귀형의 소설 지금까지 바쁜 일정에 쫓겨서 읽어보지 못했습니다만, 오늘 찾아서 읽을 예정입니다. 그럼 또.

가마쿠라 오우기가야쓰 407번지 고메신테
김사량

■ 김달수 앞. 1941년 11월 19일.

방금 편지 읽어봤습니다. '이슬람교도와 벌레'[47])들의 운동회에는 꼭 참가하겠습니다. 오늘밤 기차를 타고 갑니다만, 예정을 조금 앞당겨서 토요일 혹은 일요일 아침에 돌아올 예정입니다. 한 시 정도에 요코스카에 도착하려고 합니다. '일요일 한시'까지 꼭 역까지 오셔서 이 벌레를 안내해 주시기 바랍니다. 운동회를 볼 수 있다니 정말로 기쁩니다. 함께 뛰면 좋을 것 같습니다. 씨는 그런 체격이면 아마도 오천 미터는 족히 뛰겠지요. 서둘러 이것만 전하며.

가마쿠라 오우기가야쓰 407번지 고메신테　김사량

■ 김달수 앞. 1941년 11월 28일.

어젯밤 친구 아틀리에에 가서 (도쿄), 얻어먹었습니다만 김치도 내

---

47) 『김사량, 작품과 연구3』에 번역된 <벌레> 참조.

장탕[48]도 없어서 요코스카 예찬을 입이 닳도록 하고 지금 돌아왔습니다. 그런데 친애하는 제형들이 이미 내장탕을 놓고 소란이 있었다는 것을 듣고, 분통하고 유감스럽기 그지없습니다. 가까운 시일 내에 일을 정리하고, 다시 외출하고 싶습니다. (김치는 정말 고마웠습니다. 고맙습니다. 다음에는 내가 가서 받아오도록 하겠습니다. 미안하게 생각합니다. 하지만 어쨌든 잘 먹겠습니다) 소생도 제형들께 미안한 마음이 들어서 그렇게 무턱대고 밖에 나다니지는 못하지만, 이번에 가면 산에 있는 김 씨네 집에 꼭 한 번 찾아가서, 느긋하게 말씀이라도 듣고 싶습니다. 모쪼록 잘 전해주시기 바랍니다. 김 형이나, 조 씨, 그리고 많은 상품을 받아서 돌아왔습니다. 일본어가 정말로 유창한 친구분에게도 안부전해 주세요. 제게 요코스카는 메치나입니다. 김 형이야말로, 그 생활 감정, 나아가서는 우리들의 생활 감정을 훌륭한 소설로 써주시기 바랍니다. 김 형이라면 그것을 쓸 수 있습니다.

쇼치쿠 오후나 촬영소(松竹大船撮影所)에서
김사량

■ 김달수 앞. 1942년 1월 30일.

어제 무사히 돌아왔습니다. 하룻밤 따뜻한 방바닥에서 느긋하게 쉬었습니다. 오늘 지금부터 도쿄로 나갈 작정입니다. 언젠가 전화라도 해주세요. 제형의 두터운 정 그 안[49]에서도 절실히 전해져서, 감사하

---

48) 원문은 'トンチャン'
49) 김사량은 1931년 12월 9일 아침 사상범으로 예방구금 당해 가마쿠라 경찰서 검거돼 1월 말에 석방됐다.

는 마음을 참을 수 없습니다. 서둘러 예의만 갖춰서.

가마쿠라 오우기가야쓰 407번지 고메신테

김사량

제4부

시

빼앗긴 시*

○

소리도 내지 않고, 서리가 겨울 바다를 통과한다.
차가운 심장 덩어리를 껴안고, 기관선에 쌓여 돌아온다.

하갑판(下甲板) 위에, 나는 앙상한 어깨를, 짐짓 화나게 서
　있었다. 빨갛게 짓물러 잠들지 못하는 눈을, 짐짓 핏빛으로 빛내면
서, 연색(鉛色)
　하늘을 노려봤다.

어두컴컴한 열 촉 등불은 동계(動悸)하여, 처월(凄越)한 파도는 시커
먼 토사를 한다.
　실혼(失魂)한 기관선은, 오열을 계속한다.

○

붉은 벽돌 정차장 앞에, 식수림이 있는 광장이 있다. 가끔

---

* 이 작품은 「奪はれの詩」(『제방』 1937.3 제4호)를 번역한 것이다. 형식상 아포리즘
　풍의 산문시에 해당된다.

자동차가 멈춘다.

넝마주이 아해가 하나, 맥없이 식수림 옆에서, 자동차가
정차하지 않는 풍경을 바라보면서 덜덜 떨고 있다. 아침 해는 트럼프
표의 조커마냥, 그를 화미(華美)하게 비추고 있다.

드디어 아해는 바지 자락을 걷어 올려, 외발 뛰기로, 돌멩이를
차고 쫓아가면서 어딘가로 달려 사라진다.

○

아베 토모지(阿部知二)[2]는, 열차 좌석 사이 통로에 자는 신문지를 깐
조선인을 봤다. 진정하려고 하면 배를 밟힌다──

"이거 흥미롭군!" 하고 그와 잠에서 깬 주인공은 외친다.

창밖은 사람이 거닐지 않는 광야다. 밤중에 문득 잠에 깨 감옥의
밤, 상풍(霜風)이 철창에 윙윙거리는 것을 닮은──

가끔 함께 타는 비칠비칠한 노파는, 주뼛주뼛
주변에 심려하면서, 쿠션 아래로 굴러다니는 오차이레(お茶いれ)[3]만
신경을 쓴다.

---

2) 아베 토모지는 1903년 생으로 소설가이자 영문학자, 번역가이다.
3) 티백과 같은 봉투를 말한다.

차분할 때가 아니다.

배를 밟히기에는, 너무나도 생기가 없다.

뭐가 재미있냔 말이다.

허풍!

○

"조선은 목축(牧畜)이 활발한 나라지요." 어느 코가 높은 만유(漫遊)한

선교사가 말한다.

한심하다. 국제선로 연선에 늘어선 다 쓰러져 가는 초가지붕

가운데는, 백의를 입은 어미 돼지, 새끼 돼지가 잔뜩 웅크리고 있다.

한심하다. 목축이 활발한 곳이다.

○

호미와 가래는 상장(喪章)을 붙이고 있다. 등겨의 다물(露積) 풍경은

이미 사라지고—

참혹한 기록을 새긴 일등로(一等路)에, 12월의 폭풍우가 포효한다.

전휴(田畦)에 종을 울리던 농우(農牛)여,

이미 어딘가서 죽었으리라.

울굴(鬱屈)의 동원(凍原) — 겨울 마른 숲에 까마귀가 울고, 장송(葬送)

의 만가(挽歌)는 전율[4]

한다. 함석지붕에 세운 기치가, ×××의 시체

를 교활하게 비웃는다.

낙백(落魄)의 무리가 어딘가로 끌려가는 날.
검은 이민열차는 얼마나 통곡을 실어 날랐던가.[5]

○

인간은 생활하기 위해서는 그렇지만, 사색하기 위해서는 만들어
지지 않았다. 사색하는 사람, 사색을 제1 의(義)로 삼는 사람, 말하자면 걷는
것을 잊고 헤엄치는 사람들이다. 언젠가는 익사해서 죽어
버리라.
헤르만 헷세는 말한다.

헤엄치는 사람, 그것은 지나치게 많이 있었다. 게다가 그들은 이미
익사체로 떠올라 있다.

그 대신, 생활하는 사람, 생활을 제일의로 하는, 말하자면 헤엄
치는 것을 버리고 걷고 있는 사람이, 이번에는 행려(行旅) 시체가 돼
서, 수북하게 쌓이게 되었다.

사색은 익사했다. 과거는.
생활은 걷지 않는다. 현재는.

---

4) 여기까지가 한 행이다.
5) '울굴'에서 '날랐던가'는 김사량이 사가고등학교교우회 문예부 『창작(創作)』 제 9
   집에 1935년 10월 발표한 「동원(凍原)」이라는 시의 일부분이다.

창세기 첫날이 또한 새로워질 것이리라.

행운인 것은, 행려자(行旅者)는 다만 호수까지 당도해서 걷지 못하고 죽었다는 것이다. 지금부터 시작하는 인간은, 걷는 것도 헤엄치는 것도 자유롭게 할 수 있을 것이리라.

대부분의 인간은 헤엄칠 수 없을 동안은, 헤엄치려고 하지 않는 (노블리스)데, 하지만 호반에서 자란 아이는, 헤엄치는 것까지도 배울 것임에 틀림없기 때문이다.

○

늙은 어머니는, 내게 진저리가 나서,
"살아서 돌아온 것이냐."고.

나는 이렇게 살아서 돌아왔던 것이다. 생활을 걷게 했다. 나는 또 헤엄치는 것도 할 수 있으리라.

누님은 내 눈시울의 눈물을 훔쳐내면서 중얼거린다.
"다시 살아 돌아오는 것은 어머니가 죽고…………."

아니다. 이미 어머니는 죽었다. 죽었다. 익사해서 죽었단 말이다.

김사량 작품 연보 : 1936년에서 해방 전까지

작품제목	언어	발표지면	발표연도	장르	발행지
「荷(짐)」	日	『佐賀高等學校文科乙流 卒業紀念會誌』	1936.2	소설	일본
「雜音(잡음)」	日	『堤防』	1936.6	수필	일본
「土城廊(토성랑)」	日	『堤防』	1936.10	소설	일본
「奪はれの詩(빼앗긴 시)」	日	『堤防』	1937.3	시	일본
「尹參奉(윤참봉)」	日	『東京帝國大學新聞』	1937.3.20	소설	일본
「"겔마니"의 세기적 승리(「ゲルマニ」の世紀的勝利)」	朝	『朝鮮日報』	1939.4.26	평론	조선
「朝鮮文學風月錄(조선문학풍월록)」	日	『文藝首都』	1939.6	평론	일본
「극연좌의 춘향전 공연을 보고(劇演座の春香伝公演をみて)」	朝	『批判』	1939.6	비판	조선
「북경왕래(北京往來)」	朝	『博文』	1939.8	수필	조선
「エナメル靴と捕虜(에나멜구두와 포로)」	日	『文藝首都』	1939.9	수필	일본
「독일의 애국문학(ドイツの愛國文學)」	朝	『朝光』	1939.9	평론	조선
「光の中に(빛속으로)」	日	『文藝首都』	1939.10	소설	일본
「조선문학측면관 상중하(朝鮮文學側面觀)」	朝	『朝鮮日報』	1939.10.4~6	수필	조선
「밀항(密航)」	朝	『文章』	1939.10	수필	조선

「독일의 대전문학(ドイツの大戰文學)」	朝	『朝光』	1939.10	평론	조선
「朝鮮の作家を語る(조선의 작가를 말한다)」	日	『モダン日本』朝鮮版	1939.11	평론	일본
「낙조(落照)」	朝	『朝光』	1940.2~1941.1	소설	조선
「土城廊(토성랑)」	日	『文藝首都』	1940.2	소설	일본
「귀향기.땅1-3(歸鄕記)」	朝	『朝鮮日報』	1940.2.29~3.2	평론	조선
「光の中に(빛속으로)」	日	『文藝春秋』	1940.3	소설	일본
「母への手紙(어머니께 드리는 편지)」	日	『文藝首都』	1940.4	수필	일본
「箕子林(기자림)」	日	『文藝首都』	1940.6	소설	일본
「天馬(천마)」	日	『文藝春秋』	1940.6	소설	일본
「草深し(풀숲 깊숙이)」	日	『文藝』	1940.7	소설	일본
「建設への意欲ー島木健作氏著・滿州紀行(건설을 향한 의지 : 시마키 겐사쿠씨 저 만주기행)」	日	『三田新聞』	1940.7.10	서평	일본
「蛇(뱀)」	日	『朝鮮畵報』	1940.8	소설	
「玄海灘密航(현해탄밀항)」	日	『文藝首都』	1940.8	수필	일본
「無窮一家(무궁일가)」	日	『改造』	1940.9	소설	일본
「朝鮮文化通信(조선문화통신)」	日	『現地報告』	1940.9	평론	일본
「산가세시간ー심산기행의 일절(山家三時間ー深山紀行の一節)」	朝	『三千里』	1940.10	수필	조선
「平讓より(평양에서)」	日	『文藝首都』	1940.11	수필	일본
「ゴプダンネ(곱단네)」	日	『光の中に』	1940.12	소설	일본
『光の中に(빛속으로)』	日	小山書店	1940.12	작품집	일본
「양덕통신(陽德通信)」	朝	『新時代』	1941.1	수필	조선
「內地語の文學(내지어의 문학)」	日	『讀賣新聞』	1941.2.14	평론	일본

「光冥(광명)」	日	『文學界』	1941.2	소설	일본
「유치장에서 만난 사나이 (留置場で會った男)」	朝	『文章』	1941.2	소설	조선
「火田地帶を行く1-3 (화전지대를간다)」	日	『文藝首都』	1941.3~5	수필	일본
「지기미(ちぎみ)」	朝	『三千里』	1941.4	소설	조선
「故鄕を想う(고향을 생각한다)」	日	『知性』	1941.5	수필	일본
「泥棒(도둑놈)」	日	『文藝』	1941.5	소설	일본
「月女(월녀)」	日	『週刊朝日』	1941.5	소설	일본
「朝鮮人と半島人(조선인과　반 도인)」	日	『新風土』	1941.5	평론	일본
「조선문학과　언어문제(朝鮮文 學と言語問題)」	朝	『三千里』	1941.6	평론	조선
「'흑룡강」을　보고-현대극장 창립공연평(「黑龍江」をみて- 現代劇場創立公演評)」	朝	『每日新報』	1941.6.10	평론	조선
「蟲(벌레)」	日	『新潮』	1941.7	소설	일본
「鄕愁(향수)」	日	『文藝春秋』	1941.7	소설	일본
「山の神々(산의 신들)」	日	『文藝首都』	1941.7	소설	일본
「天使(천사)」	日	『婦人朝日』	1941.8	소설	일본
「山の神々(산의 신들)」	日	『文化朝鮮』	1941.9	소설	일본
「鼻(코)」	日	『知性』	1941.10	소설	일본
「神々の宴(신들의 연)」	日	『日本の風俗』	1941.10	소설	일본
「嫁(며느리)」	日	『新潮』	1941.11	소설	일본
「南京虫よさよなら(빈대여 안 녕)」	日	『讀賣新聞』	1941.11.3	수필	일본
「故鄕を鳴く(고향을 운다)」	日	『甲鳥』	1942.1.31	수필	일본
「親方コブセ(십장꼽새)」	日	『新潮』	1942.1	소설	일본
「ムルオリ島(물오리섬)」	日	『國民文學』	1942.1	소설	조선
「Q伯爵(Q백작)」	日	『故鄕』	1942.4.20	소설	일본
「尹主事(윤주사)」	日	『故鄕』	1942.4	소설	일본

『故鄕(고향)』	日	甲鳥書林	1942.4	소설(단행본)	일본
「西道談義上下(서도담의)」	朝	『每日新報』	1942.4.23~24	수필	조선
「欠食の墓(결식의 묘)」	日	『文化朝鮮』	1942.7	소설	조선
「太白山脈(태백산맥)」	日	『國民文學』	1943.2~10	장편소설	조선
「해군행(海軍行)」	朝	『每日申報』	1943.10.10~10.23	보고문	조선
「ナルパラム(날파람)」	日	『新太陽』	1943.11	수필	일본
「바다의 노래(海への歌)」	朝	『每日申報』	1943.12.14~1944.10.4	장편소설	조선

편자　김재용

원광대학교 국어국문학과 교수
한국문학 및 세계문학 전공

곽형덕

한국과학기술원(KAIST) 인문사회과학연구소 연구교수
일본근대문학 및 동아시아학 전공

식민주의와 문화 총서 21

김사량, 작품과 연구 4

초판 인쇄 2014년 6월 23일
초판 발행 2014년 7월　1일
편　자 김재용 곽형덕
펴낸이 이대현
편　집 박선주
펴낸곳 도서출판 역락

서울 서초구 반포4동 577-25 문창빌딩 2층
전화 02-3409-2058(영업부), 2060(편집부)
팩시밀리 02-3409-2059
이메일 youkrack@hanmail.net
등록 1999년 4월 19일 제303-2002-000014호

ISBN 979-11-5686-062-4 94800
979-11-5686-061-7 (세트)
정　가 27,000원

＊잘못된 책은 구입처에서 교환해 드립니다.

■ 이 도서의 국립중앙도서관 출판시도서목록(CIP)은 e-CIP홈페이지(http://www.nl.go.kr/ecip)와
국가자료공동목록시스템(http://www.ml.go.kr/kolisnet)에서 이용하실 수 있습니다.
(CIP제어번호 : CIP2014018462)